U0038330

國家圖書館出版品預行編目資料

新譯建安七子詩文集／韓格平注譯.－－初版一刷.－－臺北市：三民，2018
面；　公分.－－(古籍今注新譯叢書)

ISBN 978-957-14-6425-1　(平裝)

830.22　　107007626

© 新譯建安七子詩文集

注譯者　韓格平
責任編輯　邱文琪
美術設計　李唯綸

發行人　劉振強
著作財產權人　三民書局股份有限公司
發行所　三民書局股份有限公司
地址　臺北市復興北路386號
電話　(02)25006600
郵撥帳號　0009998-5
門市部　(復北店)臺北市復興北路386號
(重南店)臺北市重慶南路一段61號

出版日期　初版一刷　2018年11月
編號　S 033890
行政院新聞局登記證局版臺業字第〇二〇〇號
有著作權・不准侵害
ISBN　978-957-14-6425-1　(平裝)

http://www.sanmin.com.tw　三民網路書店
※本書如有缺頁、破損或裝訂錯誤，請寄回本公司更換。

韓格平 注譯

新譯建安七子詩文集

三民書局 印行

刊印古籍今注新譯叢書緣起

劉振強

人類歷史發展，每至偏執一端，往而不返的關頭，總有一股新興的反本運動繼起，要求回顧過往的源頭，從中汲取新生的創造力量。孔子所謂的述而不作，溫故知新，以及西方文藝復興所強調的再生精神，都體現了創造源頭這股日新不竭的力量。古典之所以重要，古籍之所以不可不讀，正在這層尋本與啟示的意義上。處於現代世界而倡言讀古書，並不是迷信傳統，更不是故步自封；而是當我們愈懂得聆聽來自根源的聲音，我們就愈懂得如何向歷史追問，也就愈能夠清醒正對當世的苦厄。要擴大心量，冥契古今心靈，會通宇宙精神，不能不由學會讀古書這一層根本的工夫做起。

基於這樣的想法，本局自草創以來，即懷著注譯傳統重要典籍的理想，由第一部的四書做起，希望藉由文字障礙的掃除，幫助有心的讀者，打開禁錮於古老話語中的豐沛寶藏。我們工作的原則是「兼取諸家，直注明解」。一方面熔鑄眾說，擇善而從；

一方面也力求明白可喻，達到學術普及化的要求。叢書自陸續出刊以來，頗受各界的喜愛，使我們得到很大的鼓勵，也有信心繼續推廣這項工作。隨著海峽兩岸的交流，我們注譯的成員，也由臺灣各大學的教授，擴及大陸各有專長的學者。陣容的充實，使我們有更多的資源，整理更多樣化的古籍。兼採經、史、子、集四部的要典，重拾對通才器識的重視，將是我們進一步工作的目標。

古籍的注譯，固然是一件繁難的工作，但其實也只是整個工作的開端而已，最後的完成與意義的賦予，全賴讀者的閱讀與自得自證。我們期望這項工作能有助於為世界文化的未來匯流，注入一股源頭活水；也希望各界博雅君子不吝指正，讓我們的步伐能夠更堅穩地走下去。

序

上大學讀本科，學習建安文學，始知三曹、七子在中國文學史居有重要地位。碩士為古典文獻學專業，畢業論文為〈徐幹《中論》校注〉，認真點校、注釋、研析了徐幹存世詩文。其後，嘗試輯校、注釋、今譯、研析七子作品，出版了《建安七子詩文集校注譯析》(1991)。博士為古代文學專業，畢業論文為〈建安七子研究〉，較為全面地分析、評價了七子作品內容及藝術成就，後來以《建安七子綜論》之名出版(1998)。當時擬以魏晉文獻與文學為主要研究方向，逐步整理、研究建安文學、正始文學、太康文學中重要作家的詩文。二〇〇四年調入北京師範大學，由於工作需要，研究方向轉為元代文獻與文學，此前的設想就擱置了。今天奉獻給廣大讀者的《新譯建安七子詩文集》，是在舊作的基礎上增刪而成，採納了前賢的一些研究成果，輯佚、校勘、注釋、譯文、研析等亦有所修訂。儘管如此，限於本人學識，書中還會有許多錯誤與不足，我謹以十分誠懇的心情，期待著讀者的批評指正。

韓格平

二〇一八年十月於北京師範大學京師園

新譯建安七子詩文集 目次

陳琳集

王粲集

徐幹集

阮瑀集

應瑒集

劉楨集

附 錄

導讀

孔融、陳琳、王粲、徐幹、阮瑀、應瑒、劉楨七位文人，以其貞正高潔的人格，清新雋美的創作，活躍在東漢末年的文壇。他們同曹氏父子及其他作家一道，以其特有的時代氣息，博大的精神內含，多樣的藝術創新，開創了「建安文學」這一嶄新的文學時代，在中國文學史上留下了光輝的一頁，被世人稱譽為「建安七子」。

一、建安七子及其生平與作品簡介

孔融（西元一五三—二〇八年），字文舉，魯國（今山東曲阜）人，孔子的二十世孫。孔融少年即聰穎過人，繼而以博學敏對知名於當時。漢末的動亂與儒學的薰陶，使其逐漸成熟。他以「昂昂累世士」的身分，「且當猛虎步」（二語並見孔融〈雜詩二首・其一〉）的雄心，步入仕途，希望能在維護正統綱常方面有所建樹。基於這一願望，他初期崇信曹操，指望其能夠輔獻帝，扶漢室。孔融並不擅長權謀，卻在官渡之戰、任用賢人等問題上積極進言。隨著曹操權勢的增長，孔融的期望逐漸轉為失望。面對漢帝的軟弱無力與曹操的專權豪橫，孔融的處世原則轉為戲謔嘲諷的玩世不恭，以至於招來殺身之禍。孔融文集始由曹丕編輯，共收有「詩、頌、碑文、論議、六言、策文、表、檄、教令、書記凡二十五篇」（《後漢書・孔融傳》）。《隋書・經籍志》稱「《孔融集》九卷」，注稱「梁十卷，錄一卷」，似多於本傳所言。《孔融集》亡佚於宋代，其後僅有輯佚本流傳。孔融還著有《春秋雜義難》五卷（見《隋書・經籍志》），其書早亡。從孔融現存的幾十篇或全或殘的作品中，可以大略窺見孔融作為一位正直、博學，而又略顯迂腐的封建文人的思想情趣與性格特徵，可以領略孔融「飛辯騁辭，溢氣坌湧」（〈薦禰衡表〉）的文章風格。曹丕說孔融「體氣高妙」（《典論・論文》），劉楨稱孔融「信含異氣」（《文心雕龍・風骨》），劉勰稱孔融「氣盛於為筆」（《文心雕龍・才略》）。這個「氣」，是孔融獨特的才性與氣質的外現，孔融以其作文，故使得作品運灑自如，豪爽絢麗，且文如其人。

陳琳（？—西元二一七年），字孔璋，廣陵郡射陽縣（今江蘇寶應）人。早年有「州里才士」之譽，曾任何進主簿，又為袁紹典掌文章，後歸曹操，為司空軍謀祭酒，掌記室，臨終前作門下督。陳琳入仕以後，主要充任侍從屬臣，作些文筆工作，一生不曾有大的作為，卻也飽經漢末的動盪。陳琳的才氣，表現在為他人的謀策與屬文之中，或闡述事理，或辨析得失，或抨擊邪惡，或抒發豪情，都顯得理壯氣正，辭采飛揚。所以，劉勰稱陳琳〈為袁紹檄豫州〉「壯有骨鯁」（《文心雕龍・檄移》），曹操稱陳琳檄文可癒頭痛（《三國志・魏書・王粲傳》），曹丕稱「琳、瑀之章表書記，今之雋也」（《典論・論文》）。另一方面，陳琳的反映個人情思的諸篇詩文，或歎傷時命，或應景奉和，都頗感氣弱情柔，既無強健的抒情主人公的個性形象，又缺乏發人深思喚人奮起的激情。〈飲馬長城窟行〉雖為佳作，亦在於文章的敘述真切與悲情感人。所以曹植稱「以孔璋之才，不閑於辭賦，而自多謂能與司馬長卿同風」（〈與楊德祖書〉），明徐禎卿稱「陳琳意氣鏗鏗，非風人度也」（《談藝錄》），也是很允恰的。《隋書・經籍志》著錄有「後漢丞相軍謀掾《陳琳集》三卷」，久佚。

王粲（西元一七七—二一七年），字仲宣，山陽郡高平國（今山東鄒城西南）人。粲出身名門，曾祖父王龔和祖父王暢均為漢朝三公，父親王謙為何進長史。但他幼年喪父，十三歲時又值董卓之亂，動盪的社會對其影響很大。十七歲時避難荊州，客居十五年中無所建樹。曹操大軍南下，粲勸劉琮歸曹，以此功辟為丞相掾，賜爵關內侯。後遷軍謀祭酒，參與政務。魏國既建，拜為侍中。建安二十一年隨曹操征吳，次年春病卒道中。王粲一生著述很多，「著詩、賦、論、議垂六十篇」（《三國志・魏書・王粲傳》），《隋書・經籍志》著錄有《尚書釋問》四卷，《漢末英雄記》八卷，《去伐論集》三卷，後漢侍中《王粲集》十一卷，均已散佚，今僅有輯佚本流傳。王粲為文，具有一種俊逸真摯、挺秀灑脫的美。這固然與他高貴的門第，逸俗的氣質，聰敏的文思，淵博的學識有關，同時，也在於他那憂國憂民的真情與建功立業的渴望。二者相輔，使得他的作品情濃意切、文采俊逸。所以，劉勰稱「仲宣溢才，捷而能密，文多兼善，辭少瑕累，摘其詩賦，則七子之冠冕乎！」（《文心雕龍・才略》）另一方面，王粲長年流亡，寄人籬下，為一正直的孤弱文人（即便在歸曹後，他的性格的這一側面亦未改變），所以，他的作品豪情不足，骨力稍遜。因而鍾嶸稱其作品「文秀而質羸」（《詩品》上），胡應麟稱「仲宣才弱，肉勝骨」（《詩藪》內編卷二）。王粲的抒情小賦和五言詩都很有特色，讀者自可留心。

徐幹（西元一七一—二一八年），字偉長，北海國劇縣（今山東昌樂西）人。徐幹出生於一個在當地很有影響力的文士家庭，自幼好學，八歲左右，便已讀過很多書。十四歲開始讀五經，勤奮鑽研，廢寢忘食，不到二十歲，則盡覽儒學經典，且能出口成章，下筆成文了。時值靈帝末年，政治腐敗，社會動亂，徐幹不願與世俗同流，仍以求學讀書為務。董卓遷都的那一年（西元一九〇年），徐幹返回故里，潛心讀書。孔融任北海相，尊儒崇學，客觀上有利於徐幹的學業，也使得徐幹在當地漸有名聲。曹操掌政後，廣搜人才，對徐幹先是特加旌命，表彰其行而徵聘之；後又以上艾（今山西平定東南）長之職相聘，徐幹都以身體有病推辭。建安十年，徐幹帶病應召，任曹操司空軍謀祭酒掾屬，開始了十一年的仕宦生活。其間，他隨軍南征劉備至赤壁，西征馬超過長安，先後任過曹丕的五官中郎將文學和曹植的臨淄侯文學。建安二十一年，徐幹告病返鄉。經過一年多的貧困生活，於建安二十三年二月，因病去世。徐幹以其廉潔正直的人品受到當時人們的敬重。曹丕在〈與吳質書〉中獨推徐幹：「觀古今文人，類不獲細行，鮮能以名節自立。而偉長獨懷文抱質，恬淡寡欲，有箕山之志，可謂彬彬君子者矣。」稍後的征南大將軍王昶在〈戒子書〉中說：「北海徐偉長，不治名高，不求苟得，澹然自守，惟道是務……吾敬之重之，願兒子師之。」《先賢行狀》稱「幹清玄體道，六行修備，聰識洽聞，操翰成章，輕官忽祿，不耽世榮。」以上這些，概括了徐幹性格的基本特徵。曹丕稱徐幹的文學創作「時有齊氣」（見《典論・論文》）。這個「齊氣」，可以理解為山東人的正直豪爽、情義濃重的風格。這一風格，與徐幹的個人秉性是緊密相關的。曹丕盛譽徐幹〈玄猿〉、〈漏巵〉、〈圓扇〉、〈橘賦〉諸賦之佳，劉勰《文心雕龍・才略》稱「徐幹以賦論標美」，惜其賦文大多散佚。《隋書・經籍志》著錄有集五卷，今存諸篇或全或殘，不足一千七百字。徐幹另有哲學著作《中論》二卷，今存。書中詳述對社會與人生的看法，理足情切，辭正氣壯，實為徐幹的心言。

阮瑀（？—西元二一二年），字元瑜，陳留郡尉氏縣（今河南尉氏）人。阮瑀自幼聰穎過人，「少有俊才，應機捷麗」（《文士傳》）。曾就學於東漢著名學者蔡邕，很受蔡邕賞識。建安初（《三國志・魏書・王粲傳》作建安中，今從魚豢《典略》、摯虞《文章志》），辭疾避役，不受曹洪徵召。在曹操任司空期間，出任為軍謀祭酒，管記室。後為倉曹掾屬。在任期間，曾隨大軍南征劉表、劉備，西征馬超、韓遂。建安十七年，因病去世。阮瑀擅長作文。《三國志・魏書・王粲傳》注引《典略》：「太祖嘗使瑀作書與韓遂，時太祖適近出，瑀隨從，因於馬上具草，書成呈之。太祖擥筆欲有所定，而竟不能增損。」曹丕盛讚陳琳、阮瑀所作文書之美，稱「琳、瑀之章表書記，今之雋也」（《典論・論文》），劉勰亦稱「琳、瑀以符檄擅聲」（《文心雕龍・才略》）。讀陳琳〈為袁紹檄豫州〉、阮瑀〈為曹公作書與孫權〉，知曹、劉二人所言不誣。不過，阮瑀自抒胸臆的諸篇詩文，其清逸的格調，其深邃的情思，都勝於陳琳。究其原因，既在於阮瑀那經名師培養的高潔氣質，又在於其屢經戰亂的庶民生活，使得他的筆下有正氣，有深情。《隋書・經籍志》著錄有《阮瑀集》五卷，今雖大部亡佚，卻仍可以略窺其文思之一斑。

應瑒（?—西元二一七年），字德璉，汝南郡南頓縣（今河南項城西）人。應瑒出身於世代官宦之家。祖父應奉，桓帝時任司隸校尉。伯父應劭，為漢末知名學者，曾任泰山太守，建安二年為袁紹軍謀校尉。父親應珣，曾任司空掾（就其生活的年代看，時為司空者似為曹操。應瑒接觸曹氏兄弟似亦始於其父在朝為官之時）。曹操任丞相期間，辟應瑒為丞相掾屬。曹植為平原侯期間，以應瑒為平原侯庶子。後又轉為曹丕的五官中郎將文學。建安二十二年，因病去世。應瑒生活前期，正值漢末大動亂的年代，在他入仕之前較長的一段時間裡，生活比較清苦，且常遷徙遊蕩，「寃丁憂貧賤」（應璩〈新詩〉）。這段經歷，使他對社會、對人生有了更為深刻的認識，寫下了一些抒豪情，傷亂世，悲人生，歎命運的詩文，謝靈運稱其「流離世故，頗有飄薄之歎」（〈擬魏太子鄴中集詩〉），指的便是此時的作品。入仕以後，應瑒作為侍從屬臣，其作品多受其主人意向的影響，曹丕稱應瑒的創作「和而不壯」（《典論・論文》），徐禎卿稱「應瑒巧思逶迤，失之靡靡」（《談藝錄》），則主要指這個時期的侍宴奉和之作。曹丕稱「德璉常斐然有述作之意，其才學足以著書」（〈與吳質書〉），肯定了應瑒的才華。《三國志・魏書・王粲傳》稱瑒「著文賦數十篇」，《隋書・經籍志》著錄有

「魏太子文學《應瑒集》一卷」，注稱「梁有五卷，錄一卷，亡」。

劉楨（？—西元二一七年），字公幹，東平國寧陽縣（今山東寧陽南）人。劉楨的祖父（一說為父親）劉梁為漢朝宗室子孫，但其自小孤貧，常靠賣書維持生活，為人正直疾邪，且以文學知名，曾特召入拜尚書郎，歷任北新城長及野王令等地方官，著有文集三卷。劉楨幼居東平，家庭貧寒，「以才學知名。年八九歲，能誦《論語》、詩、論及篇賦數萬言，警悟辯捷，所問應聲而答，當其辭氣鋒烈，莫有折者」（《太平御覽》三百八十五引《文士傳》）。青年時期，「淪飄薄許京」（謝靈運〈擬魏太子鄴中集詩〉）。曹操辟為司空軍謀祭酒（《後漢書．劉梁傳》李賢注引〈魏志〉），丞相掾屬（《三國志．魏書．王粲傳》）等職。建安十六年以後，任曹丕的五官中郎將文學，因平視曹丕妻甄氏，被曹操判刑行苦役。後復官，轉為曹植的平原侯庶子，一直居於鄴。建安二十二年，因病去世。劉楨的出身、家境、天資，以及長輩的影響，青少年時代的社會現實，對其傲世逸俗的性格的形成有著重要的影響，使得他在紛紜亂世之中，潔行自立，一身正氣，磊落耿直，憂民傷時。反映在他的文學創作中，則顯得風清骨峻，氣格高逸。曹丕稱「劉楨壯而不密」（《典論．論文》），「公幹有逸氣，但未遒耳」（〈與吳質書〉），在肯定劉楨詩文氣度不凡的同時，又指出了劉楨作品不求雕飾的一面。劉勰的評價稍有不同，稱「劉楨情高以會采」（《文心雕龍．才略》），對劉楨逸情之中蘊含的質樸的美也給予了充分的肯定，實為略高曹丕一籌。劉楨作品中最有特色的是他的五言詩，「仗氣愛奇，動多振絕。真骨凌霜，高風跨俗」（鍾嶸《詩品》上），為歷代稱譽。劉楨受刑之後，性格有所改變，且常年有病，使得其文風稍緩而情意愈濃。劉楨的箋記、奏書也很出色，劉勰稱「公幹箋記，麗而規益，子桓弗論，故世所共遺，若略名取實，則有美於為詩矣」（《文心雕龍・書記》），《南齊書・陸厥傳》稱「劉楨奏書，大明體勢」，惜二類文章大多散佚。《三國志・魏書・王粲傳》稱劉楨「著文賦數十篇」。《隋書・經籍志》著錄有集四卷，今僅存後人輯本一卷；又著錄有「《毛詩義問》十卷」，今僅存後人所輯殘句十幾則。

二、建安七子的時代意義與文學成就

七子生活的時代，充滿著動盪和戰亂。東漢靈帝駕崩，京師大亂；董卓秉政，焚掠中原；軍閥蜂起，連年交戰。舊有的綱常秩序，人民的正常生活，都遭到了極大的破壞。曹操獨克群雄，逐漸統一了長江以北諸州郡，使七子生活後期或多或少地經受了一段相對安定的生活。考察一下七子的生活軌跡，我們不難發現，他們大多有著不凡的家庭出身，自幼受有良好的教育，為人正直且頗有才華。漢末的社會大動亂，使他們親眼目睹了國家破敗、人民流離的淒慘景象，激發了他們濟世救民、建功立業的強烈願望。於是，為之奔走，為之呼號。這一基調，貫穿著七子的一生，伴隨著他們的喜怒哀樂，也是他們作品中一條基本的主線。

在七子的政治生活中，與曹氏父子的關係佔有著重要的地位。從七子來說，他們歡迎並支持享有名士聲譽的曹操出面匡輔漢室，重振朝綱，並把曹操作為他們實現其政治理想的寄託；同時，他們對曹操在權勢逐漸強大，地位逐漸鞏固之後的擅權獨尊，輕文薄儒的作法深感失望。孔融後期的戲謔嘲弄，其他人後期對才志未遂的哀傷，都說明了這一點。那麼曹操呢，在他創業之初，需要社會的廣泛支援，特別是士人階層的大力支持，所以，他在廣搜人才方面確實下了一番心力，對七子也是禮遇備至。隨著個人權勢的發展，曹操不能容忍廣大文人名士維護舊有朝綱的政治要求，在除掉孔融、荀彧之後，諸文人在他心目中僅為頌讚功德的工具，視如倡優。儘管曹丕兄弟敬待諸文人，同遊共飲，情如親朋，也不能完全彌補七子政治上的失落感。七子與曹氏的這種有和諧，也有矛盾的關係，在七子各自的作品中都程度不同地有所反映。當然，曹氏父子對詩文的愛好及其身體力行，對活躍當時的文壇起有積極的作用，也為七子的文學創作，特別是他們歸曹之後的創作提供了良好的條件。這一點，也是應該肯定的。

縱觀七子現存的詩文，我們感到，七子文學創作的共同特點，是他們注重把自己豐富的情感融匯於作品之中，使之具有內蘊強勁的藝術力量。這種力量的外在表現，無論是清峻，是通脫，是美麗，是壯大，都能深深地撼動讀者的情思，使之獲得一種清新的審美感受。具體地講，七子的作品，在題材的廣度與深度方面，在藝術形式與技巧的發展創新方面，都做出了傑出的貢獻。

在七子作品中，對漢末大動亂中廣大人民承受深重災難的社會現實，有著形象而深刻的描述。孔融的〈雜詩二首・其二〉、陳琳的〈飲馬長城窟行〉、王粲的〈七哀詩三首・其一〉、徐幹的〈於清河見挽船士新婚與妻別〉、阮瑀的〈駕出北郭門行〉，從不同的角度，展示了離亂對民生的摧殘。其景況的淒慘，其情感的悲哀，動人心弦，促人淚下。這些作品，蘊含著作者對當時社會的強烈不滿，和對廣大人民的深切同情，從中可以略見他們渴望效身時世的感情基礎。

在七子作品中反映較多的，是他們對拯治亂世、建功立業的渴望與追求。如王粲的〈遊海賦〉，借助於起伏騰飛的情感，訴說了「正宗廟之紀綱」的宏願；阮瑀的〈箏賦〉，自比作「遲速合度」、「慷慨磊落」的美箏，企盼著伯牙一類的賢人以奏響於世；應瑒的〈慜驥賦〉，自比作不為世知而受制於輿僕嚴策的千里馬，傾訴了渴望良御以奮力馳騁的心聲。在這一類作品中，兼有著七子們對世俗小人的抨擊和對當時賢者的讚譽，前者中有代表性的是應瑒的〈報龐惠恭書〉，文中對龐惠恭富貴之後輕薄賤友的行為給予了無情的鞭笞；後者中有代表性的是孔融的〈衛尉張儉碑銘〉，文中對張儉勇持大義不屈權貴的行為給予了高度的評價。上述作品，直抒胸臆，氣正辭壯。結合著他們的疏、論之作，更顯現出一代正直的知識份子恪守大義的高風亮節和報效國民的赤心真誠。在七子的作品中，還有許多贈答、頌讚和即景應制之作。其中，有著親朋至友之間誠摯感情的交流，有著因景因事而難以抑忍的情思，有著對美好事物的由衷的讚歎，有著對主人歡娛生活與單調命題的應酬，也間有對曹氏父子所作所為的過譽與稱頌……這些作品，反映了七子生活的各個側面，使我們能夠更加真切地認識這些生活在一千七百多年前的七個不同的人。

七子的文學創作，涉及到當時流行的各種文體。其中成就最高的，是抒情小賦和五言詩的創作。王粲的〈登樓賦〉，被歷代論者稱譽為建安時期抒情小賦的代表作。而劉楨的〈遂志賦〉和〈黎陽山賦〉，於觀景中清慮、抒懷，寫得層層深入，情真意切，堪與〈登樓賦〉媲美。劉楨的五言詩聲譽最高，其中〈贈從弟三首〉常被人們讚歎不已。而王粲的〈七哀詩三首〉和〈從軍詩五首〉，發悲思則催人淚下，述豪情則促人奮進；徐幹的〈室思〉，委婉、細膩又情濃意綿，也是五言詩的佳品。此外，陳琳的〈武軍賦〉、徐幹的〈齊都賦〉、應瑒的〈靈河賦〉、劉楨的〈魯都賦〉，其場面的宏偉壯闊，辭語的多彩絢麗，還保留有漢代長篇大賦的餘暉；陳琳的〈為袁紹檄豫州〉、阮瑀的〈為曹公作書與孫權〉，廣陳辭以明諭事理，述古今以通達利害，其文勢雄健，其語句懇切，有威有義，重理重情，是當時書檄的代表作。同時，七體文如王粲的〈七釋〉，四言詩如王粲的〈贈士孫文始〉、〈贈文叔良〉，樂府歌行如陳琳的〈飲馬長城窟行〉、阮瑀的〈駕出北郭門行〉，寫得都很出色。

在寫作技巧上，七子們注意根據一定的內容選擇相應風格的語言。如描寫亂離則多用悽楚而素樸的語言以求真實地再現當時的景況，陳述畋獵、征戰則多用雄壯、強勁而熱烈的語言以求展示其氣勢與聲威，即景抒情則多用清新、舒緩而多情的語言以求委婉地表達心中的情思，應制、侍宴則多用華麗、讚譽的語言以求反映出當時的盛況和賓主的歡情，等等。這樣做，使得作品的語言和內容融合成有機的整體，增強了作品的表現力和感染力。此外，七子的作品中多有「曲池揚素波，列樹敷丹榮」（王粲〈雜詩〉）、「細柳夾道生，方塘含清源」（劉楨〈贈徐幹〉），這樣講究詞語對襯與和諧的佳句，不僅為其全篇注入了清新的活力，也反映了作者們選詞煉字的功夫。

三、建安七子集的輯錄經過與本書注譯的原則

曹丕在《典論・論文》中給予七子很高的評價，稱他們「於學無所遺，於辭無所假，咸以自騁騏騄於千里，仰齊足而並馳」，並親自輯錄七子文集，為七子作品流傳於世起有重要的作用。《隋書・經籍志》所載七子著述尚很豐富，唐代以後逐漸散佚。明清以來，多有輯錄七子別集之作（例如明人張溥《漢魏六朝百三名家集》、楊德周《建安七子集》等輯錄之七子別集）流行於世。清人嚴可均《全上古三代秦漢三國六朝文》、今人逯欽立《先秦漢魏晉南北朝詩》輯錄七子詩文頗豐，俞紹初《建安七子集》在嚴、逯二人基礎上亦有所增輯。

為了幫助廣大古典文學愛好者欣賞建安七子的詩文，我在前人輯佚、研究的基礎上，撰成《建安七子詩文集校注譯析》（吉林文史出版社一九九一年十月出版）。其中，七子文集中詩的部分，主要參考了逯欽立《先秦漢魏晉南北朝詩》；文的部分，主要參考了嚴可均《全上古三代秦漢三國六朝文》。對逯、嚴二人所輯詩文，均重新核查原出處，並據《北堂書鈔》、《文心雕龍》、《文鏡秘府論》、《文館詞林》等有所增輯。為照顧寫作時間的前後，對各篇詩

文的排列順序有所調整。校勘中，以詩文原出處中較為完整可信的一種為底本。凡底本不誤而他本顯誤者不出校語。底本有誤則於文中徑改，然後在校語中說明理由。有歧義處出校語，一般不作過多的說明。輯入底本的語句用〔 〕號標出。注釋以今注為主，對譯文中能夠理解的詞語注釋從簡。語譯儘量直譯，譯文中增加的成分用（ ）號標出。各篇詩文的題解、研析部分，主要點明作品的寫作背景，分析作品的思想內容和藝術特色，目的在於為讀者理解作品提供一點線索。對意義明瞭的殘篇、殘句一般不作題解、研析。

過去在撰寫《建安七子詩文集校注譯析》期間，頗得東北師範大學歷史系教授陳連慶先生、恩師中文系教授何善周先生等多位前輩的指教。如今陳、何二師均已仙逝多年，特此略表懷念之情。此次新譯，即以《建安七子詩文集校注譯析》為根據，依照「古籍今注新譯叢書」體例調整改動，並將補遺部分編入正文七子文集，採納了俞紹初《建安七子集》（中華書局二〇〇五年第二版）部分輯佚成果，注釋、譯文等亦作修訂。限於本人學識，書中的錯誤在所難免，我謹以十分誠懇的心情，期待著讀者的批評指正。

韓格平

二〇一八年十月於北京師範大學京師園

孔融集

六言詩三首

【題　解】本詩當作於漢獻帝都許、曹操初掌權柄之後。《古文苑》、《四庫全書總目》均認為孔融不會盛譽曹操，而疑此詩為後人偽作。考詩中所敘為漢獻帝初都於許之事，時孔融為袁譚所攻，城陷兵敗，妻子被虜，逃奔東山，獻帝徵為將作大匠。在當時一片破敗，綱常盡喪的情況下，是曹操奉養獻帝，恭待群臣，重振朝政，治國安民。為此，孔融作詩讚美曹操是合乎情理的。〈與曹公論禁酒書〉中稱「公初當來，邦人咸抃舞踴躍，以望我后」，〈與王朗書〉中稱「曹公輔政，思賢並立」，與本詩對曹操的稱譽是一致的，則本詩不偽。

其一

漢家❶中葉❷道微❸，董卓❹作亂乘衰，僭❺上虐下專威。萬官惶怖莫違，百姓慘慘❻心悲。

《古文苑》八

【注　釋】❶漢家　漢代劉氏王朝。❷中葉　猶中世。❸微　衰敗。❹董卓　東漢臨洮（今甘肅岷縣）人。靈帝時為前將軍，少帝時乘亂率兵入京城洛陽而專朝政，後挾獻帝西遷長安，使得王權衰敗，國家動亂。❺僭　越分。❻慘慘　憂悶貌。

【語　譯】漢朝中世王道衰微，董卓作亂乘此殘哀，僭上虐下專橫淫威。眾官惶怖無人敢違，百姓憂思痛心傷悲。

其　二

郭李❶分爭為非，遷都長安思歸。瞻望關東❷可哀，夢想曹公❸歸來。

《古文苑》八

【注　釋】❶郭李　指郭汜和李傕，二人為董卓部將，董卓死後，二人爭權而相互攻殺。❷關東　函谷關以東地區，此指東漢的政治中心洛陽一帶。❸曹公　指曹操。

【語　譯】郭汜李傕爭鬥為非，雖都長安思念回歸。瞻望關東可歎可哀，夢想曹公接駕前來。

其　三

從洛到許❶巍巍❷，曹公憂❸國無私，減去廚膳甘肥❹。羣僚率從祈祈❺，雖得奉祿常飢，念我苦寒心悲❻。

《古文苑》八

【注　釋】❶從洛到許　謂建安元年（西元一九六年）七月，曹操至洛陽迎獻帝建都許昌。❷巍巍　同「峩峩」。禮儀莊盛貌。這裡用《詩・大雅・棫樸》「奉璋峩峩」之意，指曹操率軍接駕盡依禮則。❸憂　一作輔。❹甘肥　泛指美味的食品。❺祈祈　徐緩而有序的樣子。❻雖得奉祿常飢二句　雖然享有俸祿但是常常忍受飢餓，想到自己與百官尚且飢苦受凍心中頗感悲傷。時孔融任將作大匠，依制當有二千石的俸祿，然而朝中糧餉匱乏，各級官員不能得到應得的俸祿，故有「苦寒」之感。

【語　譯】從洛到許儀仗盛威，曹公憂國並無隱私，削減膳食不用甘肥。眾官敬從徐緩有序，雖享俸祿常常受飢，思我苦寒心中傷悲。

【研　析】本詩粗線條地勾勒出漢末最混亂時期的社會風貌。在平凡淺近的詩句中，有對連年戰亂的哀怨，有對綱常淪喪的痛心，有對曹操接駕的讚譽，也有對自身苦寒的悲傷。格調悲涼，不事雕琢，反映了孔融坦蕩直言的性格與樸素無華的文風。這首詩對於我們認識漢獻帝初都於許時的情況有一定的參考價值。另外，本組詩每句六字，讀來兩字一組朗朗上口，是較有特色的漢代六言詩。

離合詩　郡姓名詩

【題　解】離合詩是一種拆解文字以組成新字的詩，本詩共合成「魯國孔融文舉」六字。

漁父屈節，水潛匿方❶。與時進止，出行施張❷。呂公飢釣，闔口渭旁❸。九域有聖，無土不王❹。好是正直，女固子匡❺。海外有截，隼逝鷹揚❻。六翮不奮，羽儀未彰❼。龍蛇之蟄，俾也可忘❽。玟琁隱耀，美玉韜光❾。無名無譽，放言深藏❿。按轡安行，誰謂路長⓫？

《藝文類聚》五十六

【注釋】❶漁父屈節二句　漁父主張降低身分隨俗而為，避居水濱隱身四方。漁父，此指《楚辭・漁父》中避世隱身，釣魚江濱，欣然自樂的漁翁。屈節，降身隨俗，此指漁父勸屈原與世推移。二句明述漁父事，暗拆漁字，去水旁而剩魚。❷與時進止二句　與時人一道同進同止，或出或處有弛有張。施，通「弛」。《石林詩話》引作弛。弛同弛。鬆弓為弛，開弓為張，後多以弛張喻人處世行事要有鬆有緊靈活多變。二句明評漁父之行，暗拆時（古文時字上為㞢，下為日）字，去㞢而剩日，與上句的魚合成魯字。❸呂公飢釣二句　呂望忍受飢餓垂竿獨釣，與周文王交談於渭水之濱。呂公，又稱呂望、姜太公。闔口，指呂望與周文王言語相合事。渭，渭水，源於甘肅渭源，流經渭河平原入黃河。相傳周文王在渭水邊遇呂公，相言治國之術，大悅，遂拜呂公為師。逯本據《古文苑》、《詩紀》改飢為磯。細考孔融並不敬重姜太公，本句與〈雜詩二首・其一〉中「呂望老匹夫，苟為因世故」句均屬輕蔑之語，則作飢不誤。二句明述呂公，暗拆呂字，剩一個口。❹九域有聖二句　九州大地喜有聖明君主，所有疆域均歸周王。九域，泛指九州大地。聖，對帝王的尊稱，此指周朝的創業之主周文王、周武王。無土不王，用《詩・小雅・北山》「溥天之下，莫非王土」語。二句明述周王，暗拆域字，去土旁剩或，與上句的口合成國字。❺好是正直二句　愛好我所秉持的正直之道，猶如女子篤守承筐之禮。好是正直，為《詩・小雅・小明》語。匡，通「筐」。《易・歸妹・上六》爻辭：「女承筐，无實……无攸利。」《左傳・僖公十五年》引〈繇〉曰：「女承筐，亦無貺（按：貺，惠賜）。」承筐為古代婚姻之禮，此謂即便無利無貺，也固守自己的承筐之禮。二句明為孔融自勉，暗拆好字，去女旁而剩子。❻海外有截二句　四海之外整治有序，鷹隼般的賢臣可以奮發圖強。截，整齊，語出《詩・商頌・長發》：「相土烈烈，海外有截。」鄭玄箋：「四海之外率服。」隼，猛禽名，又叫鶻。隼和鷹皆喻賢臣。二句明述聖君賢臣的盛世，暗拆截（漢碑多作⿺乚隹，如〈漢度尚碑〉有「⿺乚隹彼海外」語）字，去隹剩乚，與上句子合成孔字。❼六翮不奮二句　如今我的雙翅不得奮飛，美麗的雙翼毛羽不得顯彰。六翮，指健羽，《韓詩外傳》六：「夫鴻鵠一舉千里，所恃者六翮爾。」翮，羽莖。羽儀，同「羽翼」。彰，顯明。二句明述才志不得施展，暗拆翮字，去羽剩鬲。❽龍虵之蟄二句　龍蛇均有蟄伏之時，使我可以把憂思暫且遺忘。虵，同「蛇」。蟄，動物冬眠時潛伏在土中或洞穴中不食不動的狀態。《易・繫辭下》：「龍蛇之蟄，以存身也。」孔穎達疏：「言靜以求動也。」俾也可忘，為《詩・邶風・日月》語。俾，使。也，訓為之，指我。二句明述龍蛇蟄伏可解自己憂鬱，暗拆虵字，去也剩虫，與上句的鬲合成融字。❾玟璇隱耀二句　玟與璇有時也會隱匿其潤澤佳質，各種美玉有時也會掩藏其瑩潔光芒。玟璇，同「玟璿」。泛指美玉。玟原作玫，據《古文苑》八改。耀，光澤。韜，掩藏。二句明為作者自比美玉潛輝，暗拆玟字，去王剩文。❿無名無譽二句　不求美名不求盛譽，放棄言談深隱潛藏。放言，用《論語・微子》「隱居放言」之意。二句明述隱居，暗拆譽字，去言剩與。⓫按轡安行二句　按扣馬轡安緩徐行，誰說道路悠遠漫長。轡，馬韁。二句明述隱逸周遊之樂，暗拆按字，去安剩扌（手），與上句與合成舉字。

【語　譯】漁父主張隨俗屈節，潛居水濱隱匿四方。和同時世同進同止，出處行事有弛有張。呂公忍飢臨川垂釣，巧言合語渭水之旁。九域九州喜有聖帝，無疆無土不歸於王。愛好我身正直之道，猶如女子篤誠承筐。四海之外整治歸順，隼鳥展翅雄鷹奮揚。於今六翮不得奮飛，羽翼斂收未能明彰。龍蛇蟄伏避世待時，這能使我憂思稍忘。就像玟璿隱去潤澤，就像美玉掩藏瑩光。不求美名不求盛譽，放棄言談深隱潛藏。按扣馬韁安緩徐行，誰說道路悠遠漫長？

【研　析】這首詩明在陳情，暗在拆字。詩中讚許漁父避身存正的處世之道，鄙視呂望勞身費舌的求進之術，抒發了作者對聖君治世的渴望，也傾吐了對自己才志不得施展的感傷。全詩含蓄而樂觀，顯示了作者秉正高潔的生活情趣。這首詩與〈雜詩二首・其一〉格調相近，疑為同一時期的作品，可相互參閱。

雜詩二首

【題　解】雜詩，不拘流例，隨興而作之詩。逯欽立先生謂此詩出《李陵集》，其所輯李陵詩中卻未收此詩，不詳何故。考詩中蔑視呂望之語，傲世不俗之情，均合孔融品性。諸明人輯本如鍾惺《古詩歸》、馮惟訥《古詩紀》、陸時雍《古詩鏡》、麻孟璿《古逸詩載》、梅鼎祚《漢魏詩乘》、劉成德《漢魏詩集》、張溥《孔融集》均將此詩屬孔融名下，今從。

其一

巖巖鍾山首，赫赫炎天路[1]。高明[2]曜雲門[3]，遠景[4]灼寒素[5]。昂昂[6]累世士[7]，結根在所固。呂望[8]老匹夫，苟[9]為因世故[10]。管仲[11]小囚臣，獨能建功祚⓬。人生有何常？但患年歲暮。幸託不肖⓭軀，且當猛虎步。安能苦一身，與世同舉措⓮。由不慎小節，庸夫笑我度⓯。呂望尚不希⓰，夷齊⓱何足慕？

《古文苑》八

【注　釋】❶巖巖鍾山首二句　章樵稱這二句詩在說「世道炎涼之相絕」。巖巖，山高峻貌。鍾山，又稱春山，傳說中北方的高山，為極寒之所。《玄中記》：「北方有鍾山焉，山上有石首如人首。」赫赫，燥熱之狀。炎天，指南方。《呂氏春秋・有始》：「南方曰炎天。」❷高明　指高天的明日，比喻氣焰灼人的權貴。❸雲門　上侵雲漢的穹崇門第，比喻高官之位。❹遠景　猶謂餘光。景，同「影」。❺寒素　門第低微又無官爵的人，此亦包括孔融自己。❻昂昂　挺拔特異貌。❼累世士　為孔融自稱。累世，連續幾代。❽呂望　參見孔融〈離合詩〉注❸。❾苟　猶但。❿世故　指處世圓滑、老練。⓫管仲　名夷吾，春秋時齊國人，初事公子糾，兵敗後被魯國囚禁，後相齊桓公而成霸業。⓬功祚　功勳業績。⓭不肖　自謙之詞。⓮舉措　泛指舉止行為。⓯度　越過常理。⓰希　敬仰。⓱夷齊　伯夷和叔齊，商代孤竹君的二個兒子，相傳孤竹君以次子叔齊為繼承人，孤竹君死後，叔齊讓其兄伯夷繼位，伯夷辭不受，後來二人都投奔到周。周武王滅商後，他們恥食周粟，逃隱於首陽山，采薇而食，遂餓死，古時把二人當作清廉高尚的典型。

【語　譯】巖巖鍾山石人首，赫赫炎炎南天路。烈日高懸照雲門，餘光灼烤眾寒素。昂昂挺立歷世士，立身全在根基固。呂望老叟獨匹夫，只因圓滑又世故。管仲本為小囚臣，卻能建立大功祚。

人生命運豈有常？只恐年歲近遲暮。有幸託此不肖身，亦當奮邁猛虎步。豈能困苦混一生，與俗隨合同舉措。只因不曾慎小節，庸人譏我無法度。我於呂望尚不敬，伯夷叔齊更何慕？

【研析】建安十一年，郗慮承曹操旨意，奏免孔融官職，這首詩似作於孔融在家閒居之時。詩中刻劃了一個高潔剛正的抒情形象：他生於世代賢德之家，身處權臣當道之世，不苟隨世故，不屈身求進，譏諷不干其志，浮名不亂其心，一身正氣，一腔正語，表現出作者不屈從曹操壓力，決心保持高潔稟性的堅強意志。全詩蒼涼悲慨，正氣凌人，高傲憤世，筆力渾逸，是較能反映孔融行文「以氣為主」特點的一篇作品。

其二

遠送新行客，歲暮乃來歸。入門望愛子，妻妾向人悲。聞子不可見，日已潛光輝❶。「孤墳在西北，常念君來遲❷。」褰❸裳上墟丘❹，但見蒿與薇❺。白骨歸黃泉❻，肌體乘塵飛。生時不識父，死後知我誰？孤魂遊窮暮，飄飄安所依。人生圖嗣息❼，爾死我念追。俛仰❽內傷心，不覺淚沾衣。人生自有命，但恨生日希。

【注　釋】❶日已潛光輝　太陽已經西下潛藏其光輝。既述其時天色已晚，又暗喻其子已經亡故。❷孤墳在西北二句　此為妻妾之語。❸褰　提起。❹墟丘　山崗。❺蒿與薇　蒿草與薇菜。蒿，野草名，艾類。薇，野菜名，又叫巢菜。❻黃泉　地下深處，多指葬身之地。❼嗣息　子孫繁衍。❽俛仰　低頭與抬頭，此就人極度悲傷時的行為而言。

【語　譯】遠送新行周遊客，時至年底方回歸。入門顧望親愛子，妻妾向人哭聲悲。聽得愛子不可見，白日西下潛光輝。「孤零墳塋在西北，時常誦念君遲歸。」提起衣裳上山崗，只見蒿草與野薇。白骨歸埋黃泉下，肌體朽敗乘塵飛。生時不識為父面，死後怎知我為誰？孤魂蕩遊在昏暮，飄飄颻颻何所依。人生惟圖子孫旺，你死我心相思追。俯地仰天內傷心，不覺淚下沾裳衣。人生自有壽夭命，只恨生時太少稀。

【研　析】這首詩描寫了一位外出新歸的男子，驚聞愛子夭亡，追尋荒丘之上的悲悼與哀訴。全詩敘事連貫，一氣呵成。詩中「生時不識父」以下的幾句獨白，包含著濃烈的情誼。尾句的「但恨生日希」一語，點到了主人公的最痛處。詩文真切地表現了主人公強烈的父愛和極度的哀傷，格調悲涼，情感濃重，催人淚下。

孔融幼子夭亡事未見他書記載，則詩中的男主人公是否為作者本人，尚難確定。

失題詩

歸家酒債❶多，門客粲成行❷。高談滿四座，一日傾千觴❸。

張溥《漢魏六朝百三名家集・孔北海集》

【注釋】❶酒債　此為孔融的詼諧語，係就提供門客的酒食而言。❷門客粲成行　門客紛紜盛裝列坐。門字原作問，據梅鼎祚《漢魏詩乘》改。粲，鮮明美盛，此形容門客的服飾華美與人物眾多。成，一作幾。❸觴　盛有酒的杯。

【語譯】回歸家來酒債多，門客紛紜列坐旁。高談笑語滿四座，一日暢飲過千觴。

【研析】《後漢書・孔融傳》稱：「歲餘，復拜太中大夫。（融）性寬容少忌，好士，喜誘益後進。及退閒職，賓客日盈其門。常歎曰：『坐上客恆滿，尊中酒不空，吾無憂矣。』」這首詩則形象地再現了孔融生活後期延客飲酒，自享其樂的熱烈場面。孔融的不屈服的態度，在士人中日益增加的影響，都使曹操深感不安，這大概也是曹操殺孔融的原因之一。

臨終詩

【題解】建安十三年五月，曹操據路粹誣奏處死孔融，此為孔融臨刑前所作。

言多令事敗，器漏苦不密❶。河潰蟻孔端❷，山壞由郤穴❸。涓涓江漢流，天窗通冥室❹。讒言害公正，浮雲翳❺白日。靡辭❻無忠誠，華繁竟❼不實。人有兩三心，安能合為一？三人成市虎❽，浸漬❾解膠漆。生存多所慮，長寢萬事畢。

《古文苑》八

【注　釋】❶器漏苦不密　《北堂書鈔》一百五十八作「語漏坐不密」。密，精細；周備。章樵注：「《易》曰：『君不密則失臣，臣不密則失身，機事不密則害成。』文舉豈至此方悟邪？」❷河潰蟻孔端　河堤潰敗於螞蟻洞穴之首。語本《韓非子·喻老》：「千丈之堤，以螻蟻之穴潰。」❸山壞由郤穴　大山因有郤穴，經雨淋風蝕而崩壞。山，一作牆。郤穴，細窄的縫隙與孔穴。郤，通「隙」。郤原作猿，考猿並不深居土穴，今據《北堂書鈔》一百五十八改。❹涓涓江漢流二句　章樵注：「涓涓小水能益江漢，天窗容隙能通暗室，言己之寸忠，或能裨國事，開人心也。」涓涓，細水流動貌。❺翳　遮蔽。❻靡辭　華而不實之辭。❼竟　盡。❽三人成市虎　言市本無虎，多人相傳則使人信以為真有虎，典出《戰國策·魏策二》，此喻郗慮、路粹誣奏之事。❾漬　淹泡。

【語　譯】言多能使功事敗，器漏苦於不細密。河堤潰於螞蟻洞，山陵壞由小縫隙。細流可補江漢水，天窗通明照暗室。讒言惡語害公正，浮雲飄蕩蔽白日。侈靡之辭無忠誠，華言繁語盡不實。人有二意與三心，怎能合志成為一？眾人傳訛市有虎，水久浸漬解膠漆。生存世間多憂慮，長寢冥間萬事畢。

【研析】曹操以權勢壓孔融，孔融至死未服。詩中雖對自己言行放蕩作有檢討，更多的，是對自己忠正遭害的冤訴，是對讒小誣陷的抗爭，是對曹操妄動殺心的不平。詩文不卑不亢，坦蕩磊落，再一次顯現出作者高潔的情操與剛直的性格，並以此作為最後印象遺留給後人。

喻邴原書

【題解】邴原，字根矩，北海國朱虛縣（今山東臨朐東南）人，漢末名士，時避居遼東。孔融任北海相，徵舉賢士，作此書信勸邴原出仕。

脩性保貞，清虛守高，危邦不入❶，久潛樂土。王室多難，西遷鎬京❷。聖朝勞謙❸，疇咨儁乂❹。我徂求定❺，策命❻懇惻。國之將隕，嫠不恤緯❼；家之將亡，緹縈跋涉❽。彼匹婦❾也，猶執此義。實望根矩，仁為己任❿。授手援溺⓫，振⓬民於難。乃或晏晏居息⓭，莫我肯顧。謂之君子，固如此乎？根矩根矩，可以來矣！

《三國志・魏書・邴原傳》注引《原別傳》

【注釋】❶危邦不入　不安寧的國家不要進入。語本《論語・泰伯》：「危邦不入，亂邦不居。」❷鎬京　西周故都，在陝西長安西北，此代指長安。時漢獻帝被董卓挾迫居於長安。❸聖朝勞謙　當今天子勤政謙遜。聖朝，對當朝天子的代稱，此指獻帝。勞謙，勤謹謙虛。《易・謙・九三》：「勞謙，君子有終，吉。」❹疇咨儁乂　虛心傾聽賢臣之言。疇，誰。《尚書》中古帝多用「疇咨……」的句式問政求賢，故後人多用作訪問、求教之意，如《後漢書・崔駰傳》：「主有疇咨之憂。」儁乂，德才出眾的人。❺我徂求定　我主所行唯求安定。徂，往。《詩・周頌・賚》有「我徂維求定」句，為周武王自勉之語，此用於漢獻帝。❻策命　用簡策書寫王命，此指漢獻帝徵求賢士的詔諭。❼嫠不恤緯　寡婦不憂其織機的緯線。語本《左傳・昭公二十四年》：「抑人亦有言曰：『嫠不恤其緯，而憂宗周之隕，為將及焉。』」嫠指寡婦，緯指織物上的橫線，言寡婦不憂其緯之少，而怕國亡禍及。❽緹縈跋涉　淳于意的少女緹縈長途跋涉隨父入京。漢齊太倉長淳于意被人告發獲罪，緹縈隨父入長安，上書請入身為官婢以贖父刑，漢文帝悲其意而免除了淳于意之罪，亦廢除了肉刑，事見《史記・孝文本紀》。❾匹婦　普通的婦女。❿仁為己任　以踐行仁義之道作為自己的職責。語本《論語・泰伯》：「仁以為己任，不亦重乎？」⓫援溺　拉出溺水之人。《孟子・離婁上》：「天下溺，援之以道。」⓬振　救。⓭乃或晏晏居息　您安然悠閒自居。乃，您。或，語助詞。晏晏，同「燕燕」。安閒逸樂貌。居息，在家閒居。《詩・小雅・北山》：「或燕燕居息。」

【語　譯】（您）修養天性保固淳貞，清靜虛無恪守高潔，危難之邦不入，長久潛身樂土。然而王室多難，被迫西遷鎬京。當今天子勤謹謙虛，咨訪徵尋儁乂精英。我主所行唯求安定，策命詔諭誠懇真切。從前的宗周之國將要隕亡，寡婦不去憂念經緯之線；淳于之家將要喪亡，緹縈隨父跋涉上京。那只是些普通的婦女啊，尚且持有如此高義。誠心地盼望根矩您啊，以仁義大道為己之任。伸出雙手拯救淹溺之眾，振救萬民於禍難之中。您安然閒居，不肯顧念我朝。所謂的正人君子，難道都是這樣的嗎？根矩啊根矩，可以到我這裡來啊！

【研　析】孔融於亂世之中出任北海相，欲成大業而廣搜人才，故極力勸說邴原出仕參政。信中首先肯定了邴原「清虛守高」、「危邦不入」的高行，繼而曉以大義，勸邴原以國家為重，擔負起「援溺」的重任。作者古今並述，勉勵與激勵齊用，既申之以理，又誘之以情，使得本文簡潔生動，頗為感人。

又與邴原書

【題　解】邴原接孔融前封書信後，自遼東回歸北海故鄉，暫止三山。孔融又作此信，曉以形勢，並遣使慰勞。邴原接此信後又返遼東，若干年後，返回北海。本文有佚缺。

隨會在秦❶，賈季在翟❷。諮仰靡所，歎息增懷。頃知來至，近在三山❸。《詩》不云乎：「來歸自鎬，我行永久。」❹今遣五官掾奉問榜人舟楫之勞❺，禍福動靜❻告慰。亂階❼未已，阻兵❽之雄，若棋弈爭梟❾。

《三國志・魏書・邴原傳》注引《原別傳》

【注　釋】❶隨會在秦　隨會被滯留在秦國。隨會，春秋時晉正卿士會，因食邑於隨、范，又稱范會，諡曰武子。魯文公六年，晉襄公卒，晉趙盾派隨會等入秦迎襄公弟公子雍，欲立為君，繼而更立太子夷皋而發兵拒至秦迎公子雍者，使得隨會居秦七年。❷賈季在翟　賈季被滯留在狄地。賈季，春秋時晉大夫。襄公卒，賈季主張立襄公弟公子樂，使人召之於陳。趙盾派人殺樂，賈季遂逃奔於翟。翟，通「狄」。中國古代北方的少數民族。本句用賢臣在外，喻邴原避居遼東。❸三山　山名，在山東掖縣北（據《史記・封禪書》索隱引顧氏說），其地距北海國治所不遠。❹詩不云乎三句　見《詩・小雅・六月》，孔融引以說明邴原歸行久勞。❺今遣句　如今派遣五官掾敬往慰問船工行舟使楫之勞。五官掾，官名，品秩無考。《後漢書・百官志五》：「（州郡）有五官掾，署功曹及諸曹事。」奉，敬詞。榜人，船工。楫，船槳。時邴原由遼東渡海至三山，這裡奉問榜人，意在慰問邴原。❻動靜　情況；消息。❼亂階　禍亂的根由。❽阻兵　阻路之兵。時北海兵事不斷，未得安寧。❾爭梟　猶謂爭雄。

【語　譯】就像隨會困居在秦，就像賈季逃奔在翟。（因您避居遼東，使我）不得謀問敬仰之人，時常歎息增悲傷懷。剛剛聽說您啟程前來，近在三山。《詩》中不是說過嗎：「這次來歸於鎬京，我們行軍已長久。」今派五官掾敬往慰問船工行舟使楫之勞，通告此間安危情況。禍亂的根由尚未解除，各路軍兵交阻大路相互爭鬥，就像棋局相峙決雌爭雄。

【研　析】孔融敬重邴原，並希望其在國家政務方面施展雄才。但感於當時北海形勢，不利邴原作為，作書訴說衷情，申明形勢，「原於是遂復反還。」（《原別傳》）這樣做，是對人才的負責，也看出孔融當時處境的艱難。

告高密僚屬教

【題解】高密，漢北海國所屬縣侯國，在今山東，時孔融任北海相（郡國的行政長官）。教，文體名，為上對下的告諭。本文及以下四篇教令乃孔融為褒譽、優待鄭玄而作。王振華同學從稱呼之變化、事件之發展的角度，為此五篇教令作有排序，今從。

昔周人尊師，謂之「尚父❶」。今可咸曰「鄭君❷」，不得稱名也。

《太平廣記》一百六十四引《商芸小說》

【注釋】❶尚父　周武王以呂望為太師，並稱之為尚父，意謂可尊尚為父輩。《詩・大雅・大明》有「維師尚父」語。❷鄭君　指鄭玄，字康成，高密人，東漢著名學者。

【語譯】從前周武王尊崇太師呂望，稱之為「尚父」。今可均稱鄭玄為「鄭君」，不要再稱呼他的名了。

告高密縣立鄭公鄉教

【題解】鄭公指鄭玄。本文為孔融將鄭玄家鄉命名為「鄭公鄉」而須布的教令。

昔齊置士鄉❶，越有君子軍❷，皆異賢之意也。鄭君好學，實懷明德❸。昔太史公❹、廷尉吳公❺、謁者僕射鄧公❻，皆漢之名臣。又南山四皓❼有園公、夏黃公，潛光隱耀，世嘉其高，皆悉稱「公」。然則「公」者，仁德之正號，不必三事大夫❽也。今鄭君鄉宜曰「鄭公鄉」。昔東海于公僅有一節，猶或戒鄉人侈其門閭❾，矧❿乃鄭公之德，而無駟牡⓫之路！可廣開門衢⓬，令容高車，號為「通德門」。

《後漢書・鄭玄傳》

【注釋】❶士鄉　士人聚居的地區。據《國語・齊語》，管仲為齊桓公定國民居住之制，全國分二十一鄉，工商鄉六，士鄉十五。❷君子軍　越王句踐的中軍。據《國語・越語》，句踐以其私卒君子六千人為中軍。❸明德　完美的德性。《禮記・大學》：「大學之道，在明明德。」❹太史公　指漢武帝時太史令司馬談，為司馬遷之父。❺廷尉吳公　河南上蔡人，名字不詳，漢文帝時為河南守，因治政有方徵為廷尉，世稱循吏，事見《史記・屈原賈生列傳》。廷尉，官名，掌刑獄。❻謁者僕射鄧公　成固（今陝西城固西北）人，名字不詳，漢景帝時為謁者僕射，率軍平定吳楚，並申明晁錯之冤，深得景帝敬重，事見《史記・袁盎晁錯列傳》。謁者僕射，官名，掌賓贊。❼南山四皓　漢初四位眉鬚潔白的著名隱士，名東園公、綺里季、夏黃公、甪里先生，隱居在商山。南山，又稱商山，在陝西商縣東南，地形險阻，景色幽勝。❽三事大夫　三公的別稱。三公為古代中央三種最高官銜的合稱，具體名稱歷代不一，東漢以太尉、司徒、司空為三公。❾昔東海于公僅有一節二句　從前東海郡的于公僅有斷獄公允一項美行，尚且告誡鄉人加寬拓廣他的街道之門。東海，郡名，治所在今山東郯城。于公，郯城縣人，名字不詳。節，操行。侈，寬廣。門閭，街巷之門。據《漢書·于定國傳》，于公為縣獄史，以決獄公平著稱。其宅里門壞，于公認為自己有陰德，子孫當興，故使人將門加高加大，以便通過四馬高車。其後，子于定國官至丞相，孫于永官至御史大夫。❿矧　況且。⓫駟牡　四匹健馬所拉的車。漢時貴官乘坐四匹馬拉的高蓋車。⓬衢　四通八達的道路。

【語　譯】從前齊國設置士鄉，越國有君子軍，都是特異對待賢良的意思。鄭君博識好學，確實具有明允純德。前代的太史公司馬談、廷尉吳公、謁者僕射鄧公，都是漢朝的名臣。又有南山四皓的東園公、夏黃公，潛藏光輝收隱明耀。世代嘉譽他們的高潔美行，全都稱之為「公」。既然這樣，那麼「公」的這一稱呼，是仁義賢德的允恰的稱號，不一定專指三公。現在鄭君家鄉應該叫作「鄭公鄉」。從前的東海于公僅有斷獄公允一項美行，尚且告誡鄉里眾人加寬拓廣他的街道之門，更何況像鄭公這樣的高德，而沒有四馬高車的廣路！可廣開門閭街衢，使其便於高車通行，名叫「通德門」。

【研　析】孔融治理北海，廣施禮教，設立學校，表顯儒術。對鄭玄這樣的知名學者，更是倍加禮遇，尊崇非常。這在當時社會動亂，戰事不斷的情況下，是很難得的。這種對文明的呼喚之舉，在當時的社會有一定的影響。

告高密令

【題　解】令，命令。《四庫全書·孔北海集》告前有一再字。

高密侯國箋言鄭公增門之崇❶。今容高車結駟之路。出麥五斛❷，以酬執事者❸之勞。

《太平御覽》八百三十八

【注　釋】❶高密侯國句　高密侯國的官員來箋介紹鄭玄增修門閭的高崇之狀。高密侯國，為隸屬北海國的侯國，光武帝劉秀封鄧禹為高密侯，食高密、昌安、夷安、淳于四縣。時為鄧禹之後襲侯位，僅食高密一縣。箋，文體名，為對上級的書札。鄭公原作鄭國，據《四庫全書·孔北海集》改。❷斛　古時容量單位，合十斗。❸執事者　猶今語經辦人員。

【語　譯】高密侯國的官員來箋介紹鄭玄增修門閭的高崇之狀。令其修建容納高車結行駟馬的大道。支出麥子五斛，用以酬報執行此事諸人的辛勞。

繕治鄭公宅教

【題　解】《四庫全書・孔北海集》有題解云：「玄在徐州，公欲其還郡，敦請懇惻，使者繼跡，故先令修其宅。」則本文作於鄭玄為避青州黃巾軍而客居徐州時。

鄭公久遊南夏❶。今艱難稍平，儻有歸來之思，無寓❷人於室。毀傷其藩垣❸林木，必繕治牆宇，以俟❹還。

《太平廣記》一百六十四引《商芸小說》

【注　釋】❶南夏　指南方，此指位於北海南方的徐州。❷寓　寄居。❸藩垣　藩籬和垣牆。❹俟　等待。

【語　譯】鄭公長久客居南方。現今戰亂稍平，儻若有歸來的心意，不能使其寄居於我等簡室。可毀壞其藩籬、垣牆以及周邊林木，一定要認真修治鄭公牆院宅舍，以待其歸還。

孔融教

【題　解】時孔融任北海相。

高密縣有一銜❶，今欲為鄭玄❷後專造一鄉，名曰「宗學」也。

《北堂書鈔》八十三

【注釋】❶一銜　指「鄭公鄉」這一名銜。❷玄　俞紹初本作公，似更合乎孔融「不得稱名」之意（取王振華之說）。

【語譯】高密縣已有「鄭公鄉」這一名銜，現在還想為鄭公的後人專門設置一鄉，名叫「宗學鄉」。

教高密令

【題解】時孔融任北海相，高密為北海國所屬侯國。

志士鄧子然告困焉❶。得愛釜庾之間，以傷烈士之心❷。今與豆三斛，後乏復言。

《太平御覽》八百四十一

【注釋】❶志士鄧子然告困焉　有志之士鄧子然稟告困乏於此。志士，有遠大志向的人。鄧子然，人名，事蹟不詳。困，貧乏。焉，猶言「於此」。❷得愛釜庾之間二句　應該惠賜官倉穀物，用以憫慰功烈之士的憂心。

愛，惠賜；惠贈。釜庾之間，此指官倉的穀物。釜，古容量單位，合當時六斗四升。庾，古容量單位，合當時十六斗。傷，憫慰。嚴本傷作惕。烈士，有志建功立業的人。

【語譯】有志之士鄧子然稟告困乏於此。應該惠賜官倉穀物，用以憫慰功烈之士的憂心。今給予豆子三斛，以後若有困乏之請再稟告。

【研析】鄧子然為一介貧寒庶士，孔融明令褒濟，實為敦崇儒教，清淳世風。

告昌安縣教

【題解】昌安縣，北海國屬縣之一，位於今山東安丘。

邑人高幼❶，自言辟❷得井中鼎。夫鼎久潛于井，得之休明，雖小，重也❸。黃耳金鉉，利貞之象❹。國遭凶荒，彝器❺出，或者明以饗人❻。

《初學記》七

【注釋】❶高幼　人名。❷辟　猶言發掘。❸夫鼎久潛于井四句　此鼎長久潛藏於井中，其德休美明盛，體貌雖小，德義重大。得，通「德」。張溥本、《四庫》本均作德。《左傳・宣公三年》：「楚子問鼎之大小輕重焉，對曰：『在德不在鼎……德之休明，雖小，重也。』」❹黃耳金鉉二句　黃色的鼎耳金製的鼎具，這是吉利貞祥的徵象。耳，鼎耳。鉉，穿入鼎耳以舉鼎的器具。利貞，《周易》術語，和且正。象，徵兆。《易・鼎・六五》：「鼎黃耳金鉉，利貞。」《易・鼎・象》：「鼎，象也。」❺彝器　古代青銅禮器，如鐘、鼎、尊、俎之類。❻饗人　勸勉國人。

【語　譯】邑中之人高幼，自稱發得井中的寶鼎。此鼎長久潛藏於井中，其德休美明盛，體貌雖小，德義重大。黃色的鼎耳金製的鼎具，這是吉利貞祥的徵象。國家現在正遭受著凶歲饑荒，彝器的呈現，大概是明耀德象以勸勉國人。

【研　析】出土前代文物，本為歷代常見之事。孔融借物發揮，是為宣揚德義教化，亦見其勤於治政的苦心。

答王脩教

【題　解】王脩，字叔治，北海國營陵縣（今山東昌樂東南）人。孔融召以為主簿，守高密。時郡國舉孝廉，孔融薦舉王脩，王脩讓於邴原，孔融以此文相答。

原❶之賢也，吾已知之矣。昔高陽氏有才子八人，堯不能用，舜實舉之❷。原可謂不患無位之士，以遺後賢，不亦可乎？

《三國志・魏書・王脩傳》注

【注釋】❶原　指邴原，事見孔融〈喻邴原書〉。❷昔高陽氏有才子八人三句　從前古帝高陽氏有八位才子，堯不能任用，舜真誠地薦舉他們。高陽氏，指古帝顓頊，有蒼舒、隤敳、檮戭、大臨、龍降、庭堅、仲容、叔達八位才子，統稱八愷。舜薦舉於堯而皆被委以要職。

【語譯】邴原的賢善，我已經知道了。從前古帝高陽氏有八位才子，堯不能任用，舜真誠地薦舉他們。邴原可以說是不用擔心沒有官位的人，把他留作下一批薦舉的賢士，不也是可以的嗎？

又答王脩教

【題解】王脩再次辭讓孝廉之薦，孔融作此文相答。

掾❶清身潔己，歷試❷諸難，謀而鮮過，惠訓❸不倦。余嘉乃勳，應乃懿德❹，用❺升爾于王庭，其可辭乎！

《三國志・魏書・王脩傳》注

【注釋】❶掾 對佐吏的稱呼，此指王脩。❷試 此有經受的意思。❸惠訓 惠賜訓諭，此指王脩給孔融出主意。❹余嘉乃勳二句 我嘉譽你的功勳，受用你的美德。乃，你。應，受。懿德，美德。❺用 因。

【語譯】掾吏王脩清廉身行潔正己志，多次經歷諸種難亂，善出良謀少有差誤，惠賜明訓不知疲倦。我嘉譽你的功勳，受用你的美德，因而升登你於王室貴庭，怎麼可以推辭呢！

【研析】孔融兩次撰文，申述自己薦賢的誠意，嘉譽王脩的潔行美德，語言直爽豁達，情感誠摯懇切。據《三國志・魏書・王脩傳》，王脩忠貞廉正，節義雙全，是一個傑出的人物。

與曹公薦邊讓書

【題解】曹公，曹操。邊讓，字文禮，曾與孔融、王朗共為何進屬官，繼而任九江太守。後還家，恃才氣而不屈曹操，且多輕侮之言。曹操為兗州牧時，殺邊讓並滅其族。就本文殘句看，孔融認為，邊讓負責一個地區或某一具體工作是完全可以勝任的。

邊讓為九州❶衣被則不足，為單衣襜褕❷則有餘。

《太平御覽》六百九十三

【注釋】❶九州 指全國。❷襜褕 短衣。

【語譯】邊讓作為覆蓋九州的衣服被褥則覺才力不足，作為單衣或短衣則顯得才力有餘。

馬日磾不宜加禮議

【題解】馬日磾，字翁叔，獻帝時以太傅職持節東巡以撫慰天下，至淮南，袁術輕侮之，並奪其節，欲逼馬日磾為軍帥。日磾深自恨，嘔血而卒。喪柩自東還，朝廷議欲厚禮相葬，孔融據理相阻，朝廷從之。考馬日磾卒於興平元年（西元一九四年）冬，建安初靈柩方至京城（見《三國志・魏書・呂布傳》注），時孔融任少府，時常應對定議。

日磾以上公❶之尊，秉髦節❷之使，銜❸命直指，寧輯東夏❹。而曲媚奸臣❺，為所牽率❻，章表署用❼，輒使首名❽，附下罔❾上，奸以事君。昔國佐當晉軍而不撓❿，宜僚臨白刃而正色⓫。王室大臣，豈得以見脅為辭！又袁術僭逆⓬，非一朝一夕，日磾隨從，周旋歷⓭歲。《漢律》與罪人交關⓮三日已上，皆應知情。《春秋》魯叔孫得臣卒，以不發揚襄仲之罪，貶不書日⓯。鄭人討幽公之亂，斲子家之棺⓰。聖上哀矜舊臣，未忍追案，不宜加禮。

《後漢書・孔融傳》

【注釋】❶上公　指太傅之職，位在三公之上。❷髦節　古代王者使臣所持的符節儀仗。❸銜　領受。❹寧輯東夏　安撫和睦東部各地。輯，和睦。東夏，中國的東部地區。馬日磾從長安出發（當時獻帝尚在長安），故此句東夏實指長安以東地區。❺奸臣　指袁術。❻率　捕鳥網，引申有束縛的意思。❼署用　書薦補用的官吏。❽首名　指把馬日磾的名字放在袁術的名字前面，而實際表達的是袁術的旨意，孔融認為這是恥辱且又欺君的行為。❾罔　誣；欺騙。❿昔國佐當晉軍而不撓　從前國佐親當晉軍而不屈不撓。國佐，春秋時齊卿。不撓，不屈。據《公羊傳・成公二年》，鞌之戰，齊敗於晉，齊侯派國佐赴晉營談和，國佐不卑不屈，使得晉人與之簽訂盟書，而齊國未失地受辱。⓫宜僚臨白刃而正色　楚國宜僚身臨白刃而面色嚴正。宜僚，春秋時楚國勇士熊宜僚。正色，指表情端莊嚴肅，不惰慢，不阿諛。據《左傳・哀公十六年》，楚國白公勝欲殺楚國令尹子西，請熊宜僚協助，宜僚不從。白公勝把劍架在宜僚脖子上，宜僚仍一動不動。⓬袁術僭逆　謂袁術僭越反逆事。袁術，字公路，袁紹的從弟，為南陽太守，割據揚州、九江。僭逆，僭越反逆。袁術於興平二年冬公開商議代漢自立事。⓭歷　過。⓮交關　交通往來。⓯春秋魯叔孫得臣卒三句　《春秋》記魯國叔孫得臣之死，因其沒能揭發襄仲謀殺太子之罪，所以貶抑而不記其死亡的日期。叔孫得臣，春秋時魯大夫。襄仲，魯莊公之子。據《左傳・文公十八年》，文公卒，襄仲殺太子惡及其弟視，而立庶長子接。《春秋・宣公五年》僅記「叔孫得臣卒」，何休認為之所以不記載日期，是因為他知道襄仲要殺太子，而為臣知賊不言，是一大過。⓰鄭人討幽公之亂二句　鄭國人追討謀弒幽公之事，砍發子家的棺木。幽公，春秋時鄭靈公，初諡為幽，後改為靈。斲，砍。子家，春秋時鄭國的公子歸生。據《左傳・宣公十年》，子家曾隨從子公殺鄭靈公，子家死後，鄭人追討殺君之罪，開棺暴屍。

【語　譯】日磾以朝廷上公的高尊，身為秉持漢家髦節的使者，受命直向東方，安寧輯睦東部各地。卻曲躬求媚奸逆之臣，被其牽制束縛，奏章上表及書署補用，總是以日磾首列其名，阿附臣下誣欺上君，用奸偽的行為侍奉君主。從前齊卿國佐親當新勝的晉軍而不屈不撓，楚國的宜僚身臨白公勝的白刃而面色嚴正。作為王室大臣，怎麼能用被人脅迫作為屈從的託辭！況且袁術僭越反逆，並非一朝一夕之事，日磾隨從行事，周旋超過一年。《漢律》稱與罪人往來三日以上，皆應知其情由。《春秋》記魯國叔孫得臣之死，因其沒能揭發襄仲謀殺太子之罪，所以貶抑而不記其死亡的日期。鄭國人追討謀弒幽公之事，砍發子家的棺木。聖上哀傷憐憫故舊之臣，不忍追究案問，亦不宜厚加喪葬之禮。

【研　析】馬日磾為名門之後，又長期在朝作官，歷任太尉、諫議大夫、太傅之職，在朝中很有影響力。孔融初入朝廷，勇持異議，述以大理，其意在整肅眾僚，申張為臣之義。這一作法，在當時社會動亂，皇室卑弱的形勢下，有利於樹立朝廷威望，穩定人心。全文語言幹練，觀點鮮明，表現了孔融對奸臣欺君亂政的不滿，對使臣懦弱辱命的蔑視，亦反映出孔融入朝參政初期的政治熱情。

肉刑議

【題解】時傅幹、陳紀等皆議恢復肉刑，孔融獨持異議，朝廷善之，終未恢復肉刑。事在建安初年。

古者敦厖❶，善否❷不別，吏端刑清，政無過失。百姓有罪，皆自取之。末世陵遲❸，風化壞敗，政撓❹其俗，法害其人。故曰「上失其道，民散久矣❺。」而欲繩之以古刑❻，投之以殘棄❼，非所謂與時消息❽者也。紂斮朝涉之脛，天下謂為無道❾。夫九牧❿之地，千八百君⓫，若各刖⓬一人，是天⓭下常有千八百紂也。求俗休和，弗可得已。且被刑之人，慮不念生，志在思死，類多趨惡，莫復歸正。夙沙亂齊⓮，伊戾禍宋⓯，趙高、英布，為世大患⓰。不能止人遂為非也，適足絕人還為善耳。雖忠如鬻拳⓱，信如卞和⓲，智如孫臏⓳，冤如巷伯⓴，才如史遷㉑，達如子政㉒，一離㉓刀鋸，沒世不齒㉔。是太甲之思庸㉕，穆公之霸秦㉖，南睢之骨立㉗，衛武之〈初筵〉㉘，陳湯之都賴㉙，魏尚之守邊㉚，無所復施也。漢開改惡之路，凡為此也㉛。故明德之君，遠度深惟㉜，棄短就長，不苟革其政者也。

《後漢書・孔融傳》

【注釋】❶厖 厚。❷否 惡。❸陵遲 衰落。❹撓 擾亂。❺上失其道二句 語見《論語・子張》，為曾子語。❻繩之以古刑 用恢復古刑來束縛邪惡。繩，約束。古刑，指墨、劓、刖、宮、大辟等五種殘害人體的肉刑。❼投之以殘棄 用殘廢肌體來整振世風。投，揮振。殘棄，指殘其肌體而使其廢棄。❽與時消息 隨著時世的變化而採取相應的措施。語本《易・豐・彖》：「天地盈虛，與時消息。」消息，增減；盛衰。❾紂斫朝涉之脛二句 殷紂砍取早晨涉歷冰河之人的腿脛，被天下眾人稱為無道之君。紂，商殷末代君主，以暴虐著稱。斫，砍。脛，人腿自膝至腳跟的部分。《書・泰誓下》：「(紂)斫朝涉之脛。」孔傳：「冬月見朝涉水者，謂其脛耐寒，斬而視之。」❿九牧 同「九州」。指全國。⓫千八百君 泛指全國各地的各級統治者。⓬刖 砍掉腳的酷刑。⓭天 原無「天」字，據張溥本、《四庫》本補。⓮夙沙亂齊 夙沙衛叛亂齊國。夙沙，指春秋時齊國的奄人夙沙衛，曾為公子牙少傅。齊莊公立，夙沙衛奔高唐以叛亂。事見《左傳・襄公十九年》。⓯伊戾禍宋 惠牆伊戾禍殃宋國。伊戾，春秋時宋國寺人惠牆伊戾，為太子內師，誣太子與楚人謀反，太子自縊而死。後來宋平公知太子冤死，遂烹殺伊戾。事見《左傳・襄公二十六年》。⓰趙高英布二句 宦者趙高、黥徒英布，均為當世大患。趙高，秦國的宦官，秦始皇時為中車府令，始皇死後擅權亂政。英布，劉邦名將，封為淮南王，早年曾犯法被黥面，高祖十一年，舉兵反叛。⓱鬻拳 春秋時楚大夫。曾強諫楚文王，文王不聽，拳以兵器相逼而王從之。事後鬻拳認為自己欺君有罪，遂自刖。文王死後，鬻拳給予安葬，並自殺以殉。事見《左傳・莊公十九年》。⓲卞和 春秋時楚人，曾得璞玉，獻於厲王、武王，皆不信，且刖其左右足。後獻於文王，文王使玉人琢之，果得美玉。⑲孫臏　春秋時齊人，精兵法，龐涓妬恨而斷其足，後乘坐輜車指揮齊軍，屢獲勝仗。⑳巷伯　西周時人，遭讒言而受刑，《詩・小雅・巷伯》即述其冤。㉑史遷　司馬遷，曾因替李陵辯解而遭宮刑。㉒子政　劉向的字。劉向以博聞通達著名於當世，漢宣帝時獻神仙方術之書稱黃金可成，屢試不成，其罪當死。帝奇其才，得免。㉓離　遭受。㉔不齒　此指自卑而不願與他人同列。㉕太甲之思庸　太甲的思庸悔過之舉。太甲，殷商第四代帝王名。思庸，思念帝王常道。據《史記・殷本紀》，太甲即位初，縱欲無度，殷相伊尹放逐於桐宮，三年後，太甲悔過自新，復位於亳。㉖穆公之霸秦　秦穆公的強秦稱霸之業。穆公，秦穆公，春秋五霸之一。穆公曾派孟明等伐鄭，兵敗，穆公並不怪罪孟明，仍使其為政，遂伐西戎，廣開國土，稱霸西方。㉗南睢之骨立　本句疑有誤字。王先謙《後漢書集解》引惠棟語曰：「未詳。」㉘衛武之初筵　衛武公的〈初筵〉悔過之詩。衛武，春秋時衛武公，曾入周王朝為卿士。初筵，即〈賓之初筵〉，《詩・小雅》篇名，《韓詩》稱此詩為「衛武公飲酒悔過也」。㉙陳湯之都賴　陳湯的都賴水畔殺敵之功。陳湯，字子公，漢文帝時，因等待遷升，父死不奔喪，而下獄論罪。後任西域副校尉，斬郅支單于於都賴水旁，為平定西域作有貢獻。都賴，水名，其時在西域康居國境內，約在今巴爾喀什湖和鹹海之間。㉚魏尚之守邊　魏尚的戎守邊關之績。魏尚，漢文帝時為雲中郡守，因上報功績，少交六個敵人首級，吏議削爵治罪，由於馮唐為之辯解，得復為雲中郡守。魏尚治邊有方，匈奴不敢來犯。雲中郡治所在今內蒙古托克托東北，故云守邊。㉛漢開改惡之路二句　漢初開闢改惡從善之路，大概就是因為這一緣故吧。漢文帝曾廢除肉刑以使罪人改惡自新，事見《史記・孝文本紀》。凡，大概。㉜遠度深惟　深思遠慮。度，考慮。惟，思。

【語　譯】古時國人敦厚篤實，善人惡人不須區別，官吏端正刑罰清廉，國政沒有過錯失誤。百姓如果有罪，都能自選相應的刑罰。衰末之世政綱敗落，風俗教化壞損毀廢，苛政擾亂敦篤之俗，酷法殘害敦篤之人。所以說「在上位當權的人不按正道辦事，民心離散已經很久了。」然而卻企圖用恢復古刑來束縛邪惡，用殘廢肌體來整振世風，這不是所說的隨時應變的作法。殷紂砍取早晨涉歷冰河之人的腿脛，被天下眾人稱為無道之君。在這九州的大地上，有那千八百位君長，如果他們各自處罰一個人以刖刑，這樣天下就要常有千八百個殷紂了。想用這種方法求得民俗休美和洽，是不可能如願的。況且受刑的人，思慮不在念求生存，心志只在思尋一死，大多趨身從惡，不再復歸淳正。從前的奄人夙沙衛叛亂齊國，寺人惠牆伊戾連禍宋國，宦者趙高、黥徒英布，均為當世大患。（這些都說明肉刑）不能阻止人們進身作錯事，恰恰足以阻斷人們還身為善人。雖然忠誠如鬻拳，誠信如卞和，智慧如孫臏，冤屈如巷伯，才華如司馬遷，通達如劉向，一旦遭受刀割鋸傷，終生以為恥辱。因此，太甲的思庸悔過之舉，秦穆公的稱霸西方之業，南睢之骨立，衛武公的〈初筵〉悔過之詩，陳湯的都賴殺敵之功，魏尚的戎守邊關之績，都不會再得施展了。漢文帝廣開改惡從善之路，大概就是因為這一緣故吧。所以聖明賢德的君主，都是能夠深思遠慮，棄去短見擇取長策，不隨便更改其政令的人。

【研　析】肉刑，這一野蠻時代的產物，曾是統治者鎮壓反抗的重要措施。同時，其殘酷性亦引起人們的懼恨與不滿。所以，直到封建社會末期，對於是否實行肉刑的爭論時有發生。孔融主張廢止肉刑。這一方面，是他本人精通儒術，深曉禮教治國之要，因而反對以重刑糾正民風；另一方面，當時軍閥官吏擅權自重，恢復肉刑，難以有起碼的公正來維繫，只會結怨於下，不利於社會安定與朝廷威望。這一主張，在當時是合理的、進步的。文中引用大量事例，從正反兩個方面論證了肉刑的無益。語言懇切，例證允恰，反映了孔融雄健的論辯能力與淵博的歷史知識。

論劉表疏

【題解】劉表，字景升，中平六年至建安十三年（西元一八九—二〇八年）獨據荊州。時劉表不納貢賦，行多僭越，獻帝令臣下議論對策，孔融作此上疏。

竊聞領荊州牧劉表桀逆放恣，所為不軌，至乃郊祭天地，擬儀社稷❶。雖昏僭惡極，罪不容誅，至於國體❷，宜且諱之。何者？萬乘❸至重，天王❹至尊，身為聖躬❺，國為神器，陛級縣❻遠，祿位限絕，猶天之不可階，日月之不可踰也。每有一豎臣❼，輒云圖之，若形之四方❽，非所以杜塞邪萌。愚謂雖有重戾❾，必宜隱忍。賈誼所謂「投鼠忌器」，蓋謂此也❿。是以齊兵次楚，唯責包茅⓫；王師敗績，不書晉人⓬。前以露袁術之罪⓭，今復下劉表之事，是使跛牂欲窺高岸⓮，天險可得而登也。案表跋扈，擅誅列侯⓯，遏絕詔命，斷盜貢篚⓰，招呼元惡⓱，以自營衛⑱，專為羣逆，主萃淵藪⑲。郜鼎在廟，章孰甚焉⑳！桑落瓦解，其執㉑可見。臣愚以為宜隱郊祀之事，以崇國防㉒。

《後漢書・孔融傳》

【注釋】❶竊聞四句　臣聽說職領荊州牧劉表兇狠迕逆，驕橫放肆，行為超出常軌法度，甚至於私行郊祭天地之禮，效法聖朝天子的典制。荊州，漢武帝所置十三刺史部之一，轄境約當今湖北、湖南兩省，及河南、貴州、廣東、廣西的一部，治所屢遷，劉表時在襄陽（今湖北襄陽）。牧，官名，為一州之長。桀逆，兇狠迕逆。郊祭天地，古時帝王於郊外祭祀天地的典禮，一般以冬至日祭天曰郊，夏至日祭地曰社。擬儀，效仿取法。社稷，土神和穀神，因土地和糧食為立國之本，後遂作為國家政權的標誌。❷國體　國家的體制、禮法。此指劉表私行國禮事。❸萬乘　古制天子有萬乘兵車，後遂以萬乘稱天子。❹天王　帝王。❺躬　體。❻縣　同「懸」。❼豎臣　小臣。❽若形之四方　此為顯露其惡行於四方。若，猶此（據《古書虛字集釋》七）。形，顯露。❾戾　罪。❿賈誼所謂投鼠忌器二句　賈誼所說的「投鼠忌器」，大概指的就是這類事吧。賈誼，西漢政論家、文學家。「投鼠忌器」語見賈誼〈陳政事疏〉，謂鼠近寶器，懼傷器而不便投擊鼠，喻欲除惡而有所顧忌。⓫是以齊兵次楚二句　因此齊軍進駐楚地，只是責問包茅沒有按時進貢。次，行軍在一地停留超過二宿。包茅，同「苞茅」。古代祭祀時，用以濾酒去滓的束成捆的菁茅草。據《左傳・僖公四年》，齊軍伐楚，以楚國沒有按時向周天子貢獻包茅作為征伐的理由。⓬王師敗績二句　周王的軍隊潰敗，《春秋》不書為晉人所敗。敗績，軍隊徹底崩潰。據《穀梁傳・成公元年》，周王的軍隊敗於晉軍，為替尊者隱諱，故不稱晉人，而稱「王師敗績於貿戎」。⓭前以露袁術之罪　前不久已經公布袁術僭號之罪。露，公布。袁術，事見孔融〈馬日磾不宜加禮議〉注⓬。建安二年春，袁術自稱天子。⓮是使跛牂欲窺高岸　這是使那些跛牂小人圖望高階之位。跛牂，跛牂母羊。《史記·李斯列傳》：「泰山之高百仞，而跛牂牧其上。」此用跛牂喻僭臣。高岸，喻皇位。⑮擅誅列侯　指劉表殺長沙太守孫策、張羨事。⑯貢篚　進貢的物品。篚，竹器，形如筐。⑰元惡　大惡之人。《後漢書·劉表傳》稱「表招誘有方，威懷兼洽，其奸猾宿賊更為效用。」⑱營衛　軍營護衛。《史記·五帝本紀》：「以師兵為營衛。」此指劉表招誘奸賊惡人作為自己的武將。⑲主萃淵藪　創造彙聚（羣逆）的環境，並自為其主。萃，聚集。藪，水淺草茂的大澤。此以淵藪指魚獸雜聚之地。《書·武成》：「今商王受無道，暴殄天物，害虐烝民，為天下逋逃主萃淵藪。」⑳郜鼎在廟二句　郜鼎置於魯廟，惡行彰顯無遺。郜鼎，春秋時郜國所造的大鼎。章，同「彰」。顯明。據《左傳·桓公二年》，宋人滅郜取鼎，後以賄魯桓公，桓公置於太廟，臧哀伯認為置賄器於太廟，不合禮法，且為最明顯的賄賂醜行。本句用郜鼎在廟喻劉表惡事彰著。㉑執　同「勢」。㉒國防　古以禮義與國體有關，為維護國體，禮義必須嚴明，為此而採取的防範措施，稱為國防。

【語　譯】臣聽說職領荊州牧劉表，兇狠迕逆，驕橫放肆，行為超出常軌法度，甚至於私行郊祭天地之禮，效法聖朝天子的典制。這些行為雖然昏亂僭越罪惡已極，其罪已不是誅殺所能容受，但對劉表私行國禮這件事，還是暫且隱忍為好。為什麼呢？天子最為敬重，帝王最為高尊，眾民視其身為聖哲之體，舉國奉其人為神靈之器，陛階級位高懸遠上，福祿尊位處於極限，就像蒼天不可拾階而上，就像日月不可追及逾越。每當出現一個卑賤逆臣，便稱言圖謀清除，這只能顯露其惡行於四方眾僚，無助於杜遏塞絕邪惡的萌念。我愚昧地認為：即便有此重罪，一定要隱諱忍耐。賈誼所說的「投鼠忌器」，大概指的就是這類事吧。因此，齊軍進駐楚地，只是責問包茅沒有按時進貢；周王的軍隊潰敗，《春秋》不書為晉人所敗。前不久已露布袁術僭號之罪，今又下議劉表之事，這是使那些跛牂小人圖望高階之位，使之認為高峻險要之處亦可登升的下策。案考劉表驕橫跋扈，擅自誅殺列侯，阻遏斷絕詔命，斷截盜取貢品，招誘元兇惡人，以作為本軍的將校，專為那眾多的逆臣亂子，創造彙聚的環境，並自為其主。這就像郜鼎置於魯廟，惡行彰顯無遺！就像桑葉零落瓦片碎解，劉表敗亡的大勢已略可見。臣愚以為應該隱忍劉表郊祭天地之事，以利於崇尚國禮大防。

【研　析】建安初年，皇室卑微，綱紀衰敗，軍閥僭越，各自為政。如何處置這些亂政的軍閥，孔融主張隱忍而待其自斃。這在獻帝手中無兵無權的情況下，是一個較為現實的主張。文章引史述理，辭正氣壯，是孔融較為常用的寫作手法。

薦禰衡表

【題　解】禰衡，字正平，平原郡般縣（今山東臨邑東北）人，漢末名士。本文作於建安初年。

臣聞洪水橫流，帝思俾乂，旁求四方，以招賢俊❶。昔世宗繼統，將弘祖業，疇咨熙載，羣士響臻❷。陛下❸睿聖，纂承基緒❹，遭遇厄運，勞謙日仄❺。維嶽降神，異人並出❻。竊見處士❼平原禰衡，年二十四，字正平，淑質貞亮，英才卓躒⑧。初涉藝文⑨，升堂睹奧⑩。目所一見，輒誦於口；耳所暫聞，不忘於心。性與道合，思若有神。弘羊潛計⑪，安世默識⑫，以衡准⑬之，誠不足怪。忠果正直，志懷霜雪。見善若驚，疾惡若仇。任座抗行⑭，史魚厲節⑮，殆無以過也！鷙鳥累百，不如一鶚⑯。使衡立朝，必有可觀——飛辯騁辭，溢氣坌⑰湧；解疑釋結，臨敵有餘。昔賈誼求試屬國，詭係單于⑱；終軍欲以長纓，牽致勁越⑲。弱冠⑳慷慨，前代美之。近日路粹、嚴象亦用異才擢拜臺郎，衡宜與為比㉑。如得龍躍天衢㉒，振翼雲漢㉓，揚聲紫微㉔，垂光虹蜺㉕，足以昭近署之多士，增四門之穆穆㉖。鈞天㉗廣樂，必有奇麗之觀；帝室皇居，必蓄非常之寶。若衡等輩，不可多得。〈激楚〉、陽阿㉘，至妙之容，賞伎㉙者之所貪；飛兔、騕褭㉚，絕足奔放，良、樂㉛之所急也。臣等區區㉜，敢不以聞。陛下篤慎取士，必須效試。乞令衡以褐衣㉝召見。若㉞無可觀采，臣等受面欺之罪。

【注　釋】❶臣聞洪水橫流四句　臣聽說遠古洪水氾濫，帝堯思謀使人治理，廣泛徵求四方各邦，以便招納賢能俊士。帝，指堯。相傳堯時洪水氾濫為患。俾，使。乂，治理。《書・堯典》：「帝曰：湯湯洪水方割……下民其諮，有能俾乂。」❷昔世宗繼統四句　從前漢武帝繼承皇統，將欲弘大祖宗功業，訪求振興國事之人，群英賢士響應而至。世宗，漢孝武帝劉徹的廟號，劉徹在位時尊儒重賢，國力強盛。世宗，《後漢書・禰衡傳》作孝武。統，絲的頭緒，引申為世代相繼的系統。疇咨，猶謂訪求，參見孔融〈喻邴原書〉注❹。熙載，明於事理之人。臻，至。❸陛下　指漢獻帝。❹纂承基緒　繼承漢家基業。纂，繼。基緒，猶謂基業。❺日昃　太陽偏西，此用《書・無逸》稱讚周文王勤政「自朝至于日中昃，不遑暇食」之意。❻維嶽降神二句　山嶽降下神靈，秀異之人同現並出。語用《詩・大雅・崧高》「維嶽降神，生甫及申」之意，形容秀異人才所生不凡。❼處士　未仕之人。❽卓躒　卓越超群。❾藝文　指儒學六經六藝之類。❿升堂睹奧　進入堂屋觀其隱奧。奧，屋的西南角。此用《論語・先進》孔子稱仲由「由也升堂矣，未入於室也」語，古人先入門，次升堂，最後入室，後喻學習的幾個階段。此句謂禰衡聰敏好學，初涉儒學，便略得其真義。⓫弘羊潛計　桑弘羊潛心算計。弘羊，桑弘羊，其十三歲時，因善於潛心算計而拜為侍中，漢武帝時任御史大夫。⓬安世默識　張安世默默強記。安世，張安世，漢武帝時因善於默記被擢為尚書令。識，記。⓭准　猶言比較。⓮任座抗行　任座高尚的言行。任座，戰國時魏文侯之臣。抗行，高尚的行為，此指任座批評魏文侯以中山之地封賜兒子之事。見《呂氏春秋・自知》。⓯史魚厲節　史鰌清厲的操節。史魚，即史鰌，春秋時衛國大夫，以正直敢諫著稱。厲節，清厲的節操。《論語・衛靈公》：「子曰：直哉史魚！邦有道如矢，邦無道如矢。」⓰鷙鳥累白二句　鷙鳥聚集百隻，不如一隻雕鶚。鷙鳥，鷹鸇一類的猛禽。鶚，雕屬猛禽。語見《漢書・鄒陽傳》鄒陽上疏。⓱坌　聚積。⓲昔賈誼求試屬國二句　當年賈誼請求嘗試治理屬國，以便責詰縛係單于。賈誼，西漢政論家、文學家。

屬國，漢代在邊郡設置的附屬國。詭，責。單于，漢時對匈奴君長的稱呼。據《漢書・賈誼傳》，文帝時匈奴為患，賈誼上疏稱「陛下何不試以臣為屬國之官以主匈奴？行臣之計，請必係單于之頸而制其命。」⑲終軍欲以長纓二句　終軍請用長纓，牽拘歸順強悍的南越。終軍，字子雲，漢武帝時任諫大夫。長纓，長的帶子，可用以捆綁人。據《漢書・終軍傳》，漢武帝派終軍出使南越以說服南越王入朝內附，終軍自請：「願受長纓，必羈南越王而致之闕下。」⑳弱冠　古時男子年二十行冠禮以示成人，其時亦稱弱冠之年。賈誼、終軍上述言行之時為二十多歲的青年。㉑近日二句　近日路粹和嚴象亦因優異才能被提拔為尚書郎，禰衡應當受到同等的對待。路粹，字文蔚。嚴象，字文則。臺郎，此指尚書郎。比，並列；等同。㉒天衢　天上的四通八達的大路。㉓雲漢　天河。㉔紫微　星座名，三垣之一，由環繞北極星的紫微左垣（共八顆星）和紫微右垣（共七顆星）組成。㉕虹蜺　彩虹。上述的天衢、雲漢、紫微、虹蜺均喻皇廷通顯榮華之地。㉖穆穆　端莊盛美貌。《書・舜典》：「賓于四門，四門穆穆。」此謂嘉賓齊聚（包括禰衡來朝）而為宮廷增添了肅穆之美。㉗鈞天　天的中央，據說為天帝遊居之處。《史記・趙世家》載趙簡子語：「我之帝所甚樂，與百神游於鈞天，廣樂九奏萬舞，其聲動心。」㉘激楚陽阿　激楚，曲名。陽阿，舞名。傅毅〈舞賦〉：「〈激楚〉、〈結風〉，陽阿之舞。」㉙賞伎　原作掌技，《後漢書・禰衡傳》作台牧，皆覺不通，今據張溥本、《四庫全書・孔北海集》、《乾坤正氣集選鈔》改。㉚飛兔騕褭　均為古代駿馬名。《淮南子・齊俗訓》：「夫待騕褭、飛兔而駕之，則世莫乘車。」㉛良樂　良，指王良，春秋時晉國的善御馬者。樂，指伯樂，春秋時秦國人，善相馬。㉜區區　愛慕之意。㉝褐衣　粗毛或粗麻織的短衣，泛指貧賤者的服裝。㉞若　原無「若」字，據《乾坤正氣集選鈔》補。

【語　譯】臣聽說遠古洪水氾濫，帝堯思謀使人治理，廣泛徵求四方各邦，以便招納賢能俊士。從前漢武帝繼承皇統，將欲弘大祖宗功業，訪求振興國事之人，群英賢士響應而至。陛下聰睿聖明，繼承漢家基業，遭逢當今的困厄之運，勤政謙恭日昃無暇。為此，山嶽降下神靈，秀異之人同現並出。我私下聞見處士平原郡禰衡，現年二十四歲，字正平，淑美佳質貞正清亮，英秀才能卓越超群。剛剛涉足六經宏文，便已升堂睹其精奧。雙目略一觀覽，便能誦讀於口；兩耳稍有所聞，便能銘記不忘。性情與大道契合，才思若秉有異神。桑弘羊的潛心算計，張安世的默默強記，與禰衡的才能相比，的確是不足為怪的事了。（禰衡）忠義果敢廉正直爽，心志純潔如懷霜雪。喜聞善事如駿馬驚起，憎恨惡事如面對敵仇。任座高尚的言行，史鰌清厲的操節，大概不能超過禰衡吧！鷙鳥聚集百隻，不如一隻雕鶚。若使禰衡立於朝廷，必有可觀的壯舉——飛思應辯馳翰騁辭，正氣蕩溢積聚噴湧；解析疑難辨釋癥結，面對強敵智謀有餘。當年的賈誼請求試理屬國，以便責詰縛繫單于；終軍請用長纓，牽拘歸順強悍的南越。這兩個人弱冠之時的慷慨陳辭，受到前代諸朝的讚美。近日的路粹和嚴象，亦因優異才能被提拔為尚書郎，禰衡應當受到同等的對待。（禰衡）如果能夠似龍騰躍天衢，（似鳳）振翅雲漢，激揚美聲於紫微，垂曜光華於虹蜺，足以顯明近幸府署的眾多賢士，增添皇室四門的盛美端莊。中天勝地的廣樂聲中，必有奇異美麗的景觀；賢帝聖皇的深室廣居，必蓄非同尋常的珍寶。像禰衡這樣的人才，不可多得。〈激楚〉之歌和陽阿之舞，是至極精妙的容態，為欣賞歌伎者所貪悅；飛兔之駿和騕褭之驥，是絕異勁足騰奔逸放的良馬，為王良、伯樂所急求。臣等心懷愛慕，怎敢不把這樣的人才報聞聖上。陛下篤誠審慎地選取人才，必須經過核驗考試。乞求讓禰衡以褐衣貧民的身分應召晉見。如果沒有可供觀覽擇採的才能，我們願受當面欺君的罪責。

【研　析】禰衡才思敏捷，尚氣剛傲，與孔融情投意合。孔融在建安初年極力保薦禰衡，對其寄予了殷切的期望。然獻帝庸弱，不能任用。本文辭采飛揚，語勢強勁，用詞壯偉卻不浮豔，用意懇切卻不逼急，古今兼論，類比數說，為歷代薦舉上表的佳作。

上書薦謝該

【題解】謝該，字文儀，南陽郡章陵縣（今湖北棗陽東）人，當世名儒，時為公車司馬令，以父母老，託疾辭官欲歸鄉里。孔融上書薦舉挽留。

臣聞高祖[1]創業，韓、彭[2]之將征討暴亂，陸賈、叔孫通進說《詩》《書》[3]；光武中興[4]，吳、耿[5]佐命，范升[6]、衛宏[7]修述舊業[8]，故能文武並用，成長久之計。陛下聖德欽明[9]，同符二祖[10]，勞謙厄運，三年乃歡[11]。今尚父鷹揚[12]，方叔翰飛[13]，王師電鷙，羣凶破殄[14]，始有櫜弓臥鼓之次[15]。宜得名儒，典綜禮紀。竊見故公車司馬令[16]謝該，體曾、史[17]之淑性[18]，兼商、偃[19]之文學，博通羣藝，周覽古今，物來有應，事至不惑，清白異行，敦悅[20]道訓。求之遠近，少有疇匹[21]。若乃巨骨出吳㉒，隼集陳庭㉓，黃能入寢㉔，亥有二首㉕，非夫洽聞㉖者，莫識其端㉗也。雋不疑定北闕之前㉘，夏侯勝辯常陰之驗㉙，然後朝士益重儒術。今該實卓然，比跡前列。間以父母老疾，棄官欲歸，道路險塞，無由自致。猥㉚使良才抱樸㉛而逃，逾越山河，沉淪荊楚，所謂往而不反者也。後日當更饋樂以釣由余㉜，尅像以求傅說㉝，豈不煩哉？臣愚以為可推錄所在，召該令還。楚人止孫卿之去國㉞，漢朝追匡衡於平原㉟，尊儒貴學，惜失賢也！

《後漢書・儒林傳下》

【注釋】❶高祖　漢高祖劉邦。❷韓彭　指韓信和彭越，二人為劉邦大將，多建奇功。❸陸賈叔孫通進說詩書　陸賈、叔孫通等名儒進說《詩》、《書》精義。陸賈，漢初任太中大夫，常以《詩》、《書》之義論國事，著有《新語》一書，劉邦稱善。叔孫通，漢初博士，漢朝禮制典儀大都是他制定的。❹光武中興　光武帝中興漢業。光武，東漢光武帝劉秀，因其再立劉氏王朝，故有中興之稱。❺吳耿　吳漢與耿弇。吳漢，字子顏，劉秀任為偏將軍，勇而有謀，諸將鮮有及者，後位至大司馬。耿弇，字伯昭，劉秀拜為建威大將軍，功勳卓著，為東漢開國名臣。❻范升　字辯卿，博通典籍，劉秀拜為議郎，後遷博士，每有大事，劉秀總要徵詢范升意見。❼衛宏　字敬仲，東漢名儒，劉秀拜為議郎。❽舊業　東漢初年瀕臨荒廢的儒學。❾欽明　古以敬事節用謂之欽，照臨四方謂之明，此謂獻帝之德。❿二祖　指劉邦和劉秀。⓫三年乃歡　語本《禮記・檀弓下》：「高宗三年不言，言乃歡。」本指古時居喪三年的禮制，此指獻帝行止從禮，靈帝死後居喪三年。⓬尚父鷹揚　姜尚之臣鷹擊奮揚。尚父，姜太公呂望，此喻賢臣。鷹揚，喻大展雄才。《詩・大雅・大明》：「維師尚父，時惟鷹揚。」⓭方叔翰飛　方叔之士振翰高飛。方叔，西周卿士，此喻賢臣。翰飛，亦喻才得舒展。《詩・小雅・采芑》：「方叔涖止……其飛戾天。」⓮殄　滅絕。⓯始有櫜弓臥鼓之次　方有這藏弓息鼓的大好形勢。櫜，收藏甲衣或弓箭的袋子。《詩・周頌・時邁》：「載戢干戈，載櫜弓矢。」臥鼓，息鼓。次，居次，此指局勢。⓰公車司馬令　簡稱公車令，衛尉的屬官，掌警衛司馬門，接受臣民上書及頒布朝中徵召之事。⓱曾史　曾參與史鰌。曾參，孔子學生，以通孝道著稱。史鰌，參見孔融〈薦禰衡表〉注⓯。⓲淑性　美好的品性。⓳商偃　卜商與言偃。卜商，孔子學生。言偃，孔子學生。商、偃二人以精於文學而被列為孔門四科的文學科高足。⓴敦悅　同「敦閱」。篤信深好之意。㉑疇匹　比配、匹敵之人。疇，通「儔」。嚴本作儔。㉒巨骨出吳　據《史記・孔子世家》，春秋時吳國伐越會稽，得一巨大骨骸，不識，問於孔子，孔子稱為被禹所殺防風氏之骨，吳人讚歎不已。㉓隼集陳庭　據《史記・孔子世家》，孔子在陳國時，有隼落在庭院而死，身上插有楛木石簇的箭，陳湣公不識，派人詢問孔子，始明其故。隼，即鶚，兇猛善飛。㉔黃能入寢　黃熊進入寢門。據《左傳・昭公七年》，春秋時晉侯有病，韓宣子夢黃熊入寢門，不明何義。問於鄭國子產，子產說是鯀神在作祟，可祀夏郊。宣子從之，晉侯的病逐漸痊癒。黃能，黃熊。㉕亥有二首　為亥有二首六身一語的省略。據《左傳・襄公三十年》，晉國有一老者不知自己年齡，史趙據亥字的二首（指亥字的上邊兩筆）六身（古人以丄或丅代表六，亥字的小篆寫法下部皆為丅形構成），算定長者已活二萬六千六百六十日，為七十三歲。㉖洽聞　指知識豐富，見聞廣博。㉗端　端緒，此指事情的原由始末。㉘雋不疑定北闕之前　雋不疑認定詐偽之人於北闕之前。雋不疑，字曼倩，漢昭帝時為京兆尹。闕，宮門。漢昭帝時有人冒稱衛太子詣北宮門，眾人不識真偽。雋不疑據《春秋》經義知其偽，經驗問，果為奸人冒充。雋不疑因此而顯名朝廷。事見《漢書・雋不疑傳》。

㉙夏侯勝辯常陰之驗　夏侯勝陳述天常陰雨將會有人欺主的應驗。夏侯勝，字長公，漢昭帝時為博士，光祿大夫。昭帝卒，昌邑王嗣立。夏侯勝據《尚書》天常陰雨宜防臣下謀上之說，勸昌邑王少出遊獵，昌邑王不聽。十餘日後，被霍光等廢黜。事見《漢書．夏侯勝傳》。㉚猥　假若。㉛樸　淳樸而美好的素質。㉜饋樂以釣由余　贈送女樂以謀取由余。饋，贈。釣，求取。由余，春秋時西戎的賢者。秦穆公為使由余歸秦，贈戎王女樂以亂其志，離間君臣關係，然後多次派人邀請由余，遂使由余棄戎歸秦。事見《史記．秦本紀》。㉝剋像以求傅說　剋畫像貌以尋求傅說。剋像，刻畫像貌。傅說，殷相。相傳殷王武丁夢得賢人名說，按其像貌求之國中，始得傅說。事見《史記．殷本紀》。㉞楚人止孫卿之去國　楚人阻止荀子離開楚國。孫卿，即荀子，名況，戰國時趙人。楚相春申君聘荀子為蘭陵令，因受讒言，荀子離楚去趙。後有人勸春申君尊賢。遂復聘荀子，使仍為蘭陵令。事見《戰國策．楚策四》。㉟漢朝追匡衡於平原　漢朝追尋匡衡於平原任所。匡衡，字稚圭，貧而好學。平原，西漢封國名，治所在今山東平原西北。據《漢書．匡衡傳》，匡衡初在平原任文學之職，漢宣帝時受薦入京，宣帝未任用，仍讓匡衡任平原文學。宣帝死後，史高薦之於漢元帝，遂入朝為郎中，遷博士，給事中，光祿大夫，太子少傅，後至丞相。

【語譯】臣聽說高祖（劉邦）創立漢家基業，有那韓信、彭越等名將協助征討暴亂，有那陸賈、叔孫通等名儒進說《詩》、《書》精義；光武帝（劉秀）中興漢家大業，有那吳漢、耿弇等名將輔佐王命，有那范升、衛宏等學者重振儒學舊業，所以能夠文韜武略並得施用，而成就漢朝的長治久安之計。陛下美德欽明，同於二位祖先。勤謹謙恭以應付厄運，服喪三年之後方有歡顏。時今姜尚之臣鷹擊奮揚，方叔之士振翰高飛，王者之師雷疾鷙勇，諸路兇頑破敗殄滅，方有這藏弓息鼓的大好形勢。應當訪求名儒，典理禮義綱紀。我私下裡聽說原公車司馬令謝該，身秉曾參、史鰌般的美好品性，兼有卜商、言偃的文章博學，廣通各種技藝，遍覽古今典籍，萬物前來皆有應對，雜事猝至亦不困惑，清廉純潔行為優異，篤信深好聖道古訓。訪求遠近之士，罕有與之儔匹。至於當年的巨骨出於吳人之手，隼鳥落於陳國之院，子產黃熊入門之說，史趙亥有二首之解，除非博聞廣識之人，沒有誰能夠審識其端由。雋不疑認定詐偽之人於北闕之前，夏侯勝陳述天常陰雨會有人欺主之語的應驗，於是朝廷眾士更重儒術。現今謝該實為卓然之士，堪與前代列賢並駕齊驅。近因父母衰老多病，棄官欲歸，道路艱險壅塞，無法安返故鄉。假若使賢良之才抱有美質而逃避現實，超越山河，埋沒在荊楚僻壤，則是所說的去而不返的人了。日後再用贈送女樂以謀取由余，剋畫像貌以尋求傅說（的方法求取謝該），難道不是更麻煩嗎？臣愚昧地認為可以推問記錄謝該現在所處的地方，徵召謝該使之歸還。當年楚人阻止荀子離開楚國，漢朝追尋匡衡於平原任所，都是在尊重名儒貴崇學者，捨不得失去賢人呀！

【研　析】基於其政治理想，孔融極力薦舉儒士學者入朝為官。文中累述先儒治國理政的功績，盛譽謝該的德才品性，奉勸獻帝不要失賢。文章以國家大計為始終，以前代事例相佐證，有理有情，入理入情。於是，「書奏，詔即徵還，拜議郎」（《後漢書・儒林傳下》）。

與王朗書

【題　解】王朗，字景興，獻帝時為會稽太守。後被孫策擊敗，流移窮困。建安三年（西元一九八年），曹操表奏獻帝，徵召王朗為官。王朗由曲阿（今江蘇丹陽）乘船輾轉而來。途中，孔融寄此書慰問。

世路隔塞，情問❶斷絕，感懷增思。前見章表，知尋湯武罪己之跡❷，自投東裔❸，同鯀之罰❹。覽省未周❺，涕隕潸然❻。主上寬仁，貴德宥過❼。曹公輔政，思賢並立。策書❽屢下，殷勤款至❾。知櫂舟❿浮海，息駕廣陵⓫，不意黃熊突出羽淵也⓬。談笑有期，勉行自愛。

《三國志・魏書・王朗傳》注

【注釋】❶問　音訊。❷尋湯武罪己之跡　追尋商湯與周武王嚴於責己的舊跡。湯武，商王湯與周武王。《論語・堯曰》載湯禱雨之辭說：「朕躬有罪，無以萬方；萬方有罪，罪在朕躬。」《淮南子》載有周武王欲在五行山建宮室，周公勸諫後即認錯改正之事。孔融引湯、武之事，喻王朗被孫策戰敗後，罪己薄德避居自省事。❸東裔　東方的邊遠之地。王朗兵敗後渡海逃至東冶（今福建閩侯東北）。❹同鯀之罰　等同於鯀所受的懲罰。鯀，堯臣，禹父，因治水無功，被舜誅於東裔羽山。❺周　遍。❻潸然　淚流貌。❼宥過　赦免罪過。❽策書　文體名，多用於帝王的任命。❾款至　形容情意熱誠親切。❿櫂舟　划船。⓫廣陵　今江蘇揚州。⓬不意黃熊突出羽淵也　沒想到黃熊已經越出羽淵了。據《國語・晉語八》，鯀死於羽山，化為黃熊，而入於羽淵。此以黃熊越出喻王朗復返漢朝。

【語譯】世間路途阻隔壅塞，情況音訊久已斷絕，感事傷懷使人更增憂思。日前見上奏表章，知您追尋商湯與周武王嚴於責己的舊跡，自投邊裔東冶，實與鯀所受的懲罰相同。觀閱表章未及一遍，淚已滾落流淌不止。當今皇上寬厚仁義，貴崇有德赦免有過。曹公輔佐朝政，思望賢士並立於朝。策命之書屢次頒下，殷勤情意誠摯懇切。知您行舟渡海，暫息大駕於廣陵，真不曾意料黃熊已經越出羽淵了。歡談言笑已有佳期，勉力而行好自珍愛。

【研　析】王朗為一廉正文官，時人稱譽。孔融聽說王朗於患難之中得返漢朝，欣然作書，致以勉慰。文中有對王朗遭遇的感傷，也有對曹操招納賢士的讚揚。全文悲喜交集，輕逸灑脫，很有情味。

薦趙臺卿書

【題　解】趙臺卿，即趙岐，京兆長陵縣（今陝西咸陽東北）人。據《後漢書・趙岐傳》，曹操為司空時，光祿勳桓典、少府孔融上書薦舉趙岐，於是拜趙岐為太常。查袁宏《後漢紀》，趙岐建安四年二月時任太僕。全文僅存一句。

趙岐博古。

【語　譯】趙岐博識古事。

南陽王馮、東海王祗祭禮對

【題　解】《後漢書．孔融傳》稱「（建安）五年，南陽王馮、東海王祗薨，帝傷其早歿，欲為修四時之祭，以訪於融。」融以此相對。南陽王馮，漢獻帝子，建安五年七月立為王，當月即亡，其時獻帝年方二十。東海王祗，東海恭王劉彊的玄孫，在位四十四年（據《後漢書．光武十五王傳》），是年十月卒。李賢注稱馮、祗「並獻帝子」，似誤。獻帝哀傷，主要為其幼子。

聖恩敦睦，感時增思，悼二王之靈，發哀愍之詔，稽度前典，以正禮制。竊觀故事，前梁懷王❶、臨江愍王❷、齊懷王❸、臨淮公❹並薨無後，同產昆弟，即景、武、昭、明四帝是也，未聞前朝修立祭祀。若臨時所施，則不列傳紀。臣愚以為諸在沖齔❺，聖慈哀悼，禮同成人，加以號謚者，宜稱上恩，祭祀禮畢，而後絕之。至於一歲之限❻，不合禮意，又違先帝已然之法，所未敢處❼。

《後漢書・孔融傳》

【注釋】❶梁懷王　指劉揖，漢景帝的弟弟，在位十年而死。❷臨江愍王　指劉榮，漢武帝的哥哥，因侵地犯法而自殺。❸齊懷王　指劉閎，漢昭帝異母兄，在位八年而死。懷原作哀，據李賢注改。❹臨淮公　指劉衡，漢明帝的弟弟，沒來得及進爵為王而死。公原作王，據李賢注改。❺沖齔　兒童換牙，喻其年幼。❻一歲之限　即《後漢書・孔融傳》所言「四時之祭」。❼處　決斷。

【語譯】聖王隆恩敦厚親睦，感傷今時更增哀思，悼念二王的亡靈，發出哀憫的詔告，稽考思度前代章典，以求端正禮規法制。我私下觀考故例舊事，前代的梁懷王劉揖、臨江愍王劉榮、齊懷王劉閎、臨淮公劉衡均為死而無後繼之人，他們的同胞兄弟，便是景、武、昭、明四帝，沒有聽說前代諸朝為之修立祭祀的事。如果臨時曾施以祭祀之禮，則不被列入傳記的記載。臣愚昧地認為諸王恰在童幼之時，聖上慈愛哀悼，葬禮同於成人，且有賜以謚號的，應該稱揚聖上隆恩，祭祀典禮完畢，然後絕而不行。至於以一年作為祭祀的期限，不符合禮法之意，又違背先帝已經成定的舊法，所以不敢輕易決斷。

【研析】獻帝幼子剛剛封王，便遭夭亡。獻帝傷心悲哀，欲為子祭祀一年。孔融引述前代故制，勸說獻帝遵循舊章，僅行臨時祭祀之禮。全文委婉暢達，語言和緩，暗隱著孔融對漢獻帝的同情。

上三府所辟稱故吏事

【題解】本文是孔融為三府徵辟之士可稱故吏所作的上書。三府，漢代太尉、司徒、司空設立的府署。辟，徵召。故吏，故舊屬吏之意，時以為美稱。

三府所辟，州郡所辟，其不謁署❶，不得稱故吏。臣惟古典，《春秋》「女在其國稱女，在途稱婦❷」，然則在途之臣應與為比❸。《穀梁傳》曰：「天子之宰，通於四海❹。」三公❺之吏，不得以未至為差。狐突曰：「策名委質，二乃辟也。」❻奉命承教，策名也。昔公孫嬰齊卒於貍蜃，時未入國，魯公以大夫之禮加焉❼。《傳》曰：「吾固許之返為大夫❽。」延陵季子解劍帶徐君之墓，以明心許之信❾。況受三公之招，修拜辱之辭❿，有資父事君之志耶？臣愚以禮宜從重。三公所召，雖未就職，便⓫為故吏。

《通典》六十八

【注釋】❶謁署　至署晉見主官而就任其職。❷女在其國稱女二句　見《公羊傳・隱公二年》，何休認為：稱女為「未離父母之辭」，稱婦為「在途見夫，服從之辭」。❸比　類比。❹天子之宰二句　見《穀梁傳・僖公九年》，范甯集解：「宰，天官冢宰，兼為三公者。」❺三公　東漢指太尉、司徒、司空，為掌管軍政大權的最高長官。❻狐突曰三句　見《左傳·僖公二十三年》。狐突，春秋時晉大夫。策名，書名字於策上，古人始仕必先書其名於策。委質，同「委贄」。指初見尊長時所送的禮品，古代臣下向君主獻禮以表示獻身。《國語·晉語九》：「委質為臣，無有二心，委質而策死。」韋昭注：「言委質於君，書名於冊，亦必死也。」二，二心。辟，罪過。❼昔公孫嬰齊卒於貍蜃三句　從前公孫嬰齊卒於貍蜃，其時尚未進入魯國，魯成公用大夫的禮儀埋葬他。公孫嬰齊，春秋時魯國人，魯成公十七年十月卒。貍蜃，《左傳》作貍脤，《公羊傳》作貍軫，《穀梁傳》作貍蜃，不詳何地。公孫嬰齊因故出奔於晉，後來魯成公至晉，晉侯欲拘執成公，嬰齊為其說情方釋之，成公許諾嬰齊，歸返則命其為魯國大夫。嬰齊歸，未入魯境而卒，成公亦命以大夫之禮葬之。❽吾固許之返為大夫　見《公羊傳·成公十七年》，為魯成公語。❾延陵季子二句　延陵季子解下劍帶繫在徐君墓旁的樹上，用以表明內心許諾的誠信。延陵季子，又名季札，春秋時吳王壽夢之子。出使途經徐國，徐君喜歡季札的佩劍，但沒有說出來。季札心裡明白，但因須聘使他國，沒有贈送徐君。後來季札歸還至徐，徐君已死，季札解劍繫於徐君墓旁樹上而離去。隨從有人以徐君已死相勸，季札說：「當初我心中已經許諾把寶劍贈與徐君，怎能因他已死而違背我的初衷呢？」事見《史記·吳世家》。❿拜辱之辭　指接受官職的人對上官的答謝之辭。辱，辱賜恩命之意。⓫便　原作系，據嚴本改。

【語　譯】現今三府徵辟的人，以及州郡徵辟的人，其中沒有到職就任的，不能稱為故吏。臣思度前代典籍，《春秋》稱「女子在其本國稱為女子，嫁往他國途中稱為婦人」，既然這樣，那麼在路途之中的應召之臣亦應當與之比類。《穀梁傳》說：「天子的冢宰大臣，職權可通達四海。」漢朝三公的屬吏，不應把沒有到職作為一種差別。狐突說：「書名於策，獻贄於朝，若懷二心，則為罪過了。」接受三府的使命，承接州郡的教令，也是書名於策的舉動。從前公孫嬰齊卒於貍蜃，其時尚未進入魯國，魯成公用大夫的禮儀埋葬他。《公羊傳》引魯成公的話說：「我已經答應他返回魯國即為大夫。」延陵季子解下劍帶繫在徐君墓旁的樹上，用以表明內心許諾的誠信。何況接受三公的邀求，修治拜官辱命的答辭，具有資養父老般侍奉君主的志向的應召之臣呢？臣愚昧地認為禮節應當從重。三公徵召之人，雖然尚未就職，便可稱為故吏。

【研　析】本文主張應徵之士雖未就職，亦可享有故吏的美稱。其目的，是在鼓勵在野的賢能之士入朝作官。這在當時百廢待興的情況下，具有一定的積極意義。孔融善於引史以論事，本文可略見一斑。

與韋林甫書

【題　解】韋林甫，即韋端，京兆（今陝西西安）人，官至太僕。林甫，嚴本作休甫，張溥本、《四庫全書・孔北海集》作甫休。《三國志・魏書・呂布傳》注言及京兆人韋休甫，不知是否指韋端，故暫從《藝文類聚》作林甫。

使君足下❶：懷❷遠垂動，西戎即敘❸。前別意恨，甚多不悉。辛從事❹至，承獲所訊❺。喜而起居❻，不恙❼而到也。云便❽結駟❾，徑至舊治⑩。西土之人，宗服令德⑪，解仇崇好，以順風化⑫。萬里雍穆，如樂之和⑬。雖為國家威靈感應，亦實士縠堪事之效⑭也。昔伯安由幽都而登上司⑮，子琰以豫州而取宰相⑯，近事未遠，當勉功業，以豐此慶⑰耳。聞僻疾動⑱，不得復與足下岸幘⑲廣坐，舉杯相於⑳，以為邑邑㉑。前日元將㉒來，〔淵才亮茂㉓，〕雅度弘毅㉔，偉世㉕之器也。昨日㉖仲將㉗復來，〔懿性貞實㉘，〕文敏篤誠，保家之主也。不意雙珠近出老蚌㉙，甚珍貴之。遺書通心。

《藝文類聚》五十三

【注釋】❶使君足下　使君，漢時對刺史的稱呼，韋端曾任涼州刺史，萬斯同《三國漢季方鎮年表》記其在中平六年（西元一八九年）至建安七年（西元二〇二年），共任十三年涼州刺史。足下，敬詞，多用於書面語。❷懷　安撫。❸西戎即敘　西戎，古時對西北少數民族的統稱。時韋端的涼州治所在隴縣（今甘肅張家川回族自治縣），多與少數民族打交道。即敘，同「就序」。指服順。《書・禹貢》：「西戎即敘。」❹辛從事　韋端屬吏，人名，事蹟不詳。辛，文淵閣本《孔北海集》作幸。考中平元年辛曾任涼州從事，時州刺史為左昌，至建安時代已有十餘年，恐不合情理。查《三國志・魏書・楊阜傳》，韋端任刺史時，有涼州從事楊阜，於袁曹官渡大戰前夕，作為韋端的使者進詣許都，則孔融所言或為此事，則辛似當作幸，待考。從事，漢制刺史的佐史

（如別駕、治中、主簿等）均可稱為從事。❺訊 告。❻起居 作息，此指韋端返回任所時途中的作息。❼恙 憂困。❽便 安。❾結駟 一車並駕四馬。《楚辭・招魂》王逸注：「結，連也。四馬為駟。」❿舊治 指涼州治所隴縣。⓫宗服令德 敬仰佩服您的美德。宗，敬。令德，美德。⓬風化 教化。⓭萬里雍穆二句 萬里疆域雍和敬穆，猶如奏樂那樣的和諧。雍穆，和睦親敬。《左傳・襄公十一年》載晉侯讚譽魏絳時說：「子教寡人和諸戎狄以正諸華，八年之中，九合諸侯，如樂之和，無所不諧。」孔融引用「如樂之和」讚譽韋端治理涼州之功（從熊清元先生說）。⓮士穀堪事之效 士穀之臣勝任君事的功績。士穀，又作士縠，春秋時晉國大夫，曾任司空。堪事，勝任其事。士穀曾在晉公未至的情況下，與魯、鄭、宋、陳諸國訂立盟約。《左傳・文公二年》：「公未至，六月，穆伯會諸侯及晉司空士縠盟於垂隴，晉討衛故也。書『士縠』，堪其事也。」此用士穀喻韋端。⓯昔伯安句 前幾年劉虞從幽州刺史升登太尉。伯安，東漢劉虞的字。幽都，幽州。上司，東漢時稱太尉為上司。據《後漢書・劉虞傳》，劉虞曾任幽州刺史，治政有方，鮮卑、烏桓、夫餘諸族不敢擾邊，漢靈帝時拜為太尉。⓰子琰以豫州而取宰相 黃琬由豫州刺史受任司徒。子琰，東漢黃琬的字。豫州，漢武帝十三刺史部之一，治所在譙（今安徽亳州）。宰相，指執掌朝政的高官，包括三公。據《後漢書・黃琬傳》，黃琬在漢靈帝中平初年任豫州刺史，董卓秉政時徵為司徒。⓱慶 善。⓲間僻疾動 近來因邪僻的疾病生發。間，近。間原作聞，考涼州從事已言韋端「無恙」，則本句之「疾」當指孔融，故據張溥本、嚴本改聞為間。僻，邪。⓳岸幘 推起頭巾，露出前額，形容衣著簡率不拘。⓴相於 相厚。㉑邑邑 同「悒悒」。憂鬱不樂貌。㉒元將 韋端之子韋康的字。康繼端為涼州刺史，建安十七年（西元二一二年）八月被馬超殺害。㉓淵才亮茂 據《三國志・魏書・荀彧傳》注補。㉔弘毅 剛強果斷。㉕偉世 偉下原無世字，據《三國志・魏書・荀彧傳》注補。㉖日 原無日字，據《三國志・魏書・荀彧傳》注補。㉗仲將 韋端之子韋誕的字。誕有文才，建安中為官，至光祿大夫。㉘懿性貞實 秉性美好淳真樸實。懿，美好。原無懿性貞實四字，據《三國志・魏書・荀彧傳》注補。㉙不意雙珠近出老蚌 不曾想到一對寶珠近日俱出老蚌之中。雙珠，喻韋康、韋誕兄弟。老蚌，喻韋端。

【語　譯】使君足下：您以懷來遠民垂示卓勳，西戎諸族就序服順。先前分別之後情意憾恨，甚多思念無法盡述。幸而涼州從事到許，得獲所言近況。喜您起居如常，平安而到。說您安結騆車，直達舊日治所。西方各族人民，敬仰佩服您的美德，消解舊仇崇尚友善，以身順從禮治教化。萬里疆域雍和敬穆，猶如奏樂那樣的和諧。雖然有國家的威嚴、神靈的感悅照應，也實在是士轂之臣勝任君事的功績。前幾年劉虞從幽州刺史升登太尉，黃琬由豫州刺史受任司徒，這些近年之事尚不久遠，您亦當勉力建功立業，以豐大您的善行美德。我近來因邪僻的疾病生發，不能再次與您聳巾露額廣庭共坐，舉杯暢飲相親相歡，因此心中悒悒不樂。前天元將來訪，（深感他）「才識淵博亮節豐茂，」溫雅大度剛強果毅，是壯偉於世的大器。昨天仲將又來訪，（深感他）「秉性美好淳真樸實，」文雅聰敏篤厚真誠，是保持家運的賢主。不曾想到一對寶珠近日俱出老蚌之中，應該十分珍重他們。謹奉此信通達我心。

【研　析】韋端時為涼州刺史，主持一方軍政，在當時很有影響。孔融信中高度讚揚了韋端協調治理西北各族的功績，勸勉他保持榮譽，再接再厲。字裡行間，體現了孔融對韋端的敬重。同時，卻又有著官場中相互酬答的俗意，顯得詞語浮奢而真情不濃。

答虞仲翔書

【題解】虞仲翔，即虞翻，會稽郡餘姚縣（今安徽餘姚）人，時佐孫權，為富春長。《三國志・吳書・虞翻傳》稱「翻與少府孔融書，並示以所著《易注》」，孔融以此相答。

示❶所著《易傳》❷，自商瞿❸以來，舛❹錯多矣。去聖彌遠，眾說騁辭。曩❺聞延陵❻之理樂，今睹吾君之治《易》，乃❼知東南之美者，非但會稽❽之竹箭焉。又觀象雲物❾，察應寒溫，原其❿禍福，與神會契⓫，可謂探賾⓬窮道者已。方世清聖，上求賢者。梁丘以卦筮寧世⓭，劉向以《洪範》昭名⓮。想當來翔，追蹤前烈，相見乃盡，不復多陳。

《藝文類聚》五十五

【注釋】❶示　同「視」。❷易傳　即〈虞翻傳〉所說虞翻著的《易注》，為注釋《易》的專著，已佚，清人孫堂、黃奭分別有輯本。❸商瞿　字子木，春秋時魯國人，曾隨孔子學《易》。❹舛　謬誤。❺曩　往昔。❻延陵　指春秋時吳國的季札，其封邑在延陵，亦稱其為延陵季子。季札於魯襄公二十九年出使魯國，曾遍聽周樂而講述諸樂之旨，事見《左傳・襄公二十九年》。❼乃　原無乃字，據〈虞翻傳〉補。❽會稽　山名，又稱防山、茅山，在浙江紹興東南，相傳夏禹大會諸侯於此記功，故名。《爾雅・釋地》：「東南之美者，有會稽之竹箭焉。」❾雲物　雲色，主要指日旁雲氣之色，古人據以判斷吉凶。❿原其　原作本，據〈虞翻傳〉改。

原，考究。⑪會契　合契。〈虞翻傳〉會作合。⑫賾　精微深奧。⑬梁丘以卦筮寧世　梁丘賀因占卦知惡而安寧當世。梁丘，西漢梁丘賀，字長翁，從京房學《易》，侍漢宣帝，占筮而知有人以兵謀反，後果然捉得刺客任章，梁丘賀因此而得近幸，官至少府。事見《漢書・儒林傳》。⑭劉向以洪範昭名　劉向因寫作《洪範》之書而昭顯聲名。劉向，字子政，漢成帝時著《洪範五行傳論》，談五行陰陽之應符瑞災異之兆，因而知名於世。事見《漢書・楚元王傳》。

【語　譯】細讀您所著《易傳》，深感自商瞿以來，謬誤錯亂太多啦。離開聖人越加遙遠，眾俗雜說越騁展乖辭。往昔聽說季札順理周樂，今日觀睹您在修治《易》學，於是方知東南方的佳美珍品，不僅僅是會稽的竹箭啊。另外，《易》可以幫助人們觀看天象的雲物之色，察覽應時的寒溫冷暖，考究其間的禍福徵兆，與那神靈相合相契，這真可以說是探求精奧窮盡天道的好書呀。當今世道清正聖明，主上渴求賢良之人。當年梁丘賀因占卦知惡而安寧當世，劉向因寫作《洪範》之書而昭顯聲名。想您應當來此遊翔，追尋跟蹤前代賢烈，相見之日方能盡言，此處不再多加陳述。

【研　析】虞翻出於四代治《易》之家，高祖父虞光，曾祖父虞成，祖父虞鳳，父親虞歆，都致力於研究《易》學，所以虞翻作《易注》，能夠突破前人之說，多有創見。這在當時社會動亂，學風不振的情況下，是很難得的。對此，孔融給予了很高的評價。同時，鑑於虞翻不應徵辟，孔融引述前代事例，懇望虞翻入朝為官。全文語氣平允持重，兼有對虞翻學識的欣賞和對其前途的關切。

遺張紘書

【題　解】遺，給予。張紘，字子綱，廣陵郡（今江蘇揚州西北）人，建安四年（西元一九九年）入朝任侍御史，與少府孔融等親善。時張紘輔佐孫權，為會稽東部都尉，深受孫權信任。

聞大軍西征❶，足下❷留鎮。不有居者，誰守社稷？深固折衝❸，亦大勳也。無乃李廣之氣，倉髮益怒，樂一當單于，以盡餘憤乎❹？南北並定，世將無事，叔孫投戈❺，絳、灌俎豆❻，亦在今日。但用❼離析，無緣會面，為愁歎耳。道直途清，相見豈復難哉？

《三國志・魏書・張紘傳》注

【注　釋】❶大軍西征　指建安八年（西元二〇三年）孫權率軍西征江夏太守事。❷足下　對張紘的敬稱。❸折衝　折還遠敵的衝突兵車。❹無乃李廣之氣四句　這不是同於李廣的豪情盛氣，頭髮蒼白而愈加壯怒，樂以一身抵擋單于，以求盡出剩餘憤恨的壯舉嗎。無乃，疑問副詞。李廣，西漢名將，與匈奴七十餘戰，功績卓著。倉，通「蒼」。單于，匈奴的首領名。據《漢書・李廣傳》，李廣隨衛青擊匈奴，李廣稱「乃今一得當單于，臣願居前，先死單于」。李廣當時六十多歲。孔融引李廣事，喻五十餘歲的張紘。❺叔孫投戈　叔孫通棄武從文。叔孫，叔孫通，西漢名臣。叔孫原作孫叔，據何焯校改。投戈，謂投棄干戈兵器以務禮教。揚雄〈解嘲〉：「叔孫通起于袍鼓之間，解甲投戈，遂作君臣之儀，得也。」❻絳灌俎豆　周勃、灌嬰執掌俎豆之事。絳灌，絳侯周勃與潁川侯灌嬰，二人為西漢名將。俎豆，泛指禮器。孔融言叔孫通、周勃、灌嬰棄武從文事，意謂天下安定，張紘等更可施展才華了。❼用　因。

【語　譯】近聞孫權大軍西征江夏，足下留居鎮守。沒有能人居守，誰來護衛社稷？您深穩持守折衝有備之勢，也是一大功勳。這不是同於李廣的豪情盛氣，頭髮蒼白而愈加壯怒，樂以一身抵擋單于，以求盡出剩餘憤恨的壯舉嗎？南北並得安定，世間將無戰事。叔孫通棄兵而興禮儀，周勃、灌嬰執掌俎豆之事，亦會發生在今天。只是因為離居分處，沒有緣由會面，為此而憂愁哀歎呀。待到王道通直世途清暢的時候，我們彼此相見難道還會很難嗎？

【研　析】建安四年，張紘入漢朝任侍御史，與孔融建立了深厚的友誼。此刻二人分居異地，且均年過五十。孔融作文申述恩情，表達了共同盡餘憤，投干戈，施展教化之才的願望。文中充滿了對友人的念思，亦蘊含著老者渾健的情思。

又遺張紘書

【題　解】據《三國志・魏書・張紘傳》注，紘既好文學，又善楷篆，給孔融親書回信，孔融作此文相答。

前勞手筆，多篆書。每舉篇見字，欣然獨笑，如復睹其人也。

《三國志·魏書·張紘傳》注

【語譯】先前勞您親手運筆，多有篆書。每當奉讀大作見您手跡，常常欣然獨笑，猶如又見到作書的人。

上漢帝褒厚老臣書

【題解】標題原作〈上書〉，《太平御覽》三百六十九同，張溥本作〈上漢帝書〉，《四庫全書·孔北海集》作〈褒厚老臣書〉，今據文意擬此標題。

先帝褒厚老臣，懼其隕越❶，是故扶接，助其氣力。三公刺掖❷，近為憂之，非❸警戒也。云備大臣，非其類也。

《東觀漢紀》二十一

【注釋】❶隕越　喻衰老死亡。❷刺掖　同「刺腋」。指被人從兩側攙扶。❸非　《御覽》作罪。

【語譯】先代帝王褒獎厚待老年之臣，擔心他們的身體衰亡，所以派人攙扶接送，以便助其氣力。三公老臣被人攙扶侍立朝廷，近來很為此事憂慮，這樣做並不利於老臣的警敕告誡。若說是為了使大臣們齊備於朝，並不是那麼回事呀。

【研　析】孔融主張敬待老臣，但反對用「刺掖」的形式對待老臣。本文用語坦直，符合孔融性格風尚。

上書請准古王畿制

【題　解】《後漢紀》稱此文為孔融於建安九年（西元二〇四年）九月任太中大夫時所作。王畿，古代稱王城周圍千里的地域。

臣聞先王分九圻以遠及近❶，《春秋》「內諸夏而外夷狄❷」，《詩》云「封畿千里，惟民所止❸」，故曰：「天子之居，必以眾大言之❹。」周室既衰，六國❺力征，授賂割裂諸夏。鎬京❻之制，商邑之度，歷載彌久，遂以暗昧❼。秦兼天下，政不遵舊，革剗五等❽，掃滅侯甸❾，築城萬里，濱海立門，欲以六合❿為一區，五服⓫為一家。關衛不要⓬，遂使陳、項作亂⑬。家庭臨海⑭，擊柝⑮不救。聖漢因循，未之匡改。猶依古法，潁川、南陽、陳留、上黨、三河近郡，不封爵諸侯⑯。臣愚以為千里國內，可略從《周官》六鄉六遂之文⑰，分比北郡⑱，皆令屬司隸校尉⑲。以正王賦，以崇帝室。役自近以寬遠。繇華⑳貢獻，外薄㉑四海。揆㉒文奮武，各有典書。

袁宏《後漢紀》二十九

【注釋】❶臣聞句　臣聽說先王分封全國土地從遠及近。原無王字，據嚴本補。九圻，指全國的土地。❷內諸夏而外夷狄　見《公羊傳・成公十五年》。諸夏，分封在外的諸侯國。夷狄，古時對少數民族的蔑稱。❸封畿千里二句　見《詩・商頌・玄鳥》。今《詩》封作邦，蓋孔融所據本不同。❹天子之居二句　見《公羊傳・桓公九年》，全句為：「京師者何？天子之居也。京者何？大也。師者何？眾也。天子之居，必以眾大之辭言之。」❺六國　指戰國時代的諸國。❻鎬京　西周都城。❼暗昧　昏暗不明貌，此指舊制泯滅。❽革剗五等　革除五等近畿之制。剗，滅除。五等，古制王畿周邊按距離遠近分劃五等地帶，每一地帶寬五百里，其名稱由內向外分別為侯服、甸服、綏服、要服、荒服。❾侯甸　侯服和甸服。❿六合　天地四方。⓫五服　同「五等」。孔融意在抨擊秦制王畿地域過大。⓬關衛不要　關卡侯衛不能遮攔兵患。衛，侯衛之地。《周禮・巾車》：「以封四衛。」鄭玄注：「四衛，四方諸侯守衛者，蠻服以內。」要，遮攔；阻擋。⓭陳項作亂　陳勝、項羽興兵作亂。陳，陳勝，秦末農民起事領袖。項，項羽，秦末起兵，與劉邦共同滅秦。⓮家庭臨海　即上文濱海立門之意。⑮擊柝　敲擊更梆，古時夜間多於門樓設人敲打更梆以報時辰，遇有急事則促擊以報警。⑯猶依古法三句　若依古聖之法，潁川、南陽、陳留、上黨、三河諸近在之郡，不能封賜諸侯。猶，若。潁川，郡名，位於河南省中部，治所在陽翟（今禹州），漢獻帝所都之許在其境內。南陽，郡名，位於河南省西南部，治所在宛縣（今南陽）。陳留，郡名，位於潁川郡東北，治所在陳留（今開封東南）。上黨，郡名，位於山西省東南部，治所在壺關（今長治東南）。三河，漢人稱河南、河東、河內三郡為三河。河南郡治所在雒陽（今洛陽東北），河東郡治所在安邑（今山西夏縣西北），河內郡治所在懷縣（今河南武陟西南）。三河原作三海，據《四庫全書・孔北海集》改。上述諸郡均在許都千里之內。⑰周官六鄉六遂之文　《周禮》中有關六鄉六遂的條文。周官，即《周禮》。六鄉，周制，京城外百里之內分為六鄉，各鄉設鄉大夫掌管。六遂，周制，京城百里之外二百里之內分為六遂，各遂設遂人掌管。鄉大夫和遂人均受命於司徒。⑱分比北郡　頒告比照行事的法規給諸郡。分，通「頒」。比，古人把已行故事分類編輯，作為決斷政事的參照，稱之為比。《周禮・地官・小司徒》：「乃頒比法於六鄉之大夫。」北，古「別」字。北郡猶言諸郡。⑲司隸校尉　官名，漢代掌管三輔、三河、弘農諸畿輔要地。⑳繇華　草茂盛貌，引申有豐盛之意。㉑薄　至。㉒揆　籌度；管理。

【語　譯】臣聽說先王分封全國土地從遠及近（逐次封賜），《春秋》稱言「以諸夏為內而以夷狄為外」，《詩》說「國都的附近千里，這是人民聚居的所在」，所以《公羊傳》說：「天子的居住之地，一定要用眾多和廣大這樣的言詞來形容它。」周朝王室衰敗以後，六國致力於征伐攻戰，相互授賂交結以割裂他國。西周鎬京的畿輔舊制，商代城邑的法規制度，歷經的年代已很久遠，於是逐漸荒廢泯滅。秦王兼併天下，政事不遵舊章，革除五等近畿，掃滅侯甸諸服，修築萬里長城，臨海設立國門，想要天地四方成為一統區域，五服之內匯為一統之家。關卡侯衛不能遮攔兵患，遂使陳勝、項羽興兵作亂，可見家門廣遠濱臨大海，急事擊柝則不得救援。聖漢之朝因循秦制，未能加以匡正修改。若依古聖之法，潁川、南陽、陳留、上黨、三河諸近在之郡，不能封賜諸侯。臣愚昧地認為方圓千里的京畿之內，可以約略依從《周禮》六鄉六遂的條文，頒告比照行事的法規給諸郡，令其皆屬司隸校尉。以便整飭君王貢賦，尊崇漢帝宗室。傜役從近向遠逐漸寬緩。奉獻豐盛貢品的州郡邦國，向外可達於四海。揆度文官激奮武將，各自皆有典書可據。

【研　析】時曹操已擊敗袁紹集團，控制了河南、河北。孔融所言王畿之地，恰為曹操的勢力範圍。本文力主整飭王畿，意在強化獻帝政權，恢復漢家天下。但是，獻帝本身尚屬寄人籬下，怎敢輕易觸及曹氏利益。本文反映了建安中，朝中擁漢派抑曹保漢的政治主張。

與曹公論盛孝章書

【題　解】盛孝章，名盛憲，會稽郡（今浙江紹興）人，官至吳郡太守，時因病離官居家。孔融與孝章有舊。《太平御覽》四百零九載虞豫《會稽典錄》曰：「盛憲字孝章，初為臺郎，常出遊，逢一童子，容貌非常。憲怪而問之，是魯國孔融，年十餘歲。憲下車，執融手，載以歸舍，與融談宴，結為兄弟。」孔融舉薦盛憲為官，曹操採納了孔融的意見，任盛孝章為騎都尉。命書未至，盛孝章被孫權殺害。

歲月不居，時節如流，五十之年，忽焉已至。公為始滿，融又過二❶。海內知識❷，零落殆❸盡，惟會稽盛孝章尚存。其人困於孫氏❹，妻孥湮沒❺，單孑獨立，孤危愁苦。若使憂能傷人，此子不得復永年矣。《春秋傳》曰：「諸侯有相滅亡者，桓公不能救，則桓公恥之❻。」今孝章實丈夫之雄也，天下談士❼依以揚聲，而身不免於幽執❽，命不期❾於旦夕。是吾祖不當復論損益之友❿，而朱穆所以〈絕交〉⓫也。公誠能馳一介之使，加咫尺之書，則孝章可致，友道可弘也。今之少年，喜謗前輩，或能譏平⓬孝章。孝章要為有天下大名，九牧⓭之民所共稱歎。燕君市駿馬之骨⓮，非欲以騁道里，乃當以招絕足⓯也。惟公匡復漢室，宗社將絕，又能正之。正之之術，實須得賢。珠玉無脛而自至者，以人好之也，況賢者之有足乎？昭王築臺以尊郭隗⓰，隗雖小才，而逢大遇，竟能發明主之至心，故樂毅自魏往⓱，劇辛自趙往⓲，鄒衍自齊往⓳。向使郭隗倒懸而王不解，臨溺而王不拯，則士亦將高翔遠引，莫有北首燕路者矣。凡所稱引，自公所知，而復⓴有云者，欲公崇篤斯義也，因表不悉。

《三國志・吳書・孫韶傳》注

【注釋】❶歲月不居六句　時為建安九年（西元二〇四年）。❷知識　指有知識的人。❸殆　幾乎。❹孫氏　指孫策、孫權，二人皆忌恨盛孝章。❺妻孥湮沒　妻子兒女流離失所。孥，兒女。湮沒，流離喪亡。盛孝章有子名盛匡，孝章死後投奔曹氏，官至征東司馬，大概其時不在盛孝章身邊。❻諸侯有相滅亡者三句　見《公羊傳・僖公二年》和《公羊傳・僖公十四年》。其時齊桓公為諸侯的霸主。❼談士　猶學者，指談說道理與學問的人。❽幽縶　囚禁。❾期　竟。❿吾祖句　我祖便沒有必要再談論損友與益友。吾祖，指孔子。損，害。《論語・季氏》：「孔子曰：益者三友，損者三友。友直，友諒，友多聞，益矣；友便辟，友善柔，友便佞，損矣。」孔融引孔子所述朋友之義，旨在勸曹操幫助盛孝章。⓫朱穆所以絕交　朱穆之所以要撰寫〈絕交論〉。朱穆，字公叔，漢桓帝時，有感於世人交遊不以道義，作有〈絕交論〉。⓬平　同「評」。《文選》四十一作評。⓭九牧　九州，指全國。⓮燕君市駿馬之骨　燕昭王欲買駿馬的屍骨。燕君，指戰國時的燕昭王。昭王初即位，郭隗講古時有人以五百金為王買死馬之首，而使千里馬至的故事，昭王以為有理。⓯絕足　喻千里馬。⓰昭王築臺以尊郭隗　燕昭王修築樓臺以尊崇郭隗。臺，亭臺樓閣。郭隗，戰國時燕人，燕昭王欲招賢，隗建議以己為始，於是昭王為隗改築宮室而事以師長之禮。不久，賢士爭往燕國。⓱樂毅自魏往　樂毅從魏國往燕。樂毅，戰國時中山靈壽（今河北靈壽西）人，趙滅中山，遂入魏。善治兵，後佐燕昭王擊敗齊國。⓲劇辛自趙往　劇辛從趙國往燕。劇辛，戰國時趙人，入燕，昭王委以國政。⓳鄒衍自齊往　鄒衍自齊國往燕。鄒衍，戰國時齊人，為當時的著名學者，昭王為其築碣石宮，並以師禮待之。⓴復　原無復字，據《文選》四十一補。

【語 譯】歲月飛逝不止，時節行如流水，人的五十之年，忽然間已經到來。您為剛滿五十，我已經超過兩年了。顧念海內知識學者，或衰或亡幾乎喪盡，只有會稽盛孝章尚且生存。孝章現受困於孫氏兄弟，妻子兒女流離失所，單身而居煢獨而立，孤處危難忍受愁苦。假使憂愁能傷損人身的話，則此人不能再享長壽了。《春秋公羊傳》說：「諸侯有了相互攻伐侵滅的戰爭，齊桓公不能救助危難的一方，則桓公以為恥。」今日的盛孝章實為男子中的俊傑，天下談藝說道之士依恃孝章而揚播聲名，其自身卻不能免除於幽拘囚禁，其性命甚至不能終竟於旦夕，這樣的話，我祖便沒有必要再談論損友與益友，而朱穆為什麼要撰寫〈絕交論〉亦很好理解了。您如果能派遣一名使者，發賜咫尺命書，則孝章即可來到，友道亦可弘大了。今日的少年後學，常好譏議前輩學者，有人亦能譏評孝章今日的困窘。然而孝章作為有天下大名的學者，受到了九州之民的共同稱譽讚歎。昔日燕昭王欲買駿馬的屍骨，不是想用以馳騁道里，而是用以招誘千里馬。想您志在匡輔漢家皇室，現今劉氏宗族社稷將要滅絕，而您又能正治漢朝。正治漢朝的重要方法，實在是先須贏得眾賢。寶珠美玉無腿而從遠至近的原因，是因為人主喜好它們，更何況賢者是有腿可行的啊？燕昭王修築樓臺以尊崇郭隗，郭隗雖為小才，卻逢受洪恩殊遇，竟能播揚賢明君主的至誠之心，所以樂毅從魏國往燕，劇辛從趙國往燕，鄒衍自齊國往燕。假使郭隗身體倒懸而昭王不去救解，臨視溺水之人而昭王不去拯救，則賢士將高高飛翔遠遠引去，沒有北朝燕路而行的賢人啦。以上所說的這些，本為您所詳知，卻又有所稱述，是希望您能崇尚篤信這些高義呀，因此上表而綴言不盡。

【研　析】本文以同齡人的和緩口吻，力勸曹操重賢納士。文中的薦孝章，述友道，都可以歸於「正之之術，實須得賢」這一點上來。全文淡入淡出，於述情之中述理，於褒譽之中勸諫，堪稱文思高妙，筆意不凡。

與曹公書

【題　解】建安九年（西元二〇四年）八月，曹操攻克鄴城，曹丕納袁熙妻甄氏。孔融認為曹丕借戰亂奪人之妻，曹操又不加管束，實在不合禮法，故作此書加以嘲弄。曹操不悟，問孔融語出何典，孔融說：「以今度之，想當然耳。」

武王伐紂，以妲己❶賜周公❷。

《後漢書・孔融傳》

【注　釋】❶妲己　殷紂王之妃，相傳她和殷紂王淫亂誤國，被周武王所殺。❷周公　武王之弟，以仁德高義著稱。

【語　譯】周武王攻伐殷紂王，把妲己賞賜給周公。

與族弟書

【題解】族弟，同宗族的弟弟，其人不詳。疑本文與下文〈與宗從弟書〉為同篇之作。

同源派流，人易世疏。越❶在異域，情愛分隔。

《文鏡秘府論‧西卷》

【注釋】❶越　散逸。

【語譯】同出一源而分支異流，親人逝亡而逐世遠疏。分散住在不同地域，親情歡愛阻隔分離。

與宗從弟書

【題解】宗從弟，同一宗族的弟弟，其人不詳。

知晚節豫❶學，既美大弟因而能寤❷，又合先君加❸我之義。豈唯仁弟實❹專承之，凡我宗族，猶或賴焉❺！

《藝文類聚》五十五

【注釋】❶豫　悅。❷寤　醒悟。❸加　遺。❹實　誠。❺猶或賴焉　全都有賴於此。猶，俱。或，有。焉，猶言「於此」。

【語譯】知重晚年操節而悅於求學，既嘉美大弟因學而能有所悟，又深合祖先遺命我輩的高義。豈只仁弟誠心專意承繼此義，凡是我等孔氏宗族，全都有賴於此呀！

與許博士書

【題解】許博士，其人不詳。

今足下遠以彝器金石並至❶，為國家來儀❷之瑞，亦丈夫❸之大勳。

《北堂書鈔》一百零五

【注釋】❶今足下句　今日您從遠方攜帶禮器樂器一同來此。足下，對許博士的敬稱。彝器，禮器。金石，樂器。至原作志，據陳禹謨本《北堂書鈔》改。❷來儀　語出《書・益稷》「鳳凰來儀」，此喻太平盛世。❸丈

夫　男子的美稱，此指許博士。

【語譯】今日您從遠方攜帶禮器樂器一同來此，實為國家興盛吉祥的瑞兆，也是您的一大功勞。

與諸卿書

【題解】諸卿，孔融的各位同僚。本文已殘。

先日❶多惠胡桃❷，深知篤意。

《藝文類聚》八十七

鄭康成❸多臆說。人見其名學，謂有所出也。證案大較❹，要在五經四部書❺。如非此文，近為妄矣。若子所執，以為郊天鼓❻必當麒麟之皮，寫《孝經》本當曾子❼家策乎？

《太平御覽》六百零八

【注釋】❶先日　原無先日二字，據《太平御覽》九百七十一補。❷胡桃　核桃。❸鄭康成　即鄭玄，東漢著名學者。❹大較　猶大法。❺要在五經四部書　重點在於五經和四部書。要，重點。五經，《易》、《詩》、

《書》、《禮》、《春秋》。四部書，疑謂《漢書・藝文志》所云《樂記》、《論語》、《孝經》、《爾雅》四種書。❻郊天鼓　郊祭天地所用的鼓。❼曾子　名參，春秋時魯國人，孔子弟子，《史記・仲尼弟子列傳》稱其能通孝道，作《孝經》。

【語　譯】前日多蒙惠賜核桃，深知諸卿篤誠情意。

鄭康成治學多有臆斷之說。眾人見其為名門學者，便認為其論說均有出處根據。證考案察康成治學的大體情況，重點在於五經和四部書。如果不是這些著作，則近於空言妄語了。就像您所舉的例子，難道郊天鼓一定要用麒麟的皮作鼓面，抄寫《孝經》一定要用曾子家的簡策嗎？

【研　析】本文背景無考。孔融任北海相期間，深敬鄭玄，多有褒譽。本文對其學說提出質疑，當在研讀鄭玄著作之後，且很有可能作於鄭玄死後（鄭玄卒於建安五年六月）。文中不畏名學敢於求真的精神是值得稱讚的。

與曹公嘲征烏桓書

【題　解】嘲，嘲弄。烏桓，又稱烏丸，中國古代少數民族之一，屬東胡別支，時居今遼寧西南部，常侵掠漢地。建安十年（西元二〇五年），袁尚、袁熙兄弟兵敗後亦投奔烏桓。建安十二年五月，曹操率軍征討。

大將軍遠征，蕭條❶海外。昔肅慎不貢楛矢❷，丁零盜蘇武牛羊❸，可併案❹也。

《後漢書・孔融傳》

【注釋】❶蕭條　空曠貌。此用為動詞，謂大軍掃蕩而使之空曠。❷肅慎不貢楛矢　肅慎族不按時貢獻楛矢。肅慎，古代少數民族之一，分布在黑龍江、松花江流域，相傳周武王時進貢楛矢、石砮。楛矢，用楛木為桿的箭。❸丁零盜蘇武牛羊　丁零族盜取蘇武牛羊。丁零，古代少數民族之一，時游牧於中國北部、西北部的廣大地區。蘇武，字子卿，任西漢使者出使匈奴，被囚拘北地，使自牧羊為生，丁零人盜走蘇武牛羊，武即遭受窮厄。❹案　考問。

【語譯】大將軍遠征烏桓，蕭條清肅海外逆虜。往昔的肅慎族不按時貢獻楛矢，丁零族盜取蘇武牛羊，這次可以一同案考問罪了。

【研析】曹操北征烏桓，有利於中原東北部邊區的安定與繁榮。然而，孔融卻對曹操連年征戰、恃武定威的作法不以為然，故以此文相譏諷。文中可以看出曹、孔二人在政治方針上的分歧。

與曹公論禁酒書

【題解】原無標題，據《四庫全書・孔北海集》補。時民飢兵興，曹操表制酒禁，孔融作書反駁。此事在建安十二年（西元二〇七年）。

〔公初當❶來，邦❷人咸抃舞❸踴躍，以望我后❹。亦❺既至止❻，酒禁施行。〕夫酒之為德久矣❼。古先哲王，類帝禋宗❽，和神定人，以濟❾萬國，非酒莫以❿也。故天垂酒星之耀⓫，地列酒泉之郡⓬，人著⓭旨酒之德。堯不千鍾，無以建太平⓮；孔非百觚，無以堪上聖⓯；樊噲解厄鴻門，非豕肩鍾酒，無以奮其怒⓰；趙之廝養，東迎其王，非引卮酒，無以激其氣⓱；高祖非醉斬白蛇，無以暢其靈⓲；景帝非醉幸唐姬，無以開中興⓳；袁盎非醇醪之力，無以脫其命⓴；定國不酣飲一斛，無以決其法㉑。故酈生以高陽酒徒，著功於漢㉒；屈原不餔糟歠醨，取困於楚㉓。由是觀之，酒何負㉔於政哉！

《後漢書・孔融傳》注

【注釋】❶當　應合。以下五句據《藝文類聚》七十二補。❷邦　國。❸抃舞　拍手舞蹈，形容十分喜悅。

❹后　古時對君王諸侯的敬稱。❺亦　助詞。❻止　句尾語氣詞。❼夫酒之為德久矣　酒作為一種福惠之物已經很久了。原無夫字，據張溥本補。德，恩惠。《漢書・食貨志下》：「酒者，天之美祿，帝王所以頤養天下，享祀祈福，扶衰養疾，百禮之會，非酒不行。」❽類帝禋宗　類祭上帝享祀宗祖。類，古代祭天之禮。《書・舜典》：「肆類於上帝。」禋，泛指祭祀。❾濟　增益。❿以　通「已」。指完成。⓫天垂酒星之耀　上天垂有酒星的光耀。酒星，指酒旗星。《晉書・天文志上》：「軒轅右角南三星曰酒旗，酒官之旗也，主宴饗飲食。」《三國志・魏書・崔琰傳》注、《藝文類聚》七十二酒星作酒旗。⓬地列酒泉之郡　地上置有名為酒泉的州郡。列，設置。酒泉，郡名，治所在祿福縣（今甘肅酒泉）。⓭著　稱道。⓮堯不千鍾二句　堯帝若無千鍾之量，則不能創建太平盛世。鍾，盛酒器。《孔叢子・儒服》：「堯舜千鍾。」⓯孔非百觚二句　孔子若無百觚之量，則不能承受高尊聖人的稱譽。觚，飲酒器，長身侈口，口部與底部呈喇叭狀，容量為當時的二升。《孔叢子・儒服》：「孔子飲百觚……古之聖賢無不能飲。」堪，能夠承受。⓰樊噲解厄鴻門三句　樊噲解救鴻門之危，若不食豬肩飲醇酒，則不能奮發他那壯怒。樊噲，漢高祖劉邦的大將。厄，危難。鴻門，地名，在今陝西臨潼東。據《史記・樊噲列傳》，項羽曾在鴻門設宴會聚劉邦，欲借機謀害劉邦。由於樊噲及時闖入，生吃豬肩痛飲醇酒，怒斥項羽背義害賢，使得項羽未縱殺心，而劉邦安全返回。⓱趙之廝養四句　趙王武臣的廝養賤役，東入燕營迎救其王，若不受飲巵酒，則不能激揚他的豪氣。趙，指秦末趙王武臣。廝養，析薪炊烹侍奉主人的僕役。引，受。巵，飲酒器，容量為當時的四升。據《史記・張耳陳餘列傳》，趙王被燕將囚執，張耳、陳餘多次派人營救，均被燕將殺死。有一廝養勇入燕營，曉以利害，遂載趙王而歸。《史記》未記飲酒事，概孔融另有所據。⓲高祖非醉斬白蛇二句　高祖若不乘醉奮斬白蛇，則不能暢舒他的威靈。高祖，指劉邦。據《史記・高祖本紀》，劉邦任亭長時，曾在澤中醉斬白帝子所變的大蛇，而獲有赤帝子的名號，使得諸從者更加敬畏劉邦。⓳景帝非醉幸唐姬二句　漢景帝若不因醉幸御唐姬，則不能開拓中興之業。景帝，漢景帝劉啟。唐姬，又稱唐兒，本為漢景帝程姬的侍女，因程姬有月事替代進御景帝，景帝因醉不辨，使唐兒有孕，生子發。

事見《史記・五宗世家》。中興，由衰落而重新興盛。景帝時國力逐漸強盛，故有中興之說，景帝幸唐姬事在其即位之前。⑳袁盎非醇醪之力二句　袁盎若不沉迷於醇醪的酒力，則不能保全自己的性命。袁盎，字絲，漢文帝時曾為吳相。醇醪，味厚的美酒。據《史記・袁盎晁錯列傳》，吳王劉濞驕橫專行，袁盎終日飲酒，不與劾治，故受吳王厚遇而免受其害。㉑定國不酣飲一斛二句　于定國若不酣飲一斛酒，則不能決斷律法。定國，指于定國，字曼倩，漢宣帝時為廷尉，掌朝廷法律。《漢書・于定國傳》稱「定國食酒至數石不亂，冬月請治讞，飲酒益精明。」㉒故酈生以高陽酒徒二句　所以酈食其以高陽酒徒之名，創立顯功於漢室。酈生，指酈食其。高陽，古鄉名，在今河南杞縣西南。據《史記・酈生陸賈列傳》，酈食其善飲酒，有高陽酒徒之稱，後助劉邦取陳留而立下大功，號為廣野君。著，猶立。㉓屈原不餔糟歠醨二句　屈原不食醇酒又不飲薄酒，卻受讒喪身於楚國。屈原，戰國時楚人，正直多識，被讒見疏，後投江而死。餔，食。糟，醇酒（據《禮記・內則》鄭玄注）。歠，通「啜」。義同飲。醨，薄酒。㉔負　累。

【語　譯】〔您當初應合時運而來，國人均拍手舞蹈歡欣踴躍，以此表達對我后（指曹操）的期望。既已掌理漢廷，卻欲以禁酒之令施行全國。〕酒作為一種福惠之物已經很久了。古昔先代的聖哲君王，類祭上帝享祀宗祖，和悅神靈安定國人，並進而周濟萬方之國，沒有酒則不能成就諸功。所以上天垂有酒星的光耀，地上置有名為酒泉的州郡，眾人稱道美酒的福惠。堯帝若無千鍾之量，則不能創建太平盛世；孔子若無百觚之量，則不能承受高尊聖人的稱譽；樊噲解救鴻門之危，若不食豬肩飲醇酒，則不能奮發他那壯怒；趙王武臣的廝養賤役，東入燕營迎救其王，若不受飲卮酒，則不能激揚他的豪氣；高祖若不乘醉奮斬白蛇，則不能暢舒他的威靈；漢景帝若不因醉幸御唐姬，則不能開拓中興之業；袁盎若不沉迷於醇醪的酒力，則不能保全自己的性命；于定國若不酣飲一斛酒，則不能決斷律法。所以酈食其以高陽酒徒之名，創立顯功於漢室；屈原不食醇酒又不飲薄酒，卻受讒喪身於楚國。由此看來，酒有什麼負累於政事呀！

【研　析】見下篇之末。

又與曹公論禁酒書

【題　解】曹操接到上文之後有所辯解，孔融作此文再論禁酒。

昨承訓答，陳二代之禍❶，及眾人之敗，以酒亡者，實如來誨。雖然，徐偃王行仁義而亡❷，今令不絕仁義；燕噲以讓失社稷❸，今令不禁謙退；魯因儒❹而損，今令不棄文學❺；夏、商亦以婦人失天下❻，今令不斷婚姻。而將❼酒獨急者，疑但惜穀耳，非以亡王為戒也。

《後漢書．孔融傳》注

【注　釋】❶二代之禍　指夏末君主桀、商末君主紂縱酒荒淫誤國之事。❷徐偃王行仁義而亡　徐偃王奉行仁義而國亡。徐偃王，相傳周穆王時徐國的國君，因行仁義而受諸侯擁戴，穆王令楚出兵滅其國。❸燕噲以讓失

社稷　燕噲因禮讓而喪失國家社稷。燕噲，戰國時燕國的國君。據《史記・燕召公世家》，燕噲從鹿毛壽語，讓國政給相子之以求取美名，結果國家大亂，齊兵乘亂攻入，燕噲死於亂中。❹儒　儒學，孔子始創的學派，主禮義仁德，重博學修養。❺文學　指文章博學，為孔門四科之一。❻夏商亦以婦人失天下　夏、商兩朝因溺於婦人而喪失天下。夏朝的末代君主桀，寵倖妹喜；商朝的末代君主紂，寵倖妲己，均荒淫無度，以致亡國。❼將　猶以。

【語譯】昨天承蒙誨訓賜答，陳述夏商兩代的禍亂之由，以及眾多前人的失敗之因，這些因酒而亡的事例，確實如您來函所說。雖然如此，然而徐偃王奉行仁義而國亡，現今法令不杜絕仁義；燕噲因禮讓而喪失國家社稷，現今法令不禁止謙恭退讓；魯國因舉國好儒而國家受損，現今法令不棄除文章博學；夏、商兩朝因溺於婦人而喪失天下，現今法令不斷絕男女婚姻。而今獨以酒作為急切禁絕的對象，疑為僅僅吝惜糧穀罷了，並不是要用滅亡的諸王作為鑑戒。

【研析】曹操鑑於當時的國情，為求社會安定與政權穩固，主張禁酒以節糧。這雖然不是治本良策，初衷還是好的。孔融為維護傳統觀念與固有秩序，首先力陳酒有定禮義、壯豪情的巨大功用，次而力駁因酒喪亡的觀點。一句「但惜穀耳」揭穿了曹操敷衍辭令的虛偽，亦包含著對曹操小器的蔑視。兩篇書信有理有據，氣重辭壯，反映了孔融為官後期仗理直言的性格與精闢雄辯的筆力。又，「魯因儒而損」的觀點，似為孔融獨見。

報曹公書

【題解】孔融因直言敢諫而為曹操忌怨，御史大夫郗慮舊與孔融不睦，乘機奏免孔融少府之官。曹操致孔融書（操文附後），明在調合孔、郗二人，實勸孔融慎言自重。孔融作此文相答。《太平御覽》九百三十四題作〈答路粹書〉，據《文選・任昉・王文憲集序》注，知曹操與孔融書，實為路粹代作，《御覽》所引蓋《孔融集》舊題，今不從。

猥❶惠書教，告所不逮❷。融與鴻豫州里比郡❸，知之最早。雖嘗陳其功美，欲以厚於見私，信於為國，不求其覆過掩惡，有罪望不坐❹也。前者黜退❺，歡欣受之。昔趙宣子朝登韓厥，夕被其戮，喜而求賀❻。況無彼人之功，而敢枉當官之平哉❼！忠非三閭❽，智非晁錯❾，竊位為過，免罪為幸。乃使餘論遠聞，所以慚懼也。朱、彭、寇、賈❿，為世壯士，愛惡相攻，能為國憂。至於輕弱薄劣，猶昆蟲⓫之相齧⓬，適足還害其身，誠無所至⓭也。晉侯嘉其臣所爭者大，而師曠以為不如心競⓮。性既遲緩，與人無傷，雖出胯下之負⓯，榆次之辱⓰，不知貶毀之於己，猶蚊虻之一過⓱也。子產謂人心不相似⓲。或矜勢者⓳，欲以取勝為榮，不念宋人待四海之客，大鑪不欲令酒酸也⑳。至於屈穀巨瓠，堅而無竅，當以無用罪之耳㉑。它者奉遵嚴教，不敢失墜㉒。郗為故吏㉓，融所推進㉔。趙衰之拔郤縠㉕，不輕公叔之升臣㉖也。知同其愛，〔來書懇切㉗，〕訓誨發中。雖懿伯之忌，猶不得念㉘。況恃舊交，而欲自外於賢吏哉！輒㉙布腹心，修好如初。苦言至意，終身誦之。

《後漢書・孔融傳》

【注釋】❶猥　謙詞，猶辱。❷不逮　不及，此指言行不妥當之處。❸融與鴻豫州里比郡　我與郗慮州郡鄉里為鄰。鴻豫，郗慮的字，慮為山陽郡高平縣（今山東微山縣西北）人，其山陽郡與孔融的家鄉魯國毗鄰。❹坐　因罪而受罰。❺黜退　貶免官職，此指孔融被免去少府之職。❻昔趙宣子朝登韓厥三句　從前趙宣子早上薦進韓厥為司馬，傍晚自己的車僕便被韓厥殺戮，趙宣子喜己薦人得當而希求眾人慶賀。趙宣子，春秋時晉卿趙盾的謚號。登，薦升。韓厥，春秋時晉人，亦稱韓獻子。據《國語・晉語五》，趙宣子薦舉韓厥於晉靈公，靈公任韓厥為司馬。在河曲之役中，趙宣子的車僕駕車犯擾軍列，被韓厥囚執並處決。趙宣子僚屬皆為不滿，趙宣子卻認為自己薦人得當而高興，並告諭諸大夫以此相賀。❼而敢枉當官之平哉　怎敢枉勞當朝重官的調合呀。當官，當值的高官，此指曹操。平，調合。❽三閭　指三閭大夫屈原。❾晁錯　西漢名臣，漢文帝時為太子家令，有「智囊」之稱。❿朱彭寇賈　指朱浮、彭寵、寇恂、賈復。朱浮，字叔元，光武帝劉秀的要臣。彭寵，字伯通，亦為光武帝的要臣。據《後漢書・彭寵傳》和《後漢書・朱浮傳》，彭、朱二人不合，朱浮多次誣言彭寵，使得彭寵起兵反擊朱浮，以致二人均受重大損失。寇恂，字子翼，光武帝劉秀的名將。賈復，字君文，亦為光武帝的名將。據《後漢書·寇恂傳》和《後漢書·賈復傳》，賈復部下犯法，被寇恂戮於市，賈復以為恥，欲報復寇恂，寇恂以國事為重避讓賈復，在光武帝的調合下，二人結友和好。⑪昆蟲　《太平御覽》九百三十四作兩虺。⑫齧　咬。⑬至　善。⑭晉侯嘉其臣所爭者大二句　晉平公嘉譽他的臣下所爭作的是國家的大事，而師曠認為力爭個人的善行不如潛心競於忠義賢德。晉侯，春秋時晉平公。師曠，春秋時晉樂師，為當時知名賢人。據《左傳·襄公二十六年》和《國語·晉語八》，秦派使者至晉媾和，晉叔向命子員接待，子朱亦爭往，叔向不放心，隨後前往。晉平公因諸臣為國家大事爭效其力而高興，師曠卻認為臣下力爭私善，不如用心競於忠義更為賢德。⑮胯下之負　指韓信貧賤時，從淮陰少年胯下爬出受侮之事。⑯榆次之辱　指荊軻遊榆次（地名，在今山西太原東南），欲與蓋聶論劍，蓋聶怒目而視，荊軻認為辱己而憤然離去之事。見《史記·刺客列傳》。⑰猶蚊虻之一過　就像蚊虻從自己身邊飛過一樣。虻，昆蟲名，吸人畜的血。本句暗喻自己受到了欺侮與恥辱，並把郗慮的誣奏比作「蚊虻之一過」。⑱子產謂人心不相似　子產說人的心性各不相似。子產，春秋時鄭國人，賢德有禮，孔子稱之為古之遺愛。《左傳·襄公三十一年》：「子產曰：人心之不同，如其面焉……」⑲矜勢者　自恃權位的人。⑳不念宋人待四海之客二句　不思念賣酒的宋人盛待四方之客，卻無人願意前往他的大酒壚，致使其美酒酸敗的教訓。鑪，通「壚」。安放酒甕的土臺子。據《韓非子·外儲說右上》，有一位賣酒的宋國人，酒味醇美，打酒時又不缺斤短兩，服務態度又好，只因其養有猛狗，無人敢上前購買，致使美酒酸敗。孔融言此，意在抒發對曹操豢養惡奴傷人的不滿。㉑至於屈穀巨瓠三句　至於屈穀的大葫蘆，堅硬而沒有孔洞，應當以無用的名義棄罰它。屈穀，《韓非子·外儲說左上》的宋人名。瓠，葫蘆。竅，洞孔。據《韓非子》，齊國有位隱士叫田仲，不仰仗他人而食，屈穀獻給他一個堅厚無竅的大葫蘆。田仲認為這個葫蘆厚而無竅，則無法剖開以盛物；其質堅硬，又不便切割，故拒絕接受。孔融言此，意在自比巨瓠以自嘲。㉒失墜　指出現差錯或過失。㉓故吏　參見孔融〈上三府所辟稱故吏事〉之題解，此指入仕成為屬吏。㉔融所推

進　據本句，知郗慮入仕係孔融薦舉。曹操來書稱「文舉盛歎鴻豫名實相副，綜達經學，出於鄭玄，又明《司馬法》」，則孔融確有推進郗慮之舉。推進，舉薦。㉕趙衰之拔郤縠　趙衰拔舉郤縠。趙衰，春秋時晉大夫。郤縠，春秋時晉大夫。據《左傳．僖公二十七年》和《國語．晉語四》，晉文公問趙衰誰可任元帥，趙衰保薦「守學彌惇」的郤縠。㉖公叔之升臣　公叔文子舉薦家臣。公叔，春秋時衛國大夫公叔文子。他的家臣名僎，德行與文子相似，文子薦舉僎，使與自己並為大夫。事見《論語．憲問》。㉗來書懇切　據《文選．羊祜．讓開府表》注補。㉘雖懿伯之忌二句　即便是懿伯的忌日，尚且不能得到惠伯的顧念。懿伯，春秋時魯大夫。忌，忌日，指長輩的逝世日。據《禮記．檀弓》和《左傳．昭公三年》，叔弓和惠伯赴滕國為滕定公弔喪，來到滕郊，恰為惠伯的叔父（從鄭玄注，楊伯峻考訂為惠伯的父親）懿伯的逝世日，叔弓主張暫緩一天，惠伯主張以公事為重，遂入滕。孔融言此，暗喻自己會以公事為重。㉙輒　即時。

【語　譯】有辱您惠賜書信述以教誨，告諭我言行的不當之處。我與郗慮州郡鄉里為鄰，相互了解可稱最早。雖然我曾經陳述過他的功德壯美，目的是想用以顯示我厚意於薦舉私友，顯示我誠信於為國進賢，並不是冀求他來為我遮掩過錯，有罪而指望不受懲處。前時的免黜罷官，我欣然領受。從前趙宣子早上薦進韓厥為司馬，傍晚自己的車僕便被韓厥殺戮，趙宣子喜己薦人得當而希求眾人慶賀。況我沒有趙宣子那樣的功勞，怎敢枉勞當朝重官的調合呀！我的忠誠不如屈原，智慧不如晁錯，先前竊居官位本為過錯，現今免於罪罰實為萬幸。然而卻使我那多餘的議論傳聞遠方，所以時常慚愧驚懼。朱浮、彭寵、寇恂、賈復，都是當時的壯士，或親友結惡相互攻伐，或能為國釋憂而寬容私怨。至於那些輕浮鄙弱刻薄惡劣的小人，整日裡就像是昆蟲在相互咬齧，恰恰足以反害其自身，確實是不會有好結果的。晉平公嘉譽他的臣下所爭作的是國家的大事，而師曠認為力爭個人的善行不如潛心競於忠義賢德。我的性格已經舒緩多了，與人交往時儘量不用言語傷害對方，即便是受到像韓信從別人胯下爬出那樣的欺侮，受到像荊軻在榆次遭到蓋聶怒目冷遇那樣的恥辱，我也不會認為是對自己的貶損毀傷，就像蚊虻從自己身邊飛過一樣。子產說人的心性各不相似。有些自恃高位的人，只是以爭強取勝作為榮耀，卻不曾思念賣酒的宋人盛待四方之客，卻無人願意前往他的大酒壚，致使美酒酸敗的教訓。至於屈穀的大葫蘆，堅硬而沒有孔洞，應當以無用的名義棄罰它。其他方面則認真遵照您的嚴教，不再敢有所差失過錯。郗慮作為三公貴府的屬吏，是我推舉薦進。您既重視趙衰的拔舉郤縠，又不輕看公叔文子的升進家臣。知我二人同為您所親愛，〔來信情意懇切，〕訓誨發於中心。即便是懿伯的忌日，尚且不能得到惠伯的顧念。更何況我憑恃舊日的交情，而願自取見外於賢良之吏啊！即時表布我的腹心誠意，與其修好如初。您的苦口良言至誠之意，我將終身誦記不忘。

【研　析】孔融深曉曹操恩威並用的手法，在信中既婉轉地表訴了對曹操縱犬傷人的不滿，又迫於形勢，表示「奉遵嚴教」，決心力改前行。事實上，孔融的言行確實有所改變，《後漢書・孔融傳》稱「歲餘，復拜太中大夫。性寬容少忌，好士，喜誘益後進」。本文言辭委婉，筆觸犀利，怨意很濃卻不明訴憤恨，極力爭辯卻不流於固執，豁達大度，不卑不亢，頗具博識儒者的風采。

附：曹操與孔融書

失題書

蓋聞唐虞之朝，有克讓之臣，故麟鳳來而頌聲作也。後世德薄，猶有殺身為君，破家為國。及至其敝，睚眥之怨必讎，一餐之惠必報。故晁錯念國，遘禍于袁盎；屈平悼楚，受譖于椒、蘭；彭寵傾亂，起自朱浮；鄧禹威損，失于宗、馮。由此言之，喜怒怨愛，禍福所因，可不慎與！昔廉、藺小國之臣，猶能相下；寇、賈倉卒武夫，屈節崇好；光武不問伯升之怨，齊侯不疑射鉤之虜。夫立大操者，豈累細故哉！往聞二君有執法之平，以為小介，當收舊好；而怨毒漸積，志相危害，聞之憮然，中夜而起。昔國家東遷，文舉盛歎鴻豫名實相副，綜達經學，出於鄭玄，又明《司馬法》，鴻豫亦稱文舉奇逸博聞，誠怪今者與始相違。孤與文舉既非舊好，又於鴻豫亦無恩紀，然願人之相美，不樂人之相傷，是以區區思協歡好。又知二君群小所構，孤為人臣，進不能風化海內，退不能建德和人，然撫養戰士，殺身為國，破浮華交會之徒，計有餘矣。

《後漢書・孔融傳》

【題解】此殘句據俞紹初本補。

附❶此短章，聊申我素心。

《分門集注杜工部詩》二〈毒熱寄簡崔評事十六弟〉王洙注

【注釋】❶附　寄附（據《廣韻》去聲遇韻）。

【語譯】寄上這篇短文，聊且表達我的內心衷情。

奏馬賢事

【題解】查《後漢書·安帝紀》等記有馬賢事，其人於漢安帝、順帝時參與征伐先零羌、牢羌、沈氏羌、燒當羌、鍾羌等，歷任騎都尉、護羌校尉、謁者、弘農太守、征西將軍，賜爵安亭侯、都鄉侯。漢順帝永和六年（西元一四一年）春，馬賢與其二子率軍征且凍羌時戰死於射姑山。時孔融尚未出生，疑本文為討論封賞馬賢後人時所作。

楚將吳起❶，或遺之一榼❷酒，注之上流，使士卒迎流飲其下，明不獨也。馬賢於軍中帳內施毾㲪❸，士卒飄於風雪，不宜……

《四庫全書·孔北海集》

【注　釋】❶吳起　春秋時衛人，善用兵，助楚悼王，多建戰功。《史記・孫子吳起列傳》：「起之為將，與士卒最下者同衣食。臥不設席，行不騎乘，親裹贏糧，與士卒分勞苦。」❷榼　盛酒或貯水的器具。❸氍毹　彩紋細毛毯。

【語　譯】楚將吳起，有人贈送給他一榼酒，他把酒倒入河的上游，讓士兵迎著水流飲於其下，用以彰明自己不獨享用。馬賢在軍營帳幕內鋪設細毛毯，而士卒們都飄泊在風雪之中。因而不宜……

【研　析】馬賢常年征戰西羌，戰功卓著。順帝憫其戰歿，「賜布三千匹，穀千斛，封賢孫光為舞陽亭侯」。不過，朝中也有馬融書奏馬賢「處處留滯」稽久不進之事。孔融此文亦含微詞。

于國文

【題　解】于國，人名，事蹟不詳。孔廣陶案：「此文有殘缺。」

節士辭國食而終，于海遣門下掾駟駟堅奉饘一❶，盛魚首以祭。

《北堂書鈔》八十九

【注　釋】❶于海句　于海派遣門下掾駟堅奉上厚粥一份。于海，人名，此時似任州郡長官，事蹟不詳。門下掾，官名，為漢代州郡屬吏，由長官辟舉，總錄門下諸事。騶堅，當為人名，事蹟不詳。前一騶字疑為衍文。饘，厚粥。

【語　譯】節義之士辭謝于國的食物而終命，于海派遣門下掾騶堅奉上厚粥一份，又盛魚頭以祭祀。

汝潁優劣論

【題　解】汝，汝南，郡名，治所在平輿縣（今河南汝南東南）。潁，潁川，郡名，治所在陽翟縣（今河南禹州），東南方與汝南郡相鄰。孔融先有汝南士勝於潁川士之說，陳羣作〈汝潁士論〉加以詰難，孔融作此文再作論述。

融以為汝南士勝潁川士。陳長文〈汝潁士論〉難曰❶：「〔羣以為孔氏先汝潁士勝負之評矣❷，〕〔頗有蕪菁❸唐突❹人參也。〕〔荀文若、公達、休若、友若、仲豫，當今並無對❺。〕」融答之曰：「汝南戴子高親止千乘萬騎，與光武皇帝共揖於道中❻；潁川士雖抗節，未有能頡頏天子者也❼。汝南許子伯❽與其友人共說世俗將壞，因夜❾舉聲號哭；潁川士❿雖頗⓫憂時，未有能哭世者也。汝南府許掾教太守鄧晨圖開稻陂灌數萬頃，累世獲其功，夜有火光之瑞⓬；韓元長⓭雖好地理，未有成功見效如許掾者也。汝南張元伯身死之後，見夢於范巨卿⓮；潁川士雖有奇異，未有能神而靈者也。汝南應世叔⓯，讀書五行俱下；潁川士雖多聰明，未有能離婁並照者也⓰。汝南李洪為太尉掾，弟煞人當死，洪自劾詣閤，乞代弟命，便飲酖而死，弟用得全⓱；潁川士⓲雖尚節義，未有能煞身成仁如洪者也。汝南翟文仲為東郡太守，始舉義兵以討王莽⓳；潁川士雖疾惡，未有能破家為國者也。汝南袁公著為甲科郎，上書欲治梁冀⓴；潁川士雖慕㉑忠讜㉒，未有能投命直言者也。」

《藝文類聚》二十二

【注釋】❶陳長文汝潁士論難曰　陳羣作〈汝潁士論〉詰難說。陳長文，指陳羣，潁川郡許縣（今河南許昌東）人，陳紀之子，後官至魏司空。原無〈汝潁士論〉四字，無曰字，並據《太平御覽》四百四十七補。❷羣

以為句　據《御覽》補。❸蕪菁　蔬菜名，又名蔓菁。《本草綱目》二十六菜部一蕪菁條李時珍曰：「蔓菁是芥屬，根長而白，其味辛苦而短，莖粗葉大而厚闊。……惟七月初種者，根葉俱良。」因蕪菁「根長而白」，與人參相似，故孔融有「唐突人參」之語。本句據《文選・任昉・到大司馬記室箋》注補。❹唐突　褻瀆。❺荀文若二句　據《三國志・魏書・荀彧傳》注補。荀文若，指荀彧。公達，荀攸的字。休若，荀衍的字。友若，荀諶的字。仲豫，荀悅的字。以上荀氏諸人均為潁川郡潁陽縣（今河南許昌）人，為當時名士。❻汝南戴子高二句　汝南戴遵親身阻止千乘萬騎之眾，與光武皇帝相互揖禮於道路之中。戴子高，指戴遵，汝南郡慎陽縣（今河南正陽北）人。漢平帝時為侍御史，王莽時稱病歸鄉，好施尚俠，時人稱「關東大豪戴子高」，事蹟略見《後漢書・隱逸列傳》。揖，拱手禮。原無揖字，據《御覽》補。❼潁川士雖抗節二句　潁川士雖有堅持高節的人，卻沒有能與天子相抗禮的人。抗節，堅持高節。原無能字，據《御覽》補。頡頏，相抗衡。❽許子伯　事蹟不詳。❾夜　《御覽》夜後有起字。❿士　原無士字，據《御覽》補。⓫頗　原無頗字，據《御覽》補。⓬汝南府三句　汝南郡官府的都水掾許楊教告太守鄧晨圖劃開拓稻田池塘以灌數萬頃田，幾代得利於這一功業，且夜中享有火光照映的祥瑞。許掾，指汝南郡都水掾許楊，字偉君，汝南郡平輿縣（今河南汝南東南）人，曉水脈，太守鄧晨署為都水掾，主持修復鴻郤陂，數年而成。又因豪右大姓譖誣而下獄，然而械具自脫，太守鄧晨大驚而釋放，夜歸，若有火光照路，時人以為奇異，事蹟見《後漢書・方術列傳》。鄧晨，字偉卿，《後漢書・鄧晨傳》稱「晨興鴻郤陂數千頃田，汝土以殷，魚稻之饒，流衍它郡。」陂，池塘，此指鴻郤陂，故址在今河南汝南，許楊率眾築堤四百餘里而成。掾原作椽，據《後漢書・許楊傳》改。原無灌字，據《御覽》補。⓭韓元長　指韓融，潁川郡舞陽縣（今河南舞陽西）人，韓韶之子，少能辯理而不為章句之學，聲名甚盛，獻帝時任尚書、冀州刺史、大鴻臚、太僕等職。事蹟略見《後漢書・韓韶傳》。⓮汝南張元伯身死之後二句　汝南張劭身死之後，託夢給范式。張元伯，指張劭。范巨卿，指范式。據《後漢書・范式傳》，張、范二人為友，張劭卒，託夢范式前來送葬。范式馳往，安葬張劭。夢字後原無於字，據《御覽》補。⓯應世叔　指應奉，汝南郡南頓縣（今河南項城北）人，漢桓帝時任司隸校尉。《後漢書・應奉傳》稱「奉少聰明……讀書五行並下。」⑯未有能離婁並照者也　沒有能像離婁那樣讀書數行並視的人。離婁，相傳為黃帝時人，視力極佳，能於百步之外看見秋毫之末。照，察看。《御覽》照作誦。《孔叢子・連叢子下》：「無形，雖離婁並照，將何睹乎？」⑰汝南李洪為太尉掾六句　汝南李洪為太尉掾屬，其弟殺人應當處死，李洪自應其罪親赴官署，乞求替代弟弟的性命，隨即飲毒酒而死，其弟因而得以生全。李洪，事蹟不詳，《御覽》作李鴻。查李鴻為潁川人，故未從。煞，同「殺」。劾，審判罪人。詣，往。閤，通「閣」。指官署。酖，通「鴆」。指毒酒。用，因。自劾詣閤，《御覽》作自縛詣門。⑱士　原無士字，據《御覽》補。⑲汝南翟文仲二句　汝南翟義為東郡太守，首先發舉義兵征討王莽。翟文仲，指翟義，汝南郡上蔡縣（今河南上蔡西）人，首舉義兵征討王莽，兵敗，被碎屍棄市。文仲原作子威，子威為翟文仲之父翟方進的字，考翟方進並無任東郡太守及討王莽事，今據《御覽》改。王莽，字巨君，漢平帝時擅專國政，後自稱皇帝，改國號為新。⑳汝南袁公著為甲科郎二句　汝南袁著為甲科進選的郎中，上書請求治罪梁冀。袁公著，指袁著，年十九，為郎中，上書奏治梁冀之罪，反被梁冀殺害。甲科，漢代考試科目名，合格者可選任為郎。郎，官名，為侍從之職，包括侍郎、郎中等。《御覽》郎下有中字。梁冀，字伯車，漢順帝時為大將軍，歷順帝、沖帝、質帝、桓帝諸朝，均專橫擅權，後被迫自殺。㉑慕　《御覽》慕作務。㉒讜　正直。

【語　譯】融認為汝南士勝於潁川士。陳羣作〈汝潁士論〉詰難說：「〔羣認為孔融先前關於汝南、潁川士人勝負的評論呀，〕〔很有用蕪菁褻瀆人參的意味。〕〔荀彧、荀攸、荀衍、荀諶、荀悅，當今沒有能與之匹對等齊的人。〕」融回答說：「汝南戴遵親身阻止千乘萬騎之眾，與光武皇帝相互揖禮於道路之中；潁川士雖有堅持高節的人，卻沒有能與天子相抗禮的人。汝南許子伯與其朋友共同談論世間風俗漸將敗壞，因而夜中放聲號哭；潁川士雖頗有憂時之人，卻沒有能痛哭時世的人。汝南郡官府的都水掾許楊教告太守鄧晨圖劃開拓稻田池塘以灌數萬頃田，幾代得利於這一功業，且夜中享有火光照映的祥瑞；潁川韓融雖然精通地理，卻沒有成功見效如許楊這樣。汝南張劭身死之後，託夢給范式（相囑送葬之事）；潁川士雖然也有奇異之人，卻沒有能神魂通靈的人。汝南應奉讀書一目五行；潁川士雖然多有聰明之人，卻沒有能像離婁那樣讀書數行並視的人。汝南李洪為太尉掾屬，其弟殺人應當處死，李洪自應其罪親赴官署，乞求替代弟弟的性命，隨即飲毒酒而死，其弟因而得以生全；潁川士雖亦崇尚操節大義，卻沒有能夠自殺己身以成就仁德像李洪這樣的人。汝南翟義為東郡太守，首先發舉義兵征討王莽；潁川士雖然疾恨暴惡，卻沒有能夠不顧家破身亡而為國盡忠的人。汝南袁著為甲科進選的郎中，上書請求治罪梁冀；潁川士雖然欽慕忠貞正直，卻沒有能夠捨命直言的人。」

【研　析】漢代品評人物的風氣盛行，流弊所及，士人學者又對地區間的傑出人物加以評判，以爭名求勝為榮。這種毫無意義的相互褒貶，影響了士人之間的團結與相互信任的氣氛，其結果常常是不歡而散（如陳羣與崔林共論冀州人士，見《三國志・魏書・崔琰傳》注）。本文列舉大量的事例，論證汝南士勝於潁川士，打擊了以陳羣及荀氏家族為首的潁川士人的高傲，卻也使自己結怨於潁川士人，這對作者本人顯然是不利的。本文有助於研究當時士人的思想情趣，以及認識中國封建社會知識份子的軟弱與狹隘。

肉刑論

【題解】《三國志・魏書・荀攸傳》注稱孔融曾與荀祈論肉刑，且已收入孔融文集，似為此文。獻帝東歸之後，徵人修復洛陽，則此文作於建安時期。

今之洛陽道橋作徒囚於廝役❶，十死一生，故國家常遣三府請詔❷，月一案行。又置南甄官使者❸，主養病徒，僅能存之。語所謂「洛陽豪徒韓伯密，加笞三百不中一，髡頭至耳髮詣膝❹。」此自為刑，非國法之意。

《太平御覽》六百四十二

古聖作犀兕革鎧❺，今有盆領❻鐵鎧，絕聖人甚遠也。

《北堂書鈔》一百二十一

賢者所制，或逾聖人。水碓❼之巧，勝於斷木掘地。

《太平御覽》七百六十二

【注釋】❶今之洛陽句　現今在洛陽修道建橋的刑徒囚困於繁重的苦役。作徒，被判處徒刑而從事勞役的人。囚，嚴本作困，似是。廝役，繁重艱難的苦役。❷故國家常遣三府請詔　所以國家經常派遣三府官員領取詔書。三府，漢代太尉、司徒、司空設立的府署，合稱三府。《潛夫論・班祿》：「三府制法。」請詔，謂到皇室領取詔書。❸南甄官使者　官名，從屬掌磚瓦玉石的甄官署令丞。當時洛陽城南有甄官井，似為其官署所在地。❹洛陽豪徒韓伯密三句　洛陽豪橫之徒韓伯密，刑笞三百卻身不中一，受有髡刑卻垂耳長髮達到膝間。韓伯密，人名，事蹟不詳。笞，古刑名，用竹板或荊條抽打人的背部或臀部。髡，古刑名，剃去頭髮。詣，到。❺犀兕革鎧　犀兕皮革的鎧甲。犀，犀牛，皮極堅厚。兕，獸名，一說為雌犀牛。鎧，古時軍人護身的裝具。❻盆領　猶謂圓領。❼水碓　利用水力舂米的工具。《三國志・魏書・張既傳》：「(張既) 作水碓，民心遂安。」

【語　譯】現今在洛陽修道建橋的刑徒囚困於繁重的苦役，生活於十死一生的艱難處境，所以國家經常派遣三府官員領取詔書，每月一次案察行視。又設置南甄官使者之職，主掌養護生病的作徒，也僅僅能使其存活。又世間流傳說「洛陽豪橫之徒韓伯密，刑笞三百卻身不中一，受有髡刑卻垂耳長髮達到膝間。」這是憑私意行刑，不是國家刑法的真意。

古時聖人作有犀兕皮革的鎧甲，今人作有圓領的鐵製鎧甲，絕棄聖人已很遠了。賢者所製器械，有的超過聖人。水碓的精巧，勝於斷折樹枝以挖掘田地。

【研　析】本文佚缺過甚，難窺大旨。殘句之中，尚能略窺孔融同情刑徒之意。

同歲論

【題　解】本文僅存殘句，其背景及文旨均不詳。下文有〈周歲論〉殘句一條，疑為同篇之作。

弊箄❶徑尺，不足以救❷鹽池之鹹。 《太平御覽》七百五十七

阿膠❸徑寸，不能止黃河之濁。 《太平御覽》七百六十六

記吏孝廉，無裝帛也。 《北堂書鈔》七十九

【注釋】❶箄　小竹籠，可用以撈取鹽池中的鹽。❷救　止，此指使鹽池的鹹度減損。❸阿膠　藥名，產於山東東阿，又稱傅致膠，以烏驢皮與阿井水煎煮而成。

【語譯】破弊的箄籠直徑有一尺，不足以減損鹽池的鹹度。阿膠的直徑有一寸，不能救止黃河的混濁。記載官吏的忠孝廉正，不必裝入綿囊帛袋之中。

周歲論

【題解】本文僅存此一殘句，疑與〈同歲論〉為同篇之作。

儀鳳屯集❶，狂鳥穢之❷。

《太平御覽》九百二十八

【注釋】❶儀鳳屯集　美鳳聚集。儀鳳，儀容俊偉的鳳凰，語本《書・益稷》：「鳳凰來儀。」屯集，聚集。❷狂鳥穢之　狂鳥惡語譏誣。狂鳥，鳥名，似鷹。《爾雅・釋鳥》：「狂，茅鴟。」郭璞注：「今鵂鶹也，似鷹而白。」穢，汙，此用為動詞。

【語譯】美好的鳳凰聚集一處，便有那狂鳥惡語相譏。

聖人優劣論

【題解】東漢末年，皇帝幼弱，宦官、外戚擅權干政，社會動盪。這一時期，學者們多以「聖人」為話題展開討論，其實質，是為了強化皇權，恢復朝綱。

荀愔❶等以為聖人俱受乾坤之醇靈，稟造化之和氣，該百行之高善❷，備九德❸之淑懿，極鴻源之深閎❹，窮品物之情類。曠蕩出於無外❺，沉微淪於無內❻。器不是周，不充聖極。荀以為孔子稱「大哉！

堯之為君也。唯天為大，唯堯則之⑦」，是為覆蓋眾聖最優之明文也。孔以堯作天子九十餘年，政化洽於民心，雅頌流於眾聽，是以聲德發聞，遂為稱首。則《易》所謂「聖人久於其道，而天下化成⑧」，「百年然後勝殘去殺⑨」，「必世而後仁⑩」者也。故曰：「大哉！堯之為君也⑪。」堯之為聖也，明其聖與諸聖同，但以人見稱為君爾。

《藝文類聚》二十

金之優者名曰紫磨，猶人之有聖也。

《太平御覽》八百一十一

馬之駿者名曰騏驥⑫，犬之駿者名曰韓盧⑬。犬之有韓盧，馬之有騏驥，人之聖也，名號等設。使騏驥與韓盧並走⑭，寧能頭尾相當，八腳如一，無有先後之覺矣⑮？

《太平御覽》八百九十七

【注釋】❶荀愔 潁川潁陰（今河南許昌）人，荀攸的叔父，官至丞相祭酒。❷該百行之高善 具有多方面的美好品行。該，具備。百行，多方面的品行。古人以百行為美德，故《詩・衛風・氓》鄭箋云：「士有百行，可以功過相除。」❸九德　九種品德，各書所記不同，《逸周書・常訓》：「九德：忠、信、敬、剛、柔、和、固、貞、順。」此泛指各種美德。❹閫　水聚處。❺無外　無限的外間，指範圍極大。❻無內　無限的內中，指極其微小。❼大哉四句　見《論語・泰伯》。❽聖人久於其道二句　見《易・恆・彖》。❾百年然後勝殘去殺　語見《論語・子路》，全句為：「子曰：『善人為邦百年，亦可以勝殘去殺矣。』誠哉是言！」❿必世而後仁　語見《論語・子路》，全句為：「子曰：『如有王者，必世而後仁。』」世，指三十年。⓫大哉二句　語見《論語・泰伯》。⓬騏驥　良馬名。《莊子・秋水》：「騏驥驊騮，一日而馳千里。」⓭韓盧　良犬名，又稱韓子盧。《戰國策・齊策三》：「韓子盧者，天下之疾犬也。」⓮走　跑。⓯矣　疑問詞，表示反詰（據《古書虛字集釋》三）。

【語　譯】荀悅等人認為聖人都承受著天地乾坤的淳美靈性，稟持有自然造化的和柔氣質，具有百行的高品，兼備九德的美善，極知鴻川廣源的深盈水閫，窮識千品萬物的情況類別。曠達的性情出於博大的寰宇，精深的審識入於微小的內涵。器質不達到如此周全，則不能充任聖人極位。荀悅認為孔子說的「偉大啊！堯這樣的君主。只有天最高大，只有堯能夠效法天」，這是概括眾聖德才的最好的明文。孔融認為堯作天子共九十多年，政治教化適合於人民的心願，雅音頌曲流布於眾庶的視聽，因此聲譽美德升發上聞，於是被稱為首位聖賢。這也正是《易》所說的「聖人久行其正道，則天下萬物從化而成」，（《論語・子路》中孔子所說的）「善人為政百年，然後可以克服殘暴免去虐殺」，「一定要經過三十年的治理才能實現仁政」的緣故。所以說：「偉大啊！堯這樣的君主。」堯這樣的聖人，亦說明堯作為聖人與其他聖人是相同的，只是因為被人稱為賢君罷了。

黃金中上好的叫做紫磨，就像人類中有聖賢一樣。群馬之中傑出的叫作騏驥，群犬之中傑出的叫作韓盧。犬之中有韓盧，馬之中有騏驥，就像人之中有聖賢似的，名號的設置是一樣的。但是若使騏驥和韓盧並行奔跑，（由於二者的身長不同，）又怎能做到頭和尾都相應，八隻腳如出一體，而沒有先後的感覺呢？

【研析】孔融認為：聖人之間並沒有根本的差別，儘管各有長短，但均不失為聖賢。這一觀點，有利於維護聖人群體在人們心目中的整體形象，有利於恢復人們心目中君王的神聖地位，有利於漢獻帝重掌朝政，成為人們政治上、精神上新的權威。本文雖有佚缺，卻不失孔融的論辯風采。

周武王漢高祖論

【題解】本文似與上文相類，亦屬「聖人」話題的作品。

武王從后稷以來，至其身，相承積五十世❶，俱有魚鳥之瑞❷。至高祖，一身修德，瑞遽❸有四：呂公望形而薦女❹；呂后見雲知其處❺；白蛇分，神母哭❻；西入關❼，五星❽聚。又武王伐紂，斬而刺之❾。高祖入秦，赦子嬰❿而遺之。是寬裕又不如高祖也。

【注　釋】❶武王從后稷以來三句　查《史記・周本紀》，武王以上為十五王。考夏、殷兩代共千餘年，若僅十五王，則平均每王在位六十五年以上，實不近人情。孔融稱五十世，則每王在位二十年左右，較合當時的生活條件，蓋孔融自有所本。后稷，周的始祖，名棄，為舜的農官，故號后稷，別姓姬氏。世，父子相承為世，因指一代。❷魚鳥之瑞　每位周王的魚鳥之瑞未見記載，僅知后稷被飛鳥翼覆而得生，姬昌受有赤雀所銜丹書，周武王得白魚赤鳥之瑞。❸遽　猶遂。原無遽字，據張溥本及《四庫全書・孔北海集》補。❹呂公望形而薦女　呂公審視高祖形貌而許嫁女兒。呂公，秦末人，善相面，見劉邦有貴相，故將女兒許配劉邦。薦，進奉。❺呂后見雲知其處　呂后望見雲氣而知劉邦居處。呂后，劉邦正妻。據《史記・高祖本紀》，劉邦曾躲避山澤之中，呂后常能尋到劉邦的居處，人問其故，呂后說劉邦居處之上常有雲氣，因而得尋。❻白蛇分二句　白蛇被殺，神母夜赴痛哭。神母原作神武，據張溥本、《四庫全書・孔北海集》改。據《史記・高祖本紀》，劉邦曾夜入澤中醉斬白帝子所變的白蛇，其母變成老嫗夜赴死蛇處哭泣，稱其子白帝子被赤帝子所殺，使得劉邦獲人敬重。❼關　泛指入秦地的諸關，包括函谷關、武關、嶢關等，劉邦在西元前二〇六年進入關中。❽五星　指歲星、熒惑、太白、辰星、填星等五星。《漢書・天文志》：「五星若合，是謂易行，有德受慶，改立王者，掩有四方，子孫蕃昌。」❾又武王伐紂二句　據《史記・周本紀》，武王率軍攻入鹿臺，時紂及二個嬖妾已死，武王仍以輕劍擊屍，以鉞斬頭。❿子嬰　秦二世兄子。據《史記・秦始皇本紀》，子嬰在西元前二〇六年九月為秦王，設計誅趙高。十月，率眾降劉邦，劉邦赦免其死罪，委付與屬吏看管。項羽入秦，殺子嬰。

【語　譯】周武王從周始祖后稷以來，傳至其身，相積五十代，都有靈魚瑞鳥呈現的祥兆。至於漢高祖劉邦，一身美德，瑞兆遂有四次：呂公審視高祖形貌而進奉女兒；呂后望見雲氣而知劉邦居處；白蛇體分兩處，神母夜赴痛哭；西入秦關，五星會聚。又有周武王攻伐殷紂，斬首而刺身。劉邦進入秦都，赦免子嬰死罪而遺付官吏拘押。這是（武王）寬容大度又不如劉邦了。

【研　析】就文章的內容看，孔融認為周武王在承應祥瑞與寬容大度方面均不如劉邦。孔融稱譽劉邦，亦有上文「明其聖與諸聖同」之意。

衛尉張儉碑銘

【題　解】衛尉，官名，漢時為九卿之一，掌管宮門警衛等。張儉，字元節，山陽高平（今山東鄒城西南）人，建安初被征為衛尉，歲餘卒於許，年八十四歲。

其先張仲，實以孝友左右周室❶。晉主夏盟，而張老延君譽於四方❷。君秉乾綱❸之正性，蹈高世之殊軌❹，冰潔淵清，介然特立❺。雖史魚之勵操❻，叔向之正色❼，未足比❽焉。中常侍同郡侯覽❾，專權王命，豺虎肆虐，威震天下。君以西部督郵❿，上覽禍亂凶國之罪，鞠沒臧奸以巨萬計⓫。俄而制書案驗部黨⓬，君為覽所陷，亦章⓭名捕逐。當世英雄，受命殞身，以籍濟君厄者，蓋數十人⑭。故克⑮免斯艱，旋⑯宅舊宇。眾庶懷其德，王公慕其聲。州宰⑰爭命，辟⑱大將軍幕府，公車特就，家拜少府⑲，皆不就也。復以衛尉徵，明詔嚴切，敕⑳州郡，乃不得已而就之。〔惜乎！不登太階㉑，以尹㉒天下，致皇代於隆熙。〕

銘曰：桓桓㉓我君，應天淑靈。皓素其質，允迪忠貞㉔。肆㉕志直道，進不為榮。赴戟驕臣，發如震霆。凌剛摧堅，視危如寧。〔聖主克愛，命作喉脣㉖。〕

《藝文類聚》四十九

【注釋】❶其先張仲二句　張儉的祖先張仲，實以奉行孝義友道而輔翼周朝王室。張仲，周時賢臣，其性重孝義友道。《詩·小雅·六月》：「侯誰在矣，張仲孝友。」左右，謂輔助。❷晉主夏盟二句　晉公主持東夏諸侯會盟，而張孟陳述晉君的美譽於四方諸侯。晉主夏盟，指春秋時晉公會聚諸侯於虛朾以救宋，事在魯成公十八年。夏，此指華夏各諸侯國。張老，晉國大夫張孟。延，陳。《國語·晉語七》：「使張老延君譽于四方。」❸乾綱　乾德所派生的綱常規範。古以乾為八卦之首，象徵著天、君、陽等。乾綱，嚴本作乾剛。❹蹈高世之殊軌　履行著超出世俗的高尚行為。蹈，履。高世，超乎世俗。軌，法度；行為。❺介然特立　耿介獨立。介然，形容專一而堅定。特立，以獨特的見地與操守立身於世。《禮記·儒行》：「儒有澡身而潔德……世治不輕，世亂不沮……其特立獨行有如此者。」❻史魚之勵操　史魚具有的清厲操節。史魚，春秋時衛國大夫，以正直敢諫著名。勵，通「厲」。❼叔向之正色　叔向具有的嚴正情色。叔向，春秋時晉國大夫羊舌肸的字。羊舌肸博識多聞，能以禮讓治國，且以正直著稱，孔子稱其為「遺直」。正色，表情端莊嚴肅。《書・畢命》：「正色率下。」孔穎達疏：「正色，謂嚴其顏色，不惰慢，不阿諛。」❽比　並列。❾侯覽　山陽防東（今山東金鄉西南）人，與張儉同郡，桓帝初為中常侍（中常侍，官名，東漢時由宦官擔任，侍從皇帝、傳達詔令和掌管文書），倚勢行惡，後自殺。❿西部督郵　部原作都，據嚴本改。督郵，官名，為郡守佐吏，掌督察糾舉所領縣違法之事，每郡分二部至五部不等，每部置督郵一人。《後漢書・張儉傳》稱「延熹八年，太守翟超請為東部督郵。」查《後漢書・郡國志》，山陽郡所屬十縣，侯覽所居防東縣在該郡西南部，疑〈張儉傳〉有誤。⓫鞠沒贓奸以巨萬計　稽查沒收侯覽的贓財奸物達萬計之多。鞠，通「鞫」。審查盤問。贓奸，貪汙受賄或偷盜等非法所得的財物。贓原作賦，據張溥本、《四庫全書・孔北海集》改。《後漢書・侯覽傳》：「督郵張儉因舉奏覽貪侈奢縱，前後請奪人宅三百八十一所，田百一十八頃……破人居室，發掘墳墓，虜奪良人，妻略婦子，及諸罪釁，請誅之。而覽伺候遮截，章竟不上。儉遂破覽塚宅，藉沒資財，具言罪狀。」⓬俄而制書案驗部黨　不久，皇帝下令案考查收朋黨。俄而，時間短暫。制書，皇帝命令文書中的一種。案驗，查訊證實。部黨，猶謂朋黨。據《後漢書・張儉傳》和《後漢書・侯覽傳》，張儉的鄉人朱並怨恨張儉，上書誣告張儉與同郡二十四人結黨，侯覽遂誣張儉為鉤黨，於是制命討捕。⓭章　同「彰」。⓮以籍濟君厄者二句　據《後漢書・張儉傳》和《後漢書・孔融傳》，張儉逃亡，因庇護張儉而受誅滅族者數十人。孔融時年十六，亦因收藏張儉，而使其兄孔褒受誅。籍，罪及身家。⓯克　能。⓰旋　還。⓱州宰　州郡的長官。⓲辟　徵召。⓳少府　官名，九卿之一，掌宮中服御諸物。〈張儉傳〉：「大將軍、三公並辟，又舉敦樸，公車特徵，起家拜少府，皆不就。」⓴敕　上對下的告誡。㉑太階　同「泰階」。指三臺星，比喻三公之位。惜乎以下四句據《文選・王儉・褚淵碑文》注補。㉒尹　治理。㉓桓桓　威武貌。㉔允迪忠貞　專意蹈行忠廉貞正。允，誠信。迪，蹈。

㉕肆 極力。㉖聖主克愛二句 據《文選・沈約・齊故安陸昭王碑文》注補。

【語　譯】張儉的祖先張仲，實以奉行孝義友道而輔翼周朝王室。晉公主持東夏諸侯會盟，而張孟陳述晉君的美譽於四方諸侯。張儉君秉持著乾德綱常的清正之性，履行著超出世俗的高尚行為，像冰雪那樣高潔，像淵潭那樣純清，耿介堅貞而獨立於世。即使是史魚的清厲操節，叔向的嚴正情色，均不足以和他相提並論。中常侍山陽侯覽，獨攬大權擅行王命，豺虎之行肆意殘虐，淫威震盪天下。張儉君以山陽郡西部督郵之職，向上揭舉侯覽禍民亂政兇害國家的大罪，稽查沒收侯覽的贓財奸物達萬計之多。不久，皇帝下令案考查收朋黨，張儉君被侯覽誣陷，亦被彰顯姓名搜捕追逐。當世的英雄俊傑，甘受天命殞損己身，因此事獲罪而殃及身家以濟助張儉君脫離厄難的人，大概有數十人。因而使得張儉能夠免於這一禍難，返居舊日室宇。眾民懷念張儉的高德，王公敬慕張儉的聲名。州郡長官爭相禮命相邀，又被徵召於大將軍的府署，又有公家車馬特意趨就，在家中拜任少府之職，張儉對這些都沒有接受。朝廷又以衛尉之職徵召，明諭詔告嚴急迫切，告誡州郡速辦，於是，不得已而就任衛尉。〔可惜啊！不曾登升太階之位，以治理天下，並進致皇家世運於隆盛祥熙。〕

銘曰：桓桓威武張儉我君，承應上天淑美英靈。他的姿質皓潔純素，專意蹈行忠廉貞正。極心盡志正直之道，進身不為謀求己榮。赴難戟刺驕世佞臣，發論猶如震天雷霆。凌犯剛邪摧折堅惡，傲視險危猶如安寧。〔聖賢明主能致親愛，欽命任作皇君喉脣。〕

【研　析】張儉是漢末敢於同宦官勢力作鬥爭的傑出人士，深受孔融等當世賢良正直之人的欽佩，許多人甚至不惜為其付出身家性命。本文對張儉的高義潔行給予了高度的評價。在全篇的讚譽之中，寄託了作者的敬慕與哀思，亦飽含著作者對忠正的愛和對邪惡的恨。文章悲壯雄渾，正氣凜然，是歷代碑銘中的佳品。

失題文二則

晉有獻、武之議❶。尊卑有序❷，以諱為首也。在家永有攸❸諱，齊稱五皓❹，魯有鄉對❺也。

《北堂書鈔》九十四

【注釋】❶晉有獻武之議　晉人范獻子有關於獻公、武公的討論。晉，晉人范獻子。獻，西周時的魯獻公，名具。武，西周時的魯武公，名敖。據《國語・晉語九》，春秋時晉國范獻子聘魯，問具山、敖山，魯人用二山所在的鄉名作答，獻子不明其故，魯人稱具、敖是其先君獻公、武公的諱。獻子歸晉後，遍告諸人自己誤稱魯二諱而為魯人取笑之事，勸勉諸人學禮。❷序　次序。《荀子・君子》：「長幼有序。」❸攸　所。❹五皓　指五白，為古代賭博的五木之戲，五枚子全為白色，故名，又稱梟。齊桓公名白，齊人避諱，稱五白為五皓。《顏氏家訓・風操》：「凡避諱者，皆須得其同訓以代換之：桓公名白，博有五皓之稱。」❺鄉對　謂魯人用具山、敖山所在的鄉名應對范獻子事，詳見注❶。鄉對原作卿對，卿當為鄉的形訛，今正。

【語譯】晉人范獻子有關於獻公、武公的討論。尊者和卑者之間要有一定的生活次序，並且是以（卑者對尊者的）避諱作為第一條的。

在家鄉會長期地有所忌諱，例如齊國（為避齊桓公諱不稱五白而）稱五皓，魯國（為避獻公、武公諱而）用具山、敖山所在的鄉名應對。

陳琳集

武軍賦并序

【題解】武軍，此謂袁紹的勇武軍隊。據序文，本賦作於建安四年（西元一九九年）三月，袁紹徹底擊敗公孫瓚，大獲全勝之時。

回天軍，〔震雷霆之威〕於易水之陽❶，以討瓚❷焉。鴻溝參周❸，鹿菰❹十里，薦之以棘❺。乃建修櫓❻，干❼青霄；竁❽深隧，下三泉❾。飛梯❿、雲衝⓫、神鉤⓬之具，瑰異譎⓭詭之奇，不在吳、孫之篇⓮。《三略》⓯、《六韜》⓰之術者，凡數十事⓱，秘莫得聞也。〔悵⓲儼⓳其特起，旌鉞⓴斐㉑以焜㉒。矯矯㉓虎旅，執戟撫弓。〕乃作〈武軍賦〉曰：

《太平御覽》三百三十六

赫赫㉔哉，烈烈㉕矣！于此武軍，當天符㉖之佐運，承斗剛而曜震㉗。漢季世之不辟㉘，青龍紀乎大荒㉙。熊狼競以拏攫㉚，神寶播乎鎬京[31]。於是武臣赫然[32]，揚炎天之隆怒[33]，叫諸夏而號八荒[34]。爾乃擬北落而樹表[35]，睎壘壁以結營[36]。百校羅峙[37]，千部列陳，彌方城[38]，掩[39]平原。〔耿[40]目耶[41]眇[42]，不同乎一邊[43]也。〕於是啟明[44]戒旦，長庚[45]告昏。火烈[46]具舉，鼓角並震，千徒從唱，億夫求和。聲訇隱[47]而動山，光赫弈[48]以燭夜。

《藝文類聚》五十九

南轅反旆[49]，爰振其旅。胡馬駢足[50]，戎車齊軌[51]。整行按律，決敵中原。八部方置，山布星陳[52]。干戈森其若林，牙旗翻其容裔[53]。

《北堂書鈔》一百一十七

其劍[54]也，則楚金越冶[55]，棠谿[56]名工。清堅皓鍔[57]，修刺[58]銳鋒。陸陷蕊犀[59]，水截輕鴻[60]。〔綠沉[61]之槍。〕鎧則東胡闕鞏[62]，百煉精剛[63]。函師振錐[64]，韋人[65]制縫。〔玄羽縹[66]甲，灼爚[67]流光。〕弩則幽都筋角[68]，恆山檿幹[69]。通肌暢骨[70]，起崇曲彈[71]。〔大黃[72]沉紫[73]，朱纁[74]

別(75)緣(76)。客機(77)庭(78)臂(79)，直矢輕弦。」〔當鋒摧決，貫遐洞堅(80)。〕其弓則烏號(81)、越耗(82)，繁弱(83)、角端(84)。象弭繡質(85)，晢柎(86)文身。矢則申息(87)肅慎(88)，箘簵空疏(89)。焦銅(90)毒鐵，簳鏃鳴鍭(91)。馬則飛雲、絕景，直鬐、騧駵，駁龍、紫鹿，文的、蹋魚(92)。〔走(93)駿驚飆，步象雲浮。受銜(94)斯遊，斂鞚(95)則止。〕

《藝文類聚》五十九

鉤車轇轕(96)，九牛轉牽。雷呴電激(97)，折櫓(98)倒垣。其攻也，則飛梯行雲，臨閣靈構(99)。上通紫霓(100)，下過三壚(101)。

《太平御覽》三百三十六

金春作(102)，簫管(103)起，靈鼓(104)發，雷鼓(105)駭。軒轟嘈囐(106)，蕩心懼(107)耳。野夷懾而凌觸(108)，前後不相須候(109)。元戎(110)先驅，甲騎踵(111)繼。雷師(112)震激，虎夷電虓(113)。燁(114)若揚炎，閃如雲(115)蔽。叱吒彭賁(116)，不可當禦。猶猛虎之驅羣羊，衝風(117)之飛枯葉。

《北堂書鈔》一百一十七

蘊隆118既備，越119有神鉤。排雷衝則穨高雉120，列炬然則頓名樓121。衝鉤競進，熊虎爭先。墜垣百疊，弊樓數千。崇京魁而獨處122，表完壑而殞顛123。於是炎燧四舉，元戎齊登。探封124蛇於窮穴，梟鯨桀而取巨125。

《北堂書鈔》一百一十八

若乃清道整列，按節徐行。龍姿鳳峙，灼有遺英。

《藝文類聚》五十九

【注釋】❶回天軍二句　回師天兵神軍，〔震發雷霆之威〕於易水的北岸。原無震雷霆之威五字，據《北堂書鈔》一百二十六補。易水，水名，源於河北易縣。陽，河流的北岸。❷瓚　公孫瓚，字伯珪，曾任降虜校尉、奮武將軍等職，時據有河北大部地區，自署其將帥為青、冀、兗三州刺史，並在易水之北修築易京城以自居，為袁紹北方的勁敵。建安三年，袁紹興兵攻公孫瓚。建安四年春，公孫瓚兵敗自殺。❸鴻溝參周　護城深溝築有三周。鴻溝，大的護城濠。參，同「三」。易京周邊有三重營壘，亦似有三周護城濠。❹鹿菰　同「鹿砦」。營壘周邊的障礙。❺薦之以棘　設置有荊棘。薦，陳設。棘，帶刺的草木。❻修樐　高高的樓臺。修，高大。樐，同「櫓」。頂部沒有覆蓋的望樓。❼干　原作于，據《北堂書鈔》一百二十四改。❽竈　穿掘地下。❾三泉　三重泉，指地下深處。❿飛梯　攻城具，即雲梯。⓫雲衝　攻城具，有遮蔽的樓車，內可載人，推至城邊以攻城。⑫神鉤　長鉤，既可鉤殺城上守卒，亦可鉤在城的上沿以爬登。⑬譎　怪。⑭吳孫之篇　吳起、孫武所著的兵書。吳，戰國時名將吳起，著有兵書《吳子》。孫，春秋時軍事家孫武，著有兵書《孫子兵法》。⑮三略　古兵書名，舊題漢黃石公撰。⑯六韜　古兵書名，為漢代人採掇舊說，假託呂尚之名而成。⑰事　職。⑱帳　望恨貌。以下四句據《北堂書鈔》一百一十七補，陳禹謨本《書鈔》題為〈武軍賦序〉。⑲儼　昂首貌。⑳鉞　古兵器，狀如大斧。㉑裴　裴回，同「徘徊」。㉒焜　明亮。㉓矯矯　武勇貌。《詩・魯頌・泮水》：「矯矯虎臣。」㉔赫赫　顯赫盛大貌。㉕烈烈　威武貌。㉖天符　上天的符命。㉗承斗剛而曜震　秉受著北斗的綱常之責而征伐於春季。斗剛，同「斗綱」。謂人們賦予北斗星的綱維、法度之責。《史記・天官書》：「分陰陽，建四時，均五行，移節度，定諸紀，皆繫於斗。」曜，照。震，東方。《易・說卦》：「震，東方也。」本句「斗剛曜震」即所謂「斗柄東指」，是說袁紹此番征瓚事在春季。《鶡冠子・環流》：「斗柄東指，天下皆春。」（從熊清元先生說）㉘漢季世之不辟　漢室衰世君王不王。季世，衰末之世。辟，君王。㉙青龍紀乎大荒　青龍祥瑞改現於西方大荒。青龍，傳說中的祥瑞物。紀，假借為改（據《說文通訓定聲》頤部第五）。大荒，傳說中西方的大荒之山，為日月所入之處。此句暗喻漢獻帝遷居長安（今陝西西安）。㉚拏攫　爭奪搏鬥。㉛神寶播乎鎬京　天子神寶遷徙於古都鎬京。神寶，指天子。播，遷徙。鎬京，周時都城，在長安附近，此指長安。㉜赫然　怒貌。㉝隆怒　盛怒。㉞叫諸夏而號八荒　呼召諸地長官而號令八方臣民。叫，呼。諸夏，泛指各侯國州郡。八荒，八方荒遠之地，此指全國。㉟擬北落而樹表　以北落星作為向北進軍的標識。擬，向。北落，星名，在壘星旁（從熊清元先生說）。《史記・天官書》：「北宮玄武……其南……旁有一大星為北落。」正義：「主非常，以候兵。」表，標識。㊱睎壘壁以結營　望著壘壁星而安紮營盤。睎，望。睎原作晞，據張溥本改。壘壁，又省稱壘，星名（從熊清元先生說）。《史記・天官書》：「北宮玄武……其南……軍西為壘。」正義：「壘壁陣十二星，橫列在營室南，天軍之垣壘。」㊲峙　立。峙原作時，據《北堂書鈔》一百一十七改。㊳彌方城　遍及要塞城隘。彌，滿。方城，春秋時楚國北面的長城，此指要塞城隘。㊴掩　遮蔽。㊵耿　明。以下二句據《北堂書鈔》一百一十七補。㊶耶　語助詞。㊷眇　仔細看。㊸一邊　一方，指對方。㊹啟明　金星的別名，特指早上見於東方的金星。㊺長庚　金星的別名，特指傍晚見於西方的金星。由於金星特有的運行軌道，一天之中可以看見兩次居於不同位置的金星。㊻火烈　各種火把、火炬。《詩・鄭風・大叔于田》：「叔在藪，火烈具舉。」鄭玄箋：「列人持火俱舉，言眾同心。」㊼訇隱　形容巨大的聲響。㊽赫弈　光芒顯耀貌。㊾旆　旗幟的通稱。《左傳・宣公十二年》有楚令尹不欲與晉人交戰而「南轅反旆」事，此反其意而用之，謂南行的軍隊轉向北征公孫瓚的戰鬥。㊿胡馬駢足　戰馬並足行進。胡馬，產於西北方游牧民族的駿馬，此指戰馬。駢，並列。(51)戎車齊軌　兵車齊軸向前。戎車，兵車。軌，車的軸頭。(52)八部方置二句　又作「百隊方置，天行地止」。方，宜。(53)牙旗翻其容裔　帥旗翻動亦伏亦起。牙旗，主將所建的飾以象牙的大旗。容裔，高低起伏貌。陳禹謨本《書鈔》容裔作如繪。(54)劍　原作刃，嚴本作刀，考下文皆論劍，今據《北堂書鈔》一百二十二改。(55)楚金越冶　楚地金鐵越人冶煉。楚金，猶言楚鐵。《史記・范雎蔡澤列傳》：「昭王曰：吾聞楚之鐵劍利而倡優拙。」後因用楚鐵代指劍。越冶，越人冶工，其著名者有春秋時的歐冶子，曾為越王鑄五把名劍。(56)棠谿　地名，在今河南遂平西北，戰國時屬韓國，以鑄劍戟有名。《戰國策・韓策一》：「韓卒之劍戟，皆出於冥山、棠谿……」後即用為劍的代稱。(57)皓鍔　閃亮的劍刃。皓，光亮。鍔，刀劍的刃。(58)修刺　長鋒。《北堂書鈔》一百二十二修刺作苗山。(59)陸陷蕊犀　陸地上斬殺斑紋犀牛。陷，破。蕊犀，有花紋的犀牛。《北堂書鈔》一百二十二蕊作玄。(60)水截輕鴻　水中截殺輕翔飛鴻。截，斷斷。鴻，天鵝。《藝文類聚》六十引《尸子》：「水試斷鵠雁，陸試斷牛馬，所以觀良劍也。」(61)綠沉　精鐵名（從薛夢符說）。本句據《分門集注杜工部詩》十〈重過何氏五首・其四〉薛夢符注補。(62)鎧則東胡闕鞏　鎧甲則產自東胡和闕鞏。東胡，古族名，春秋戰國時居於燕國以北，產皮甲。闕鞏，古國名，何時滅亡已無考，以產名甲著稱。《左傳・昭公十五年》：「闕鞏之甲，武所以克商也。」考西周以前僅有皮甲而無金屬鎧，春秋以後沿用其名而逐漸代以金屬。(63)剛　同「鋼」。(64)函師振錐　函師振使尖錐。函師，同「函人」。製甲的工匠。振，抖動；搖動。錐，刺孔的工具。錐原作旅，據《北堂書鈔》一百二十一改。65韋人　製作皮革的工匠。《周禮．考工記》：「攻皮之工，函、鮑、韗、韋、裘。」66縹　淡青色。以下二句據《初學記》二十二補。67灼爚　鮮明貌。68弩則幽都筋角　強弩則是用幽都的獸筋獸角製成。弩，用機械發射箭矢的弓。幽都，山名，在北京市昌平區西北，古屬幽州。筋，動物的肌腱或骨頭上的韌帶，可作弓弦。角，獸角，多用作弓弭（即弓的兩端）。角原作骨，據《北堂書鈔》一百二十五、《太平御覽》三百四十八改。《爾雅．釋地》：「北方之美者，有幽都之筋角焉。」郭璞注：「幽都，山名，謂多野牛筋角。」69恆山檿幹　恆山的檿木作成弓體主幹。恆山，五嶽中的北嶽，主峰在河北曲陽西北。檿，木名，即柞樹，又稱檿桑，木質堅韌，可製弓和車轅等。幹，弓之主幹。《周禮．考工記．弓人》：「凡取幹之道七：柘為上，檍次之，檿桑次之……」70通肌暢骨　通直的弩弦長長的弩角。肌，筋，此指弓弦。暢，長。骨，此指牛角，用於弓的兩端以縛弦。《周禮．考工記．弓人》對於製弓所用幹、角、筋等六材有詳細要求，可參閱。其中，對於角長亦有要求：「角長二尺有五，三色不失理，謂之牛戴牛。」71起崇曲彈　高立的弓柎曲形的隈彎。此謂弩上的弓的形制。起崇，高立的弓柎。《周禮．考工記．弓人》：「凡為弓，方其峻而高其柎。」曲彈，謂弓隈處彎曲適中而彈射有力。起崇曲彈原作起繦曲煙，據《北堂書鈔》一百二十五改。72大黃　色黃而體大的弩。《史記．李將軍列傳》：「廣身自以大黃射其裨將。」集解引韋昭語：「角弩，色黃而體大也。」以下四句據《北堂書鈔》一百二十五補。73沉紫　謂弩所用的膠呈紫色。《周禮．考工記．弓人》：「凡相膠，欲朱色而昔。」74繡　繪飾。75別　另外。76緣　以生絲纏繞為飾。《爾雅．釋器》：「弓有緣者謂之弓。」77客機　嵌入弩身後部的弩機。78庭　通「挺」。強勁貌。79臂　弩臂，又稱弩翼。80當鋒摧決二句　據《太平御覽》三百四十八補。81烏號　良弓名。《淮南子．原道訓》：「射者扞烏號之弓。」82越耗　良弓名，《太平御覽》三百四十七作越棘。查《禮記．明堂位》有「越棘大弓，天子之戎器也」，鄭玄注以越棘為越戟，疑鄭注有誤，然未見古籍中以越棘為弓名者，暫且存疑。83繁弱　良弓名。《荀子．性惡》：「繁弱、鉅黍，古之良弓也。」84角端　弓名，謂以鮮卑異獸角端牛之角製成的弓。《後漢書・鮮卑傳》：「又禽獸異於中國者，野馬、原羊、角端牛，以角為弓，俗謂之角端弓者。」(85)象弭繡質　象骨的弓弭繪飾的弓體。象弭，用象骨作為弓的兩端。《詩・小雅・采薇》：「象弭魚服。」鄭箋：「弭，弓反末彆者，以象骨為之。」質，弓的中部。《公羊傳・定公八年》：「寶者何……弓繡質。」(86)晢柎　明亮的弓柎。晢，光亮。柎，同「弣」。弓柄部兩側用以強固的骨片。晢原作哲，柎原作拊，並據《初學記》二十二改。(87)申息　古時的申國和息國，產良矢，春秋時被楚所滅。《國語・晉語四》：「乾時之役，申孫之矢集於桓鉤。」(88)肅慎　參見孔融〈與曹公嘲征烏桓書〉注(2)。(89)箘簬空疏　箘簬名竹的長長竹幹。箘簬，竹名，亦作箘簵，細長丈餘而無節，可作良箭之桿（《書》孔傳及正義皆以箘簬為兩種竹子名，今從段玉裁《說文解字注》）。空疏，形容長大。(90)焦銅　表面經過燒灼的銅箭頭，傷人後容易感染。(91)簳鏃鳴鍭　簳桿短鏃飛鳴響鍭。簳，小竹，可做箭桿。鏃，輕銳的箭。《呂氏春秋・貴卒》：「所為貴鏃矢者，為其應聲而至。」高誘注：「鏃矢輕利也，小曰鏃矢，大曰篇矢。」鳴鍭，猶鳴鏑，指響箭。簳鏃鳴鍭原作麗轂撻輈，據《北堂書鈔》一百二十五、《初學記》二十二改。(92)馬則飛雲絕景四句　飛雲、絕景、直髻、騊駼、駁龍、紫鹿、文的、躝魚，皆為良馬名。《文選・王融・三月三日曲水詩序》：「絕景遺風之騎。」其他未見於他書。(93)走　跑。以下四句據《太平御覽》三百五十八補。(94)銜　馬嚼子。(95)鞚　馬勒具。(96)鉤車轇轕　鉤梯戰車縱橫列置。鉤車，有鉤梯的戰車，用來攻擊垣樓。轇轕，縱橫交錯貌，此謂眾多。(97)雷呴電激　雷聲響震閃電厲激。呴，吼叫。原無電字，據嚴本補。(98)櫓　望樓。(99)飛梯行雲二句　飛梯戰車行於雲端，臨車崇閣靈巧高構。此二句原作「飛梯行臨，雲閣虛構」，據《北堂書鈔》一百一十八改。臨，臨車，古戰車名，有高臺可乘人，以便居高攻擊下方之敵。(100)紫霓　上天的紫色光彩。《北堂書鈔》一百一十八紫霓作紫電。(101)三壚　此指地下極深之處。壚，黃壚，黃泉之下的黃黑色土。(102)金春作　陽春始。金春，猶謂陽春，古人以金喻陽。作，始。(103)簫管　泛指竹管樂器，此就軍樂而言。(104)靈鼓　具有六個鼓面的大鼓。(105)雷鼓　具有八個鼓面的大鼓。原無雷鼓二字，據《北堂書鈔》一百二十一補。(106)軒轟嘈囐　群車轟鳴喧嘈響震。軒，車輛的通稱。原無軒字，據《北堂書鈔》一百二十一補。轟，群車行進聲。嘈囋，喧鬧聲。107懼　驚。108野夷慑而淩觸　夷原作奏，慑原作攝，淩原作陵，並據《北堂書鈔》一百二十一改。109須候　等待。110元戎　大型戰車。111踵　追隨。陳禹謨本《書鈔》踵作隨。112雷師　傳說中司雷之神。113虎夷雹虓　虎士夷卒雹疾奔虓。夷，執夷，獸名，似虎，一說似熊。虓，奔走。114燁　火光明盛貌。115閃如雲　原作熛熛九，據陳禹謨本《書鈔》改。116叱吒彭贔　叱吒震怒。叱吒，發怒聲。彭，壯盛。贔，通「奰」。與怒同義。117衝風　猛烈的風。118藴隆　指聚集起來的隆隆震雷般的巨大能量，此指戰前的各種準備。《詩・大雅・雲漢》：「藴隆蟲蟲。」毛傳訓隆為「隆隆而雷」。藴隆原作隆藴，據張溥本改。119越　揚。120排雷衝則頹高雉　排雷衝擊則頹落高高的城牆。排雷，成排的震雷。雉，城牆。頹高雉原作高爐略，據張溥本改。121烈炬然則頓名樓　烈炬焚燃則頓毀著名的高樓。烈原作摮，據張溥本改。然，同「燃」。頓，壞。122崇京魁而獨處　最高的樓臺孑然而獨處自立。京，高大的樓臺，此指易京城中公孫瓚所居最高的樓臺。《三國志・魏書・公孫瓚傳》：「瓚軍數敗，乃走還易京固守。為圍塹十重，於塹里築京，皆高五六丈，為樓其上；中塹為京，特高十丈，自居焉。」魁，孤獨貌。123表完塈而殞顛　四表修築的城池均殞毀覆顛。完，修築。塈，城池。此句謂公孫瓚的周邊營壘均為袁軍攻破。124封　大。125梟鯨桀而取巨　梟首罪大惡極而捕取巨魁。梟，古刑名，殺人斬其首而懸於木上。鯨，大。桀，兇狠殘暴的人。

【語　譯】回師天兵神軍，〔震發雷霆之威〕於易水的北岸，為了討伐公孫瓚。易京城的護城深溝築有三周，鹿砦障礙長達十里，上面還設置有荊棘。並且修建了高高的樓臺，直插青天雲霄；挖掘了深深隧洞，下達三重黃泉。〔我軍的〕飛梯、雲衝、神鉤等戰具，瑰偉神異譎怪詭祕的武器，均不在吳起、孫武的兵書之中。精通《三略》、《六韜》兵法戰術的能臣，充任著數十種職事，隱祕而不得詳聞。〔悵然昂首而挺身奮起，旍旗和斧鉞往復翻動而色彩鮮明。武勇如虎的矯健軍旅，執持戰戟輕撫彎弓。〕於是，作〈武軍賦〉如下：

顯赫盛大啊，威武雄壯啊！用這樣的神武天軍，承當上天的符命以佐助國運，秉受著北斗的綱常之責而征伐於春季。遭逢漢室衰世這君王不王的時代，青龍祥瑞改現於西方大荒。熊虎豺狼競相爭奪噬鬥，天子神寶遷徙於古都鎬京。於是勇武眾臣為之赫怒，而奮揚熾炎燎天般的盛氣激憤，呼召諸地長官而號令八方臣民。於是，以北落星作為向北進軍的標識，望著壘壁星而安紮營盤。數百將校羅布直立，數千部旅列隊陳陣，遍及要塞城隘，遮掩曠野平原。〔睜大雙眼仔細觀看，確實不同於對面的一方。〕於是啟明星告戒天將明亮，長庚星諭勉天將暗昏。眾人持炬一齊高舉，戰鼓號角同時響震。千百徒眾相從酬唱，億萬征夫共求應和。聲音響亮而震動山嶽，光芒明耀而燭照昏夜。

南行的車轅反轉旌旗，於是重振其強勁軍旅。戰馬並足行進，兵車齊軸向前。整齊的行列悉照軍律，決戰強敵在此中原。八方部隊巧為設置，如山穩布如星廣陳。干戈森立猶如茂林，帥旗翻動亦伏亦起。

他們的利劍呀，是用楚國的名鐵為料而由越國的歐冶子親手製成，還有棠谿的著名工匠。清冷堅硬的明亮劍刃，長長的劍刺尖銳鋒利。在陸地上可以斬殺斑紋犀牛，在水中能夠截殺輕翔飛鴻。〔綠沉精鐵造就的利槍。〕（他們的）鎧甲是用東胡的獸皮和闕鞏的堅革，以及百次熔煉的精美純鋼。函師振舉尖錐，韋人裁製綴縫。〔玄黑的羽飾淡青的鎧甲，鮮明悅目流放光芒。〕（他們的）強弩則是用那幽都的獸筋獸角，以恆山的檿木作為弓體主幹。通直的弩弦長長的弩角，高立的弓柎曲形的隈彎。〔大黃的弩體配以沉紫膠，朱色的繪飾另有絲緣。嵌入的弩機強勁的弩臂，端直的利矢輕細的弩弦。〕〔逢遇矢鋒則被摧傷決命，貫透遐虜而洞穿敵堅。〕（他們的）勁弓則是有名的烏號、越耗，繁弱、角端。象骨的弓弭繪飾的弓體，明皙的弓柎文彩的弓身。(他們的)利矢則是產自申地息地和肅慎古族，取自那箘簬名竹的長長竹幹。燒灼的銅尖沾毒的鐵鋒，簳桿的短鏃飛鳴的響鏃。(他們的)戰馬則是飛雲、絕景、直髻、騧騮、駁龍、紫鹿、文的、躙魚。〔奔馳的駿馬猶如狂飆，步行的形象好似浮雲。受到銜命則安步行遊，收斂馬勒則驟然停止。〕

鉤梯戰車縱橫列置，眾多犍牛轉相引牽。(其勢)猶如雷聲響震閃電厲激，欲摧折樓櫓欲破倒城垣。他們的進攻陣勢，則見那飛梯戰車行於雲端，臨車崇閣靈巧高構。上可通達紫霄光電，下可深及多層黃壚。

陽春伊始，簫管奏起，靈鼓動發，雷鼓震駭。群車轟鳴喧嘈響震，蕩激人心震驚眾耳。鄙野的敵夷膽懾而淩亂突觸，前隊後隊(紛紛潰退)而各不相待。(我軍的)大型戰車率先馳驅，鐵甲騎兵追隨後繼。像那雷師天神震怒奮激，虎士夷卒電疾奔蹶。明盛猶如揚散熾炎，輕閃好似浮雲蔽日。全軍勃然震怒，其勢實為不可抵擋阻禦。就像那猛虎驅趕著群羊，就像那烈風吹蕩著枯葉。

各種準備既已齊備，(各隊)紛紛揚舉著長長的神鉤。排雷衝擊則頹落高高的城牆，烈炬焚燃則頓毀著名的高樓。衝車神鉤競相挺進，熊卒虎士奮勇爭先。墜毀垣牆數以百重，弊壞臺樓可達數千。最高的樓臺孑然而獨處自立，四表修築的城池均殞毀覆顛。於是熾炎烽燧四方並舉，大型戰車奮勇齊登。探捉大蛇於幽深的洞穴，梟首罪大惡極而捕取巨魁。

於是清除道路整齊佇列，按照節律輕緩凱旋。如龍的雄姿如鳳的峙立，鮮明灼焯而餘有武英。

【研析】 本文描述了袁紹征伐公孫瓚的激烈戰鬥，頌讚了袁軍的強大陣容，精良裝備，以及無堅不摧的攻戰能力。賦文將前代大賦長於渲染氣氛、鋪陳誇張的藝術手法，同威武雄壯、勇猛剛健的武士豪情結合起來，同「漢季世之不辟」年代更為崇尚武功的特定背景結合起來，使得全文場面壯觀，聲勢浩大，是一篇較有聲色的戰爭題材的文學作品。賦成，時人張紘對此賦「深歎美之」，晉人葛洪《抱朴子・鈞世》亦云「等稱征伐，而〈出車〉、〈六月〉之作，何如陳琳〈武軍〉之壯乎」。全文雖殘，仍可說明張紘、葛洪所言不誣。不過，由於這場戰爭的性質是軍閥間的相互吞併，作者的身分又是侍從文人。所以，文中大量使用的誇張手法，沒有堅實的理性與感情作基礎，顯得單薄、乏力。

神武賦并序

【題解】建安十二年（西元二〇七年），曹操率軍北征烏桓。八月，大獲全勝，本賦即作於其時。

建安十有二年，大司空武平侯曹公❶東征烏丸❷。六軍被介❸，雲輜萬乘❹，治兵易水❺，次於北平❻，可謂神武奕奕❼，有征無戰❽者已。〔夫窺巢穴者，未可與論六合❾之廣；遊潢汙❿者，又焉知滄海之深。大人⓫之量，固非說者之可所識也。〕

佇盤桓以淹次⓬，乃申命而後征。覲狄民之故土⓭，追大晉⓮之遐蹤。惡先轂⓯之懲寇，善魏絳之和戎⓰。受金石而弗伐⓱，蓋⓲禮樂而思終。陵九城而上躋⓳，起齊軌乎玉繩⓴。車軒轔㉑於雷室，騎浮厲㉒乎雲宮。暉曜連乎白日，旂旐㉓繼於電光。旆既軼乎白狼，殿未出乎盧龍㉔。威凌天地，勢括十衝㉕。單鼓未伐㉖，虜已潰崩。克俊折馘首㉗，梟㉘其魁雄。爾乃總輯瑰珍，茵氈㉙幕幄；攘瓔㉚帶佩，不飾雕琢。華璫玉瑤㉛，金麟牙琢㉜；文貝紫瑛㉝，縹碧玄綠㉞；黼錦繢組㉟，罽毼皮服㊱。

《藝文類聚》五十九

【注釋】❶曹公　曹操。曹操在建安元年（西元一九六年）九月被封為武平侯，十一月為司空。❷烏丸　即烏桓，中國古代少數民族之一，屬東胡別支，時居今遼寧西南部，常侵掠漢地。建安十二年五月，曹操率軍征討。❸六軍被介　朝廷大軍披掛鎧甲。六軍，天子所統轄的軍隊。《周禮・夏官・序官》：「凡制軍，萬有二千五百人為軍。王六軍，大國三軍，次國二軍，小國一軍。」後因為國家軍隊的統稱。被，披。介，甲。❹雲輜萬乘　輜重雲集萬輛車乘。雲輜，謂眾多如雲的輜重車輛。乘，兵車，包括一車四馬。❺易水　水名，參見陳琳〈武軍賦〉注❶。❻次於北平　駐軍北平。次，指行軍在一地停留超過兩宿。北平，縣名，故治在今河北滿城北。❼弈弈　同「奕奕」。神采煥發貌。❽有征無戰　僅有出征不須血戰。語本《漢書・嚴助傳》：「臣聞天子之兵有征而無戰，言莫敢校也。」⑨六合　天地四方。夫窺巢穴者以下六句據《北堂書鈔》一百五十八補。⑩潰汙　低窪積水處。⑪大人　德行高尚的人，此指曹操。⑫佇盤桓以淹次　長期逗留不進而久停駐紮。佇，久。盤桓，逗留不進貌。淹，久留。⑬覩狄民之故土　觀看北狄民眾的故有疆土。覩，觀看。狄民，先秦時期北方少數民族之一。⑭大晉　指春秋五霸之一的晉文公。文公為公子時曾避難居狄十二年。⑮先穀　春秋時晉國大夫。晉人因其與赤狄共謀伐晉而殺之，事見《左傳・宣公十三年》。⑯善魏絳之和戎　嘉美魏絳和合於外族山戎。魏絳，春秋時晉國大夫。主張和戎，並出使山戎，與無終子立盟，使晉無戎患，國勢日振，事見《左傳・襄公四年》。戎，此指山戎，中國古代北方民族名，居於今河北東部。⑰受金石而弗伐　收斂金石武器而不再征戰。受，收。金石，指兵器。《周禮・秋官・職金》：「凡國有大故，而用金石。」鄭注：「用金石者，作槍雷椎椁之屬。」⑱蓋　崇尚。⑲陵九城而上躋　登上九城高山而向上天飛升。陵，升登。九城，九城山，在今遼寧凌源。躋，升登。躋原作濟，據《韻補》一改。⑳玉繩　星名。《文選・張衡・西京賦》：「上飛闥而仰眺，正睹瑤光與玉繩。」李善注引《春秋元命苞》：「玉衡北兩星為玉繩。」㉑軒轔　眾車飛動之聲。㉒浮厲　高起上飛貌。㉓旆旐　泛指旌旗。其中，旆為繪有龍形的旌旗，旐為繪有龜蛇的旌旗。㉔旆既軼乎白狼二句　先鋒的戰旗已經越過白狼山麓，隊伍的尾部尚未走出要塞盧龍。旆，先鋒戰車上的旗幟。軼，越過。白狼，山名，在今遼寧喀喇沁左翼蒙古族自治縣南。殿，行軍隊列的尾部。盧龍，古塞名，在今河北遷安西北喜峰口一帶，距白狼二百餘里。曹軍當時由盧龍出塞，經白狼，北征烏桓。㉕十衝　喻各方的要道。㉖伐　敲擊。㉗克俊折馘首　得以大量地斬折敵耳敵頭。克，能。俊，大。馘，割取敵人的左耳以計功。嚴本無折字。汪紹楹校語云：「句有衍文。」㉘梟　殺人而懸其首於木上。㉙茵氈　大褥毛氈。茵，褥。氈，用獸毛碾合而成的片狀物，用於野外居住時鋪掛或作帳篷。㉚攘瓔　入囊的精美瓔石。攘，通「囊」（據朱駿聲《說文通訓定聲》壯部，從張連科說）。以囊盛物。瓔，似玉的美石。㉛華瑠玉瑤　華美的瑠珠和玉瑤。瑠，瑠珠，上品珠，直徑一寸五分至一寸八九分，有光彩。瑤，美玉。㉜琢　嚴本琢作鹿，似是。㉝文貝紫瑛　彩紋的貝殼和紫色的水晶。文貝，有花紋的貝殼，古人以為珍寶。紫瑛，紫石英，即紫色的水晶。㉞縹碧玄綠　淡青的碧玉和淺黑的綠青。縹，淡青色。碧，青綠色的玉石。玄，淺黑色。綠，綠青，礦物名，又稱扁青、石綠，可作顏料，亦可入藥。㉟黼錦繢組　黼紋的彩錦和繪飾的絲組。黼，黑白相間如斧形的花紋。錦，彩色經緯絲線織出的有花紋圖案的絲織品。繢，通「繪」。組，絲帶。㊱罽毲皮服　罽毯毲布和毛皮衣服。罽，地毯之類的毛織物。毲，毛織的布匹。

【語譯】建安十二年，大司空武平侯曹公東征烏桓。朝廷大軍披掛鎧甲，輜重雲集萬輛，治兵於易水之畔，駐軍在北平之鄉，真可稱為神助威武鬥志旺盛，僅有出征不須血戰的雄師啊。〔遊視於鳥獸巢穴的人，不能和他談論天地四方的廣闊；遊居於低汙水窪的人，又怎能知曉滄海的寬深。大人曹公的器量，確實不是評說之人能夠盡識的。〕

長期逗留不進而久停駐紮，於是申請王命然後出征。觀看北狄民眾的故有疆土，追思強大晉公的久遠行蹤。憎惡先縠受懲於聯結外寇，嘉美魏絳和合於外族山戎。收斂金石武器而不再征戰，崇尚禮樂德義而思求久安。登上九城高山而向上天高升，起身齊同軌跡於明星玉繩。眾車飛馳轔轔至於雷師寶室，群騎高起上行來到雲神仙宮。明暉光曜接連著炎陽白日，旌旗如雲繼續著閃電靈光。先鋒的戰旗已經越過白狼山麓，隊伍的尾部尚未走出要塞盧龍。聲威淩犯天地，氣勢容括四方。一通戰鼓未經敲響，寇虜便已潰敗分崩。得以大量地斬折敵耳敵頭，並梟示其魁首奸雄。於是總聚收輯（敵虜的）瑰奇珍寶，大褥毛氈和各營帳篷；入囊精美的瓔石掛帶精巧的佩玉，不再修飾不再雕琢。還有那華美的瑠珠和玉璐，金質的麒麟和象牙的雕刻；彩紋的貝殼和紫色的水晶，淡青的碧玉和淺黑的綠青；黼紋的彩錦和繪飾的絲組，罽毯毲布和毛皮衣服。

【研析】本文通過描述曹操率軍平定烏桓的戰役，頌讚了曹軍的銳猛無敵和曹操的雄才武略。文中「惡先穀之懲寇，善魏絳之和戎」句，反映了作者希望邊境安定，民族和解的美好願望。文中對戰利品的描述，實為誇耀曹軍的武功，卻也反映出當時戰爭的掠奪性。本文思路開闊，語言靈活，可以略見陳琳歸曹後的心情與境遇。

神女賦

【題解】本賦作於建安十三年（西元二〇八年）陳琳隨曹操南征劉表進佔荊州之時。王粲、應瑒、楊修亦有同題之作，可參閱。

漢三七❶之建安，荊❷野蠢而作仇。贊皇師以南假❸，濟漢川❹之清流。感詩人之攸歎❺，想神女之來遊。儀營魄於仿佛❻，托嘉夢以通精。望陽侯而瀇漾❼，睹玄麗之軼❽靈。〔紆❾玄靈之鬢髢❿兮，珥⓫明月之雙璜⓬。結金鑠⓭之納挪⓮兮，飛羽袿⓯之翩翩⓰。〕文絳虯之奕奕⓱，鳴玉鸞之嚶嚶⓲。答玉質於苕華⓳，擬豔姿於蕣榮⓴。〔深虛根㉑而固蒂兮，精氣㉒育而命長。」感仲春㉓之和節，歎鳴雁之嗈嗈㉔。申握椒以貽予㉕，請同宴乎奧房㉖。苟㉗好樂之嘉合，永絕世而獨昌㉘。既歎爾以豔采，又悅我之長期。順乾坤㉙以成性，夫何若㉚而有辭？

《藝文類聚》七十九

【注釋】❶三七　喻困厄的命運。《漢書・路溫舒傳》：「溫舒從祖父受曆數天文，以為漢厄三七之間。」《漢書・谷永傳》：「陛下承八世之功業，當陽數之標季，涉三七之節紀，遭〈无妄〉之卦運。」二人均以為漢室在第三個七十年（即第二百一十年）時當有大厄。❷荊　荊楚之地，此指荊州牧劉表。曹操於建安十三年率軍南征劉表，過漢川，佔荊州。❸贊皇師以南假　佐助皇家雄師而向南遠征。贊，佐助。皇師，此指曹軍。假，通「遐」。指遠行。❹漢川　即漢水，長江支流之一，源出陝西寧強北，至湖北武漢入長江。❺感詩人之攸歎　有感於詩人的往昔所歎。詩人，指戰國時楚國辭賦家宋玉。宋玉作有〈神女賦〉，述楚襄王遊雲夢之浦夢遇神女事。漢水流經雲夢澤的西側，所以作者聯想到宋玉。攸，所。❻儀營魄於彷彿　宜娛魂魄於彷彿曚矓之中。儀，宜。營魄，魂魄。❼望陽侯而瀇漾　眺望那波神陽侯而汪洋無涯。陽侯，傳說中的波神。瀇漾，同「汪洋」。水廣闊無涯貌。❽軼　卓越超群。❾紆　垂。以下四句據《韻補》二項字注補。❿髢　裝襯的假髮。⓫珥　佩戴耳飾。⓬瑱　用以塞耳的玉。⓭鑠　通「爍」。明爍輝煌貌。⓮納挪　同「婀娜」。柔美貌。⓯袿　女子的上等服裝，其下垂者上廣下狹。⓰翩翩　形容衣服擺動的輕盈美好。⓱文絳虬之弈弈　配飾著絳色虬紋的奕奕神采。文，飾。絳，深紅色。虬，傳說中的無角龍。弈弈，通「奕奕」。美盛貌。⓲鳴玉鸞之嚶嚶　伴響著青玉鸞鳳的嚶嚶歡鳴。鸞，鳳凰之類的神鳥。嚶嚶，鳥鳴聲。⓳苕華　苕草之花。苕，草名，又名陵苕。

華，同「花」。《詩・小雅・苕之華》：「苕之華，芸其黃矣。」鄭箋：「陵苕之華，紫赤而繁。」⑳蕣榮　木槿花。蕣，灌木名，即木槿。榮，花。㉑虛根　植物質地鬆柔的根部。以下二句據《韻補》二噬字注補。㉒精氣　元氣。㉓仲春　指農曆的二月。㉔噰噰　禽鳥和樂鳴叫聲。《詩・邶風・匏有苦葉》：「噰噰鳴雁，旭日始旦。士如歸妻，迨冰未泮。」後因以鳴雁指嫁娶之期。㉕申握椒以貽予　致以一把花椒以饋贈於我。申，致。握，一把之量。椒，花椒，古人因其味芬芳而珍之。貽，贈。《詩・陳風・東門之枌》：「視爾如荍，貽我握椒。」㉖奧房　深室。㉗苟　誠。㉘昌　姣好貌。㉙乾坤　古人認識事物的一對範疇，可指陰陽、天地、父母，此指男女。㉚何若　為什麼。

【語譯】在這漢家三七厄運的建安時代，荊楚強酋蠢動而與天子為仇。佐助皇家雄師而向南遠征，渡過漢水的清澈河流。有感於詩人的往昔所歎，想像著神女的前來同遊。宜娛魂魄於彷彿曚曨之中，寄託著嘉夢以通達精誠。眺望那波神陽侯而汪洋無涯，看見了玄妙麗人的超群精靈。〔垂著玄黑美好的鬢髮啊，耳戴明如皎月的雙瑱。繫結著明爍金飾的身形婀娜柔美啊，飛蕩的羽飾袿裳輕盈翩翩。〕配飾著絳色虬紋的奕奕神采，伴響著青玉鸞鳳的嚶嚶歡鳴。應答這玉質佳人在那苕花之叢，比擬這豔姿神女在蕣榮之中。〔深紮柔根而固結花蒂啊，精氣得以養育而享年悠長。〕動情於陽春二月的和熙時節，感歎那飛鳴鴻雁的噰噰之聲。致以一把花椒以饋贈於我，邀請我同享歡宴於奧深閨房。的確是美好歡樂的嘉喜聚會，祝願她永久地豔絕於世而獨卓榮昌。我既歎賞你的豔麗風采，你又喜悅我的長久期待。順應乾坤陰陽以成就天性，卻為什麼要有所推辭？

【研析】作者隨軍來到荊州漢川，時戰事初定，稍有閒暇，眾文人得以作賦唱和頌讚曹操據有荊州的功德。作者依仿宋玉〈神女賦〉的基本情調，描述了神女的佳姿豔質，以及神女對主人公的深切柔情。在充滿浪漫的氣氛之中，寄寓了作者對美好生活的嚮往與追求，亦隱含著曹操及將士們擁有荊州（包括擁有漢水神女）的喜悅。不過，作者將全賦置於漢室「三七」厄運的大背景下，尚能感受到作者基於漢臣之節的淡淡哀傷。

大暑賦

【題解】 曹植、王粲、劉楨均作有〈大暑賦〉，細品各篇，當為同題奉和之作。《文選・楊修・答臨淄侯箋》：「〈暑賦〉彌日而不獻。」李善注：「植又作〈大暑賦〉，而修亦作之，竟日不敢獻。」考曹植〈與楊德祖書〉作於植二十五歲時，其作〈大暑賦〉事當在建安二十一年（西元二一六年）夏季。

土潤溽以歊烝❶，時淟涊❷以溷濁❸。溫風鬱❹其彤彤❺，譬炎火之陶❻燭。《初學記》三

料❼救藥之千百兮，祇❽累熱而增煩。燿管靈之匪念兮❾，將❿損性而傷神。

樂以忘憂，氣變志遷。爰速⓫嘉賓，式燕且殷⓬。

《韻補》一煩字注
《韻補》一遷字注

【注釋】❶土潤溽以歊烝　大地溼潤悶熱而暑氣升蒸。潤溽，溼而悶熱。《禮記・月令》：季夏之月「土潤溽暑，大雨時行。」歊烝，熱氣升蒸貌。《漢書・揚雄傳》：「不能浡滃雲而散歊烝。」顏注：「歊烝，氣上出也。」歊原作敲，據嚴本改。❷洩汨　此指熱風吹動。《切韻殘卷》二十五銑：「洩汨，熱風。」❸溷濁　混濁。《漢書・翼奉傳》：「天氣溷濁。」❹鬱　盛貌。❺彤彤　赤貌，此藉以形容赤熱的感覺。❻陶　炎熾。❼料　稱量，此就調配解暑之藥而言。❽祇　通「祇」。僅僅。❾燿管靈之匪念兮　明盛的管絃禮樂音色美好使人不可忘懷啊。燿，明。管，指管簫竽笙之類的樂器。《禮記・月令》：仲夏之月「是月也，命樂師修鞀鞞鼓，均琴瑟管簫，執干戚戈羽，調竽笙竾簧，飭鍾磬柷敔。命有司為民祈祀山川百源，大雩帝，用盛樂。」知古時盛夏六月有均調眾樂和用盛樂祈雨之制。靈，善。匪念，猶勿念、無念，指不忘。《爾雅・釋訓》：「勿念，勿忘也。」《小爾雅・廣訓》：「無念，念也。」❿將　則。⓫速　召。⓬式燕且殷　待以盛宴且酒肉豐殷。式，用。燕，通「宴」。殷，眾多。《詩・小雅・南有嘉魚》：「嘉賓式燕以樂。」

【語譯】大地溼潤悶熱而暑氣升蒸，時值熱浪滾動而混濁不清。溫熱之風鬱盛而使人增熱，就像是火焰燃燒的熾熱熏燭。

調配解暑良藥有那千種百味啊，只是加重了燥熱而增添了煩悶。明盛的管絃禮樂音色美好使人不可忘懷啊，則又使人有損情性而傷害精神。

心情快樂而忘卻憂愁，氣色改變而心志遷移。於是召致親朋嘉賓，待以盛宴且酒肉豐殷。

【研　析】此賦雖殘，尚可略顯陳琳鋪陳狀物的嫻熟筆力。

止欲賦

【題　解】止欲，不放縱自己的情欲。本文與曹植〈靜思賦〉、王粲〈閑邪賦〉、阮瑀〈止欲賦〉、應瑒〈正情賦〉為同一主題的作品，可參閱。

媛哉逸女❶，在余東濱。色曜春華❷，豔過碩人❸。乃遂古❹其寡儔，固❺當世之無鄰。允❻宜國而寧家，實君子之攸嬪❼。伊余情之是悅，志荒溢而傾移。宵炯炯❽而不寐，晝舍食而忘飢。歎〈北風〉❾之好我，美攜手之同歸。忽日月之徐邁❿，庶枯楊之生稊⓫。〔欲語言於玄鳥⓬，玄鳥逝以差池⓭。〕道攸長而路阻，河廣漾⓮而無梁。雖企予⓯而欲往，非一葦⓰之可航。展余轡⓱以言歸，含憯瘁⓲而就床。忽假瞑⓳其若寐，夢所歡之來征。魂翩翩⑳以遙懷，若交好而通靈。

《藝文類聚》十八

惟今夕之何夕兮㉑，我獨無此良媒？雲漢倬以昭回兮㉒，天水混而光流。

《韻補》二媒字注

拂穹岫㉓之瀟渤㉔兮，飛沙礫之濛濛㉕。玄龍戰於幽野㉖兮，昆蟲蟄㉗而不藏。

《韻補》二濛字注

【注　釋】❶媛哉逸女　美好啊俊逸的淑女。媛，美好。逸，超群。❷春華　同「春花」。❸碩人　古人對美女的稱謂，語本《詩・衛風・碩人》：「碩人其頎，衣綿褧衣。」鄭箋：「碩，大也。言莊姜儀表長麗俊好，頎頎然。」❹遂古　往古。❺固　猶乃（據《古書虛字集釋》五）。❻允　誠信。❼攸嬪　美婦。攸，通「修」。指美好。嬪，婦。❽炯炯　同「耿耿」。形容有心事。❾北風　《詩・邶風》中的篇名。詩中有「惠而好我，攜手同行」語。❿邁　行。⓫稊　樹木再生的嫩芽。《易・大過・九二》：「枯楊生稊，老夫得其女妻，無不利。」⓬玄鳥　燕子。以下二句據《文選・江淹・雜體詩》注補。⓭差池　不齊貌。《詩・邶風・燕燕》：「燕燕于飛，差池其羽。」⓮廣漾　同「瀇瀁」、「汪洋」。水廣闊無涯貌。⓯企予　同「企而」。指踮起腳跟。⓰一葦　以一捆葦草為筏。《詩・衛風・河廣》：「誰謂河廣，一葦杭（通航）之。」此與《詩》義相反。

⑰轡　馬韁。⑱憯瘁　痛苦憂傷貌。⑲瞑　閉目。瞑原作暝，據張溥本改。⑳翩翩　輕迅飄動。㉑惟今夕之何夕兮　本句與下句宋本《韻補》均題為〈正欲賦〉，從俞紹初本輯補於此。惟，思考。宋本《韻補》惟作推。《詩・唐風・綢繆》有「今夕何夕」語，為本句所本。㉒雲漢倬以昭回兮　天河浩大且明星運轉啊。雲漢，天河。倬，浩大。昭，明，此指明亮的星辰。回，運轉。《詩・大雅・雲漢》：「倬彼雲漢，昭回於天。」㉓穹岫　幽深的山谷。㉔瀟渤　指水清且深。㉕濛濛　紛雜貌。㉖玄龍戰於幽野　古人常以玄龍與黃龍交戰喻陰陽不諧。《易・坤・上六》：「龍戰于野，其血玄黃。」〈象〉曰：「龍戰于野，其道窮也。」玄龍，古稱五色龍之一。幽野，猶謂遠野。㉗蟄　動物冬眠時藏於土中或洞中不食不動的狀態。《易・繫辭下》：「龍蛇之蟄，以存身也。」本段在暗述作者難以平靜自己的身心。

【語　譯】 美好啊俊逸的淑女，就在我東邊的水濱。美顏映曜著春花，豔質超過那碩人。這樣的人遠往古昔少有儔匹，這樣的人當今世上無人比鄰。實能宜和邦國而安順家室，實為賢德君子的修美佳嬪。我的情思為此而悅娛，心志荒忽溢亂而魂傾神移。夜晚心事耿耿而不能入睡，白天無心飲食而忘卻腹飢。歎羨〈北風〉的惠愛於我，美盼攜手而同往同歸。輕迅啊日月的徐緩運行，期望那枯楊能再生嫩枝。〔欲致佳語心言於玄鳥（以轉告於你啊），玄鳥飛速遠逝而羽翅差池。〕道路攸遠漫長而征途險阻，河流寬廣蕩漾而沒有橋樑。雖然踮腳顧望而心欲前往，卻非一捆葦草便可渡航。展動我的馬韁而相言回歸，心含憯悽愁瘁而身就空床。不覺間暫閉雙目似若入睡，夢見欣愛之人來此行遊。神魂翩翩輕飄而遙致情懷，猶若交結歡好而共通心靈。

想這今日之夜是何等良宵啊，我卻沒有這佳好姻媒？仰望天河浩大且明星運轉啊，天空中水氣混渾而皎光四流。

輕拂幽深山谷的清深之水啊，飛揚起塵沙石礫而紛雜迷濛。（難以平靜的心情就像那）玄黃二龍交戰於幽遠曠野啊，（就像那）昆蟲應該蟄伏而不能隱藏。

【研　析】陶淵明〈閒情賦序〉稱：「初，張衡作〈定情賦〉，蔡邕作〈靜情賦〉，檢逸辭而宗澹泊，始則蕩以思慮，而終歸閑正。將以抑流宕之邪心，諒有助於諷諫。」陳琳及建安諸人之作亦屬此類。本文大膽而坦率地表達了作者對美好淑女的愛慕與追求，描述了作者求而不得的愁傷和夢會歡好的喜悅。語言坦誠，情感純正，符合古人「色而不淫」的道德規範，亦是當時文人愛情觀的形象反映。

迷迭賦

【題　解】迷迭，植物名，常綠小灌木，有香氣，可用以製香料，稱迷迭香。時曹丕於中庭所植迷迭正揚條吐香，曹丕、曹植、王粲、應瑒、陳琳等揮筆作賦，相與唱和助興。

立碧莖之婀娜❶，鋪綠條之蜿蟺❷。下扶疏❸以布濩❹，上綺錯❺而交紛。匪荀方之可樂❻，實來儀❼之麗閑❽。動容飾而微發，穆❾斐斐❿以承顏。

《藝文類聚》八十一

竭歡慶於夙夜⓫兮，雖幽翳⓬而彌彰⓭。事罔隆而不殺⓮兮，亦無始而不終。

《韻補》二終字注

馨香難久，終必歇兮。棄彼華英，收厥實兮。

《韻補》五歇字注

【注釋】❶婀娜　形容柔軟而美好的姿態。❷鋪綠條之蜿蟺　張溥本鋪作舒。綠原作綵，據《太平御覽》九百八十二改。蜿蟺，曲屈盤旋貌。❸扶疏　繁茂分披貌。❹布濩　猶言散布。❺綺錯　縱橫交錯。❻匪荀方之可樂　不是荀國方地的可樂之物。匪，同「非」。荀，古國名，在今山西新絳一帶。方，古地名，在今陝西、寧夏一帶。迷迭原產西域，後產地逐漸向東擴展，其時河南、河北已有種植。❼來儀　來備容儀，語本《書・益稷》：「鳳凰來儀。」❽閑　幽雅。❾穆　美。❿斐斐　輕淡貌。⓫夙夜　朝夕；日夜。本句及下句《韻補》佚文均題為〈迷迭香賦〉。⓬幽翳　幽暗。⓭彌彰　更加顯揚。⓮殺　敗壞滅亡。

【語譯】挺立著青碧幹莖的婀娜英姿，鋪展著翠綠枝條的蜿蟺柔態。下部扶疏繁茂而廣散流布，上部綺麗錯落而交織紛紜。不是荀國方地的可樂之物，實為來備容儀的麗寶雅珍。搖動著芳容華飾而微發異香，美妙的淡淡香氣承奉君顏。

盡抒喜人的芳香於早早晚晚啊，雖然在幽暗之中而香氣愈發彰揚。事情沒有隆盛之後而不衰敗的啊，亦沒有常居開始而不至其終。

馨香難以久在，最終必然休歇啊。棄去那華豔的花朵，收取其果實啊。

【研析】本賦雖然僅存數句，卻也可以略見陳琳以動態的詞彙描寫靜物的藝術技巧。再輔以碧綠與淡香，使人頗感清新、淡雅、怡情。「事罔隆而不殺兮，亦無始而不終」、「馨香難久，終必歇兮。棄彼華英，收厥實兮」諸語，亦為本賦增添了幾分人生哲理。

馬瑙勒賦并序

【題解】馬瑙，又作瑪瑙，玉髓礦物的一種，品類很多，顏色絢美，可製器皿及裝飾品。勒，帶有嚼口的馬絡頭。曹丕、王粲亦有同題之作，可互參。

五官將❶得馬瑙以為寶勒，美其華采之光豔，使琳為之賦。

《北堂書鈔》一百二十六

托瑤溪之寶岸❷，臨赤水❸之珠波❹。

《太平御覽》八百零八

爾乃他山為錯❺，荊和❻為理❼。制為寶勒，以御君子。

《太平御覽》三百五十八

帝道匪康⑧，皇鑒元輔⑨。顧⑩以多福，康以碩寶。

《韻補》三寶字注

四賓⑪之茸⑫，播以淳⑬夏。色奮丹烏⑭，明照烈火。

《韻補》三夏字注

督⑮以鈎繩⑯，規模⑰度擬⑱。雕琢其章⑲，爰發絢彩。

《韻補》三彩字注

瑰姿瑋⑳質，紛葩㉑豔逸。英㉒華內照，景㉓流外越。

《韻補》五越字注

今月㉔吉日，天氣晏㉕陽。公子命駕，敖讌㉖從容㉗。

《韻補》二容字注

太上㉘去華，尚素樸兮。所貴在人，匪金玉兮。

《韻補》五樸字注

初傷勿用，俟慶雲㉙兮。遭時顯價，冠世珍兮。君子窮達，亦時然兮。

《韻補》二云字、珍字注

【注釋】❶五官將　指曹丕，丕於建安十六年正月任五官中郎將。❷瑤溪之寶岸　猶謂瑤岸。瑤，美玉。《山海經・西山經》：「鍾山之東曰瑤岸（從郝懿行校語）。」又「黃帝乃取峚山之玉榮，而投之鍾山之陽。瑾瑜之玉為良，堅粟精密，濁澤而有光。」張衡〈思玄賦〉：「瞰瑤溪之赤岸兮。」❸赤水　水名，屈原〈離騷〉：「遵赤水而容與。」王逸注：「昆侖墟，赤水出其東南陬。」❹珠波　嚴本作朱陂。❺錯　可用以治玉的錯石。《詩・小雅・鶴鳴》：「它山之石，可以為錯。」❻荊和　指春秋時荊楚之人卞和，曾在荊山得璞玉。❼理　治玉。❽康　安樂。❾皇鑒元輔　君皇訪察元輔。鑒，察。元輔，輔佐君王的首位大臣。❿顧　問。⓫四賓　猶謂四方。⓬箟　美竹名。《齊民要術》十引《字林》稱其「竹頭有交文」。⓭淳　大。⓮丹烏　又稱赤烏，古以為日中三足烏之精，並把丹烏出現視為祥瑞之兆。⓯督　察視。⓰鉤繩　古時正曲直的工具，以鉤正圓，以繩正直。⓱規模　指形體的規制格局。⓲度擬　揣度。⓳章　紋理。⓴瑋　美好。㉑紛葩　盛多貌。㉒英　美。㉓景　亮光。㉔令月　吉月。㉕晏　清朗無雲。㉖敖讌　遊玩宴飲。㉗從容　安逸舒適。㉘太上　遠古時代。㉙慶雲　五色雲，古人以為喜慶、吉祥之氣。

【語譯】五官中郎將得一瑪瑙作成名貴的馬勒，讚美其華質彩姿的光潔豔麗，命琳為之作賦。

寄身在瑤溪的異寶崖岸，面臨著赤水的珠玉靈波。

於是取來他山之石以為玉錯，請來楚人卞和協助治理。製成名貴的馬勒，用以侍御正人君子。

帝王之道不安，君皇訪察元輔。以其會帶來多福而問政，以其是大寶而樂康。

四方的紛繁美竹，播植在廣闊的華夏。竹的美色激奮著丹烏，竹的明葉映照著烈火。用那鉤繩詳加察視，形制規模更要仔細算計。精雕細刻瑪瑙的華美紋理，於是煥發出絢麗的光彩。

瑰麗的丰姿瑋美的佳質，紛繁交柔豔麗超群。俊美的光華於內中映照，閃亮的彩輝向四外放越。

美好的佳月吉祥的時日，天氣清朗陽光明亮。公子命備車駕，遊玩歡宴安逸從容。遠古時代擯棄浮華，崇尚那淳素質樸啊。所珍貴的在於人，不在於金玉啊。初時傷心於不被受用，等待那吉慶的祥雲啊。遭逢佳時方顯真價，名冠當世成為奇珍啊。君子的或者困窘或者顯達，亦是時代使之然啊。

【研　析】曹丕、曹植兄弟與陳琳、王粲等文士多取日常之物作賦行樂，行文大抵以美物頌時為主，間亦抒發個人情感。本賦「太上去華，尚素樸兮。所貴在人，匪金玉兮」、「初傷勿用，俟慶雲兮。遭時顯價，冠世珍兮。君子窮達，亦時然兮」諸語，可以視為作者有感而發。惟全文散佚過甚，難窺全旨。

車渠椀賦

【題　解】車渠，玉類美石，質地細膩微明且有美麗花紋，西域七寶之一。椀，同碗。曹丕〈車渠椀賦序〉云：「車渠，玉屬也。多纖理縟文，生於西國，其俗寶之。小以繫頸，大以為器。」曹丕、曹植、王粲、徐幹、應瑒有同題之賦，當為同時奉和而作。趙幼文先生認為曹植〈車渠椀賦〉「或寫于（建安）二十一年中」，其說可從。

廉而不劌❶，婉❷而成章。德兼聖哲，行應中庸❸。

《韻補》二庸字注

玉爵❹不揮，欲❺厥珍兮。豈若陶梓❻，為用便兮。指❼今棄❽寶，與齊民❾兮。

《韻補》一便字注

【注　釋】❶廉而不劌　利銳而不傷人。廉，利銳的棱邊。劌，傷。《禮記・聘義》：「君子比德于玉焉……廉而不劌，義也。」❷婉　曲。《左傳・成公十四年》：「婉而成章。」❸中庸　不偏不倚而守常不變的處事原則，孔子視為最高的道德標準。❹玉爵　玉製的酒杯。《禮記・曲禮上》：「飲玉爵者弗揮。」鄭玄注：「為其寶而脆。」❺欲　愛。❻陶梓　泛指陶器和木器。❼指　美。❽棄　捐。❾齊民　平民。

【語　譯】（車渠碗）碗邊利銳而不傷人，紋理婉曲而自成彩章。其德兼容聖哲佳質，其行應和中庸大道。

玉製的酒杯不敢亂揮，是因愛惜其為珍寶啊。哪像那些陶器木器，製作使用都很便利啊。在美好的今天捐獻這珍寶，給予那平民百姓啊。

【研　析】本賦佚缺，殘句中頌物與頌德、頌時並存，仍可顯示當時奉和之作的共性。

鸚鵡賦

【題　解】鸚鵡，鳥名，羽毛色彩美麗，經訓練能仿人言。曹植、王粲、應瑒、阮瑀亦有同題之作，其情感相似，當為同時奉和之作。瑀卒於建安十七年，此文當作於建安十七年之前。

咨❶乾坤之兆物❷，萬品錯而殊形。有逸姿之令鳥，含嘉淑之哀聲。
抱振鷺❸之素質，被翠羽之縹❹精。

《藝文類聚》九十一

【注　釋】❶咨　讚歎。❷兆物　猶謂萬物。兆，數名，一般以十億為兆。❸振鷺　振飛的白鷺，古人多以白鷺喻純潔。《詩·周頌·振鷺》：「振鷺于飛。」❹縹　淺綠色。

【語　譯】讚歎這天地之間的眾多生物，萬般品類錯雜而殊體異形。有此逸群英姿的美鳥，忍含嘉美淑善的哀聲。持有振飛白鷺的素潔佳質，身披翠綠羽毛的淡青精英。

【研　析】古時文人詠歎籠中之鳥，多含有對其個人境遇的感傷。本文雖佚缺過甚，卻也可以略聞作者的「哀聲」。

悼龜賦

【題　解】陳琳〈答東阿王箋〉：「並示〈龜賦〉。」曹植〈神〈趙幼文稱：「神字疑後人所加」〉龜賦序〉：「龜壽千歲。時有遺余龜者，數日而死，肌肉消盡，唯甲存焉，余感而賦之。」則琳文似與曹植奉和之作。

探賾❶索隱，無幽不闡。下方太祭❷，上配青純❸。

《韻補》一闡字注

山節藻梲❹，既櫝❺且韞❻。參千鎰❼而弗賈❽兮，豈十朋❾之所云。

《韻補》一韞字、怨字注

通生死以為量❿兮，夫何人之足怨？

【注　釋】❶賾　精微奧祕。❷太祭　同「大祭」。《四庫》本太作大，本指祭祀天地的大禮。《周禮．天官．酒正》鄭司農注：「大祭天地。」此代指大地。❸青純　指蒼天。❹山節藻梲　雕成山形的門栱和畫著水草的短柱，多用於華貴的屋室。春秋時臧平仲曾為大龜建有山節藻梲的華屋以珍藏之，事見《論語・公冶長》。❺櫝　木櫃。❻韞　收藏。❼鎰　古重量單位，合二十兩，一說合二十四兩。❽賈　賣。❾朋　古代貨幣單位，一般以五貝為一朋。❿量　量器，此就龜板可用於占卜而言。

【語　譯】探知精微索求隱祕，沒有任何深奧的問題不能明示。對下比同於茫茫大地，對上相合於青純蒼天。

營建山節藻梲的華屋，又是木櫃啊又是珍藏。三千鎰的重金而不出售啊，更不用說出以十朋的價格。通曉生死而被人們作為（預測吉凶的）占卜工具（而備受珍愛）啊，那麼對於人還有什麼足以恨怨？

【研　析】《莊子・外物》引仲尼語：「神龜能見夢於元君，而不能避余且之網；知能七十二鑽而無遺筴，不能避刳腸之患。」此或為陳琳所「悼」之因。

柳　賦

【題　解】曹丕〈柳賦序〉云：「昔建安五年，上與袁紹戰於官渡，是時余始植斯柳。自彼迄今，十有五載矣。左右僕御已多亡，感悟傷懷，乃作斯賦。」從本文殘句看，陳琳是在頌讚一株名柳，且文意與曹丕、王粲二人〈柳賦〉相近，當為同時同題之作，時為建安二十年（西元二一五年）。

偉姿逸態，英豔妙奇。綠條縹[1]葉，雜遝[2]纖麗。龍鱗鳳翼，綺錯交施。蔚曇曇其杳藹[3]，象翠蓋之葳蕤[4]。

《初學記》二十八

天機[5]之運旋，夫何逝之速也。

《文選・潘岳・悼亡詩》注

有孤子之細柳，獨么枰[6]而剽殊[7]。隨枯木於爨[8]側，將並置于土灰。

《韻補》一灰字注

救斯民之絕命，擠山岳[9]之隕顛[10]。匪神武[11]之勤恪，幾踣斃[12]之不振。

《韻補》二振字注

文武方作，小大率從[13]。旟旐[14]藹藹[15]，干戈戚揚[16]。

《韻補》二從字注

重曰[17]：穆穆[18]天子，亶[19]聖聰兮。德音允塞[20]，民所望兮。宜肅[21]

嘉樹，配甘棠㉒兮。

《韻補》二聽字注

【注釋】❶縹　淺青色。❷雜遝　眾多紛雜貌。❸蔚曇曇其杳藹　本句謂繁盛的濃密樹蔭深重暗鬱。蔚，草木茂盛。曇曇，形容樹蔭的濃密。杳藹，暗鬱貌。❹葳蕤　草木鮮豔美麗貌。❺天機　指斗宿，包括南斗六星。❻么枰　細小的平仲樹。枰，木名，又名平仲。❼剽殊　砍削折斷。❽爨　灶。❾山岳　此處似以山岳喻漢室。❿隕顛　墜崩。⓫神武　神異勇武之人，此指曹操。⓬踣斃　倒斃。⓭率從　盡心相從。⓮旟旐　繪有鳥隼和龜蛇的旗，此泛指旌旗。⓯藹藹　盛多貌。⓰干戈戚揚　盾戈斧鉞。《詩・大雅・公劉》：「干戈戚揚。」⓱重曰　為辭賦結尾部分的發語詞，有再一次陳述的意思。⓲穆穆　端莊而有威儀貌。《禮記・曲禮下》：「天子穆穆。」⓳亶　誠然。⓴允塞　誠信充滿。《書・舜典》：「濬哲文明，溫恭允塞。」㉑肅　恭敬。㉒甘棠　木名。相傳周武王時，召伯南巡，曾憩甘棠樹下，後人望甘棠樹而思召伯之德，作有〈甘棠〉詩。陳琳用「甘棠」之典，有用召伯喻曹氏父子之意。

【語譯】偉拔的雄姿俊逸的形態，英采豔麗妙異珍奇。綠色的枝條淡青的樹葉，眾多紛雜纖柔秀麗。幹如龍鱗葉如鳳翼，綺麗錯落交互並施。繁盛的濃密樹蔭深重暗鬱，就像是翠綠的華蓋葳蕤分披。

上天星斗的運行轉旋，飛逝的是何等的迅速啊。

有一株猶如孤子的纖細柳樹，就像那獨立細小的平仲樹而被砍削折斷。隨同那些枯枝朽木被放在爐灶旁邊，將要一同置身於煙土灶灰。

拯救這些平民的絕命困境，擠推住高山大嶽的殞墜壞毀。若非神明威武之主的勤勉恭謹，幾乎要僵仆倒斃而不能振起。

文德武功剛剛興作，大小官民盡心相從。烈烈旌旗滿天飛舞，干戈斧鉞閃放寒光。再一遍地讚美道：端莊威嚴的皇天之子，的確是聖明而聰睿啊。享有美譽而誠信遍及四方，正是民眾所期望的啊。應該敬待這一美樹，以其配於甘棠之樹啊。

【研　析】殘文中有對曹丕之柳的讚美，有對曹操功德的稱頌，既能略顯陳琳侍從奉和之作的行文功力，又可略窺陳琳歸曹後期的生活情味。

大荒賦

【題　解】大荒，遼闊無邊的原野。據《山海經》大荒諸經，古人意念中的大荒，包括四極在內的廣闊地域。本賦寫作背景不詳。

廓寂寥❶而無人兮，雖獨存兮何補？追邃古❷之遐❸跡兮，唯德音❹兮為不朽。

《韻補》三朽字注

假龜筮❺以貞吉，問神諗❻以休❼祥。

《初學記》二十

覽六五❽之咎休❾兮，乃貧尼❿而富虎⓫。嗣⓬反覆⓭其若茲兮，豈云行之臧否⓮。

《韻補》三否字注

懼蓍兆⓯之有惑兮，退齊思乎蘭房⓰。魂營營⓱與神遇兮，又訴余以嘉夢。

《韻補》二夢字注

過不死之靈域兮，仍⓲羽人⓳於丹丘⓴。惟民生㉑之每在兮，佇盤桓以躊躇㉒。

《韻補》一丘字注

曰延年其可留兮，何勤遠以苦躬？紛吾情之點蕩㉓兮，嗟有願而弗違㉔。

《韻補》二躬字注

天儻芒㉕其無色兮，地漬坼㉖而裂崩。心殷勤以伊㉗感兮，愵㉘永思以增傷。悵太息㉙而攬涕兮，乃揮雹而淚冰。

《韻補》二崩字、冰字注

越洪寧㉚之蕩蕩㉛兮，追玄漠㉜之造化㉝。跨五三㉞其無偶兮，邈卓立而獨奇㉟。

《韻補》一化字注

仰閬風㊱之城樓兮，縣圃㊲邈以隆崇。垂若華㊳之景曜㊴兮，天門閌㊵以高驤㊶。

《韻補》二崇字注

雖㊷遊目於西極兮，大道卷而未舒㊸。仍皇靈之攸舒兮㊹，爰稽㊺余之所求？

《韻補》一求字注

懿淳耀之明德兮㊻，願請問於一隅。溫風翕㊼以陽烈兮，赤水㊽汩㊾以湧溥㊿。

《韻補》一溥字注

帝告我以至嘖[51]兮，重訊[52]我以童蒙[53]。義混合於宣尼[54]兮，理齊歸於文王[55]。

《韻補》二蒙字注

考律曆[56]於鳳鳥[57]兮，問民事於五鳩[58]。傷《典》《墳》[59]之圮墜[60]兮，闕大聖之顯符[61]。

《韻補》二符字注

華蓋建杠[62]，招搖[63]樹旆[64]，攝提[65]運杓[66]，文昌[67]承魁[68]。

《韻補》一旆字注

建皇極[69]以運衡[70]兮，布辰機[71]而結紐[72]。陽斡[73]曜於乾門[74]兮，陰氣服於地戶。

《韻補》三紐字注

鐘鼓協于〈肆夏〉[75]兮，步驟[76]應乎〈采薺〉[77]。聲啾鎗[78]以儵忽[79]兮，入南端之紫闈[80]。

王父㉁皤焉㉂白首兮，坐清零之爽堂。塊㉃獨處而無疇兮，願揖予以為朋。

《韻補》一薺字注

《韻補》二朋字注

【注釋】❶寂寥　空無寂靜貌。❷邃古　遠古，此指前代賢人。❸遐　遠。❹德音　好名聲。《詩・豳風・狼跋》朱熹集傳：「德音，猶令聞也。」❺龜筮　用蓍草占吉凶。❻諗　告。❼休　佳美。❽六五　《周易》卦爻，在第五位的陰爻叫六五。❾咎休　惡與善。古人認為六五為「處得尊位」之卦，故《易》中六五共有三十二次，大多為吉無咎，僅師卦與恆卦兼有吉凶。❿尼　指仲尼，為孔子的字，孔子曾任魯國司寇。⓫虎　指春秋時魯國季平子的家臣陽虎，與孔子同時，平子卒而專魯國之政，並曾盜取公宮寶玉大弓等。⓬嗣　繼，此就報應而言。⓭反覆　變化無常。⓮臧否　好壞。⓯蓍兆　占卜時蓍草所展示的徵兆。蓍，草名，古人常用以占卜。⓰蘭房　芳香高雅的居室。⓱營營　往來盤旋貌。⓲仍　跟隨。⓳羽人　神話中有羽翼的仙人。⓴丹丘　神話中神仙之地，晝夜長明。屈原〈遠遊〉：「仍羽人於丹丘兮，留不死之舊鄉。」㉑民生　平民的生計。屈原〈離騷〉：「長太息以掩涕兮，哀民生之多艱。」㉒躊躇　遲疑不決。㉓駘蕩　猶放散。㉔遑　閒暇。㉕儻芒　猶儻莽，寬廣貌。㉖漬坼　淹泡裂開。㉗伊　有。㉘愵　憂愁。㉙太息　大聲長歎。屈原〈離騷〉：「長太息以掩涕兮，哀民生之多艱。」㉚洪寧　極為安寧。㉛蕩蕩　空曠廣遠。㉜玄漠　沉靜寡為。㉝造化　大自然的創造化育。㉞五三　五帝三王。《史記・司馬相如列傳》：「軒轅之前，遐哉邈乎，其詳不可得聞也。五三六經載籍之傳，維見可觀也。」㉟奇　單。㊱閬風　山名，相傳為仙人所居，在昆侖之顛。

㊲縣圃　即閬風。屈原〈離騷〉：「夕余至乎縣圃。」洪興祖補注引《水經》載《崑崙說》：「崑崙之山三級……二曰玄圃，一名閬風。」㊳若華　若木之花。《山海經・大荒北經》：「大荒之中有衡石山、九陰山、洞野之山，上有赤樹，青葉赤華，名曰若木。」注：「生昆侖西，附西極，其華光赤下照地。」㊴景曜　明耀的光輝。㊵閌　門高貌。㊶高驤　上舉。㊷雖　通「惟」。單獨。㊸舒　鉤狀。㊹仍皇靈之攸舒兮　來到這天神的所居之地啊。仍，就。皇靈，天神。攸，所。舒，豫。攸舒猶謂所居之處。㊺稽　問。㊻懿淳耀之明德兮　讚歎他那光大美盛的完美德性啊。懿，美。淳耀，光大美盛。明德，完美的德行。因前文有佚缺，故本句所讚美的對象不明。㊼翕　熾熱。㊽赤水　神話中的水名，源出昆侖山。㊾汩　水急流貌。宋本《韻補》汩作泊。㊿溥　水流廣布。(51)至賾　極為精微深奧的道理。《易・繫辭下》：「聖人有以見天下之至賾。」(52)訊　告。(53)童蒙　年幼無知的兒童，此指淺顯易懂的道理。(54)宣尼　孔子。(55)文王　此指周文王，為西周王朝的奠基者，《詩・大雅・文王》多有頌讚之語。(56)律曆　樂律和曆法。(57)鳳鳥　即鳳鳥氏（從張連科說），傳說古官名，掌天文曆數。《左傳・昭公十七年》：「鳳鳥氏，歷正也。」杜注：「鳳鳥知天時，故以名歷正之官。」(58)五鳩　相傳上古少皞時的五種官名。《左傳・昭公十七年》：「祝鳩氏，司徒也；鴡鳩氏，司馬也；鳲鳩氏，司空也；鷞鳩氏，司寇也；鶻鳩氏，司事也。五鳩，鳩民者也。」(59)典墳　《三墳》、《五典》的省稱，此泛指古代典籍。(60)圮墜　毀廢。(61)關大聖之顯符　隔絕了前賢聖人的明法宏道。關，隔。大聖，猶謂至聖，多指前代道德高尚完備的人。符，道。(62)華蓋建杠　華蓋星立起巨柄。華蓋和杠本指貴族高官的車蓋及柄，此為星名，屬紫微垣。《晉書・天文志上》：「大帝上九星曰華蓋，所以覆蔽大帝之坐也。蓋下九星曰杠，蓋之柄也。」(63)招搖　星名，屬氐宿。《星經》：「招搖星在梗河北，主邊兵。」(64)旆　旌旗。(65)攝提　星名，屬亢宿，共六星，各以三星呈勺形分列於大角星兩側。(66)杓　同「勺」。(67)文昌　星名，屬紫微垣，共六顆星。《史記・天官書》：「斗魁戴匡六星曰文昌宮。」(68)魁　星名，指北斗七星中的第一星，與文昌星相鄰。(69)皇極　最大、最中正的法則。《書・洪範》：「建用皇極。」孔傳：「皇，大；極，中也。凡立事當用大中之道。」

70衡　玉衡，為北斗第五星。張衡〈東京賦〉：「攝提運衡。」注：「玉衡，北斗中星，主回轉。」71辰機　北辰星（北極星）和北斗第三星。此用辰機代指眾星。72結紐　束結衣帶，漢末魏晉間多用以喻指整飭法規綱常。《晉書・杜弢傳》：「弢乃遺應詹書曰：『伏想盟府必結紐于紀綱，為一匡於聖世。』」73斡　指晝夜旋轉的天體。74乾門　猶天門。古人認為天有門，地有戶。75肆夏　古樂章名，為〈九夏〉古樂之二。76步驟　本指人們行走時的快慢，此指樂曲節奏的疾緩。77采薺　古樂名。《周禮・春官・樂師》：「教樂儀，行以〈肆夏〉，趨以〈采薺〉。」鄭玄注：「〈肆夏〉〈采薺〉皆樂名。」78啾鎗　象聲詞，此就各種樂器的和聲而言。79儵忽　疾速貌。80紫闈　宮殿之門。81王父　已故的祖父。82皤焉　白貌。83塊　孤獨。《莊子・應帝王》：「塊然獨以其形立。」

【語　譯】四周空曠寂寥而別無旁人啊，雖然自己獨存啊於世何補？追尋前賢古聖的遐蹤遠跡啊，只因那美好聲名啊傳世不朽。

借助龜卜蓍筮以貞占吉凶，求問神靈告以佳兆瑞祥。詳察六五尊位之卦的咎休惡善啊，卻有這貧困的仲尼和富貴的陽虎。事物的報應變化無常正是如此啊，怎好再論說行為的是非對錯。

懼怕蓍草的徵兆有著種種疑惑啊，退身齊整自己的情思在這芳香高雅的幽房。魂魄營營不定與神靈相遇啊，神靈又訴我以怡情嘉夢。

經過那長生不死的神奇地域啊，跟隨著羽人諸神在這丹丘仙境。想到那平民生計的每時俱在啊，久久佇立盤桓不定而躊躇不安。

說是這裡益壽延年可以居留啊，何必辛勤遠尋而勞苦自身？紛紛然我的情思放散無序啊，嗟歎我有留居之願而不得安暇。

天空廣闊無際而無光無色啊，大地受水淹泡坼裂而離析分崩。心中情意懇切而興發愁緒啊，憂鬱長思而更增悲傷。悵然歎息而大把拭淚啊，於是就像揮散的冰雹一樣而淚珠成冰。

越過一片寂靜的曠蕩廣野啊，追尋那沉靜無為的造化神境。趕超五帝三王而不見其影啊，孤邈邈卓然獨峙而單身自立。

仰望閬風美境的城廓樓閣啊，縣圃仙山遙遠邈茫而巍隆高崇。垂放著若木赤花的光彩明輝啊，天上的宮門高峻而飛舉騰驤。

獨自暢遊雙目於西方極地啊，大路彎彎而未成鉤曲。來到這天神的所居之地啊，於是天神詢問我的所尋所求？

讚歎他那光大美盛的完美德性啊，希望能請教問道在這一隅之地。溫風灼熱而陽光烈烈啊，赤水奔流而騰湧廣溥。

天帝告我以至深大道啊，又告諭我以淺顯的事理。其義混合於孔子之說啊，其理齊歸於文王之旨。

考求樂律曆法於神鳥鳳凰啊，詢問治民之事於古官五鳩。感傷《典》、《墳》古籍的壞毀墜廢啊，隔絕了前賢聖人的明法宏道。

華蓋星建起巨柄，招搖星樹立旌旗，攝提星運轉雙勺，文昌星承接斗魁。

建立起大中之道以運轉玉衡啊，布展眾多星辰而整飭天綱。陽明的天體照耀於上天之門啊，陰晦之氣便伏匿於大地之戶。

鐘鼓之聲和同於〈肆夏〉古樂啊，疾徐的節奏相應於〈采薺〉樂章。樂聲啾啾鏘鏘而倏忽迅急啊，傳入南邊的寶殿宮闈。

已故的祖父白花花滿頭白髮啊，坐在那清冷孤零的明爽高堂。塊然獨自居處而沒有儔匹啊，願意揖禮於我以為友朋。

【研　析】吳棫《韻補書目》云：「陳琳，魏人，有文集九卷，在建安諸子中字學最深。〈大荒賦〉幾三千言，用韻極奇古，尤為難知。」今賦殘存四百三十二字，且前無序文，雖可略窺作者上下求索的蹤跡及其為民生時世的感傷，卻難考其完旨。

詩句四則

【題　解】逯欽立先生有校語稱：「以上四詩《韻補》通入尤韻，當是一篇之辭。」考之文意，逯說是，今從。

春天潤九野❶，卉木渙❷油油❸。紅花紛曄曄❹，發秀❺曜中衢❻。

仲尼以聖德，行騁遍周流。遭斥厄陳蔡❼，歸之命也夫❽。

沉淪眾庶間，與世無有殊。紆鬱❾懷傷結，舒展有何由？

轗軻⑩固宜然，卑陋何所羞？援⑪茲自抑慰⑫，研精於道腴⑬。

《韻補》二衢字、夫字、殊字、腴字注

【注釋】❶九野　九州地域，此泛指原野。❷渙　通「煥」。明燦貌。❸油油　草木的葉花光潤貌。❹曄曄　明盛豐茂貌。❺秀　草木之花。❻衢　四通八達的道路。❼陳蔡　春秋時國名。陳國建都宛丘（今河南淮陽），蔡國建都上蔡（今河南上蔡西南）。孔子周遊列國時，曾滯留陳、蔡數年，衣食無著，處境窘困，孔子發出「歸與！歸與！」（回去吧！回去吧！）的感歎。❽也夫　句尾語氣詞。❾紆鬱　心情抑鬱貌。❿轗軻　同「坎坷」。不平貌，此喻境遇不佳。⓫援　取。⓬抑慰　忍耐寬慰。⓭道腴　大道的精美義訓。班固〈答賓戲〉：「慎修所志，守爾天符，委命供己，味道之腴。」

【語　譯】春天雨潤九州野，花卉草木亮油油。紅花紛揚盛曄曄，新秀明曜在中衢。

仲尼以其聖人德，行辭聘說遍周遊。遭受斥逐困陳蔡，無成而歸因命謬。

沉淪埋沒百姓間，與俗起伏不特殊。情懷感傷心鬱結，舒展雄才有何由？

坎坷固已相適宜，卑微鄙陋何所羞？取此自忍自寬慰，鑽研淳道無他求。

【研　析】隱忍困窘，堅持正道，不屈不阿，不荒不頹，這是中國古代大多數正直的知識份子的處世方法。孔子是這樣，陳琳詩中所闡述的也是這樣。細品全詩，在這抑鬱而平穩的言詞之中，可以領略作者高潔的情性與貞正的人格。

宴會詩

【題解】本詩是與「良友」宴會之作，具體背景不詳。考陳琳歸曹後，與曹丕、曹植兄弟可謂亦師亦友，則本詩或為侍奉之作。

凱風❶飄陰雲，白日揚素暉。良友招我遊，高會宴中闈❷。玄鶴浮

清泉，綺樹煥青蕤❸。

《藝文類聚》三十九

【注釋】❶凱風　南方的和風。❷闈　指屋庭。❸蕤　草木花盛貌。

【語譯】凱風飄去陰積雲，白日播揚素光暉。好友邀我歡娛遊，高朋宴會在屋闈。玄鶴輕浮清泉水，麗樹煥發青燦蕤。

【研析】本詩傾訴了好友會飲的喜悅與歡欣。詩句明快樂觀，一掃以往諸多侍奉主人之作的拘謹和虛情，略見作者的本來風格。詩有佚缺，甚惜。

遊覽詩二首

【題解】標題原無遊覽二字，據《廣文選》九、《詩紀》十六補。據詩中「羈客」、「年命將西傾」諸語及文意，本詩似作於陳琳與曹氏父子安居鄴下之時。

其一

高會時不娛，羈❶客難為心。殷懷從中發，悲感激清音。投觴❷罷歡坐，逍遙❸步長林。蕭蕭❹山谷風，黯黯❺天路❻陰。惆悵❼忘旋反❽，歔欷❾涕沾襟。

《藝文類聚》二十八

【注釋】❶羈　寄居。❷觴　盛有酒的杯。❸逍遙　安閒自得貌。❹蕭蕭　勁烈的風聲。❺黯黯　昏黑貌。❻天路　天上之路，此喻世道及個人的前途。❼惆悵　因失意而傷感懊惱。❽反　同「返」。❾歔欷　哀歎抽泣聲。

【語譯】高會侍陪情不娛，羈泊客居難稱心。傷感情懷內中發，悲心吟出淒哀音。投觴罷宴離歡坐，逍遙漫步長苑林。蕭蕭疾勁山谷風，黯黯昏昧前程陰。惆悵失意忘回返，歔欷淚下溼衣襟。

其二

節運時氣舒❶，秋風涼且清。閒居心不娛，駕言❷從友生。翱翔❸戲長流，逍遙登高城。東望看疇野，回顧覽園庭。嘉木凋綠葉，芳草纖❹紅榮。騁哉日月逝，年命將西傾。建功不及時，鐘鼎何所銘？收念還房寢，慷慨❺詠墳經❻。庶幾及君在，立德垂功名。

《藝文類聚》二十八

【注釋】❶舒　舒緩，此指秋季的天高氣爽。❷駕言　乘車，言為語助詞。《詩・邶風・泉水》：「駕言出遊，以寫我憂。」❸翱翔　猶逍遙。❹纖　少。逯本有校語稱「纖當作殲」。❺慷慨　情緒激昂貌。❻墳經　指古代典籍。

【語譯】時節運行天氣舒，秋風涼爽且明清。閒居心中不歡娛，乘車出遊從友生。翱翔戲遊長清流，逍遙攀登高樓城。向東眺望廣疇野，回首顧盼華園庭。嘉木凋零綠樹葉，芳草罕存紅花榮。時光馳啊日月逝，生命將要西頹傾。建立功業不及時，金鐘銅鼎以何銘？回收思念還房寢，慷慨誦讀古墳經。但願隨及君旁側，樹立功德垂英名。

【研析】數載飄泊，年華將盡，而功業不就，使得作者無心於眼前的宴會與閒居的生活，於是，冀求遊覽風景以排遣憂愁。涼風秋色，凋葉枯榮，引發了作者的無限感傷，同時，也激勵了作者煥發晚秋餘暉的決心。全詩思路曲線清晰，語言格調沉穩，情濃意綿，坦誠上進，恰為作者穩健而逸俗的性格的生動寫照。

失題詩

二年江劍❶外。

《九家集注杜詩》二十一〈建都十二韻〉師尹注

【注釋】❶江劍　地名，其具體地域不詳。杜甫〈建都十二韻〉：「窮冬客江劍。」趙注：「《唐錄》載太平公主田園遍于近甸，貨殖流于江劍。」

【語譯】在外地江劍生活二年。

飲馬長城窟行

【題解】〈飲馬長城窟行〉為樂府古題，屬於相和歌瑟調曲。窟，指泉穴、泉眼。

飲馬長城窟，水寒傷馬骨。往謂長城吏，「慎❶莫稽留❷太原卒❸。」「官作❹自有程❺，舉築❻諧❼汝聲。」「男兒寧當格鬥死，何能怫鬱❽築長城！」長城何連連❾，連連三❿千里。邊城多健少，內舍多寡婦。作書與內舍，「便⓫嫁莫留住。善事新姑章⓬，時時念我故夫子。」報書往邊地，「君今出語一何⓭鄙⓮！」「身在禍難中，何為稽留他家子⓯？生男慎莫舉⓰，生女哺⓱用脯⓲。君獨⓳不見長城下，死人骸骨相撐拄⓴！」「結髮㉑行事君，慊慊㉒心意關㉓。明知㉔邊地苦，賤妾㉕何能久自全？」

《玉臺新詠》一

【注釋】❶慎　留心，此有懇求的意思。本句是太原卒對長城吏的懇請之語。❷稽留　滯留。❸太原卒　從太原地方徵調來的役夫（包括服兵役的人）。❹官作　官府的役事，此指修築長城的工程。以下二句是長城吏對太原卒的不耐煩的回答。❺程　期限。❻築　搗土的杵，為築城的工具，猶今夯土的夯。❼諧　和諧。❽怫鬱　心情憤懣而極不舒暢。以上二句為太原卒對長城吏的憤慨的回答。❾連連　綿長不斷貌。❿三　泛指多數。⓫便　立即。以下三句為太原卒勸妻子改嫁的話。⓬姑章　同「姑嫜」。古時妻稱丈夫的母親為姑，父親為嫜。⑬一何　多麼。本句為太原卒妻子之語。⑭鄙　固陋淺薄。⑮他家子　謂別人家的子女，此指其妻。⑯舉　謂報戶口。⑰哺　餵食。⑱脯　乾肉。⑲獨　副詞，表示反問。⑳拄　支撐。以上六句為太原卒再次致信其妻，勸其改嫁。㉑結髮　指新婚之夕，男左女右共髻束髮的禮儀。以下四句為妻子回信丈夫，表示自己的忠貞。㉒慊慊　心不滿足貌。㉓關　隔。㉔明知　原無「明知」二字，據《詩紀》十六補。㉕妾　女子自稱。

【語　譯】飲馬長城冰水窟，水寒傷損馬肌骨。前往告求長城吏，「懇望不要滯留我等太原卒。」「官府役作自有期，共舉築夯齊諧汝夯聲。」「男兒寧可戰場格鬥死，怎能心中鬱悶在此築長城！」長城啊長城多綿長，綿延不斷千萬里。邊地多有壯男少，家鄉內舍多寡婦。寫信寄與內舍妻，「立即改嫁莫留住。好好侍奉新公婆，時常念我故丈夫。」覆信寄往邊關地，「您今話語何其鄙！」「夫身在此禍難中，為何滯留人家好女子？生男切莫報官府，生女餵她香肉脯。您難道不曾望見長城下，死人屍骨相撐又相拄！」「成婚來家事夫君，未盡婦道心不安。明知邊地苦又苦，賤妻怎能長久自保全？」

【研　析】作者借助秦末修築長城的往事，深刻揭露了當時的繁重徭役給人民生活帶來的巨大痛苦。「連連三千里」般的幹不完服不盡的苦役，奪去了多少青壯男兒，拆散了多少溫暖家庭；無限的夫妻恩愛，不盡的哀傷愁情，等等這些，通過對話的形式，生動、真切地展現出來，催人淚下，動人情思。文中吸取了樂府民歌的寫作技巧，誠摯質樸，情濃意綿，與其深刻的內容形成完美的藝術統一，故歷代傳頌不絕。

諫何進召外兵

【題解】何進，漢靈帝何皇后之兄，時為大將軍，握有重權。靈帝死，何進欲誅諸宦官，何太后不從。進聽袁紹計，召四方豪強引兵向京城以脅太后，陳琳時為主簿（為掾吏之首，掌文書印鑑），以此勸諫，事在漢少帝光熹元年（西元一八九年）。

《易》稱「即鹿無虞」❶，諺有「掩目捕雀」。夫微物尚不可欺以得志，況國之大事，其可以詐立乎？今將軍總皇威，握兵要，龍驤虎步❷，高下在心；以此行事，無異於鼓洪爐❸以燎毛髮。但當速發雷霆，行權立斷，違❹經合道，天人順之。而反釋其利器❺，更徵於他。大兵合聚，強者為雄，所謂倒持干戈，授人以柄。功❻必不成，祇❼為亂階❽。

《三國志・魏書・王粲傳》

【注　釋】❶即鹿無虞　見《易・屯・六三》爻辭。即鹿，猶言追鹿。虞，掌管山澤之官。《易》語謂入山林追鹿而無虞官引導，則不可得。❷龍驤虎步　如龍騰舉如虎行步。驤，舉。步，行。❸洪爐　大火爐。❹違行。❺利器　銳利的兵器，此喻何進掌握的刑賞兵伐的重權。❻功　事。❼衹　副詞。僅僅；只。❽亂階　禍亂的來由，語本《詩・小雅・巧言》：「無拳無勇，職為亂階。」

【語　譯】《周易》稱言「追逐奔鹿卻無虞官引導」，諺語亦有「遮掩雙目而捕捉鳥雀」。這等微小事情尚且不能以欺昧求得逞志，何況國家的大事，難道可以用詐術來建立功業嗎？現今將軍您總承皇家聲威，握持軍兵樞要，如龍騰舉如虎行步，或高或下均在己心，用這樣的優勢行辦國事，就好像煽鼓巨爐以燎烤毛髮一般。只當速發雷霆之憤，行使職權當機立斷，遵行經訓順合正道，上天下民都會隨應您的。您卻棄釋如此銳利重器，另行徵召他人。一旦大兵合聚，便以強者為其雄傑，這正是所說的倒拿干戈兵器，卻把把柄遞給他人。此事一定不能成功，只會成為禍亂的階由。

【研　析】本文曉以利害，力勸何進不要徵召外兵進京。何進不從。其結果，正如陳琳預料的那樣，禍患迭起，天下大亂。文中直言不諱，分析精當，陳琳的謀略和卓識，於此可略見其一斑。《後漢書・鄭太傳》載有鄭太勸阻何進徵召董卓事，可以參閱。

應　譏

【題解】譏，責問、非難。疑本文作於袁紹割據冀州，而獻帝尚未東歸之時。

客有譏余者云：「聞君子動作周旋，無所苟❶而已矣。今主君❷鍾❸陰陽之美，總❹賢聖之風，固非世人所能及。遭豺狼肆虐，社稷隕傾，既不能抗節服義，與主存亡，而背枉❺違難，耀茲武功，徒獨震撲❻山東❼，剝落❽元元❾，結疑本朝，假❿拒羣奸。使己蒙噂沓⓫之謗，而他人受討賊之動，損功棄力，以德取怨。今賤文德⓬而貴武勇，任權譎⓭而背舊章，無乃非至德之純美，而有闕⓮於後人哉？」

主人曰：「是何言也！夫兵之設亦久矣，所以威不軌而懲淫慝⓯也。夫申鳴違父⓰，樂羊食子⓱，季友鴆兄⓲，周公戮弟⓳，猶忍而行之，王事所不得已也。而況將避讒慝之嫌⓴，棄社稷之難，愛暫勞之民，忘永康之樂，此庸夫猶所不為，何有冠世之士哉？昔洪水滔天，氾濫中國，伯禹躬之，過門而不入，率萬方之民，致力乎溝洫㉑。及至

〈簫韶〉㉒九成㉓，百獸率舞㉔，垂拱㉕無為，而天下晏如㉖，夫豈前好勤而後偷樂乎？蓋以彼勞求斯逸也。

「夫世治責人以禮，世亂則考人以功，斯各一時之宜。故有論戰陣之權於清廟㉗之堂者，狂矣！陳俎豆㉘之器於城濮㉙之墟者，則悖矣！是以達人君子必相時以立功，必揆㉚宜以處事。孝靈㉛既喪，妭官㉜放禍，棟臣殘酷㉝，宮室焚火㉞。主君乃芟凶族，夷惡醜，蕩滌朝奸，清澄守職也。既乃卓㉟為封蛇㊱，幽鴆帝后㊲，強以暴國。非力所討，違而去之，宜也。是故天贊人和，無思不至，用能合師百萬，若運諸掌者，義也。今主君以寬弘為宇，仁惠為廬，若地之載，如天之燾㊳。故當其聞管籥㊴之聲，則恐己㊵之病㊶也；見羽旄之美，則懼士之勞也；察稼穡之不時，則惟民之匱㊷也；臨臺觀之崇高，則恤役之病也。是以虛心恭己，取人之謨㊸，辟㊹四門，廣諫路，貴讜言㊺，賤巧偽，慮不專行，功不擅美，咨事若不及，求愆㊻恐不聞。用能使賢智者盡其策，勇敢者竭其身，故舉無遺闕㊼，而風烈㊽宿㊾宣也。」

《藝文類聚》二十五

治刃銷鋒，偃武行德㊿。

《文選・王融・三月三日曲水詩序》注

【注釋】❶苟　隨便；輕率。❷主君　指袁紹。❸鍾　集。❹總　聚合。❺枉　邪惡。❻震撲　怒而攻打。震，怒。撲，擊。❼山東　指太行山以東地區。❽剝落　猶謂殘害。❾元元　平民百姓。❿假　通「遐」。⓫噂沓　議論紛雜。⓬文德　以禮樂教化進行統治，常對武功而言。⓭權譎　機巧詭詐。⓮闕　原作鬪，據張溥本改。⓯淫慝　邪惡不正。⓰申鳴違父　申鳴，春秋時楚人，以至孝聞名，楚王任為左司馬。白公勝作亂，劫申鳴之父以脅迫申鳴，申鳴以君臣之義為重，一戰而殺白公，其父亦死。事見《韓詩外傳》十。⓱樂羊食子　樂羊，戰國時魏人，曾為魏文侯將，而伐中山國，其子在中山，中山君烹殺其子，並將肉羹送給樂羊，樂羊奮飲一杯以示不懼，率眾進戰，收取中山。事見《戰國策・魏策一》。⓲季友鴆兄　季友，春秋時魯人，為魯莊公的三弟。莊公欲立子斑為繼，其二弟叔牙不同意。莊公死後，季友遵莊公旨意立斑而鴆殺其兄叔牙。事見《公羊傳・莊公三十二年》。⓳周公戮弟　指周公旦平定武庚叛亂而誅殺管叔、蔡叔兄弟二人事。⓴而況將避讒慝之嫌　何況企圖逃避惡人惡語的嫌忌。而況，何況。將，欲。讒慝，此指邪惡之人的惡言惡語。㉑溝洫　溝渠水道等水利工程。㉒簫韶　相傳為舜時的樂曲名。以下二句在描述歌舞歡慶的場面，語本《書・益稷》。㉓九成　多次地演奏。㉔率舞　相繼順應樂聲起舞。㉕垂拱　垂衣拱手，形容悠閒無事。《書・武成》：「垂拱而天下治。」㉖晏如　安然。㉗清廟　宗廟。㉘俎豆　置肉的几和盛乾肉一類食物的器皿，此泛指各類禮器。㉙城濮　春秋時衛地，故址在今河南范縣南。魯僖公二十八年，晉文公在城濮大敗楚師。㉚揆　揣度估量。㉛孝靈　指漢靈帝劉宏，中平六年（西元一八九年）四月卒。㉜妭官　指宦官。妭原作妖，據影宋本《藝文類聚》改。㉝棟臣殘酷　指何進被殺事。㉞宮室焚火　指袁紹等燒東西宮，攻屠宦官事。㉟卓　指董卓。漢靈帝駕崩，董卓將兵入朝，專擅朝政。㊱封蛇　大蛇。㊲幽鴆帝后　謂董卓鴆殺何太后與少帝事。光熹元年（西元一八九年）九月，董卓專朝政而幽居鴆殺何太后，次年，鴆殺少帝（時已被貶為弘農王）劉辯。㊳𢡋　通「幬」。指覆蓋。㊴管籥　笙簫一類竹製樂器，此泛指各類樂器。㊵己　張溥本作民。㊶病敗壞傷損，此就其德義品行而言。㊷則惟民之匱　原無則字，據張溥本補。匱，缺乏。㊸謨　謀。㊹辟　開。㊺讜言　正直的言論。㊻愆　過失。㊼遺闕　原作遺闘，據張溥本改。㊽烈　功業。㊾宿　久。㊿治刃銷鋒二句　《文選》注引此題作「應機」，疑機為譏之誤，暫繫於此。

【語　譯】有位來客譏責我說：「聽說君子自身的舉止和對外的周旋，沒有隨便輕率苟且簡略的行為。當今主君袁公身集天地陰陽的美德，總聚賢良聖哲的佳風，的確不是當世之人所能比及的。恰遇豺狼肆行殘虐，社稷隕墜毀傾，（袁公）既不能堅持操節奉行大義，與漢主共同存亡，反而背離邪惡逃避禍難，在此炫耀武力戰功，獨自突擊在太行山以東，剝割殘害廣大平民，結疑本朝聖主，遠拒群逆眾奸。結果使自己蒙受紛雜議論的誹謗，而使他人享有征討逆賊的功勳。捐捨功業空棄精力，以己賢德取彼抱怨。現今（袁公）以文明德化為賤而以武力勇猛為貴，任行機巧詭詐而背棄舊時典章，這豈不是不合於至高道德的純理美義，而有所闕失於後世之人嗎？」

主人（指陳琳）回答說：「這是什麼話呀！軍隊的設置已是很久的事啦，這是為了威懾不法之人而懲罰邪惡之事呀。從前的申鳴不救父命，樂羊飲食子羹，季友鴆殺親兄，周公誅戮胞弟，猶能忍心而實行，這是謹奉王事所不得不如此呀。何況企圖逃避惡人惡語的嫌忌，背棄國家社稷的禍難，憐愛暫時勞困的庶民，忘卻長久安康的快樂，這是平庸凡夫尚且不作的事，對於冠絕當世的賢士又有什麼問題呢？從前洪水橫溢波滔連天，氾濫全中國，夏禹親自主持治水，經過家門而不顧探視，率領各方的民眾，竭盡全力於溝渠水道。以至於〈簫韶〉佳樂陣陣奏起，百獸結隊循音起舞，垂衣拱手無事無為，而天下太平安然和樂，這難道能說是先前喜好勤苦而後日苟且尋樂嗎？這大概是用先前的勞苦謀求此時的安逸吧。

「世間安治要用禮義來要求人們，世間動亂則用功業來考察人們，這是各為一時的權宜之策。所以如果有人在宗廟的殿堂談論兵車戰陣的權變謀略，那是顛狂的行為！在城濮的丘墟上陳設俎豆一類的禮器，則是謬誤的舉動呀！因此通達之人與賢明君子，一定要審視時機以創立功勳，一定要揣度適宜以處理諸事。孝靈皇帝喪亡之後，閹豎宦官放恣構禍，棟樑之臣殘酷受害，宮廷皇室焚燃兵火。於是，主君袁公芟除兇逆族黨，夷平邪惡群醜，蕩滌朝中奸小，清淨官守要職。不久，董卓成為禍國魁首，幽囚鴆殺少帝與何太后，以強權淫勢陵暴漢國，袁公無力征討董卓，違避而離開董卓，這是權宜之計。正是這個緣故，上天贊助萬人應和，無人之思不歸（於袁公宣導的討伐董卓的義舉），因而能夠合聚雄兵百萬，就像運之於手掌之上，這是仗義的壯舉。現今主君袁公以寬和弘量作為屋宇，以仁德慈惠作為廬舍，就像大地載荷萬物，好似蒼天覆蓋眾生。所以當他聽聞管籥演奏的樂聲，則擔心自己的意志會有所減損；觀看雉羽旄尾的華美，則懼怕吏士的辛勞；察知農活耕作的不應時節，則思慮民眾糧食的匱乏；登臨樓臺亭觀的崇高之處，則憫傷勞役的勤苦艱難。所以他能謙虛己心恭謹己行，善於聽取他人的良謀，打開四方之門，廣闢進諫之路，以正直的言論為貴重，以巧偽的行為為卑賤，謀慮不獨意擅行，有功不佔為己美，親詢政事猶怕不能及時，求責過錯唯恐不能聽聞。因而能使賢德智慧的人盡獻其良策，勇武果敢的人竭盡其身心，所以行動沒有遺留缺誤，而遺風功烈長久傳揚。」

熔冶兵刃銷毀利鋒，收偃勇武廣行仁德。

【研析】本文旨在應答客人對袁紹不能在動亂之世挺身輔佐朝廷，反而割據一方以觀時變的譏責。文中詳論亂世之中軍功的重要與袁紹人品的高潔，以及袁紹討逆除惡的功勳，言語灑脫，有評有述，反映了作者具有較強的論辯能力。但是，作者實際上並未正面回答客人的譏責，不能對袁紹的割據冀州之舉作出令人信服的解釋，所以，細品全文，頗使人感到虛華不實。

答客難

【題解】本文之「客」似即〈應譏〉首句所云之「客」，待考。

六合❶咸熙❷，九州來同❸。倒載干戈，放馬華陽❹。

《韻補》二同字注

大王❺築室，百堵❻俱作。西伯❼營臺，功不浹日❽。

《韻補》五作字注

【注釋】❶六合　天地四方。❷熙　興盛。❸同　聚集。❹華陽　華山之南。《書・武成》：「（周武王）乃偃武修文，歸馬于華山之陽，放牛于桃林之野，示天下弗服。」❺大王　周文王姬昌的祖父古公亶父。❻百堵　謂垣牆之多。《詩・小雅・鴻雁》：「百堵皆作。」堵，古垣牆之制，以長高各一丈為一堵。❼西伯　周文王。❽浹日　十日。

【語譯】六合百事皆興，九州萬民來會。倒載干戈而歸，放散戰馬於華山之南。大王築造宮室，眾多垣牆全都築起。西伯營建樓臺，庶人事工不逾十日。

更公孫瓚與子書

【題解】公孫瓚，參見陳琳〈武軍賦〉注❷。子，指公孫瓚之子公孫續，時在黑山軍張燕處。據《三國志・魏書・公孫瓚傳》注引《獻帝春秋》所云：「瓚夢薊城崩，知必敗，乃遣閒使與續書。（袁）紹候者得之，使陳琳更其書。」時袁紹急攻瓚於易京，瓚與子書求救，相約舉火為號，內外共擊以破袁紹。袁紹截獲其書，令陳琳改其文字，並如期舉火。公孫瓚以為救兵至，遂出城，被袁紹設伏擊敗。《後漢書》題為公孫瓚書，何焯、梁章鉅認為陳琳所更之文有脫失；沈家本認為今所存即陳琳所更之書，其原書所定日期不見今文，亦明不是瓚之原書（何、梁、沈三氏之說見《三國志集解》）。韓按：沈說是。疑原書寫在書牘之上，陳琳削去相期之日，改以他語，以成今文。

蓋聞在昔衰周之世，僵尸流血，以為不然，豈意今日身當其衝❶！袁氏之攻，似若鬼神，鼓角鳴于地中❷，梯衝❸舞吾樓上。日窮月蹴❹，無所聊賴❺。汝當碎首❻於張燕❼，速致輕騎。到者當起烽火於北，吾當從內出。不然，吾亡之後，天下雖廣，汝欲求安足之地，其可得乎？

《三國志・魏書・公孫瓚傳》注

【注釋】❶衝　要衝，此指身處當鋒險境。❷地中　地面以下，時袁紹挖地道以毀壞公孫瓚的城樓。❸梯衝　雲梯和衝車，均為攻城的器械。❹蹴　蹴縮，蜷曲短小之意。❺聊賴　寄託。❻碎首　碎裂頭顱，多用以形容敢於死諫。❼張燕　黑山軍首領。與公孫續率兵十萬，分三路來救公孫瓚，被袁紹擊敗。後投降曹操。

【語譯】曾聽說從前周朝衰敗的時代，僵屍遍野血流成河，以為不一定那樣，哪裡想到今日我身處此險境！袁氏軍隊的強攻，就像鬼神一樣莫測，戰鼓號角鳴於地下，雲梯衝車翻舞我樓臺之上。城區每月每日都在窮竭蹴縮，已經不足以作為寄託之地了。你應當竭盡全力說服張燕，迅速派來輕銳鐵騎。來到之時當燃起烽火於北方，我即從內中衝出。如果不這樣，我遭身亡之後，天下雖然廣闊，你想尋求安身立足之地，難道能夠得到嗎？

【研　析】篡改他人書信，一要有削刻仿寫的技巧，二要有摹人語意的文思。看來陳琳二者兼通，故能以假亂真，助成袁紹之功。

附：公孫瓚與子書

昔周末喪亂，僵屍蔽地，以意而推，猶為否也，不圖今日親當其鋒。袁氏之攻，狀若鬼神，梯衝舞吾樓上，鼓角鳴於地中，日窮月急，不遑啟處。鳥厄歸人，滀水陵高，汝當碎首于張燕，馳驟以告急。父子天性，不言而動。且厲五千鐵騎於北隰之中，起火為應。吾當自內出，奮揚威武，決命於斯。不然，吾亡之後，天下雖廣，不容汝足矣。

《後漢書・公孫瓚傳》

為袁紹檄豫州

【題　解】檄，文體名，多作徵召、曉諭、申討用。豫州，漢十三刺史部之一，轄境在今淮河以北的豫東、皖北一帶。時劉備為左將軍、領豫州牧，屯兵於沛。袁紹欲攻許都以伐曹操，宣此檄文於劉備。考文中有約張繡「協同聲勢」語，張繡在建安四年十一月降曹，則此文當作於建安四年十一月之前。《三國志・魏書・袁紹傳》注、《後漢書・袁紹傳》並引有此文，文字稍異。

左將軍領豫州刺史❶、郡國相守❷：

蓋聞明主圖危以制變，忠臣慮難以立權，是以有非常之人，然後有非常之事；有非常之事，然後立非常之功。夫非常者，固非常人所擬也。曩❸者強秦弱主❹，趙高❺執柄，專制朝權，威福由己，時人迫脅，莫敢正言，終有望夷之敗❻。祖宗焚滅，污辱至今，永為世鑒。及臻呂后季年❼，產、祿❽專政，內兼二軍，外統梁、趙。擅斷萬機，決事省禁❾。下凌上替，海內寒心。於是絳侯、朱虛❿興兵奮怒，誅夷逆暴，尊立太宗⓫。故能王道興隆，光明顯融，此則大臣立權之明表也。

司空⓬曹操祖父中常侍⓭騰⓮，與左悺⓯、徐璜⓰並作妖孽⓱，饕餮⓲放橫，傷化虐民。父嵩⓳，乞匄⓴攜養，因贓假位，輿金輦璧，輸貨權門，竊盜鼎司㉑，傾覆重器㉒。操贅閹遺醜，本無懿德。僄狡鋒俠㉓，好亂樂禍。幕府㉔董統鷹揚㉕，掃除凶逆㉖。續遇董卓，侵官暴國。於是提劍揮鼓，發命東夏㉗，收羅英雄，棄瑕取用。故遂與操同諮合謀㉘，授以裨師㉙。謂其鷹犬之才，爪牙可任。至乃愚佻短略㉚，輕進易退，傷夷折衄㉛，數喪師徒。幕府輒㉜復分兵命銳，修完補輯㉝，表行㉞東郡㉟太守㊱、領兗州㊲刺史。被以虎文㊳，獎蹙威柄㊴，冀獲秦師㊵一克之報。而操遂承資跋扈，肆行凶忒㊶，割剝元元㊷，殘賢害善。故九江太守邊讓㊸，英才俊偉，天下知名，直言正色，論不阿諂，身首被梟懸㊹之誅，妻孥㊺受灰滅之咎。自是士林憤痛，民怨彌重。一夫奮臂，舉州同聲。故躬破於徐方㊻，地奪於呂布㊼。彷徨東裔㊽，蹈據無所。幕府惟強幹弱枝㊾之義，且不登叛人㊿之黨。故復援(51)旌擐(52)甲，席捲起征，金鼓響振，布眾奔沮(53)，拯其死亡之患，復其方伯(54)之位，則幕府無德於兗土之民，而有大造(55)於操也。

後會鑾駕反旆(56)，羣虜寇攻。時冀州(57)方有北鄙(58)之警，匪遑(59)離局。故使從事中郎(60)徐勳(61)就發遣操，使繕修郊廟(62)，翊衛(63)幼主(64)。操便放志，專行脅遷(65)，當御(66)省禁，卑侮王室，敗法亂紀，坐領三臺(67)，專制朝政。爵賞由心，刑戮在口；所愛光五宗[68]，所惡滅三族[69]；羣談者受顯誅，腹議者蒙隱戮。百寮[70]鉗口，道路以目[71]。尚書[72]記朝會[73]，公卿充員品而已。故太尉[74]楊彪[75]，典歷三司[76]，享國極位。操因緣眥睚[77]，被以非罪，榜楚[78]參並，五毒[79]備至，觸情任忒，不顧憲綱。又議郎[80]趙彥[81]，忠諫直言，義有可納，是以聖朝[82]含聽，改容加飾[83]。操欲迷奪[84]時明，杜絕言路，擅收立殺，不俟報聞。又梁孝王[85]，先帝母弟[86]，墳陵尊顯，桑梓松柏，猶宜肅恭。而操帥將吏士，親臨發掘，破棺裸尸，掠取金寶，至今聖朝流涕，士民傷懷[87]。操又特置發丘中郎將、摸金校尉，所過隳突[88]，無骸不露。身處三公之位，而行桀虜[89]之態。汙國虐民，毒施人鬼。加其細政[90]苛慘，科防[91]互設，罾繳[92]充蹊，坑阱塞路，舉手掛網羅，動足觸機陷[93]。是以兗、豫有無聊之民，帝都有吁嗟[94]之歎。歷觀載籍，無道之臣貪殘酷烈，於操為甚。

幕府方詰[95]外奸，未及整訓，加緒[96]含容[97]，冀可彌縫[98]。而操豺狼野心，潛包禍謀。乃欲摧橈[99]棟樑，孤弱漢室，除滅忠正，專為梟雄[100]。往者伐鼓[101]北征公孫瓚[102]，強寇桀逆，拒圍一年[103]。操因其未破，陰交書命，外助王師，內相掩襲[104]，故引兵造[105]河，方[106]舟北濟。會其行人[107]發露，瓚亦梟夷，故使鋒芒挫縮，厥圖不果[108]。爾乃大軍過蕩西山[109]，屠各[110]、左校[111]，皆束手奉質[112]，爭為前登，犬羊殘醜，消淪山谷。於是操師震慴[113]，晨夜逋遁[114]，屯據敖倉[115]，阻河為固，欲以螗蜋[116]之斧，禦隆車[117]之隧[118]。幕府奉漢威靈，折衝[119]宇宙，長戟百萬，胡騎千羣。奮中黃、育、獲之士[120]，騁良弓勁弩之勢。并州[121]越太行[122]，青州[123]涉濟、漯[124]。大軍[125]泛黃河而角其前，荊州[126]下宛、葉[127]而掎[128]其後。雷霆虎步，並集虜庭。若舉炎火以焫飛蓬[129]，覆滄海以沃熛炭[130]，有何不滅者哉？又操軍吏士，其可戰者，皆出自幽、冀。或故營部曲[131]，咸怨曠[132]思歸，流涕北顧。其餘兗、豫之民，及呂布、張楊[133]之遺眾，覆亡迫脅，權時苟從。各被創夷，人為仇敵。若回旆方徂，登高岡而擊鼓吹[134]，揚素揮[135]以啟降路，必土崩瓦解，不俟血刃。

方今漢室陵遲[136]，綱維[137]弛絕。聖朝無一介之輔，股肱無折衝之勢。方畿[138]之內，簡練之臣皆垂頭搨[139]翼，莫所憑恃。雖有忠義之佐，脅於暴虐之臣，焉能展其節？又操持部曲精兵七百，圍守宮闕。外托宿衛，內實拘執。懼其篡逆之萌因斯而作。此乃忠臣肝腦塗地[140]之秋，烈士立功之會，可不勖[141]哉？操又矯[142]命稱制[143]，遣使發兵。恐邊遠州郡，過聽[144]而給予，強寇弱主，違眾旅[145]叛。舉以喪名，為天下笑，則明哲不取也。即日幽、并、青、冀四州並進。書到，荊州便勒[146]見兵[147]，與建忠將軍[148]協同聲勢。州郡各整戎馬，羅落境界，舉師揚威，並匡社稷，則非常之功於是乎著。其得操首者，封五千戶侯，賞錢五千萬。部曲、偏裨將校、諸吏降者，勿有所問。廣宣恩信，班[149]揚符[150]賞，布告天下，咸使知聖朝有拘逼之難。如律令。

《文選》四十四

【注釋】❶刺史　一州之長，與州牧職同。陶謙曾表劉備為豫州刺史，其後曹操表劉備為豫州牧，此文稱刺史而不稱州牧，隱有貶曹之意。❷相守　泛指州郡長官。相，諸王封國的長官。守，一郡之長。❸曩　從前。❹弱主　指秦二世胡亥。❺趙高　人名，秦二世時為丞相，擅權獨斷，作惡多端，後殺胡亥。❻望夷之敗　謂秦二世被殺事。望夷，望夷宮，在今陝西西安西北，秦二世在此被殺。《三國志》注、《後漢書》敗作禍。❼及臻呂后季年　到了呂后掌政後期。臻，至。呂后，名雉，劉邦妻，惠帝母。惠帝死後，呂后臨朝稱制，主政八年。季年，末年。❽產祿　指呂后的侄子呂產和呂祿。呂后任呂產為梁王、相國，呂祿為趙王、上將軍，並使二人分掌長安的南北二軍。❾省禁　指皇宮重禁之地。❿絳侯朱虛　絳侯，指太尉周勃。朱虛，指朱虛侯劉章。周勃、劉章二人是誅滅諸呂，擁立漢文帝劉恆的主要組織者。⓫太宗　開國第二代皇帝的稱號，此指漢文帝。⓬司空　漢代三公之一，曹操於建安元年十一月為司空。⓭中常侍　官名，東漢由宦官擔任，侍從皇帝，傳達詔令和掌管文書。⓮騰　曹騰，字季興，順帝時為中常侍大長秋，歷事安帝、順帝、沖帝、桓帝四朝，皆受寵愛。⓯左悺　桓帝時為小黃門，後遷中常侍，封上蔡侯。⓰徐璜　桓帝時為中常侍，封武原侯，恃寵驕橫，天下謂之徐臥虎。⓱妖孽　本指怪異的事物，草木之類稱妖，蟲豸之類稱孽，此喻惡事。⓲饕餮　貪婪無厭，古人以貪財為饕，貪食為餮。⓳嵩　曹嵩，字巨高，為曹騰養子，靈帝時賣官，嵩以財貨得拜大司農、大鴻臚，官至太尉。⓴乞匄　同「乞丐」。指乞求。㉑鼎司　指三公的職位。㉒重器　喻國家社稷。㉓僄狡鋒俠　原作猽狡鋒協，據《後漢書・袁紹傳》及《三國志・魏書・袁紹傳》注引《魏氏春秋》改。僄狡，輕疾勇猛。鋒，銳猛。俠，此指恃勇敢為。《三國志・魏書・武帝紀》稱曹操「少機警有權數，而任俠放蕩。」㉔幕府　將帥在外的營帳，此指主帥袁紹。㉕董統鷹揚　統領威武勇士。董，督統。鷹揚，威武貌，此代指各級武官。㉖凶逆　指橫行宮中的宦官。何進被殺後，袁紹領兵入宮盡殺諸宦官。㉗東夏　指中國東部地區。袁紹起事兵討董卓，東部諸州郡紛紛響應。㉘同諮合謀　《三國志》注、《後漢書》同諮合謀作參咨策略。㉙裨師　偏師。據《三國志・魏書・武帝紀》，初平元年正月，州郡起兵征董卓，推袁紹為盟主，曹操行奮武將軍。

㉚略 《三國志》注、《後漢書》略作慮。㉛傷夷折衄 謂傷亡慘重損兵折將。傷夷，同「傷痍」。指傷亡慘重。折衄，猶挫折。據《三國志・魏書・武帝紀》，曹操率軍西進，遇董卓將徐榮，戰不利，士卒死傷很多。㉜輒 即。㉝修完補輯 猶謂修整補充。完，堅固，此用為動詞。輯，聚集收攏。㉞行 兼攝官職。㉟東郡 郡名，屬兗州，治所在濮陽（今河南濮陽西南），東漢時轄十五城。㊱太守 原無太守二字，據《三國志》注、《後漢書》補。㊲兗州 漢武帝十三刺史部之一，東漢時治所在昌邑（今山東金鄉西北），轄郡、國八，縣、邑、公侯國八十。據《三國志・魏書・武帝紀》，初平二年，袁紹表曹操為東郡太守，治東武陽（今山東朝城西）；初平三年四月，曹操領兗州牧。㊳被以虎文 披上飾有虎紋的戰衣。漢時虎賁將頭戴鶡冠，身著虎紋單衣。㊴奬蹙威柄 助成其威勢重權。奬，助。蹙，成。威柄，指八項威權。《後漢書・丁鴻傳》：「夫威柄不以放下。」李賢注：「威柄，謂《周禮》之八柄，即爵、祿、生、置、予、奪、廢、誅也。」㊵秦師 指春秋時秦將孟明等人所率之師。魯僖公三十三年，孟明襲鄭而敗於晉軍。文公二年，孟明領兵伐晉，又敗於晉軍。秦穆公仍對孟明信任不移。次年，再次伐晉，一舉克勝，使秦霸西戎。事見《左傳》。㊶忒 惡事。㊷割剝元元 掠奪殘害平民百姓。㊸邊讓 參見孔融〈與曹公薦邊讓書〉題解。㊹梟懸 殺人而懸其頭於木上。㊺妻孥 妻子兒女。《三國志・魏書・武帝紀》注引《曹瞞傳》：「及在兗州，陳留邊讓言議頗侵太祖，太祖殺讓，族其家。」㊻徐方 指徐州之地。初平四年，曹操征徐州牧陶謙，因軍糧匱乏而還。㊼呂布 字奉先。興平元年，曹操再次東征陶謙，呂布乘虛進兗州，自為兗州牧，佔據濮陽，兗州郡縣紛紛響應，只有鄄城、東阿、范三城仍從曹操。曹操苦戰一年多，方收復兗州。㊽裔 邊遠之地。㊾強幹弱枝 使本幹強壯，使枝葉柔弱，語本《史記・漢興以來諸侯王年表序》。此以本幹喻曹操，以枝葉喻陶謙、呂布。㊿不登叛人 語本《左傳・襄公元年》。登，成。叛人，指呂布。呂布曾助董卓為惡，後叛董卓，又叛王允，又與陳宮、張超等共叛曹操。(51)援 執持。(52)擐 穿著。(53)沮 潰敗。(54)方伯 本指一方諸侯之長，此泛指地方長官。(55)大造 猶謂大的恩惠。袁紹助曹操征呂布事未見他書記載，據《三國志・魏書・武帝紀》，袁紹當時曾派人陳述欲與曹操連和之

意，曹操從程昱之說沒有答應。56鑾駕反旆　此謂獻帝的車駕返歸洛陽。鑾駕，以鑾為飾的天子車駕。旆，旗幟的通稱。興平二年七月，獻帝離長安東歸，次年七月至洛陽。57冀州　漢十三刺史部之一，境在今河北中南部、山東西端及河南北端，治所在鄴。初平二年七月，袁紹代韓馥為冀州牧。58鄙　邊邑。59遑　閒暇。其時袁紹經常同其北部的燕山黑山軍及盤距幽州的公孫瓚交戰。60從事中郎　官名，為州刺史的佐吏。61徐勳　其人其事不詳。62郊廟　郊外祭祀的場所，此又暗喻皇室宮殿。63翊衛　輔佐護衛。64幼主　指漢獻帝。65脅遷　脅迫遷徙，指曹操遷徙獻帝都許事。66當御　當直值班，此用為貶義。67三臺　指三種重要的官職，李善注引應劭《漢官儀》稱「尚書為中臺，御史為憲臺，謁者為外臺。」68五宗　指上至高祖，下及孫子的五服內的親人。69三族　指父族、母族、妻族三個系屬的親人。70寮　通「僚」。71道路以目　謂不敢言說，只好用眼神表達情感。語本《國語・周語上》。72尚書　官名，掌章奏文書。73朝會　諸侯或臣屬朝見君主，春見曰朝，時見曰會。74太尉　官名，東漢時為三公之一，掌軍事。75楊彪　字文先，興平元年任太尉。76三司　同「三公」。中平六年，楊彪代董卓為司空，當年冬季又代黃琬為司徒。三司原作二司，據《後漢書》、唐順之《文編》三十七改。77眥睚　怒目而視。78榜楚　鞭杖之刑。榜，通「搒」。指鞭打。楚，刑杖，代指杖刑。79五毒　指鞭、箠、灼、徽、纆五種刑罰。據《後漢紀》二十九，建安三年，曹操以楊彪與袁術結姻，誣告彪欲圖謀廢帝，奏收楊彪下獄。由於孔融力阻，遂免。80議郎　官名，掌顧問應對。81趙彥　身世不詳。據《後漢書・皇后紀下》，趙彥曾為獻帝陳言應時對策，曹操憎惡而殺彥。82聖朝　指漢獻帝。83改容加飾　指漢獻帝聽從趙彥語改變儀容增益服飾而自修自強。84奪　亂。85梁孝王　名劉武，漢文帝竇皇后子，漢景帝同母弟，居王位三十五年而卒。86弟　原作昆，據《後漢書》改。87而操帥將吏士六句　李善注引《曹瞞傳》稱「曹操破梁孝王棺，收金寶。天子聞之哀泣。」88隳突　衝撞毀壞。89桀虜　謂暴君夏桀。桀，夏代最後一位君主名，為古時暴君的典型。虜，對惡人的蔑稱。90細政　瑣碎的稅收。政，通「征」。91科防　條律禁令。92罾繳　同「矰繳」。獵取飛鳥的射具。93機陷　設有簡易制動裝置的捕獸陷穽。94吁嗟　憂歎聲。95詰　責問其罪。[96]緒　尋繹思索。《後漢書》緒作意。[97]容　《後漢書》作覆。[98]彌縫　彌補縫合，此指彌補以往感情上的裂痕。[99]橈　彎曲。[100]梟雄　惡人的魁首。[101]伐鼓　擊鼓。[102]公孫瓚　參見陳琳〈武軍賦〉注❷。[103]強寇桀逆二句　袁紹圍公孫瓚事在建安三年至四年。[104]掩襲　乘人不備突然襲擊。[105]造　到。[106]方　併。[107]行人　使者的通稱，此指曹操派往公孫瓚的使者。[108]果　指結局與預期的目的相合。《後漢書・袁紹傳》注引《獻帝春秋》：「操引軍造河，托言助紹，實圖襲鄴，以為瓚援。會瓚破滅，紹亦覺之，以軍退，屯于敖倉。」[109]西山　指易京西邊的山區，時為張燕領導的黑山軍活動之地。《後漢書・公孫瓚傳》稱瓚子續求救黑山諸帥，欲「傍西山以斷紹後」。[110]屠各　匈奴部落之一，時張燕軍中有數營屠各兵，公孫瓚戰敗，屠各殺其子公孫續。[111]左校　黑山軍首領的名號，《後漢書・袁紹傳》稱初平四年六月，袁紹進擊左校、郭大賢、李大目諸軍，蓋袁紹滅公孫瓚後，又盡掃境內諸黑山軍，遂定幽州。[112]質　留作保證的人或物。[113]慴　恐懼。[114]逋遁　逃亡。[115]敖倉　在河南滎陽東北敖山上，秦代即為名倉。[116]螗蜋　也作螳螂，昆蟲名，前腳發達，狀如鐮刀，用以捕食。[117]隆車　大車。[118]隧　道路。[119]折衝　折還敵方衝車，此喻袁紹的巨大威力。[120]奮中黃育獲之士　振揮中黃伯、夏育、烏獲般的猛士。奮，振。中黃，指中黃伯，古時勇士名。《後漢書・袁紹傳》注引《尸子》曰：「(中)黃伯曰：我左執太行之獿，右執彫虎，唯象未試。」育獲，指古時的勇士夏育和烏獲，其中夏育為衛人，烏獲為周武王力士。《戰國策・秦策三》：「烏獲之力焉而死，奔、育之勇焉而死。」[121]并州　漢十三刺史部之一，轄境約今山西大部及內蒙、河北、陝西的一部分，時袁紹任其外甥高幹為并州刺史。[122]太行　山名，綿延山西、河北、河南三省邊界。[123]青州　漢十三刺史部之一，轄境在今山東北部，時袁紹任其子袁譚為青州刺史。[124]濟漯　濟水和漯水，均在山東。[125]大軍　此指袁軍主力。[126]荊州　指荊州牧劉表，時劉表與袁紹相互結好。[127]宛葉　宛縣與葉縣。宛縣在今河南南陽，葉縣在今河南葉縣南。宛、葉當時均屬南陽郡，北鄰許都。[128]掎　牽制。事實上，劉表並未進兵宛、葉。[129]焫飛蓬　燒燎蕩動的蓬蒿。焫，燒。飛蓬，草名，即蓬蒿，因其秋枯根拔，隨風飛捲而得名。[130]沃熛炭　澆灑燃燒的熾炭。沃，澆。熛，赤熾。[131]部曲　豪門大族的私人軍隊。132曠　久。133張楊　字稚叔，官至河內太守，大司馬。建安四年，曹操兵圍呂布，張楊遙造聲勢以助布。十一月，張楊被其部將楊醜殺害。張楊原作張揚，據《三國志・魏書・張楊傳》改。134鼓吹　指鼓鉦簫笳等軍樂器。135揮　通「徽」。指旗幡。136陵遲　衰落。137綱維　本指網的總綱和四維，此指法度。138方畿　指京都之境。139搨　垂下。140肝腦塗地　形容竭忠盡力而不惜一死。141勖　勉。142矯　假託。143稱制　指行使皇帝的權力。144過聽　誤聽。145旅　養（據《廣雅・釋詁》）。146勒　統率。147見兵　現有兵卒。見，同「現」。148建忠將軍　指張繡，其時屯兵守穰縣（今河南鄧州），與劉表親睦。建安四年十一月，張繡從賈詡計降曹操。149班　同「頒」。150符　本指朝廷發令的憑證，此喻信實可靠。

【語譯】左將軍兼豫州刺史、各郡國的相守：

眾人所知聖明君主謀於險危之時而制定應變之計，忠正賢臣慮於禍難之際而創立權宜之法，因此，具有這些不同尋常的人，然後才能有不同尋常的事件；有了不同尋常的事件，然後才能創立不同尋常的功勳。這不同尋常的人和事，原本不是尋常的人所能擬度的。從前，強大的秦國由懦弱的君主胡亥執掌，致使趙高篡持國柄，獨專擅制朝廷權命，尊威福祿均由己意，當時賢人窘迫受脅，無人敢於正義直言，終於有了望夷宮的慘敗。（嬴秦的）祖先宗廟焚毀盡滅，莫大的恥辱延至於今，永被世人借鑑。繼而下至呂后當政的衰末之年，呂產、呂祿專制朝政，於內兼掌南北二軍，於外統領梁、趙二國。專擅獨斷於萬機政務，自決要事於內省宮禁。對下凌欺對上僭替，海內仁人傷懷寒心。於是絳侯周勃、朱虛侯劉章，興發義兵奮揚憤怒，誅戮平夷逆呂暴臣，尊崇擁立文帝太宗。所以能使漢家王道興盛昌隆，光大明耀顯赫和融，這便是大臣創立權宜之功的顯明楷模呀。

當今司空曹操，其祖父為中常侍曹騰，和左悺、徐璜二人同興妖邪罪孽，貪婪無厭放肆驕橫，傷風敗化殘虐萬民。其父曹嵩，乞求宦豎攜帶豢養，因其賄物借其權勢，以輿載金以輦載璧，輸通財貨結交權門，竊奪盜取三公之位，傾倒顛覆國家重器。曹操實為入贅閹人的遺親醜類，本身並無懿美賢德。生性輕疾勇猛鋒銳任俠，喜好動亂樂人禍殃。幕府袁公督統鷹揚武士，盡除宦閹兇逆。繼而逢遇董卓專政，侵凌百官暴侮漢國。於是（袁公）提持利劍揮振戰鼓，發布檄命於國家東部的郡國州縣，收羅廣聚英雄豪傑，棄去瑕疵取賢用能，所以方與曹操共同諮議合心圖謀，並授予曹操偏師之軍。稱曹操為雄鷹猛犬般的才士，有健爪利牙可供任用。然而曹操愚笨輕佻缺少謀略，輕舉冒進又隨意退兵，傷亡慘重損兵折將，多次喪亡軍卒士徒。幕府袁公總是再次分撥精兵遣命銳卒，使曹操修整補充，並且表薦曹操兼攝東郡太守、充任兗州刺史。使曹操披上虎紋將服，助成其威勢重權，希望能夠獲取秦軍一舉克勝的回報。然而曹操卻秉此軍資驕橫跋扈，肆意施行其兇惡之行，割奪盤剝平民百姓，殘殺賢士迫害善人。已故的九江太守邊讓，英世之才俊逸瑰偉，為舉國知名之士，言談耿直容色端莊，論辯述說從不阿諛媚諂，卻身體頭顱受到梟懸於木的重罰，妻子兒女受到灰燼散滅般的災咎。從此士人之林憤怒痛恨，庶民怨聲日益加重。一旦有一位勇士奮臂反曹，全州便會同聲回應。所以親身慘敗於徐州陶謙，土地被奪於驃將呂布，彷徨無依於東部邊裔，蹈足據處居無定所。幕府袁公深思強壯本幹柔弱枝葉的大義，並且不願助成叛人之黨。所以再次親掌帥旗身著鎧甲，動員全軍起兵征伐，金鉦戰鼓響聲雷振，呂布之眾逃奔敗沮，拯救曹操瀕於死亡的禍患，恢復曹操一方伯長的職位，如此看來，幕府袁公雖無大德於兗州百姓，卻有巨恩於曹操。

其後恰遇獻帝鑾駕返歸，各路賊虜寇掠夾擊。當時冀州正有北部邊邑的急警，無暇離職救駕。所以派從事中郎徐勳前往傳命曹操，令其繕修宮室宗廟，護衛漢家幼主。曹操隨即放縱心志，執意脅迫遷都，居守內省宮禁，卑侮王室主從，敗壞綱常法紀，坐鎮領屬三臺之官，專擅獨攬朝中大政。賜爵封賞皆由己心，刑罰誅戮皆在己口；其所親近者光耀五宗，其所憎惡者滅絕三族；群聚談論者受到明顯的重誅，腹中私議者蒙受暗地的刑戮。百官眾僚鉗閉其口，道路相會以目傳情。尚書僅記朝會瑣事，公卿聊充定員品數而已。原任太尉楊彪，典掌要職歷任三司，享用國祿極處高位。曹操因此而怒目相待，加以不實之罪，鞭拷杖打並用，五種酷刑共施，觸忤情理任行忒惡，毫不顧及憲章法網。又有議郎趙彥，忠正切諫直意暢言，其義多有可取之處，因此聖朝漢君含笑聆聽，改換儀容增益服飾。曹操為了迷惑擾亂時主的明聽，杜塞斷絕上達的言路，擅自收捕並立即殺害，不等報奏主上聽聞。又有梁孝王劉武，為先帝同母之弟，墳墓陵寢高尊顯赫，桑梓鬱密松柏參天，更是應該肅穆恭敬。然而曹操率領軍將吏士，親臨陵園主持發掘，破開棺槨裸露王屍，掠奪竊取金銀珍寶，致使聖朝漢君哀泣流涕，吏士庶民悲痛傷懷。曹操又特設發丘中郎將、摸金校尉，凡所經過均遭衝撞毀壞，（王公貴戚的）遺骸殘骨無不盡露。其身處於三公高位，卻奉行暴君夏桀的醜態。汙辱國主虐待萬民，毒政施於眾人神鬼。再加上曹操的瑣稅徵斂苛刻慘酷，科條禁令交互並設，猶如網罟箭繳充斥蹊徑，深坑陷阱塞滿道路，使人舉動手臂則掛牽羅網，邁動雙腳則觸踏機陷。因此，兗州、豫州有無以棲身的黎民，帝王都城有吁嗟憂愁的哀歎。遍觀歷代書籍，所記無道逆臣的貪婪殘忍酷暴狠烈，當以曹操為最甚。

幕府袁公時值詰責外奸，沒有顧及（朝中的）整肅訓理，亦多加推思含忍寬容，希望其能夠自補舊過。然而曹操懷有豺狼般的野心，潛含構禍的陰謀。他是想摧折橈曲國家的棟樑，孤立削弱漢家皇室，去除消滅忠良賢正，獨自成為梟惡奸雄。前不久擊鼓北征公孫瓚，強敵兇狠忤逆，抗拒重圍一年。曹操因公孫瓚未被攻破，暗地交通書信使命，外稱輔佐王者之師，內裡助敵陰謀偷襲，所以領兵到達黃河，聯結戰船向北渡濟。恰值曹操的使者行為暴露，公孫瓚亦被梟首誅夷，所以使得曹軍的鋒芒受挫萎縮，曹操的陰謀未能得逞。繼而袁公大軍掃蕩西山，屠各、左校等各路逆旅，都自縛雙手奉質投降，並且爭為效力前衝進登，那些喪家犬離群羊般的殘存醜類，亦被消滅在山谷。於是曹軍震慄驚懼，披星戴月倉猝逃遁，屯營據守敖倉重地，阻隔黃河以為險固，企圖用螳螂的臂斧，阻禦高車的通路。幕府袁公承奉漢室的威武神靈，折退敵虜於天地之間，長戟勇士數以百萬，羌胡戰馬數以千群，振揮中黃伯、夏育、烏獲般的猛士，騁張強弓勁弩般的雄勢。并州之軍跨越太行山險，青州之兵橫渡濟漯二水。袁軍主力浮渡黃河而角力於曹軍前方，荊州劉表攻陷宛縣、葉縣而牽制於曹軍後方。以此雷霆之威猛虎之步，共同會集在曹虜的前庭。這就像持舉爝焰以燒燎蕩動的蓬蒿，覆翻滄海以澆灑燃燒的爝炭，哪有不被消滅的呢？況且曹操軍隊的吏卒將士，其中善於征戰的，都是來自幽州、冀州。有的還是袁公舊營的私卒親兵，他們都怨恨久離而思念回歸，傷心流淚向北顧望。其餘則是兗州、豫州的遊民，以及呂布、張楊的潰遺徒眾，傾覆敗亡而被迫受脅，權宜一時苟且暫從。他們各自身受創痛傷夷，人人視（曹操）為怨仇大敵。如果袁軍回蕩旌旗並軍進征，登臨高岡而擊奏鼓吹之樂，張揚白幡而啟開投降之路，曹軍必定土崩瓦解，不用待到血染兵刃。

當今漢家皇室衰敗不堪，綱維法度鬆弛毀絕。聖朝漢君沒有一位微臣來輔佐，股肱重臣不居折退敵虜的勢位。京畿之中，簡明幹練的臣屬，都低垂頭顱搨落雙翼，無所憑靠依恃。即便尚有忠貞仗義的賢佐，受脅於殘暴酷虐的逆臣，又怎能展示他們的高節？況且曹操執掌私兵精卒七百人，圍守皇家宮殿，對外託言值宿警衛，內裡實為拘禁囚執。心恐曹操篡位叛逆的初謀由此而生。這正是忠義之臣竭力獻身的時刻，是剛烈之士建功立業的良機，怎能不勉身盡力呢？曹操又假託王命行使皇權，遣命使者興發兵丁。擔心邊遠州郡，錯誤地聽從其命而給與兵餉，使敵寇強壯我主削弱，違離眾望滋養叛臣。舉動不慎而喪失美名，被天下眾人恥笑，則明哲之士所不取呀。從今天起幽、并、青、冀四州之軍共同進發。檄書一到，荊州劉表便統率現有兵卒，與建忠將軍張繡遙相呼應共造聲勢。各州郡官員當整飭兵械戰馬，集結於各自境界，與舉義師奮揚軍威，一同匡扶漢家社稷，則不同尋常的大功在此舉中著立。獲取曹操首級的人，封賜五千戶侯的爵位，並賞給銅錢五千萬。對於曹操的部曲私兵、偏裨諸軍的軍將校尉、以及諸署的官吏中投降的人，不要有所盤問。（請各地）廣泛宣揚袁公的恩德信義，頒布張揚信實的獎賞，布告天下，使天下全都知道聖朝君主有拘禁脅逼的危難。以上如同法律條令。

【研　析】這是陳琳為袁紹征討曹操而撰寫的一篇檄文。作者為袁紹聯合劉備、劉表以三面夾擊曹操的戰略意圖所鼓舞，奮思遣辭，作此長文。文中詳述袁紹起兵的原委，列數曹操的劣跡醜行，喻古說今，申以大義，辭正氣暢，是古代檄文中的佳作。文中按時間順序敘述曹操的所作所為，層層深入，很有說服力；全文緊扣非常之事、非常之人與非常之功，反覆論說，很有鼓動力。不過，由於作者立足於袁紹一方，所以，文中對袁紹功德的讚美，對曹操人品的貶低，都有過分之處，應當引起注意。

答張紘書

【題解】張紘，參見孔融〈遺張紘書〉題解。《三國志・吳書・張紘傳》注引《吳書》稱：紘見柟榴枕，愛其文，為作賦。陳琳在北見之，以示人曰：「此吾鄉里張子綱所作也。」後紘見陳琳作〈武庫賦〉（韓按：庫當軍字之誤）、〈應譏論〉，與琳書深歎美之。琳以此作答。

自僕在河北❶，與天下隔，此間率❷少於文章，易為雄伯❸，故使僕受此過差之譚❹，非其實也。今景興❺在此，足下❻與子布❼在彼，所謂小巫見大巫，神氣盡矣。

《三國志・吳書・張紘傳》注

【注釋】❶河北　黃河以北，此指陳琳隨袁紹割據冀州之時。❷率　大概。❸伯　通「霸」。❹譚　同「談」。❺景興　王朗的字，王朗事見孔融〈與王朗書〉題解。❻足下　對張紘的敬稱。❼子布　張昭的字，張昭為彭城（今江蘇徐州）人，東吳著名學者，輔佐孫策、孫權，頗受敬重。

【語譯】當初我在河北，與天下眾賢隔絕，其間大概少有嫻於文章之士，容易成為一隅文壇的雄傑霸主，所以使我蒙受這些過譽的談論，而這並不是事情的真實情況。現今王朗在此，您與張昭在彼，（我與之相比）正是所說的小巫撞見大巫，神魂靈氣盡喪啊。

【研　析】張紘卒於建安十四年，此文當作於陳琳建安九年歸曹後，至建安十三年赤壁之戰曹吳交惡之間。文中用語平易坦誠，可以略見陳琳與諸文人名士之間的關係。

答東阿王箋

【題　解】東阿王，指曹植。曹植自太和三年（西元二二九年）十二月至太和六年（西元二三二年）二月為東阿王，其時陳琳早已去世，蓋此文收入《陳琳集》時恰值曹植為東阿王期間，故作此題。箋，文體名，用為對上級或尊長的書札。

琳死罪死罪[1]。昨加恩辱命，并示〈龜賦〉[2]，披覽粲然[3]。君侯[4]體高世之才，秉青萍[5]、干將[6]之器[7]，拂[8]鐘無聲[9]，應機[10]立斷。此乃天然異稟，非鑽仰者[11]所庶幾[12]也。音義既遠，清辭妙句，焱[13]絕煥炳[14]。譬猶飛兔[15]流星[16]，超[17]山越海，龍驥[18]所不敢追，況於駑馬[19]，可得齊足哉⑳？夫聽〈白雪〉㉑之音，觀〈綠水〉㉒之節，然後〈東野〉㉓〈巴人〉㉔，蚩鄙㉕益著。載㉖歡載笑，欲罷不能。謹韞櫝㉗玩耽㉘，以為吟頌。琳死罪死罪。

《文選》四十

【注釋】❶琳死罪死罪　本句為當時下臣給王侯高官寫信的通例。❷龜賦　現存《曹植集》收有〈神龜賦〉，可參閱。❸粲然　明亮貌。《曹植集》載有〈報陳琳書〉殘句數則，語言華美宏闊，疑本文即對該信作覆。❹君侯　指曹植。陳琳在世時，曹植曾為平原侯、臨淄侯。❺青萍　一作青荓，人名，春秋時豫讓之友。一天，青萍侍從趙襄子出遊，值豫讓隱匿橋下欲害襄子，青萍為保人臣之道與交友之道而自殺，古人稱為高潔之士。事見《呂氏春秋・序意》。❻干將　春秋時吳人，善鑄劍，楚王稱其「甲世而生，天下未嘗有。精誠上通天，下為烈士。」事見《越絕書》十一。❼器　器量。❽拂　敲擊。❾無聲　指無聲之樂，為儒學較高的藝術境界，主張在樂音之中貫穿著禮法德義的感化教育。參見《禮記・孔子閒居》中孔子對無聲之樂的闡述。《說苑・雜言》稱干將「拂鐘不錚」。❿應機　應和天機。《三國志・蜀書・郤正傳》：「智者應機。」⓫鑽仰者　鑽研與敬仰之人。《論語・子罕》：「仰之彌高，鑽之彌深。」⓬庶幾　相接近。⓭焱　光彩的火焰。⓮煥炳　明亮貌。⓯飛兔　古駿馬名。《呂氏春秋・離俗》：「飛兔、要裹，古之駿馬也。」高誘注：「日行萬里，馳若兔之飛，因以為名也」。⓰流星　比喻迅速。⓱超　騰越。⓲驥　千里馬。⓳駑馬　能力低下的馬。⓴哉　原無哉字，據《初學記》二十八補。㉑白雪　古曲名。謝希逸《琴論》引《琴集》稱「〈白雪〉，師曠所作商調曲也。」㉒綠水　古舞曲名。《淮南子・俶真訓》：「足蹀陽阿之舞，而手會〈綠水〉之趨。」高誘注：「〈綠水〉，舞曲也。一曰〈綠水〉，古詩也。」《樂府詩集》五十六〈舞曲歌辭〉中尚收有〈淥水歌〉一曲（韓按：淥通綠）。㉓東野　指〈下里〉之曲。㉔巴人　曲名，與〈下里〉同為古時民間通俗歌曲。《文選‧宋玉‧對楚王問》：「客有歌於郢中者，其始曰〈下里〉〈巴人〉，國中屬而和者數千人……其為〈陽春〉〈白雪〉，國中屬而和者不過數十人。」㉕蚩鄙　粗野拙鄙。㉖載　語助詞。下同。㉗韞櫝　指藏於櫝中而珍寶之，語本《論語‧子罕》：「有美玉於斯，匵而藏諸？求善賈而沽諸？」（匵同櫝）㉘玩耽　同「耽玩」。指專心研習欣賞。

【語　譯】琳死罪死罪。昨天多蒙愛惠辱賜恩命，並示以〈龜賦〉，披讀拜覽粲然有輝。君侯您體兼超乎世俗的奇才，身秉青萍、干將般的器量，拂鐘可奏無聲之樂，適應天機果敢立斷。這是上天賦予您的奇異稟性，不是鑽研敬仰者所能相比的。佳音高義既已深遠，再兼有那清辭妙句，使得文章光彩豔亮已極。就好像飛兔之馬流星般疾馳，騰超群山跨越江海，飛龍良驥猶不敢追攀，更何況駑劣之馬，怎能與之齊驅並足呢？聆聽〈白雪〉的高雅之音，觀賞〈綠水〉的優美舞節，然後再聽〈東野〉、〈巴人〉的下等俗曲，則其粗野拙鄙更加顯著。（讀您文章）有歡有笑，雖欲作罷而心卻不能。謹將其珍藏櫃中研習欣賞，並以此作為美吟佳頌。琳死罪死罪。

【研　析】本文是對曹植來函的回覆。文中高度讚揚了曹植的高才異稟，絕智美思。言語之間，既有著長者對後學的褒獎，又含有濃厚的敬畏之情，這正是作為文人侍臣的陳琳與曹植關係的基本情調。

為曹洪與魏文帝書

【題解】曹洪，字子廉，曹操從弟，時任都護將軍，隨曹操西征漢中，事在建安二十年（西元二一五年）。魏文帝，指曹丕。張溥本魏文帝作世子，嚴本作魏太子。考其時曹丕為五官中郎將，尚未立為太子，更未稱帝，則此題為後人所擬無疑，今仍從《文選》作魏文帝。

十一月五日，洪白：前初破賊❶，情奓意奢❷，說事頗過其實。得九月二十日書❸，讀之喜笑，把玩無厭。亦欲令陳琳作報。琳頃多事，不能得為。念欲遠以為歡，故自竭老夫❹之思。辭多不可一一，粗舉大綱，以當談笑。

漢中❺地形，實有險固，四嶽❻三塗❼，皆不及也。彼有精甲數萬，臨高守要，一人揮戟，萬夫不得進。而我軍過之，若駭鯨之決細網，奔兕❽之觸魯縞❾，未足以喻其易。雖云「王者之師，有征無戰❿」，不義而強，古人常有。故唐虞之世，蠻夷猾夏⓫；周宣⓬之盛，亦仇大邦⓭。《詩》《書》歎載，言其難也。斯皆憑阻恃遠，故使其然。是以察茲地勢，謂為中才處之，殆難倉卒。來命⑭陳彼妖惑之罪，敘王師曠蕩⑮之德，豈不信然？是夏、殷所以喪，苗⑯、扈⑰所以斃；我之所以克，彼之所以敗也。不然，商、周何以不敵哉？昔鬼方⑱聾昧⑲，崇虎⑳讒凶，殷辛㉑暴虐，三者皆下科㉒也。然高宗㉓有三年之征，文王㉔有退修之軍，盟津㉕有再駕㉖之役，然後殪㉗戎勝殷，有此武功焉。未㉘有星流景集，飆奪霆擊，長驅山河，朝至暮捷若今者也。由此觀之，彼固不逮下愚，則中才之守，不然明矣。在中才則謂不然。

而來示㉙乃以為彼之惡稔㉚，雖有孫、田、墨、氂㉛，猶無所救，竊又疑焉。何者？古之用兵，敵國雖亂，尚有賢人，則不伐也。是故三仁㉜未去，武王還師㉝；宮奇㉞在虞，晉不加戎㉟；季梁㊱猶在，強楚挫謀。暨至眾賢奔絀㊲，三國為墟。明其無道有人，猶可救也。且夫墨子之守，縈帶為垣，高不可登；折箸為械，堅不可入㊳。若乃距陽平㊴，據石門㊵，攄八陣之列㊶，騁奔牛之權㊷，焉肯土崩魚爛㊸哉？設令守無巧拙，豈可攀附，則公輸[44]已陵宋城，樂毅[45]已拔即墨矣。墨翟之術何稱？田單之智何貴？老夫不敏，未之前聞。

蓋聞過高唐[46]者，效王豹[47]之謳；游睢渙[48]者，學藻繢[49]之綵。間[50]自入益部[51]，仰司馬、楊、王[52]遺風，有子勝[53]斐然[54]之志，故頗奮文辭，異於他日。怪乃輕其家丘[55]，謂為倩人[56]，是何言歟？夫綠驥垂耳於林坰[57]，鴻雀戢翼於汙池[58]，褻[59]之者固以為園囿之凡鳥，外廄[60]之下乘[61]也。乃整蘭筋[62]，揮勁翮[63]，陵厲清浮，顧盼千里，豈可謂借翰[64]於晨風[65]，假[66]足於六駮[67]哉？恐猶未信丘言[68]，必大噱[69]也。洪白。

《文選》四十一

【注釋】❶賊　指佔據漢中郡的張魯。據《三國志・魏書・武帝紀》，曹操建安二十年四月西征張魯，七月攻破陽平關，斬將楊任，入漢中治所南鄭（今陝西漢中東）。十一月，張魯率部投降。❷情奓意奢　形容曹軍獲勝之後官兵的情意激奮。奓，通「侈」。張溥本奓作侈。❸得九月二十日書　曹丕九月二十日的來信已佚，李善注引有殘句二則，其一：「今魯包凶邪之心，肆蠱惑之政。天兵神拊，師徒無暴，樵牧不臨。」其二：「今魯罪兼苗、桀，惡稔厲、莽，縱使宋翟妙機械之巧，田單騁奔牛之誑，孫吳勒八陣之變，猶無益也。」❹老

夫　曹洪自稱。本文實為陳琳代洪而作。李善注引曹丕〈陳琳集序〉曰：「上平定漢中，族父都護還書與余，盛稱彼方土地形勢。觀其辭，如（胡克家《文選考異》：「何校如改知，陳同，是也。各本皆譌。」）陳琳所敘為也。」❺漢中　郡名，位於陝西南部，治所在南鄭。❻四嶽　指東嶽泰山，西嶽華山，南嶽衡山，北嶽恆山。❼三塗　指太行、轘轅、崤澠三座大山。《左傳．昭公四年》：「四嶽三塗……九州之險也。」❽兕　雌性犀牛。❾魯縞　魯地生產的細絹。❿王者之師二句　《漢書．嚴助傳》載淮南王安上書曰：「臣聞天子之兵有征而無戰，言莫敢校也。」⓫蠻夷猾夏　蠻夷異族竄擾華夏。蠻夷，古代泛指華夏中原民族以外的少數民族。猾，擾亂。《書．舜典》：「蠻夷猾夏，寇賊奸宄。」⓬周宣　指西周時宣王靜。周宣王任用賢臣，北征玁狁，南征荊蠻、淮夷、徐戎，舊史稱為中興之君。⓭大邦　指西周政權。《詩．小雅．采芑》：「蠢爾荊蠻，大邦為仇。」⓮來命　指曹丕的來信，參見注❸其一。⓯曠蕩　廣闊無邊。⓰苗　古代部族名，亦稱三苗。《書．大禹謨》：「帝曰：『諮禹，惟時有苗弗率，汝徂征。』禹乃會羣后……三旬，苗民逆（韓按：逆訓為受）命。」⓱扈　古國名，在今陝西鄠邑一帶。《書．甘誓》：「啟與有扈戰于甘之野。」孔傳：「有扈，國名，與夏同姓。」⓲鬼方　殷、周時西北方部族名，居於岐山以西，汧水、隴山之間。⓳聾昧　愚昧無知。《左傳．僖公二十四年》：「即聾從昧，與頑用嚚，奸之大者也。」⓴崇虎　指崇侯虎，為古代崇國的首領。㉑殷辛　殷紂王帝辛。㉒下科　下等。㉓高宗　殷王武丁的年號，史稱武丁為殷商的中興之君。《易．既濟．九三》：「高宗伐鬼方，三年克之。」㉔文王　指周文王。《左傳．僖公十九年》：「文王聞崇德亂而伐之，軍三旬而不降。退修教而復伐之，因壘而降。」㉕盟津　同「孟津」。古地名，舊址在河南孟津東。㉖再駕　第二次啟動車駕。據《史記．周本紀》，武王九年，興師至孟津以觀兵，有八百諸侯相助，武王認為時機不成熟而歸。十一年十二月，武王聞紂昏亂暴虐，再次興師渡孟津，諸侯皆助，遂有牧野之役而滅殷。㉗殪　滅絕。㉘未　原無未字，據《文選》五臣注本補。㉙來示　指曹丕的來信，見注❸其二。㉚稔　事物醞釀成熟。㉛孫田墨翟　指孫武、田單、墨翟、禽滑釐。其中，孫武為春秋時齊國人，著名軍事家；田單為戰國時齊國人，曾固守即墨城，用火牛陣大破燕軍；墨翟為墨家學派的創始人（按：曹丕信中稱為宋翟），主張兼愛、非攻，善機械之巧；氂，通「釐」。禽滑釐為戰國時人，墨翟弟子，亦曾受業於子夏，為王者師。《墨子・公輸》：「子墨子曰：臣之弟子禽滑釐等三百人已持臣守圉之器在宋城上而待楚寇矣。」㉜三仁　指殷紂王時商朝的三位賢人微子、箕子、比干。㉝武王還師　謂周武王首次伐商事。據《史記・周本紀》，周武王首次會師孟津，其時三仁尚在殷朝，武王還師。不久，三仁皆去，武王便二次興師。㉞宮奇　指春秋時虞國大夫宮之奇。㉟戎　征伐。據《左傳・僖公五年》，晉獻公向虞君借路以伐虢國，宮之奇以「脣亡齒寒」的道理勸虞君不借路，虞君不聽。宮之奇率族人離開虞國之後，晉師滅虢，回師時亦滅虞。㊱季梁　春秋時隨國賢臣。據《左傳・桓公六年》，楚武王侵襲隨國，從鬭伯比計，用疲弱的士卒矇騙隨國少師以驕縱隨君，季梁勸隨君修政以待，楚師遂退軍。㊲絀　貶斥廢退。㊳墨子之守五句　據《墨子・公輸》，公輸盤（盤或作般、或作班）為楚王造雲梯等攻城之械以攻宋，墨子前往勸阻，解下腰帶為城牆，以小木札代為樓櫓等守城之械，與公輸盤較量攻守之巧，結果公輸盤計窮，楚王遂罷攻宋之謀。縈，回繞。簪，筷子。㊴距陽平　拒守陽平關。距，通「拒」。陽平，陽平關，在今陝西勉縣西。建安二十年七月，曹操率軍抵達陽平關。張魯派其弟張衛及其將楊昂據守，被曹軍攻破。㊵石門　石門關，在漢中郡的西部。㊶攄八陣之列　擺布諸種兵陣的戰列。攄，布。八陣，八種兵陣。李善注引《雜兵書》稱八陣為：方陣、圓陣、牝陣、牡陣、衝陣、輪陣、浮沮陣、雁行陣。㊷奔牛之權　指田單火牛陣縱放犛牛的計謀。㊸魚爛　魚的腐爛由內中開始，此喻張魯軍隊內部混亂。㊹公輸　即公輸盤，事見注㊳。㊺樂毅　戰國時燕國名將，率軍伐齊，攻克七十餘城，只是即墨和莒二城未克。㊻高唐　春秋時齊邑名，故址在今山東禹城西南，歌手緜駒曾居此。㊼王豹　春秋時衛國善歌的人，曾居於淇水之濱。《孟子・告子下》：「昔者王豹處於淇，而河西善謳；緜駒處於高唐，而齊右善歌。」李善注稱「此文當『過高唐者，效緜駒之歌』，但文人用之誤。」㊽睢渙　二古水名。睢水在河南境，渙水出河南陳留。李善注：「《陳留記》曰：『襄邑，渙水出其南，睢水經其北。』《傳》云：『睢渙之間出文章，故其黼黻絺繡，日月華蟲，以奉宗廟御服焉。』」㊾藻繢　同「藻繪」。指具有文采飾物的禮服。㊿間　近來。51益部　指益州，其時漢中郡屬益州。52司馬楊王　指司馬相如、楊雄（古書多作揚雄）、王褒，三人均為漢代著名文人，且為益州人。53子勝　其人不詳。李善注認為即戰國時學者告子，今暫從。告子，即告不害，與孟子多有論難，詳見《孟子．告子》。《墨子．公孟》：「告子言談甚辨，言仁義而不吾毀。」54斐然　強進之貌。55家丘　即東家丘，指孔丘。相傳孔子的西鄰不知孔子的才學，徑稱為東家丘。後喻不識博學之人。56倩人　請人代作。倩，假借為請。蓋曹丕來信稱洪上封去信是他人代作。57綠驥垂耳於林坰　綠耳、赤驥垂耳鬱志於郊外原野。綠驥，指綠耳和赤驥，古駿馬名，並為周穆王八駿之一，日行千里。垂耳，謂馬鬱鬱不得志的神態。林坰，郊外的原野。《爾雅．釋地》：「郊外謂之牧，牧外謂之野，野外謂之林，林外謂之坰。」58汙池　園囿中的蓄水池。59褻　輕慢。60廄　馬棚。61下乘　下等馬。62蘭筋　馬目上筋名。李善注引《相馬經》云：「一筋從玄中出，謂之蘭筋。玄中者，目上陷如井字。蘭筋豎者千里。」63翮　羽莖，也代指鳥翼。64翰　鳥羽。65晨風　猛禽，指鸇。66假　借。67六駮　傳說中獸名。《爾雅．釋畜》：「駮如馬，倨牙，食虎豹。」68丘言　一本無丘言二字。丘，東家丘，此為曹洪自嘲之語。69噱　大笑。

【語　譯】十一月五日，曹洪稟白：先前首戰大破魯賊，群情激昂眾意振奮，陳說戰事頗有誇大其實。得您九月二十日來信，讀後心喜顏笑，把撫玩味不以為厭。亦想命陳琳作一回信。恰值陳琳當時多有公事，不能得空代作。思念期望之情越遠越覺歡愛，所以勉身竭盡我的文思。鄙辭繁多不可一一剔除，粗陳略舉大要綱目，以此權當談笑。

漢中地形山勢，實為險阻堅固之地，四嶽三塗之險，均不可比及呀。敵方有精銳甲卒數萬人，居臨高壘扼守險要，一人揮動長戟，萬人無法前進。然而我軍過此，就像駭突的鯨鯢衝決細網，就像狂奔的兕犀觸撞魯縞，亦不足以比喻其容易。雖有人說「帝王的軍隊，僅有征行不須血戰」，但是不行道義而稱強為惡的事，古時常有。因此唐堯虞舜之世，蠻夷異族竄擾華夏；周宣王的中興盛世，(蠻夷) 亦與強大的周邦為仇。《詩》、《書》對此的讚歎與記載，是在說明戰勝蠻夷的艱難。這都是憑藉險阻倚恃遙遠，所以使得他們如此作惡為患。因此，察看這裡的地勢，可以說讓那中等才能的人據守這裡，大概也是難以迅速攻破的。來信之中陳述他們妖邪惑眾的罪狀，敘述我軍曠達浩蕩的恩德，難道不是十分信實的嗎？這就是夏桀、殷紂之所以喪亡，三苗、扈國之所以斃命；我軍之所以克勝，敵人之所以失敗的原因。如果不是這樣，商、周之軍為什麼會所向無敵呢？從前鬼方蠻族愚昧為亂，崇侯虎讒邪兇頑，殷紂帝辛殘暴肆虐，他們三者都是才智下等的人。然而高宗尚有三年的征戰，文王有退修禮教的軍行，武王有第二次駕臨孟津的役事，然後方能殪滅頑戎克勝殷商，獲有如此武功。哪有像今天這樣的，如飛星流逝，如日光彙集，如飆風狂奪，如雷霆電擊，長足驅馳山河之間，早晨兵至傍晚告捷的壯舉。由此看來，彼方之敵確實不及下愚之輩，而中等才智之人的守備，不至於如此，是很明顯的啦。在中等才智的人看來則亦會說不至於如此。

然而來信卻認為敵賊的惡戾已經形成，即使有孫武、田單、墨翟、禽滑釐，仍然不可挽救，我私下裡又有了疑惑。為什麼呢？古人使用軍兵，敵方雖有動亂，如果尚有賢人能士在其間，則不發兵征伐。所以三位仁人尚未離殷，則周武王收兵還師；宮之奇尚在虞國，晉國便不加征伐；季梁尚在隨國，強大的楚國亦挫縮其陰謀。及至眾位賢人奔亡廢退，三個國家都成為廢墟。這說明其國雖無道義卻有賢人，尚可救治。況且有墨子的守備之巧，環繞腰帶作為城垣，便高聳而不可攀登；折斷筷子作為守城之械，便堅固而不可突入。假若他們拒守陽平關之險，依據石門關之要，擺布諸種兵陣的戰列，馳騁奔牛衝殺的權謀，怎麼會情願如土崩潰如魚自爛呢？假若守城據險並無巧拙之分，攻者皆可攀援引附而上，則公輸盤已經登上宋國之城，樂毅已經攻拔即墨啦。墨翟的守城之術如何能獲稱譽？田單的破燕之智如何能受貴崇？老夫才思不敏，在這之前還沒有聽說。

我聽說路過高唐的人，效仿王豹的歌謳；遊歷睢水、渙水的人，學習華藻服飾的文采。最近己身進入益州，敬仰司馬相如、楊雄、王褒的遺采文風，亦有了子勝勉力述作的心志，所以盡力奮揚文辭言藻，顯與他日不同。怪異而輕視於我，稱之為請人代作書信，這是什麼話呢？綠耳、赤驥垂耳鬱志於郊外原野，鴻雁孔雀收戢雙翼於蓄水清池，輕慢的人一定會認為是園林苑囿中的平凡之鳥，外間馬棚的下等之馬。及至牠們整飭蘭筋，奮揮勁翼，陵升高厲於清潔浮雲，還顧流盼那千里山野，難道可以說牠們借翰羽於兇禽晨風，借勁足於猛獸六駮嗎？恐怕您仍然不信我的話，一定會放聲大笑了。曹洪稟白。

【研　析】本文為陳琳代曹洪所作，文中主旨當稟承曹洪之意。然而，文章的語勢奔放，筆潤辭神，卻見陳琳的寫作功力。全文豪爽樂觀，氣正意暢，頗現得勝之師的喜悅與曹洪的武將雄風，亦充分反映出陳琳生活後期的文思穩健與筆力雄渾。

【題解】韋端，字林甫，卒年不詳，事見孔融〈與韋林甫書〉題解。

撰勒❶洪伐❷，式昭❸德音❹。

《文選・張協・七命》注

【注釋】❶撰勒　撰文刻石。❷洪伐　大功。❸式昭　用以彰顯。❹德音　美好的聲譽。

【語譯】撰寫刻製碑文記載豐功偉業，用以昭顯佳美德音。

附：檄吳將校部曲文

年月朔日子，尚書令彧，告江東諸將校部曲，及孫權宗親中外：

蓋聞禍福無門，惟人所召。夫見機而作，不處凶危，上聖之明也；臨事制變，困而能通，智者之慮也；漸漬荒沉，往而不反，下愚之蔽也。是以大雅君子於安思危，以遠咎悔；小人臨禍懷佚，以待死亡。二者之量，不亦殊乎！孫權小子，未辨菽麥。要領不足以膏齊斧，名字不足以洿簡墨。譬猶鷇卵，始生翰毛，而便陸梁放肆，顧行吠主。謂為舟楫足以距皇威，江湖可以逃靈誅。不知天網設張，以在綱目；爨鑊之魚，期於消爛也。若使水而可恃，則洞庭無三苗之墟，子陽無荊門之敗，朝鮮之壘不刊，南越之旍不拔。昔夫差承闔閭之遠跡，用申胥之訓兵，棲越會稽，可謂強矣。及其抗衡上國，與晉爭長，都城屠於勾踐，武卒散於黃池，終於覆滅，身罄越軍。及吳王濞，驕恣屈強，猖猾始亂，自以兵強國富，勢陵京城。太尉帥師，甫下滎陽，則七國之軍瓦解冰泮，濞之罵言未絕於口，而丹徒之刃以陷其胸。何則？天威不可當，而悖逆之罪重也，且江湖之眾不足恃也。

自董卓作亂，以迄於今，將三十載。其間豪桀縱橫，熊據虎跱，強如二袁，勇如呂布，跨州連郡，有威有名，十有餘輩。其餘鋒捍特起，鷙視狼顧，爭為梟雄者，不可勝數。然皆伏鈇嬰鉞，首腰分離，雲散原燎，罔有孑遺。近者關中諸將，復相合聚，續為叛亂。阻二華，據河渭，驅率羌胡，齊鋒東向，氣高志遠，似若無敵。丞相秉鉞鷹揚，順風烈火，元戎啟行，未鼓而破，伏尸千萬，流血漂櫓，此皆天下所共知也。是後大軍所以臨江而不濟者，以韓約馬超，逋逸迸脫，走還涼州，復欲鳴吠。逆賊宋建，僭號河首，同惡相救，並為脣齒。又鎮南將軍張魯，負固不恭。皆我王誅所當先加，故且觀兵旋師。復整六師，長驅西征，致天下誅。偏將涉隴，則建、約梟夷，旍首萬里；軍入散關，則羣氏率服，王侯豪帥，奔走前驅；進臨漢中，則陽平不守，十萬之師，土崩魚爛，張魯逋竄，走入巴中，懷恩悔過，委質還降。巴夷王朴胡，賨邑侯杜濩，各帥種落，共舉巴郡，以奉王職。鉦鼓一動，二方俱定，利盡西海，兵不鈍鋒。若此之事，皆上天威明，社稷神武，非徒人力所能立也。聖朝寬仁覆載，允信允文，大啟爵命，以示四方。魯及胡、濩，皆享萬戶之封。魯之五子，各受千室之邑。胡、濩子弟部曲將校，為列侯、將軍已下，千有餘人。百姓安堵，四民反業。

而建、約之屬皆為鯨鯢，超之妻孥焚首金城，父母嬰孩覆尸許市。非國家鍾禍於彼，降福於此也。逆順之分，不得不然。

夫鷙鳥之擊先高，攫鷙之勢也。牧野之威，孟津之退也。今者枳棘翦扞，戎夏以清。萬里肅齊，六師無事。故大舉天師百萬之眾，與匈奴南單于呼完廚，及六郡烏桓、丁令屠各、湟中羌僰，霆奮席捲，自壽春而南。又使征西將軍夏侯淵等，率精甲五萬，及武都氐羌，巴漢銳卒，南臨汶江，搤據庸蜀。江夏、襄陽諸軍，橫截湘、沅，以臨豫章。樓船橫海之師，直指吳會。萬里剋期，五道並入。權之期命，於是至矣。丞相銜奉國威，為民除害，元惡大憝，必當梟夷。至於枝附葉從，皆非詔書所特禽疾，故每破滅強敵，未嘗不務在先降後誅，拔將取才，各盡其用。是以立功之士莫不翹足引領，望風響應。昔袁術僭逆，王誅將加，則廬江太守劉勳先舉其郡，還歸國家。呂布作亂，師臨下邳，張遼侯成，率眾出降。還討眭固，薛洪、繆尚開城就化。官渡之役，則張郃、高奐舉事立功。後討袁尚，則都督將軍馬延、故豫州刺史陰夔、射聲校尉郭昭臨陣來降。圍守鄴城，則將軍蘇游反為內應，審配兄子開門入兵。既誅袁譚，則幽州大將焦觸攻逐袁熙，舉事來服。凡此之輩數百人，皆忠壯果烈，有智有仁，悉與丞相參圖畫策，折衝討難，芟敵搴旗，靜安海內，豈輕舉措也哉？誠乃天啟其心，計深慮遠。審邪正之津，明可否之分，勇不虛死，節不苟立，屈伸變化，唯道所存。故乃建丘山之功，享不訾之祿。朝為仇虜，夕為上將。所謂臨難知變，轉禍為福者也。若夫說誘甘言，懷寶小惠，泥滯苟且，沒而不覺，隨波漂流，與熛俱滅者，亦甚眾多。吉凶得失，豈不哀哉！

昔歲軍在漢中，東西懸隔，合肥遺守，不滿五千。權親以數萬之眾，破敗奔走。今乃欲當禦雷霆，難以冀矣。夫天道助順，人道助信。事上之謂義，親親之謂仁。盛孝章，君也，而權誅之。孫輔，兄也，而權殺之。賊義殘仁，莫斯為甚。乃神靈之逋罪，下民所同仇。辜仇之人，謂之凶賊。是故伊摯去夏，不為傷德；飛廉死紂，不可謂賢。何者？去就之道各有宜也。丞相深惟江東舊德名臣，多在載籍。近魏叔英秀出高峙，著名海內。虞文繡砥礪清節，耽學好古。周泰明當世雋彥，德行修明。皆宜膺受多福，保乂子孫。而周盛門戶無辜被戮，遺類流離，湮沒林莽。言之可為愴然。聞魏周榮、虞仲翔各紹堂構，能負析薪。及吳諸顧、陸舊族長者，世有高位，當報漢德，顯祖揚名。及諸將校，孫權婚親，皆我國家良寶利器，而並見驅迮，雨絕於天，有斧無柯，何以自濟？相隨顛沒，不亦哀乎！

蓋鳳鳴高岡以遠罻羅，聖賢之德也；鷦鳩之鳥巢於葦苕，苕搯子破，下愚之惑也。今江東之地無異葦苕，諸賢處之，信亦危矣。聖朝開弘曠蕩，重惜民命，誅在一人，與眾無忌。故設非常之賞，以待非常之功。乃霸夫烈士奮命之良時也，可不勉乎？若能翻然大舉，建立元勳，以應顯祿，福之上也。如其未能，筭量大小，以存易亡，亦其次也。夫係蹄在足，則猛虎絕其蹯；蝮蛇在手，則壯士斷其節。何則？以其所全者重，以其所棄者輕。若乃樂禍懷寧，迷而忘復，暗〈大雅〉之所保，背先賢之去就，忽朝陽之安，甘折苕之末，日忘一日，以至覆沒。大兵一放，玉石俱碎，雖欲救之，亦無及已。故令往購募爵賞，科條如左。檄到，詳思至言。如詔律令。

《文選》四十四

淩廷堪：書陳琳檄吳文後

陳孔璋〈檄吳將校部曲文〉，僅見於《昭明文選》中，《三國志》及裴注皆未之載也。案〈魏志・武帝紀〉，建安十七年，「冬十月，公征孫權」。又十九年，「秋七月，公征孫權」。又二十一年，「冬十月，治兵，遂征孫權」。此檄但云「年月朔日」，而不明指何年。案〈魏志・荀彧傳〉，建安十七年，太祖征孫權，彧疾，留壽春，薨，時年五十。而此檄首稱「尚書令彧告江東諸將校部曲」，則是荀彧尚存，其為建安十七年征權時無疑也。然檄中所云，如「偏師涉隴，則建、約梟夷」，案〈魏志・武帝紀〉，遣夏侯淵討斬宋建，則建安十九年冬十月事也；西平金城諸將斬送韓約首，則建安二十年五月事也。又云「軍入散關，則羣氐率服」，「進臨漢中，則陽平不守」，案〈魏志・武帝紀〉，公出散關，氐王竇茂恃險不服，公攻屠之，亦建安二十年五月事也；公至陽平，則建安二十年秋七月事也。又云「張魯逋竄，走入巴中，懷恩悔過，委質還降」，案〈魏志・武帝紀〉，魯潰，奔巴中，亦建安二十年秋七月事也；魯自巴中將其餘眾降，則建安二十年十一月事也。又云「巴夷王朴胡、賨邑侯杜濩，各率種落，以奉王職」，案〈魏志・武帝紀〉，巴七姓夷王朴胡、賨邑侯杜濩，舉巴夷賨民來附，則建安二十年九月事也。又云「超之妻孥焚首金城」，案〈魏志・武帝紀〉，南安趙衢、漢陽尹奉討馬超，梟其妻子，則建安十九年春正月事也。又云「與匈奴南單于呼完廚」，案〈魏志・武帝紀〉，匈奴南單于呼廚泉來朝，待以客禮，遂留魏，則建安二十一年秋七月事也。又云「使征西將軍夏侯淵等」，案〈魏志・夏侯淵傳〉，建安十七年，以淵行護軍將軍屯長安；至於拜征西將軍，則建安二十一年事也。又云「合肥遺守，不滿五千。權親以數萬之眾，破敗奔走」，案〈吳志・孫權傳〉，權征合肥未下，撤軍還，為魏將張遼所襲，則建安二十年事也。凡此皆在建安十七年荀彧既薨之後，未審檄文何以詳載之？若云是建安二十一年征吳之檄，則距荀彧之薨已五年，檄首不應仍稱「尚書令彧」也。竊恐彧字或誤，然李善所見本已是彧字，故注引〈魏志・荀彧傳〉以證之，未必誤也。豈孔璋此檄是齊梁文士所擬作，而昭明遂取以入選歟？不然，承祚、少期何以不錄也？而邵子湘評阮元瑜〈為曹公與孫權書〉云：「孔璋之檄，乘勢恐喝耳。此書當敗軍之後，有倍難於措辭者。」竟以為在建安十三年下荊州時，益陋不足辨矣。

王粲集

登樓賦

【題　解】王粲所登之樓共有三說：一在當陽。李善注引盛弘之《荊州記》：「當陽縣城樓，王仲宣登之而作賦。」二在江陵。《文選》六臣注本劉良注：「仲宣避難荊州，依劉表，遂登江陵城樓，因懷歸而有此作，述其進退危懼狀。」三在麥城。《水經・沮水》注：「沮水又南徑楚昭王墓，東對麥城，故王仲宣之賦〈登樓〉云『西接昭丘』是也。」又〈漳水〉注：「漳水又南徑當陽縣，又南徑于麥城東，王仲宣登其東南隅，臨漳水而賦之曰『夾清漳之通浦，倚曲沮之長洲』是也。」《元和郡縣圖志》：「麥城，在（當陽）縣東五十里。關羽保麥城，在沮、漳二水之間，王粲于此登樓而賦曰『挾清漳之通浦……』是也。」俞紹初主麥城說（見其校點《王粲集》附〈王粲年譜〉）。細考賦文，俞說是。俞氏又認為此賦作於建安十三年新附曹操之後，於長阪大捷而得暇於道中，登麥城之樓，從容作賦。此說不妥。考文中愁情濃郁，懷歸心切，既已降曹，何須再引孔子「歸歟」之歎；文句從容舒緩，且望且思，所見一片太平，毫無戰事意味，顯與曹軍南下時的氣氛不合。此文當作於王粲歸曹之前，繆鉞《王粲行年考》認為「此賦之作當在建安十一、二年間」，較為妥貼。

登茲樓以四望兮，聊暇日以銷憂。覽斯宇之所處兮，實顯敞而寡仇。挾❶清漳❷之通浦❸兮，倚曲沮❹之長洲❺。背墳衍❻之廣陸兮，臨皋隰❼之沃流❽。北彌陶牧❾，西接昭丘❿。華實蔽野，黍稷⓫盈疇⓬。雖信美而非吾土兮，曾何足以少留！遭紛濁⓭而遷逝⓮兮，漫⓯踰紀⓰以迄今。情眷眷⓱而懷⓲歸兮，孰憂思之可任⓳？憑軒檻⓴以遙望兮，向北風而開襟。平原遠而極目兮，蔽荊山㉑之高岑㉒。路逶迤㉓而修迥㉔兮，川既漾㉕而濟㉖深。悲舊鄉之壅隔㉗兮，涕橫墜㉘而弗禁。昔尼父㉙之在陳兮，有「歸歟」之歎音。鍾儀幽而楚奏㉚兮，莊舄顯而越吟㉛。人情同於懷土兮，豈窮達㉜而異心？惟日月之逾邁兮，俟河清其未極㉝。冀王道之一平兮，假高衢㉞而騁力。懼匏瓜之徒懸兮，畏井渫之莫食㉟。步棲遲㊱以徙倚㊲兮，白日忽其將匿。風蕭瑟㊳而並興兮，天慘慘㊴而無色。獸狂顧㊵以求羣兮，鳥相鳴而舉翼。原野闃㊶其無人兮，征夫行而未息。心悽愴㊷以感發兮，意忉怛㊸而憯惻㊹。循階除㊺而下降兮，氣交憤於胸臆㊻。夜參半㊼而不寐兮，悵盤桓以反側㊽。

【注釋】❶挾　在旁曰挾。❷漳　漳水，出臨沮縣東荊山，流經麥城東側。❸浦　小河入大河處。❹沮　沮水，出房陵縣，流經麥城西，又南流數十里與漳水合。❺洲　水中陸地。❻墳衍　指高地和平地。❼皋隰　水邊低溼之地。❽沃流　可供澆灌的河流。❾北彌陶牧　北面遙接陶朱公宛城的郊野。彌，連接。陶，陶朱公范蠡。牧，城邑郊外。《史記・越王句踐世家》正義引盛弘之《荊州記》：「范蠡本宛三戶人，與文種俱入越。吳亡後，自適齊而終。」宛縣是南陽郡治所，東漢時為五都之一，位於麥城正北，則本句「陶牧」當指陶朱公范蠡家鄉宛縣的郊外。❿昭丘　春秋時楚昭王之墓。李善注引《荊州圖記》：「當陽東南七十里有楚昭王墓。」考麥城在當陽縣東五十里，則楚昭王墓在麥城東邊不遠。范蠡為功成身退的名士，昭王為重整楚國的能君，王粲寫此二人，亦有企慕之意。⓫黍稷　泛指農作物。⓬疇　耕治之田。⓭紛濁　喻亂世。⓮遷逝　遷徙流亡，此指作者避難荊州。⓯漫　長久。⓰紀　十二年。⓱眷眷　依戀嚮往貌。⓲懷　思。⓳任　承受。⓴軒檻　樓上的窗戶和欄杆。㉑荊山　在湖北南漳，位於麥城之北。㉒岑　小而高的山。㉓逶迤　長而曲折貌。㉔修迥　長遠。㉕漾　水流長遠貌。㉖濟　與深義同。㉗壅隔　阻塞隔絕。㉘横墜　零亂地墜落下來。㉙尼父　指孔子。孔子周遊列國，至陳國斷糧，思歸而發「歸歟」之歎，事見《論語・公冶長》。㉚鍾儀幽而楚奏　鍾儀身為囚徒而彈奏楚調。鍾儀，春秋時楚國人，被鄭人俘虜而獻於晉，晉侯命其彈琴，所奏皆為楚國之樂，顯示其不忘故國之意。事見《左傳・成公九年》。幽，囚禁。㉛莊舄顯而越吟　莊舄位居高官而用越語誦吟。莊舄，本為越國貧民，後來在楚國作高官。一次舄生病，楚王派人探察其是否有思越之情，見舄以越語吟唱。事見《史記・張儀列傳》。顯，富貴。此處王粲以鍾儀、莊舄自喻，謂己客居他鄉，時刻不忘故土。㉜窮達　指人生的困頓與顯達。㉝惟日月之逾邁兮二句　《文選・張衡・思玄賦》：「天長地久歲不留，俟河之清祇懷憂。」與這二句之情相似。逾邁，行進。俟，待。此用《左傳・襄公八年》「俟河之清，人壽幾何」之語，相傳黃河水一千年清一次，後以河清喻太平盛世。極，至。㉞高衢　高高的通達之路，比喻高官要職。㉟懼匏瓜之徒懸兮二句　王粲此二句是在擔心自己德才兼備而不被當世所用。匏瓜，葫蘆。此用《論語・陽貨》「子曰：吾豈匏瓜也哉，焉能繫而不食」之語。渫，淘井。此用《易・井》「井渫不食，為我心惻」之語。㊱棲遲　止息。㊲徙倚　徘徊。㊳蕭瑟　秋風聲。㊴慘慘　暗淡無光貌。㊵狂顧　慌張地環顧。㊶闃　寂靜。㊷悽愴　悲傷。㊸忉怛　憂愁不安貌。㊹憯惻　慘痛悲傷。㊺階除　樓梯。㊻臆　同「胸」。㊼夜參半　謂直到半夜。㊽反側　翻來覆去，形容坐臥不安。

【語譯】登上此樓舉目四望啊，姑且在暇日中銷解憂愁。觀覽這座樓宇的所處勝境啊，實在是高顯敞亮而罕有匹儔。側依著清澈漳水的通暢浦口啊，倚傍著彎曲沮水的長形水洲。背後是高高低低的廣闊陸地啊，面臨著低窪溼地的肥沃水流。北面遙接陶公宛城的郊野，西面相連昭王墳丘。繁花碩果遮蔽原野，各種作物充盈田疇。雖然此地的確美好卻不是我的家鄉啊，怎麼值得我作片刻的停留！遭逢社會動亂而遷徙流亡啊，漫長之中竟超過了十二年以至於今。情意眷眷思念著回歸故土啊，誰能禁受得了這濃郁的憂思？憑依著軒檻舉目遠看啊，迎著北風張開衣襟。平原遠闊而極目眺望啊，卻被荊山的高嶺遮蔽。道路蜿蜒而迴遠啊，河流綿長而弘深。悲傷故鄉的壅阻隔絕啊，淚水橫流而無法抑止。從前孔子在陳國之時啊，曾有「回歸啊」的歎傷之音。鍾儀身為囚徒而彈奏楚調啊，莊舄位居高官而用越語誦吟。人情在思念故鄉方面是相同的啊，怎能因境遇的窮達而有二心？日月時光在不斷流逝啊，期待著黃河水清卻佳時不至。盼望著聖王之道的一統清平啊，借助那高衢大道以施展才力。擔心那美好的匏瓜白白空懸啊，懼怕那井水淘清了卻無人取食。腳步時而停息時而徘徊啊，白日在不覺之中將要西落。風聲蕭瑟四面俱起啊，天空慘澹無光無色。野獸慌張四顧而求其群類啊，飛鳥相互呼鳴而舉翼同飛。原野寂靜已無人影啊，行人趕路卻未止息。心中淒苦萬感俱發啊，情意哀愁慘痛悲傷。順著樓梯緩緩走下啊，鬱悶之氣在胸中交加聚積。夜已至半卻不能入睡啊，惆悵盤桓而反側不安。

【研　析】作者登樓欲銷愁，結果反使愁更愁。其愁何在，一為長年流離，思念故鄉；一為國亂未息，雄才不展。歸鄉無路，報國無門，而時光卻在飛速流逝，使得作者思緒萬千，不能自拔。這種情感，明顯地帶有漢末社會動亂的陰影，也充分顯示了作者的人格情趣。全文所見所感交融，現實往昔並述，有著廣闊的時空感受，亦有著細膩的心理刻劃，歷代文士均稱之為佳作。

遊海賦

【題　解】王粲並未親遊大海，亦未親臨會稽山，則此賦乃神遊述志之作。曹丕有〈滄海賦〉，文中盛譽大海的雄姿與海中的奇珍。幾番品味，丕、粲二賦旨意有別。疑粲文作於歸曹之前。

〔含精純之至道❶兮，將輕舉而高厲❷。遊余心以廣觀兮，且彷徉❸乎西裔❹。〕乘菌桂❺之方舟❻、〔晨鳧❼之舸❽，〕浮大江❾而遙逝。翼❿驚風⓫而長驅⓬，集⓭會稽⓮而一憩⓯。登陰隅⓰以東望，覽滄海之體勢。吐星出日⑰，天與水際⑱。其深不測，其廣無臬⑲。〔尋之冥地⑳，不見涯泄㉑。〕章亥㉒所不極，盧敖㉓所不居㉔。〔洪洪洋洋㉕，誠不可度㉖也。〕處嵎夷㉗之正位兮，同色號㉘於穹蒼。苞納汙之弘量，正㉙宗廟之紀綱。總眾流而臣下，為百谷之君王。〕〔洪濤奮蕩，大浪踴躍，山隆谷窳㉚，宛亶㉛相搏。〕懷珍藏寶，神隱怪匿。或無氣而能行，或含血而不食。或有葉而無根，或能飛而無翼。烏則爰居㉜孔鵠㉝，翡翠㉞鷫鷞㉟，繽紛㊱往來，沉浮翱翔。魚則橫尾曲頭，方目偃頷，大者若山陵，小者重鈞石㊲。乃有賁蛟㊳大貝，明月夜光㊴；蠵㊵鼊㊶玳瑁㊷，金質黑章㊸。若夫長洲㊹別島㊺，旗㊻布星峙㊼，高或萬尋，近或千里。桂林㊽叢乎其上，珊瑚㊾周乎其趾㊿。羣犀代角(51)，巨象解齒(52)。黃金碧玉，名不可紀。

《藝文類聚》八

【注釋】❶至道　猶謂至德。《賈子・道德論》：「道者，德之本也。」以下四句據《初學記》六補。❷高

厲　高飛。❸彷徉　遊蕩。屈原〈遠遊〉：「聊彷徉而逍遙兮。」❹西裔　西方。宋玉〈招魂〉：「西方……彷徉無所倚，廣大無所極些。」王粲遊海之前先赴西方，是為遊海作一鋪墊。嚴本西裔作四裔，似誤。❺菌桂　木名。晉嵇含《南方草木狀》：「桂有三種……葉似柿葉者為菌桂。」屈原〈九歌・湘君〉：「沛吾乘兮桂舟。」五臣注：「舟用桂者，取香潔之異。」《初學記》六菌桂作蘭桂。❻方舟　兩舟相並。❼晨鳧　野鴨，此用為船名。本句據《太平御覽》七百七十補。《御覽》題為〈海賦〉，所引上句無「方」字。❽舸　大船。《方言》第九：「南楚、江、湘，凡船大者謂之舸。」❾大江　此似指長江。❿翼　承接。⓫驚風　狂風。⓬長驅　遠行。⓭集　停留。⓮會稽　山名，在今浙江紹興東南，傳說秦始皇登此山以望東海。⓯憩　休息。憩原作晲，據《北堂書鈔》一百三十五改。⓰陰隅　山的北麓。⓱吐星出日　謂大海能夠吐出星日。地球向東自轉，古人東望大海，故有日星出於其中之說。⓲際　會合。《易・泰・象》：「无往不復，天地際也。」⓳臬　終極。⓴冥地　海域。冥，通「溟」。指大海。以下二句據《初學記》六補。㉑涯泄　邊際。㉒章亥　指太章和豎亥，為傳說中的二位善走的人，曾分別由南到北、由北到南步行天下，各走了二億三萬三千五百里又七十五步，事見《淮南子・墬形訓》。㉓盧敖　秦時燕人，秦始皇召為博士，使入北海求神仙，敖亡而不返，事見《淮南子・道應訓》。㉔屆　至。㉕洪洪洋洋　海水洶湧廣大貌。以下八句據《初學記》六補。㉖度　同「渡」。㉗嵎夷　地名，傳說為太陽出升的地方。㉘號　標識。㉙正　正定。《管子・法法》：「正者所以正定萬物之命也。」㉚窳　通「窊」。指低下。洪濤奮蕩以下四句據《文選・郭璞・江賦》注補。㉛宛亶　同「宛潬」。形容水勢綿遠。㉜爰居　海鳥名，古人以之為瑞鳥。《論衡・講瑞》：「鳥有爰居。」㉝孔鵠　同「鴻鵠」、「黃鵠」。指天鵝。《戰國策・楚策四》：「(黃鵠)游於江海。」㉞翡翠　鳥名，也叫翠雀，羽毛美麗，可為飾品。㉟鷫鸘　同「鷫鷞」。水鳥名，長頸綠身，其羽毛可製裘。㊱繽紛　形容毛色豔麗的鳥眾多翻飛。㊲鈞石　古代重量單位。《漢書・律曆志上》：「三十斤為鈞，四鈞為石。」㊳賁蛟　古時傳說中的三隻足的龜和似龍的動物。㊴明月夜光　為夜明珠的不同名稱，古人相傳為鯨魚之目。㊵蠵　龜屬，似龜而大，甲似玳瑁而薄，且有文采。㊶鼊　龜屬，其形如笠，甲有黑珠，文采如玳瑁，肉肥美可食。㊷玳瑁　似龜的爬行動物，甲殼呈褐色或淡黃色，有黑斑，很光滑，可做裝飾品。㊸金質黑章　謂龜板為金黃的質地，上有黑色的花紋。㊹長洲　遠處的洲嶼。㊺別島　遠離海岸的孤島。㊻旗　古星名，《史記・天官書》：「東宮蒼龍……東北曲十二星曰旗。」此泛指眾星。㊼峙　聳立。㊽桂林　桂樹之林。《廣志》：「桂……其類自為林，間無雜樹。」㊾珊瑚　珊瑚蟲所分泌的石灰質骨骼，狀如樹枝，可製裝飾品。㊿跐　指島的外周接水處。51代角　換角。52解齒　脫齒。古人以犀角、象牙為珍貴的工藝品材料。

【語　譯】〔身懷精美純一的高尚美德啊，將要輕身騰舉而高飛遠行。逸娛我的情致而廣覽周觀啊，姑且彷徉遊蕩於遙遠的西方。〕乘著菌桂香木的方舟、〔名為晨鳧的大船，〕浮游滾滾大江而飄蕩遠逝。承接著狂風之力而長距離地航行，停留在會稽山下而稍作休息。登上山的北麓而向東眺望，飽覽滄茫大海的雄姿偉勢。噴吐眾星彤日，天水連成一片。海水之深不可探測，海水之廣沒有邊際。〔尋望這大海的遼闊水域，卻看不見它的邊緣終極。〕善走的太章、豎亥不能極至，求仙的盧敖不曾到此。〔洪洪洋洋的狂濤巨浪，的確是不可航渡。處於嵎夷所在的正東之位啊，混同色彩形姿於穹窿蒼天。包含著收納眾汙的巨大容量，正定著宗廟社稷的紀法綱常。總括眾流而使之為臣下，作為百川眾谷的尊嚴君王。〕〔狂濤奮騰蕩漾，大浪翻滾踴躍。像山隆起像谷低下，水勢綿遠且相搏相擊。〕懷藏奇珍異寶，隱匿神品靈物。有的沒有氣息卻能行走，有的含有血液卻不吞食。有的長有茂葉卻沒有根莖，有的能夠飛翔卻沒有翅膀。鳥類有爰居、黃鵠、翡翠、鷫鷞，眾多往來，翻飛翱翔。魚類則橫擺魚尾曲轉頭顱，方瞪雙目偃仰額頭，大的猶如山陵，小的重於鈞石。還有賁、蛟、大貝之寶，明月、夜光之珠；蠵、鼊、玳瑁，金黃的甲板閃綴著黑色的紋章。

再有那遠處的沙洲島嶼，像眾星那樣分布各處，高的達萬尋以上，近的在千里之外。桂林叢生在島嶼之上，珊瑚繞生在島嶼四周。成群的犀牛代謝其角，巨大的猛象解脫其齒。黃金、碧玉等各種珍寶，其名不可逐一詳記。

【研　析】古代文人，當其才智不得施展，多有遊思述志之作（如屈原的〈遠遊〉），王粲〈遊海賦〉便屬這類作品。首句的「含精純之至道兮，將輕舉而高厲」，正反映出王粲自覺德才兼備而不得重用，希望周遊天地之間以泄憂憤的寫作動因。那麼，王粲的高德大志是什麼呢？文中借頌讚大海作了一些交代，「處嵎夷之正位兮，同色號於穹蒼。苞納汙之弘量，正宗廟之紀綱。總眾流而臣下，為百谷之君王。」言外之意，是要整頓綱常，恢復社稷，重建被漢末大動亂摧破的封建秩序。文中列舉了一系列的奇寶異珍，既是要藉以緩解憂悶的心境，也是在為自己的美好志向作些鋪襯。文章在作者騰飛起伏的情感支配下，有聲勢，有氣魄，俊逸灑脫，多彩絢麗，反映了漢末大動亂年代中有志之士為結束戰亂，安定國家的志向和抱負。惜有佚缺，難窺全貌。

神女賦

【題　解】陳琳、應瑒均有同題之作，寫作背景相近，當為同時唱和之作。陳琳賦作於建安十三年曹軍南征劉表之時，則粲此文當為歸曹後不久的作品。

惟天地之普化，何產氣❶之淑真！陶陰陽之休液❷，育夭麗之神人。稟自然以絕俗，超希世而無羣。體纖約❸而才足❹，膚柔曼以豐盈。髮似玄鑒❺，鬢類刻成。〔質❻素純皓，粉黛❼不加。朱顏熙曜，曄❽若春華。口譬含丹，目若瀾波。美姿巧笑，靨輔❾奇牙。〕戴金羽之首飾，珥❿照夜之珠璫⓫。襲⓬羅綺之黼衣⓭，曳縟繡之華裳⓮。錯⓯繽紛以雜袿⓰，佩熠爚⓱而焜煌⓲。退變容而改服，冀致態以相移。〔登筵⓳對兮倚床垂，〕稅⓴衣裳兮免簪笄㉑，施華的㉒兮結羽儀㉓。揚娥㉔微眄㉕，懸㉖藐流離㉗。婉約㉘綺媚，舉動多宜。稱詩表志，安氣和聲㉙。探懷授心，發露幽情。彼佳人之難遇，真一遇而長別。顧㉚大罰之淫愆㉛，亦終身而不滅。心交戰而貞㉜勝，乃回意而自絕。

《藝文類聚》七十九

【注釋】❶氣　此就構成人體的精氣而言。古人認為氣是構成萬物的基礎。《易・繫辭上》：「精氣為物。」《論衡・自然》：「天地合氣，萬物自生。」❷陶陰陽之休液　化育了人體內外的美好津液。陶，化。陰陽，指人體的外現部分和內臟部分。《素問・金匱真言論》：「夫言人之陰陽，則外為陽，內為陰。」液，人體的津液，包括血液，唾液，精液，汗液等。《素問・調經論》：「人有精氣津液。」注：「液之滲於空竅。」❸纖約　纖細而美好，猶今語苗條。❹才足　剛好。❺玄鑒　黑色的鏡子，此在形容其髮油黑發亮。❻質　質地，此指皮膚。以下八句據《太平御覽》三百八十一補。❼粉黛　婦女化妝用的白粉和黑黛（青黑色顏料），白粉以敷面，黑黛以描眉。❽曄　光輝燦爛貌。❾靨輔　臉上的酒窩。《楚辭・大招》：「靨輔奇牙，宜笑嘕只。」❿珥　戴在耳上。⓫璫　耳珠。⓬襲　衣上加衣。⓭黼衣　繡有白黑色斧形花紋的禮服。⓮曳縟繡之華裳　拖垂著繪繡繁豔的華美裙裳。曳，拖垂。縟，色彩繁密之飾。裳，裙服。⓯錯　施設。⓰袿　婦人的上等服裝。⓱熠爚　明亮貌。⓲焜煌　光彩煥發貌。⓳筵　坐席。本句據《文選・潘岳・寡婦賦》注補。⓴稅　同「脫」。㉑簪笄　女子用以插挽頭髮的飾物，多以金玉製成。㉒的　女子面飾。《釋名・釋首飾》：「以丹注面曰的。」㉓羽儀　羽飾。㉔娥　娥眉，謂眉長而美。㉕盼　同「盼」。顧視。㉖懸　猶虛。㉗流離　光彩紛繁貌。㉘婉約　柔美。㉙稱詩表志二句　謂神女知詩曉樂。稱詩表志，稱述詩文以表達心志。《書・舜典》：「詩言志。」古詩皆可入樂。安氣，同「順氣」。指和順之氣。和聲，和諧的樂聲。《禮記・樂記》：「正聲感人而順氣應之，順氣成象而和樂興焉。」㉚顧　想到。㉛淫愆　貪色之罪。《左傳・成公二年》：「貪色為淫，淫為大罰。」㉜貞　正直純潔的品質。

【語　譯】這是天地自然的博大造化，產生的靈氣是何等的淑美純真！化育了人體內外的美好津液，培養出夭美豔麗的神姿佳人。具有天然資質而遠絕俗女，超遙希世而不與凡人同群。體態纖細苗條且恰恰剛好，皮膚柔美白膩又滋潤豐盈。頭髮好似黑色明鏡，雙鬢猶如刻劃而成。〔皮膚純素潔白，粉黛不需施加。紅顏明熙閃耀，燦燦猶如春花。嘴唇好似含丹，雙目就像流波。美姿嫣然一笑，酒窩映襯潔牙。〕頭插明金豔羽的首飾，耳戴明亮照夜的耳珠。身著綾羅織錦的黼衣，拖垂著繪繡繁豔的華裳。施設繽紛彩物以雜飾於袿，佩戴的珠寶明亮而輝煌。退身變更儀容而改換服飾，希望致以新的姿容使觀者移情。〔登上臥席對視啊倚著床帷垂眉，〕脫解黼衣華裳啊免去金簪玉笄，施加華豔紅的啊結上羽毛之飾。揚起秀眉微微斜視，〔眼神〕虛徐美好且煥發異彩。行為柔美綺麗多媚，舉動行止多合禮儀。稱頌詩文表顯心志，氣息和順音聲和諧。〔向我〕坦露情懷傾授愛心，抒發吐露幽深之情。像她這樣的佳人真是千載難逢，真正相會卻要長久分別。顧念到最大的懲罰是貪色之罪，這也是終身不赦之過。內心中情感交戰而貞正取勝，於是回心轉意而自取決別。

【研　析】本文是與陳琳、楊修、應瑒等人的同題奉和之作，具體題材是描寫與巫山神女的夢中幽會，而其社會背景則是曹操終於兵不血刃地佔有了垂涎已久的荊州。作為一名當地的降臣，王粲的賦文中沒有陳琳「皇師南假」的征伐者的傲氣，也沒有楊修「嘉今夜之幸遇，獲帷裳兮期同。情沸踴而思進，彼嚴厲而靜恭。微諷說而宣諭，色歡懌而我從」的佔領者的滿足。在其賦文的前半部分，王粲極言神女的超群美貌與怡人淳情，筆意莊重而聖潔；「稱詩表志，安氣和聲」一語，點出神女具有嫻雅的內美；「真一遇而長別」，則多少流露出一絲對荊州舊情的依戀；結尾「顧大罰之淫愆」諸語，又將自己的情感歸結於儒家「色而不淫」的正統的道德規範。全文沒有陳琳、楊修賦中隱寓的頌讚曹操平定荊州武功的意味，仍保持著作者貞正的個人人格。這種人格，一直伴隨著王粲歸曹後的整個生活。

初征賦

【題 解】初征，指初次隨曹操出征，事在建安十四年。據《三國志・魏書・武帝紀》，曹操在建安十四年三月率軍征孫權，十二月還，歷時近一年。

違❶世難❷以迴折❸兮，超遙集于蠻楚❹。逢屯否❺而底滯❻兮，忽長幼❼以羈旅❽。賴皇華❾之茂功❿，清四海之疆宇。超南荊之北境，踐周豫之末畿⓫。野蕭條而騁望，路周達而平夷。春風穆⓬其和暢兮，庶卉煥以敷蕤⓭。行中國⓮之舊壤，實吾願之所依。當短景⓯之炎陽，犯⓰隆暑之赫曦⓱。薰風⓲溫溫以增熱，體燁燁⓳其若焚。

《藝文類聚》五十九

【注 釋】❶違 避。❷世難 社會上的難亂。此指靈帝死後數年間的社會大動亂。❸迴折 折曲遠行，指作者由長安避亂荊州事。❹蠻楚 指故楚地荊州。❺屯否 《易》二卦名。屯指艱難，否指隔塞，後以喻時世、命運的艱難。❻底滯 困厄。❼長幼 指從幼年到成年的成長過程。王粲十七歲離長安，到三十二歲歸曹操，共在劉表處客居十五年。❽羈旅　寄居作客。王粲在劉表處一直為賓客身分，未任官職。❾皇華　取義《詩・小雅・皇皇者華》，詩序稱為「君遣使臣」之作，此指曹操承獻帝之命而征伐。❿茂功　豐美功業。⓫超南荊之北境二句　此兩句所說的大致在一個位置，均指曹操取荊州事。南荊之北境，大體在今河南、湖北交界處。踐周豫之末畿，跨入那周豫古域的領地南端。踐，往。周豫，東周故國及古豫州之地，約佔今河南大部，南與荊州相鄰。畿，古稱天子所領之地。末畿謂其領地的南端。⓬穆　溫和。⓭敷蕤　草木繁榮茂盛貌。⓮中國　中原一帶。⓯短景　指夏季，其時日光直射地面，晷影最短。⓰犯　遭逢。⓱赫曦　熾熱。⓲薰風　指夏季的東南風。⓳燁燁　光盛貌。

【語譯】躲避世間難亂而遠涉折行啊，遠遠地歸集在蠻楚南荊。恰逢屯否之命而滯留困厄啊，轉眼間在羈旅之中長大成人。幸賴曹公奉旨征伐的盛美功績，澄清那四海之內的廣闊疆宇。越過那南楚荊州的北部邊境，跨入那周豫古域的領地南端。原野蕭條啊放眼四望，道路通達啊坦蕩平夷。春風溫穆而淳和清暢啊，眾花怒放而茂盛繁榮。行進在中原的故土之上，實在是我多年夙願的主要依據。正值這夏季的炎炎烈日，遭受著盛暑的熾熱薰烘。東南風吹來溫暖和煦而更增暑熱，身在日下燁燁閃亮猶如燒焚。

【研析】本文描寫作者初次隨曹操征戰的所見所感。作者首先略述了自己歸曹前的困厄和歸曹後的喜悅，繼而描寫盛夏時節征伐孫權的戎馬生活。文章苦樂交述，坦蕩樂觀。其中，「行中國之舊壤，實吾願之所依」語，反映了王粲回歸中央政權之後的心情。曹丕《典論・論文》認為王粲「長於辭賦」，〈初征賦〉、〈登樓賦〉、〈槐賦〉、〈征思賦〉諸賦「雖張蔡不過也」；《南齊書・陸厥傳》載陸厥與沈約書稱「王粲〈初征〉，他文未能稱是」，皆高度評價本賦。惜本文多有脫佚，故讀起來文意跳躍而不連貫。

浮淮賦

【題解】淮，水名，源於河南桐柏山，宋以前至廣陵郡淮浦縣（今江蘇漣水縣西）入海，其時為曹操由中原南征孫權的主要水路。《初學記》六載曹丕〈浮淮賦〉，其序云：「建安十四年，王師自譙東征，大興水運（《古文苑》六運作軍），浮舟萬艘。時余從行，始入淮口，行泊東山，睹師徒，觀旌帆，赫哉盛矣！雖孝武盛唐之狩舳艫千里，殆不過也。乃作斯賦云（《古文苑》六尚有『命祭同作』四字）。」《三國志·魏書·武帝紀》稱曹操建安十四年七月自渦入淮，出肥水，軍合肥，十二月還譙。丕、粲二人從征，其賦當作於征途。

從王師❶以南征兮，浮淮水而遐逝❷。背渦浦❸之曲流兮，望馬丘❹之高澨❺。泛洪櫓❻于中潮❼兮，飛輕舟乎濱濟❽。建❾眾檣❿以成林兮，譬無山之樹藝⓫。於是迅風興，濤〔波動，長瀨潭濆，滂沛洶溶。〕鉦鼓若雷，旌麾翳日。飛雲天迴，蒼鷹飄逸。□□□□，遞相競軼⓬。

凌⑬驚波⑭以高騖⑮，馳駭浪而赴質⑯。加⑰舟徒之巧極，美榜人⑱之閑疾。白日未移，前驅⑲已屆⑳。羣師按部，左右就隊。軸轤㉑千里，名卒㉒億計。運茲威以赫怒㉓，清海隅㉔之蒂芥㉕。濟㉖元勳㉗於一舉，垂㉘休績於來裔㉙。

《初學記》六

【注釋】❶王師　王者之師，指曹軍。❷遐逝　遠行。❸渦浦　渦水入淮河之處，又稱渦口，曹操在此引水軍入淮。渦水為淮河支流，由西北流向東南，在安徽懷遠與淮河會合後轉向正東。浦，小河入大河之處。❹馬丘　地名，在今安徽鳳陽，位於渦口正東。❺澨　人們於水邊積土而造的居住之地。《說文》：「澨，埤增水邊土，人所止者。」❻洪櫓　大槳。❼潮　通「濤」（據《說文通訓定聲》）。❽濱濟　河道的深水處。❾建　立。❿檣　桅桿。⓫樹藝　種樹。⓬於是迅風興十句　此十句《古文苑》六作「於是迅流興潭淴，濤波動長瀨。鉦鼓若雷，旌麾翳日。飛雲天回，蒼鷹飄逸。滂沛洶溶，遞相競軼」。波字以下十字據《藝文類聚》八補。瀨，湍急的水流。屈原〈九章・抽思〉：「長瀨湍流。」潭淴，翻滾的漩渦。滂沛，形容水勢廣遠而波瀾壯闊。洶溶，猶洶湧，水勢騰湧貌。鉦鼓，古軍中所用樂器名，鳴鉦以為鼓節。古時軍動，鳴鉦擊鼓，很有聲勢。旌麾，為同義聯語，此處指軍旗。翳日，遮蔽天日。□□□□，所缺四缺字符號係據嚴本補，其位置原在「蒼鷹飄逸」之前。遞，按照一定的順序。軼　後車超越前車，此指各船奮力爭先。⓭淩　乘。⓮驚波　狂濤。⓯騖　馬奔馳。⓰質　箭靶子，此指一定的目標。⓱加　通「嘉」。⓲榜人　搖槳的人，亦泛指船工。

⑲前驅　先鋒。⑳屆　到。考曹軍從渦口逆淮河而上，在安徽壽縣附近轉入肥水，全程約為七十五公里。㉑舳艫　同「舳艫」。泛指船隻。《漢書．武帝紀》：「舳艫千里。」顏注：「舳，船後持柁處也；艫，船前頭刺櫂處也。言其船多，前後相銜，千里不絕也。」㉒名卒　猶謂登記在冊的士卒。㉓赫怒　勃然震怒。㉔海隅　海角地帶，此指孫權的轄地。㉕蒂芥　果蒂草芥，喻孫權的微小。㉖濟　成就。㉗元勳　大功。㉘垂　流傳。㉙來裔　指後代。

【語　譯】隨從王者之師向南出征啊，浮游淮水之上遠遠航行。背對著渦口的曲折水流啊，眺望那馬丘的高高涯岸。蕩起巨槳在那中流的巨濤啊，飛馳輕舟在那河道的深流。樹立的眾多桅桿一片林立啊，就像是平地上種植的層層樹林。於是疾風興起，濤〔波滾動，長流湍急漩渦密布，水勢壯闊洶湧奔騰。〕鉦鼓齊鳴猶如雷動，旌旗飛舞遮天蔽日。飛雲在天空回蕩，蒼鷹在疾飛翱翔。□□□□，萬船競進你追我趕。乘借驚波以高高騰躍，馳御駭浪而奔向前方。嘉許使船眾徒的精美技巧，讚譽搖槳工人的嫻熟疾速。白日未覺移動，前鋒已到終點。全軍按部為伍，左右排列成隊。船隊首尾綿延千里，在冊士卒數以億計。用此雄威以奮揚震怒，清滌海角偏隅的蒂芥寇賊。成就大功在此一舉，留傳美績給那後人。

【研　析】本文描述了渡淮曹軍的強大軍容與旺盛鬥志，其間，充分展現了曹操欲與孫權再決勝負的決心，也隱含著王粲初次從征的激動與喜悅。文章場面雄偉壯觀，語言生動簡練，文辭誇張卻不覺過分，節奏明快而不覺緊迫，是一篇較有特色的作品。

思征賦

【題　解】曹丕《典論·論文》稱王粲有〈征思賦〉，此似為其佚句。建安十六年七月粲隨曹操西征馬超，本文當作於此次征戰之時。

在建安之二八❶，星步次於箕維❷。

《文選·顏延之·三月三日曲水詩序》注

【注　釋】❶二八　指十六。建安十六年為西元二一一年。❷星步次於箕維　星宿移步止於中天的是箕宿。星步，星宿的移動。次，停留。箕，星宿名，東方蒼龍七宿之末宿，夏至子時三刻十四分之中星。維，語氣詞。

【語　譯】在那建安十六年，星宿移步止於中天的是箕宿。

鸚鵡賦

【題　解】鸚鵡，鳥名，詳見陳琳〈鸚鵡賦〉題解。

步籠阿❶以躑躅❷，叩❸眾目❹之希稠❺。登衡幹❻以上干❼，噭❽哀鳴而舒憂。聲嚶嚶❾以高厲❿，又憀憀⓫而不休。聽喬木⓬之悲風，羨鳴友之相求⓭。

《藝文類聚》九十一

【注　釋】❶阿　曲隅。❷躑躅　止步不前。❸叩　反問。❹眾目　指觀賞者。❺希稠　多和少。❻衡幹　橫桿。❼上干　向上飛躍。❽噭　呼叫。❾嚶嚶　鸚鵡的叫聲。❿高厲　高起。⓫憀憀　聲音悽愴而響亮。⓬喬木　高大的樹木。⓭羨鳴友之相求　句末原有「日奄藹以西邁，忽逍遙而既冥。就隅角而斂翼，倦獨宿而宛頸」四句，當為〈鶯賦〉文誤入於此，從俞紹初本刪。

【語　譯】行於籠中角落時而佇足，反詰觀眾的或多或少。登上橫桿向上飛躍，長呼哀鳴舒發愁憂。聲音嚶嚶而高高揚起，且又悽愴響亮而不止不休。傾聽大樹高枝的陣陣悲風，羨慕籠外鳴友的歡聲相求。

【研　析】所存殘句，極述鸚鵡囚於籠中的哀傷。言語之中，寄予了作者對鸚鵡的憐憫，亦暗示著侍從文人寄人籬下的悵恨。這一情感，與陳琳、應瑒、阮瑀等人同題之作有相同之處，可相互參閱。

閑邪賦

【題解】閑邪，防止邪惡之意。作者主張既要敢於追求美好的愛情，又不要流於淫蕩以傷害禮義，這與陳琳〈止欲賦〉、應瑒〈正情賦〉、阮瑀〈止欲賦〉的主題是一致的。本文有佚缺。

夫何英媛❶之麗女，貌洵美❷而豔逸。橫四海❸而無仇❹，超遐世❺而秀出。發唐棣❻之春華❼，當盛年而處室❽。恨年歲之方暮❾，哀獨立而無依。情紛拏❿以交橫，意慘淒而增悲。何性命之奇薄⓫，愛兩絕而俱違⓬。排空房而就衽⓭，將取夢以通靈⓮。目炯炯⓯而不寐，心忉怛⓰而惕驚⓱。

《藝文類聚》十八

關山介⓲而阻險。

《文選・謝玄暉・暫使下都夜發新林至京邑贈西府同僚詩》注

願為環以約腕⓳。

《北堂書鈔》一百三十六

【注釋】❶英媛　賢德的女子。崔駰〈婚禮結言〉：「夫婦作始，乃降英媛。有淑有儀，姬姜是倂。」❷洵

美　實在美好。《詩・邶風・靜女》：「洵美且異。」❸橫四海　猶謂走遍天涯海角。橫，渡。❹無仇　沒有與之相比的人。❺遐世　已逝的往世。❻唐棣　同「常棣」、「棠棣」。即郁李，落葉喬木。❼華　同「花」。《詩・小雅・常棣》：「常棣之華，鄂不韡韡。」❽處室　居家，此指女子未嫁。❾方暮　將要衰老。❿紛挐　同「煩挐」。紛繁亂擾。宋玉〈九辯〉：「枝煩挐而交橫。」⓫何性命之奇薄　為女子自歎自己的命運不佳。⓬違　失。⓭衽　臥席。⓮通靈　互通情思。⓯目炯炯　兩眼亮而有神。⓰忉怛　憂愁不安貌。王粲〈登樓賦〉：「意忉怛而憯惻。」⓱惕驚　恐懼驚心。⓲介　隔。⓳願為環以約腕　本句《北堂書鈔》題作〈閒居賦〉，依嚴本置於此。環，臂環，今稱手鐲。約腕，謂戴在手腕上。曹植〈美女篇〉：「皓腕約金環。」

【語　譯】這是何等賢惠的美麗女子，相貌實在嬌冶且光豔四逸。走遍四海而無人與她相比，超過歷代佳人而英秀傑出。就像盛開的唐棣之花，正當壯盛之年卻獨處空室。深憾自己青春年華將要衰暮，哀傷孤身獨立而無靠無依。思緒紛繁亂擾而交織縱橫，心意慘切淒苦而更增傷悲。命運啊為何如此奇薄，相互愛慕的雙方隔絕而俱有失違。推開空房俯就臥席，但願入夢以互通心靈。然而雙眼難閉而不能入睡，心中憂愁不安且又恐懼心驚。

關隘山川層層阻隔且多艱險。

願成為臂環戴在你的腕上。

【研　析】文中描繪了一位風華正茂的賢淑女子。作者著意描寫女子盛年待嫁時的憂慮，並在同情和憐愛之中，寄託了自己的美好追求（「願為環以約腕」）。文中對美女的描述，辭美文豔，情誠意正，可視為作者高潔情思的坦然展露。

寡婦賦

【題解】《文選・潘岳・寡婦賦》李善注引曹丕〈寡婦賦序〉稱：「陳留阮元瑜與余有舊，薄命早亡，故作斯賦以敘其妻子悲苦之情，命王粲等並作之。」阮瑀卒於建安十七年（西元二一二年）。

闔門❶兮卻掃❷，幽處❸兮高堂。提孤孩兮出戶，與之步兮東廂。顧左右兮相憐，意悽愴兮摧傷。觀草木兮敷榮❹，感傾葉❺兮落時。人皆懷兮歡豫，我獨感兮不怡。日掩曖❻兮不昏，朗月皎兮揚暉。坐幽室兮無為，登空床兮下幃。涕❼流連兮交頸，心憯結❽兮增悲。

《藝文類聚》三十四

欲引刃以自裁❾，顧弱子而復停。

《文選・潘岳・寡婦賦》注

【注釋】❶闔門　閉門。❷卻掃　不再掃路迎客，即閉門謝客之意。❸幽處　隱居。❹敷榮　開花。❺傾

葉　謂葉子枯萎。❻掩曖　同「晻曖」。日光不明貌。❼涕　眼淚。❽憯結　憯痛鬱結。❾自裁　自殺。

【語　譯】關閉門戶啊省卻灑掃，隱身獨處啊在那高堂。提領孤孩啊走出房門，與之漫步啊到那東廂。顧盼左右啊眾人相憐，心中傷感啊摧頹哀傷。觀望草木啊花開正盛，有感萎葉啊枯落之時。眾人皆懷啊歡豫之情，我獨傷感啊不樂不怡。太陽暗淡啊尚未昏黑，明月皎潔啊播揚素暉。獨坐暗室啊無事無為，登上空床啊放下床幃。淚如雨下啊交滴頸上，心中鬱結啊更增傷悲。

決心橫刀自裁自刎，顧望弱子復又止停。

【研　析】作者在敘述故友遺孀的生活與情感的行文中，寄予了對寡母孤兒的同情和憐愛。文中集中描寫了遺孀精神孤寂空虛的極端痛苦，同時，也隱隱暗示著舊的禮法制度對人的壓抑與摧傷。本文語緩辭淡，卻更使人感到女主人公心中痛苦之深。又，《三國志・魏書・杜畿傳》注引《魏略》載有當時「錄寡婦」事，可知阮瑀婦生活之多艱。

酒　賦

【題　解】曹植〈酒賦〉有「先王所禁，君子所失」語，《三國志・魏書・徐邈傳》稱「魏國初建」、「時科禁酒」，皆與本文寫作背景有關，則本賦似作於建安十七年（西元二一二年）曹操任魏公之後不久。

帝女儀狄❶，旨酒❷是獻。苾芬❸享祀，人神式宴❹。〔酒正❺膳夫❻，冢宰❼是司。處❽濯器用，敬滌蘊饎❾。〕〔麴蘖❿必時，良工從試⓫。〕辯⓬其五齊⓭，節其三事⓮。醍沉盎泛⓯，清濁各異。章⓰文德⓱于廟堂，協武義⓲于三軍；致⓳子弟之孝養，糾⓴骨肉之睦親；成朋友之歡好，贊㉑交往之主賓。既無禮而不入，又何事而不因。賊㉒功業而敗事，毀名行以取誣㉓。遺大恥於載籍，滿簡帛而見書。孰不飲而罹㉔茲，罔㉕非酒而惟㉖事。昔在公旦㉗，極茲話言。濡首㉘屢舞㉙，談易作難。大禹所忌㉚，文王是艱㉛。〔曁我中葉㉜，酒流㉝猶多。羣庶崇飲，日富月奢。〕

《藝文類聚》七十二

【注釋】❶儀狄　夏禹時人，善釀美酒，為何帝之女尚無定說。《戰國策・魏策二》：「昔者，帝女令（按：令字當據宋姚宏續注本引異本、《文選・曹植・七啟》李善注、《太平御覽》八百四十三冊）儀狄作酒而美，進之禹，禹飲而甘之，遂疏儀狄，絕旨酒，曰：『後世必有以酒亡其國者。』」❷旨酒　美酒。❸苾芬　芬芳。❹人神式宴　祖先神靈甚為歡喜。人神，指祖先神靈與諸多自然神靈。式，語助詞。宴，喜樂。《詩・小雅・

楚茨》：「苾芬孝祀，神嗜飲食。」❺酒正　古官名，掌酒事，見《周禮・天官・酒正》。以下四句據《韻補》四司字注補。❻膳夫　古官名，掌王及后妃的飲食，見《周禮・天官・膳夫》。❼冢宰　又稱大宰，周代官名，為六卿之首，酒正、膳夫均為其屬官。❽處　常。❾敬滌蘊饎　認真恭謹地調製豐饒的酒食。滌，以水和酒，又稱為浩酒。蘊，饒。饎，酒食。❿麴蘗　釀酒時的發酵物。以下二句據陳禹謨本《北堂書鈔》一百四十八補。⓫試　檢驗。⓬辯　通「辨」。⓭五齊　古時按酒的清濁程度分有五個等級，稱為五齊。《周禮・天官・酒正》：「辨五齊之名：一曰泛齊，二曰醴齊，三曰盎齊，四曰緹齊，五曰沉齊。」⓮三事　指供三種場合飲用的酒。《周禮・天官・酒正》：「辨三酒之物：一曰事酒，二曰昔酒，三曰清酒。」鄭玄注引鄭司農語：「事酒，有事而飲也。昔酒，無事而飲也。清酒，祭祀之酒。」⓯醍沉盎泛　四字各謂五齊之一。醍，同「緹」。⓰章　同「彰」。⓱文德　指禮樂教化。⓲武義　猶武德。⓳致　表達。⓴糾　聚合。㉑贊　佐助。㉒賊　害。㉓誣　譖。㉔罹　遭受困難或不幸。㉕罔　無。㉖惟　有。㉗公旦　指周武王之弟姬旦，又稱周公。周公曾作〈酒誥〉、〈無逸〉等文，勸戒眾人勿循殷紂嗜酒以致失國。㉘濡首　喻滅頂之災。語本《易・未濟・上九》：「有孚於飲酒，無咎。濡其首，有孚失是。」象曰：「飲酒濡首，亦不知節也。」濡，溺。㉙舞　嘲諷。㉚大禹所忌　見注❶。㉛文王是艱　指殷紂嗜酒亂政而囚文王事。㉜中葉　中世。古人以三十年為一世，建安十七年居於一世之中，故稱。以下四句據《北堂書鈔》一百四十八補。㉝流　流弊。

【語　譯】古有帝女名叫儀狄，始造美酒進獻大禹。氣味芬芳享神祭祀，祖先神靈甚為歡喜。〔酒正、膳夫負責酒事膳食，都受冢宰的管轄領導。經常要清潔那些器皿用具，認真恭謹地調製豐饒的酒食。〕〔所用麴蘗必按時節，還須良工隨從檢試。〕辨別酒的五種等級，節制供應三類酒事。醍齊沉齊盎齊泛齊，各級美酒清濁有異。彰明禮樂教化在那廟堂，協和武勇精神在那三軍；表達子弟的孝敬之情，聚合骨肉的親睦之誼；成全朋友之間的歡情友好，佐助禮事往來的賓主之儀。

既可以說沒有哪項禮事不須酒的介入，又可以說沒有哪件壞事酒不是其原因。傷害功績又敗壞事業，汙毀名譽又自取謗誣。遺留莫大恥辱在那歷代典籍，布滿竹簡絲帛而被記錄在書。哪一件不因暴飲而遭此不幸，無一樁不由酗酒而成為惡事。在那從前曾有周公，極盡言語告戒於此。多次諷喻暴飲會有滅頂之災，（然禁酒之事）說來容易作起實難。大禹對酒深為禁忌，文王因酒遭受難艱。〔至我建安中葉，酒的流弊更為增多。眾人崇尚痛飲，一天比一天豐盛、一月比一月華奢。〕

【研　析】本文詳述酒的功用與流弊，「既無禮而不入，又何事而不因」，可謂有理有據，且與曹丕《典論・酒誨》「酒以成禮，過則敗德」的觀點一致。作者主張有節制地飲酒，這在當時戰亂不斷，經濟不振的情況下，有利於節省糧食，息民養農，整頓世風。同時，在政治上與曹操禁酒抑奢的主張一致。全篇重在說理，行文質樸無華，在當時的小賦之中別具特色。

思友賦

【題　解】本文友人所指不詳，所登之城在荊州？在鄴城？亦難考。

登城隅之高觀❶，忽臨下以翱翔❷。行遊目於林中，睹舊人之故場❸。身既沒而不見，餘跡存而未喪。滄浪❹浩兮迴流波，水石激兮揚素精❺。夏木兮結莖，春鳥兮愁鳴❻。平原兮泱莽❼，綠草兮羅生。超❽長路兮逶迤❾，實舊人兮所經。身既逝兮幽翳❿，魂眇眇⓫兮藏形。

《藝文類聚》三十四

【注　釋】❶觀　樓臺一類的建築。❷翺翔　此指目光的遊視周觀。❸故場　安葬友人的墓地。❹滄浪　蒼青色的水流。❺素精　指潔白的浪花。❻夏木兮結莖二句　此二句以春鳸自喻，謂夏木茂盛，作為候鳥的春鳸本當遠逝，卻因懷念亡友而愁鳴林中。春鳥，疑為春鳸之誤。春鳸又叫鴳鴡，候鳥名。❼泱莽　同「泱漭」。廣大貌。❽超　遠。❾逶迤　彎曲而長遠。❿幽翳　隱蔽潛藏。⓫眇眇　高遠貌。

【語　譯】登上城角那高高的樓臺，隨意遠眺啊朝下巡望。遊動雙目於樹林之中，看到了故友的故塋墓場。他的身形已經亡去而無法尋覓，他的墳丘餘跡尚存而並未盡喪。滄浪之水浩蕩啊回轉流波，水石相激啊揚起潔白浪花。夏天的茂樹啊結莖交枝，春天的候鳥啊仍在愁鳴。遠方的平原啊廣闊無涯，綠色的翠草啊羅列而生。漫漫的長路啊曲曲彎彎，是我的故人啊當年所經。身已亡逝啊深埋地下，魂魄眇眇啊隱藏真形。

【研　析】本文為追思亡友之作。文中所見所想相互映襯，遠景近物交替展現，語言雖然平淡無華，卻在整體上表現出誠摯而濃重的思念之情，讀來頗為感人。

傷夭賦

【題解】夭，早亡。《釋名・釋喪制》：「少壯而死曰夭，如取物中夭折也。」曹丕為其十一歲族弟文仲早亡撰有〈悼夭賦〉，本文似同時奉和之作。

惟皇天之賦命，實浩蕩❶而不均。或老終以長世，或昏夭❷而夙泯❸。物雖存而人亡，心惆悵而長慕。哀皇天之不惠，抱此哀而何訴？求魂神❹之形影，羌❺幽冥❻而弗迕❼。淹❽低徊❾以想像，心彌結❿而紆縈⓫。晝忽忽⓬其若昏，夜炯炯⓭而至明。

《藝文類聚》三十四

【注釋】❶浩蕩　謂不加思索。屈原〈離騷〉：「怨靈修之浩蕩兮。」王逸注：「無思慮貌也。」❷昏夭　早死。古時子生三月父為之起名，未名而死曰昏，故稱。❸夙泯　猶謂早死。❹魂神　猶言魂魄，古人指人死後離開人體而存在的精神。❺羌　轉折連詞，猶乃。❻幽冥　指陰間世界。❼迕　遇。❽淹　久。❾低徊　徘徊。❿彌結　更加鬱結。⓫紆縈　曲折纏繞貌。⓬忽忽　意志恍忽貌。⓭炯炯　同「耿耿」。心事重重、煩躁不安貌。屈原〈遠遊〉：「夜耿耿而不寐兮，魂煢煢而至曙。」

【語譯】尊貴的上天賦予人的壽命，實在是隨心所欲而不盡同均。有的老年多壽而長活於世，有的幼年夭折而早早泯身。故物雖存而人已亡去，心中惆悵而長久思慕。哀傷上天的不仁不惠，抱此哀傷而何處陳訴？尋求其魂魄的形姿影像，可是到那陰間地府也不曾相遇。久久地徘徊呀思緒萬千，心中更加鬱結而煩亂不堪。整日間情意恍忽只覺天昏地暗，夜晚裡煩躁難睡直至天明。

【研　析】東漢末年戰亂不斷，瘟疫時行，經濟破敗，民生凋敝，早夭之事時常發生。作者感傷於人生不定、命運難測的現實，抒發了自己的惆悵與不安。文中稱皇天的「浩蕩而不均」、「不惠」之語，反映了作者對天命的否定與無奈，因而愁思萬千，無法自解。全篇語氣低沉壓抑，使人彷佛感受到當時人們心中的陰雲。

出婦賦

【題　解】出婦，被丈夫離棄的婦人。古時有七出之法，丈夫以其中一條便可以休棄妻子。曹丕、曹植亦有同題之作，文旨相近，當為同時之作。

既僥倖兮非望，逢君子兮弘仁。當隆暑兮翕赫❶，猶蒙眷兮見親。更❷盛衰兮成敗，思彌❸固兮日新❹。竦❺余身兮敬事❻，理中饋❼兮恪勤❽。君不篤❾兮終始，樂枯荑❿兮一時。心搖盪兮變易，忘舊姻⓫兮棄之。馬已駕兮在門，身當去兮不疑。攬衣帶兮出戶，顧堂室⓬兮長辭。

【注　釋】❶翕赫　盛暑貌。❷更　改。❸彌　久。❹日新　日日更新。❺竦　肅敬而恭謹。❻敬事　恭敬侍奉。《國語・周語上》：「敬事者老。」❼中饋　指婦女在家主持飲食之事。張衡〈同聲歌〉：「綢繆主中饋，奉禮助烝嘗。」❽恪勤　恭謹勤懇。❾不篤　不專心致志。❿枯荑　此處女子以枯荑自喻。荑，始生的白茅嫩芽，潔白柔美而滑潤，很容易乾枯。⓫舊姻　舊日的姻好，謂往日的夫妻恩愛。《詩・小雅・我行其野》：「不思舊姻，求爾新特。」⓬堂室　指故居。階上室外曰堂。

【語　譯】這是意外的幸福啊意外的希望，幸遇那彬彬君子啊弘德大仁。正當那盛暑逼人啊熾熱難忍，尚要蒙受他的眷顧啊被他愛親。一心想改變那容貌盛衰啊婚姻成敗的舊俗，一心想愛情永固啊日日更新。恭謹我的身行啊敬事老小，料理家中飲食啊敬謹殷勤。夫君不能專一啊不能終始，僅僅喜愛枯荑那柔美的一時。他的情思搖盪啊變易初衷，忘卻舊日姻好啊拋棄我身。馬已駕好啊停在門外，我當離去啊不再遲疑。提攬衣帶啊走出房門，顧望堂室啊毅然長辭。

【研　析】本文敘述了一位賢良婦女從成婚到遭棄的故事。在中國傳統社會中，廣大婦女處於被壓迫、被支配的地位，很多人因男子喜新厭舊而遭遺棄。對此，歷代文人多有作品為遺棄之女鳴不平。值得注意的是，本文的女主人公成婚之始便在力圖避免最終被遺棄的結局，結果未能如願。這顯得女主人公的命運更加可悲，令人同情，令人憤懣。在作者的敘述之中，飽含著對女主人公人格的讚美和對負心男子的唾棄，亦與曹丕「去婦情更重」（〈代劉勳妻王氏雜詩〉）旨意相近。

羽獵賦

【題　解】羽獵，指帝王狩獵。《古文苑》七章樵注引摯虞《文章流別論》云：「建安中，魏文帝從武帝出獵，賦，命陳琳、王粲、應瑒、劉楨並作。琳為〈武獵〉、粲為〈羽獵〉、瑒為〈西狩〉、楨為〈大閱〉。凡此各有所長，粲其最也。」

遵古道①以游豫②兮，昭③勸助乎農圃④。用時隙之餘日兮，陳苗狩⑤而講旅⑥。濟漳浦⑦而橫陣，倚紫陌⑧而並征。樹重圍於西阯⑨，列駿騎乎東坰⑩。相公⑪乃乘輕軒⑫，駕四駱⑬，拊⑭流星⑮，屬⑯繁弱⑰。選徒⑱命士⑲，咸與竭作。旌旗雲擾，鋒刃林錯。揚輝吐火⑳，曜野蔽澤。山川於是乎搖盪，草木為之以摧落。禽獸振駭，魂亡㉑氣奪㉒。舉首觸網，搖足遇撻㉓。陷心裂胃，潰腦破顙。鷹犬競逐，奕奕㉔霏霏㉕。〔下韝㉖窮緤㉗，搏肉噬㉘肌。〕墜者若雨，僵者若坻㉙。清野滌原，莫不殲夷㉚。

《初學記》二十二引三條

【注　釋】❶古道　前代流傳下來的通則舊制，此指應時巡狩以視農事之制。❷游豫　同「遊豫」。指古時王者巡視農事。《孟子・梁惠王下》：「一遊一豫，為諸侯度。」《晏子春秋・內篇・問下》：「春省耕而補不足者謂之遊，秋省實而助不給者謂之豫。」❸昭　彰明。❹農圃　種糧和種菜的人。❺苗狩　夏季與冬季畋獵的名稱，此代指四時的畋獵。《左傳・隱公五年》：「春蒐、夏苗、秋獮、冬狩，皆于農隙以講事也。」❻講旅　演習軍旅之事，古人狩獵亦有練兵的目的。❼漳浦　漳水水濱。與〈登樓賦〉的漳水不同，指源於山西的清漳、濁漳二河，東流經魏郡鄴城而入衛河。❽紫陌　帝都郊野的道路，其時曹操的魏國都城在鄴城。❾阯　山腳。❿坰　遠野。《爾雅・釋地》：「邑外謂之郊，郊外謂之牧，牧外謂之野，野外謂之林，林外謂之坰。」⓫相公　指曹操。時操為丞相，漢魏之時拜相者必封公，故名。⓬軒　一種曲轅有轓的車，為卿大夫及諸侯等高官所乘。⓭駱　白身黑鬣的馬。⓮拊　通「撫」。⓯流星　古寶劍名。⓰屬　佩帶。⓱繁弱　古良弓名。⓲徒　步卒。⓳士　軍隊的基層軍官。⓴揚輝吐火　謂燒田圍獵，以火驅獸入圍。㉑忘　通「亡」。《藝文類聚》六十六忘作亡。㉒奪　喪失。㉓撻　受到打擊。㉔奕奕　神采煥發貌。㉕霏霏　眾多紛飛貌。㉖鞲　革製的袖套，可用以站鷹。以下二句據《藝文類聚》六十六補。㉗窮紲　謂獵犬掙脫繩索去追捕獵物。紲，拴犬的繩索。㉘噬　咬。㉙坻　通「阺」。指山坡。㉚夷　滅。

【語　譯】遵循著古制巡遊察視啊，大張旗鼓地勸勉和扶助那些困難的農夫。利用農時間隙的間暇餘日啊，布置畋獵之事並演習軍旅。渡過那漳水之濱而橫列軍陣，倚傍著郊野之路而齊同進征。建立重圍於西面山腳，排列駿騎於東面野郊。曹公親乘輕便軒車，駕馭四匹駱馬，按撫流星寶劍，佩帶繁弱名弓。精選步卒任命軍士，全軍一道開始行動。旌旗蔽天如行雲翻擾，鋒刃眾多猶林木錯落。奮揚光輝噴吐烈焰，(火光和濃煙)照耀著原野遮蔽了川澤。山川因此而動搖振盪，草木因此而摧折零落。飛禽走獸膽振心駭，魂魄亡失猛氣盡喪。舉頭即觸羅網，邁足便遭擊撻。心胃陷裂，腦頰潰破。飛鷹獵犬競相逐進，奕奕輕健霏霏眾多。〔飛鷹躍離臂套獵犬掙脫繩索，搏擊獵物奮咬獸肌。〕飛禽墜落如雨，僵獸堆積如山。清夷山野蕩滌平原，所有的禽獸盡為獵斃。

【研析】曹操執政後期，多次舉行大規模的畋獵活動。本文描繪了狩獵場上的陣容與聲勢，以及獵獲物的豐盛。文中極力渲染軍勢，宣揚王威，其意在為曹操頌德。

柳賦

【題解】《古文苑》七章樵注引曹丕〈柳賦序〉云：「昔建安五年，上與袁紹戰於官渡，時余從行，始植斯柳。自彼迄今，十五載矣。感悟傷懷，乃作斯賦。」並稱：「蓋命王粲同作。」陳琳亦有〈柳賦〉。考曹丕、王粲、陳琳三人〈柳賦〉主旨相近，當為同時同題之作，時為建安二十年(西元二一五年)。

〔昔我君❶之定武，致❷天屆❸而徂征。元子❹從而撫軍❺，植佳木于茲庭❻。歷春秋以逾紀❼，行復出於斯鄉❽。」覽茲樹之豐茂，紛旖旎❾以修長。枝扶疏❿而覃⓫布，莖森梢⓬以奮揚。人情感於舊物，心惆悵以增慮。行游目而廣望，睹城壘⓭之故處。悟「無生」之話言⓮，信思難而存懼。嘉甘棠之不伐⓯，畏敢⓰累⓱於此樹。苟遠跡而退之，豈駕遲⓲而不屢⓳？

《初學記》二十八

【注釋】❶我君　指曹操。以下六句據《藝文類聚》八十九補。❷致　原作改，據《古文苑》七及《八代文鈔》改。❸天屆　上天的懲罰。《詩・魯頌・閟宮》：「致天之屆，在牧之野。」鄭箋：「屆，極……天所以罰極紂于商郊牧野。」❹元子　嫡長子。其時曹操的長子曹修已經陣亡，故以次子曹丕稱之。❺撫軍　長子從軍出征。《左傳・閔公二年》：「冢子……從曰撫軍。」❻茲庭　指曹丕在官渡植柳的庭院。建安五年丕曾住此，建安二十年丕駐守孟津時途經其地。❼紀　古以十二年為一紀。❽斯鄉　指官渡。❾旖旎　繁盛貌。❿扶疏　繁茂分披貌。⓫覃　長。⓬森梢　猶謂森森梢梢，高聳挺拔貌。⓭城壘　指曹軍堅守官渡拒袁紹時所修的城塞壁壘。⓮無生之話言　指曹丕〈柳賦〉「左右僕御已多亡」語（見《文選・石崇・王明君詞》注）。⓯甘棠之不伐　傳說周時召公巡國曾息於甘棠樹下，後人思召公之德而不傷甘棠樹（參見《詩・召南・甘棠》）。此以甘棠喻柳。⓰畏敢　猶謂不敢，為自言冒昧之詞。嚴本敢作取。⓱累　負。⓲遲　徐行。⓳屢　為「屢顧」之省。《左傳・成公十六年》：「其御屢顧。」

【語　譯】〈往昔我君曹公安定天下揮師用武，給予（袁紹）上天的懲罰而前往親征。元子曹丕隨從撫軍，種植美柳在此廣庭。歷經春秋已過一紀，出行再次來到此鄉。〉觀賞此柳的豐枝茂葉，紛繁茂盛並且修長。枝條柔美分披而綿長廣布，莖幹高聳挺拔而奮力張揚。人的情思有感於故舊之物，心中惆悵更增憂傷愁慮。遊動雙目而廣眺遠望，看到了當年城壘的故址舊處。深悟（曹丕）「僕御無生」話語的感傷，的確是回憶兵難而使人心存戒懼。讚美甘棠之樹（因召公之德）而不被砍伐，豈敢（己德不修）辜負於這株柳樹。如果遠行而離開這裡，怎能不車駕緩緩而屢屢回顧？

【研　析】曹丕十一歲即隨軍征戰，至建安二十年，已經經歷了十八個春秋了。其時在官渡觀賞十五年前種下的柳樹，柳樹幹挺枝茂，而舊時的僕從卻大多不在了。於是，「感遺物而懷故，俛惆悵以傷情」（曹丕〈柳賦〉）。王粲本文肯定了曹丕的這一情感，並結合自己的經歷，亦有「信思難而存懼」之情。本文因物述懷，語誠意遠，雖為奉贊之作，卻不顯空泛浮奢。

鶯　賦

【題　解】鶯，又稱黃鶯、黃鸝。曹丕〈鶯賦序〉曰：「堂前有籠鳥，晨夜哀鳴，淒若有懷，憐而賦之。」考粲、丕二賦內容相近，當為同時之作。

覽堂隅之籠鳥，獨高懸而背時❶。雖物微而命輕，心悽愴而愍❷之。

日掩藹❸以西邁，忽逍遙而既冥。就隅角而斂翼，倦❹獨宿而宛❺頸。歷長夜以向晨，聞倉庚❻之群鳴。春鳸❼翔於南甍❽，戴鵀❾集乎東榮❿。既同時而異憂，實感類而傷情。

《藝文類聚》九十二

【注釋】❶背時　時運不濟。❷慜　同「憫」。❸掩藹　同「掩曖」。日光不明貌。❹倦　原作眷，據《藝文類聚》九十一引王粲〈鸚鵡賦〉改。❺宛　彎曲。❻倉庚　黃鶯的別名。❼鳸　布穀鳥。❽甍　屋脊。❾戴鵀　鳥名，又叫戴勝，似雀而頭有冠。鵀原作絍，據嚴本改。❿榮　屋簷兩端上翹的部分，俗稱飛簷。

【語譯】觀望那殿堂角落的籠中之鳥，獨自高懸而背離時運。雖然物體微小且性命輕薄，但我心中凜愴而深深憫之。白日無光而向西流逝，迅速地飄遙離去天已昏暗。猥居在角落而收斂雙翅，疲倦地獨宿而彎轉脖項。歷經長夜而面向清晨，傾聽那黃鶯的群唱齊鳴。春天的布穀鳥翔落在南邊的屋脊，成群的戴勝聚集在東邊的飛簷。既然是同處一時卻憂愁各異，實在令其感傷同類的自由生活而悲戚動情。

【研析】王粲投奔曹氏之後，既封侯賜官，又得陪侍左右，可稱寵倖之至。然終究不過一侍從文人，與其理想中的建功立業相差甚遠。本文借籠中黃鶯幽困生活的描寫，抒發了自己內心的鬱悶與感傷。作者注意用籠內外景物形成的反差來動人憐思，用麗鳥委屈窘困來抒發己情，顯得文思真切而細膩，具有較強的感染力。

槐樹賦

【題　解】曹丕《典論・論文》盛讚王粲〈槐賦〉之美，當指此賦。曹丕〈槐賦序〉云：「文昌殿中槐樹，盛暑之時，余數遊其下，美而賦之。王粲直登賢門，小閣外亦有槐樹，乃就使賦焉。」知粲文為奉命之作。張溥本題作〈槐賦〉，為慎重，暫不改字。曹植亦有同題之作，其內容相近，亦當同時之作。考粲直登賢門，當為建安十八年十一月拜侍中之後事，其後丕、植、粲三人夏季均在鄴者，只有建安二十一年，則此賦似作於其時。

惟中唐❶之奇樹，稟天然之淑姿。超疇畝而登殖❷，作階庭之華暉。形禕禕❸以暢條，色采采而鮮明。豐茂葉之幽藹❹，履❺中夏❻而敷榮❼。既立本❽於殿省❾，植根柢❿其弘深。鳥取棲而投翼，人望⓫庇⓬而披衿⓭。

《藝文類聚》八十八

【注　釋】❶中唐　同「中堂」。指庭院。❷登殖　謂進植於高貴的地方生長。❸禕禕　美好貌。❹幽藹　暗淡貌，此指槐樹枝葉濃密繁茂而形成的巨大蔭影。❺履　經歷。❻中夏　夏季之中，指農曆五月。❼敷榮　開花。❽本　根。❾殿省　宮廷內省的辦公之處。❿柢　樹根。⓫望　至（據《廣雅・釋詁》）。⓬庇　同「蔭」（據《說文》）。⓭披衿　敞開衣衿。

【語譯】這庭院中的奇偉槐樹，具有著上天賦予的淑美芳姿。遠離田疇壟畝而進植貴地，成為階除庭院的明輝佳樹。形體美好而暢舒枝條，色澤燦燦而光彩鮮明。豐展茂葉的暗淡巨影，到這中夏時節而開放花榮。既已紮根在這殿省重地，生長的根株又長又深。飛鳥紛紛求棲而張翅前來，眾人到此蔭下而敞開衣衿。

【研析】這是一篇近似於靜物寫生的作品。全文七十餘字，對槐樹的稟性、佳境以及枝、葉、花、根都有簡潔而允當的描繪。尾句的「鳥取棲而投翼，人望庇而披衿」，寫出了槐樹對禽鳥與人類的惠益，亦隱寓著作者對曹氏的頌讚與感激。全文平靜恬淡，言簡意明，是一篇很有情味的小賦。

大暑賦

【題解】曹植、陳琳、劉楨亦作有〈大暑賦〉，參見陳琳〈大暑賦〉題解及王粲〈鷗賦〉題解。

惟林鐘❶之季月❷，重陽❸積而上升。喜❹潤土之溽暑❺，扇❻溫風❼

而至輿❽。〔或赫爔❾以燀炎❿，或鬱衍⓫而燠⓬蒸。〕獸狼望⓭以倚喘，鳥垂翼而弗翔。〔根生⓮苑⓯而焦炙⓰，豈含血⓱而能當？〕遠昆吾⓲之中景⓳，天地翕⓴其同光。征夫瘼㉑于原野，處者㉒困于門堂。患衽席㉓之焚灼，譬烘燎㉔之在床。起屏營㉕而東西，欲避之而無方。仰庭槐而嘯風㉖，風既至而如湯㉗。〔氣㉘呼吸以怯短㉙，汗雨下而沾裳。就清泉以自沃㉚，猶淟涊㉛而不涼。體煩如㉜以於悒㉝，心憒悶㉞而窘惶。〕於是帝后順時，幸九嵕㉟之陰岡。托甘泉㊱之清野，御㊲華殿於林光㊳。潛廣室之邃㊴宇，激寒流於下堂㊵。重屋㊶百層，垂陰千廡㊷。九闥㊸洞開，周帷㊹高舉㊺。堅冰常奠，寒饌代敘㊻。

《藝文類聚》五

雄風㊼颯然㊽兮，時動帷帳之纖羅㊾。

《北堂書鈔》一百三十二

【注釋】❶林鐘　古樂十二律之一。古人以十二律應十二月，林鐘與六月相應。《呂氏春秋·季夏紀》：「律中林鐘。」❷季月　四季的末月，據文意，此指末夏六月。❸重陽　濃重的陽氣。❹喜　通「熹」（據《說文通訓定聲》）。指炙灼。❺溽暑　盛夏溼熱的氣候。《禮記・月令》：「（季夏之月）土潤溽暑。」❻扇　吹揚。❼溫風　溫熱之風。《禮記・月令》：「（季夏之月）溫風始至。」❽至興　謂溫風至而暑氣更盛。❾赫爔　同「赫曦」。火炎熾盛貌，多用來形容隆暑。曹植〈大暑賦〉：「溫風赫曦，草木垂幹。」以下二句據《太平御覽》三十四補。❿癉炎　酷熱。⓫鬱衍　猶謂熱氣彌漫。鬱，酷熱。《漢書・王褒傳》：「不苦盛暑之鬱燠。」顏注：「鬱，熱氣也。」衍原作術，據清鮑崇城刻《太平御覽》改。衍，廣散。⓬燠　甚熱。⓭狼望　狼張嘴伸舌企望食物貌，獸類於炎熱之時亦張嘴伸舌以加助呼吸。劉楨〈大暑賦〉「獸喘氣于玄景，鳥戢翼于高危」，與本句意近。⓮根生　泛指各類植物。以下二句據《太平御覽》三十四補。⓯苑　枯病。⓰焦炙　受熱而枯乾。⓱含血　指人及其他動物。⓲昆吾　傳說中的地名，為日正午所經之處。《淮南子・天文訓》：「日出於暘谷……至於昆吾，是謂正中。」⓳中景　中天之日光。日升於天空正中，日景中正，其時氣溫較高。⓴翕　通「熠」。光耀熾盛貌。《廣雅・釋詁三》：「翕，熾也。」㉑瘼　疾苦。張溥本瘼作瘁。㉒處者　居家的人。㉓衽席　臥席。㉔烘燎　燃燒的火炬。㉕屏營　心情徬徨不安貌。㉖嘯風　謂呼喚來風。㉗湯　熱水。㉘氣　喘息之氣。以下六句據《太平御覽》三十四補。㉙怯短　虛弱短促。怯短原作袪短，據《古文苑》二十一改。㉚沃　澆。㉛淟涊　謂水漿不寒而溫。《漢書・揚雄傳》補注引宋祁語：「晉灼云：『今俗謂水漿不寒而溫為淟涊。』」泉水已經溫而不涼，當時暑熱可想而知。㉜煩如　煩躁。如，語末助詞。如原作茹，據張溥本改。㉝於悒　氣短之貌。㉞憤悶　鬱結憂悶。㉟九嵕　山名，在陝西醴泉東北，有九座山峰。九嵕原作九峻，據俞紹初本改。㊱甘泉　山名，在陝西淳化西北，南與九嵕山相鄰。㊲御　此謂天子止息之處。㊳林光　宮名，秦胡亥所建，漢又在旁起甘泉宮，在甘泉山。㊴邃　深。㊵下堂　猶堂下。㊶重屋　高樓。《說文》：「樓，重屋也。」㊷廡　堂下周圍的房屋。㊸闥　泛指門。㊹帷　幕帳。㊺高舉　謂捲起幕帳以便通風。㊻堅冰常奠二句　古時王者將冰置於冰鑑之中冰鎮食物，故得寒饌享用。又，鄴城三臺之一為冰井臺，有冰室可藏冰。奠，陳置。寒饌，涼食。代敘，相繼地陳列。㊼雄風　強勁之風。以下二句為《北堂書鈔》帳部文，帷部亦引此文，用字稍異。㊽颯然　風動聲。㊾纖羅　泛指細紗織物。

【語譯】在這林鐘之時的季夏之月，濃重的陽氣積聚而上升。炙灼著溼潤大地上那一片溼熱之氣，吹揚著溫熱之風使得暑氣更興。〔時而如置身在火焰燃燒般的酷熱之下，時而如墜入熱氣瀰漫的蒸熱之中。〕野獸張嘴伸舌而倚物長喘，禽鳥垂下雙翅而不再高翔。〔根生的植物枯萎而焦乾，含血的人獸又怎能承當（這熱浪）？〕遠處那當空烈日的爍爍日光，將天地照耀得一片明亮。外出的人在原野上遭受痛苦，家居的人在堂屋裡忍受困窘。受罪於臥席的熾燙灼人，就像那燃燒著的炬火置在床上。起身徬徨不安而東顧西望，想躲避酷暑而沒有地方。仰望庭槐而長嘯來風，風既來到卻猶如熱湯。〔喘息一呼一吸怯弱無力，汗如雨下沾溼衣裳。來到清泉取水自澆，猶如溫水並不清涼。身體煩躁而氣短急喘，心胸鬱悶而窘迫恐惶。〕於是帝王后妃順從時令，幸臨九嵕山的北面山岡。託身甘泉山的清曠原野，來到林光宮的華麗殿堂。潛隱在廣廈巨室的深邃屋宇，澈蕩著清涼的水流於堂階下方。高樓重屋數百層，重影蔭庇萬千屋。各門大開，帳幕高揭。堅冰常置（於冰鑑），涼食繼列（於面前）。

勁風颯颯啊，時而吹動帷帳的細紗。

【研析】本文已殘，無法考知其全旨。就殘存的內容看，前半部描寫了盛暑之時的自然景觀與人的感受，其間融注了作者的親身體驗，寫得真切細膩，讀來如臨其境。自「於是帝后順時」以下，描寫帝王暑期的奢華生活，其用意與曹植〈大暑賦〉「於是大人遷居宅幽」以下相同，即頌讚曹操豪華富貴的生活，詞語華麗而內容平泛。

鶡賦

【題解】鶡，鳥名，又稱鶡雞，似雉而大，羽毛青黃色，好鬥。曹操、曹植亦有同題之作。考《文選・楊修・答臨淄侯箋》稱「是以對鶡而辭，作〈暑賦〉彌日而不獻」。李善注：「植為〈鶡鳥賦〉，亦命修為之，而修辭讓；植又作〈大暑賦〉，而修亦作之，竟日不敢獻。」又查植與修書稱「僕少小好為文章，迄至於今，二十有五年矣」，知其時為建安二十一年，則粲〈大暑賦〉和〈鶡賦〉亦當作於建安二十一年。

惟茲鶡之為鳥，信才勇而勁武。服❶乾剛之正氣❷，被淳駹❸之質羽❹。愬❺晨風❻以羣鳴，震聲發乎外宇❼。厲❽廉風與猛節，超羣類而莫與❾。惟膏薰❿之焚銷，固自古之所咨⓫。逢虞人⓬而見獲，遂因執乎緤累⓭。賴有司⓮之圖功，不開小而漏微⓯。今薄軀⓰以免害，從孔鶴於園湄⓱。

【注釋】❶服　佩戴，此指具備。❷乾剛之正氣　乾陽剛健之氣，古人多以形容勇武不屈的精神與氣概。❸駹　青色馬。❹質羽　美羽。❺愬　通「遡」。義為向著。❻晨風　猛禽名，又名鸇，似鷂，羽色青黃，以鳩鴿燕雀為食。❼宇　天宇。❽厲　磨煉。❾與　同類。❿膏薰　油膏與香草。此處以膏薰喻鶡，謂其因好勇尚鬥而常常使自身毀滅。《漢書・龔勝傳》：「薰以香自燒，膏以明自銷。」⓫咨　嗟歎聲。古人多有膏薰焚銷之類的感歎，如《意林》五引《蘇子》（原注：名淳，衛人也）：「蘭以芳致燒，膏以肥見焫，翠以羽殃身，蚌以珠碎腹……由來尚矣。」丁儀〈厲志賦〉：「薰以芬香而自燒，兔亦取斃於豪翰。」⓬虞人　主管苑囿的官員，此指獵人。⓭緤累　繩索。累，通「縲」。⓮有司　各部門的專職官吏，此指管理苑囿者。⓯不開小而漏微　本句謂有司管理苑囿盡職盡責，沒有絲毫疏漏。開小而漏微，可理解為小開而微漏。⓰薄軀　指鶡。⓱湄　水草相接的岸邊。

【語譯】正是這被稱為鶡的禽鳥，的確質性勇猛而強勁尚武。具備乾陽剛健的貞正之氣，披覆純色青馬似的美麗毛羽。面對晨風猛禽群鶡齊鳴，響震之聲發於天外。磨煉廉正的風度與勇猛的節操，超絕群類而無可比擬。只是經常像膏薰被焚似的因勇武而自毀，所以自古以來為人們嗟歎。如今遇到獵人而被捕獲，便被囚禁細束於繩緤網索。幸賴有司官吏盡職求功，沒有短暫的疏忽和微小的疏漏。使得鶡鳥的薄賤之軀免遭傷害，隨從孔雀仙鶴遊於園苑水濱。

【研　析】曹操、曹植亦頌讚鶡鳥，蓋當時戰事頻繁而需要崇尚勇武精神。本文不僅讚美鶡的勇武，而且對鶡的捐軀殞身寄予了深深的哀憫，曲折地反映了作者對連年征戰壯士多亡的感傷。最後，寫免害之鶡從孔鶴遨遊園湄，反映了作者的武士服務於聖王方得其所的主張。全文篇幅短小而寓含深刻，語調清新平穩又留有餘韻。

迷迭賦

【題解】迷迭，植物名，可製香料，詳見陳琳〈迷迭賦〉題解。

惟遐方之珍草兮，產崑崙之極幽❶。受中和之正氣兮，承陰陽之靈休。揚豐馨於西裔兮，布和種於中州❷。去原野之側陋兮，植高宇之外庭❸。布萋萋❹之茂葉兮，挺苒苒❺之柔莖。色光潤而采發兮，似❻孔翠之揚精。

《藝文類聚》八十一

【注釋】❶極幽　極為幽深之處。迷迭原產歐洲南部，先傳入中國西部地區（包括崑崙山），故《廣志》稱「迷迭出西域」。❷中州　指古豫州地，此泛指黃河中游地區。❸高宇之外庭　即曹丕〈迷迭賦〉「坐中堂以遊觀兮，覽芳草之樹庭」所云之處。❹萋萋　繁盛貌。❺苒苒　柔美貌。❻似　原作以，據嚴本改。

【語譯】這是遠方的珍奇香草啊，產於昆侖的深山之中。承受著中允和合的貞正之氣啊，接持著天地陰陽的靈曜美休。張揚那濃郁的香氣於西方的邊裔啊，播撒適宜的良種在此中州。遠離荒郊原野的偏僻簡陋之地啊，種植在高樓層宇的室外廣庭。抒張開繁盛的豐茂翠葉啊，挺立起纖美的柔嫩枝莖。顏色油亮明潤而光彩煥發啊，好似孔雀和翠鳥在奮揚羽輝。

【研析】作者對迷迭的描繪，從其美好稟性入筆，以外貌描述收尾，顯得內容較充實。其中關於珍草長於貴地的一筆，隱含著對曹丕的讚美。全文平穩簡煉，明豔清新。

瑪瑙勒賦

【題解】瑪瑙勒，用瑪瑙製作的馬勒。詳見陳琳〈馬瑙勒賦〉題解。

遊大國❶以廣觀兮❷，覽希世之偉寶。總眾材而課❸美兮❹，信莫臧❺於瑪瑙。被文采之華飾，雜朱綠與蒼皂❻。於是乃命工人❼，裁❽以飾勒。因姿象形❾，匪雕匪刻。厥容❿應規⓫，厥性順德⓬。御世嗣⓭之駿服⓮兮⓯，表騄驥⓰之儀則。

《藝文類聚》八十四

【注　釋】❶大國　指曹操的封地魏國。❷兮　原無兮字，據《太平御覽》八百零八補。❸課　考察比較。❹兮　原無兮字，據《太平御覽》八百零八補。❺臧　美好。❻蒼皂　青灰色與黑色。皂原作阜，據嚴本改。❼工人　工匠。❽裁　割裂。❾因姿象形　謂根據瑪瑙原有的紋理以製成相適應的某個馬勒部件。❿容　指外觀。⓫規　馬勒的形制規則。⓬順德　謂不傷瑪瑙原有的紋理，不失瑪瑙的本性。德，謂瑪瑙的天性，古人認為萬物皆有其德。⓭世嗣　猶謂世嫡，此指曹丕。據陳琳〈馬瑙勒賦〉，曹丕時任五官中郎將、副丞相。⓮駿服　良馬的服飾。⓯兮　原無兮字，據《太平御覽》三百五十八補。⓰騄驥　泛指良馬。

【語　譯】行遊魏國而廣視博觀啊，省覽這希世的瑰偉珍寶。彙總各種良材而核較豔美啊，實在是沒有哪種更優於瑪瑙。表面有交橫絢麗的華豔紋飾，錯雜著朱紅碧綠和蒼青黑皂。於是選命能工巧匠，精心裁割以裝飾馬勒。根據瑪瑙紋理以製成形近的勒件，不加雕琢不加鏤刻。其外觀合乎規範，其品性順應天德。用作王子貴胄的良駿服飾啊，用以彰表良馬的儀容法則。

【研　析】本文始於遊大國，終於表儀則，把對瑪瑙勒的描述放在一個較寬的背景之下，這樣處理，增加了作品的內涵。文章集中稱頌瑪瑙勒的華美，言辭之間，明顯有稱頌其主的意味。

車渠椀賦

【題　解】車渠椀，用車渠美石製成的碗。詳見陳琳〈車渠椀賦〉題解。

援柔翰以作賦。

《文選・左思・詠史詩》注

侍君子❶之宴坐❷，覽車渠之妙珍。挺❸英才❹於山岳，含陰陽之淑真。飛輕縹與浮白❺，若驚風❻之飄雲。光清朗以內曜，澤溫潤而外津❼。體貞剛而不撓，理修達而有文。〔雜玄黃❽以為質❾，似乾坤之未分。〕兼五德❿之上美，超⓫眾寶而絕倫。

《藝文類聚》八十四

【注釋】❶君子　此指曹丕。❷宴坐　閒坐。❸挺　生長。❹英才　似玉石之質性。英，同「瑛」。似玉之石。才，質性。❺飛輕縹與浮白　本句謂車渠具有淡青色和白色的雲狀花紋。飛，浮翔。縹，淡青色。❻驚風　疾風。❼津　明潤貌。❽玄黃　黑色與黃色。古人認為天地之始為玄黃二色雜揉，後二色分而天地成，故又以玄黃指天地。以下二句據《太平御覽》八百零八補。❾質　底色。❿五德　古人謂玉有五德，《詩・秦風・小戎》孔疏引〈聘義〉稱之為「溫潤而澤，仁也；縝密以栗，智也；廉而不劌，義也；垂之如墜，禮也；孚尹旁達，信也。」⓫超　原作起，據《太平御覽》八百零八改。

【語譯】取來柔軟的毛筆遺辭作賦。

侍陪君子的閒坐之時，得覽車渠這一美妙奇珍。育成其似玉的美質在那山嶽之中，飽含著天地自然的淑美純真。浮翔著輕輕的縹綾與浮游的白練（樣的花紋），就像驚風飄動著的飛雲。清朗的光芒在內中閃耀，溫潤的澤輝在外部映照。本體貞正剛堅而不曲不撓，條理修長通達而具有美紋。〔雜揉玄黃二色以為底色，就好似天地尚未離分。〕兼有佳玉五德的上乘美物，超絕眾多珍寶而絕無比倫。

【研析】車渠作為精美的石種，其紋理的纖膩多姿，其色澤的絢麗光豔，給人以美的享受。王粲在描述車渠華美的言辭之中，寄寓著自己的審美感受，顯得形象而真切。文中用了許多動詞來描寫靜物，顯得生動而富有立體感。

白鶴賦

【題解】曹植亦撰有〈白鶴賦〉，本文或為同時之作。

白翎稟靈龜之修壽，資❶儀鳳❷之純精。接王喬❸於湯谷❹，駕赤松❺於扶桑❻。餐靈丘之瓊蕊❼，吸雲表之露漿。

《藝文類聚》九十

【注釋】❶資　同「稟」。❷儀鳳　鳳凰的美稱，語本《書·益稷》：「〈簫韶〉九成，鳳凰來儀。」孔傳：

「儀，有容儀。」❸王喬　指古仙人王子喬。❹湯谷　傳說為太陽所居之地。❺赤松　指古仙人赤松子。❻扶桑　湯谷中神木。❼瓊蕊　傳說中瓊樹的花蕊，似玉屑，食之可長生。

【語譯】潔白的長翎稟承著神靈巨龜的修齡長壽，亦有著淑美鳳凰的純質精華。接迎王子喬於湯谷勝地，乘載赤松子於扶桑之上。食取仙山的瓊樹花蕊，吸吮彩雲表面的霞露之漿。

【研析】本文極言白鶴的高潔與靈異，然文有佚缺，作者感於何事，有何寓意均無考。

彈棋賦序

【題解】彈棋，漢魏時博戲，黑白棋子各六枚，兩人對局，各取一色，列於棋盤之上而彈擊之，與今人之康樂棋相似。《太平御覽》七百五十五引有王粲〈彈棋賦〉四句，經考《藝文類聚》七十四，實為丁廙所作，故不錄。

因行騁志❶，通權達理❷，六博❸是也。

《太平御覽》七百五十四

【注釋】❶因行騁志　彈棋以石為盤，平而光滑，以木為子，子受擊在盤上飛速疾行，寓有騁志之意。❷通權達理　是就善於變換擊棋方式以取勝而言。權，權變。❸六博　古遊戲之一，亦十二子，六黑六白，兩人相博，每人六子，故名。彈棋是在六博的基礎上演化而成，故此處以六博代指彈棋。

【語譯】借助棋子的疾行以馳騁自己的才志，靈活權變且要通達事理，六博就是這樣的。

【研析】曹丕《典論・自敘》稱「余於他戲弄之事少所善，唯彈棋略盡其巧」，且撰有〈彈棋賦〉，丁廙、夏侯淳亦有同題之作。王粲所作僅存賦序殘句，賦旨無考。

圍棋賦序

【題解】圍棋，又名弈，傳為堯作，春秋時已頗為流行。《太平御覽》所引標題署為魏粲，魏粲之間當脫一王字，據嚴本收錄《王粲集》。

清靈❶體道❷，稽謨❸玄神，圍棋是也。

《太平御覽》七百五十三

【注釋】❶清靈　高潔而神奇。❷體道　依循大道。❸稽謨　核算謀劃。

【語譯】高潔靈奇而又依循大道，精算深謀而又玄遠神妙，圍棋就是這樣的。

投壺賦序

【題解】投壺，古人宴會時的遊戲，設一只壺，賓主依次投矢其中，投中多者為勝，負者飲。《太平御覽》所引標題署為魏粲，魏粲之間當脫一王字，據嚴本收錄《王粲集》。

夫注心銳❶念，自求諸身，投壺是也。

《太平御覽》七百五十三

【注釋】❶銳 專一。

【語譯】全神貫注專心致志，努力求之於自身，投壺的遊戲就是這樣的。

七釋

【題解】七，文體名，辭賦體裁之一。七體文大多是從幾個角度反覆勸喻，以使對方曉悟。本文題為〈七釋〉，亦有多次解說的含義。曹植〈七啟序〉稱「昔枚乘作〈七發〉，傅毅作〈七激〉，崔駰作〈七依〉，張衡作〈七辨〉，辭各美麗，余有慕焉，遂作〈七啟〉，并命王粲等並作焉」（引自《文館詞林》四百一十四），則王粲本文為應命之作。徐幹尚有〈七喻〉殘句，可參閱。又，本文有「巴渝代起」句，考〈俞兒舞歌四首〉作於建安十八年（西元二一三年）秋曹操為魏公之後，在此之前，巴渝舞因無人通曉其句度而近於湮滅。疑本文作於建安十八年秋天之後。

潛虛丈人❶，違時遁❷俗。恬淡❸清玄，渾沌❹淳樸。薄禮愚學，無為無欲。均同生死，混齊榮辱。不拔毛以利物，不拯溺以濡足❺。濯身❻乎滄浪❼，振衣❽乎嵩嶽❾。於是文籍大夫❿聞而歎曰：「於乎！聖人居上，國無室士。人之不訓，在列⓫之恥。我其釋諸，弗革乃已。」遂造⓬丈人而謁⓭之曰：「蓋聞君子不以志易道，不以身後時。進德修業，與俗同期⓮。一物有蔽⓯，大人⓰恥之。今子深藏其身，高棲其志。外無所營，內無所事。有目而不視，有心而不思。顒⓱若窮川之魚，梢⓲若槁木⓳之枝。鄙夫惑焉。請為子言大倫，敘時務。宣導情性，啟授達趣。雖謬雅旨，殆其有助，抑可陳乎？」丈人曰：「可哉。」

大夫曰：「道在養志，志在實氣。將定其氣，莫先五味⓴。凍縹㉑玄酎㉒，醴㉓白齊㉔清。肴以多品，羞以珍名。鯆鱐鮐鮿㉕，桂蠹㉖石瓊㉗。鱉㉘寒鮑㉙熱，異和殊馨㉚。紫梨黃甘㉛，夏柰㉜冬橘。枇杷㉝都柘㉞，龍眼㉟荼實㊱。河隈㊲之鮇㊳，泗濱㊴盧鱖㊵。名工砥鍔㊶，因皮卻切[42]。纖而不茹[43]，紛若紅綷[44]。乃有西旅[45]遊梁[46]，御宿[47]青粲[48]。瓜州[49]紅麴[50]，參糅[51]相半。柔滑[52]膏潤[53]，入口流散。黿[54]羹蠵臛[55]，晨鳧[56]宿鶤[57]。五黃[58]擣珍[59]，腸胹[60]肺瀾。旄象葉解，胎豹[61]臠斷[62]。霜熊[63]之掌，葺麋[64]之腱。齊以甘酸，隨時代獻。芬芳滋液[65]，方丈[66]兼案。此五味之極也，子其饗諸[67]？」文人曰：「否！膏粱[68]雖旨[69]，厚味[70]腊毒[71]。子之所甘，於我為慼[72]。」

大夫曰：「名都之會[73]，土勢敞麗。乃營顯宇，極茲弘侈。重殿崛起，疊構[74]復施。欒櫨[75]錯峙，飛枊[76]四刺。結棟舒宇，翼[77]若鳥企[78]。雲枌[79]虹帶，華桷[80]鏤楹[81]。綺寮[82]赬幹[83]，芙蓉[84]披英[85]。文軒[86]彫楯[87]，承以拘欞[88]。雲幄垂羽，山根紫莖[89]。高門洞開，闈闥[90]四通。陰陽殊制，溫涼異容。班輸[91]之徒，致巧展功。土畫黼繡[92]，木刻虯龍[93]。幽房廣室，密牖[94]疏窗。閭術[95]相關[96]，閨[97]巷錯重。窈窕[98]遷化，莫識所從。爾乃層臺特起，隆崇嵯峨[99]。戴甗[100]反宇[101]，參差相加。屬[102]延閣[103]以承梠(104)，表曲觀於四阿(105)。徑(106)園囿而外折，臨寒泉之激波。清沼(107)澹淡(108)，列植菱荷。芳卉奇草，垂葉布柯(109)。竹木叢生，珍果駢羅。青蔥(110)幽藹(111)，含實吐華。孕鱗羣躍，眾鳥喧訛(112)。熙(113)春風而廣望，恣心目之所嘉。此宮室之美也，子其宅諸？」文人曰：「否！水土交勝(114)，是謂殃(115)神。子之所安，我則未聞。」

大夫曰：「邯鄲(116)才女，三齊(117)巧士。名倡(118)秘舞(119)，承閒(120)並理(121)。七盤(122)陳於廣庭，疇人(123)儼其齊俟。坐二八(124)於後行，盛容飾而遞(125)起。揄(126)皓袖以振策(127)，竦(128)并足而軒跱(129)。邪睨(130)鼓下(131)，抗音(132)赴節。清歌流響，依違(133)繞結(134)。安翹足以徐擊，馺(135)頓身而傾折(136)。揚蛾眉而顧指(137)，儀閒暇(138)以超絕。飆駭機發(139)，雜沓(140)遄促(141)。投身放跡，邀聲受曲。便娟(142)婉娩(143)，紛綸(144)連屬。忽捐桴而揮袂，聊徘徊以容與(145)。坐列雜(146)其俱興，遂駢進而連武(147)。轉騰浮蹀(148)，逐激(149)和柎(150)。足不空頓，手不徒舉(151)。仆似崩崖，起若飛羽。翩飄徽霍(152)，亂精蕩神。巴渝(153)代起，鞞鐸[154]響振。羽旄[155]奮麾[156]，弈弈[157]紛紛。於是白日西移，轉即閑堂。號鍾[158]絙瑟[159]，列乎洞房[160]。管簫[161]繁會，雜以笙簧[162]。夔、牙之師[163]，呈能極方。奏〈白雪〉[164]之高均[165]，弄[166]幽徵[167]與反商[168]。聲流暢以清哇，時慷慨而激揚[169]。虞公[170]含詠，陳惠[171]清徵。新聲變詞，慘淒增悲。聽者動容，梁塵為飛。此音樂之至也，子其聽諸？」文人曰：「否！淫聲[172]慆心[173]，心放生害。我之所畏，惟此為大。」

大夫曰：「農功既登[174]，玄陰[175]戒寒[176]。鳥獸鳩萃[177]，川濱涸乾。乃致眾庶，大獵中原。植旌樹表[178]，班校[179]行曲[180]。結罔連罝[181]，彌山跨谷。輕車布於平陸，選騎陳於林足。散蒸徒[182]以成圍，漫雲興而相屬。鼓鳴旗動，雷發飆逝。流鋒四射，畢罕[183]橫厲[184]。奮干殳[185]而捎擊[186]，放鷹犬以搏噬[187]。羽毛羣駭，喪魂失勢。飛遇矰矢[188]，走[189]逢遮例[190]。中創被痛，金夷[191]木斃。俛仰[192]翕響[193]，所獲無藝[194]。於是剛禽狡[195]獸，驚厈[196]跋扈[197]。突圍負阻，莫能嬰[198]禦。乃使晉馮[199]、魯下[200]，注[201]其巔[202]怒。

徒搏熊豹，袒暴[203]兕武[204]。頓[205]犀掎[206]象，破脰[207]裂股[208]。當足遇手，摧為四五。若夫輕材[209]高足[210]，光飛電去。踵[211]奔逸之散跡，荷良弓而長驅。淩[212]原隰[213]以升降，捷蹊徑[214]而邀[215]遇。弦不虛控，矢不徒注。僵禽連積，隕鳥若雨。紛紛藉藉[216]，蔽野被原。含血之蟲[217]，莫不畢殫[218]。罷圍陳饗[219]，旋旆[220]迴轅。從容四郊，棲遲[221]圃園。娛遊往來，唯意所安。此遊獵之娛也，子其從諸？」文人曰：「否！是於道忌，實曰心狂。聞子屢誨，彌失所望。」

大夫曰：「麗材美色，希出特生。都冶[222]閑靡[223]，窈窕娥娙[224]。豐膚曼[225]肌，弱骨纖形。鬒髮[226]玄鬢，修項秀頸[227]。紅顏熙曜，曄[228]若苕榮[229]。西施[230]之疇[231]，莫之與呈[232]。盛容象而致飾，昭令[233]質之豔姿。戴明月之羽雀[234]，雜華鑷[235]之葳蕤[236]。珥[237]照夜之雙璫[238]，煥熠爚[239]以垂暉。襲[240]藻繡之縟彩[241]，振纖縠[242]之袿徽[243]。紛綢繆[244]而雜錯，忽猗靡[245]以依徽[246]。於是釋服墜容，微施的黛[247]。承閒嬿御[248]，攜手同戴[249]。和心善性，柔顏婥[250]態。便姸[251]姆媚[252]，不可忍耐。一顧迋[253]精，傾城[254]莫悔。此美色之選也，子其悅諸？」於是文人心疾意忘[255]，氣怒外淩，艴然[256]作色[257]，謐爾[258]弗應。

大夫曰：「觀海然後知江河之淺，登嶽然後見丘陵之狹。君子志乎其大，小人玩[259]乎所狎[260]。昔在神聖，繼天垂業。指象[261]畫卦[262]，陳疇[263]敘法。經緯[264]庶典，作謨[265]來葉[266]。天人之事，靡不備浹[267]。乃有應期睿達之師，開方[268]敏學之友。朋徒[269]自遠，童冠[270]八九。觀禮杞、宋[271]，講誨曲阜[272]。浴乎沂、洙[273]之上，風[274]乎舞雩[275]之右。棲遲誦詠，同車攜手。論載籍[276]，敘彝倫[277]，度《八索》[278]，考《三墳》[279]。升堂入室[280]，溫故知新[281]。上不為悠悠[282]苟進[283]，下不與鳥獸同羣。近不逼俗，遠不違親。從容中和[284]，與時屈申。煥然順敘[285]，粲乎有文[286]。子曾此之弗欲，而猶遂彼所遵，不以過乎？」於是文人變容降色而應曰：「夫言有殊而感心，行有乖而悟事。大夫斯誨，實誘我志。道若存亡，請獲容思。」

大夫曰：「大人在位，時邁[287]其德。先天[288]弗違，稽若[289]古則。睿哲文明[290]，允[291]恭玄塞[292]。旁施[293]業業[294]，勤釐[295]萬機。闡[296]幽揚陋[297]，博采疇咨。登[298]俊乂[299]於壟畝，舉賢才於仄微[300]。置彼周行[301]，列于邦畿[302]。九德[303]咸事[304]，百寮[305]師師[306]。乃建雍宮[307]，立明堂[308]，考憲度，修舊章。綴故訓[309]之紀[310]，綜六藝[311]之綱。下理九土[312]，上步三光[313]。制禮作樂，班敘等分。明恤庶獄[314]，詳刑淑問[315]。百揆[316]無廢，五品[317]克順。形[318]中情於俎豆[319]，宣德教於四邦。布休[320]風以偃[321]物，馳純化[322]而玄通[323]。於是四海之內，咸變時雍[324]。仁澤洽[325]於心，義氣蕩其匈[326]。父慈子孝，長惠幼恭。推畔[327]讓路，重信貴公。五辟[328]偃措[329]，囹圄[330]闃空[331]。普天率土[332]，比屋可封[333]。聲曁[334]海外，和充天宇。越裳[335]重譯[336]而來獻，肅慎[337]納貢於王府。日月重光[338]，五徵[339]時敘。嘉生[340]繁殖，祥瑞蔽野。是以棲林隱谷之夫，逸跡放言之士，鑒乎『有道[341]，貧賤是恥』，踴躍泉田之間，莫不載贄[342]而興起。」於是文人踧然[343]動顏，乃歎而稱曰：「美哉言乎！吾聞辭不必繁，以義為貴。道苟不同，聽言則醉。子之前論，多違德類。盤遊耽色，美室侈味。熏心慆344耳，俾我戚悴345。既獲改誨，踰346以學林。師友玄穆347，我固有心。況乃聖人之至化，大道之上功。嘉言聞耳，廓348若發蒙。老夫雖蔽，庶能斯通。敬抱衣冠，以及後蹤。」

《文館詞林》四百一十四

【注釋】❶潛虛丈人 為一位虛構的隱士，與曹植〈七啟〉的玄微子、徐幹〈七喻〉的逸俗先生為同類人物。❷遁 逃避。❸恬淡 安靜閒適。❹渾沌 本指天地形成前的元氣狀態，此形容一種曠達清靜的品性。❺濡足 溼腳。《孟子・盡心上》：「楊子（按：指楊朱）取為我，拔一毛而利天下，不為也。」《孟子・離婁上》：「嫂溺，援之以手，權也。」❻濯身 浴體。❼滄浪 清碧之水。《楚辭・漁父》：「（漁父）乃歌曰：『滄浪之水清兮，可以濯吾纓；滄浪之水濁兮，可以濯吾足。』」❽振衣 指沐浴後的抖衣去塵。屈原〈漁父〉：「新浴者必振衣。」❾嵩嶽 中嶽嵩山，此泛指高山。❿文籍大夫 為一位虛構的通達事理的說客，與曹植〈七啟〉的鏡機子，徐幹〈七喻〉的賓為同類人物。⓫在列 居官任職的人。⓬造 到。⓭謁 拜見。⓮與俗同期 《藝文類聚》五十七作「與世同理」。期，期限，此指人的壽命。⓯蔽 蒙蔽，此指蔽塞而不曉事理。⓰大人 德行高尚的人。⓱顒 仰視。⓲梢 長而無旁枝的樹枝。⓳槁木 乾枯之樹。⓴五味 酸、苦、甘、辛、鹹。《周禮・天官・疾醫》：「以五味、五穀、五藥養其病。」㉑凍醥 冰鎮的淡青色的酒。㉒玄

酎　清純的醇酒，其清沏如水，古人以水德尚黑，故名。㉓醴　甜酒，其色微白而稍濁。㉔齊　祭祀用的未經過濾的酒，其味較薄而淳正。㉕鯆鱅鮐魮　四種魚。鯆，又名鯆魮魚、海鷂魚、鍋蓋魚，大者周長七、八尺，無足無鱗，口在腹下，尾長有節。曹操〈四時食制〉稱為「蕃逾魚」。鱅，乾魚。《周禮・天官・庖人》：「凡用禽獻……夏行腒鱅，膳膏臊。」鮐，海魚名，背上青黑有黃紋。魮，即魛魚，體狹薄而長。㉖桂蠹　寄生在桂樹上的蟲，用蜜浸漬以為美味。《漢書・南粵王趙佗傳》：「謹北面因使者獻……桂蠹一器。」顏注：「此蟲食桂，故味辛，而漬之以蜜食之。」㉗石瓊　石菌（靈芝）一類的瑞草。梁簡文帝〈七勵〉：「桂蠹石瓊，龍胎鳳胏。」石瓊原作石饅，當為瓊饅形近而訛，今據文意改。㉘鱉　龜屬，俗稱甲魚、團魚。㉙鮑　即鰒，海生軟體動物。㉚馨　傳布很遠的香氣。㉛甘　通「柑」。桔屬。㉜柰　果木名，又稱沙果。㉝枇杷　此指枇杷果。㉞都柘　同「都蔗」。指甘蔗。㉟龍眼　果名，俗稱桂圓。㊱荼實　指白茅地下的根莖，白軟有節且甜美可食。㊲河隈　黃河河道彎曲處。㊳鮇　魚名，又稱嘉魚，長身細鱗，肉白如玉。㊴泗濱　泗水之濱。泗水，源於山東泗水縣陪尾山。㊵盧鱺　黑色鱺魚。鱺魚有黑色斑點，肉味鮮美。㊶砥鍔　磨厲刀刃。砥，細磨石，此指磨厲。鍔，刀劍的鋒刃。㊷卻切　謂廚師往自己身體的方向運刀切割。㊸茹　相互牽連。㊹綷　錯雜。㊺西旅　西方遠遊之人。《後漢書・馬融傳》：「西旅越葱嶺而來王。」㊻遊梁　猶謂行遊中原。語本《史記・司馬相如列傳》：「是時梁孝王來朝，從遊說之士齊人鄒陽、淮陰枚乘、吳莊忌夫子之徒，相如見而說之，因病免，客遊梁。」遊，行遊往來。梁，本指梁國（故都在今河南開封），此謂中原。㊼御宿　漢代宮苑名，又名御羞，在陝西藍田，其地肥沃，多出可進奉的御物。㊽粲　精米。㊾瓜州　古地名，在今甘肅敦煌。㊿麴　磨碎後尚未分篩為麵與麩的麥屑。51參糅　摻雜而成的米飯。參，通「糝」。指摻雜。糅，飯食。52柔滑　柔軟的經過勾芡的菜肴，古人以米粉勾芡。《周禮・天官・食醫》：「調以滑甘。」53膏潤　甘美潤滑。鍾會〈葡萄賦〉：「滋澤膏潤，入口散流。」54黿　大鱉，背青黑色，頭有疙瘩。55蠵脽　蠵之肉羹。蠵，大龜的一種，甲有文彩，似玳瑁而薄。脽，同「臛」。肉羹。56鳧　野鴨。57鷃　鳥名，似雀而大，善鳴多聲。58五黃五位頭戴黃冠的仙人。《南粵志》：「昔有樵者迷路，遇黃冠五人，指示得歸。」(59)擣珍　取牲畜脊肉捶製，以為珍味。《禮記・內則》：「擣珍，取牛羊麋鹿麕之肉，必脄，每物與牛若一，捶反側之。」鄭注：「脄，脊側肉也。捶，擣之也。」(60)胹　用火煮得爛熟。(61)胎豹　即豹胎，古人以為美味。(62)臠斷　切成塊狀。臠，切成塊狀的魚肉。(63)霜熊　白熊，生長於北方極冷之地。(64)茸麋　群麋。茸，重疊復合，引申有成群的意思。麋，獸名，又稱獐子。(65)滋液　汁液。(66)方丈　一丈見方，此謂菜肴豐盛擺滿了一丈見方的食案。《孟子・盡心下》：「食前方丈。」(67)饗諸　猶謂享用乎。饗，享用。諸，代詞「之」與疑問語氣詞「乎」的合音字。(68)膏梁　同「膏粱」。指精美的食物。《國語・晉語七》：「夫膏粱之性難正也。」韋注：「膏，肉之肥者；粱，食之精者。」(69)旨　味美。(70)厚味　味道濃厚。(71)腊毒　甚毒。《國語・周語下》：「厚味寔腊毒。」(72)慼　憂懼不安。(73)會　指作為一個地區政治經濟中心的主要城市。《史記・貨殖列傳》：「臨菑亦海岱之間一都會也。」(74)疊構　此謂層疊構建的造型。(75)欒栭　兩種房屋構件。其中，欒為柱首承檁的曲木，在櫨之上；栭為柱首承檁的方木，即櫨，又稱斗拱。(76)飛枊　屋四柱上端引出的飛簷。《文選・何晏・景福殿賦》：「飛枊鳥踴。」李善注：「飛枊之形，類鳥之飛。」枊原作抑，當為形近而訛，今正。(77)翼　房屋四角的飛簷。(78)企　踮起腳跟，此在形容鳥兒欲飛的姿態。(79)棼　重屋的檁。(80)桷　方形的椽子。(81)楹　廳堂的前柱。(82)綺寮　雕畫美觀的小窗。(83)赬幹　紅色窗框。赬，赤色。幹，井上木欄，此指窗框。(84)芙蓉　荷花。(85)英花。(86)軒　欄杆上的木板。(87)楯　欄杆的橫木。(88)拘櫨　彎曲的木格。拘，屈曲。櫨，欄杆上雕有花紋的木格子。(89)紫莖　柔弱的枝莖，多用來指荷花、蘭花、靈芝等。(90)闈闥　泛指宮門。闈，古代宮室前曰廟，後曰寢，寢兩側的小門叫闈。闥，宮中小門。(91)班輸　指春秋時魯國的巧匠公輸班，又稱魯班。(92)黼繡　繡有斧形花紋的衣服，此指繪在牆上的花紋。《漢書・賈誼傳》：「美者黼繡，是古天子之服，今富人大賈嘉會召客者以被牆。」(93)虯龍　泛指盤曲的龍。(94)牖　窗戶。細分之，在牆曰牖，在屋為窗。(95)閭術　城邑內的道路。閭，里巷的大門，此謂民戶聚居的里巷。術，邑中之路。(96)闟　交通。(97)閨　同「閣」。指邑里之門。(98)窈窕　深邃貌。99嵯峨　山高峻貌。100甗　古炊器，上體如甑而寬大，下體如鬲而細狹。此喻樓臺的大頂如甗形。101反宇　屋簷上仰起的瓦頭。102屬　連接。103延閣　從屬於主體建築的閣室。104梠　屋簷。105四阿　指四阿重屋，謂宮殿的正堂。《周禮・考工記・匠人》：「殷人重屋……四阿重屋。」鄭注：「重屋者，王宮正堂若大寢也……四阿，若今四柱屋。」106徑　通「經」。指走過。107沼　水池。108澹淡　水波動盪貌。109柯　草木的枝莖。110青蔥　此指蔥綠色。111幽藹　草木繁盛貌。112訛　言。113熙　嬉戲。114勝　指景色的美麗。115殃　害。116邯鄲　地名，位於今河北邯鄲，戰國時為趙國國都，其時多有善於歌舞的才女。117三齊　地名，指今山東東部地區。《史記・項羽本紀》：「（田榮）並王三齊。」集解引《漢書音義》：「齊與濟北、膠東。」正義引《三齊記》：「右即墨，中臨淄，左平陸，謂之三齊。」118倡　歌舞藝人。119秘舞　奇異的舞姿。張衡〈西京賦〉：「秘舞更奏，妙材騁伎。」120承閒　趁著閒暇的時候。121理　治，此指表演。122七盤　古時七盤舞的舞具，列七個盤子於地，舞者長袖寬衣，舞於盤間或盤上。張衡〈舞賦〉：「歷七盤而縱躡。」山東沂南漢畫像石有七盤舞圖，可參閱。123疇人　指同類的舞人。124二八　指十六人。《左傳・襄公十一年》：「女樂二八。」125遞　順次交替。126掄　揮揚。127振策　揮甩馬鞭，此在形容舞袖的動作。128竦　引領舉足。129軒跱　高立。130邪睨　斜視。131鼓下　猶謂擊鼓之處，此指伴奏諸人的位置。132抗音　迎著樂音。133依違　同「依韋」。形容樂音的完美和諧。《漢書・禮樂志》：「五音六律，依韋饗昭。」顏注：「依韋，諧和不相乖離也。」134繞結　繞樑盤結，此用《列子・湯問》中韓娥之歌繞樑三日不絕的典故。135駁　迅疾貌。136傾折　指彎腰的舞姿。137顧指　用眼神示意並指示對方。138閒暇　安靜閒適的儀態。139機發　謂舞者的動作如機弩發射般迅速。機，弩機，弩上發箭的裝置。140雜沓　同「雜遝」。眾多紛雜貌。141遄促　疾速急促。142便娟　同「媥娟」。輕盈美麗貌。143婉娩　柔順貌。144紛綸　眾多貌。145忽捐桴而揮袂二句　此二句說主舞者隨著鼓音的停止而止舞。捐桴，停下鼓棰。容與，安逸自得貌。146雜　組合；配合。147武　足跡。148浮蹀　輕輕地蹈踏。149激　此謂疾迅的樂曲。150柎　通「拊」。指拊搏，樂器名，形如小鼓，皮面，內裝糠，多用以節制樂曲的拍節。151足

不空頓二句　此二句謂手足的舞動皆在模仿一些具體的動作。152徽霍　同「煇霍」。煇光霍閃。153巴渝　指巴渝舞。該舞是在居於渝水流域的巴人舞蹈的基礎上改創而成，屬於武舞，所以下句稱「鞞鐸響振」，參見王粲〈俞兒舞歌四首〉之題解。154鞞鐸　兩種樂器。鞞，同「鼙」。指軍鼓。鐸，青銅製品，形如鉦而有舌，宣布政教法令或遇戰事時用之。155羽旄　羽飾的旄旗。156麾　通「揮」。157弈弈　同「奕奕」。盛美貌。158號鍾　琴名。傅玄〈琴賦〉：「齊桓公有鳴琴曰號鍾。」此喻美琴。159絚瑟　即緪瑟，緊繃絲絃之瑟。《楚辭・九歌・東君》：「緪瑟兮交鼓，簫鍾兮瑤簴。」王逸注：「緪，急張弦也。」160洞房　相互通連的側房。161管籥　兩種竹製樂器。管，近似笛子。籥，古時特指排簫，編排竹管而成，大者二十三管，小者十六管。162笙簧　此謂管樂器笙。笙，竹製，大者十九簧，小者十三簧。簧，樂器中有彈性的薄片，此指笙中之簧。《詩・小雅・鹿鳴》：「吹笙鼓簧。」孔疏：「吹笙之時，鼓其笙中之簧以樂之。」163夔牙之師　夔與伯牙擔任樂師。夔，傳說為舜的樂官，精通音樂。牙，伯牙，春秋時人，以精於琴藝著名。揚雄〈甘泉賦〉：「穆羽相和兮，若夔、牙之調琴。」164白雪　古曲名，其曲調極高。《樂府詩集》五十七〈白雪歌序〉：「《琴集》曰：〈白雪〉，師曠作，商調曲也。」165高均　猶謂高調。均，古樂器的調律器。166弄　演奏。167幽徵　即變徵，七音之一，近於現代音階的4。以變徵為第一音階的曲調低沉悲切。《史記・刺客列傳》：「高漸離擊筑，荊軻和而歌，為變徵之聲，士皆垂淚涕泣。」168反商　猶謂正商。《禮記・樂記》：「樂盈而反，以反為文。」商為七音之一，近於現代音階的2。以商為第一音階的曲調亦很低沉。《淮南子・氾論訓》：「甯戚之商歌，其美有存焉者矣。」169聲流暢以清哇二句　第一句應〈白雪〉曲，第二句應變徵與正商。哇，指靡曼的樂聲。揚雄《法言・吾子》：「中正則〈雅〉，多哇則〈鄭〉。」170虞公　古代善歌者。劉向《別錄》：「漢興以來，善雅歌者，魯人虞公，發聲清哀，蓋動梁塵。」171陳惠　人名，漢元帝時宮中擅長音樂的樂人。《漢書・史丹傳》：「則是陳惠、李微高於匡衡。」如淳曰：「陳惠、李微是時好音者也。」服虔曰：「二人皆黃門鼓吹也。」172淫聲　泛指浮靡而不正派的樂調樂曲。173慆心　使人心志淫亂。《左傳・昭公元年》：「於是有煩手淫聲，慆堙心耳，乃忘平和，君子弗聽也。」174登　成。175玄陰　指北方極盛的陰氣。176戒寒　告誡人們備寒。《國語・周語中》：「駟見而隕霜，火見而清風戒寒。」韋昭注：「戒寒謂霜降以後，清風先至，所以戒人為寒備也。」177鳩萃　聚集。178表　在圍獵場地設置的各種標記。應瑒〈西狩賦〉：「萬表星陳」。179校　指軍隊的一部分。180曲　部曲，為古時軍隊的編制單位，每部設校尉一人統領，每曲設軍候一人統領。181罝　放置在地上的捕兔網。182蒸徒　眾人。蒸，通「烝」。指眾多。183罻罞　有長把的捕鳥、兔的網。184橫厲　猶謂橫揮掃捕。185干殳　干為盾，殳為古代兵器，竹木為桿，前端有金屬棱角以便敲擊敵人。此用干殳代指各種兵器。186捎擊　拂掠擊殺。187噬　咬。188矰矢　繫有生絲繩以射鳥雀的箭，為古代八矢之一。《周禮・夏官・司弓矢》：「矰矢……用諸弋射。」鄭注：「結繳於矢謂之矰。」189走　跑。190遮例　同「遮迾」。指列隊遮攔。191金夷　被兵器擊傷。《後漢書・班超傳》：「身被金夷，不避死亡。」192俛仰　俯仰。俛，低頭。193翕響　奄忽之間，謂時間的短暫。194藝　治理。195狡　兇暴。196厈　同「厂」。指山崖石穴。197跋扈　兇橫強暴。198嬰　捆綁。199晉馮　晉國的馮婦，為有名的善於搏虎的勇士，事見《孟子・盡心下》。200魯卞　魯國的大夫卞莊子，以勇著名，《史記・張儀列傳》記有其刺雙虎事。201注　集中；聚集。202贔　猛壯貌。203暴　徒手搏擊。《詩・鄭風・大叔于田》：「襢裼暴虎。」毛傳：「暴虎，空手以搏之。」204兕武　疑謂雌犀與猛虎。兕，雌犀，一說為似牛的猛獸。武當釋為虎，係唐人許敬宗編《文館詞林》時為避唐高祖李淵的祖父李虎諱而改虎為武。205頓　挫傷。206掎　從側旁拖持。《漢書・敘傳》：「昔秦失其鹿，劉季逐而掎之。」顏注：「掎，偏持其足也。」207脰　頸項。208股　大腿。209材　材士，指勇武之人。210高足　良馬。211踵　追逐。212淩　逾越。213隰　低溼之地。214蹊徑　小路。215邀　阻截。216藉藉　交橫雜亂貌。217蟲　泛指各種動物。218殫　盡。219饗　犒賞。220旆　旗幟的通稱。221棲遲　止息。222都冶　美豔漂亮。蔡邕〈青衣賦〉：「都冶嫵媚，卓礫多姿。」223閑靡　閒雅姣美。224娥娙　女子身體修長而美好。225曼　細膩而美。226鬒髮　稠美的黑髮。227修項秀頸　頸和項均指人的脖子，細分之，前為頸，後為項。228曄　燦爛明盛貌。229苕榮　苕花。苕，草名，又叫陵苕、紫葳。《詩・小雅・苕之華》：「苕之華，芸其黃矣。」230西施　春秋時越國的美女。231疇　通「儔」。指同類。232呈　顯現。233令　美好。234羽雀　指飾作鳥雀狀的簪釵頭飾。235鑷　古時綴附於簪釵的首飾。236葳蕤　紛披鮮麗貌。237珥　耳飾。238璫　耳珠。239焆爚　火光照耀貌。240襲　穿著。241縟彩　色彩紛繁。242纖穀　細紋絲帛與縐紗。243袿徽　兩種女性服飾。袿，婦女的上等衣服，其制下垂部分上廣下狹如刀圭。徽，通「褘」。女子衣服上的帶狀佩巾，以五色絲為之，又稱香纓。張衡〈思玄賦〉：「舒妙婧之纖腰兮，揚雜錯之袿徽。」244綢繆　色彩繁密貌。左思〈吳都賦〉：「榮色雜糅，綢繆縟繡。」245猗靡　隨風飄動貌。246徽　美。247的黛　兩種女性面飾物。的，古代婦女用朱色點於面部的裝飾。黛，青黑色的顏料，古時女子用以畫眉。248嬿御　麗服陪寢。嬿，柔順美好，此指美好的衣服。御，侍寢。枚乘〈七發〉：「嬿服而御。」李善注：「《尚書大傳》曰：『古者后夫人至於房中，釋朝服，襲嬿服，入御於君也。』」249戴　感情。250婥　婥約，美好貌。251便妍　俏麗美好。252姆媚　同「嬿媚」。指姿態嬌美。253迕　相遇。254傾城　傾覆城國。《漢書・外戚傳》：「北方有佳人，絕世而獨立，一顧傾人城，再顧傾人國。寧不知傾城與傾國，佳人難再得。」255心疾意忘　指人們盛怒時心情激動雜念皆無的神態。忘，通「亡」。256艴然　臉紅貌。257作色　臉上變色，指生氣。258謐爾　安寧貌。259玩　輕慢，此指小人貪圖逸樂的生活態度。260狎　輕浮。261指象　謂上天所示意的景象。262畫卦　謂書寫八卦。《易・繫辭下》：「古者包犧氏之王天下也，仰則觀象於天，俯則觀法於地，觀鳥獸之文與地之宜，近取諸身，遠取諸物，於是始作八卦。」263陳疇　謂施行廣開言路之制。陳，設置。疇，疇諮。《尚書》中古帝多用「疇諮……」的句式問政求賢，故後人多用作訪問、求教之意。264經緯　紡織物的經線和緯線，此指規劃治理。265謨　謀劃。此特指《尚書・皋陶謨》所載舜、禹、皋陶討論國家大計之事。266來葉　未來之世。267浹　洽。268開方　數學術語，指求方根的計算方法。269朋徒　朋輩、弟子。《論語・學而》：「有朋自遠方來，不亦樂乎？」270冠　指成年人。271杞宋　西周時古國名。杞，在今河南杞縣，相傳周武王封夏禹的後人東樓公於杞，古人認為杞國仍有夏代遺風。宋，其地在今河南東部及山東、江蘇、安徽交界地帶，相傳周武王封殷紂的庶兄微子於宋，古人認為宋國仍有商代遺風。[272]曲阜　地名，即今山東曲阜，孔子的故鄉。[273]沂洙　二水名。沂水，源於山東曲阜東南的尼丘。洙水，源於山東臨樂山，北流入泗水，至曲阜北又分為二水，洙水在北，泗水在南。[274]風　乘涼。[275]舞雩　祭天禱雨之處，建有祭壇，周圍有林木。此指曲阜南的舞雩，其壇高三丈。《論語・先進》：「莫春者，春服既成，冠者五六人，童子六七人，浴乎沂，風乎舞雩，詠而歸。」[276]載籍　泛指歷代的書籍。[277]彝倫　指天地人的常道。[278]八索　古代書名。[279]三墳　古代書名。《左傳・昭公十二年》：「是能讀《三墳》、《五典》、《八索》、《九丘》。」杜注：「皆古書名。」[280]升堂入室　堂為正廳，室為內室，人們是先入門，次升堂，最後入室，這裡用以喻知識水準逐漸上升，語本《論語・先進》：「由也升堂矣，未入於室也。」[281]溫故知新　語本《論語・為政》：「溫故而知新，可以為師矣。」[282]悠悠　形容庸俗之人的忙碌不息。[283]苟進　以不正當手段謀求官職利祿。[284]中和　為儒家道德修養的較高境界。《禮記・中庸》：「喜怒哀樂之未發謂之中，發而皆中節謂之和……致中和，天地位焉，萬物育焉。」[285]順敘　同「順序」。指和諧而合於次第。[286]文　文雅。[287]邁　進。[288]先天　先於天時。《易・乾・九四》：「夫大人者，與天地合其德，與日月合其明，與四時合其序，與鬼神合其吉凶。先天而天弗違，後天而奉天時。」[289]稽若　考察並遵從。稽，考。若，順。[290]文明　文采而明智。[291]允　信。[292]玄塞　玄遠深奧而充實。《書・舜典》：「重華協於帝，濬哲文明，溫恭允塞，玄德升聞，乃命以位。」孔疏：「經緯天地曰文，照臨四方曰明……《詩》毛傳訓塞為實，言能充滿天地之間。」[293]旁施　同「旁行」。指普遍施行。《易・繫辭上》：「旁行而不流，樂天知命，故不憂。」[294]業業　敬畏謹慎。[295]釐　治理。[296]闡　明。《易・繫辭下》：「夫《易》彰往而察來，而微顯闡幽。」[297]陋　側陋，此指地位卑賤。《書・堯典》：「明明揚側陋。」[298]登　選拔。[299]俊乂　賢德之人。[300]仄微　側陋卑微。[301]周行　大路，比喻重要的職位。《詩・周南・卷耳》：「嗟我懷人，置彼周行。」[302]邦畿　京城地區。[303]九德　九種美好的品德，具體內容各書所記不同，《書・臯陶謨》稱之為「寬而栗，柔而立，愿而恭，亂而敬，擾而毅，直而溫，簡而廉，剛而塞，強而義。」[304]事　作；與。

305百寮　同「百僚」。指百官。306師師　相互師法。《書・皋陶謨》：「百僚師師，百工惟時。」孔疏：「百官各師其師，轉相教誨。」307雍宮　即辟雍，古代為貴族子弟所設的大學。308明堂　古代帝王宣明政教的地方。309故訓　舊時的典章，遺訓。《詩・大雅・烝民》：「古訓是式。」毛傳：「古，故。」鄭箋：「故訓，先王之遺典也。」310紀　絲縷的頭緒。311六藝　指《易》、《書》、《詩》、《禮》、《樂》、《春秋》六經。312九土　指九州大地。313三光　指日、月、星辰。314獄　訟案。315淑問　認真問案。《詩・魯頌・泮水》：「淑問如皋陶。」316百揆　指百事，庶政。317五品　即五倫，指封建社會中君臣、父子、兄弟、夫婦、朋友之間的五種關係。318形　顯現。319俎豆　祭祀時用以置肉的几與盛乾肉一類的器皿，此指祭祀。320休　美。321偃　覆蓋。322化道。323玄通　精微靈通。《老子・十五》：「古之善為士者，微妙玄通，深不可識。」324時雍　猶言和善。《書・堯典》：「百姓昭明，協和萬邦，黎民于變時雍。」325洽　潤。《書・大禹謨》：「好生之德，洽于民心。」326匈　同「胸」。327推畔　互讓田界。古稱仁德之君善於教化，使得耕者互讓田界。舜、周文王均有治民讓畔之事。328五辟　即五刑，具體所指各書互異，據《書・舜典》，為墨、劓、剕、宮、大辟。329措　放置。330囹圄　牢獄。331闐空　空曠。332率土　謂境域之內。333比屋可封　謂家家戶戶都有德行，都可以封賜表彰。《尚書大傳》五：「周人可比屋而封。」334暨　及。335越裳　古南海國名。336重譯　輾轉翻譯。《漢書・平帝紀》：「越裳氏重譯獻白雉一，黑雉二。」顏注：「譯謂傳言也。道路絕遠，風俗殊隔，故累譯而後乃通。」337肅慎　古民族名，詳見孔融〈與曹公嘲征烏桓書〉注❷。338日月重光　古人認為日月重光是祥瑞之兆。《書・顧命》：「昔君文王、武王，宣重光。」馬融云：「(重光)日月星也。太極上元十一月朔旦冬至，日月如疊璧，五星如連珠，故曰重光。」重光，重疊顯現光芒。339五徵　指雨、暘、燠、寒、風五種自然現象，古人把其正常與否附會為統治者治政得失的徵兆。340嘉生　生長茂盛的穀物，古時認為是吉祥的象徵。341有道　指政治清明。《論語・泰伯》：「子曰……邦有道，貧且賤焉，恥也。」342贄　初見尊長時所送的禮品，古人入仕有奉贄進呈之禮。343踧然　驚異貌。344慆　疑惑。345戚悴　悲傷憂愁。346踰　進益。347玄穆　形容人品高尚，器局淵深而不可測度。348 廓　廣闊。

【語　譯】有一位潛虛丈人，遠離時人躲避俗世。恬淡閒適清正玄靜，茫然曠達淳樸自然。薄視禮儀愚藐學問，無所作為無所欲望。用相同的眼光看待生和死，用一致的標準評價榮和辱。不願拔取一根毫毛以造福萬物，不願因拯救溺水之人而沾溼雙腳。在清沏流水之中濯洗身軀，在高山崇嶽之上振抖衣裳。於是，文籍大夫聽說之後感歎道：「啊！聖明的君主在位，國家不應有閒居在家的男士。如果有人不能受到開導教誨，這是在位官員的恥辱。我且前往解說一二，他若不改方可作罷。」於是，文籍大夫來到潛虛丈人處並拜見了潛虛丈人，說：「聽說君子不因自己的心志而變易大道，不使自己的身行落後於現時。進益德行修治功業，與俗人同享壽命之期。一件事物有所蒙蔽（而不得其所用），德行高尚的人就會以之為恥。現今您深深地隱藏自己的身軀，高高地棲息自己的心志。在外無所作為，在家無所事事。有眼而不用於察看，有心而不用於思考。張目仰視就像那乾涸河道的將死之魚，單身獨立就像那枯木病樹的孤枝。凡夫庶人對此困惑不解。請允許我為您陳說倫常大道，敘述今時要事。宣化開導您的情性，啟發傳授高雅的旨趣。雖然不同於您的雅好，大概會有所補益，或許可以略陳一二嗎？」潛虛丈人回答說：「可以啊。」

文籍大夫說：「修身之道的根本在於怡養自己的心志，心志的基礎在於充實自己的元氣。若要安定自己的元氣，沒有比食用五味更好的辦法了。冰鎮的縹酒清純的醇酒，甜醴微白齊酒清正。菜肴要用多種品物，美餐要用珍貴名食。鮮美的鯆魚、鱅魚、鮐魚、鯱魚，名貴的桂蠹、石瓊。龜鱉微涼鮑魚正熱，異羞聚合香氣遠揚。紫色的梨子黃色的甜柑，夏天的沙果冬天的蜜桔。枇杷果甘蔗枝，龍眼肉白茅根。黃河曲隈的鮢魚，泗水之濱的黑鱖。著名的工匠打磨鋒刃，順著皮肉向內方切割。肉絲纖細而不相互牽連，鮮肉盛多猶如萬紅雜錯。於是，有那西方友人行遊中原，（帶來）御宿名苑出產的泛青色的精米。瓜州出產的紅色麵麥，可與精米摻合做飯而各佔一半。柔軟的勾芡的菜肴甘美滑潤，一入口中便流淌四散。大黿的肉羹與大蠵的肉羹，晨飛的野鴨和宿居的鷚鳥。五黃仙人擣捶珍味，腸已煮熟胏亦煮爛。旄牛大象被一片片地分解，豹胎被一塊塊地切斷。北方白熊的足掌，群居獐子的筋腱。配齊那甜酸的作料，隨著時節交替進獻。芬芳的肴饌醇香的酒液，擺滿那一丈見方的食案。這是最佳的五味了，您是否想享用一下？」潛虛丈人說：「不！精美的食物雖然味道鮮美，但是味道濃厚又有很大的毒性。您的這些所謂甘美，對於我來說都是令人憂戚的東西。」

文籍大夫說：「著名都邑的繁華城市，地勢寬敞風景美麗。於是營造高顯的屋宇，極盡這弘大與華侈。層層的宮殿拔地而起，重疊的構造交復並施。欒櫨錯雜峙立，飛枊向四方高探。聯結的棟樑舒展的屋宇，飛簷高張猶如禽鳥欲飛。入雲的枌樑像那彩虹的長帶，配以華麗的方椽和刻鏤的前柱。美觀的小窗紅色的窗框，（窗上裝飾的）芙蓉張揚著花英。彩繪的欄板雕飾的欄杆，承接著彎曲的木格。如雲的帷幄像垂下的羽翅，山腳處生長著名花的柔弱枝莖。高大的宮門全部打開，小門側開八達四通。有陰有陽形制不同，或溫或涼各異其容。魯班的弟子門徒，進致巧藝施展精功。在土牆上繪畫斧形花紋，在木器上刻鏤虬龍。幽深的房屋寬敞的居室，密布的牆牖稀疏的屋窗。猶如閭門邑路相互交通，猶如閨門街巷錯雜重重。窈窕深邃遷轉變化，沒有人能夠辨識這裡的去往來從。繼而有高層的樓臺特立挺起，高大豐崇如山巍峨。頂戴甗形巨蓋而接以上仰的瓦頭，二者參差錯落似相互覆加。連接起延閣以承續屋簷，外面有曲折觀廊至於四柱正堂。走過園囿林苑而向外折行，臨視那寒泉的激蕩水波。清沏的沼池碧波蕩漾，（水面上）養殖著香菱與碧荷。芳香的花卉珍奇的異草，低垂綠葉張布枝柯。竹林和灌木繁茂叢生，珍美的果樹駢比並羅。枝葉蔥綠幽藹，隱含著果實奮揚著鮮花。懷子的魚類群游翻踴，眾多的飛鳥喧唱放歌。熙悅在春風之中而四方眺望，縱情於所想所見的嘉景美境。這是最美的宮室了，您是否想居住其中？」潛虛丈人說：「不！風景建築俱為美麗，這是所說的損害神情（的一種因素）。您認為是安適，我卻沒有聽說。」

文籍大夫說：「邯鄲的多才女子，三齊的巧藝男士。著名的倡優奇妙的舞姿，趁著閒暇一同表演。七個舞盤陳列在寬敞的庭院，伴舞的藝人莊敬齊整而一同等待。坐候著十六位舞女在那後邊兩行，盛扮容飾而順次起舞。揮動潔白長袖就像在振甩長鞭，踮起並列的雙足而挺身高峙。微微斜顧伴奏諸人，迎著樂音追隨舞節。清揚的歌聲流暢響亮，完美和諧而繞樑盤結。平穩地蹺起腳來徐緩地拍擊，迅速地停頓身體而傾姿彎折。揚起秀美雙眉而顧視指示，儀態閒靜安祥而超群絕世。繼而如狂飆駭動如機弩突發，舞姿紛雜且疾速急促。投動身軀放馳行跡，尋求著歌聲迎受著樂曲。輕盈豔麗且柔美和順，動作紛繁而相連相屬。猛然間停止擊鼓而揮落衣袖，聊且慢步徘徊而神情自得。於是在座的眾多藝人一齊起舞，成雙並進而舞步相連。轉體騰身而輕輕蹈足，追逐疾樂且和同拊節。雙足不憑空地頓踏，兩手不白白地揮舉。向前仆跌好似崩塌的山崖，挺身躍起猶如飛翻的鳥羽。翩翩飄舞光彩輝映，迷亂雙目蕩怡精神。巴渝之舞相繼而起，鞞鼓金鐸響聲大振。羽飾旌旗奮力揮舞，場面盛美色彩繽紛。於是白日向西傾移，賓主轉入空閒的廳堂。號鍾美琴與緊絃名瑟，布列在通連的側房。笛子排簫之類的樂器紛繁會聚，再雜配上悅耳的笙簧。有那夔和伯牙來作樂師，呈顯才能極盡妙方。演奏那〈白雪〉佳樂的清高曲調，又撥出新曲是變徵和反商。樂聲流暢而清柔靡曼，時而又慷慨而激昂。虞公前來含情詠唱，陳惠演奏清雅微妙。新創的聲樂改填的新詞，慘慘淒淒更增傷悲。聽眾紛紛改貌動容，樑上積塵亦被蕩動翻飛。這是最美的音樂了，您是否願意聽一聽？」潛虛丈人說：「不！靡靡之音亂人心志，心志放散便要產生災害。我所懼怕的，只是以這一點為最大。」

文籍大夫說：「農活兒的功事既已完成，北方的極盛陰氣告誡人們禦寒。飛鳥走獸各自彙聚，河流湖濱水竭涸乾。於是召致眾徒庶士，大行圍獵在此中原。植立旌旗樹起表記，班列校伍行布部曲。結掛巨網連聯兔罝，彌滿山川跨越河谷。輕捷的兵車布列在平原陸地，擇選的騎兵陳置在林邊山足。散布的眾多士卒已形成重圍，漫衍若濃雲與盛而相互連屬。戰鼓齊鳴旌旗揮動，如響雷震發如狂飆迅逝。飛流的鋒矢四方發射，長把的罼罟各處橫擊。奮揚干戈殳矛捎殺擊打，縱放雄鷹獵犬亂捕咬噬。羽禽毛獸群起驚駭，喪亡魂魄頓失常勢。驚飛則遭遇飛來的矰矢，奔跑則恰逢遮攔的行列。身中傷創體受擊痛，或被兵器擊傷或被木杖擊斃。就在那低頭抬頭的一瞬間，所獲獵物已（多得）無法整治清理。於是，有那剛捷的飛禽兇暴的猛獸，受驚於山崖石穴而兇橫跋扈。（牠們雖然）突圍受到攔阻，卻沒有人能夠將其捆住制服。於是命令晉國的馮婦和魯國的卞莊子，傾注他們的勇猛壯怒。徒手搏擊黑熊野豹，袒身力鬥兕獸猛虎。頓挫犀牛拖持象足，破折頸項撕裂雙股。（猛獸一旦）遇到（勇士們的）勁足健手，便被摧剝得四分五裂。還有那些輕健的材士騎乘良馬，像光一樣飛奔像電一樣逝去。追尋逃奔野獸的散亂蹤跡，身帶良弓而長足馳驅。跨越那平原與窪地而或升或降，捷取小路近途而邀截逢遇。弓弦不憑空控放，箭矢不白白射出。僵死的猛獸不斷積聚，隕亡的飛鳥猶如落雨。雜亂紛紛交橫遍地，遮蔽了山野覆蓋了平原。含有血液的各種動物，全都被殲除殺盡。然後解除重圍布施犒賞，反旋軍旗回轉車轅。從容安逸在四外郊野，棲遲止息在苑囿林園。娛悅交遊有來有往，盡隨心意的所樂所安。這是最愉快的遊獵了，您是否想參加？」潛虛丈人說：「不！這些對於大道來說都是禁忌，實在說都是心狂之舉。聽了您的多次教誨，使我大失所望。」

文籍大夫說：「佳麗的材女美豔的姿色，希世而出特異而生。姣美妖冶閒雅靡麗，形貌窈窕體態修長。豐潤的皮膚細膩的肌體，柔弱的筋骨纖細的身形。稠美的黑髮玄青的雙鬢，修長的後項秀美的前頸。潮紅的雙顏和熙明耀，容光燦爛好像陵苕的花朵。即便是西施之類的美女，亦不能與其同現並呈。盛妝容貌而盡致華飾，明昭那美女佳質的豔麗丰姿。頭戴明如皎月的羽雀簪釵，雜配以華貴綴飾而光耀明豔。耳戴光照黑夜的兩枚耳珠，煥發燦燦光芒而垂放異暉。身穿繪繡華藻的繁縟彩服，微振纖縠絲帛的袿衣之褘。紛紛然五彩繁密而雜色相錯，忽忽焉緩步輕移而依稀秀美。於是脫下禮服卸下容飾，只是微微地施著朱的和青黛。趁著閒暇嬿服幸御，攜持雙手同情共愛。溫和之心善良之性，柔順的容顏美好的姿態。神色俏麗儀態嫵媚，動人情思不可忍耐。一經眷顧即互通精誠，傾城傾國亦不後悔。這是最為精選的美好女色了，您是否對此感到歡悅？」於是潛虛丈人心情疾恨雜念俱亡，盛氣憤怒向外淩犯。漲紅雙頰臉色陰暗，靜靜不語不再應言。

文籍大夫說：「觀望滄海然後知江河的水淺，登上高嶽然後見丘陵的狹小。君子立志於大道，小人戲身於輕狎。從前的神明聖人，繼承天道垂留功業。取意天象演畫八卦，廣納群言陳敘大法。

規劃制定各種典章制度，作有佳謀留傳後世。天意人為的各種事情，無不齊備合洽。於是有那隨應時運聰睿賢達的良師，有那精通開方律算且又敏於學業的益友。親朋弟子從遠方而來，再會同八九位兒童與青年。一道去杞國、宋國觀賞前代的禮儀，在曲阜講授大道誨諭至理。沐浴於沂水、洙水之上，乘涼在舞雩祭壇的右側。棲遲止息則讀書吟詩，同車出遊則攜手共行。論說歷代典籍，共敘天地人倫，忖度《八索》精義，考究《三墳》大旨。先升前堂再入後室，溫習舊的知識而能從中獲得新的見解。在上為官則不作庸庸碌碌貪利求祿之事，在下為民則不與禽獸惡人合夥同群。近居鄉里而不脅迫俗民，遠居山水又不違離親人。從容舒緩情性中和，隨應時變有屈有伸。鮮明而和諧有序，光燦而知禮有文。您甚至對此也無動於衷，而仍然因循以往所行，不是很錯誤的嗎？」於是潛虛丈人改變容貌恢復臉色而回答說：「大凡言論有所特殊而能感動人心，行為有所不同而能啟發事理。您剛才的這一番教誨，確實能誘導我的心志。您講的道理我聽著若存若亡似懂非懂，請允許我三思。」

文籍大夫說：「德行高尚的人居於高位，時時在增益自己的德行。在天時之前行事而上天不違其事，稽考並順從先代聖賢的遺則。聰睿聖哲而文采明智，誠信溫恭而玄奧充實。遍行善政兢兢業業，勤勉政務日理萬機。明述幽理舉用卑賤，博採眾議勤於訪詢。從廣闊田野中選取俊士，從卑陋微賤中拔舉賢人。把他們安置在重要的職位，把他們布列在國都京畿。九種美德全都盛行，百官眾僚相互為師。於是修建雍宮，設立明堂，考察法令制度，修治舊有典章。綴聯先古法則的千頭萬緒，綜理六部經典的要旨大綱。於下治理九州闊土，於上步隨宇宙三光。制定禮儀創作樂章，班次有敘等級分明。明允而體恤庶人的訴訟，詳審刑罰認真問案。百事皆無荒廢，五倫全都和順。抒發內中淳情於祭祀之禮，宣播仁德教化於四方之邦。廣布美好風俗而遍及萬物，馳揚純真至道而玄妙靈通。於是四海之內的人們，全都變得善良溫和。仁德的恩澤浸潤於民心，仗義的豪氣回蕩在民胸。父親慈愛兒子孝順，長者仁惠幼者溫恭。耕者讓畔行者讓路，重於信義貴於大公。五刑收偃閒置，牢獄空空無人。普天之下境域之內，戶戶有德家家可封。美聲傳及海外，和樂充塞寰宇。越裳國輾轉翻譯而來京進獻，肅慎族進納貢品於王者貴府。日月五星重疊放光，五種徵兆應時更敘。茂盛的穀物繁衍生殖，祥瑞的徵兆布滿原野。於是，棲息深林隱居山谷的男子，逃逸蹤跡放棄言談的士人，有鑑於孔子的『國家政治清明，貧窮卑賤是羞恥』的教誨，歡欣踴躍於山泉田野之間，無不奉禮晉謁而興身奮起。」於是潛虛丈人驚異地改變容顏，慼歎而稱讚說：「多麼美好的一番話呀！我聽說言辭不一定繁多，而以曉諭大義為貴。您的道理的確與眾不同，聽此高論則使人陶醉。您的前幾番言論，大多是違背德義之類。盤桓遊樂沉溺女色，奢美的宮室侈靡的厚味。熏灼我心疑惑我耳，使我深感悲戚憂傷。剛才聽了您的另一番教誨，激勵我以躋身於學者之林。良師益友清玄敬穆，我原本就有仰慕之心。更何況這是聖人的最佳教化，大道的最高功業。美好的話語聽聞在耳，眼光開闊就像取去遮蒙。老夫我雖然蔽塞無知，大概也能明白這些道理。敬請允許我抱持衣帽，以身隨及您的身後。」

【研　析】劉勰《文心雕龍・雜文》稱「仲宣〈七釋〉，致辨於事理。」王粲所要敘述的「事理」，其核心，是主張聖王之世，有志之士當獻身政治，建功立業。建安十三年赤壁之戰以後，曹操一直致力於積蓄力量以再戰。建安十五年，曹操發布〈求賢令〉，提出「唯才是舉」的任人原則，為的是招徠更多的有能之士。本文在客觀上支持曹操的政治主張，極力鼓勵隱士出山效力。文章的思路靈活，技法巧妙。作者欲擒故縱，先是極述五味、宮室、音樂、遊獵、美色的奢華侈靡，以反激對方的心志，然後筆鋒一轉，盛譽君子的美行，賢王的德政，喚起隱士出仕的強烈欲望。全文語勢連貫，文氣緊逼，語辭華美，內容廣闊，善於用豐富多彩的文辭渲染氣氛，在起伏跌宕的情思中述理服人，是一篇很有特色的七體文。

七哀詩三首

【題　解】七哀，起於漢末的一種樂府詩題。《文選・曹植・七哀詩》呂向注：「七哀，謂痛而哀，義而哀，感而哀，怨而哀，耳聞目見而哀，口歎而哀，鼻酸而哀。」

其　一

西京❶亂無象❷，豺虎❸方遘患❹。復棄❺中國❻去，遠身適❼荊蠻❽。
親戚對我悲，朋友相追攀❾。出門無所見，白骨蔽平原。路有饑婦人，
抱子棄草間。顧聞號泣聲，揮涕獨不還。「未知身死處，何能兩相
完❿？」驅馬棄之去，不忍聽此言。南登霸陵岸，迴首望長安。悟彼

〈下泉〉人，喟然傷心肝⓫。

《文選》二十三

【注釋】❶西京　長安。❷無象　猶無道，謂不成樣了。❸豺虎　指李傕、郭汜等人。董卓死後，二人在長安大肆攻殺燒掠。❹遘患　作亂造難。❺復棄　王粲原居洛陽，因董卓之亂而遷長安，今又逃離長安，故云復棄。❻中國　指中原地區，此亦包括陝西。❼適　去。❽荊蠻　謂荊楚蠻夷之地，此指荊州。其時荊州未遭戰亂，且荊州牧劉表為粲祖父王暢的學生，故粲投之。❾攀　謂攀撫行車戀戀不捨。❿完　全。以上二句為婦人語。⓫南登霸陵岸四句　此四句謂作者站在霸陵高地回望長安，思念文帝盛世，而深悟〈下泉〉詩作者思念明王賢伯時的心情，不由得傷心感歎。霸陵，漢文帝劉恆的陵墓，在今西安東南。岸，高地。下泉，《詩・曹風》篇名，詩序稱：「〈下泉〉，思治也。曹人……思明王賢伯也。」此處亦隱指黃泉之下的漢文帝，其在位時國泰民安。喟然，歎息貌。

【語譯】西京混亂不成樣，豺虎相爭正遘患。又棄中國遠遠去，遙寄孤身至荊蠻。親戚對我悲聲泣，朋友送別齊追攀。出得城門無所見，但見白骨滿平原。路旁有一飢婦人，懷抱幼子棄草間。回頭聽子號泣聲，揮灑淚珠身不還。「未知為娘身死處，何能母子兩相全？」驅趕車馬快離去，不忍聽此痛心言。南行登上霸陵岸，回首深情望長安。曉悟〈下泉〉思賢人，慨歎悲戚傷心肝。

【研析】漢末大動亂，洛陽和長安為受害最重的兩個城市。王粲身經目睹了這一現實，作為受害者之一，他十分痛恨軍閥爭奪的戰亂，盼望安定的生活，本詩充分體現了這一心情。詩中選取白骨與遺嬰兩個特寫，十分形象而深刻地反映了戰亂的深重與人民的苦難。末尾的謁陵慨歎，亦是當時人民盼望明王賢伯的普遍心聲。全詩語言通俗，情感濃烈，受到歷代文人的推崇。

其二

荊蠻非我鄉，何為久滯淫❶？方舟❷溯❸大江，日暮愁我心。山岡有餘映❹，巖阿❺增重陰。狐狸馳赴穴，飛鳥翔故林❻。流波激清響，猴猿臨岸吟。迅風拂裳袂❼，白露沾衣衿。獨夜不能寐，攝衣起撫琴。絲桐❽感人情，為我發悲音。羈旅❾無終極，憂思壯❿難任⓫。

《文選》二十三

【注　釋】❶滯淫　長久滯留。❷方舟　兩船相並，此泛指舟船。❸溯　逆流而上。時粲居襄陽，臨漢水，可逆其支流北上至中原。❹餘映　猶言餘暉。❺巖阿　山曲。❻狐狸馳赴穴二句　李善注：「皆言不忘本也……《楚辭》曰：『鳥飛之故鄉，狐死必首丘。』」粲寫鳥狐，亦有懷鄉之意。故林，從前棲息的樹林。❼袂　衣袖。❽絲桐　指琴。古多用桐木製琴，練絲為絃，故名。❾羈旅　寄居作客。❿壯　盛貌。⓫任　承受。

【語　譯】荊蠻之地非我鄉，為何長久居此身？眼望眾船溯江上，日暮暗淡愁我心。高岡崖頭留餘影，山曲低凹更覺陰。狐狸馳赴舊巢穴，飛鳥翔回故棲林。流波激蕩浪清響，猿猴臨岸嘯長吟。疾風吹拂裳和袂，白露輕落溼衣衿。獨居清夜不能寐，披衣起身撫弄琴。練絲桐體感人情，為我顫發悲傷音。寄居作客無終極，憂思如海盛難任。

【研析】作者久居荊州，有才不得使，有鄉不得歸，望江望山，看狐看鳥，喚起作者強烈的思鄉之情；聽水響，聽猿吟，聽風聲，聽琴音，更增添了作者孤寂憂思的感傷，使他沉浸在強烈的哀愁氛圍之中。全詩以情觀景，因景傷情，寫得細膩真切。

其三

邊城❶使心悲，昔吾親更❷之。冰雪截肌膚，風飄無止期。百里不見人，草木誰當遲❸？登城望亭隧❹，翩翩❺飛戍旗❻。行者❼不顧反❽，出門與家辭。子弟多俘虜❾，哭泣無已時。天下盡樂土❿，何為久留茲？蓼蟲⓫不知辛⓬，去來勿與諮⓭。

《古文苑》八

【注釋】❶邊城　似指曹軍在西北邊地的軍事要地。❷更　經過。建安十六年，曹操親征馬超，佔據關中，奠定了曹氏西部的勢力範圍。王粲從征，親歷其各個要地。❸遲　治理。❹亭隧　同「亭燧」。指亭障與烽火臺。古代守邊，設亭障以為哨所，舉烽火以為警報。❺翩翩　旗在風中翻舞貌。❻戍旗　守軍的軍旗。❼行者　從軍征行之人。❽行者不顧反　本句與陳琳〈飲馬長城窟行〉中邊卒自知有死無回之意相近。不顧反，不思念返回。反，同「返」。❾俘虜　本指戰爭中被捉的人，此形容行卒被子弟扯拖而不放遠行。❿樂土　安樂之地，此指中原已經安寧的大部地區。⓫蓼蟲　寄食於蓼草的昆蟲，食蓼草的苦葉，故不以苦為愁。此以蓼蟲喻邊卒。⓬辛　苦味。⓭諮　詢。

【語　譯】邊城生活令人悲，從前我曾親臨之。冰雪淩厲斷肌膚，狂風吹蕩無止期。百里不見人蹤影，草木由誰栽與植？登城眺望亭和燧，翩翩飄飛戍卒旗。行役邊士不思返，出門與家作長辭。子弟多來扯手足，痛哭流涕無停時。天下盡為新樂土，為何仍要久留此？蓼蟲不覺辛苦味，去留之事勿相諮。

【研　析】本詩標題下有章樵注語稱「粲集〈七哀詩〉六首，其二詩入《選》（韓按：選字前似應有一文字）」，則本詩為〈七哀詩〉六首之三，故置於此。建安末年，中原地區經濟有所恢復。作者想念邊城戍卒的艱苦，作詩遙寄勉慰之情。作者充分運用想像，用帶有跳躍性的結構，溝通了邊城與內地的思想情感，使得作品形散而神不散。作者關於邊卒不知苦的一筆，寫出了邊卒的生活與心境，寫得準，寫得巧。

贈士孫文始

【題　解】士孫文始，即士孫萌，初平三年由長安至荊州依劉表。其父士孫瑞曾任尚書僕射、衛尉等職，助王允誅董卓，後在護獻帝返洛陽途中被李傕所殺。獻帝追議瑞功，封萌為澹津亭侯。《三國志・魏書・董卓傳》注引《三輔決錄》曰：「萌字文始，亦有才學，與王粲善。臨當就國，粲作詩以贈萌，萌有答，在《粲集》中。」其時為建安初年。

天降喪亂，靡國❶不夷❷。我暨❸我友，自彼京師❹。宗守❺蕩失❻，越❼用遁違❽。遷于荊楚❾，在漳❿之湄⓫。在漳之湄，亦剋⓬晏處⓭。和通篪塤⓮，比德⓯車輔⓰。既度⓱禮義⓲，卒⓳獲笑語。庶⓴茲永日㉑，無愆㉒厥緒㉓。雖曰無愆，時不我已㉔。同心離事㉕，乃有逝止㉖。橫此大江㉗，淹㉘彼南汜㉙。我思弗及，載坐載起。惟彼南汜，君子居之。悠悠㉚我心，薄言㉛慕之。人亦有言，「靡日不思㉜」。矧㉝伊嫵婉㉞，胡㉟不凄而㊱！晨風㊲夕逝，托與之期。瞻仰王室，慨其永歎。良人㊳在外，誰佐天官㊴？四國方阻㊵，俾爾歸蕃㊶。爾之歸蕃，作式㊷下國。無曰蠻裔㊸，不虔㊹汝德。慎爾所主，率由㊺嘉則。龍雖勿用，志亦靡忒㊻。悠悠㊼澹澧㊽，鬱彼唐㊾林。雖則同域㊿，邈其迴深。白駒(51)遠志，古人所箴(52)。允(53)矣君子，不遐厥心(54)。既往既來，無密(55)爾音。

《文選》二十三

【注釋】❶國　邦，指各州郡及封國。❷夷　毀傷。❸暨　及。❹京師　長安。❺宗守　國家宗廟的鎮護寶器，此指國家政權。❻蕩失　猶盡失。❼越　遠。❽遁違　逃避。❾荊楚　指劉表所據的荊州，古屬楚國。❿漳　水名，參見王粲〈登樓賦〉注❷。⓫湄　水邊。⓬剋　能。⓭晏處　安然居處。⓮篪塤　兩種樂器。篪，古時竹製樂器，似笛，橫吹，長短不一，七孔、八孔不等。塤，古時陶製樂器，橢圓形，二孔、三孔不等。篪塤配合演奏，聲音和諧動聽，故多用以比喻朋友間兄弟般情誼。⓯德　恩惠。⓰車輔　牙床和頰腮。⓱度正。⓲禮義　同「禮儀」（楊德周本義作儀）。⓳卒　盡。《詩・小雅・楚茨》：「禮儀卒度，笑語卒獲。」⓴庶　但願（從熊清元先生說）。㉑永日　長日。㉒諐　錯過；違失（從熊清元先生說）。㉓緒　連綿不斷的情思、意緒。㉔已　同「與」（陸時雍《古詩鏡》作與）。㉕離事　不同的職事。㉖止　語氣詞。㉗大江　長江。㉘淹　久留。㉙汜　指水分岔流出後又流回到主流者，此指澮水。《水經・澧水》注：「（澮）水上承澧水于作唐縣，東徑其縣北，又東注於澧，謂之澮口。王仲宣〈贈士孫文始詩〉曰『悠悠澮澧』者也。」作唐縣，故地在今湖南安鄉北。㉚悠悠　情思深長貌。㉛薄言　發語詞。㉜靡日不思　語本《詩・邶風・泉水》：「有懷于衛，靡日不思。」靡日，無日；每日。㉝矧　況。㉞嫵婉　美好貌。㉟胡　何。㊱淒而　疑作淒洏，釋為傷感流涕。陶淵明〈形贈影〉詩：「舉目情淒洏。」而，句尾語氣詞。㊲晨風　鸇的別名。㊳良人　德才兼備的人，此指士孫萌。㊴天官　百官之長。此謂荊州牧劉表。㊵方阻　謂其時混亂，各方封國多不與王室交通納貢。㊶歸蕃　歸撫邊蕃，有治理蕃國之意。㊷式　法則；榜樣。㊸蠻裔　泛指南方的少數民族。㊹虔　敬。㊺率由　循用。《詩・大雅・假樂》：「率由舊章。」㊻龍雖勿用二句　此二句勸勉士孫萌：雖然未得重用，但志向不可消減。勿用，未可施用。語本《易・乾》：「潛龍勿用。」忒，差。㊼悠悠　長遠貌。㊽澧　水名，源於湖南澧源縣（今名桑植），流經作唐縣（今安鄉），東入洞庭湖。㊾唐　指作唐縣，參見注㉙。㊿同

域　漢代作唐縣歸武陵郡，亦屬荊州之地，故曰同域。51白駒　白色駿馬，此喻賢人。語本《詩・小雅・白駒》：「皎皎白駒，食我場苗。」毛傳：「宣王之末，不能用賢，賢者有乘白駒而去者。」52箴　告誡。53允　謂信而不誣。54不遐厥心　不遠遠地逃避其心。本句在勸勉士孫文始把身心投入政務之中。55密　靜而無聲。李周翰注：「密，絕也。」

【語　譯】上天降下喪亡禍亂，各地無不壞毀傷夷。我和我的親朋佳友，同逃亂難離那京師。宗廟寶器蕩然盡失，因而遠行逃遁躲避。遷徙到這荊楚之地，到這清清漳水之濱。到這清清漳水之濱，尚且能夠安然居處。和諧通情猶如篪塤，同心互惠就像車輔。一切均合禮儀法度，親密相處盡得笑語。但願人生天天如此，不要有失這一情緒。雖說不失這一情緒，時日對我不多給予。同德同心不同職事，於是才有今日分逝。橫渡這條滾滾長江，久居在那南方水汜。我的思念無法至及，時而坐下時而又起。只因在那南方水汜，君子您啊長久居之。我的心意悠悠綿長，時時刻刻思慕著您。古人亦有這樣話語：「沒有一日不在相思。」何況您這美好多德，怎不令人憂思悲淒！晨風之鳥傍晚回歸，託牠轉告相會之期。瞻望敬仰皇家王室，為其感慨為其長歎。良人賢士安排在外，由誰佐助冢宰天官？四方之國正受隔阻，命您前往歸撫邊蕃。您的此去歸撫邊蕃，應作榜樣給眾小國。不要說是蠻裔之地，便不敬修您的美德。謹慎您的所行所主，遵循採用嘉法美則。潛龍雖然未施所用，其志亦不稍有差忒。悠悠遠長澹澧之水，鬱鬱繁茂作唐之林。雖與我處同屬一域，邈邈茫茫相隔遠深。白駒不忘高遠其志，這是古人時常戒箴。相信您啊確是君子，請您不要遠避身心。既有來呀又應有往，不要靜息您的佳音。

【研析】至友別離赴任，粲以此詩相贈。其中，有對舊日情誼的緬懷，有對今日分手的感傷，更多的，是對至友的勸勉和期望。勉其不要因官職微小而不修其德，望其勤於政務而作出榜樣。全詩基調哀而不傷，有信心，有理想，反映了王粲避亂初期的心境與情趣。

贈文叔良

【題解】文叔良，即文穎，南陽人，事劉表，任荊州從事之職。時受命聘蜀結好劉璋，粲恰在荊州避難，以詩贈之。考建安三年長沙太守張羨率零陵、桂陽三郡叛劉表，繁欽為文叔良作〈移零陵檄〉，則叔良聘蜀事當在其後，具體時間無考。

翩翩者鴻❶，率❷彼江濱。君子于征，爰聘❸西鄰❹。臨此洪渚❺，
伊思梁岷❻。爾往孔邈❼，如何勿勤❽。君子敬始❾，慎爾所主❿。謀言⓫
必賢，錯說⓬申輔⓭。延陵⓮有作⓯，僑、肸⓰是與⓱。先民遺跡，來世
之矩⓲。既慎爾主，亦迪⓳知幾⓴。探情以華㉑，睹著知微。視明聽聰，
靡事不惟㉒。董褐㉓荷名，胡寧㉔不師？眾不可蓋㉕，無尚㉖我言。梧宮㉗

致辯，齊楚構患㉘。成功有要，在眾思歡。人之多忌，掩之實難。瞻彼黑水㉙，滔滔其流。江漢有卷，允來厥休㉚。二邦㉛若否㉜，職㉝汝之由。緬㉞彼行人㉟，鮮克㊱弗留。尚哉君子，于異㊲他仇㊳。人誰不勤，無厚我憂。惟詩作贈，敢㊴詠在舟。

《文選》二十三

溫溫恭人㊵，稟道之極。

《文選．顏延之．皇太子釋奠會作詩》注

【注釋】❶鴻　大雁。❷率　循。❸聘　古時諸侯間的通問修好，此指出使。❹西鄰　指蜀地，時劉璋為益州牧，佔據蜀地。❺洪渚　大水與小洲。❻梁岷　二山名。梁山，在四川省梁平縣（今重慶市梁平）東北，山嶺長峻，形勢險要。岷山，其東部支脈巴山扼俯三峽，與梁山同為入蜀的要地。❼孔邈　甚遠。❽勤　憂。荊州去蜀，山高水險，且劉表主荊州之始，便與劉焉、劉璋父子有隙，故粲為文叔良此行擔憂。❾敬始　即《左傳．襄公二十五年》引《書》「慎始而敬終」之意，旨在勸勉文叔良始終不忘恭敬謹慎。❿主　職守。⓫謀言　言談議論。⓬錯說　謂佳語美言。錯，文飾。⓭申輔　申說輔車相依之意。荊州為蜀門戶，荊州無事則蜀亦得安樂。⓮延陵　春秋時吳國季札的封地，此指季札。⓯有作　謂季札出使鄭、晉二國事，詳見《左傳．襄公二十九年》。⓰僑肸　指春秋時鄭國子產與春秋時晉國叔向。⓱與　參助。此用季札出使鄭、晉二國，在子產、叔向的配合下獲得成功的典故，意在勸文叔良要善於依靠蜀地的賢人。⓲矩　儀則。⓳迪　進至。⓴知

幾　古以知幾為較高的修養，《易・繫辭下》：「君子見幾而作。」幾，事物的微跡、徵兆。㉑華　外貌。㉒惟　思。㉓董褐　春秋時晉國大夫。董褐在吳晉爭長、兵戎相對之時出使吳國，察顏觀色，知吳有大憂，返回後勸晉卿趙鞅暫居下名敷衍吳君以觀時變。事見《國語・吳語》。㉔胡寧　疑問代詞。猶何乃。㉕蓋　欺蔽。㉖尚　高。㉗梧宮　齊國的王宮名。㉘構患　猶謂交兵。據李善注引《說苑》，齊王在梧宮宴請楚國使者，楚使以撻兵破齊之事相戲，齊臣以楚平王遭伍子胥鞭屍事應對，結果雙方都很氣憤，以致齊楚交兵。㉙黑水　指源於四川松潘的黑水河，其水注入岷江，流經成都而入長江。漢代以黑水河為長江源頭之一。《說文》：「江，水出蜀湔氐徼外岷山。」段玉裁注：「湔氐徼外岷山……今四川龍安府松潘廳（即松藩衛北）二百三十里大分水嶺是也。」綮望長江源頭，有對友人溯江赴成都的惦念，同時，為下句作一鋪墊。㉚江漢有卷二句　謂江漢合流而捲湧天下，實為好事，隱喻劉璋、劉表若能和睦互助則是大好事。江漢，長江與漢水。此處長江亦隱指長江源地的蜀主劉璋，漢水亦隱指漢水流域的荊州牧劉表。允來，的確。來，語助詞。休，美好。㉛二邦　指荊蜀兩地。㉜若否　猶謂善惡。㉝職　訓為但（據《古書虛字集釋》九）。㉞緬　思。㉟行人　使者，指文叔良。㊱鮮克　很少能夠。㊲于異　異于（《文選》六臣注本作異于）。㊳他仇　指同僚中的其他人。仇，匹。㊴敢　謙詞。㊵恭人　寬厚謙恭之人。語本《詩・小雅・小宛》：「溫溫恭人，如集於木。」

【語譯】翩翩翻飛是那鴻雁，沿循翱翔長江之濱。君子您啊即將遠征，乃是出使西方之鄉。臨視眼前大江小洲，想像遠方梁山岷山。您去之地實在遙遠，怎不令人為您擔憂。君子所重以敬為始，恭謹慎戒您的職守。談言議論必求賢正，美言詳申輔車因由。延陵季札之有作為，子產叔向多有贊與。前世先人所創偉跡，亦為後人成功要則。既能謹慎您的職守，便能進而明察知幾。探求內情因其外表，看到顯象應知隱微。眼觀六路耳聽八方，各種事情無不細思。董褐享有智慧美名，為何不可作為良師？該處眾人不可欺蔽，不可高傲自己之言。當年梧宮互致譏辯，齊楚結怨交兵為患。萬事成功皆有樞要，在於眾人情思欣歡。人皆自有諸多諱忌，掩而勿觸確實很難。瞻望遠方黑水之河，滔滔滾滾巨大洪流。長江漢水會合捲湧，其事確是美好嘉休。益州荊州善惡與否，全在您的此次出遊。追思往昔使者行人，很少能有不作久留。德才高尚您啊君子，異於其他僚屬同儔。眾人誰不為您惦念，無人勝於我的擔憂。只有詩文作為饋贈，詠罷我心猶如同舟。溫溫柔和謙恭之人，秉持大道至極之理。

【研析】本詩不同於一般的贈別之作。作者深感友人使命的艱巨，在詩中談古說今，反覆申述慎言多思的重要。言詞之中，體現出作者為友人謀劃出行的良苦用心，以及與友人情誼的誠摯深沉。全詩情感憂鬱而不過傷，說理與言情相互映襯，顯示出作者深邃的思慮與成熟的文筆。

贈蔡子篤

【題解】蔡子篤，即蔡睦，陳留郡濟陽（今河南蘭考東北）人，後為魏尚書。父蔡質為漢衛尉，是蔡邕的叔父，似蔡子篤的年齡應比王粲大許多。子篤與粲同避居荊州，時歸故里，粲往送行並以此詩贈之。

翼翼❶飛鸞❷，載❸飛載東。我友云徂❹，言戾❺舊邦❻。舫❼舟翩翩❽，以泝❾大江❿。蔚⓫矣荒塗⓬，時行靡通。慨我懷慕，君子所同。悠悠⓭世路，亂離多阻。濟岱江衡⓮，邈焉異處。風流雲散，一別如雨⓯。人生實難，願其弗與⓰。瞻望遐路，允企伊佇⓱。烈烈⓲冬日，肅肅⓳淒風。潛鱗⓴在淵，歸雁載軒㉑。苟非鴻鵰㉒，孰能飛翻？雖則追慕，予思罔宣。瞻望東路，慘愴㉓增歎。率彼江流，爰逝靡期。君子信誓，不遷于時。及子同寮㉔，生死固之。何以贈行，言授斯詩。中心孔㉕悼，涕淚漣洏㉖。嗟爾君子，如何勿思？

《文選》二十三

【注釋】❶翼翼　鳥飛貌。❷鸞　傳說中鳳凰一類的瑞鳥。❸載　發語詞，猶乃。❹徂　行。❺戾　至。❻舊邦　故里。❼舫　有倉室的船。❽翩翩　輕疾貌。❾泝　逆流而上。❿大江　此指長江的支流漢水。蔡子篤從襄陽返鄉，始沿漢水東行一段即入唐白河向東北逆流而上。⓫蔚　草木繁密。⓬塗　同「途」。⓭悠悠　遠長貌。⓮濟岱江衡　濟水泰山長江衡山。濟，濟水，古時從黃河中分流的支脈，濟陽位於其南。岱，泰山，古人以為河東之鎮，濟陽在其範圍之內。濟岱喻蔡子篤的故鄉。江，長江。衡，衡山，古人以為江南之鎮，時劉表據有湖北大部，湖南一部，在其範圍之內。江衡喻王粲所居之地。衡原作行，據《藝文類聚》三十一改。⓯一別如雨　以雨落於地便與天絕之意喻友人離別。⓰人生實難二句　此二句有祝願友人萬事順利之意。與，猶同。⑰允企伊佇　誠心目送久久站立。允，誠信。企，踮腳而望。伊，助詞。佇，站立。《詩・邶風・燕燕》：「之子于歸，遠于將之。瞻望弗及，佇立以泣。」⑱烈烈　通「冽冽」。寒冷貌。《初學記》三烈烈作冽冽。⑲肅肅　陰寒貌。⑳鱗　指魚類，魚類遇寒則潛於深水。㉑軒　高飛貌。㉒鴻雁　喻蔡子篤。㉓慘愴　悽楚悲傷貌。㉔同寮　即同僚，指共同為官作事。㉕孔　甚。㉖漣洏　淚流不止貌。

【語　譯】翼翼翻飛的鸞鳥，飛啊飛向那東方。我那友人說走啊，說要歸回他故鄉。舫舟輕疾船翩翩，乘著船兒逆大江。繁茂豐草遮荒途，今時行旅不暢通。歎我懷念與思慕，君子您啊亦相同。悠悠漫長世間路，亂世流離多險阻。濟水泰山與江衡，遠遠分居各一處。風啊飄流雲消散，此一長別難再遇。人的一生實在難，願君不與眾人同。瞻望君去修長路，誠心目送久立佇。冽冽嚴冬時與日，肅肅淒霜與寒風。群魚潛身入深淵，歸雁高飛正回還。假若不是鴻與雁，誰能如此高飛翻？雖然追思與懷慕，我的心情苦難言。瞻望君去東邊路，悽楚悲傷更增歎。沿那江流君遠去，一去不返無會期。君子相交有信誓，不因時變心有遷。與您同官共處事，深情生死固相持。以何相贈壯此行，口述心言贈此詩。心中更添悲傷情，淚流不止泣漣漣。嗟歎君子多保重，怎不令人更相思？

【研　析】王粲與蔡子篤同時避難荊州，可謂患難之交。其時軍閥混戰，中原未定，蔡子篤北歸，吉凶難卜。王粲眺大江流逝，路途荒遠，淒風肅肅，歸雁高飛，望友思己，思緒萬千。有至交離別的傷感和依戀，也有本人歸鄉無路效力無門的憂愁，其間隱含著對人生的感慨與悲歎。這些，使得詩文情感濃烈，悽楚動人。

為潘文則作思親詩

【題　解】標題原作〈思親為潘文則作〉，據《顏氏家訓・文章》及楊德周本、《詩紀》二十五改。潘文則事蹟不詳。

穆穆❶顯妣❷，德音❸徽止❹。思齊❺先姑❻，志侔❼姜、姒❽。躬此勞瘁❾，鞠❿予小子。小子之生，遭世罔寧。烈考⓫勤時，從之於征。奄⓬遘不造⓭，殷憂⓮是嬰⓯。咨⓰予靡及，退守祧祊⓱。五服⓲荒離，四國⓳分爭。禍難斯逼，救死於頸⓴。嗟我懷歸，弗克㉑弗逞㉒。聖善㉓獨勞，莫慰其情。春秋代逝，于茲九齡㉔。緬㉕彼行路，焉託予誠。予誠既否，委之于天。庶我剛妣，克保遐年㉖。亹亹㉗惟懼，心乎如懸。如何不弔㉘，早世徂顛㉙。於存弗養，於後弗臨。遺愆㉚在體，慘痛切心。形景尸立㉛，魂爽㉜飛沉。在昔〈蓼莪〉㉝，哀有餘音。我之此譬，憂其獨深。胡寧㉞視息㉟，以濟于今。巖巖㊱叢險，則不可摧。仰瞻歸雲，俯聆飄回㊲。飛焉靡翼，超焉靡階。思若流波，情似坻頹㊳。詩之作矣，情以告哀。

《古文苑》八

【注釋】❶穆穆　形容人的儀表端莊盛美。❷顯妣　對亡母的美稱。❸德音　美好的聲譽。❹徽止　美善。止，助詞。❺思齊　莊敬。思，發語詞。❻姑　丈夫之母，同今語婆婆。❼侔　比而同之。❽姜姒　古以姜、姒二人為母儀的楷模。姜，周文王的祖母太姜。姒，周文王的妻子。《詩・大雅・思齊》：「思齊大任，文王之母。思媚周姜，京室之婦。大姒嗣徽音，則百斯男。」姒原作似，據張溥本、楊德周本改。❾瘁　病。❿鞠　養育。《詩・小雅・蓼莪》：「父兮生我，母兮鞠我，拊我畜我，長我育我。」⓫烈考　古時對亡父的尊稱。⓬奄　忽然。⓭不造　謂家道不成，此指父喪。⓮殷憂　大患。⓯嬰　繞結。⓰咨　歎息。⓱祧祊　指宗祠。⓲五服　指九服中近於王畿的五層區劃。古稱天子居九服之地，謂以方千里的王畿為中心，向外邊長每增加五百里為一級區劃，共九級，每級有專名，合稱九服。此處以五服指漢王朝直接管轄之地。⓳四國　四方諸侯之國，此亦兼指各州郡。⓴救死於頸　謂躲避加於頸項的死亡危險。㉑克　能夠。㉒逞　如願。㉓聖善　指潘母。㉔九齡　九年。此指潘文則別母離鄉已有九年。㉕緬　思貌。㉖遐年　高齡。㉗亹亹　憂勤不安貌。㉘不弔　猶不善，言不為天所佑。《詩・小雅・節南山》：「不弔昊天。」㉙徂顛　謂死亡。徂，通「殂」。指死亡。顛，隕墜。㉚愆　過錯。㉛尸立　如尸主般呆立。尸，古時代替死者受祭的人，後以木主為之。此取其呆立不動之義。㉜爽　亡失。㉝蓼莪　《詩・小雅》篇名，詩序稱之為孝子追念父母而作。㉞胡寧　疑問代詞。

㉟視息　猶謂苟活殘生。㊱巖巖　高峻貌。㊲飄回　飄蕩迴旋之風。㊳坻頹　同「坻隤」。指山崩。

【語　譯】端莊恭謹我那先母，美好聲譽傳揚於世。她的莊敬如我祖母，心志比同大姜大姒。勤勉己身操勞憔悴，精心養育我等小子。小子我呀生不逢時，正值世間極不安寧。先父勤恪奔走當時，我亦從小隨父征行。忽然逢遇不造大禍，喪父大患嬰繞我身。歎我不能追及父業，只想退歸守護祧祏。恰值王土荒頓離亂，四方侯國起兵分爭。天禍人難交相逼迫，常為躲難疲於奔命。嗟歎我那懷歸之念，不能實現不能如願。聖善慈母居鄉獨勞，無法存慰她那憂情。春去秋來時光代逝，至今已經過去九年。想那艱難行旅之路，怎能託付我的精誠。我的精誠既不能託，只好付之蒼蒼上天。但願我那剛健慈母，能夠安享高齡長年。憂勤不安深懷驚懼，惦念之心猶如掛懸。上天為何不加佑護，我那慈母早逝人間。在她生時不曾奉養，在她死時又未臨喪。留此大過在我之身，慘愴苦痛切骨銘心。獨形孤景如尸呆立，魂靈亡失飛散匿沉。在那從前〈蓼莪〉之詩，哀歌痛訴尚有餘音。我取此詩自比我心，憂傷悲痛自感最深。如何勉強苟活殘生，以便渡過動亂至今。高高山巖諸多險阻，擋我歸途堅不可摧。仰望天空歸翔之雲，俯聽耳邊飄回之風。想高飛啊沒有雙翅，盼騰越啊沒有階梯。愁思綿長猶如流水，哀情壓心好似山崩。區區小詩已作成啊，以此衷情上告悲哀。

【研　析】潘文則喪父多年，時客遊在外，接喪母之訊，難以回鄉料理後事，心情悲慟，王粲代作此詩。本詩雖為代他人而作，卻寫得感情濃烈，催人淚下。這固然與作者的寫作才華有關，更主要的，是作者在哀思雙親、企盼歸鄉方面與潘文則有著共同的感受，故讀來真切、感人。

雜詩

【題解】李善注：「雜者，不拘流例，遇物即言，故云雜也。」李周翰注：「興致不一，故云雜詩。此意思友人。」劉楨亦作有〈雜詩〉，可參閱。

日暮遊西園❶，冀寫❷憂思情。曲池揚素波，列樹敷丹榮❸。上有特❹棲鳥，懷春❺向我鳴。褰衽❻欲從之，路險不得征。徘徊不能去，佇立望爾形。風飆揚塵起，白日忽已冥。迴身入空房，托夢通精誠。人欲天不違，何懼不合并。

《文選》二十九

【注釋】❶西園　鄴城的西園。❷寫　瀉的本字。《詩・邶風・泉水》：「駕言出遊，以寫我憂。」❸敷丹榮　開紅花。❹特　獨。❺懷春　求偶之意。❻褰衽　提起衣襟。

【語譯】日暮獨遊西苑園，指望抒瀉憂思情。曲池蕩揚素潔波，列樹遍開丹花榮。樹上有隻獨棲鳥，求偶殷殷向我鳴。提起衣襟欲隨去，路途不平不得行。徘徊踟躕不忍去，佇立顧望鳥身形。大風吹揚沙塵起，白日迅逝天已暝。回身返宅入空房，託情夢中通真誠。人有同欲天不違，如何懼怕不合併。

【研析】全詩描述了作者入園解憂而更添憂的過程。其間，在觀水賞花之中，作者的心情稍有好轉。孤鳥獨鳴，又喚起了作者的愁思，也點出了作者的「憂思情」乃為孤獨所致。最後的一句，是作者對自己的自慰，也是對明天的期望。全詩以小波輕折的手法，寫得細緻入微。考曹植〈贈王粲〉詩，其場景格調十分相近，且顯有應答粲詩的意味，則王粲此詩亦含有政治抱負不得施展的感傷，故植詩以「重陰潤萬物，何懼澤不周」語相勸慰。

雜詩四首

【題解】本組〈雜詩〉亦為「不拘流例，遇物即言」之作。

其一

吉日❶簡清時❷，從君❸出西園❹。方軌❺策良馬，並驅厲❻中原。

北臨清漳水❼，西看柏楊山❽。回翔遊廣囿❾，逍遙波水間。

《古文苑》八

【注釋】❶吉日　吉祥之日。❷簡清時　事簡天清之時。❸君　似指曹操。❹西園　鄴城的西園。❺方軌兩車並行。❻厲　飛馳。❼清漳水　源於山西東南，在河北南部與濁漳水會合而稱漳水，流經鄴城。❽柏楊山　其地不詳。章樵注稱「丘墓所聚之地」。❾囿　苑囿，古時圈養禽獸以供遊獵的地方。

【語譯】吉日政簡天清時，從君遊樂出西園。並車鞭策催良馬，同馳疾行越中原。向北臨視清漳水，朝西遙看柏楊山。周回翱翔遊廣囿，逍遙歡娛波水間。

其二

列車息眾駕，相伴綠水湄❶。幽蘭吐芳烈，芙蓉發紅暉。百鳥何繽翻❷，振翼羣相隨。投網引潛魚，強弩下高飛。白日已西邁，歡樂忽❸忘歸。

《古文苑》八

【注釋】❶湄　水邊。❷繽翻　眾多翻飛貌。❸忽　不經意。

【語譯】排好車子息眾馬，眾人伴行綠水湄。幽蘭吐香芬芳烈，芙蓉揚花紅顏暉。百鳥聚飛何繽翻，振翅成群相追隨。投網引取水中魚，勁弩射下高飛羽。白日已傾向西逝，歡悅之中忘回歸。

其三

聯翩❶飛鸞鳥，獨遊無所因❷。毛羽照野草，哀鳴入層雲。我尚❸

假❹羽翼，飛睹爾形身。願乃❺春陽會❻，交頸遘殷勤❼。

《古文苑》八

【注釋】❶聯翻　同「聯翩」。鳥孤獨飛翔貌。❷因　依。❸尚　願。❹假　借。❺乃　猶及。❻春陽會　猶謂喜相逢。春陽，春日的和煦陽光，多以喻喜事。荀悅《申鑒・雜言上》「喜如春陽」即其例。❼遘殷勤　互致親切的情意。

【語譯】孤獨翻飛鸞鳳鳥，獨自遊翔無所依。華毛豔羽映野草，哀歌長鳴入層雲。我願借取雙羽翅，飛空親睹你形身。希望與你喜相會，交頸親昵致誠心。

其四

鷙鳥❶化為鳩❷，遠竄江漢邊❸。遭遇風雲會❹，托身鸞鳳❺間。天姿既否戾，受性又不閑❻。邂逅❼見逼迫，俛仰❽不得言。

《古文苑》八

【注釋】❶鷙鳥　泛指鷹鸇之類的猛禽。❷鳩　指鶻鳩、布穀鳥之類的弱鳥。❸遠竄江漢邊　此喻王粲避難荊州事。❹風雲會　為魏晉時常語，喻好的際遇。古人稱「雲從龍，風從虎」，二者相會乃同類感應，當有好運，故有此喻。❺鸞鳳　喻貴人，此指曹氏父子。❻天姿既否戾二句　此二句為粲自謙之語。天姿，天然的品質。否戾，猶謂惡劣。受性，秉賦。閑，閒雅美好。❼邂逅　不期而會，引申有不固之意（據《詩・唐風・

綢繆》韓詩之解)。❽俛仰　同「俯仰」。指應付周旋。

【語　譯】鷙鳥變成小春鳩，遠逃長江漢水邊。逢遇好運風雲會，進託身形鸞鳳間。天姿既已稱否戾，秉賦卻又不雅閒。情誼不固多受迫，俯仰周旋不歡言。

【研　析】四首詩非一時之作，但細品文意，均當作於歸曹之後。第一首和第二首，描寫了作者侍奉主人遊樂的歡娛，其語言的明快活潑，足以顯現作者當時的興奮心情。第三首以孤飛的鸞鳥比喻正直賢良的友人(陳祚明《采菽堂古詩選》七認為指士孫文始之流，可作一說)，作者感傷其獨翔哀鳴，希望能與其結伴歡會。其語言的真摯，反映出作者與其情誼之深；其採用隱喻的手法，又似乎含有不能明言的苦衷。第四首概括了作者避難荊州以來委屈於權貴之下的苦悶心情。作者自比作變為小鳩的鷙鳥，儘管進身鸞鳳之間，卻仍「見逼迫」、「不得言」。這四首詩，反映了王粲歸曹後的幾個不同的生活側面和精神感受。

公宴詩

【題　解】公宴，公卿高官的宴會。張銑注稱「此侍曹操宴」，考詩中「周公」之喻，知銑言可信。

昊天❶降豐澤❷，百卉挺葳蕤❸。涼風❹撤蒸暑，清雲❺卻炎暉❻。

高會❼君子堂❽，並坐蔭華榱❾。嘉肴充圓方❿，旨酒盈金罍⓫。管弦發徽音⓬，曲度⓭清且悲⓮。合坐同所樂，但訴杯行遲。常聞詩人語，「不醉且無歸⓯」。今日不極歡，含情欲待誰？見眷⓰良不翅⓱，守分豈能違？古人有遺言，君子福所綏⓲。願我賢主人⓳，與天享巍巍⓴。克符㉑周公㉒業，奕世㉓不可追㉔。

《文選》二十

【注　釋】❶昊天　夏季的上天。《爾雅・釋天》：「夏為昊天。」❷澤　雨露。❸葳蕤　花草鮮麗貌。❹涼風　初秋的風。《禮記・月令》：孟秋之月「涼風至」。❺清雲　清沏明晰的天空。秋季天空大多是無雲而呈淡藍色，故稱清雲。❻炎暉　指夏日。李善注云：「南方為火而主夏，火性炎上，故謂夏日為炎暉也。」❼高會　敬會。❽君子堂　指曹操的府第。❾榱　椽子的總稱。細分之，圓曰椽，方曰桷。古多以榱桷喻擔負重任的人。❿圓方　指各種形狀的器皿。⓫罍　盛酒器。⓬徽音　美好的樂音。⓭曲度　樂曲的節度。⓮悲　動人；委婉。⓯不醉且無歸　《詩・小雅・湛露》有「厭厭夜飲，不醉無歸」語。⓰見眷　被器重。⓱不翅　猶言過多。⓲綏　安。《詩・周南・樛木》：「樂只君子，福履綏之（韓按：履訓為祿）。」⓳賢主人　指曹操。⓴巍巍　高貌，比喻福祿的豐厚。㉑克符　能同。㉒周公　名姬旦，曾助周武王滅殷，代周成王攝政，為西周王朝建有大功。㉓奕世　累世。㉔追　及。

【語　譯】夏季上天降豐澤，花草挺秀爭豔美。涼風撤去如蒸暑，秋天退卻似炎暉。有幸敬會君子堂，同蔭華榱受蔽惠。嘉肴盛滿圓方器，美酒盈溢錯金罍。管絃諸器奏美樂，曲節清正又婉委。同坐主賓齊歡悅，只稱酒杯行轉遲。時常聽聞詩人語，「不醉且不往回歸」。今日盛會不極歡，含留佳情欲等誰？深受器重已過多，恪守分職怎能違？古人遺有殷切語，君子自有福安綏。願我賢明好主人，與天同享福巍巍。齊同周公弘美業，世世代代不可追。

【研　析】曹丕《典論・敘詩》：「為太子時，北園及東閣講堂並賦詩，命王粲、劉楨、阮瑀、應瑒等同作。」本詩即為「同作」之詩。詩句格調歡快，氣氛熱烈。其中讚歎宴會之盛，頌譽主人之德，均有明顯的奉承與效忠意味，未脫一般公宴侍坐之作的俗套。

詠史詩

【題　解】建安十六年十二月，王粲隨曹操西征馬超至長安，曾路過三良塚，此詩當作於其時。曹植有〈三良詩〉，為同時之作，可互參閱。

自古無殉死❶，達人❷共所知❸。秦穆❹殺三良❺，惜哉空爾為。結髮❻事明君❼，受恩良❽不訾❾。臨歿要❿之死，焉得不相隨？妻子當門泣，兄弟哭路垂⓫。臨穴⓬呼蒼天⓭，涕下如綆縻⓮。人生各有志⓯，終不為此移。同知埋身劇⑯，心亦⑰有所施⑱。生為百夫雄⑲，死為壯士規。黃鳥⑳作悲詩，至今聲不虧㉑。

《文選》二十一

【注釋】❶自古無殉死　似即《禮記・檀弓下》「以殉葬非禮也」之意。殉死，以活人陪葬。中國殷商多以活人殉葬，其多者達四百人，周代此風漸衰，但亦未能絕。❷達人　通事達理之人。❸共所知　《文選》六臣注本作所共知。❹秦穆　秦穆公，名任好，春秋五霸之一。❺三良　秦之良臣子車氏三子奄息、仲行、鍼虎。秦穆公於魯文公六年（西元前六二一年）卒，以一百七十餘人殉葬，其中包括秦之良臣子車氏三子奄息、仲行、鍼虎，秦人哀惜刺怨而作〈黃鳥〉詩，事見《左傳・文公六年》。❻結髮　古時男子成童始束髮，因多以結髮指初成年。❼明君　指秦穆公，其在位時益國十二，開地千里，為西方諸侯之伯。❽良　副詞，的確。❾訾　計量。❿要　約求。《史記・秦本紀》正義引應劭語：「秦穆公與羣臣飲酒酣，公曰：『生共此樂，死共此哀。』於是奄息、仲行、鍼虎許諾。及公薨，皆從死。」⓫垂　旁邊。⓬穴　墓穴。⓭呼蒼天　面對蒼天哭號，即《詩・秦風・黃鳥》所云「彼蒼者天，殲我良人。」⓮綆縻　汲水之繩與牛鼻之繩，此形容淚流不斷。⓯志　此指三良殉死之志。《漢書・匡衡傳》：「秦穆貴信而士多從死。」則三良亦似重信而殉。⓰劇　甚。此為活人殉葬，乃最悲慘之事。⓱亦　皆。⓲施　捨。⓳雄　俊傑；英雄。〈黃鳥〉詩稱三良為「百夫之特」、「百夫之防」、「百夫之禦」。⓴黃鳥　黃雀，《詩・秦風・黃鳥》首句以「交交黃鳥」起興，此亦隱指〈黃鳥〉詩。㉑虧　停歇。

【語譯】自古沒有殉死禮，通達賢人所共知。秦穆殉殺三良人，惜啊痛啊空此為。結髮之始事明君，受君之恩實無計。臨終相約共同死，三良怎能不相隨？賢妻愛子立門泣，手足兄弟哭路垂。臨視墓穴號蒼天，淚如雨下似綆縻。人生各有各人志，終不為眾哭聲移。同知埋身甚慘苦，心中皆有捨身意。生為百夫俊傑雄，死作壯士儀表規。黃鳥啼作悲憤詩，至今鳴聲不歇虧。

【研　析】本詩借詠史以述志。作者在痛惜三良從殉，批判以活人殉葬不義之舉的同時，著意詠歎了三良受恩圖報、以死相殉的貴信壯舉，含有明顯的盡忠曹氏之意。其時粲已歸曹三年，頗受賞識，企望著效力建功。詩文始怨而後譽，始悲而後壯，有著既矛盾又統一的藝術效果。詩中的場面描寫形象而生動，悲傷而壯烈，動人情思。

從軍詩五首

【題　解】從軍，隨從曹操大軍出征。張銑注曰：「漢相曹操出師征張魯及孫權時，粲作詩以美其事。」

其一

從軍有苦樂，但聞❶所從誰。所從神且武，焉得久勞師？相公❷出
關右❸，赫怒❹震天威。一舉滅獯虜❺，再舉服羌夷❻。西收邊地賊❼，

忽若俯拾遺。陳賞越丘山，酒肉逾川坻❽。軍中❾多飫饒❿，人馬皆溢肥。徒行兼乘⓫還，空出有餘資。拓地三千里⓬，往返速若飛。歌舞入鄴城，所願獲無違。晝日獻⓭大朝⓮，日暮薄⓯言歸。外參時明政，內⓰不廢家私。禽獸憚為犧⓱，良苗⓲實已揮⓳。〔竊慕負鼎翁⓴，願厲㉑朽鈍姿㉒。〕不能效沮溺㉓，相隨把鋤犁。孰㉔覽夫子詩㉕，信知所言非。

《文選》二十七

【注釋】❶聞　通「問」。《文選》六臣注本、《樂府詩集》三十二、《三國志・魏書・武帝紀》注聞作問。❷相公　指曹操。❸關右　函谷關以西。曹操在建安二十年三月率軍出函谷關西征張魯，二十一年二月班師還鄴。《三國志・魏書・武帝紀》注曰：「是行也，侍中王粲作五言詩以美其事。」且引本詩前半部分。❹赫怒　勃然震怒。❺一舉滅獯虜　此指曹操於建安二十年五月攻屠氐王竇茂以下萬餘人之事（氐族又稱西戎，為玁狁的一支）。獯虜，對玁狁族的蔑稱。玁狁為中國古代北方少數民族之一，主要分布在陝、甘及內蒙一帶。❻再舉服羌夷　此指建安二十年九月巴族七姓夷王朴胡、竇邑侯杜濩舉巴夷及宗民歸附之事。羌夷，對羌族的蔑稱，羌族為中國西部少數民族之一。❼西收邊地賊　指西平、金城諸將麴演、蔣石等共斬送叛將韓遂首以獻，以及張魯率其五子投降之事。❽陳賞越丘山二句　曹操破張魯治所南鄭後，曾大饗軍士。坻，水中小洲或高地。❾軍中　原作軍人，據《文選》六臣注本、《樂府詩集》三十二、《三國志・魏書・武帝紀》注及胡克家校語改。❿飫饒　充足豐厚。⓫兼乘　兩匹戰馬。⓬三千里　形容地域廣大。⓭晝日獻　原作晝日處，據《樂府詩集》三十二改。⑭大朝　讀為太廟。時曹操已自立宗廟，古有軍戎得勝而獻戰利品於社廟之禮。⑮薄　乃。⑯外參時明政二句　周制天子和諸侯均有三朝，外朝一，內朝二，外朝為討論政事之所，內朝為處理家事之所。此譽曹操善理內外之政。外，外朝。內，內朝。⑰禽獸憚為犧　此謂禽獸懼怕被人捕獲成為犧牲而不敢橫行以害農事。憚，懼怕。犧，犧牲，祭祀時供奉的牲畜祭品。⑱良苗　泛指穀物。⑲實已揮　實，種子。揮，揮撒播種。本詩作於建安二十一年二月之後，時為春季。⑳負鼎翁　指殷相伊尹。他始為家奴，因善鼎炊烹飪而受商湯賞識，後因治政有方而獲盛譽。以下二句據《文選》六臣注本及《樂府詩集》三十二補。㉑厲　振奮。㉒朽鈍姿　朽木鈍刀般的身姿，此為粲自謙之語。㉓沮溺　指長沮和桀溺，二人為春秋時有名的隱士，曾並耕以自食。㉔孰　熟的本字（六臣本《文選》及《樂府詩集》三十二作熟）。㉕夫子詩　孔子的心志。《說文》：「詩，志也。」據《論語．微子》，長沮與桀溺同勸孔子隱居避世，「夫子憮然，曰：『鳥獸不可與同羣。吾非斯人之徒與而誰與？天下有道，丘不與易也。』」

【語譯】從軍有苦也有樂，只問所從主帥誰。主帥神明且勇武，何用眾師久勞累？曹公率眾征關右，赫怒震奮天朝威。一舉剿滅竇茂虜，再舉收服巴賨夷。西收邊地諸反賊，輕迅猶如俯拾遺。陳置犒賞過丘山，酒河肉嶺超川坻。軍中品物多飫饒，武士戰馬皆壯肥。徒步初行兼乘返，空手出征還盈資。開拓土地三千里，往返無阻快如飛。載歌載舞入鄴城，稱心如願凱旋回。白日獻捷宗祖廟，日暮天昏方言歸。外朝參理明時政，內朝治家不廢私。禽獸斂跡怕囚繫，佳穀良種已撒揮。〔私下敬慕伊尹相，願奮朽木鈍刀姿。〕不能效仿沮與溺，隱世並耕把鋤犁。細觀孔子述志語，確知沮溺所言非。

其二

涼風厲❶秋節，司典❷告詳刑❸。我君順時發，桓桓❹東南征❺。泛舟蓋長川，陳卒被隰坰❻。征夫懷親戚，誰能無戀情？拊❼衿倚舟檣❽，眷眷思鄴城。哀彼東山人❾，喟然❿感鸛鳴⓫。日月不安處⓬，人誰獲常寧？昔人從公旦⓭，一徂輒三齡⓮。今我神武師⓯，暫往必速平。棄余親睦恩⓰，輸力⓱竭忠貞。懼無一夫用，報我素餐誠⓲。夙夜自怡性⓳，思逝若抽縈⓴。將秉先登羽㉑，豈敢聽金聲㉒。

《文選》二十七

【注釋】❶厲　迅疾。❷司典　司掌典制法規的官員。❸告詳刑　頒告詳細的刑罰規則。古以秋季行殺戮事，並於其時頒告刑典以正綱紀。❹桓桓　威武勇猛貌。《詩・魯頌・泮水》：「桓桓于征，狄彼殺南。」❺東南征　此謂征伐東吳孫權。❻泛舟蓋長川二句　此二句在描述出征前曹操水陸兩軍的陣容。泛，漂浮。隰坰，郊野的低溼之地。❼拊　撫摸。❽檣　桅桿。❾東山人　《詩・豳風・東山》中描述的征戰士卒，他們苦於長年離鄉戍行，作詩刺怨。❿喟然　歎息貌。⓫感鸛鳴　感慨〈東山〉詩「鸛鳴於垤，婦歎於室」所云妻子悲歎丈夫遠行的哀傷。鸛，水鳥名。⓬安處　安然居處。《國語・魯語四》：「日月不處，人誰獲安？」⓭公旦　指周公，其名姬旦。⓮一徂輒三齡　徂，征。三齡，三年。〈東山〉詩序稱「周公東征，三年而歸。」⓯神武師　指曹軍。⓰親睦恩　謂家庭親睦之情。⓱輸力　效力。⓲素餐誠　指作者因無功受祿而急於相報的誠心。

素餐，不勞不作白吃飯，語本《詩・魏風・伐檀》：「彼君子兮，不素餐兮。」⑲悱性　謂激昂其情性。悱，慷慨。⑳抽縈　收束纏繞。㉑秉先登羽　猶謂被羽先登，即背戴鳥羽以作旌旗衝鋒在前之意。㉒金聲　收兵的信號。李善注引孫卿子語：「聞鼓聲而進，聞金聲而退。」

【語譯】涼風疾蕩清秋季，司典頒告細詳刑。我君適時發天兵，威武雄壯東南征。行駛戰船蓋長河，列陣勁卒覆隰坰。征戰之士念親友，誰能無此依戀情？撫衿背倚船桅柱，情思眷眷想鄴城。哀歎當年東山人，慨然傷感鸛鳥鳴。日月不曾安居處，庶眾誰能獲常寧？前人相從周公征，一去就是三年整。今我神威勇武師，速戰速勝必速平。暫息我那親睦情，付出全力盡忠貞。只怕不當一夫用，無緣報我素餐誠。終日自勵勇武性，思緒翻回若東縈。暫將被羽先登進，哪敢偏聽退兵聲。

其三

從軍征遐路，討彼東南夷①。方舟②順廣川，薄暮③未安坻④。白日半西山，桑梓有餘暉。蟋蟀夾岸鳴，孤鳥翩翩飛。征夫心多懷，惻愴⑤令吾悲。下船登高防⑥，草露沾我衣。迴身入床寢，此愁當告誰？身服⑦干戈事⑧，豈得念所私⑨？即戎⑩有授命⑪，茲理不可違。

《文選》二十七

【注釋】①東南夷　對孫權的蔑稱。②方舟　並舟，此泛指戰船。③薄暮　將近黃昏。④坻　止息。⑤惻

愴　悲傷貌。❻防　堤岸。❼服　從事。❽干戈事　從軍征戰之事。❾所私　自己的私情。❿即戎　參加戰爭。⓫授命　獻出生命。

【語　譯】從軍征行遐遠路，討伐孫吳東南夷。方舟順著寬河下，時近黃昏未安息。白日半落西山頂，岸上桑梓有餘暉。蟋蟀夾岸悲寂叫，孤鳥翩翩獨自飛。征人心中多傷懷，惻愴哀痛使我悲。下船登上高堤岸，草露沾溼我征衣。返身上床獨自寢，此愁綿綿當告誰？身擔從軍征戰事，怎能偷念我所私？征戰即有獻身者，此理信實不可違。

其　四

朝發鄴都橋，暮濟❶白馬津❷。逍遙❸河堤上，左右望我軍。連舫❹逾萬艘，帶甲❺千萬人。率❻彼東南路，將定❼一舉動。籌策❽運帷幄，一由❾我聖君。恨我無時謀，譬諸具官臣❿。鞠躬⓫中堅⓬內，微畫無所陳。許歷為完士，一言猶敗秦⓭。我有素餐責⓮，誠愧伐檀人⓯。雖無鉛刀⓰用，庶幾⓱奮薄身。

《文選》二十七

【注　釋】❶濟　渡過。❷白馬津　渡口名，在今河南滑縣東北，距鄴都一百餘里。❸逍遙　怡適自得貌。

❹連舫　首尾相連的船隻。❺帶甲　披掛齊全的將士。❻率　循。❼定　成。❽籌策　喻戰事計策。❾一由　全憑。❿具官臣　備位充數、不稱職守之臣。⓫鞠躬　此指供職。⓬中堅　古代主帥所在的中軍部隊稱為中堅，此指軍機要害部門。⓭許歷為完士二句　據《史記・廉頗藺相如列傳》，許歷為趙奢軍士，秦伐韓時，奢帶兵救韓，許歷冒死出計謀劃，大敗秦軍。許歷，春秋時趙人。完士，普通的軍士。逯本引《義門讀書記》稱完為軍字之訛。猶，原作獨，據《文選》六臣注本及《樂府詩集》三十二改。⓮素餐責　指作者因無功受祿而自責。參見本組詩其二注⓲。⓯伐檀人　《詩・魏風・伐檀》的抒情主人公，該詩有「彼君子兮，不素餐兮」的責備之語。⓰鉛刀　鉛質之刀，其刀不利。⓱庶幾　表示希望或推測。本句有「鉛刀一割」的期盼。《後漢書・班超傳》：「況臣奉大漢之威，而無鉛刀一割之用乎？。」

【語　譯】早晨始發鄴都橋，傍晚渡過白馬津。怡情漫步河堤上，左顧右望看我軍。戰船並連過萬艘，披甲將士千萬人。沿著那條東南路，誓將一舉成功勳。籌策運謀帷幄內，全憑曹公我聖君。恨我沒有適時謀，好似那些備位臣。供職中堅樞要內，些微謀劃無所陳。許歷僅為一軍士，一語尚能敗強秦。我有素餐失職過，實在愧對伐檀人。賤軀雖無鉛刀用，可望奮力獻薄身。

其五

悠悠❶涉荒路，靡靡❷我心愁。四望無煙火，但見林與丘。城郭生榛棘，蹊徑無所由❸。雚蒲❹竟❺廣澤，葭葦❻夾長流。日夕涼風發，翩翩漂吾舟。寒蟬在樹鳴，鸛鵠❼摩❽天遊。客子❾多悲傷，淚下不可收。

朝入譙郡⑩界，曠然⑪消人憂。雞鳴達四境，黍稷盈原疇⑫。館宅⑬充廛里⑭，女士⑮滿莊馗⑯。自非聖賢國，誰能享斯休⑰？詩人⑱美樂土⑲，雖客猶願留。

《文選》二十七

【注釋】❶悠悠　遠而無盡貌。❷靡靡　行走遲緩貌。❸城郭生榛棘二句　此謂小路生滿榛棘而無法行走。城郭，內城和外城，此泛指城邑。榛棘，泛指叢生的各種灌木。由，經歷。❹萑蒲　兩種水草名。萑，即荻，似蘆，葉稍闊而韌。蒲，蒲草，水生植物。❺竟　周遍。❻葭葦　指蘆葦。細分之，初生為葭，長大為蘆，長成為葦。❼鵠　黃鵠，又稱天鵝。❽摩　迫近。❾客子　旅於他鄉的人，此為作者自稱。❿譙郡　古地名，在今安徽亳州，為曹操的故鄉。曹軍在建安二十一年十一月到達譙郡。⓫曠然　豁然開朗。⓬疇　已耕作的田地。⓭館宅　泛指房屋。⓮廛里　古時住宅與市肆區域的通稱。細分之，庶人、農、工、商所居之處為廛，士大夫所居之處為里。⓯女士　女子和男子。⓰莊馗　四通八達的道路。⓱休　美福。⓲詩人　指《詩・魏風・碩鼠》的抒情主人公。⓳樂土　安樂幸福之地。〈碩鼠〉詩有「樂土樂土，爰得我所」之語。

【語譯】遠遠跋涉荒涼路，緩緩征行我心愁。四望廣野無煙火，只見樹林與山丘。城邑遍生榛棘叢，小路荒蕪難經由。萑蒲滿布深廣澤，蘆葦夾生長河流。日夕無暉涼風起，翩翩漂泊我行舟。寒蟬在樹悲寂叫，鸛鳥黃鵠近天遊。客行之人多愁傷，淚下如雨不可收。清早進入譙郡界，豁然開朗消人憂。雞鳴相隨傳四境，莊稼油油滿田疇。房屋櫛比布廛里，男女怡娛滿街遊。若非生自聖賢邦，誰能同享此洪福？昔日詩人美樂土，如今雖客也願留。

【研　析】第一首詩概括了曹操近一年時間的西征生活，頌讚了曹軍斬將奪關，鎮叛收邊的輝煌戰績，以及曹操治軍治政的雄才大略。最後，作者以自勉的口吻，述說了追隨曹操共建大業的決心。全詩語調明快，閃爍著得勝班師時的歡悅激情，亦反映了當時民眾企盼疆域統一社會安定的願望。

建安二十一年十月，曹操治兵征伐孫權。第二首詩及以下三首皆作於其時。這首詩寫出征前的場面及詩人的感受。儘管軍容強盛嚴整，畢竟連年征戰，詩人的厭戰之情油然而生，於是「倚舟檣」、「思鄴城」。為了一舉平定天下而不再征戎，詩人決心捨命向前，「輸力竭忠貞」。事實上，王粲實踐了自己的誓言，在第二年的正月病逝於征戰途中。

第三首詩作於南征孫權途中。蟋蟀悲鳴，孤鳥獨飛，又喚起了作者強烈的思親厭戰之情。是軍人的神聖使命和崇高職責，使他的情緒漸漸平穩下來，並且更加堅定了「即戎授命」的信念。就內容上看，此詩當在「其四」之後。

第四首詩作於離開鄴城的當天傍晚。作者漫步河堤之上，眼望著嚴整的軍旅和無數的戰船，心中充滿著必勝的信念。隨之，為自己身為侍從官員卻無佳謀進獻而感到自責，決心竭誠盡力投入征戰。全詩格調激昂渾厚，有聲威，有氣勢，也有情感的波動。

第五首詩描述作者從鄴城出發南征孫權，眼望蕭條原野，耳聽風聲蟬吟，心情抑鬱沉悶，從征立功的願望不斷受到哀思愁情的衝擊。進入譙郡後，原田豐茂，城邑繁榮（其中可能有粉飾誇張的成分），使得作者的心情豁然開朗，卻又喚起其留住不前的隱情。詩文細膩簡潔，折轉自然，頗有一番功力。

以上五首詩，抒情的主體都是作者本人，其參戰、厭戰的情緒交互呈現，而厭戰的情緒是主導的，連貫的，逐漸加重的，這反映出作者生活後期的思想情趣。

附：從軍詩殘句二段

樓船凌洪波，尋戈❶刺辟虜❷。 《太平御覽》三百五十一

被羽在先登❸，甘心除國疾❹。 《文選・王粲・從軍詩》注

【注釋】❶尋戈　猶謂長戈。尋，古長度單位，合當時八尺。❷辟虜　有罪的敵寇。❸被羽在先登　參見〈從軍詩五首・其二〉注㉑。❹國疾　國家的大患。

【語譯】層樓戰船越洪波，長戈刺向罪寇虜。身披羽飾率先登，竭誠盡力除國疾。

贈楊德祖詩

【題　解】楊德祖，名修，太尉楊彪之子，建安中為曹操屬官，且與曹植友善，博學能文，建安二十四年被曹操所殺。

我君❶餞❷之，其樂泄泄❸。

《顏氏家訓・文章》

【注　釋】❶我君　所指不詳。❷餞　以酒食送行。❸泄泄　舒暢和樂貌，語本《左傳・隱公元年》：「大隧之外，其樂也洩洩。」洩，同「泄」。

【語　譯】我君盛意餞行，歡情舒暢和樂。

失題詩七段

【題　解】各詩殘缺過甚，其事其意無考。

（一）荊軻❶為燕使，送者盈水濱。縞素❷易水❸上，涕泣不可揮。

《韻補》一

（二）探懷授所歡❹，願醉不顧身。

《文選‧謝靈運‧還舊園作見顏范二中書詩》注

（三）哀嘯❺動梁塵，急觴❻蕩幽默❼。

《草堂詩箋》九

（四）白露沾衣。

《文選‧阮籍‧詠懷詩》注

（五）長夜何冥冥❽。

《九家集注杜詩》五〈遣興五首‧其五〉注

（六）散策❾高堂上。

《九家集注杜詩》十三〈鄭典設自施州歸〉師尹注

（七）盜賊如豺狼。

《分門集注杜工部詩》三〈晝夢〉趙次公注

【注釋】❶荊軻　戰國時衛人，受燕國太子丹之命去秦刺秦王，不中而被殺。❷縞素　白色喪服。❸易水　水名，源於河北易縣，荊軻臨行，太子丹及眾賓客皆著白衣冠送於易水之上，揮淚相別。事見《史記・刺客列傳》。❹探懷授所歡　即王粲〈神女賦〉「探懷授心」之意。探，袒露。❺嘯　原作笑，逯本有校語云：「笑應作嘯，哀嘯而歌，故音動梁塵也。」今據以改笑為嘯。❻觴　以酒飲人或自飲。❼幽默　靜曠無聲。❽冥冥　晦昧昏暗。❾散策　扶杖散步。

【語譯】（一）荊軻為燕出使秦，眾人相送盈水濱。均著素服易水上，淚如雨下揮不盡。

（二）袒情授予所歡人，願飲盡醉不顧身。

（三）哀嘯吹動樑上塵，暢飲蕩去寂無聲。

（四）白露輕降沾衣襟。

（五）漫漫長夜多麼昏暗冥冥。

（六）扶杖散步高堂之上。

（七）強盜竊賊狠如豺狼。

俞兒舞歌四首

【題解】俞兒舞，古雜舞名，又稱巴渝舞，其制已不可考。《漢書・禮樂志》：「巴俞鼓員三十六人。」顏注：「當高祖初為漢王，得巴俞人，並趫捷善鬥，與之定三秦、滅楚，因存其武樂也。」據《後漢書・南蠻傳》，劉邦遣夷人還巴中，號板楯蠻夷，「閬中有渝水，其人多居水左右。

天性勁勇，初為漢前鋒，數陷陣。俗喜歌舞，高祖觀之，曰：『此武王伐紂之歌也。』乃命樂人習之，所謂巴渝舞也。」據《晉書・樂志上》，巴渝舞曲共四篇，「其辭既古，莫能曉其句度。魏初，乃使軍謀祭酒王粲改創其詞。粲問巴渝帥李管、種玉歌曲意，試使歌，聽之，以考校歌曲，而為之改為〈矛渝新福歌曲〉、〈弩渝新福歌曲〉、〈安臺新福歌曲〉、〈行辭新福歌曲〉，〈行辭〉以述魏德。」曹操於建安十八年五月被封為魏公，七月始建社稷宗廟，本文似作於其後不久。《宋書・樂志》引本文題下有注語曰：「魏國初建所用，後於太祖廟並作之。」

矛俞新福歌❶

漢初建國家❷，匡❸九州❹。蠻荊❺震服，五刃❻三革❼休。安不忘備武樂❽修。宴我賓師，敬用御天，永樂無憂❾。子孫受百福，常與松喬❿遊。蒸庶⓫德⓬，莫不咸歡柔。

《宋書・樂志》

【注釋】❶矛俞新福歌　本舞的主要舞具為長矛。俞，同「渝」。新福，新編祈福之意。❷漢初建國家　本句仍借用歌頌劉邦定三秦、滅楚、定天下的原意。❸匡　挽救危難之意。❹九州　指全國。❺蠻荊　指南方各民族，亦包括楚王項羽所屬之眾。❻五刃　刀、劍、矛、戟、矢五種兵器。❼三革　甲、冑、盾三種革製的軍用品。❽武樂　勇武的樂舞，即俞兒舞。❾宴我賓師三句　此三句謂此舞有宴賓、敬神、娛樂的作用。〈安臺新福歌〉「式宴賓與師」與「宴我賓師」義同。賓師，賓客與將士。御天，進獻給天神。❿松喬　古代傳說中的仙人赤松子和王子喬。⓫蒸庶　大眾。蒸，同「烝」。《樂府詩集》五十三作烝。⓬德　指人的性情。

【語　譯】漢初高祖建國家，匡復九州。蠻夷荊楚震驚而順服，五刃三革均停休。安定不忘備戰啊武樂因而修。宴我佳賓師，敬以獻天神，永樂無愁憂。子孫後代受百福，常與松喬仙人遊。眾人情性，全都歡娛與順柔。

弩俞新福歌❶

材官選士❷，劍弩錯陳。應桴❸蹈節，俯仰❹若神。綏❺我武烈，篤我淳仁。自東自西，莫不來賓❻。

《宋書・樂志》

【注　釋】❶弩俞新福歌　本舞的主要舞具是劍弩。❷材官選士　本句材官和選士均指傑出的勇士，亦為本舞手持劍弩的歌舞者。材官，漢代對選拔於民間的勇武之士的稱呼。漢制，各郡於八月會試選取本地武勇材力之民，稱之為材官，作為後備的精銳力量以待急需，其人數有限額，置長史一人，丞一人訓治，光武帝劉秀時廢止此制。選士，鄉里選拔出來的材能秀異的士人。《禮記・王制》：「命鄉論秀士，升之司徒，曰選士。」❸桴　鼓槌。❹俯仰　此就舞者揮劍刺殺張弩發矢的動作而言。❺綏　旌旗上的表章，此有彰表之意。❻自東自西二句　語本《詩・大雅・文王有聲》：「自西自東，自南自北，無思不服。」賓，歸服順從。

【語　譯】材官選士齊上陣，拿劍持弩交錯陣。應著鼓點合拍節，一砍一射似天神。彰表我武烈氣概，誠篤我淳仁精神。從東又從西，莫不來歸順。

安臺新福歌❶

我❷功既定❸，庶士咸綏❹。樂陳我廣庭，式❺宴賓與師。昭❻文德❼，宣武威。平九有❽，撫民黎❾。荷天寵❿，延壽尸⓫，千載莫我違⓬。

《宋書‧樂志》

【注釋】❶安臺新福歌　據「安臺」及文中「樂陳我廣庭」語，本舞似舞於平臺或庭院。❷我　《樂府詩集》五十三作武。❸定　完成。❹綏　安置。❺式　用。❻昭　光顯。❼文德　以禮樂教化為主的統治方式。❽九有　九州。❾民黎　黎民百姓。❿天寵　上天的恩寵。《易‧師‧象》：「在師中吉，承天寵也。」⓫尸　主祭之人，此指宴娛的主人。⓬莫我違　莫違我。

【語譯】我們武功既已完成，眾多將士均得安綏。佳樂陳列廣庭之上，用以宴請賓客眾將。光顯禮樂之德，宣耀勇武之威。平定九州，安撫黎民。承受天寵，延壽主人，(我們的祝願)千秋萬代不要違。

行辭新福歌❶

神武❷用師，士素厲❸。仁恩廣覆，猛節❹橫逝❺。自古立功，莫我弘大。桓桓❻征四國❼，爰及海裔❽。漢國保長慶❾，垂祚❿延萬世。

《宋書・樂志》

【注釋】❶行辭新福歌　本舞似邊行邊舞，以歌頌征戰之功。❷神武　神明勇武之帥，此指曹操。❸厲　振奮。❹猛節　嚴正的節度。❺橫逝　猶謂縱橫廣施。❻桓桓　威武貌。❼四國　四方。❽海裔　海邊。❾慶　幸福。❿垂祚　延傳皇位。曹操一生以漢臣自命，權威顯赫而不代漢自立，故王粲仍頌漢朝。

【語譯】神武曹公帥兵征戰，將士向來奮身盡力。仁德恩惠廣布遍覆，嚴正節度縱橫普施。自古創立功勳，沒有我曹公弘大。威武統兵征四方，直到海角邊裔。漢朝長保福慶，傳位延及萬世。

【研析】魏國初建，其宗廟祭祀及重要宴會均應陳置舞樂。王粲受命用前人武樂而改添新詞，成此四篇。曹操喜歡武樂，一是他本人深通兵術，擅長治軍；二是以武安邦為當時的重要國策。王粲新辭頌讚勇武精神，申張武威之要，顯揚曹操功德，祈求國泰民安，深合曹操心意，故得流傳。

三輔論

【題解】三輔，三友，即文中的湘潛先生、江濱逸老和雲夢玄公，三人均為作者虛擬的人物。文中有劉表征討長沙太守張羨事，則此文當作於建安三年（西元一九八年），時王粲避難荊州。

湘潛先生、江濱逸老將集論，雲夢玄公豫焉❶。先生稱曰：「蓋聞戎❷不可動，兵不可揚。今劉牧❸建德垂芳，名烈❹既彰❺矣。曷乃稱兵舉眾，殘我波靈❻？」逸老曰：「是何言與？天生五材❼，金作明威。長沙不軌❽，敢作亂違。我牧睹其然，乃赫爾發憤❾。且上征下戰，去暴舉順。州牧之兵，建拂天之旌，鳴振地之鼓，玄胄❿曜日，犀甲如堵⓫。以此眾戰，孰能嬰御⓬！劉牧之懿⓭，子又未聞乎？履道懷智，休跡顯光，灑掃羣虜，艾⓮撥穢荒。走⓯袁術⓰於西境⓱，馘⓲射貢⓳乎武當⓴，遏孫堅㉑於漢南㉒，追楊定㉓于析商㉔。」

《藝文類聚》五十九

【注釋】❶豫焉　參與於此。❷戎　軍隊。❸劉牧　指荊州牧劉表。❹名烈　謂美好的名聲。❺彰　顯揚。❻稱兵舉眾二句　據「湘潛」之名及下文「長沙不軌」語，本句指建安三年長沙太守張羨叛劉表，表率兵急攻長沙事（見《後漢書・劉表傳》）。稱兵，興兵。殘，殺戮。波靈，指在水邊生活的生靈（百姓）。波，通「陂」。指澤岸。波靈原作汐零，據嚴本改。❼五材　金、木、水、火、土。❽不軌　不合法度，此指長沙太守張羨背叛事。❾赫爾發憤　謂勃然振怒。❿玄胄　黑色頭盔。⓫堵　土牆。⓬嬰御　謂以城自繞以固守。時張羨固守長沙。⑬懿　美德。⑭艾　通「乂」。指治理。⑮走　叱之便退。⑯袁術　字公路，袁紹的從弟，時割據荊州北面的南陽。⑰西境　指荊州西北部的襄陽。劉表初據荊州，駐軍襄陽，袁術與孫堅欲奪劉表之地，結果孫堅戰死，袁術不敢南下攻表。⑱馘　古時割取敵人左耳以計功曰馘，此有俘戮之義。⑲射貢　人名，其事不詳。⑳武當　山名，在襄陽正西。㉑孫堅　字文臺，孫權之父，初平三年擊劉表時，被表將黃祖部下射死。㉒漢南　漢水之南。疑漢為襄字之訛。據《後漢書・劉表傳》注引《典略》，孫堅死於峴山。峴山又名峴首山，為襄陽南面的要地，東臨漢水。㉓楊定　曾任安西將軍，為董卓部曲將，漢獻帝由長安東歸時任後將軍，受郭汜所攻，亡奔荊州。㉔析商　地名，似指析縣（今河南內鄉西）和商縣（今陝西商州東）。

【語　譯】湘潛先生和江濱逸老將要聚會議論時政，雲夢玄公參加進來。（湘潛）先生聲言道：「我聽說軍隊不可輕動，兵器不可輕揚。現今劉牧建有功德垂有芳績，美名已很顯揚。為什麼要稱舉兵眾，殘戮我水澤百姓？」（江濱）逸老說：「這是什麼話呀？上天生就五材，金的作用就是明彰軍威。長沙太守張羨不合法度，膽敢作亂違棄臣義。我牧劉君看其如此，便勃然振怒。況且這種上官征伐下屬的戰爭，是去除暴亂彰舉從順的義舉。州牧率有強大的軍隊，樹立起拂掠蒼天的旌旗，鳴動那振盪大地的戰鼓，黑色的頭盔映曜著日光，犀皮的鎧甲似牆壁列布。用這樣的隊伍去征去戰，誰能據城而抗禦！劉牧的美德，您也不曾聽說過嗎？（他）履行正道懷有大智，佳美行跡閃耀彩光，灑掃清除諸路寇虜，整治統理荒蕪之業。叱退袁術於西北邊境，俘戮射貢於武當之山，遏止孫堅於漢南之地，追逐楊定於析商之原。」

【研　析】本文用虛構人物相互辯難的形式，陳述自己對於時政的看法，語言靈活，思路廣闊，很吸引人。這種寫法，顯然得益於兩漢大賦的創作經驗。惜殘缺過甚，且雲夢玄公之說隻字未存，難以考求本篇主旨。文中所言劉表事，亦可供史家參考。

難鍾荀太平論

【題解】難，詰責、反駁。鍾荀其人不詳，所作〈太平論〉其文亦不詳。

聖莫盛於堯，而洪水方割❶，丹朱❷淫虐，四族❸凶佞❹矣。帝舜因之，而三苗❺畔戾❻矣。禹又因之❼，而防風❽為戮矣。此三聖，古之所大稱❾也。繼踵相承，且二百年，而刑罰未嘗一世而乏❿也。然則此三聖能乎⓫？三聖不能，則何世能致之乎⓬？孔子稱曰：「唯上智與下愚不移⓭。」不移者，丹朱、四凶、三苗之謂也。當紂之世，「殷罔⓮不小大⓯，好草⓰竊姦宄⓱」。周公遷殷頑民于洛邑⓲，其下愚之人必有之矣。周公之於三聖，不能逾也。三聖有所不化矣，有所不移矣，周公之不能化殷之頑民，所可知也。苟不可移，必或犯罪。罪而弗刑，是失所也；

犯而刑之，刑不可錯⓳矣。孟軻有言：「盡信書不如無書⓴。」有大而言之者㉑，刑錯之屬也。豈億兆之民，歷數十年而無一人犯罪，一物㉒失所哉？謂之無者，盡信書之謂也。

《藝文類聚》十一

【注　釋】❶方割　到處為害。傳說堯時洪水為患，《書・堯典》：「湯湯洪水方割。」❷丹朱　堯之不肖子。❸四族　又稱四凶，指以渾敦、窮奇、檮杌、饕餮為首的四個部族。❹凶佞　邪惡而偽善。❺三苗　古部族名。❻畔戾　反叛構罪。畔，通「叛」。戾，罪。三苗在堯時因「數為亂」，被舜遷於西裔，至舜時尚「頑不即功」（見《史記・五帝本紀》）。❼之　原無之字，據俞紹初本補。❽防風　古部落酋長名。禹招眾人於會稽山，防風後至，被禹所殺。事見《國語・魯語下》。❾大稱　猶謂最高的名號。❿乏　廢除。⓫平　原作平，汪紹楹校語曰：「明本作乎。」今據張溥本、楊德周本改。⓬三聖不能二句　三聖不能，原作三聖能平，據楊德周本改。前句提出疑問，後句以反問的形式作出肯定的回答，即三聖確實是能致太平的能人。⓭唯上智與下愚不移　見《論語・陽貨》。⓮罔　原作岡，據《書・微子》改。以下二句見《書・微子》。⓯小大　庶民與群臣。⓰草　讀為鈔，指掠奪。⓱姦宄　違法作亂。細分之，姦指在外作亂，宄指在內作亂。⓲周公遷殷頑民于洛邑　周公相成王時，遷殷民於洛邑。事見《史記・周本紀》。⓳錯　廢止。⓴盡信書不如無書　見《孟子・盡心下》。㉑大而言之者　誇大其辭而高論者，此謂有人誇大三聖文德仁治的作用。㉒一物　猶謂一事。

【語　譯】聖人之中沒有誰比堯更偉大，然而堯時洪水橫溢為害，丹朱淫逸暴虐，四族兇惡而偽善。帝舜因襲帝堯，然而三苗叛違多罪。帝禹又因襲帝舜，然而有防風被殺之事。堯舜禹三位聖人，是古時享有最高稱譽的人。相繼相承，近二百年，而刑罰之事未曾廢止一代。既然如此，那麼這三位聖人是賢能之人嗎？如果這三位聖人不是賢能之人，那麼哪個時代能夠達到他們這樣呢？孔子說：「只有上等的智者和下等的愚人是不可改變的。」不可改變的人，說的就是丹朱、四凶、三苗他們。在殷紂之世，「朝野上下，無不好掠竊為亂」。周公遷徙殷國刁頑之民於洛邑，其中下等的愚人一定有啊。周公與三位聖人相比，（德才）並不能超過他們。三聖尚有不能夠教化的人，尚有不能夠改變的人，周公不能教化殷朝的頑民這樣的事，也是可以理解的。假若惡性不能改變，其中一定有人犯罪。對犯罪之人不予以刑罰，是失當的行為；對犯罪的人處以刑罰，則說明刑罰是不能廢止的。孟子說：「完全相信書則不如沒有書。」有人誇大三聖文德之治而高談闊論，就是主張廢止刑罰的這一類人。難道（三聖時代的）億兆百姓，在數十年之中無一人犯罪，無一事失當嗎？說三聖時代無人犯罪，無一事失當的人，正是所說的盡信書的人。

【研　析】漢文帝劉恆廢除墨劓刖三刑而代之以笞罰。東漢末年，圍繞是否恢復肉刑有過多次爭論。孔融有〈肉刑議〉、〈肉刑論〉，曹操有〈議復肉刑令〉，陳羣、鍾繇等也有議論。王粲此文是否為參與爭論而作尚無確證。文章集中闡述了「刑不可錯」的觀點，反映了王粲以法治國的政治主張。文中關於三聖之時亦重刑術的說法，顯與孔融之說不同，亦當與鍾荀〈太平論〉的基本觀點不同。縱觀上述諸說，王粲的觀點近於曹操、陳羣、鍾繇諸人。

爵　論

【題解】爵，爵位。本文佚缺，僅存兩段。據文意，本文似作於王粲歸曹之後。

依律有奪爵之法。此謂古者爵行之時，民賜爵則喜，奪爵則懼，故可以奪賜而法也。今爵事廢矣，民不知爵者何也。奪之民亦不懼，賜之民亦不喜，是空設文書❶而無用也。今誠循爵，則上下不失實，而功勞者勸，得古之道❷，合漢之法❸。以貨財為賞者，不可供；以復除❹為賞者，租稅損減；以爵為賞者，民勸而費省❺，故古人重爵也。

《藝文類聚》五十一

爵自一級轉登十級❻而為列侯，譬猶秩❼自百石轉遷而至於公也。而近世賞人，皆不由等級，從無爵封為❽列侯。原❾其所以，爵廢故也。《司馬法》❿曰：「賞不逾時，欲民速觀⓫為善之利也。」近世爵廢，人有小功無以賞也。乃積累焉，須⓬事足乃封侯，非所以速為而及時也。上觀古比⓭，高祖⓮功臣及白起⓯、衛鞅⓰，皆稍賜爵為五大夫、客卿⑰、庶長以至於侯，非一頓⑱而封也。夫稍稍⑲賜爵，與功大小相稱而俱登⑳，既得其義，且侯次㉑有緒㉒，使慕進者逐之不倦矣。

《太平御覽》一百九十八

【注釋】❶文書　指各種封賜與削奪爵位的公文書牘。❷古之道　指古人以爵位獎有功、定貴賤的治世原則。❸漢之法　漢代爵制。漢承秦制，行二十級爵位制，其名稱順序自低向高為：公士、上造、簪裹、不更、大夫、官大夫、公大夫、公乘、五大夫、左庶長、右庶長、左更、中更、右更、少上造、大上造、駟車庶長、大庶長、關內侯、列侯。其中一至八級為民爵，九級以上為官爵。❹復除　免除徭役及賦稅。❺省　省字之後原有者字，據張溥本刪。❻十級　猶謂滿級，即第二十級。十有齊全、完備的意義。❼秩　俸祿。漢代以每年享米多少石來定俸祿等級，百石為低級官吏的俸祿，其下尚有斗食（月俸十一斛）、佐吏（月俸八斛）。俸祿最高者為三公，秩萬石。❽為　原作無字，據《北堂書鈔》四十六改。❾原　考究原因。❿司馬法　古兵書名。⓫觀　今本《司馬法》及嚴本、俞紹初本均作得。以上二句見該書〈天子之義第二〉⓬須　原作頒，據嚴本改。⓭古比　古時的可供時人比照行事的典型事例，又稱決事比，猶《周禮》中的官成、邦成。《周禮・秋官・大司寇》：「凡庶民之獄訟以邦成弊之。」鄭玄注引鄭司農語：「邦成謂若今時決事比也。」賈公彥疏：「(邦成）若今律，其有斷事，皆依舊事斷之。其無條取，比類以決之，故云決事比。」鮑刻本《御覽》比作昔。⓮高祖　指劉邦。⓯白起　戰國時秦將，由左庶長累遷至大良造，封為武安君。⓰衛鞅　即商鞅，戰國時衛人，佐秦孝公變法，由左庶長累遷至大良造。⓱客卿　謂他國人來本國作官，官位為卿而以客禮待之。⓲一頓　謂一次升遷。⓳稍稍　逐漸。⓴登　升。㉑侯次　猶謂爵位的等級。㉒緒　次序。

【語　譯】依照典律有剝奪爵位的法則。這是說在古昔實行封爵制度的時候，庶民受賜爵位則歡喜，被剝奪爵位則懼怕，所以，可以用剝奪所賜爵位作為治民的法則。現在爵位的制度廢弛啦，庶民不知爵位的作用和意義。剝奪爵位庶民也不懼怕，封賜爵位庶民也不歡喜，這實際上是空設各種封奪爵位的條文詔令而毫無用處。現在若能認真地遵循封奪爵位的古制，則上上下下不失爵祿的功效，而有功之人能夠得到勸勉，深得古制爵祿之理，切合漢朝班賜之法。用物資錢財作為獎賞的話，財貨將不足以供給；用免除徭役賦稅作為獎賞的話，田租稅收均會減損；用爵位作為獎賞的話，庶民得到勸勉而費用節省，所以古人重視爵位制度。

爵位從一級轉遷升到滿級而成為列侯，就好像品秩從百石逐級轉遷而至於三公。然而近世獎賞有功的人，全都不遵循等級制度，從沒有爵位直接封為列侯。推究其所以如此的原因，是爵位制度荒弛的緣故。《司馬法》說：「獎賞不要超過一定的時限，為的是使庶民迅速地看到做好事的利處。」近世爵制廢弛，庶人有小功而不給予獎賞，卻要積累起來，等到功勞豐足而封為列侯，這不是所說的迅速及時的獎勵方法。向上考察古時的典型事例，高祖劉邦的功臣，以及白起、衛鞅，都是逐漸賜予爵位，從五大夫、客卿、庶長，以至最終賜予侯爵，不是一次賜爵便封為列侯。這種逐漸賜予爵位的辦法，使爵位與功勞的大小相稱而一道升遷，既合乎爵位制度的宗旨，又使爵位高低有一定的次序，進而使思慕進取的人追求爵位而不知疲倦。

【研　析】漢末政治腐敗，爵制荒廢，無功受賞者有之，有功不賞者亦有之，人們的事業心和進取心都受到嚴重的影響。作者有感於此，主張嚴肅爵位制度，有功則迅速賜賞，講究功勞與爵位相稱，以便使慕進者們不倦追求。這種觀點，在當時的社會條件下，具有一定的進步意義。

儒吏論

【題解】儒吏，即文中所云「搢紳之儒」與「執法之吏」。本文寫作背景不詳。

士❶同風❷於朝，農同業❸於野，雖官職務殊，地氣異宜，然其致功成利，未有相害而不通者也。〔古者八歲入小學❹，學六甲❺、五方❻、書計❼之事；十五入太學❽，學君臣、朝廷、王事❾之紀❿。則文法典藝，具⓫存於此矣。〕至乎末世則不然矣，執法之吏不窺⓬先王之典，搢紳之儒⓭不通律令之要。彼刀筆之吏⓮，豈生而察刻⓯哉？起於几案之下，長於官曹⓰之間，無溫裕⓱文雅以自潤⓲，雖欲無察刻，弗能得矣。竹帛⓳之儒，豈生而迂緩也？起於講堂之上，遊於鄉校⓴之中，無嚴猛斷割㉑以自裁，雖欲不迂緩，弗能得矣。先王見其如此也，是以博陳其教，輔和民性，達其所壅，祛其所蔽，吏服㉒雅訓，儒通文法，故能寬猛相濟，剛柔自克也。

《藝文類聚》五十二

【注釋】❶士 古時四民之中學習道藝的人。文中所說的儒和吏均屬於士人。❷風 同「諷」。謂教告傳令。❸業 勞作。❹小學 士人以上階層的子女所入的初級學校。以下六句據《太平御覽》六百一十三補。❺六甲 指使用干支的計算方法，因六十甲子中甲共出現六次，故名。❻五方 指東、南、西、北、中，此謂一般的地理知識。❼書計 文字和計算的知識。❽太學 設於京城的高級學校。❾王事 為君王服務之事。❿紀綱法。⓫具 原作其，據鮑刻本《御覽》及嚴本改。⓬窺 閱。⓭搢紳之儒 此指在朝為官的儒者。搢，插。紳，大帶。古時仕宦者垂紳搢笏，因有搢紳之稱。⓮刀筆之吏 指主辦文案的官吏，刀和筆都是當時的書寫工具，故名。⓯察刻 猶謂苛刻。⓰官曹 官府衙門。⓱裕 寬容。⓲自潤 謂自我調潤其身心和情操。⓳竹帛 古時記載文字的竹簡和絲帛，後代指書籍。⓴鄉校 古代地方學校。周代特指六鄉州黨的學校。《左傳·襄公三十一年》：「鄭人游于鄉校以論執政。」杜預注：「鄉校，鄉之學校。」㉑斷割 猶謂決斷。㉒服 用。

【語譯】士人共同宣政於朝廷，農民共同耕作於原野，雖然（士人的）官品職責專務不同，（農民的）土地風水各有所長，然而他們都能進呈功勳成就大利，沒有相互抵損而不相通達的。（古時兒童八歲入小學，學習六甲、五方、文字和計算等方面的知識；十五歲入太學，學習有關君臣、朝廷、執行王命等方面的綱紀法規。這樣，條文法規典章技藝等各方面的知識，都存在於一人之身啦。」到了衰敗之世則不這樣了，執行法律的官吏不閱讀前代明王的典章，插笏於紳的士大夫不通曉法律政令的要旨。那些操持刀筆的官吏，難道生來就苛刻嚴酷嗎？（他們）起居於几案之下，生長於官衙之中，沒有溫柔寬容文靜閒雅的良好修養以滋潤自己的情性，即使想不那麼苛刻嚴酷，也是不可能的。那些熟讀典籍的儒者，難道生來就迂疏緩慢嗎？（他們）起居於課堂之上，周遊於鄉里學校之中，沒有那些嚴峻迅猛而需要當機立斷的事情供其自我裁決，即使想不那麼迂疏緩慢，也是不可能的。前代明王見吏和儒如此，於是廣博地施陳其禮法政教，輔正和合士人的情性，通達他們志趣的壅塞，除去他們心靈的蔽障，使官吏採用先王的雅達教訓，儒者精通條文律法，所以能（使他們）寬柔與威猛的美德相互補益，剛嚴與溫和的品性自相克制。

【研　析】王粲有感於當時的政治混亂，主張充分發揮「搢紳之儒」、「竹帛之儒」與「執法之吏」「刀筆之吏」在國家治理方面的重要作用。其中的主要觀點，是讓二者取長補短，「吏服雅訓，儒通文法」，使之「寬猛相濟，剛柔自克」，提高其個人素質，進而用法治與儒術並重的策略，達到國家的安定與繁榮。從王粲的行文中，可以隱見當時各級官吏素質的低下。

務本論

【題　解】本，根本。《論語・學而》：「君子務本。」東漢末年，對於本末這一範疇的討論，是緊緊圍繞治國圖強這一現實問題展開的，王符《潛夫論》、徐幹《中論》均有〈務本〉專篇詳加論述。王粲本文的寫作初衷，似亦與王、徐二人相近。

古者之理國也，以本為務。八政❶之於民也，以食為首。是以黎民❷時雍❸，降福孔皆❹也。故仰司❺星辰以審其時，俯耕籍田❻以率其力，封❼祀農稷❽以神❾其事，祈穀報❿年以寵⓫其功。設農師⓬以監之，置田畯⓭以董⓮之，黍稷茂則喜而受⓯賞，田不墾則怒而加罰。都不得有伏民⓰，室不得有懸耜⓱。野積⓲逾冬，奪者無罪；場功⓳過限，竊者不刑，所以競之於閉藏⓴也。先王籍㉑田以力㉒，任力㉓以夫㉔，議其老幼㉕，度其遠近㉖，種有常㉗時，耘有常節，收有常期，此賞罰之本㉘。種不當時，耘不及節，收不應期者，必加其罰；苗實逾等，必加其賞也。農益地辟㉙，則吏受大賞也。農損地狹，則吏受重罰。〔吏不徇㉚功，民不私力。〕〔末世之吏，負青旛㉛而布春令，有勸民之名，無賞罰之實。〕夫㉜火之焚人也，甚於怠農；慎火之力也，輕於耘耔㉝。通邑大都，有嚴令則火稀，無嚴令則燒者數㉞，非賞罰不能齊㉟也。

《藝文類聚》六十五

【注釋】❶八政　古代國家施政的八個方面，據《書·洪範》，為食、貨、祀、司空、司徒、司寇、賓、師。《禮記·王制》所記不同，但以飲食為首。❷黎民　百姓。黎，眾。❸時雍　猶和熙。《書·堯典》：「黎民於變時雍。」孔傳：「時，是；雍，和也。」❹孔皆　十分普遍。《詩·周頌·豐年》：「降福孔皆。」❺司　猶察。❻籍田　古時君王用民力所治的私田。《詩·周頌·載芟》序：「春籍田而祈社稷也。」毛傳：「籍田，甸師氏所掌，王載耒耜所耕之田，天子千畝，諸侯百畝。籍之言借也，借民力治之，故謂之籍田。」古有春耕前君王親臨籍田破土之禮，以表示重視農業。❼封　豐厚。❽稷　五穀之神，古以善植百穀之人充其神位，據《左傳·昭公二十九年》，夏以烈山氏之子柱為稷而祀之，商以周棄為稷而祀之。❾神　重（據《爾雅·釋詁》）。❿報　答謝。⓫寵　尊崇。⓬農師　古官名，掌農事。相傳堯以棄為農師。⓭田畯　古時勸農之官。⓮董　督導。⓯受　同「授」。⓰伏民　藏匿而不務本業的人。張溥本伏民作遊民。⓱耜　原始農具，耒的下端，裝在犁上用以翻土，此泛指農具。《國語·周語上》：「民無懸耜。」耜原作秬，據張溥本改。⓲野積　田野中蓄積未收的穀物。⓳場功　整個收穫農作物的勞動。⓴閉藏　指收藏糧食。《管子·四時》：「冬閉藏。」㉑籍　稅。㉒力　能力。古時三十歲者受田百畝，二十歲者受田五十畝，六十歲者還田於官府。㉓任力　任用力役。㉔夫　夫家，謂以每一個家庭為承擔傜役的基本單位。㉕議其老幼　謂老幼有議除賦稅之法。㉖度其遠近　謂平正遠近田地的稅收比例，一般近郊收十分之一，遠郊收二十分之三。度，平正。以上本於《國語·魯語下》：「先王制土，籍田以力，而砥其遠邇……任力以夫，而議其老幼。」㉗常　法典。下句「常節」、「常期」亦用此義。㉘本　根據。㉙辟　開拓。㉚徇　求。以下二句據《北堂書鈔》二十七補。

㉛旝　長幅下垂的旗，多用以傳命，如信旝、引旝之類。末世之吏以下四句據《北堂書鈔》一百二十補。㉜夫　原作天，據張溥本、嚴本改。㉝耘秬　原作秬耘，據張溥本改。秬，黑黍，此泛指農作物。㉞數　屢次。㉟齊　整治。

【語譯】古時聖王治理國家，以國家最根本的問題為最緊要的工作。施政的八個方面對於民眾來說，以吃飯為首要的問題。因此眾民百姓親善和順，（上天）降福普天之下。所以（君王）仰觀日月星辰以審定農事的時節，俯身親耕籍田以率先投入農事之力，豐厚地祭祀五穀之神以推重農業之事，祈禱五穀豐登、報謝豐產之年以尊崇農事之功。設置農師之官以監察農事，設置田畯之職以督導農事，五穀豐茂則歡喜而給予獎賞，農田不很好墾植則發怒且施加懲罰。都邑不許有藏伏無業的遊民，家室不許有懸置不用的農具。田野積有穀物過冬不收，他人拿走無罪；收割打場的勞動超過規定的期限，偷竊場裡糧食的人不受刑罰，（作這樣的規定）是為了促使人們致力於糧食的收藏。先代君王徵收田稅要依據人的能力大小，徵用傜役以家庭為單位，議除庶民老幼的賦稅，度量農田的遠近以決定稅率，播種有法定的時令，耕耘有法定的節氣，收割有法定的期限，這是實行賞罰的根據。播種不合時令，耕耘不及節氣，收割不應期限的人，一定要施加懲罰；禾苗果實超過了一定的等級，一定要給予獎賞。農業增收田地廣闢，則各級官吏將受到重大的獎賞。農業減產田地縮小，則各級官吏將受到嚴厲的懲罰。〔官吏不貪求功名，庶民不私省己力。〕〔衰末之世的官吏，背負著青色的旗旝宣布春耕的命令，空有勸勉農事之名，沒有執行賞罰這一吏職之實。〕火災給人們帶來的危害，比怠惰農事更為嚴重；謹防火災所用的氣力，比耕耘農田輕鬆得多。在那些大城市中，有嚴明的法令則失火的次數很少，沒有嚴明的法令則火災的事件屢屢發生，可見不嚴明賞罰是不能夠加以整治的。

【研析】本文以重農與重賞罰為治國之本，是切合時弊的。惜文章有佚缺，不能了解王粲的全部觀點。

荊州文學記官志

【題解】文學，官名。漢代州郡及王國皆置文學，掌教育。志，以記事為主的文體。〈劉鎮南碑〉稱劉表「武功既亢，廣開雍泮」。《三國志・魏書・劉表傳》注引王粲《英雄記》稱「州界羣寇既盡，表乃開立學官，博求儒士」。考劉表最後的大規模的軍事行動，是建安三年的征伐長沙太守張羨（《後漢書・劉表傳》亦將劉表立學校、求儒事放在討張羨之後），粲文有「五載之間，道化大行」語，則此文似作於建安八年。《太平御覽》六百零七引此文標題中無記字。

有漢荊州牧劉君❶〔稽❷古若時❸，將紹❹厥績❺，乃〕稱❻曰：於❼先王之❽為世也，則❾象天地，軌儀❿憲極⓫，設教導化，敘經志業，用建雍泮⓬焉，立師保⓭焉，作為禮樂以節其性，表陳載籍⓮以特⓯其德。上知所以臨下，下知所以事上，官不失守⓰，民德⓱無悖⓲，然後太階⓳

平⑳焉。〔故曰物生而蒙㉑，事屯㉒而養，天造草昧㉓，屯而養之。利有攸適㉔，猶金之銷爐，水之從器也㉕。是以聖人實之於文㉖，鑄之於學㉗。〕夫文學也者，人倫㉘之首，大教㉙之本也。乃命五業從事㉚宋忠㉛新作文學，延㉜朋徒焉。宣德音㉝以贊㉞之，降嘉禮㉟以勸之，五載之間，道化大行。耆德㊱故老㊲綦母闓㊳等負書荷器㊴，自遠而至者，三百有餘人。於是童幼猛進，武人革面㊵，總角佩觿㊶，委介㊷免冑㊸，比肩繼踵，川逝泉湧，亹亹㊹如也，兢兢㊺如也。遂訓六經㊻，講禮物㊼，諧八音㊽，協律呂㊾，修紀曆㊿，理刑法，六略(51)咸秩(52)，百氏(53)備矣。

天降純嘏(54)，有所底授(55)。臻(56)于我君，受命既茂(57)。南牧(58)是建，荊衡(59)作守。時邁(60)淳德，宣其丕繇(61)。厥繇伊何？四國交阻。乃赫斯威，爰整其旅。虔夷(62)不若(63)，屢戡(64)寇侮。誕啟(65)洪軌(66)，敦(67)崇聖緒(68)。《典》《墳》(69)既章(70)，禮樂咸舉。濟濟(71)搢紳(72)，盛茲階宇。祁祁(73)髦俊(74)，亦集爰(75)處。和化(76)普暢(77)，休征時敘(78)。品物宣(79)育，百穀繁蕪。動格⑧⁰皇穹⑧¹，聲被⑧²四宇。

《藝文類聚》三十八

【注釋】❶劉君 指劉表。❷稽 合。稽古以下九字據《太平御覽》六百零七補。❸若時 謂順應天道。《書・堯典》：「疇咨若時登庸。」宋黃倫《尚書精義》二：「若時者，為其能順天道也。」❹紹 承繼。❺厥績 謂前人業績。❻稱 述。❼於 句首語氣詞。❽之 原無之字，據張溥本補。❾則 效法。❿軌儀 遵循法度。⓫憲極 效法（中正的）準則。《書・說命中》：「惟聖時憲。」孔傳：「憲，法也。言聖王法天以立教於下。」《書・君奭》：「作汝民極。」⓬雍泮 辟雍和泮宮，分別為天子與諸侯所置學校的名稱，此代指學校。⓭師保 古時擔任輔導和協助君王的官，有師有保，統稱師保。此指教員。⓮載籍 前代的書籍。⓯特 茂。⓰守 職責。⓱德 《太平御覽》六百零七作聽。⓲悖 逆亂。⓳太階 同「泰階」。星名，又稱三台星，指上台、中台、下台共六星，兩兩並排而斜上，如階梯，故名。後以泰階喻封建等級制度，即以三台分指天子、諸侯公卿大夫、士庶人。《文選・左思・魏都賦》：「故令斯民睹泰階之平。」李善注引《黃帝泰階六符經》曰：「泰階者，天之三階也……三階平則陰陽和，風雨時，歲大登，民人息，天下平，是謂太平。」⓴平 成。㉑蒙 闇昧微弱。《易・序卦》：「物生必蒙。」以下九句據鮑刻本《太平御覽》六百零七補。㉒屯 物始生。㉓天造草昧 指天地始造的混沌不清的萬物。《易・屯・彖》：「天造草昧。」孔疏：「草謂草創，昧謂冥昧……言物之初造，其形未著，其體未彰，故在幽冥闇昧也。」㉔利有攸適 同「利有攸往」。為《易》中常語，謂所從事的事情將會有利，本句指教育之利。㉕猶金之銷爐二句 指用金屬熔化後可造眾器，水入器皿便柔順可用，喻教育可使愚人成才。銷，熔。從，隨。㉖文 文獻經典。㉗學 各種具體的知識與學問。㉘人倫 人類的禮法規範。㉙大教 最重要的教化。㉚五業從事 官名。㉛宋忠 字仲子，為當時名儒。忠原作哀，據《後漢書·劉表傳》、《三國志·魏書·劉表傳》注引王粲《英雄記》改。汪紹楹「宋哀」下有校語曰：「當作衷。」㉜延 引；邀請。㉝德音 美言。㉞贊 告知。㉟嘉禮 古代五禮之一，指飲食、賓射、饗宴、賀慶等人情交往方面的禮儀。㊱耆德 年高德劭、素孚眾望者之稱。㊲故老 年老而閱歷多的人，多指元老舊臣。㊳綦母闓 漢末學者，與宋忠共撰《五經章句》，其他事蹟不詳。闓原作闔，據《後漢書·劉表傳》、《三國志·魏書·劉表傳》注引王粲《英雄記》改。㊴器 指禮器。㊵革面 謂改其舊貌。㊶總角佩觿 謂兒童得到良好的教育。總角，指兒童。古時兒童束髮為結，狀如兩隻角，故名。觿，象骨製成的錐狀飾物。《詩·衛風·芄蘭》：「童子佩觿。」㊷委介 棄甲。㊸冑 頭盔。㊹亹亹 勤勉不倦貌。㊺兢兢 小心謹慎貌。㊻六經 指《易》、《詩》、《書》、《禮》、《樂》、《春秋》六種書。㊼禮物 典禮及其所用之物。㊽八音 指金、石、絲、竹、匏、土、革、木等八種材料所製樂器發出的樂音。㊾律呂 樂律的統稱。古代樂律分陽六律和陰六呂二類共十二律。㊿紀曆 記時的曆法。(51)六略 六大類的典籍圖書，即六藝、諸子、兵書、數術、方技、詩賦六類。(52)秩 序次，此指各種知識清晰有序。(53)百氏 諸子百家。(54)純嘏 大福。(55)有所厎授 謂有目的地授予。厎，致。厎原作底，據影宋本《藝文類聚》改。(56)臻 至。(57)茂 豐厚。(58)南牧 指位於中原之南的荊州的州牧。(59)荊衡 荊山與衡山，此代指荊州。《書·禹貢》：「荊及衡陽惟荊州。」孔傳：「北據荊山，南及衡山之陽。」(60)邁 行。(61)丕繇 大憂。(62)虔夷 討平；平定。(63)不若 不順。(64)戡 征服。(65)誕啟 重新開始。(66)洪軌 大道。(67)敦 篤率。(68)緒 業績。(69)典墳 《五典》和《三墳》的省稱，此泛指古代典籍。(70)章 同「彰」。(71)濟濟 眾多貌。(72)搢紳 指插笏垂紳的士大夫。(73)祁祁 眾多貌。(74)髦俊 英俊之士。(75)爰 此。(76)和化 中正和順的風俗教化。(77)普暢 廣布通達。(78)敘 序列。(79)宣 普遍。(80)格 至。(81)皇穹 天宇。(82)被 覆蓋。

【語　譯】漢臣荊州牧劉君〔應合古訓順從天道，率眾繼承先前聖賢的業績，於是〕作稱述之文曰：先代聖王治理社會，效法並取象天地的高德，遵循或參照先前的法度準則，設置官員宣導教化，(向萬民）廣敘經典大義並使其專心於本業，因而修建了辟雍和泮宮等諸類學校，設置了師官保官等各種教官，創制禮法佳樂以節制萬民的情性，表述典籍宏文以豐茂萬民的淳德。使得官長知道如何治理下民，下民知道如何侍奉官長。官吏盡責而無人失職，百姓尚德而不再悖亂，然後則綱常大政建成。〔所以說萬物始生均為闇昧，萬物始生均需教養，上天創造的混沌不清的萬物，都要從其始生之時加以整治教育。有利的事情就應該認真去做，（教育對人的功效）就像金屬熔於爐中而成器，流水盛入器中而柔順。因此聖人充實其教義於文獻之中，熔鑄其教義於典籍之內。〕這些文獻和經典，是人倫教育的首要條件，是盛大教化的根本內容。於是（劉君）任命五業從事宋忠新任文學之職，招延親朋徒眾。宣揚美言以曉諭他們，垂施嘉禮以勸勉他們，不到五年時間，聖人的教化廣為流行。愛好德義的故儒老者綦母闓之類的賢人背負書籍攜帶禮器，從遠方而來，共有三百多人。從此兒童們的學業迅速長進，行武軍人革心更面，總角少年佩觿知禮，（軍人們）紛紛委棄鎧甲免去頭盔，（知禮的民眾）肩挨著肩，腳跟著腳，像江河的不倦流逝，像泉水的不倦潰湧，勤勤勉勉，小心敬慎。於是訓諭六經精義，講授禮制禮物，諧調八音正聲、協合陰陽律呂，修習記時曆法，治理刑罰章法，六略之書均得序列，百氏之說全已詳備了。

上天降賜大福，自有所授之人。洪福降於我君，受賜十分豐茂。立為南荊州牧，職守荊山衡山。及時施行淳德，宣顯心中憂愁。我君何事憂愁？四方交通隔阻。於是赫奮雄威，於是整飭軍旅。剿滅不順逆臣，數退外寇侵侮。重開聖王大道，篤崇聖人業績。《典》、《墳》既得彰明，禮樂全部振舉。濟濟搢紳儒士，盛會在此階宇。祁祁髦士俊才，亦皆棲集此處。和順風氣廣通，美好徵兆時現。眾物遍域盛育，百穀繁茂豐蕪。功勳至於天宇，美譽廣布四極。

【研　析】劉表安定荊州之後，建學校，立學官，博求儒士，使荊州成為當時文化比較繁榮的地區。本文記述了宋忠擔任荊州文學之後，荊州在政治、民風諸方面產生的巨大變化，頌讚了劉表遵循古道，崇尚禮義的王者氣度與治世之方。文中關於儒學在安邦治世中的重要作用，以及教育在移風易俗、陶冶情操中的重要作用的論述，反映了王粲對如何拯治亂世的基本看法。

為劉表諫袁譚書

【題　解】袁譚，袁紹長子。紹卒，逢紀、審配假託紹有遺命，擁紹三子袁尚為嗣。譚、尚兄弟漸生仇隙，互相攻殺。粲代劉表分別給譚、尚二人寫信相勸。《三國志・魏書・袁紹傳》裴注亦引有此文，詞語略有不同，今附於篇末。

天降災害，禍難殷流❶。初交殊族❷，卒成同盟，使王室震盪，彝倫❸攸斁❹。是以智達之士，莫不痛心入骨，傷時人不能相忍❺也。然孤❻與太公❼，志同願等，雖楚、魏❽絕邈，山河迥遠，戮力❾乃❿心，共獎⓫王室，使非族⓬不干⓭吾盟，異類⓮不絕吾好，此孤與太公無貳之所致也。功績未卒[15]，太公殂隕[16]，賢胤[17]承統[18]，以繼洪業。宣奕世[19]之德，履不顯[20]之祚[21]，摧嚴敵[22]於鄴都，揚休烈[23]於朔土[24]，顧定疆宇，虎視河外[25]，凡我同盟，莫不景[26]附。何悟青蠅[27]飛於竿旌[28]，無忌[29]遊於二壘[30]，使股肱分成二體，匈膂[31]絕為異身。初聞此問[32]，尚謂不然。定聞[33]信來[34]，乃知閼伯、實沈[35]之忿已成，棄親即仇之計已決，旃旆[36]交於中原，暴尸累於城下[37]。聞之哽咽，若存若亡[38]。昔三王[39]五伯[40]，下及戰國，君臣相弒[41]，父子相殺，兄弟相殘，親戚相滅，蓋時有之。然或欲以成王業[42]，或欲以定霸功[43]，皆所謂逆取順守，而徼[44]富強於一世也。未有棄親即異，兀[45]其根本，而能全於[46]長世者也。昔齊襄公[47]報九世之仇[48]，士匄[49]卒荀偃之事[50]，是故《春秋》美其事[51]，君子稱其信[52]。夫伯游[53]之恨於齊，未若太公之忿於曹也；宣子[54]之臣承業，未若仁君之繼統也。且君子違難[55]不適仇國，交絕不出惡聲[56]，況忘先人之仇[57]，棄親戚之好，而為萬世之戒，遺[58]同盟之恥哉！蠻夷戎狄，將有誚讓[59]之言，況我族類，而不痛心邪！夫欲立竹帛[60]於當時，全宗祀於一世，豈宜同生[61]分謗[62]，爭校得失乎？若冀州[63]有不弟[64]之傲，無慚順之節，仁君當降志辱身，以濟事[65]為務。事定之後，使天下平[66]其曲直，不亦為高義邪？今仁君見憎於夫人[67]，未若鄭莊[68]之於姜氏[69]；昆弟之嫌[70]，未若重華[71]之於象敖[72]。然莊公卒崇[73]大隧之樂[74]，象敖終受有鼻[75]之封。願捐棄百痾[76]，追攝[77]舊義，復為母子昆弟如初。今整勒士馬，瞻望鵠立[78]。

《後漢書・袁紹傳》

【注釋】❶殷流　盛行。❷初交殊族　謂董卓之亂。殊族，異族，此指羌胡。董卓少年時曾遊羌中結交其豪帥。❸彝倫　綱常倫理。❹攸斁　敗壞。攸，語助詞。❺時人不能相忍　指當時中原軍閥各不相讓相互攻戰事。❻孤　劉表自稱。❼太公　指袁紹。❽楚魏　指劉表所居的位於楚國故地的荊州和袁紹所居的冀州治所魏郡。❾戮力　並力。❿乃　其。⓫奬　助。⓬非族　指少數民族。⓭干　犯擾。⓮異類　指其他派系的軍閥。⓯卒　成。⓰殂隕　死亡。袁紹在建安七年夏季病逝。⓱胤　後代。⓲統　端緒。⓳奕世　累世。⓴丕顯　非常顯赫。[21]祚　此謂嗣位。[22]嚴敵　指曹軍。建安八年二月，譚、尚曾共敗曹軍於鄴城。[23]休烈　美好的事業。[24]朔土　北方疆域。[25]河外　黃河以北。[26]景　影的本字。[27]青蠅　蒼蠅的一種，又稱金蠅。《詩・小雅・青蠅》有「營營青蠅，止于樊。豈弟君子，無信讒言」語，後常以青蠅喻進讒的佞人。㉘竿旌　用鳥羽飾於竿首的旗幟，為眾人所睹之物，多用以喻主人，此指譚、尚二人。㉙無忌　指費無忌，春秋時楚大夫，善讒，事見《史記・楚世家》。㉚二壘　譚、尚二人的營壘。㉛匈膂　胸與脊骨。㉜問　消息。㉝定聞　猶謂稍後又聽說。㉞信來　使者來言。㉟閼伯實沈　相傳為古帝高辛氏的二個兒子，不能和睦而相互爭鬥，堯將二人遷於兩地，事見《左傳・昭公元年》。㊱旃旆　泛指軍旗。㊲城下　指鄴都和南皮（一說為平原）城下，譚、尚曾在兩城之下交戰。㊳若存若亡　精神恍惚貌。㊴三王　夏商周三代開國的君主。㊵五伯　同「五霸」。指稱霸一時的五位諸侯，一般指春秋時的齊桓公、晉文公、秦穆公、宋襄公和楚莊公。㊶弒　本指臣殺君、子殺父，此泛指殘殺。㊷成王業　李賢注曰：「若周公誅管、蔡之類。」㊸定霸功　李賢注曰：「若齊桓公殺子糾也。」㊹徼　通「邀」。與求同義。㊺兀　同「杌」。指搖動。㊻於　黃山《後漢書校補》謂為族字之誤。㊼齊襄公　春秋時齊國君主。㊽報九世之仇　指襄公為其九世祖齊哀公報仇事。先前紀侯讒言哀公於周夷王，夷王烹哀公於周。齊襄公八年，舉兵滅紀國以報其仇。事見《公羊傳・莊公四年》和《史記・齊太公世家》。㊾士匄　春秋時晉大夫。㊿卒荀偃之事　謂士匄完成荀偃的遺願。卒，終竟。荀偃，春秋時晉大夫。時荀偃為晉中軍主帥，士匄佐之，與十餘國共伐齊，未克，荀偃病死而目不瞑，士匄承允繼續伐齊，荀偃目乃合。事後士匄率軍繼續伐齊。事見《左傳・襄公十九年》。(51)春秋美其事　《春秋》未見詳述二事之文。(52)君子稱其信　《左傳》文以褒美的口吻記述了襄公、士匄之事。(53)伯游　荀偃的字。(54)宣子　即士匄。(55)違難　逃難。《左傳・哀公八年》：「君子違，不適仇國。」(56)惡聲　此謂相互詆毀辱罵的語言。《史記・樂毅列傳》：「臣聞古之君子，交絕不出惡聲。」正義：「言君子之人，交絕不說己長而談彼短。」(57)忘先人之仇　謂其時袁尚圍攻袁譚，譚見形勢緊急，派辛毗詣曹操求救事。(58)遺　給予。(59)誚讓　譴責。(60)竹帛　指書籍。(61)同生　骨肉至親。(62)分謗　共同分擔謗言。(63)冀州　指袁尚，因其承父之位而有此名。(64)不弟　對兄長不盡弟禮。(65)濟事　成全大事。(66)平　評判。(67)見憎於夫人　謂譚被袁紹後妻劉氏嫉恨。(68)鄭莊　指春秋時的鄭莊公。(69)姜氏莊公之母。姜氏愛其次子段而厭長子莊公，助段謀亂，莊公逐段而囚禁姜氏。事見《左傳・隱公元年》。70嫌　忌怨。71重華　指舜。72象敖　舜的同父異母弟弟，因其性敖（同傲），故亦稱為象敖。相傳象敖與其父母均有殺舜之意，舜並不以之為恨。73崇　掩飾。74大隧之樂　此謂莊公與姜氏和好事。莊公囚姜氏而悔，為應「不及黃泉，無相見也」的誓言，挖地道入接姜氏，並賦「大隧之中，其樂也融融」，以掩飾自己，姜氏亦應以「大隧之外，其樂也洩洩」，最後母子和好如初。隧，地道。75有鼻　古國名，故墟在今湖南道縣北。舜承帝位後，不念舊嫌而封弟象於有鼻。76百痾　百病，此喻各種仇隙。77攝　取。78鵠立　引頸企望之狀。

【語譯】上天降下災害，禍難四起橫流。（董卓）始而結交異族，終而聯成同盟，使得王室社稷震盪，綱常倫理毀敗。因此明智通達之士，無不（為國為民而）痛心入骨，亦憂傷當時的權人不能（以國家大局為重）而相互忍讓。然而我和你家太公，志願相同，雖然荊楚和魏郡相互隔絕，山山水水十分遙遠，卻能合力齊心，共助王室，使得外族不得干犯我們的同盟，他人不能阻絕我們的友好，這是我和你家太公互無二心所獲得的真情。功績未成，你家太公逝世，你們這些賢德的後人承襲舊緒，得以繼續大業。宣揚世世代代的盛德，登臨高尊顯赫的職位，摧折嚴敵於鄴都城下，顯揚美績於北方疆土，周巡安定其境域大地，威武雄視於黃河之外，凡我同盟之眾，無不影隨附從。何曾想到讒言青蠅飛到竿旌之上，無忌小人遊於二壘之間，使得腿股雙臂分為二體，胸膛脊骨斷為異身。剛聽到這個消息時，尚認為不至如此。稍後聽聞使者來言，方知猶如閼伯、實沈兄弟的忿恨已經形成，棄絕親人即就仇敵的謀慮已經下定，雙方軍旗混交於中原，袒暴之屍堆積於城下。聽此消息不覺泣涕哽咽，精神恍忽不知是存是亡。從那古昔的三位賢王五位霸主，下至那戰國時代，君臣相互弒命，父子相互仇殺，兄弟相互殘害，親戚相互滅除，這樣的事時有發生。然而有的是想成就王者之業，有的是想奠定霸主之功，都是所說的逆理而取，順理而守，並且是徼求富強於當時之世的。未見有棄絕親人即就異類，動搖人倫關係的根本，而能夠全身全家於漫長時世的。從前齊襄公能為九世祖報仇，士匄能完成荀偃未竟的戰事，所以《春秋》讚美他們的高義，君子稱譽他們的誠信。伯游對於齊國的仇恨，不如你家太公對於曹操的忿恨；宣子的承允荀偃之業，不如你的承繼袁氏大業。而且君子逃難不去仇敵之國，親交斷絕不說怨惡之言，更何況忘卻你先父的大仇，棄絕親戚的歡好，而成為他人萬世的戒諭之例，亦給予我們同盟之人以莫大的恥辱呀！蠻夷戎狄諸族，將會有責詰的話語，更何況我族同類，怎能不為此而痛心啊！若想在當時名立竹帛，在當世保全宗祀，怎好同生兄弟共擔謗言，爭相較量成敗得失呢？假若袁尚有不遵弟禮的傲慢，沒有慚愧柔順的禮節，你也應該暫降心志稍辱自身，以成就大事為重。事態安定之後，讓天下眾人評判你兄弟之間的是非曲直，不也是高義之舉嗎？現在你被夫人憎恨，還沒有達到鄭莊公與姜氏的那樣；你兄弟之間的忌怨，還沒有達到舜與象的那樣。然而鄭莊公最終能掩飾以大隧之樂，象最終受到有鼻國的封賜。但願你們捐棄各種怨恨，追尋舊日兄弟情義，恢復當初的母子兄弟之情。今日我們整訓兵士、戰馬，(為共建大業而) 企立瞻望。

【研　析】本文說古論今，曉以大義，述之以理，動之以情，奉勸袁譚降志辱身而以大業為重，其情其理都很感人。文章雖為代人而作，但仍然反映出王粲對時政的關心，對事理的明達。王粲對袁尚的勸說角度與本文略有不同，可參閱。

附：為劉荊州諫袁譚書

天篤降害，禍難殷流，尊公殂殞，四海悼心。賢胤承統，遐邇屬望，咸欲展布旅力，以投盟主，雖亡之日，猶存之願也。何寤青蠅飛於干旍，無極游於二壘，使股肱分為二體，背膂絕為異身！昔三王五伯，下及戰國。父子相殘，蓋有之矣。然或欲以成王業，或欲以定霸功，或欲以顯宗主，或欲以固冢嗣，未有棄親即異，扤其本根，而能崇業濟功，垂祚後世者也。若齊襄復九世之仇，士匄卒荀偃之事，是故《春秋》美其義，君子稱其信。夫伯游之恨于齊，未若太公之忿曹；宣子之承業，未若仁君之繼統也。且君子之違難不適仇國，豈可忘先君之怨，棄至親之好，為萬世之戒，遺同盟之恥哉！冀州不弟之傲，既已然矣。仁君當降志辱身，以匡國為務。雖見憎於夫人，未若鄭莊之於姜氏；兄弟之嫌，未若重華之於象傲也。然莊公有大隧之樂，象受有鼻之封。願棄捐前忿，遠思舊義，復為母子昆弟如初。

《三國志・魏書・袁紹傳》裴松之注引《魏氏春秋》

為劉表與袁尚書

【題解】袁尚，袁紹三子。時與長兄袁譚不睦，詳見王粲〈為劉表諫袁譚書〉題解。

表頓首❶頓首，將軍❷麾下❸：勤整六師❹，芟❺討暴虐，戎馬斯養❻，罄❼無不宜，甚善甚善！河山阻限，狼虎❽當路，雖遣驛使，或至或否，□❾使引領❿，告而莫達。初聞郭公則⓫、辛仲治⓬通內外之言⓭，造交遘⓮之隙，使士民不協⓯，奸釁⓰並作⓱，聞之愕然，為增忿怒。校尉⓲劉堅、皇河、田買⓳等前後到荊⓴，得二月六日㉑所起書，又得賢兄貴弟顯雍㉒及審別駕㉓書，陳敘事變本末之理，乃知變起辛、郭，禍結同生，追閼伯、實沈㉔之蹤，忘〈棠棣〉㉕死喪之義，親尋㉖干戈，僵尸流血，聞之哽咽，若存若亡㉗。乃追案㉘書傳㉙，思與古比。昔軒轅㉚有涿鹿之戰㉛，周公㉜有商、奄之軍㉝，皆所以翦除災害而定王業者也，非強弱之爭，喜怒之忿也。是故雖滅親㉞不為尤㉟，誅兄不傷義也。今二君初承洪業，纂繼㊱前軌㊲，進有國家傾危之慮，退有先公遺恨之負㊳。當唯曹氏㊴是務，不爭雄雌之勢；唯國是康㊵，不計曲直之利。雖蒙塵㊶垢罪，下為隸圉㊷，析入污泥㊸，猶當降志辱身，方㊹以定事為計。何者？夫金木水火，以剛柔相濟[45]，然後克[46]得其和，能為民用。若使金與金相迕[47]，火與火相爛[48]，則燋[49]然[50]摧折，俱不得其所也。今青州[51]天性[52]峭急[53]，迷於目前，曲直是非，昭然可見。仁君智數[54]弘大，綽有餘裕，當以大包小，以優容劣。歸是[55]於此，乃道教之和，義士之行也。縱不能爾[56]，有難忍之忿，且當先除曹操，以卒先公之[57]恨。事定之後，乃議兄弟之怨，使記注之士[58]定曲直之評，不亦上策邪？且初天下起兵[59]，以尊門[60]為主，是以眾寡[61]喁喁[62]，莫不樂袁氏之大也。今雖分裂[63]，有存有亡，向然[64]景附，未有革心[65]。若仁君兄弟能悔前之繆[66]，〔留神遠圖[67]，〕克己復禮[68]，以從所歡，則弱者自以為強，危者自以為寧，誠欲戮力長驅，共獎[69]王室，雖亡之日，猶存之願，則伊周[70]不足參[71]，五霸[72]不足六也。若使迷而不返，遂[73]而不改，則戎狄蠻夷將有誚讓[74]之言，況我同盟，復能戮力為君之役哉？則是太公墳壟[75]，將有汙池之禍[76]；夫人弱小，將有滅族之變。彼之與此，豈可同日而論之哉？且行違道以自存，猶尚不可，況失義以自亡，而遺(77)敵之禽(78)哉？此韓盧、東郭自困於前，而遺田父之獲也(79)。昔齊公孫灶卒，晏子知子期之不免也，故曰：「二惠競爽猶可，又弱一個，姜氏危哉！」(80)袁(81)與劉左將軍(82)及北海孫公祐(83)共說此事，未嘗不痛心入骨，相為悲傷也。今整勒(84)士馬，憤踴鶴立(85)，冀聞和同之聲，約一舉之期，故復遣信，并與青州書。若其泰(86)也，則袁族其與漢升降乎？若其否(87)也，則同盟永無望矣！臨書愴恨，不知所言。劉表頓首。

《古文苑》十

【注　釋】❶頓首　頭叩地而拜，多用於書信的開頭和結尾以示尊敬對方。❷將軍　指袁尚。❸麾下　對將帥的敬稱。❹六師　同「六軍」。本特指天子的軍隊建制，此泛指軍隊。❺芟　割草，此指削除。❻斯養　猶廝役。斯，讀為廝，析薪養馬的僕役。養，炊蒸作飯的僕役。❼罄　盡。❽狼虎　喻曹操集團。❾□　原無缺字符號□，據嚴本補。❿引領　伸頸遠望。⓫郭公則　即郭圖，時為袁譚謀士。⓬辛仲治　即辛評，時亦為袁譚謀士。⓭通內外之言　指郭、辛二人將審配勸袁紹出袁譚為青州刺史事告訴了袁譚。⓮交遘　同「交構」。指交互構陷怨惡。⓯協　合。⓰奸釁　邪惡的爭端。⓱作　興。⓲校尉　武職官名，因所司之職不同而品秩不等。⓳劉堅皇河田買　均為來荊州的使者，其他情況不詳，蓋為袁尚屬官。⓴荊　原作到，據張溥本改。

㉑二月六日　為建安九年事。㉒顯雍　袁熙的字，袁紹次子（此據《後漢書・袁紹傳》，《三國志・魏書・袁紹傳》注引《典略》稱熙字顯奕）。㉓審別駕　指擔任別駕之職的審配，時佐袁尚。㉔闕伯實沈　參見王粲〈為劉表諫袁譚書〉注㉟。㉕棠棣　《詩・小雅》篇名，詩中頌讚兄弟情誼，且有「死喪之威，兄弟孔懷」（死亡是那樣的可畏，只有兄弟最為關懷）句。㉖尋　用。㉗若存若亡　精神恍忽貌，《三國志・魏書・袁紹傳》注引作雖存若亡。㉘案　考察。㉙書傳　泛指典籍。㉚軒轅　傳說中的黃帝。㉛涿鹿之戰　據說黃帝曾在涿鹿一帶（今河北涿鹿東南）與九黎部落的酋長蚩尤大戰，誅殺之而安定中原。㉜周公　名姬旦，周武王之弟，成王時攝政。㉝商奄之軍　周公征伐商、奄叛亂的軍事行動。商，武王滅商後所置殷民之地，在今河南北部的新鄉、淇縣、湯陰一帶。奄，嬴姓古國名，在今山東曲阜東。周公攝政之時，居於商地的管叔、蔡叔脅武庚叛亂，奄與淮夷響應，周公率軍東征之，穩定了剛剛建立的全國政權。㉞滅親　及下句「誅兄」均指周公征伐事，管叔為周公之兄，蔡叔為周公之弟。㉟尤　罪過。㊱纂繼　繼承。㊲前軌　前代的法則制度。㊳負　憂。負原作真，據《三國志・魏書・袁紹傳》注改。㊴曹氏　指曹操。王先謙《後漢書集解》引惠棟說，謂：「曹，眾也。《王粲集》云：『唯曹氏是務。』此後人妄加。」《後漢書》注引本文亦無氏字，故俞紹初本刪去氏字。韓按：本句曹氏是應上句「先公遺恨」而言，後文且有「且當先除曹操，以卒先公之恨」語，知此句曹指曹操，不應釋為眾，氏字亦不當刪。㊵康　安寧和樂。㊶蒙塵　蒙受塵土，多喻王者失位流亡而遭受垢辱。㊷隸圉　作賤役的罪人。㊸污泥　喻處境的惡劣。㊹方　宜。㊺相濟　相互補益。㊻克　能。㊼迕　碰擊。㊽爛　訓為爇，指燃燒。㊾燋　灼。㊿然　猶且。(51)青州　指袁譚，譚曾任青州刺史。(52)天性　原作天情，據《三國志・魏書・袁紹傳》注改。(53)峭急　嚴厲急躁。(54)智數　謀略心計。(55)是　《八代文鈔》作省。(56)爾　如此。(57)之　原無之字，據《三國志・魏書・袁紹傳》注補。(58)記注之士　指史官。(59)初天下起兵　指袁紹聯合諸方共討董卓事。(60)尊門　對袁紹家族的尊稱。(61)眾寡　就大大小小的軍事集團而言。(62)喁喁　隨聲附合。(63)分裂　指討董卓聯盟的分裂。(64)向然　敬仰之貌。(65)革心　變心。(66)繆　誤。(67)留神遠圖　據《三國志・魏書・

袁紹傳》注補。68克己復禮　約束自己的言行使之合乎禮法規範。《論語・顏淵》：「克己復禮為仁。」69獎助。70伊周　指殷相伊尹和周公，二人均曾攝政並建有大功。71不足參　謂不足以同伊尹、周公並列為三人，言外之意，謂袁氏兄弟之功比伊尹、周公還大。參，三。下句「不足六」亦然。72五霸　參見王粲〈為劉表諫袁譚書〉注40。73遂　因循。74誚讓　譴責。75太公墳壟　指袁紹的墳丘。76汙池之禍　指挖掘墳墓暴屍奪財後使墓室成為納汙之池的災禍，暗喻袁氏家族的毀滅。77遺　送與。78禽　同「擒」。79此韓盧東郭自困於前二句　《戰國策・齊策三》載淳于髡給齊王講疾犬韓子盧追趕狡兔東郭逡，二者均疲，而使田父坐收漁人之利的故事，以勸齊王不要伐魏。本文引此，亦在勸譚、尚兄弟休戰，不要讓曹操乘機得利。韓盧，又稱韓子盧，為韓國良犬名。東郭，又稱東郭逡，為齊國良兔名。田父，農夫。80昔齊公孫灶卒六句　晏子認為公孫灶和公灶蠆剛強明達佐助齊政尚且可以維持齊國政權，如今公孫灶又亡，齊國就危險了。事見《左傳・昭公三年》。公孫灶，字子雅，齊惠公之孫。晏子，晏嬰，齊國大夫。子期，公孫灶之子，又作子旗。二惠，齊惠公的二位孫子公孫灶和公灶蠆。競爽，剛強明達。弱，喪。姜氏，指齊國，其第一任君主為姜太公，故名。81表　原無表字，據《三國志・蜀書・孫乾傳》補。82劉左將軍　指劉備。83孫公祐　即孫乾，北海人，時任劉備從事。祐原作佑，據《三國志・蜀書・孫乾傳》改。《三國志・蜀書・孫乾傳》：「乾又與麋竺俱使劉表，皆如意指。後表與袁尚書，說其兄弟分爭之變，曰：『每與劉左將軍、孫公祐共論此事……』其見重如此。」84整勒　整治訓練。85鶴立　引頸企望之狀。86泰　順利而安寧。87否　不順利不安寧。泰、否均為《易》卦名。

【語　譯】表頓首頓首，敬拜將軍麾下：（欣聞將軍）整訓六師之軍，剷除暴虐殘賊，兵戎戰馬廝養僕役，無不盡善，很好很好！河阻山限，虎狼擋道，雖曾派遣信使，有的到了有的未到，常使我引領相望，有所相告而不能通達。始聽郭圖、辛評將內言外傳，製造交互構怨的仇隙，使得吏士民眾不合，邪惡爭端並起的傳聞，便感到十分驚愕，對其頗加忿恨。校尉劉堅、皇河、田買諸人陸續到達荊州，接到您二月六日發出的書信，又接到您的賢兄貴弟顯雍和別駕審配的書信，陳述了事變的前因後果，方知事變起於辛評、郭圖二人，禍難結於同生兄弟，（使得兄弟二人）追尋閼伯、實沈相爭的舊跡，忘卻了〈棠棣〉之詩所譬兄弟死喪相助的美義，親人之間動用干戈，僵屍遍野血流成河，聽說之後不覺泣涕哽咽，精神恍忽不知是存是亡。於是追思考察前書傳記，思謀著與古人之事作一比較。從前黃帝有涿鹿地區的鏖戰，周公有商地、奄地的軍事討伐，這些都是為了消除禍難而成就王業的戰爭，不是爭比一時的強弱，忿恨於一時的喜怒。因此雖然（周公）剿滅親人也不是罪過，誅殺兄長也不傷大義。今天二位仁君剛剛承襲先人大業，繼承前人的法度，前有國家傾危的思慮，後有先公遺恨的愁憂。應當全力考慮對付曹操，不要拼爭雌雄勝敗的時勢；全力考慮安定國家，不要計較是非曲直的小利。即便是蒙受塵垢辱擔罪名，下屈己身成為隸僕罪人，從宗族分異出來淪入汙泥之中，亦應該暫降心志稍辱自身，宜以成就大業為思謀的基點。為什麼呢？金木水火諸物，因其剛柔之性相互補益，然後能夠得到相互和諧，能夠為民眾所用。假如使金屬與金屬相互碰擊，火焰和火焰相聚燃燒，就會灼然閃耀而壞毀折斷，均不能起到它們各自的作用。現今袁譚天性峭刻急躁，迷惑於眼前之事，（事變的）是非曲直，是明顯可見的。您的謀略智慧寬弘廣大，綽綽而有餘裕，應當以您的大度包忍袁譚的小量，用您的優資寬容袁譚的劣質。歸結正確的原則到這一點上，才是禮義教化所要求的和諧，才是節義之士的高行。即便不能做到這樣，有難以忍受的忿恨，亦應先除滅曹操，以終竟先公的遺恨。大事完成之後，再來評議兄弟之間的仇怨，讓記敘著述的史官作出是非曲直的評判，不也是上等之策嗎？況且當初天下興起義兵，以袁氏宗族為盟主，所以大小首領紛紛響應，無不欣樂袁氏的弘大。現今雖然同盟分裂，首領有存有亡，但仍心懷仰慕影隨附從，沒有誰改變初衷。假如您兄弟間能改悔前日謬誤，（留意於長謀遠圖，）約束己身遵循禮義，順從眾人喜樂的大義，則力量薄弱的首領（因盟主賢明而）認為自己強大有力，處境危急的首領（因盟主賢明而）認為自己會化險為夷，全會一心盡力長驅疆場，共同輔助漢王宗室，雖在陣亡之時，仍存宏偉大願，則伊尹、周公不足以同列為三，五霸不足以同列為六。假如執迷而不返悟，因循謬誤而不改悔，則戎狄蠻夷諸異族將要有責詰之語，更何況我同盟之人，還能再同心並力為您效力嗎？如果這樣，太公的墳陵，將有變成汙池的災禍；妻子兒女，將遭滅宗滅族的事變。彼此兩種不同的結果，怎麼可以相提並論呢？再說行為違離道義而自求生存，尚且不能做到，更何況喪失大義而自取衰亡，而送與敵方擒獲？這就像韓子盧追東郭逡而各自疲憊於農夫跟前，而送與農夫擒獲一樣。從前齊國的公孫灶死了，晏嬰預見公孫灶的兒子子期（沒有能力維護姜氏宗族的權位而）不能免於（陳氏奪權的）禍難，所以說：「惠公的二位賢孫剛強明達佐助齊政尚且可以，今又喪亡一人，姜氏的齊國危險啦！」表時常與左將軍劉備及北海人孫乾共同談及此事，沒有一次不痛心入骨，共為悲傷的。現今我們整訓兵士、戰馬，群情激奮企立瞻望，盼望聽到和合同心的美聲，相約共舉大業的佳期，所以再次發信，並給袁譚一書。如果萬事如意，那麼袁氏家族不是能與大漢宗室共升共降嗎？如果事情不順利，那麼我們的同盟將要永無指望啦！面對書信心中憂傷悲痛，不知再說些什麼才好。劉表頓首。

【研　析】本文與〈為劉表諫袁譚書〉的主旨一致，亦在勸袁氏兄弟棄怨和好，共建大業。不同的是，對袁譚，側重於情感的疏導；對袁尚，側重於大義的勸諭。兩封書信，委婉而意顯，氣正而情真，頗有特色。惜譚、尚二人並未聽從王粲的衷心勸告，仍然相互攻戰，結果曹操乘虛而入，各個擊破。

弔夷齊文

【題解】弔，憑弔。夷齊，伯夷和叔齊，商代孤竹君的二個兒子，古時把二人當作清廉高尚的典型。詳見孔融〈雜詩二首・其一〉注⑰。阮瑀〈弔伯夷文〉為同時之作，可參閱。

歲旻秋①之仲月②，從王師③以南征④。濟河津⑤而長驅，逾芒阜⑥之崢嶸⑦。覽首陽⑧於東隅，見孤竹⑨之遺靈⑩。心於悒⑪而感懷，意惆悵而不平。望壇宇⑫而遙弔，抑悲古之幽情。知養老之可歸⑬，忘⑭除暴之為世⑮。潔己躬以聘志，愆⑯聖哲之大倫。忘舊惡⑰而希古⑱，退采薇⑲以窮居。守聖人之清概，要⑳既死而不渝。厲㉑清風於貪士，立果志㉒於懦夫。到于今而見稱，為作者之表符㉓。雖不同於大道㉔，合㉕尼父之所譽㉖。

《藝文類聚》三十七

【注釋】❶旻秋　指秋天。❷仲月　每季的第二個月，此指八月。❸王師　指曹軍。本文作於建安十六年八月征馬超途中，時曹軍由鄴出發，南行至黃河，再向西，經首陽山奔潼關。❹南征　此指由鄴到黃河的一段。❺河津　黃河的渡口。❻芒阜　北邙山的山丘。芒，北邙山，位於河南偃師北面。阜，丘陵。❼崢嶸　高峻貌。❽首陽　山名，在河南偃師西北，與北邙山相鄰。山上有夷齊祠，相傳伯夷和叔齊餓死於此（按：諸書所載夷齊餓死的首陽山共有五處，今據《史記・伯夷列傳》正義引戴延之《西征記》）。❾孤竹　商代國名，此指伯夷和叔齊。❿遺靈　係就作者所看見的伯夷、叔齊的祠宇、墳墓、祭壇而言。⓫於悒　憂鬱愁悶貌。⓬壇宇　夷齊祠的祭壇和祠宇。⓭養老之可歸　指夷齊聽說西伯姬昌善養老而歸往之事。⓮忘　不識（據《說文》）。夷齊稱武王伐紂是以暴易暴，而多數人稱武王伐紂是除暴的壯舉。⓯世　張溥本作仁。⓰愆　喪失。⓱舊惡　舊仇；宿怨。《論語・公冶長》：「伯夷、叔齊不念舊惡。」⓲希古　謂企慕效仿古代賢哲之人。⓳薇　即巢菜，又名野豌豆，可生食或作羹。相傳夷齊逃到首陽山後采薇而食。⓴要　約結，此謂立志。㉑厲　起。㉒果志　果斷強毅的意志。㉓表符　榜樣。㉔大道　通行的大道理。《禮記・禮運》：「大道之行也，天下為公。」㉕合　原作今，據嚴本改。㉖尼父之所譽　孔子對於伯夷、叔齊的讚譽。尼父，對孔子的尊稱。《論語・述而》載孔子稱伯夷、叔齊「古之賢人也」，「求仁而得仁」。

【語譯】這年秋季的八月，隨從王師向南征行。渡過黃河向西長驅，越過北邙山高峻的山陵。在東邊的山角觀覽首陽山，拜謁孤竹國遺賢的英靈。心中抑鬱而感懷動情，思緒惆悵而不能平靜。瞻望祭壇祠宇而遙遙憑弔，強抑著悲傷古人的幽思之情。（夷齊）雖知文王贍養孤老而可以歸往，卻不識武王伐紂除暴是為世人。純潔己身而恣任心志，卻背棄了聖賢哲人宣導的君臣大倫。不念舊惡而企慕古人，退身采薇而窮困簡居。恪守聖人的高潔氣概，立志至死也不改變。振起清廉的風氣給那貪婪之士，樹立果敢的意志給那怯弱懦夫。（夷齊的操行）直到今天仍被人稱讚，成為有為之士的典範表率。（夷齊的行為）雖然與聖王（為公）的大道不同，卻也受到了孔子的讚譽。

【研　析】歷代文人極譽伯夷、叔齊的清廉高尚。王粲在充分肯定夷齊操行的同時，對二人不遵君臣之禮，不佐聖王大道的作法略有微詞。實際上，入仕承命與隱逸獨善是不可能同時共存於一人之身的。王粲的觀點，反映了他自己內心對為官與歸隱問題的矛盾心理。《文心雕龍・哀弔》曰：「胡、阮〈弔夷齊〉，褒而無間；仲宣所制，譏呵實工。然則胡、阮嘉其清，王子傷其隘，各其志也。」所言甚是。

阮元瑜誄

【題　解】阮元瑜，即阮瑀，卒於建安十七年（西元二一二年）。誄，文體名，猶今悼詞。本文有佚缺。

既登宰朝❶，充我秘府❷。允❸司❹文章，爰乃軍旅。庶績❺維殷❻，簡書如雨。強力❼成敏，事至則舉❽。

《北堂書鈔》一百零三

【注釋】❶宰朝　猶謂宰庭，指朝廷。❷秘府　古代禁中藏祕笈的地方。阮瑀為曹操司空軍謀祭酒，與陳琳共掌記室，多涉軍機要事。❸允　以。❹司　主持；掌管。曹操的公文書檄多是阮瑀和陳琳所擬。❺庶績　各種公務。❻殷　多。❼強力　勉力。❽舉　猶謂完成。

【語譯】既而升登大漢朝廷，充身我主祕笈之府。因而主掌文章要事，亦隨軍旅東征西徂。各種公務沉重繁多，竹簡書牘密如飛雨。勉身勤力辦事敏捷，公務一到隨即盡舉。

【研析】《三國志・魏書・王粲傳》曰：「粲與北海徐幹字偉長、廣陵陳琳字孔璋、陳留阮瑀字元瑜、汝南應瑒字德璉、東平劉楨字公幹並見友善。」本文殘句盛譽阮瑀盡職盡責，亦可略見陳壽所言不誣。

為荀彧與孫權檄

【題解】荀彧，曹操的重要謀臣，官至尚書令。建安十七年十月曹操率軍征伐孫權，操召彧往軍中犒師，即不再信任荀彧。王粲此時代寫檄文，可見粲在曹軍中的地位。

故使周曜、管容、李恕、張涉、陳光勳❶之徒將帥戰士，就勃海七八百里，陰❷習舟楫❸。四年之內❹，無日休解❺。今皆擊棹❻若飛，回舵若環。

《北堂書鈔》一百三十七

【注釋】❶周曜句　周曜、管容、李恕、張涉、陳光勳諸人事蹟不詳，蓋為曹操水軍將領。❷陰　張溥本陰作演。❸舟楫　船和槳，此指水戰戰術。❹四年之內　當始於建安十三年。❺解　通「懈」。❻擊棹　划水行船。

【語譯】因此派遣周曜、管容、李恕、張涉、陳光勳諸人率領戰士，在勃海之濱的七八百里水域，暗中演習行船水戰之術。四年之中，沒有一天休息怠懈。現今全都能擊水行船輕快如飛，迴旋船舵圓轉如環。

【研析】文中所云訓練舟師一事，可與《三國志・魏書・武帝紀》載建安十四年作輕舟，訓練水軍事相呼應。殘句頌讚曹操水軍，亦有為曹操此番南征壯大聲勢之意。

太廟頌

【題解】太廟，天子的祖廟，此指曹操的宗廟。頌，文體名。楊德周本注云：「建安十八年，操為魏公，加九錫，始立宗廟，令粲作此頌，以享其先。始曰〈顯廟頌〉，後人更今名。」

思皇❶烈祖❷，時邁❸其德。肇啟❹洪源，貽❺宴❻我則。我休厥成，聿❼先厥道。丕❽顯丕欽❾，允時❿祖考⓫。

於穆清廟⓬，翼嚴⓭休征⓮。祁祁⓯髦士⓰，厥德允升⓱。懷想成位⓲，咸奔在宮⓳。無思不若⓴，永觀厥崇。

綏㉑庶邦㉒，和四宇。九功㉓備，彝樂㉔序㉕。建崇牙㉖，設璧羽㉗。六佾㉘奏，八音㉙舉。昭大孝，衎㉚妣祖㉛。念武功，收純祜㉜。

《初學記》十三

【注釋】❶思皇　偉大。思，語助詞。❷烈祖　對祖先的敬稱。❸邁　行。❹肇啟　始開；初開。❺貽　遺留。❻宴　安康喜樂。❼聿　筆的古字，此指記述。❽丕　大。❾欽　敬。❿允時　允協時雍的省語，謂符合天時和善美好。⓫祖考　祖先。⓬於穆清廟　於穆，讚歎詞。清廟，即太廟。《詩·周頌·清廟》：「於穆清廟。」毛傳：「於，歎辭也。穆，美。」〈清廟〉序毛傳：「清廟者，祭有清明之德者之宮也。」⓭翼嚴　莊嚴雄偉貌。⓮征　正。⓯祁祁　眾多貌。⓰髦士　英才俊傑。⓱允升　的確高尚。升，上。⓲成位　美好的靈位。成，善。⓳宮　廟。⓴若　美好。㉑綏　安。㉒庶邦　眾國。㉓九功　六府三事共九個方面的功業。

《書・大禹謨》：「九功惟敘。」孔疏：「養民者使水、火、金、木、土、穀六事皆當修治之；正身之德，利民之用，厚民之生，此三事惟當諧和之。」㉔彝樂　禮器佳樂。㉕序　布列。㉖崇牙　為懸掛鐘磬的木架橫木上端所刻的鋸齒狀紋飾，用以掛繫繩索。㉗璧羽　又作璧翣，為懸掛鐘磬的木架橫木角上的璧玉、彩羽等飾物。㉘六佾　古代諸侯所用的樂舞，舞者排為六列，每列六人，共三十六人。《三國志・魏書・武帝紀》載建安十八年五月獻帝策命曹操為魏公曰：「是用錫君……六佾之舞。」佾原作拊，據《古文苑》十二改。㉙八音　指金、石、絲、竹、匏、土、革、木八類材料所製樂器發出的樂音。㉚衎　娛悅之意。㉛妣祖　祖先。㉜純祜　大福。純原作醇，據《古文苑》十二改。

【語　譯】皇皇偉大列祖烈宗，時時施行賢惠恩德。開創廣遠洪大源流，留傳安康和樂佳則。我們讚美先祖的成就，我們記述先祖的善道。多麼顯赫啊多麼令人欽敬，是那應時美善的先祖妣考。

美好清穆的神聖祖廟，莊嚴雄偉富麗端正。濟濟眾多的賢才俊士，他們的品德的確高尚。緬懷先祖的美好英靈，全都投奔在廟宇之中。他們沒有一個人想的不是美好的善事，他們長久地瞻望那高崇的廟宮。

安撫諸多邦國，和合四方境宇。九種功事齊備，禮器樂器列具。樹立起有著崇牙的磬、鐘之架，再裝飾上璧玉和彩羽。六佾樂舞奏動，八音佳曲盡舉。顯明大孝之意，娛悅先妣先祖。常思勇武之功，永受先祖大福。

【研　析】本文著意頌讚曹氏祖先的美德，稱譽曹氏後人對其祖先的孝行，描繪當時宗廟活動的盛況。然而，全文內容空泛，語言亦顯呆板，這是同類作品的通病。

靈壽杖頌

【題　解】靈壽，木名，又稱椐，可作杖。《漢書・孔光傳》：「賜太師靈壽杖。」顏注：「木似竹，有枝節，長不過八九尺，圍三四寸，自然有合杖制，不須削治也。」本文背景不詳。

茲杖靈木，以介❶眉壽❷。奇幹貞❸正，不待❹矯揉❺。據❻貞斯直，杖❼之爰茂❽。

《藝文類聚》六十九

【注　釋】❶介　助。❷眉壽　豪眉大壽的老人。❸貞　正。❹待　須。❺矯輮　同「矯揉」。使曲變直為矯，使直變曲為揉。❻據　持。❼杖　拄持。❽茂　通「懋」。喜悅。

【語　譯】此杖靈木造就，以助豪眉大壽。奇妙之幹直正，不須整治矯揉。持有貞直此杖，拄之令人愉悅。

【研　析】《文心雕龍・頌贊》曰：「原夫頌惟典雅，辭必清鑠。敷寫似賦，而不入華侈之區；敬慎如銘，而異乎規戒之域。」本文為杖作頌，典雅清鑠而頗有賦銘特色。

正考父贊

【題解】正考父，春秋時宋國上卿，宋湣公四世孫，孔子七世祖，以謙恭勤政著稱。

恂恂❶正父，應❷德孔❸盛。身為國卿，族則公姓❹。年在❺耆耋❻，三葉❼聞政❽。誰能不怠，申❾慈約❿敬。饘粥⓫予口，傴僂⓬受命⓭。名⓮書金鼎，祚⓯及後聖⓰。

《初學記》十七

【注釋】❶恂恂　恭順貌。❷應　受。❸孔　甚。❹公姓　指與國君同一宗脈的姓氏。❺在　原作則，據《古文苑》十三改。❻耆耋　指六十歲以上的老人。❼三葉　三世。❽聞政　參與政事。正考父曾輔佐戴公、武公、宣公三代君主。❾申　身（據《釋名・釋天》及《白虎通・五行》）。❿約　喜好。⓫饘粥　厚粥。⓬傴僂　恭敬貌。⓭受命　受王命以理政事。⓮名　銘，《八代文鈔》和楊德周本均作銘。《左傳・昭公七年》載正考父廟鼎的銘文為：「一命而僂，再命而傴，三命而俯，循牆而走，亦莫余敢侮。饘於是，鬻於是，以餬余口。」⓯祚　福。⓰後聖　指孔子。

【語譯】恂恂謙恭的正考父，秉受的美德多又盛。身為宋國上卿，家族享有公姓。年在六十以上，三世參聞朝政。誰人不曾怠惰鬆懈，只有正考父身慈好敬。儉約以粥為食，恭謹聽受王命。事蹟銘刻金鼎，福祚延及後聖。

【研　析】正考父為先秦的賢人，《左傳》、《史記》等書均有讚語。王粲對於正考父儉約謙恭而留芳後世的盛譽，其內容雖未超出前書，其言辭卻充滿著深情，有敬慕，有自勉。

反金人贊

【題　解】金人，銅鑄的人像。據《孔子家語・觀周》，太祖后稷廟堂右階之前有金人，緊閉其口，其背有銘文勸諭人們像金人那樣緘言免身。孔子贊同其文，並命弟子記住其銘文。王粲不同意稱讚金人緘口的銘文，故作此文。

君子亮直❶，行不柔辟❷。友賤不恥，誨焉是❸益。我能發蹤❹，彼用遠跡。一言之賜，過乎璵璧❺。末世不敦❻，義與茲易。而言匪忠，退有其謫❼。

《藝文類聚》十九

【注　釋】❶亮直　誠信而正直。❷柔辟　順從邪惡。❸是　助詞。❹發蹤　謂啟發對方做好事的開端。❺璵璧　泛指美玉。❻敦　篤厚。❼謫　責難。

【語　譯】君子高德誠信正直，言行絕不順從邪辟。朋友貧賤不以為恥，誨以大義使其進益。我若能夠啟其善行，彼便可以廣做好事。一句良言贈與對方，勝過贈與璵璧美玉。衰末之世不尚篤敦，理義觀念與昔移易。言語論談沒有誠意，退身便有詰責謫譏。

【研　析】本文有佚缺。就殘句看，王粲認為君子應當光明磊落，暢所欲言，而不屈節於邪惡。進賜良言，勝過贈與美玉。只是由於衰敗之世民風不敦，人們出言不誠，所以要受到詰謫。

仿連珠

【題　解】連珠，文體名。《文選・連珠》李善注引傅玄〈敘連珠〉曰：「所謂連珠者，興于漢章之世，班固、賈逵、傅毅三子受詔作之。其文體辭麗而言約，不指說事情，必假喻以達其旨，而覽者微悟，合於古詩諷興之義。欲使歷歷如貫珠，易看而可悅，故謂之連珠。」

臣聞明主之舉士❶，不待❷近習❸；聖君用人，不拘毀譽❹。故呂尚❺一見而為師，陳平❻烏集❼而為輔。

臣聞記功忘❽過，君臣之道也；不念舊惡❾，賢人之業❿也。是以齊用管仲⓫而霸功立，秦任孟明⓬而晉恥雪。

臣聞振鷺⓭雖材，非六翮⓮無以翔四海；帝王雖賢，非良臣無以濟天下。

臣聞觀於明鏡，則疵瑕⓯不滯於軀；聽於直言，則過行⓰不累⓱乎身。

《藝文類聚》五十七

【注釋】❶士　原作也，據張溥本改。❷待　恃。❸近習　指君王身邊被親幸的人。❹毀譽　誹謗和稱譽，此指名聲的好壞。❺呂尚　姜太公。周文王出行渭水，道遇呂尚，認為其賢，立為太師。❻陳平　漢代名臣，曾佐劉邦成大業，與周勃誅諸呂以安漢朝。❼烏集　謂如烏鴉集聚。烏鴉的名聲不好，陳平曾事魏，又事楚，後又歸劉邦，周勃、灌嬰等人稱陳平是「反復亂臣」，此就陳平的名聲不佳而言。❽忘　原作志，據張燮《王粲集》改。❾舊惡　宿怨。❿業　高大。⓫管仲　春秋時齊人，佐齊桓公成霸業。初，管仲佐公子糾，與桓公爭位，曾射中桓公帶鉤。公子糾敗，桓公不念舊怨，重用管仲。⓬孟明　春秋時秦將，奉秦穆公命二次伐晉，均敗。穆公對其仍信任不移，遂於第三次伐晉中獲大勝，使秦穆公稱霸西戎。⓭鷺　水鳥名。⓮六翮　喻健羽。《韓詩外傳》六：「夫鴻鵠一舉千里，所恃者六翮爾。」翮，羽莖。⓯疵瑕　玉石上小的疵點，此喻人的小缺點。⑯行 《北堂書鈔》一百三十六作形。⑰累 隨。

【語譯】臣聽說明達君主舉用賢士，不僅僅依恃親幸的人；聖賢之君選用能人，不拘泥於名聲的好壞毀譽。所以姜太公首次遇見文王就被尊為太師，陳平身擔惡名投奔劉邦而被任為首輔。

臣聽說記住功勞忘卻過錯，是君主善用臣下的要道；不去追念舊日怨恨，是賢者處世的高明之處。所以齊桓公重用管仲而建立霸主之功，秦穆公任用孟明而雪去晉國之恥。

臣聽說振翅高飛的白鷺雖有材力，沒有健羽也不能翱翔四海；帝王君主雖然賢明，沒有良臣也不能成就天下。

臣聽說常照明鏡，則微小的斑疵毛病不會留在身上；傾聽直率之言，則過失之行不會伴隨其身。

【研析】本文主旨，在勸諭明主任賢納言。全文雖殘，讀來仍層次分明，言約詞當，「歷歷如貫珠，易看而可悅」，寫出了這一文體的特色。

硯銘

【題解】本文為王粲為其自用之硯所作的銘文。

昔在皇頡❶，爰❷初書契❸，以代結繩❹。民察❺官理，庶績❻誕❼

興。在世季末❽，華藻流淫❾。文不寫行❿，書不盡心。淳樸澆散⓫，俗以崩⓬沉。墨運翰染⓭，榮辱是若⓮。念⓯茲在⓰茲，惟玄⓱是宅⓲。

《藝文類聚》五十八

【注釋】❶皇頡　倉頡，相傳為黃帝史官，始造文字。皇，對先代或神明的敬稱。❷爰　乃。❸書契　寫刻文字。❹結繩　文字產生前的一種記事方法。《易・繫辭下》：「上古結繩而治，後世聖人易之以書契。」❺察　猶理。❻庶績　眾多事業。❼誕　大。❽季末　末代。❾淫　亂。❿行　言行（據《爾雅・釋詁》）。⓫澆散　指用水澆灑而使某一東西散失，此就社會風氣而言。《漢書・黃霸傳》：「澆淳散樸，並行偽貌。」⓬崩　敗壞。⓭墨運翰染　謂研墨蘸筆。染原作藻，據《初學記》二十一改。⓮若　至。⓯念　常思。⓰在　察。⓱玄　黑色，此處明指硯臺中玄黑的墨汁，暗指伴隨文字書寫而闡發出來的玄奧的哲理。⓲宅　居；定。

【語譯】在那古昔聖賢倉頡，始創或寫或刻的文字，用以代替結繩記事。萬民眾官均得治理，各種事業大行盡興。在那世道衰落的時代，華辭藻語橫流淫行。作文不能敘寫言行，著書不能盡訴心意。淳厚質樸的美德澆薄散盡，民俗因以敗壞沉淪。墨塊運研羽翰浸染，榮耀恥辱皆由此至。常思於此詳察於此，應當切記這人生的哲理。

【研析】本文旨在自警。文中敘述了作文的功用與流弊，最後自戒「墨運翰染」之時要「惟玄是宅」。文中流露出作者對當時世風的不滿，亦反映了作者謹慎文辭的處世原則。

刀銘 并序

【題解】曹操〈百辟刀令〉云：「往歲作百辟刀五枚，適成。先以一與五官將，其餘四，吾諸子中有不好武而好文學者，將以次與之。」曹植〈寶刀賦序〉云：「建安中，家父魏王乃命有司造寶刀五枚，三年乃就，以龍、虎、熊、馬、雀為識。太子得一，余及余弟饒陽侯各得一焉。其餘二枚，家王自杖之。」王粲此銘，似為曹操所造寶刀而作。

侍中❶、關內侯❷臣❸粲言：奉命作刀銘，及示，以其敘❹二報❺，誠必朝氏❻之刀，而張常❼為工矣。輒思作銘，謹奉，陋不足覽。

相❽時陰陽❾，制茲利兵❿。和諸色劑⓫，考諸濁清⓬。灌辟⓭以數，質象⓮有呈。附反⓯載穎⓰，舒中⓱錯形⓲。陸剸⓳犀兕⓴，水截鯢㉑鯨。君子服㉒之，式章㉓威靈㉔。無曰不虞㉕，戒不在明㉖。

《古文苑》十三

【注釋】❶侍中　官名，侍從帝王左右的近臣。王粲自建安十八年始任魏王曹操侍中。❷關內侯　爵位名，為次於徹侯（又稱列侯）的第十九級爵位。王粲在建安十三年被賜以關內侯。❸臣　原無臣字，據張溥本補。❹敘　述。❺二報　疑為二枚之訛。二枚刀，猶謂二把刀。曹操共造百辟刀五枚，送曹丕、曹植、曹林各一，自用二枚。疑粲之銘文為曹操自用的二枚寶刀而作。曹操造成百辟寶刀事在建安二十一年，則此文似當作於其時。❻必朝氏　人名，疑為鑄刀的工匠。❼張常　人名，疑為磨礪、裝飾刀的工匠。❽相　察。《初學記》二十二載虞喜《志林》：「古人鑄刀，以五月丙午取純火精，以協其數。」❾陰陽　謂日月的運轉。❿兵　兵器。⓫色劑　指製作寶刀過程中的各種添加劑。⓬濁清　謂鋼質的純與不純。⓭灌辟　熔鑄疊打。灌，澆鑄。辟，疊而打之，此指鍛打。辟原作襞，據《文選・張協・七命》注改。⓮質象　此指佳質的外在表象。⓯附反　根據刀的根部形狀。附，因。反，本，此指刀的根部。⓰載穎　製成刀環。⓱舒中　謂延展刀體。中，此指刀體。⓲錯形　用鑲嵌金銀的方式飾刀。錯，錯金。⓳剸　截割。⓴兕　雌犀。㉑鯢　雌鯨。㉒服　佩帶。㉓式章　彰顯。式，語助詞。章，同「彰」。㉔威靈　威武而精神。㉕不虞　沒有意料到的事。《詩・大雅・抑》：「用戒不虞。」㉖戒不在明　謂警惕戒備應在事件尚未顯明之時。

【語　譯】侍中、關內侯臣粲上言：奉命作刀銘，繼而示以寶刀觀賞，於是記述其中二枚寶刀，實為必朝氏所造之刀，而張常為之巧飾啊。於是運思作此銘文，恭敬奉上，鄙陋不足觀覽。

詳察日月時辰，製此銳利兵器。和入各種配料，審考鋼質濁清。多次熔鑄鍛打，佳質美象方呈。因循刀根成環，舒展刀體錯金。陸上可割犀兕，水中可截鯢鯨。君子佩帶此刀，更顯威武精神。勿言不曾意料，戒在事未顯明。

【研　析】本文似為曹操寶刀而作。文中對寶刀多加讚美，意在映襯主人之德。末尾戒諭居安思危，亦見作者對時政的關心和對主人的勸勉。

蕤賓鐘銘

【題解】蕤賓，古十二律之一，為陽律之四。蕤賓鐘，即音響合於蕤賓的鐘。據下文〈無射鐘銘〉看，當時似共造十二座鐘。

蕤賓鐘，建安二十一年九月十七日作，重二千百八❶鈞❷十有二斤。

《北堂書鈔》一百零八

有魏❸匡國，誕❹成天功。底綏六合❺，纂❻定庶邦。承民靡戾❼，休徵惟同。皇命孔❽昭，造茲衡鐘❾。紀❿之以三⓫，平⓬之以六⓭。度量⓮允⓯嘉，氣⓰齊⓱允淑。表⓲聲韶和⓳，民聽以睦。時⓴作蕤賓，永享遐福。

《古文苑》十三章樵注

【注釋】❶二千百八　陳禹謨本《書鈔》作二千八百。❷鈞　重量單位，合當時三十斤。此段銘文與下段似為同一器物的兩處銘文。❸魏　魏王，建安二十一年五月，獻帝封曹操為魏王。❹誕　語助詞。❺底綏六合底綏，安定；平定。底，休止。綏，安撫。六合，天地四方。《書・盤庚》：「底綏四方。」❻纂　繫縛，此指整肅。❼靡戾　美善。❽孔　甚。❾衡鐘　音量、音質等均合乎標準的鐘。❿紀　法。⓫三　天地人之道。⓬平　正。⓭六　中國古音樂工尺譜的記音符號之一，在黃鐘清時用六字。黃鐘為陽六律之首，其音清正則可校正蕤賓、無射諸律，故此處亦代指音譜標準。⓮度量　此謂鐘的圓周與長短。⓯允　信實。⓰氣　指鐘內容納的空氣，其量的多少與音有關。⓱齊　鑄鐘的合金。《周禮・考工記・輈人》：「金有六齊，六分其金而錫居一，謂之鐘鼎之齊。」⓲表　顯揚。⓳韶和　美好和諧。⓴時　善。

【語　譯】蕤賓鐘，建安二十一年九月十七日製作，重二千一百零八鈞又十二斤。

魏王匡扶漢國，成就皇天大功。安撫天地四方，正定諸多逆邦。受民嘉言善語，吉兆與民同享。皇命多麼聖明，得造這座衡鐘。用天地人的法則規範此鐘，用音譜標準校定此鐘。周圓與長短的確嘉好，容量與金質的確適宜。顯揚佳音美好和諧，萬民聽聞親善和睦。精製蕤賓之鐘，永享長遠之福。

【研　析】此文作於曹操為魏王四個月之後，旨在頌揚曹氏功德。當時中原社會安定，生產有所恢復。作者歸功於曹操，文辭之中洋溢著崇敬與欽佩。〈無射鐘銘〉主旨同此，可參閱。

無射鐘銘

【題　解】無射，古十二律之一，為陽律之六。無射鐘，音響合於無射律的鐘，與蕤賓鐘當為一組。無射原作蕤賓，據《古文苑》十三及張溥本改。本文與〈蕤賓鐘銘〉為同時之作。

無射鐘，建安二十一年九月十七日作，重三千五十鈞有八斤。

《北堂書鈔》一百零八

有魏匡國，成功允章❶。格❷于上下❸，光于四方。休徵時序，人說❹時康。造茲衡鐘，有命自皇。三以紀之，六以平之。厥量孔嘉，厥齊孔時❺。音聲和協，人德同熙❻。聽之無射，用以啟期❼。

《古文苑》十三章樵注

【注釋】❶章　同「彰」。❷格　至。❸上下　天地。❹說　通「悅」。《古文苑》十三作悅。❺時　善。❻熙　喜悅高興。❼期　命運。

【語譯】無射鐘，建安二十一年九月十七日製作，重三千零五十鈞又八斤。

魏王匡正漢國，成就功業顯彰。英名傳遍天地，光彩普照四方。吉兆按時序列，人悅盛時安康。造此標準衡鐘，聖命來自漢皇。用天地人的法則規範此鐘，用音譜標準校正此鐘。鐘的長短實在嘉好，鐘的材質實在美善。樂音佳聲和諧動聽，眾人尚德共同喜興。聽此無射鐘鳴，用以開始佳運。

【研　析】本鐘銘文與蕤賓鐘的銘文內容相近，主旨相同，可參閱。

尚書問

【題解】尚書，指《尚書》。問，問難。姚振宗《後漢藝文志》著錄有王粲《尚書問》二卷，並云「元行沖言此二卷嘗編入本集，其後鄭氏弟子田瓊、韓益有《釋問》四卷，見隋、唐〈志〉，即為此書而作。」

世稱❶伊、洛❷已東，淮、漢❸之北，康成❹一人而已，莫不宗❺焉。咸云先儒多闕，鄭氏道備。粲竊嗟怪，因求其學，得《尚書注》❻。退而思之，以盡其意。意皆盡矣，所疑之者，猶未喻❼焉。

《舊唐書・元行沖傳》載〈釋疑〉

【注釋】❶世稱　原無世稱二字，據《新唐書・元行沖傳》補。❷伊洛　伊水與洛水。伊水出河南盧氏而入洛水，洛水出陝西洛南，至河南鞏義入黃河。❸淮漢　淮河與漢水。淮河出河南桐柏山，時經淮陽漣山入海；漢水出陝西寧強北，在武漢入長江。❹康成　鄭玄的字，為東漢名儒，遍注諸經，著述甚多。原無康成二字，據《新唐書・元行沖傳》補。❺宗　尊而學之。❻尚書注　鄭玄注釋《尚書》的專著，其書已佚，有清人輯本。❼喻　曉。元行沖〈釋疑〉續曰：「(王粲《尚書注》凡有兩卷，列於其集。」

【語　譯】世人均稱伊水、洛水以東，淮河、漢水以北，名儒僅鄭康成一人，學子莫不尊崇。都說先代諸儒多有闕漏，而鄭氏道藝詳備。粲私下嗟歎奇怪，於是尋求鄭氏學說，得《尚書注》一書。退居細讀且認真思考，以求盡得其中旨意。旨意全已掌握，然而所存疑難問題，尚未曉諭明白。

【研　析】〈尚書問〉全篇已佚，所存殘句似序言中的片語。就其內容看，王粲並不滿意鄭玄所作《尚書注》，亦不滿意世人對鄭玄的盛譽。同時，王粲對經學諸書似有自己的看法。

附：安身論

蓋崇德莫盛乎安身，安身莫大乎存政，存政莫重乎無私，無私莫深乎寡欲。是以君子安其身而後動，易其心而後語，定其交而後行。然則動者，吉凶之端也；語者，榮辱之主也；求者，利病之幾也；行者，安危之決也。故君子不妄動也，必適於道；不徒語也，必經於理；不苟求也，必造於義；不虛行也，必由於正。夫然，用能免或擊之凶，厚自天之祐。故身不安則殆，言不順則悖，交不審則惑，行不篤則危。四者存乎中，則患憂接乎外矣。憂患之接，必生於自私，而興於有欲。自私者不能成其私，有欲者不能濟其欲，理之至也。

《藝文類聚》二十三

韓按：查《晉書．潘尼傳》載尼著〈安身論〉，《藝文類聚》所載粲文僅為其首段的前半部分。知《藝文類聚》的編纂者題名有誤，今暫置於此。

徐幹集

齊都賦

【題解】齊都，指齊國的故都臨淄（今山東淄博）。徐幹的故鄉古屬齊國。

〔齊國者，元龜❶之精，降為厥野。〕齊國實坤德❷之膏腴❸，而神州❹之奧府❺。其川瀆❻則洪河❼洋洋❽，發源昆侖。〔九流❾分逝，北朝滄淵❿。〕驚波沛厲，浮沫揚奔。南望無垠⓫，北顧無鄂⓬。蒹葭蒼蒼⓭，莞菰⓮沃若⓯。〔鴛鵝⓰鶬鴰⓱，鴻雁鷺鴇⓲。連軒⓳翬霍⓴，覆水掩渚㉑。〕瑰禽異鳥，羣萃㉒乎其間。戴華蹈縹㉓，披紫垂丹。應節往來，翕習㉔翩翩㉕。靈芝㉖生乎丹石，發翠華之煌煌㉗。〔罛㉘鱣鮷㉙，網鯉鯊㉚，拾蠙珠㉛，藉㉜蛟螭㉝。〕其寶玩則玄蛤㉞抱璣㉟，駮蚌㊱含璫㊲。〔隋珠㊳荊寶㊴，磥㊵起流爛㊶。雕琢有章，灼爍㊷明煥。生民以來，非所視見。〕〔若其大利㊸，則海濱博諸㊹，溲㊺鹽是鍾㊻。皓皓㊼乎若白雪之積，鄂鄂(48)乎若景阿(49)之崇。僉(50)賴其霤(51)。〕〔青陽(52)季月(53)，上除(54)之良。無大無小，祓(55)於水陽(56)。〕〔宗屬(57)大同(58)，鄉黨(59)集聚。濟濟盈堂，爵位以齒。〕〔纖纚(60)細纓(61)，輕配蟬翼。自尊及卑，須我元服(62)。〕〔尊曰元飾(63)，貴為首服。君子敬慎，自強不忒(64)。〕〔主人盛饗(65)，期(66)盡所有。〕〔蘭(67)豕臑(68)羔，炰(69)鱉膾(70)鯉。嘉旨雜遝(71)，豐實左右。前徹(72)後著，惡可勝數。〕〔三酒(73)既醇，五齊(74)惟醹(75)。〕〔傾杯白水，沅(76)肴如京(77)。〕〔歷陰堂，行北軒(78)。〕〔窗櫺(79)參差，景納陽軒。〕〔彤玉隈(80)兮，金鋪(81)鍬鎗(82)。〕構厦殿以宏覆，起層榭(83)以高驤(84)。龍楹(85)螭桷(86)，山岊(87)雲牆。其後宮內庭，嬪妾之館，眾偉所施，極功窮變。然後修龍榜(88)，遊洪池，折珊瑚(89)，破琉璃(90)。日既仄(91)而西舍，乃反(92)宮而棲遲(93)。歡幸在側，便嬖(94)侍隅。含清歌以詠志，流玄眸而微眄(95)。竦(96)長袖以合節，紛翩翻其輕迅。〕〔往如飛晨(97)，來如降燕。〕〔既墜反升，將絕復胤(98)。昭晰(99)神化，傀巧(100)難遍(101)。〕〔磬管鏘鏘，鐘鼓喈喈102。制度103之妙，非眾所奇。〕〔日不遷晷104，玄澤105普宣。鶉火南飛106，我后107來巡。〕王乃乘華玉之輅108，駕玄駮109之駿。〔翠幄110浮遊，金光皎旰111；戎車雲布，〕武騎星散；鉦鼓雷動，旍旗虬112亂，盈乎靈圃113之中。〔琛114梗林115，燎圃草116。驅禽翼117獸，十千118惟旅。〕於是羽族咸興，毛羣盡起。上蔽穹庭119，下被皋藪120。〔矢121流鏑122，絓123張羅，蠶124飛鋌125，抱雄戈126。〕〔砏殷奰戾127，壯氣無倫。凌高越險，追遠逐遁。〕

《藝文類聚》六十一

【注釋】❶元龜　大龜，古人認為龜通神靈。齊國者以下三句據《太平寰宇記》十八青州益都縣「元龜之野」條補。❷坤德　大地的恩德。❸膏腴　油脂，此喻土地肥沃。❹神州　指中國。❺奧府　深幽殷富的府庫。❻川瀆　指河流。❼洪河　浩大的黃河。❽洋洋　水勢浩大貌。❾九流　古代黃河自孟津以下分為九條支流，其古道湮廢已久，約在今山東德州以北，天津市以南一帶。以下二句據《水經・河水一》注補。❿滄淵　大海。⓫垠　邊際。⓬鄂　亦指邊際。⓭蒹葭蒼蒼　蒹葭，葦草。蒼蒼，深青色。《詩・秦風・蒹葭》：「蒹葭蒼蒼。」⓮莞菰　兩種水草。莞，蒲草。菰，水生植物名，俗稱茭白，其實可食。⓯沃若　沃，豐美。若，與然字義同，用作形容詞詞尾。⓰駕鵝　野鵝。宋本《韻補》、《四庫》本《韻補》駕作鴐。以下四句據

《韻補》三鸨字注補。⑰鶬鴰　鳥名，大如鶴，多為青蒼色。宋本《韻補》鴰作鴰，《四庫》本、連筠簃本鴰作鴿。⑱鷺鸨　兩種水鳥名。鷺，嘴直而尖，頸長，飛翔時縮頸，常見為白鷺、蒼鷺。鸨，似雁而大，頭小頸長，翅闊尾短，羽毛可作飾品。⑲連軒　飛舞貌。⑳翚霍　鳥疾飛發出的聲音。翚，鳥疾飛。霍，鳥翅振動聲。㉑渚　水中的小塊陸地。㉒萃　棲息。㉓縹　淡青色。㉔翕習　鳥飛時翅膀一張一合的樣子。㉕翩翩便旋輕捷貌。㉖靈芝　菌類植物，古以為瑞草。㉗煌煌　光輝明盛貌。㉘罛　大魚網，此用為動詞，下句網字亦然。以下四句據《韻補》一鯊字注補。㉙鱣鯆　兩種魚名。鱣，又稱鱘鰉魚，長二三丈。鯆，又稱大鯰。㉚鯊　吹沙小魚，似鯉而小。㉛蠙珠　蚌珠。㉜藉　縛。㉝蠵　大龜。㉞蛤　生長於水中的有介殼的軟體動物，稍小於蚌。㉟璣　小珠。㊱駮蚌　色彩斑駁的蚌類。駮，通「駁」。黑白相雜的顏色。㊲璫　耳珠。㊳隋珠　隋侯的寶珠，為稀世之寶。以下六句據《韻補》四爛字、煥字注補。㊴荊寶　楚人卞和於荊山得一璞玉，經剖琢而成稀世的寶玉。㊵磥　石多貌，此謂寶物之多。㊶爛　光彩明亮。㊷灼爍　光彩貌。㊸大利　最值得稱道的資源。以下六句是在讚美齊國所產之鹽，據《北堂書鈔》一百四十六補。㊹諸　眾多。㊺溲　淘洗。㊻鍾　聚集。㊼皓皓　潔白貌。㊽鄂鄂　高危貌。㊾阿　大山。㊿僉　皆。(51)䨓　霝的異體字，通「令」。指善、美。(52)青陽　指春季。《爾雅．釋天》：「春為青陽。」以下四句據《初學記》四補。(53)季月　每季的最後一月，此指三月。(54)上除　即上巳之日。古代風俗，在三月的第一個巳日，人們去水邊用齋戒沐浴等方法除災求福，故上巳之日又稱上除。(55)祓　古時除災祈福的儀式。(56)水陽　水的北岸。(57)宗屬　宗室成員，此謂全體居民。以下四句據《韻補》三齒字注補。(58)大同　至美至善的社會形態。《禮記．禮運》：「大道之行也，天下為公，選賢與能，講信脩睦，故人不獨親其親，不獨子其子；使老有所終，壯有所用，幼有所長，矜寡孤獨廢疾者皆有所養；男有分，女有歸；貨惡其棄於地也，不必藏於己，力惡其不出於身也，不必為己；是故謀閉而不興，盜竊亂賊而不作，故外戶而不閉，是謂大同。」(59)鄉黨　猶鄉里，此指鄉里的名士賢者。(60)纚　束髮的帛。以下四句據《太平御覽》六百八十六補。(61)纓　繫冠的帶子。(62)湏我元服　猶傣族潑水節所為。湏，沫的古字，指以手掬水洗面。元服，帽子。63元飾　最美好的服飾。元，形容最為美好的事物。以下四句據《初學記》二十六補。64自強不忒　語本《易・乾・象》：「君子以自強不息。」忒，變更。65饗　大宴賓客。以下二句據《韻補》三有字注補。66期　極。67蘭　通「爛」。此形容煮熟的整豬皮肉潤澤鮮明。以下六句據《北堂書鈔》一百四十二補。68臑　煮熟。69炰　燒烤一類的烹飪方法。70膾　細切肉類。《詩・小雅・六月》：「飲御諸友，炰鱉膾鯉。」71遝　重積。72徹　通「撤」。73三酒　三種經過濾去滓供人們於不同場合飲用的酒。《周禮・天官・酒正》：「辨三酒之物：一曰事酒，二曰昔酒，三曰清酒。」事酒為新釀的供大型活動所用的酒，昔酒為平時飲用的稍陳的酒，清酒為典禮用的更陳的酒。以下二句據《北堂書鈔》一百四十八補。74五齊　按清濁程度分為五個等級的酒，供祭祀用，其味較薄而未經過濾。《周禮・天官・酒正》：「辨五齊之名：一曰泛齊，二曰醴齊，三曰盎齊，四曰緹齊，五曰沉齊。」75醹　謂酒味純正。76沅　同「源」。傾杯以下二句據《玉燭寶典》三補。77京　高丘。78軒　有窗的長廊。歷陰以下二句據《編珠》二補。79窗櫺　窗間雕有花紋的木格子。以下二句據《文選・曹植・贈徐幹詩》注補。80隈　屋中隱蔽處。以下二句據《編珠》二補。81金鋪　門上獸面形銅製環鈕，用以銜環。82鍬鎗　金屬碰擊聲，此指金鋪與門環相碰擊的聲音。83榭　在臺上修建的高屋。84高驤　猶言高舉。85楹　廳堂的前柱。86螭桷　飾以螭形的方形的椽子。螭，傳說中神獸名。《說文》：「螭，如龍而黃。」87己　同「屺」。指房基。88榜　船。89珊瑚　熱帶海中的腔腸動物，其骨骼形成的珊瑚樹美觀而名貴。90琉璃　泛指天然的各種有光寶石。91仄　傾斜。92反　同「返」。93棲遲　止息。94便嬖　善於言語迎逢而得君主寵信的近臣。95眄　斜視。96竦　舞動。97晨　指晨風，猛禽名，又稱鸇。《佩文韻府・拾遺》十一晨字飛晨條引徐幹詩：「來如降燕，往似飛晨。」注：「晨風也。」以下二句據《韻補》四迅字注補。98亂　繼。既墜以下四句似在描述舞人的丰姿，據《韻補》四亂字注補。99晣　瞥。100傀巧　謂怪異而有奇技之人。101遍　猶盡。102嘈嘈　象聲詞，此在形容鐘鼓奏鳴產生的和諧樂音。磬管以下四句據《韻補》一嘈字注補。103制度　形制法度，此指樂曲的旋律。104日不遷晷　謂時光的短暫。以下四句據《韻補》一宣字注補。晷，日影。(105)玄澤　君主的恩澤。(106)鶉火南飛　據《禮記・月令》「季夏之月，日在柳」、「季秋之月……旦柳中」語，知柳、星、張三宿夏六月始居中天，至秋九月僅在早上見於中天，則「鶉火南飛」當指九月之後。鶉火，星次名，指南方朱鳥七宿中的柳、星、張三宿。南飛，謂向南歸去。(107)我后　當指曹操。考曹操於建安十二年九月擊敗烏桓後自柳城還歸，《三國志・魏書・邴原傳》注引《邴原別傳》稱「太祖北伐三郡單于，還住昌國」，昌國縣舊域今歸屬於山東淄博，古屬齊地，且距古齊都臨淄不遠。后，君主，亦多稱於高官。(108)輅　指君王的車。(109)玄駁　毛色黑白相雜的馬。(110)翠幄　綠色帳篷。以下三句據《太平御覽》三百三十八補。(111)皎旰　白而耀眼。(112)虬　傳說中神獸名。《說文》：「虬，龍子有角者。」虬原作虹，據《北堂書鈔》一百二十一改。(113)靈圃　猶靈囿，為天子諸侯放養禽獸以供畋獵娛樂的場所。(114)栞　斬除。以下四句據《韻補》三草字注補。(115)梗林　有刺的草木之林。(116)圃草　茂盛的野草。(117)翼　指軍隊分張如鳥翼以合攏群獸。(118)十千　盛言其多。(119)穹庭　天空。(120)皋藪　泛指水邊之地。皋，水彎澤曲之地。藪，水淺草茂的澤地。(121)矢　施放。以下四句據《太平御覽》三百三十九補。(122)鏑　指箭。(123)絓　張掛。(124)蠶　在此作狀語，形容其多。(125)鋋　鐵把短矛。(126)雄戈　疑為雄戟之誤。《史記・司馬相如列傳》：「建干將之雄戟。」索隱引《方言》稱戟中帶有小孑刺者為雄戟。(127)砏殷奰戾　係在形容軍威的壯盛。砏殷，同「砏磤」。大雷聲。奰戾，壯怒。以下四句據《韻補》一遁字注補。

【語　譯】〔齊國，是大龜的精靈之氣，下降而成的廣闊原野。〕齊國實在是大地恩德特賜的肥疆沃土，而且是神州中國的殷富府庫。齊國的河流，有那廣瀚的黃河浩浩蕩蕩，發源於昆侖之山。〔九條支流分布流逝，向北流入滄海深淵。〕驚濤巨浪豐沛飛厲，浮蕩水沫奮揚騰奔。南望無邊，北看無際。葦草色蒼蒼，莞菰多豐美。〔野鵝和鶬鴰，大雁和鶖鴇。（眾多的水鳥）連軒翻舞霍霍奮飛，覆蓋了水面遮掩了小渚。〕瑰奇水禽珍異靈鳥，群息在水草之間。頭戴彩羽腳踏青葉，身披紫翅尾垂丹翎。應合節氣飛去飛來，展翅翻飛便旋輕捷。靈芝生於赤石之上，煥發出翠燦光華的煌煌明輝。〔捕取鱣魚鰣魚，網收鯉魚鯊魚，拾取蠙蚌之珠，縛繫蛟龍大龜。〕齊國的珍寶玩物，有青蛤所抱璣珠，駁蚌所含耳璫。〔隋侯珍珠荊山美玉，瑰寶堆起異彩流散。〕精雕細琢存有紋理，光彩灼爍明耀煥然。自有人類以來，未曾有人看見。〕〔若說齊國最富饒的貨物，是海濱那博積眾多的，聚集成山的洗鹽。皓皓潔白就像堆積的白雪，高聳入雲就像崇立的大山。（舉國上下）全都依賴這一美好的特產。〕〔春天的三月，正是上除的良辰。不分男女老少，全來到水流的朝陽北岸沐浴祈福。〕〔宗族親屬和樂大同，鄉里名賢雲集合聚。濟濟眾多充盈廳堂，序爵列位根據其年齡的高低。〕〔纖柔的髮帛細細的冠帶，輕薄可以比於蟬翅。從那尊者到那卑役，都來澆灑我的珍冠。〕〔（此冠）尊稱為最美好的裝飾，高貴為最首要的服物。君子恭敬謹慎，勤勉己行而不改高志。〕〔主人盛情宴請賓客，極盡所有的美味佳肴。〕〔香美的整豬和煮熟的羔羊，燒烤的甲魚和細切的鯉魚。美味佳肴雜錯重積，滿滿地擺放在左右兩側。前道菜剛剛撤去後道菜即刻布上，豐盛的菜肴不可盡數。〕〔三種經過過濾的酒品質醇厚，五種未去沉滓的酒味道純正。〕〔傾酌的杯酒猶如白水一樣不斷，源源奉上的佳肴堆積如同丘山。〕〔經過陰暗的廳堂，行進在北面的廊軒。〕〔窗間木格形狀不一，日光射進敞亮的廊軒。〕〔朱玉收藏在屋中的暗處啊，門上的金鋪（與門環相碰）聲音鏘鏘。〕營構那高大宮殿宏偉廣覆，建造起層層臺榭高舉雲中。雕龍的前柱飾螭的房椽，山形的房基雲狀的官牆。齊都的后妃之宮王者之庭，以及嬪婦眾妾居住的館舍，是眾多能工巧匠施工建造，極其精巧窮盡奇變。然後建造龍舟，遊玩巨池，折取珊瑚，破析琉璃。白日已經傾斜而向西落去，於是返回宮室而棲遲休息。歡愛親幸的后妃陪伴在兩側，善言寵信的近臣侍奉在屋角。（歌女們）口唱清歌而謳詠心志，流盼青眸而微微斜視。舞動長袖以應合拍節，紛紜翩翻而輕捷迅動。〔去似迅飛的晨風，來如降翔的春燕。〕〔已要墜下反而升起，將要結束復又繼續。明眸一瞥多神而感人，再巧的藝人也難以盡擬。〕〔石磬竹管鏘鏘作響，金鐘皮鼓喈喈和諧。樂曲旋律怡人美妙，已經超出眾人所感到新奇的那些樂曲。〕〔白日不曾移動光影，洪恩惠澤便已普天布宣。在那鶉火星宿向南飛歸的時節，我后曹公來此視巡。〕於是侯王乘坐裝飾有美玉的尊車，駕馭毛色黑白交雜的駿馬。〔翠綠的帳篷漫遊浮動，裝飾的金銀光彩明耀；兵車如雲密布，〕武騎如星廣散；鉦鼓如雷震動，旌旗如虬翻亂，一同充盈在靈囿之中。〔砍伐荊棘林木，焚燒繁茂荒草。驅趕飛禽翼攏野獸，漫天遍野都是那士卒軍旅。〕於是禽類全都驚飛，獸群盡數懼起，天上的飛鳥遮蔽廣闊天空，地上的野獸布滿皋曲澤藪。〔施放飛速的利箭，掛起張開的巨網，飛擲眾多的矛鋌，抱持鋒利的雄戈。〕〔砏殷雷吼狂戾暴怒，三軍壯氣無與倫比。升凌高丘跨越艱險，追捕遠禽逐趕遁獸。〕

【研　析】本文以熱情讚譽的口吻，描述了齊國的不凡來歷、美好風光與富饒物產，以及齊都宮殿的俊偉與王室生活的奢華。行文之中，洋溢著作者對自己家鄉的欽敬與熱愛。全文場面宏闊，言辭壯美，仍然保持著漢代京都大賦的形制與風韻。應當指出的是，臨淄城經過漢末戰亂的摧殘，已經不具備昔日的繁華，曹操也沒有在臨淄一帶舉行過大規模的畋獵活動，所以，文中的許多內容並非寫實，而是出自於作者的想像與誇張，即作者將歷史上曾經有過，或可能有過的情形移用於賦中。同時，文中的駢偶句式工整而考究，亦是作者精心選詞煉字的結果。種種作法，不同於其《中論》一書平直寫實的文風，而是有意追求在恢弘的意境與雅致的文辭中敘事抒情，具有明顯的富於「壯采」的藝術效果。

文章結構與劉楨〈魯都賦〉相似，文中對春季上除的描述，可與〈魯都賦〉秋季祓禊事相互參閱，有利於我們研究古人春秋沐浴祈福的習俗。

喜夢賦

【題　解】本賦僅存一句，其背景不詳。考陳琳〈神女賦〉有「漢三七之建安，荊野蠢而作仇。贊皇師以南假，濟漢川之清流。感詩人之攸歎，想神女之來游。儀營魄於仿佛，托嘉夢以通精」語，其中濟漢川、想神女、托嘉夢句與徐幹賦意近，疑陳、徐二賦同為建安十三年隨曹操南征劉表、劉備，途經漢水而作。嚴本題為〈嘉夢賦序〉。

昔嬴子❶與其交游於漢水❷之上，其夜夢見神女。

《初學記》七

【注　釋】❶嬴子　本指秦穆公女兒弄玉，後也比喻美女。❷漢水　長江支流，流經陝西、湖北兩省。

【語　譯】從前弄玉曾與他交歡娛遊在漢水之上，在這一夜夢見了美妙的神女。

序征賦

【題解】序，同敘。建安十三年七月，曹操率軍南下，征劉表，追劉備，戰周瑜。據賦中所記的時令、行軍路線和征戰結果，本文當為徐幹隨曹操南征，於赤壁戰敗，返回許都後所作。

余因茲以從邁❶兮，聊暢目乎所經。觀庶士之繆殊❷，察風流❸之濁清❹。沿江浦❺以左轉❻，涉雲夢之無陂❼。從青冥❽以極望，上連薄❾乎天維❿。刊⓫梗林⓬以廣塗⓭，填沮洳⓮以高蹊⓯。攬循環其萬艘，亙⓰千里之長湄⓱。行兼時而易節，迄玄氣之消微⓲。道⓳蒼神⓴之受謝㉑，逼鶉鳥㉒之將棲。慮前事㉓之既終，亦何為乎久稽㉔？乃振旅以復蹤㉕，泝㉖朔風而北歸。及中區㉗以釋勤，超㉘棲遲㉙而無依㉚。

《藝文類聚》五十九

【注釋】❶邁　行。❷繆殊　猶謂優劣。繆，誤。殊，優異。❸風流　風俗教化。❹濁清　喻好與壞。時曹操為丞相，可以考察各地方長官。❺江浦　水濱，此指長江流域。❻左轉　指曹軍南下江陵後，沿長江而左轉向東。❼雲夢之無陂　雲夢澤地域廣大，且無高厚的堤岸，故稱無陂。雲夢，古大澤名，位於今湖北江陵、安陸以南，武漢以西。陂，澤畔障水之岸。❽青冥　青天。❾薄　接近。❿天維　古代傳說中繫天的大繩子。⓫刊　砍。⓬梗林　有刺的草木之林。⓭塗　同「途」。⓮沮洳　低溼之地。⓯蹊　小路。⓰亙　延續不斷。以上二句在描述曹操水軍的陣容。⓱湄　水草相接的岸邊。⓲玄氣之消微　指一年將盡。玄氣，自然之氣。據《三國志・魏書・武帝紀》，曹操在建安十三年七月南征，歷經秋冬兩季，年底回師返許。⓳道　同「導」。⓴蒼神　即蒼帝，傳說中主東方的青帝神，亦為司春之神。㉑謝　辭去。《楚辭・大招》：「青春受謝。」㉒鶉鳥　星宿名，南方朱雀七宿的總稱。鶉鳥將棲，為仲冬時節。㉓前事　指此次南征。㉔稽　留。㉕蹤　隨從。㉖泝　迎著。㉗中區　指許都一帶。㉘超　悵然若失貌。㉙棲遲　止息。㉚無依　指精神上的空虛感。

【語　譯】我因此而隨從征行啊，聊且放眼於所經眾景。觀看諸多士人品行德義的優劣，考察各地風俗教化的好壞。沿著長江流域而左轉向東，跋涉在浩大雲夢的平闊岸邊。朝著蒼蒼青天而極目遠望，上邊緊緊接連著天維巨繩。砍伐荊棘林木以加寬道路，填塞低溼窪地以增高小徑。總攬循環往來的萬艘戰船，綿亙在浩瀚千里的長江湄岸。這次征行兼括兩個時令而更替了節氣，已經到了自然玄氣消損衰微的年末。導引著蒼帝春神接受去冬的辭謝，逼迫那鶉鳥七宿將要棲息。考慮到前日的征伐既已結束，為什麼還要在此久留？於是振奮軍旅而再次啟行，迎著北風而向北回歸。來到這中部故地而消解勞勤，悵然止息而心中空虛無依。

【研　析】曹操此次南征，初始十分順利，大軍所向勢如破竹，但在赤壁卻被孫劉聯軍打敗，大傷元氣，士氣低落。文中沒有正面描寫征行的艱辛與戰事的慘烈，而是通過宏闊的意境與雅致的文辭，重溫征行途中的豪邁感受，重訴慷慨高昂的濟世之情。對於戰敗一事，僅以「前事之既終」

一筆帶過。沒有悲觀，沒有沮喪，而是充滿著自信與自強。末尾一語，真實地道出了當時曹營大多數人心中的空虛無聊，同時，亦隱含著作者對未來重建功業的渴望。全文短小而筆意宏遠，氣韻高邁而文辭逸俗，是一篇較有特色的敘事言情小賦。

從西戎征賦

【題解】本賦作於建安十六年從曹操西征馬超時。僅存一句。

總螭虎❶之勁卒，即❷矯塗❸其如夷❹。

《北堂書鈔》一百一十八

【注釋】❶螭虎　古人多以螭虎喻武士。螭，傳說中神獸名。❷即　就，此指通過。❸矯塗　指山野丘澤等無路之處。❹夷　平地。

【語譯】總領著猛如螭虎的強勁軍隊，通過那艱險征途如走平地。

【研析】殘句旨在讚譽曹軍，其背景與下文〈西征賦〉相近，可參閱。

西征賦

【題解】曹丕、曹植未主西征。曹操曾兩次西征，一次是建安十六年西征馬超，一次是建安二十年西征張魯。曹植曾隨父西征馬超，作有〈述行賦〉、〈贈丁儀王粲〉，記述觀秦政墳與遊長安事，與本文「過京邑」、「觀帝居之舊制」相近，則此文當作於從曹操西征馬超，得勝而歸之時。

奉明辟❶之渥德❷，與遊軫❸而西伐。過京邑❹以釋駕，觀帝居之舊制。伊❺吾儕❻之挺劣❼，獲載筆而從師。無嘉謀以云補，徒荷祿而蒙私。非小人❽之所幸，雖身安而心危❾。庶區宇❿之今定，入告成乎后皇⓫。登明堂⓬而飲至⓭，銘功烈乎帝裳⓮。

《藝文類聚》五十九

【注釋】❶辟　天子、諸侯等君主的通稱。❷渥德　厚德。渥，濃厚。❸軫　指車。❹京邑　指古都長安（今陝西西安）。❺伊　發語詞。❻吾儕　我輩。❼劣　弱。❽小人　徐幹自稱。❾危　不安。❿區宇　指疆土境域。⓫后皇　指皇天后土、天地神靈。⓬明堂　指宗廟。時曹操尚未為公，亦未自建社稷宗廟，則此處明堂當指許都的漢帝劉氏宗廟。⓭飲至　古時征伐歸來，合飲於宗廟，稱為飲至。⓮銘功烈乎帝裳　漢末魏晉時期似有作銘文於衣裳的風習。

【語譯】承受著賢明君主的豐厚恩德，與眾人乘車行遊而向西征伐。路經西京城邑而鬆釋車駕，周觀古帝故居的舊時形制。僅憑著我輩諸人的有限之力，竟獲准執持紙筆而隨從王師。然而沒有良謀佳策以稱過補失，白白地領取俸祿而蒙受私惠。這樣做並不是我的本心所望，雖然身體安逸而內心不安。有幸國家疆宇從今安定，回京告成大功於天地神靈。登上宗廟大堂而歡娛共飲，銘記豐功偉績於漢帝衣裳。

【研　析】作者以軍謀祭酒掾屬之職，隨從曹操西征馬超。本文記述了作者征行之中的所見所感，以及大軍凱旋後的歡悅場面。文中的「無嘉謀以云補，徒荷祿而蒙私。非小人之所幸，雖身安而心危」數語，反映了作者身為謀臣而無佳謀可進，卻又不甘心尸位素餐的內心苦悶。這種個人的愁緒與全軍的歡悅形成鮮明的對比，使得抒情主人公正直、坦誠的這一形象更為充實，更為生動。

圓扇賦

【題　解】圓扇，又稱團扇，多用絲帛製成。本賦已殘，寫作背景不詳。

惟合歡之奇扇，肇❶伊洛❷之纖素❸。仰明月以取象❹，規圓體之儀度。

《北堂書鈔》一百三十四

【注釋】❶肇 始。肇原作非，據《太平御覽》七百零二改。❷伊洛 伊水和洛水，二水在河南偃師附近匯合，其地所產絲織品甚佳。❸纖素 泛指精美的絲帛。❹取象 指效仿圓月的形象。

【語譯】這是合歡怡人的珍奇佳扇，原料是伊水洛水流域的纖美絲帛。仰觀明月以取法其形象，規範渾圓主體的儀表法度。

【研析】曹丕《典論・論文》盛譽徐幹〈圓扇賦〉，今賦文殘句係頌讚某一「奇扇」材質形制俱佳，此外則難考其旨。

車渠椀賦

【題解】車渠椀，參見陳琳〈車渠椀賦〉題解。

圜❶德應規，巽❷從易安❸。大小得宜，容如❹可觀。盛彼清醴，承以雕盤。因歡接口，媚于君顏。

《藝文類聚》七十三

【注釋】❶圜 同「圓」。❷巽 《易》卦名，象徵風。❸易安 和樂安適。車渠為玉石類，觸覺上給人以涼爽的感覺。❹容如 猶言容貌，此指椀的形制。容如原作客如，據嚴本改。

【語　譯】圓形的形體符合圓規，涼爽柔合和樂安適。大小形制得當適宜，形貌雅致精美可觀。盛上那清香的醴酒，承接以刻鏤的精盤。借助歡時接近君口，取媚於賢君容顏。

【研　析】這是一篇應制奉和之作。與眾人相比較，徐幹所作顯得呆板而空泛，似出於敷衍搪塞。

哀別賦

【題　解】本賦已殘。據僅存數語的離別情調看，似為徐幹告病還鄉臨別時所作。

秣❶余馬以候濟兮，心儃恨❷而內盡❸。仰深沉之晻藹❹兮，重增悲以傷情。

《初學記》十八

【注　釋】❶秣　餵養。《詩・周南・漢廣》：「之子于歸，言秣其馬。」❷儃恨　一陣陣地悵恨。❸內盡　猶言內心空虛。❹晻藹　雲氣濃重貌。

【語　譯】餵飽我的馬等候渡河啊，心中陣陣悵恨而萬念皆盡。仰望著深厚陰沉的濃重雲氣啊，更使人頓增悲切而感傷情懷。

【研 析】殘句心緒抑鬱，悽楚悲傷，尚可略見徐幹哀別之感。曹植〈贈徐幹〉詩稱徐幹的離去為寶物被棄，本賦似可旁證徐幹離去時的心情。

七 喻

【題 解】七，文體名，辭賦體裁之一。七體文大多是從幾個角度反覆勸喻，以使對方曉悟。本文題為〈七喻〉，亦含有多次勸喻的意思。參見王粲〈七釋〉題解。

有逸俗先生❶者，耦耕❷乎巖石之下，棲遲❸乎穹谷❹之岫❺。萬物不干其志，王公不易其好。寂然不動，莫之能懼。賓❻曰：大宛❼之犧❽，三江❾之魚，雲鶬❿水鵠⓫，熊蹯⓬豹胎⓭。〔若乃日異如饑，聊膾⓮美鮮。橫者毫⓯析，縱者縷⓰分。白踰委毒⓱，赤過擒丹⓲。〕〔南土之秔⓳，東湖之菰⓴。〕〔豐㉑屋廣廈，崇闕百重。〕〔連觀㉒飛榭㉓，旋室迴房。〕黼幬㉔施於宴室，華蓐㉕布乎象床。懸明珠於長韜㉖，燭宵夜而為陽。玄鬢擬於雲霧，豔色過乎芙蓉。揚蛾眉㉗而微睇㉘，雖毛、施㉙

其不當。

《藝文類聚》五十七

戰國之際，秦、儀㉚之徒智略兼人，辯利軼軌㉛，倜儻㉜挾義，觀釁㉝相時。圖爵位則佩六紱㉞，謀貨財則輸海內。一怒而諸侯懼，安居則天下熄。人主見弄於股掌之上，而莫之知惡也。

《太平御覽》四百六十四

【注釋】❶逸俗先生　本文的逸俗先生，與曹植〈七啟〉的玄微子、王粲〈七釋〉的潛虛丈人一樣，同為虛構的隱士。逸俗，超脫世俗。❷耦耕　泛指耕種。❸棲遲　止息。❹穹谷　深深的山谷。❺岫　山澗。❻賓　與曹植〈七啟〉的鏡機子、王粲〈七釋〉的文籍大夫一樣，同為虛構的遊說之士。以下諸文均為賓之所言。❼大宛　古西域三十六國之一，畜牧業發達，盛產名馬。❽犧　此指供食用的牲畜。❾三江　此指三條江的合稱，說法不一，今據《國語・越語上》韋昭注解釋為吳江、錢塘江、浦陽江。❿鶬　鶬鴰，俗稱灰鶴。⓫鵠　天鵝。⓬熊蹯　熊掌，可作美肴。熊原作禽，據《北堂書鈔》一百四十二改。⓭豹胎　亦可作美肴。枚乘〈七發〉：「山梁之餐，豢豹之胎。」⓮膾　細切肉類。若乃以下六句據《北堂書鈔》一百四十五補。⓯毫　長度單位，為千分之一寸。⓰縷　形容細而長的物品。⓱委毒　不詳何物。⓲擒丹　不詳何物。⓳秔　不黏的稻。以下二句據《初學記》二十六補。⓴菰　水生植物名，俗稱茭白，其果實可食。㉑豐　大。以下二句據《文選・陸倕・石闕銘》注補。㉒觀　宮中高大華麗的樓臺。以下二句據《文選・王延壽・魯靈光殿賦》注補。

㉓榭　在臺上建造的高屋。㉔黼幬　繡有黑白相間斧形花紋的床帳。㉕蓐　本指能作褥子的草，此指褥子。㉖韶　通「紹」。指繩索。㉗蛾眉　女子彎曲而細長的秀眉。㉘睇　斜視。㉙毛施　毛嬙和西施，二人為古代著名美女。㉚秦儀　蘇秦和張儀，二人為戰國時著名說客。㉛軼軌　超出常理。㉜倜儻　灑脫而不受禮法約束的風度。㉝釁　間隙。㉞紱　繫官印的帶子，也代指官印。蘇秦曾遊說齊楚燕韓趙魏六國合縱抗秦，佩六國相印。《史記・張儀列傳》太史公曰：「夫張儀之行事甚於蘇秦……此兩人真傾危之士哉！」

【語　譯】有一位超脫世俗的先生，耕種在高山巨石之下，棲息在深山峽谷之間。世間萬物都不能干擾他的情志，王公貴族也不能改變他的喜好。心境清靜不輕易妄動，無論何人何事也不能使他恐懼。有一位來賓對他說：大宛的健畜，三江的鮮魚，雲中的灰鶴和水中的天鵝，還有熊掌和豹胎。〔如果某一天腹中飢空，可以細細地切割鮮美的肉類。肉紋橫的離析成薄薄的肉片，肉紋縱的分割成一縷縷的肉絲。潔白超過委毒，鮮紅超過擒丹。〕〔南國沃土出產的秔米，東方湖泊出產的茭白。〕〔高大的屋宇寬廣的殿廈，聳立的門闕多達百重。〕〔連接的樓觀飛昂的高榭，旋曲的廳室迴轉的廊房。〕黼帳布施在宴飲歡聚的宮室，華褥鋪設在裝飾象牙的床上。高懸明珠於長長繩索，燃燭玄夜而亮如晝光。烏黑的鬢髮比擬於濃厚的雲霧，美麗的容貌超過那妖豔的芙蓉。輕揚秀眉而微微斜視，即便是毛嬙、西施也不能與她們相比相當。

戰國之時，蘇秦、張儀之類的說客才智謀略倍於他人，利口詭辯超出常理，風流倜儻挾持大義，善觀嫌隙善尋時機。貪圖官職爵位則能夠佩戴六國官印，思謀經營財貨則通達四海之內。一旦憤怒則諸侯為之恐懼，如果安定閒居則天下隨之憩息。人君被戲弄在雙腿和手掌之上，卻沒有誰知道他們的惡劣。

【研析】本文殘缺過甚，文意已不連貫，難以窺見作者本意。曹植〈七啟序〉稱「並命王粲等並作焉」，似乎亦包括徐幹在內。經與〈七啟〉、〈七釋〉相比較，本文同是虛構的說客用廣博華奢的言辭勸喻虛構的逸俗之士，故本文主旨當與〈七啟〉、〈七釋〉相近。

贈五官中郎將

【題解】五官中郎將，指曹丕，徐幹曾任五官中郎將文學。本詩僅存一句，其旨不詳。

貽(ㄧˊ)❶爾(ㄦˇ)新(ㄒㄧㄣ)詩(ㄕ)。

《文選・張茂先・答何劭》注

【注釋】❶貽　贈送。

【語譯】贈給您一首新詩。

於清河見挽船士新婚與妻別

【題解】清河，源於魏郡內黃縣（今河南內黃西北），其河道距鄴很近。《後漢書・郡國志》：

「內黃，清河水出。」挽船士，縴夫。本詩原題作者為魏文帝，《藝文類聚》二十九題為徐幹。逯本有校語稱「此篇乃幹作，魏文別有一首，《玉臺》於此偶誤。」按逯說是，今從。考曹丕有〈清河作〉、〈見挽船士兄弟辭別〉二詩，其中〈清河作〉與本詩情調相近。疑本詩為徐幹在鄴期間陪曹丕閒遊時所作。

與君結新婚，宿昔❶當別離。涼風動秋草，蟋蟀鳴相隨。冽冽❷寒蟬吟，蟬吟抱枯枝。枯枝時飛揚，身體忽遷移。不悲身遷移，但惜歲月馳。歲月無窮極，會合安可知？願為雙黃鵠❸，比翼戲清池。

《玉臺新詠》二

【注釋】❶宿昔　只住了一宿。❷冽冽　寒冷貌。❸黃鵠　天鵝。

【語譯】與君結合成新婚，一宿便當遠別離。涼風吹動野秋草，蟋蟀長鳴聲相隨。冽冽寒風蟬悲吟，蟬吟空抱枯樹枝。枯枝時爾隨風揚，蟬身飄忽隨風移。不悲身體隨風移，只惜歲月如風馳。歲月飛馳無窮盡，會合之期怎可知？願為雙飛黃鵠鳥，並翅歡娛清水池。

【研析】作者漫步清河，看見縴夫與新婚妻子告別的場面，觸景動情，寫下此詩。詩中用蟋蟀喻妻，用寒蟬喻夫，用寒風喻嚴酷的現實，把夫妻間的離別之苦與恩愛之情真實地再現出來，形象而感人，反映出作者對動亂年代勞苦大眾的關切與同情。全詩情意濃重，語言質樸，含有漢代詩歌的風格。詩中多用頂真手法，亦頗有特色。

答劉楨

【題解】此詩作於徐、劉二人同在鄴城之時，劉楨有詩相贈，徐幹以此詩相答。參閱劉楨〈贈徐幹〉。

與子❶別無幾，所經未一旬❷。我思一何❸篤，其愁如三春❹。雖路
在咫尺，難涉如九❺關。陶陶❻朱夏❼德❽，草木昌且繁。

《藝文類聚》三十一

【注釋】❶子　指劉楨。❷一旬　十天。❸一何　多麼。❹三春　春季的最後一月。本詩作於夏季，此言三春，愁在春光將去。❺九　虛指多數。當時徐幹和劉楨相距很近，所以劉楨詩中說：「誰謂相去遠，隔此西掖垣。」曹操重諸侯賓客交通之禁，故文學侍從之屬均有不自由的感傷。❻陶陶　盛陽貌。❼朱夏　指夏季。《爾雅．釋天》：「夏為朱明。」❽德　原作別，據《北堂書鈔》一百五十四改。

【語譯】與您相別時無幾，所經尚未過一旬。我的情思多誠篤，其愁猶如盡三春。雖說路途僅

咫尺，難行如過九重關。陶陶盛夏多恩德，草木昌茂且紛繁。

【研　析】劉楨來詩傾吐了苦悶憂思之情。徐幹的這首答詩，首先申述自己想念至友，也有「其愁如三春」的同感。接下來的「陶陶朱夏德」一語，似在暗喻曹操雄才以勸慰劉楨，所以劉楨接此詩後，心情明顯轉變。本詩語句流暢，真摯坦誠，從中可以略見徐劉二人感情的深篤，以及二人當時的心境。鍾嶸《詩品》下云：「白馬與陳思答贈，偉長與公幹往復，雖曰以莛叩鐘，亦能閑雅矣。」亦以此詩評價幹詩。

情詩

【題　解】情，感情。《荀子・正名》：「性之好、惡、喜、怒、哀、樂謂之情。」

高殿鬱崇崇，廣廈淒泠泠❶。微風起閨闥❷，落日照階庭。踟躕❸雲屋下，嘯歌❹倚華楹❺。君行殊❻不返，我飾為誰榮❼？爐薰❽闔❾不用，鏡匣上塵生。綺羅失常色，金翠暗無精❿。嘉肴既忘御⓫，旨酒亦常停。顧瞻空寂寂，惟聞燕雀聲。憂思連相屬⓬，中心如宿酲⓭。

《玉臺新詠》一

【注 釋】❶泠泠 冷清貌。❷閨闥 泛指宮室屋宇的小門。❸踟躕 心中猶豫不定，要走動而沒有走動的樣子。❹嘯歌 長嘯歌吟，此借用《詩・小雅・白華》「嘯歌傷懷」之意。❺楹 廳堂的前柱。❻殊 表示程度極甚的語氣詞。❼榮 美豔顯明。❽爐薰 即薰爐，用以焚燒香草以薰染衣裳。❾闔 閉合。❿精 光澤。⓫御 進食。⓬連相屬 猶言接連不斷。⓭宿酲 指醉酒後經夜未醒。

【語 譯】宏殿暗鬱高崇崇，廣廈淒涼陰冷冷。微風起於諸門間，落日照臨前階庭。踟躕猶豫高屋下，嘯歌傷情倚華楹。君行竟然久不返，我飾容貌為誰榮？薰爐收起久不用，明鏡匣上塵已生。綺裳羅裙失常色，金翠寶飾暗不明。美餐時常無心食，好酒亦常杯中停。回望空室靜寂寂，只聽燕雀歡語聲。憂思連連扯不斷，心如醉酒久不醒。

【研 析】這首詩描寫了一位貴婦人對遠行未歸的夫君的思念。詩中柔思濃郁，情意纏綿，筆觸細膩，言辭感人，十分真切地展示出主人公的孤獨與空虛，憂愁與悲哀。這種情感，來自於當時亂離的社會現實的深深影響，也可視為作者為官後期的苦悶心情的曲折宣洩。這首詩與〈室思〉詩格調相近，可參閱。

室思一首

【題 解】室思，即閨情。《四部叢刊》載無錫孫氏藏明活字本《玉臺新詠》前五首題作〈雜詩五首〉，最後一首題作〈室思一首〉。清吳兆宜《玉臺新詠箋注》稱宋本統作〈室思一首〉，並認為宋本是。細審全文，吳氏所言較妥，今從。本詩六章。

沉陰❶結愁憂，愁憂為誰興？念與君相別，各在天一方。良會未有期，中心摧且傷。不聊❷憂飡❸食，慊慊❹常饑空。端坐而無為，髣髴君容光。

峨峨❺高山首，悠悠❻萬里道。君去日已遠，鬱結令人老。人生一世間，忽若暮春草。時不可再得，何為自愁惱？每誦昔鴻恩，賤軀焉足保。

浮雲何洋洋❼，願因通吾辭。飄颻❽不可寄，徙倚❾徒相思。人離皆復會，君獨無反期。自君之出矣，明鏡暗不治❿。思君如流水，何有窮已時？

慘慘⓫時節盡，蘭華⓬凋復零⓭。喟然⓮長歎息，君期⓯慰我情。輾轉不能寐，長夜何綿綿。躡履⓰起出戶，仰觀三星⓱連。自恨志不遂，泣涕如湧泉。

思君見巾櫛⑱，以益我勞勤⑲。安得鴻鸞⑳羽，覯㉑此心中人。誠心亮㉒不遂，搔首立悁悁㉓。何言一不見，復會無因緣。故如比目魚㉔，今隔如參辰㉕。

人靡不有初，想君能終之。別來歷年歲，舊恩何可期㉖？重新而忘故，君子所尤譏。寄身雖在遠，豈忘君須臾？既厚不為薄，想君時見思。

《玉臺新詠》一

【注釋】❶沉陰　多指積雲多雨的天氣，此形容女主人的心境。❷不聊　沒有心思。❸湌　同「飡」。指水飯或羹飯。❹慊慊　通「歉歉」。食不滿貌。❺峨峨　高貌。❻悠悠　遠貌。❼洋洋　廣大而飄動貌。❽飄颻　飄流不定貌。❾徙倚　站立不動。❿治　整治。時為銅鏡，久置則不明。⓫慘慘　猶戚戚，形容淒涼與蕭條。⓬華　同「花」。⓭零　落。⓮喟然　歎息貌。⓯君期　君歸之期。⓰躡履　穿鞋。⓱三星　指參宿中間橫列的三顆星。《詩・唐風・綢繆》首章描寫新婦喜見新郎，其中有「綢繆束薪，三星在天。今夕何夕，見此良人」，此用以襯托女主人的孤獨。⓲巾櫛　此句的巾櫛為其丈夫在家時所用之物。櫛，梳篦的總稱。⓳勞勤　憂勞勤苦。⓴鴻鸞　大雁與鸞鳥。鸞，鳳凰之類的神鳥。㉑覯　會見。㉒亮　誠信；堅貞。㉓悁悁　憂愁貌。

㉔比目魚　指鰈魚。古稱此魚只有一隻眼，須兩兩相並方能游行。《爾雅・釋地》：「東方有比目魚焉，不比不行。」㉕參辰　兩個星名，參星在西，辰星在東，出沒各不相見，比喻雙方隔絕。㉖期　期限。

【語　譯】心情沉陰結憂愁，憂愁能為誰人興？思念與君相離別，各在天涯為一方。良辰佳會沒有期，心中痛苦又悲傷。無心顧及吃湯飯，腹中慊慊常飢空。端坐空室無所事，彷彿又見君容光。

巍峨聳立高山頂，悠悠漫長萬里道。君離之日已久遠，心情鬱結使人老。人生在世一瞬間，短暫猶如暮春草。良時不能再復得，為何自愁自煩惱？常念昔日洪大恩，我身何足自珍保。

浮雲飄飄何洋洋，盼你為我通言辭。雲兒飄流無法寄，久立凝視空相思。他人離別都再會，君卻沒有歸返期。自從夫君出行起，明鏡暗昧未整治。思君之情如流水，哪有窮盡停止時？

清秋蕭條時節盡，蘭花枯謝又凋零。喟然長歎憂思重，歸期方能慰我情。輾轉反側不能睡，長夜無邊何漫漫。穿鞋起身出房門，仰望三星緊相連。自恨心志不得遂，熱淚滾下如湧泉。

想君見君故巾櫛，更增我心苦憂勤。何處可得鴻鸞羽，會見我這心中人。誠心亮直不得遂，撓頭獨立意悁悁。為何稱言難相見，再會便無因與緣。從前親如比目魚，如今相隔似參辰。

人們都有初歡時，想君誠篤能終始。分別以來數年過，舊日恩情怎有期？重新而忘故舊情，此事君子最責譏。託身在外雖遙遠，怎能片刻忘卻君？既已厚情不會薄，想念君時有此思。

【研　析】本詩寫一妻子對遠方夫君的深切思念，著意傾訴了女主人公與其丈夫分別的久與遠，以及丈夫歸期杳無自己孤守空房的苦與愁。言辭之中，真實地反映了社會動盪年代眾多家庭夫妻長久分離的客觀現實，正面歌頌了妻子對於丈夫的綿綿思念這一人類的美好情感，歌頌了亂世女性面對生活壓力所表現出的柔韌與自強，具有獨特的現實意義與美學意義。詩文情致哀婉，愁思濃郁，筆觸深沉，悲傷之中有著對現實的哀怨，柔情之中又蘊含著主人公的堅貞，寫得既平易，又感人。分階段、有節奏的抒情方式，亦更適合於女性緩緩訴說閨怨幽情的心理與習慣。所以，歷代文人談論建安時期的思婦詩時，都首推徐幹此詩。細考作者入仕十餘年，長期充任侍從文人，這與其應聘為官的初衷很有一段差距，使得作者後期心情鬱結沉悶。其中，有著年事漸長而功名不立的憂愁，有對家鄉與妻小的思念，也有對時事與人生的感傷，等等這些，通過本詩女主人公的自述，有著曲折而隱晦的吐露。

四孤祭議

【題解】本文為俞紹初先生所輯，題目亦係俞氏擬加。查《通典》，在「異姓為後議」條中，收有魏時人所作〈四孤議〉，稱世有四種孤兒（指被賣的孤兒，被遺棄的孤兒，父母雙亡的孤兒，忌諱生於五月而不舉的孤兒），無兒之家收養以為繼，於是有人提出異姓不可為後。田瓊認為：四孤既然為他人撫養以活，便可以視為他人之後。孤兒們並非無故廢棄本家的祭祀，「其家若絕嗣，可四時祀之於門戶外」。王朗又有贊同田瓊之語。語末，杜佑以雙行小字注語的形式引述了徐幹下面的這一番話，實是針對田瓊「可四時祀之於門戶外」而言的。

六十九

祭所生之父母於門外，不如左右邊特為立宮室❶別祭也。《通典》

【注釋】❶宮室　房屋的通稱。《易·繫辭下》：「上古穴居而野處，後世聖人易之以宮室，上棟下宇，以待風雨。」

【語譯】（孤兒們）祭祀親生的父母於大門之外，不如在房子的左邊或右邊為其設立一室專門祭祀為好。

【研析】漢末亂世，黎民塗炭，家庭破碎，也產生了許多新的家族問題，包括家族新成員「五服」關係的認定及其具體祭祀規則等，所以，在現存魏晉禮學著作中，有關「喪服」的論述較為集中。徐幹本文亦屬討論此類問題之作。

阮瑀集

紀征賦

【題解】紀，通記，記載，記錄。本文作於建安十三年（西元二〇八年）。

仰天民❶之高衢❷兮，慕在昔❸之遐軌❹。希篤聖之崇綱兮，惟弘哲而為紀。同天工❺而人代兮，匪賢智其❻能使？五材❼陳而並序❽，靜亂由❾乎干戈。惟蠻荊❿之作仇，將治兵而濟河⓫。遂臨河而就濟，瞻禹績⓬之茫茫。距⓭江⓮澤以⓯潛流⓰，經昆侖⓱之高岡。目⓲幽蒙⓳以廣衍⓴，遂霑濡㉑而難量。

《藝文類聚》五十九

【注釋】❶天民　德合天理的正人君子。《孟子‧盡心上》：「有天民者，達可行於天下而後行之者也。」❷衢　行。❸在昔　從前。《詩‧商頌‧那》：「自古在昔，先民有作。溫恭朝夕，執事有恪。」❹遐軌　遠跡。❺天工　上天的職能。《書‧皋陶謨》：「無曠庶官，天工人其代之。」❻其　反詰副詞。❼五材　指五種德性。《六韜‧論將》：「所謂五材者，勇、智、仁、信、忠也。」❽序　列。❾由　用。❿蠻荊　此指荊州牧劉表及逃避荊州的劉備。《詩・小雅・采芑》：「蠢爾荊蠻，大邦為仇。」⓫河　指黃河。曹操在建安十三年春正月還鄴，作玄武池以訓練舟戰水軍。七月南征，由鄴始發，故須渡過黃河。⓬績　通「跡」。據《史記・夏本紀》正義引《帝王紀》：「禹受封為夏伯，在豫州外方之南，今河南陽翟是也。」陽翟即今河南禹縣，位於曹軍南征途中。⓭距　超越。⓮江　原作疆，據楊德周本改。⓯以　猶之。⓰潛流　深流。⓱昆侖　古人將中國境內東西走向的三大系列山脈均稱為昆侖山系，此指其中中間系列的一個支脈，起於巴顏喀拉山，經岷山、漢南諸山，至荊山為終點。曹操南征，亦經荊山（在湖北南漳與當陽之間）。⓲目　注視。⓳幽蒙　昏暗不明貌。⓴廣衍　寬廣綿長。㉑霑濡　喻恩澤普及。揚雄〈長楊賦〉：「普天所覆，莫不沾濡。」

【語　譯】敬仰德合天道的賢民那高尚美行啊，企慕他們從前那久遠的故轍往跡。希冀篤誠聖賢的崇盛綱常啊，思盼弘德聖哲而創制法紀。都說上天的職能由人代行啊，不是賢人智士誰能勝任其職？五材之士並置而共列左右，靜息動亂要用這干戈戰爭。由於荊州蠻賊的自作仇敵，我軍將要整治軍旅而濟渡黃河。於是兵臨黃河而順利濟渡，瞻望那大禹遺跡的舊址茫茫。跨越這江河湖澤的深水急流，經過那昆侖餘脈的高高山岡。遠眺這茫茫不清而寬廣綿長的大地，從今以後同受恩澤而無法計量。

【研　析】本文記敘了建安十三年曹操對劉表、劉備的征戰。文中頌讚了曹操的賢德與將校的智勇，描述了曹軍渡黃河，經禹跡，越江澤，登荊山的行軍過程，傾述了作者希望一戰平天下的願望。全文情感莊重，語言沉穩，反映了作者對這次出征的必勝信念。本文後部似有佚缺。

止欲賦

【題解】止欲，不放縱自己的情欲。《文選・謝朓・齊敬皇后哀策文》注引作〈正欲賦〉。參見陳琳〈止欲賦〉題解。

夫何淑女之佳麗，顏炯炯❶以流光。歷千代其無匹，超古今而特章❷。執妙年之方盛，性聰惠以和良。稟純潔之明節，後申禮以自防。重行義以輕身，志高尚乎貞姜❸。予情悅其美麗，無須臾而有忘。思〈桃夭〉❹之所宜，願〈無衣〉❺之同裳。懷紆結❻而不暢兮，魂一夕而九❼翔。出房戶以躑躅❽，睹天漢❾之無津❿。傷匏瓜⓫之無偶，悲織女⓬之獨勤。還伏枕以求寐，庶通夢而交神。神惚怳⓭而難遇，思交錯以繽紛。遂終夜而靡見，東方旭以既晨。知所思之不得，乃抑情以自信⓮。佇⓯延首⓰以極視兮，意謂是而復非。

《藝文類聚》十八

思在體為素粉，悲隨衣以消除。

《文選・曹攄・思友人詩》注

【注　釋】❶炯炯　同「絅絅」。光彩炫耀貌。❷章　同「彰」。❸貞姜　春秋時齊侯之女，楚昭王的夫人。昭王出遊，留貞姜於漸臺上。昭王聽說江水暴溢，派使者接迎貞姜。使者忘持符節，貞姜不肯從行。後來使者歸取符節，水毀漸臺而貞姜身亡。事見《列女傳》四。❹桃夭　《詩・周南》篇名，為讚美民間嫁娶及時之詩。❺無衣　《詩・秦風》篇名，詩中有「豈曰無衣，與子同裳」句，此用以陳述作者願與淑女同甘共苦的願望。❻紆結　屈曲糾結。❼九　多次。❽躑躅　徘徊不進貌。❾天漢　銀河。❿津　渡口。⓫匏瓜　星名。此又暗用「匏瓜徒懸」的典故（參見王粲〈登樓賦〉注㉟），以匏瓜喻自己。⓬織女　星名。此又暗用牛郎、織女被隔銀河而各居一方的故事，以示淑女的孤獨。曹植〈洛神賦〉有「歎匏瓜之無匹兮，詠牽牛之獨處」句，語意與此同。⓭惚恍　游移不定貌。⓮信　敬。⓯佇　久立。⓰延首　伸頸遠望。

【語　譯】這位賢淑女子是何等的佳美豔麗，面容光彩明燦而流放榮光。歷經千代而無人堪比，超越古今而特立顯彰。具有那美妙芳年的適時盛貌，性情聰睿賢慧而和順善良。秉持純潔修美的明正操節，然後申舒禮儀而自作閑防。重於施行大義而輕卑己身，心志高尚而勝於齊女貞姜。我心中嘉悅她的美麗，並無片刻把她遺忘。思忖〈桃夭〉詩篇的所讚所譽，甘願〈無衣〉說的同服共裳。情懷紆曲鬱結而很不舒暢啊，神魂一夜之中多次遊翔。步出房門而躑躅徘徊，遙望銀河的長而無津。感傷匏瓜的沒有匹偶，悲歎織女的獨處勞勤。還臥枕席以思求入睡，希冀夢中以交結精神。神魂恍惚而難與相遇，思緒交錯而雜亂繽紛。以致整夜而沒能相見，旭日東升啊已是清晨。心知己所謀思之事不可獲得，於是抑止情思以自敬己身。

佇立伸頸而極目遠望啊，意料為是而卻又為非。

希望附在玉體化為白色香粉，又悲傷香粉隨附衣裳而飛消盡除。

【研　析】本文首先以誇張的筆法盡意渲染淑女的超凡容貌與高雅人品，塑造了一位內美外修兼備的完美女性形象。其中「重行義以輕身」語，實為作者做人原則的移用。繼而申訴自己的愛慕之情，由悅其美貌，思與婚配，到良願難遂，輾轉不寐。最後以「知所思之不得，乃抑情以自信」結尾，完成了一次大膽而坦率的愛情觀的自我陳訴。全部過程符合「檢逸辭而宗澹泊，始則蕩以思慮，而終歸閑正。將以抑流宕之邪心，諒有助於諷諫」（陶淵明〈閒情賦序〉）的基本程式，在貼切的用典、細膩的心理刻劃所烘托出的善與美的濃郁氛圍中，獲得個人情感的淨化與昇華。全文文思敏捷，文辭豔麗，充分展示了作者「應機捷麗」的藝術才華。同時，全文情感純正，又有著淡淡的哀愁，似與作者當時的心境有關。

箏　賦

【題　解】箏，樂器名，以竹或木為體，上置十二根琴絃，彈撥以成樂曲。

惟夫箏之奇妙，極五音❶之幽微。苞羣聲以作主，冠眾樂而為師❷。

稟清和於律呂❸，籠❹絲木以成資❺。身長六尺，應律數也；〔弦有十二，四時度也；柱高三寸，三才❻具也。〕故能清者感天，濁者合地；五聲並用，動靜簡易；大興小附，重發輕隨；折而復扶，循覆逆開；浮沉抑揚，升降綺靡❼。殊聲妙巧，不識其為。平調定❽均❾，不疾不徐，遲速合度，君子之衢❿也；慷慨磊落，卓礫⓫盤紆，壯士之節也。曲高和寡⓬，妙妓難工⓭。伯牙⓮能琴，於茲為朦⓯。皦繹翕純⓰，庶配其蹤。延年⓱新聲，豈此能同？陳惠、李文⓲，曷能是逢？

《藝文類聚》四十四

【注釋】❶五音　同「五聲」。指中國五聲音階的宮、商、角、徵、羽五個音階。❷師　長。❸律呂　樂律的統稱。古代樂律有十二律，其中陽六律稱為律，陰六律稱為呂。❹籠　包舉；囊括。❺資　天性。❻三才　指天、地、人。以上四句據《北堂書鈔》一百一十補。《初學記》十六亦引此文，用字稍異。❼綺靡　華麗明豔。❽定　原作足，據《初學記》十六改。❾均　古韻字（從熊清元先生說）。❿衢　行。⓫卓礫　高超絕異。⓬曲高和寡　謂曲調高雅而能夠應和的很少，語本宋玉〈對楚王問〉「其曲彌高，其和彌寡」。⓭工　指精於某項技藝。⓮伯牙　古代琴師名。《荀子・勸學》：「伯牙鼓琴而六馬仰秣。」楊倞注：「伯牙，古之善鼓琴者。」⓯朦　大，此指伯牙的技藝高超堪稱魁首。⓰皦繹翕純　此指箏音明晰不絕熱烈和諧。繹原作懌，據張溥本改。《論語・八佾》：「子語魯大師樂，曰：『樂其可知也：始作，翕如也；從之，純如也，皦如也，繹如也，以成。』」⑰延年　指西漢音樂家李延年，善製新聲佳樂，受譽當世。⑱陳惠李文　漢元帝時宮中擅長音樂的樂人。李文，又作李微。《漢書・史丹傳》：「若乃器人於絲竹鼓鼙之間，則是陳惠、李微高於匡衡，可相國也。」如淳曰：「陳惠、李微是時好音者也。」服虔曰：「二人皆黃門鼓吹也。」

【語　譯】這只名箏的奇巧美妙，極盡五音的奧祕精微。包領各種樂聲而為其音主，冠居眾多樂器而成為尊長。稟承清平和順於陰陽音律，籠括佳絲珍木而成其天資。箏身長有六尺，應和六律的數目；〔箏絃有十二根，取法於四季諸月的定數；箏絃之柱高三寸，象徵天、地、人三才具備。〕所以能使清越的樂音感動上天，使濁厚的樂音合應大地；五種音階共同運用，或動或靜簡略便易；大的興撥小的附彈，重的發音輕的隨響；折旋而又復為扶正，循節翻覆又逆轉合開；上浮下沉低抑高揚，或升或降華豔悅耳。殊音佳聲美妙奇巧，難以辨識其妙曲的所言所為。平正調律定準音韻，不要疾厲亦不徐緩，或慢或快合於法度，這就猶如君子的美行呀；慷慨激昂坦蕩磊落，卓絕高超又盤回紆曲，這就猶如壯士的操節呀。曲調高雅和者甚少，高手歌伎亦難奏彈。伯牙精於彈琴，於此堪稱賢能。（這只琴的樂音）明晰連貫齊盛和諧，差不多可以媲美於伯牙的遺聲。李延年所製新曲，怎能同於此音？陳惠、李文一類的樂人，怎能與此琴相逢？

【研　析】這是一篇借物詠懷之作。作者採用象徵的手法，在高度讚譽名箏的言辭之中，傾注著作者對其自身的讚美與肯定。賦的前半部，作者極言名箏的靈異與奇妙，其意在於讚美自己不凡的天資、氣質與才華。繼而，用「遲速合度」的「君子之衢」，「慷慨磊落」的「壯士之節」句，概括了作者完美的操行。「妙妓難工」一語，是在申訴自己不受制於小人。最後數語，表達了作者追慕伯牙一類的賢人，鄙視李延年一類的朝廷權貴，遠離陳惠、李文一類內宮樂工的高潔的心志。行文之中，作者移情於箏這一特定的器物之上，用對自己美行的愛，讚譽名箏的美，情真意濃，氣正辭美，可以視為作者貞正情操的真實寫照，具有較強的藝術表現力和感染力。

鸚鵡賦

【題　解】本賦似為與曹植、陳琳、王粲、應瑒等人的同題奉和之作，參見陳琳〈鸚鵡賦〉題解。

惟翩翩❶之豔鳥，誕❷嘉類於京都❸。穢❹夷風❺而弗處，慕聖惠而來徂❻。被坤文之黃色，服❼離光❽之朱形。配秋英❾以離❿綠，苞天地以耀榮。

《藝文類聚》九十一

【注　釋】❶翩翩　翻飛貌。❷誕　育。❸京都　國都。東漢時建都洛陽，獻帝東歸後遷於許。❹穢　惡，此為被動用法。❺夷風　平夷蕭殺之風。❻來徂　謂來到魏地鄴城。❼服　穿戴。❽離光　火紅色之光。離，《易》卦名，象徵火。❾英　花。❿離　附麗。

【語譯】這是翩翩飛動的豔麗佳鳥，養育此嘉美禽類在那京城國都。憎惡那蕭殺厲風而無法居處，追慕聖賢仁惠而來到鄴城。身披大地文采的正黃之色，體著火焰光華的朱赤之形。配以秋日鮮花且附綴新綠，包有天地精華以炫耀殊榮。

【研析】本文作於鄴城。全文是對鸚鵡的詠頌，其中「慕聖惠而來徂」句，暗喻作者及眾士人共集曹氏集團事；對鸚鵡麗質的讚譽，亦隱含著作者對自己德才的嘉美與肯定。本文似有佚缺。

隱士詩

【題解】原無標題，據《詩紀》二十七補。楊德周本題作〈詠史詩〉。

四皓❶潛南岳❷，老萊❸竄河濱。顏回❹樂陋巷，許由❺安賤貧。伯夷餓首陽❻，天下歸其仁❼。何患處貧苦，但當守明真❽。

《藝文類聚》三十六

【注釋】❶四皓　漢初隱居商山的四位隱士，名東園公、綺里季、夏黃公、甪里先生。四人鬚眉皆白，故稱四皓。❷南岳　猶言南山。四皓隱居的商山為南山（又名秦嶺）的一個支脈，在陝西商縣東。❸老萊　即老萊子，春秋時楚國隱士。當時世亂，逃世耕於蒙山。楚王至門迎之，老萊子與其妻避至江南，隱居不出。事見《史記・老子列傳》。❹顏回　春秋時魯國人，字子淵，孔子的學生。好學，安貧樂道，以德行著稱。《史記・仲尼弟子列傳》載孔子稱讚顏回「在陋巷，人不堪其憂，回也不改其樂」。❺許由　上古高士。相傳堯讓以天下，不受，遁耕於箕山；堯又召為九州長，由不願聞，洗耳於潁水濱。事見《史記・伯夷列傳》。❻伯夷餓首陽　參見孔融〈雜詩二首・其二〉注⓱。❼歸其仁　猶謂稱之為仁。❽明真　明潔與淳真。

【語譯】四皓隱居南山岳，老萊逃身江河濱。顏回樂道居陋巷，許由安然賤與貧。伯夷受餓首陽山，天下稱其為賢仁。為何憂患居貧苦，只求恪守潔與淳。

【研析】本詩引述隱士的潔身樂貧以自勵。詩末「何患處貧苦，但當守明真」句，顯示了作者安於窮苦而不隨世沉浮的高尚情操。本詩似作於阮瑀出為曹操屬官之前。

苦雨詩

【題解】苦雨，久下成災的雨。原無標題，據《詩紀》二十七補。

苦雨滋玄冬❶，引❷日彌❸且長。丹墀❹自殲殪❺，深❻樹猶沾裳。
客行易感悴❼，我心摧❽已傷。登臺望江沔❾，陽侯❿沛⓫洋洋⓬。

《藝文類聚》二

【注 釋】❶玄冬 指冬季，古以北方色黑而應冬，故名。❷引 斂。❸彌 久。❹丹墀 古時宮殿前漆以紅色的石階。❺殲殪 消滅；消失。此指被雨水淹沒。❻深 高。❼悴 憂傷。❽摧 傷心痛苦。❾江沔 長江的豐沛水勢。沔，水盛滿貌。❿陽侯 傳說中的波神，此指陽侯蕩動的水波。《淮南子・覽冥訓》：「陽侯之波，逆流而擊。」⓫沛 充盛貌。⓬洋洋 謂水勢盛大而廣遠無涯。

【語 譯】淫雨潤灑玄冬日，遮斂白日久又長。朱階已被水淹沒，高樹猶穿溼衣裳。客旅在外易感懷，我心痛苦又悲傷。登臺眺望滿江水，陽侯蕩波漫洋洋。

【研 析】這是一首借景抒情的短詩。不合時令的冬季久雨，使人感到鬱悶和不快。客行在外的主人公身處其境，不禁憂愁傷懷。登臺望江，只見一片浩水，使得其愁情逐漸加深加重，又逐漸平息淡化。作者的情感隨著視線的發展形成一個完整的波線。已知作者於建安十三年秋冬時節隨曹操南征劉表、劉備時到過長江，據詩中「玄冬」、「客行」、「江沔」諸語，疑本詩作於這次征戰兵敗之前。

詠史詩二首

其 一

【題 解】原無標題，據《詩紀》二十七補。

誤哉秦穆公，身沒從三良❶。忠臣不達❷命，隨軀❸就死亡。低頭窺壙戶❹，仰視日月光。誰謂此可處，恩義不可忘。路人為流涕，黃鳥❺鳴高桑。

《藝文類聚》五十五

【注釋】❶誤哉秦穆公二句　秦穆公與三良事，參見王粲〈詠史詩〉注❹❺。❷達　通「健」。指逃避。《詩紀》二十七達作違，義同。❸軀　指秦穆公屍身。❹壙戶　墳墓的入口。❺黃鳥　黃雀。《詩．秦風．黃鳥》有「交交黃鳥，止于桑」句，詩序稱「哀三良也，國人刺穆公以人從死，而作是詩也。」

【語譯】實在錯啊秦穆公，身死殉從三賢良。忠臣不避君主命，隨軀獻身赴死亡。低頭窺視墳墓口，仰首觀看日月光。誰說此中可居處，只因恩義不可忘。路人為之流悲淚，黃鳥哀鳴上高桑。

其二

燕丹❶養勇士，荊軻❷為上賓。圖擢❸盡匕首，長驅西入秦。素車駕白馬，相送易水津❹。漸離❺擊筑❻歌，悲聲感路人。舉坐❼同咨嗟❽，歎氣❾若青雲。

《藝文類聚》五十五

【注釋】❶燕丹　戰國時燕太子丹。❷荊軻　戰國時衛人，為太子丹賓客。據《史記・刺客列傳》，荊軻受命至秦刺秦王，詐獻樊於期首級和燕督亢地圖。既見，軻取藏於圖中的匕首刺秦王，不中，被殺。❸擢　引，此指捲曲收藏。❹相送易水津　荊軻臨行前，太子丹率眾送於易水之上，其場面悲壯動人。易水，水名，在今河北易縣、定興、徐水一帶。津，渡口。❺漸離　即高漸離，戰國時楚人，善擊筑，與荊軻為友。荊軻臨行，漸離亦送至易水，擊筑相歌，眾人皆落淚。事見《史記・刺客列傳》。❻筑　古絃樂器名，其絃數或云五，或云十三，或云二十一。❼舉坐　指所有侍從的人。❽咨嗟　歎息。❾歎氣　抒發心中鬱憤之氣。

【語譯】燕太子丹養勇士，荊軻俠義為上賓。地圖捲曲藏匕首，長行驅車西入秦。白車配駕白色馬，眾人相送易水津。漸離擊筑軻放歌，悲聲感傷路旁人。眾人激昂齊感歎，鬱憤沖霄似青雲。

【研析】建安十六年，阮瑀從曹操西征馬超至長安，觀瞻三良塚（曹植〈三良詩〉、王粲〈詠史詩〉亦為此時之作，其主旨與本詩其一相近，可參閱），遊覽秦王故跡，遙想舊事，作此詩以述思古之情。詩中讚歎三良和荊軻的仗義行俠、報恩輕身的壯舉，既是憑弔古人，亦含有自勉之意。全詩情感濃郁，哀而不傷，韻律合諧，辭氣流暢，「平典，不失古體」（鍾嶸《詩品》下），是一篇較出色的五言詩。

公宴詩

【題解】原無標題，據張溥本補。本詩與王粲〈公宴詩〉詩旨相近，可參閱。

陽春❶和氣❷動，賢主❸以崇仁。布惠綏❹人物❺，降愛常所親。上堂相娛樂，中外奉時珍。五味❻風雨❼集，杯酌❽若浮雲。

《初學記》十四

【注　釋】❶陽春　溫暖的春天。❷和氣　溫和之氣，猶言和風。❸賢主　即王粲〈公宴詩〉之「賢主人」，指曹操。❹綏　安撫。❺人物　泛指有才德名望的人。❻五味　酸、苦、甘、辛、鹹。《老子》：「五味令人口爽」。此泛指各種美味。❼風雨　喻如風之疾，如雨之集。❽杯酌　泛指杯盞酒器。

【語　譯】暖春溫風熙熙動，明主適時崇賢仁。布施恩惠安貴輔，降賜慈愛與常親。高堂共坐同娛樂，國中外邦獻鮮珍。美味交進紛紛聚，杯盞設置似浮雲。

【研　析】這是一篇侍宴頌德之作。詩中對主人德義的頌讚，對酒宴歡娛的描繪，都顯得詞重而情淡，未脫此類作品的通弊。

七哀詩三首

【題　解】七哀，樂府詩題之一，詳見王粲〈七哀詩三首〉題解。本詩「其二」又見《藝文類聚》二十七，位於「其三」之前。「其三」原無標題，僅用「又曰」承接「其二」之後。考《藝文類聚》體例，同題之作多用「又曰」、「又詩曰」等與前篇相承，則「其三」題目當為〈七哀詩〉。

《詩紀》、張溥本題「其二」和「其三」為〈雜詩二首〉。

其一

丁年❶難再遇，富貴不重來。良時忽一過，身體為土灰。冥冥❷九泉❸室，漫漫長夜❹臺❺。身盡氣力索❻，精魂靡所能❼。嘉肴設不御❽，旨酒盈觴杯❾。出壙❿望故鄉，但見蒿與萊⓫。

《藝文類聚》三十四

【注釋】❶丁年　丁壯之年。❷冥冥　晦暗。❸九泉　地下深處。❹長夜　謂死人長埋地下，處於永夜之中。《左傳・襄公十二年》杜注：「長夜，謂葬埋。」❺臺　古謂陵墓為臺。❻索　盡。❼精魂靡所能　此指精魂沒有寓居的處所。能，猶安，《廣文選》九、楊德周本作回。❽御　進食。❾觴杯　泛指酒杯。❿壙　野外。⓫蒿與萊　兩種野草名，屬艾類。萊，又稱藜草。

【語譯】青壯年華難再遇，富貴榮耀不重來。佳期倏忽一閃過，身體化為土與灰。冥冥九泉陵中室，漫漫長夜墳墓臺。身體消散氣力盡，精神魂魄無處呆。念此嘉肴無心食，儘管美酒斟滿杯。步出壙野望故鄉，只見蒿草和野萊。

其二

臨川多悲風❶，秋日苦清涼。客子易為戚❷，感此用哀傷。攬衣久❸躑躅❹，上觀心❺與房❻。三星❼守故次❽，明月未收光。雞鳴當何時？朝晨尚未央❾。還坐長歎息，憂憂難❿可忘。

《藝文類聚》三十四

【注釋】❶悲風　淒厲的寒風。❷戚　憂傷悲哀。❸久　《藝文類聚》二十七久作起。❹躑躅　徘徊不進貌。❺心　心宿，二十八宿之一，蒼龍七宿的第五宿，有星三顆。《宋史・天文志三》：「心宿三顆，天之正位也。」❻房　房宿，二十八宿之一，蒼龍七宿的第四宿，有星四顆。❼三星　指心宿三星。❽次　處。❾央　盡。❿難　《藝文類聚》二十七作安。

【語譯】身臨川野多寒風，深秋時日苦清涼。客居之人易悲戚，感慨此境而哀傷。提衣慢步久徘徊，上觀星宿心與房。三星居守故舊處，明月皎皎未收光。雄雞啼鳴是何時？早晨時辰未盡央。返室獨坐長歎息，憂憂哀愁難能忘。

其三

我行自凜秋❶，季冬❷乃來歸。置酒高堂上，友朋集光輝。念當復離別，涉路險且夷❸。思慮益惆悵，淚下沾裳衣。

《藝文類聚》二十七

【注釋】❶凜秋　寒秋。❷季冬　冬季的第三個月，即農曆十二月。❸夷　封閉而不通暢。

【語譯】我出征行自寒秋，季冬方得回家歸。設置美酒高堂上，朋友集聚增光輝。顧念還須再離別，行途艱險又閉塞。忖謀此事更惆悵，不覺淚下溼裳衣。

【研析】這三首詩，敘述了作者在一段時間內的三種不同場合下的哀愁。其哀愁的根源，是年華將盡，客居在外，征行不斷，致使作者立身於寒秋壙野，月夜靜庭，而傷心落淚。這些，反映了作者生活後期的思想情趣。詩中注意情與景的映襯，見與想的變迭，感情哀婉，動人情思。

怨詩

【題解】原無標題，而《藝文類聚》載此詩於人部怨門。《樂府詩集》四十一、《詩紀》二十七、張溥本、楊德周本等作〈怨詩〉，今據補。逯本有按語稱「郭茂倩目為〈怨詩〉，其實非是」，可另作一說。

民生❶受天命，漂若河中塵。雖稱百齡壽，孰能應此身？猶❷獲嬰❸

凶禍，流離恆苦辛。

《藝文類聚》三十

【注釋】❶民生　人的命運。《左傳・成公十三年》：「民受天地之中以生，所謂命也。」❷猶　若。❸嬰　觸。張溥本詩末有一小字「缺」。

【語譯】人生命運受天意，漂泊好似河浮塵。雖說當享百年壽，誰能承受此福身？如果遭遇災凶禍，時常流離含苦辛。

【研析】人生無常，命運難測，這是動亂之中人們特有的心理感受。作者對此深有感觸，故語句真切，飽含苦辛。

老人詩

【題解】原無標題，而《藝文類聚》載此詩於人部老門。楊德周本題作〈老人詩〉，今從。

白髮隨櫛❶墜，未寒思厚衣。四支❷易懈倦，行步益疏遲❸。常恐時
歲盡，魂魄忽❹高飛。自知百年後❺，堂上生旅葵❻。

《藝文類聚》十八

【注釋】❶櫛　梳篦的總稱。❷支　同「肢」。❸疏遲　懶散遲緩。❹忽　滅絕消失。❺百年後　謂身死之後。❻旅葵　野生的葵菜。

【語譯】白髮隨櫛飄飄落，未冷便思穿厚衣。四肢無力易怠倦，走路更覺懶而遲。時常擔憂年歲盡，魂魄消散高高飛。自知百年身死後，堂上長滿野生葵。

【研析】這是作者晚年的一首自述詩。詩中傾訴了作者身體逐漸衰老與心中擔憂喪亡這雙重的憂愁，詞語淳淡而情感真切，是一篇別有特色的抒情小詩。

失題詩二段

箭細鐵絲❶剛，刀插❷銀刃白。

《黃氏集千家注杜工部詩》補遺九〈久雨詩〉注

春岑❸藹❹林木。

《草堂詩箋》二十四〈又於詩〉注

【注釋】❶鐵絲　似指鐵質弓弦。❷插　刺。❸岑　小而高的山。❹藹　繁盛貌。

【語譯】箭桿細挺鐵弦堅，寶刀刺出銀刃白。春嶺繁茂綠樹林。

駕出北郭門行

【題解】郭，外城。行，樂府古詩的體裁之一。本篇屬《樂府詩集‧雜曲歌辭》。

駕出北郭門❶，馬樊❷不肯馳。下車步❸踟躕❹，仰折枯楊❺枝。顧聞丘林中，噭噭❻有悲啼。借問啼者出：「何為乃如斯？」「親母舍我歿，後母憎孤兒。飢寒無衣食，舉動❼鞭捶❽施。骨消肌肉盡，體若枯樹皮。藏我空室中，父還不能知。上塚❾察故處，存亡永別離。親母何可見，淚下聲正嘶❿。棄我於此間，窮厄豈有貲⓫？」傳告後代人，以此為明規。

《樂府詩集》六十一

【注釋】❶北郭門　城郭北門，古時墳地多在城郭西郊。❷樊　謂馬負載過重而沉滯不行。❸步　《初學記》二十八作少。❹踟躕　來回走動。❺枯楊　《初學記》二十八作楊柳。❻噭噭　悲哭聲。❼舉動　猶言動輒，有「動不動就」的意思。❽捶　通「箠」。此指竹杖棍棒之類。❾塚　此指埋葬孤兒親母的墳地。❿嘶聲音沙啞。⑪貲　計量。以上十四句為孤兒語。

【語　譯】駕車駛出城郭北門，馬因載重不肯馳行。下車漫步徘徊踟躕，仰身攀折枯楊樹枝。回頭聽見山丘林中，嗷嗷淒傷有人悲啼。詢問泣者請出告我：「為何使你哭得如此？」「親生母親棄我死去，後母厭惡孤遺之兒。飢餓寒冷無衣無食，動輒鞭打箠擊並施。骨骼消損肌肉耗盡，身體好像枯乾樹皮。囚藏我於空室之中，生父還家我不能知。走上墳地察母故處，我存母亡永遠別離。親母哪裡能夠尋見，悲傷淚下聲已啞嘶。棄我在這亂世人間，窮苦困厄哪可計量？」傳言轉告後代諸人，把這作為重要戒規。

【研　析】本詩通過作者與孤兒的敘述與對話，展示了後母虐待前妻遺子這一社會問題。作者將作品的場景選定在城郭北門外的墳塋之地，借用孤兒哭訴，介紹其慘遭虐待的悲苦之情，其景悽愴，其聲悲切，抨擊了後母的狹隘與狠毒，亦深深牽動著讀者的心，喚起人們的同情。若把事件放到當時的社會背景之中，以考察社會動亂對民風的影響，也會給人以啟迪。全詩「質直悲酸，猶近漢調」（陳祚明《采菽堂古詩選》），用詞直白而情感濃郁，事件常見而寓意深遠，飽含著作者在亂世之中的憫世之情，為歷代文人所稱道。

謝太祖箋

【題　解】謝，有認錯、道歉的意思。太祖，指曹操。箋，文體名，為對上級或尊長者的書札。

本文佚缺過甚，背景、主旨均不詳。

一得披玄雲，望白日，唯力是視❶，敢有二心？

《文選・謝靈運・擬魏太子鄴中集詩》注

【注釋】❶視效。

【語譯】一旦得以披散遮眼烏雲，展望明耀白日，只能盡力報效，怎敢懷有二心？

為魏武與劉備書

【題解】魏武，指曹操。《三國志・魏書・王粲傳》注引《典略》稱「太祖初征荊州，使瑀作書與劉備。」則此文作於建安十三年秋冬之際。全文僅存一句，似在敘述曹劉先前歡好之事。

披懷解帶，投分❶托意。

《文選・潘岳・金谷集作詩》注

【注釋】❶投分　謂情投意合。

【語　譯】披敞襟懷解脫束帶，盡投心志互託情意。

為曹公作書與孫權

【題　解】本文作於建安十六年（西元二一一年）。是年，西北商曜、馬超、韓遂等叛，曹操率軍西征。

離絕❶以來，于今三年，無一日而忘前好❷。亦猶❸姻媾❹之義，恩情已深，違異之恨，中間尚淺也。孤懷此心，君豈同哉？每覽古今，所由改趣❺，因緣侵辱，或起瑕釁❻，心忿意危，用成大變。若韓信❼傷心於失楚，彭寵積望於無異❽，盧綰嫌畏於已隙❾，英布憂迫於情漏❿，此事之緣也。

孤與將軍⓫恩如骨肉，割授江南，不屬本州⓬，豈若淮陰捐⓭舊之恨？抑遏劉馥⓮，相厚益隆，寧放朱浮⓯顯露之奏。無匿張勝貸故之變[16]，匪有陰構[17]賁赫之告，固非燕王、淮南之釁也。而忍絕王命，明棄碩交[18]，實為佞人[19]所構會[20]也。夫似是之言，莫不動聽；因形設象，易為變觀。示之以禍難，激之以恥辱，大丈夫雄心，能無憤發？昔蘇秦說韓[21]，羞以牛後[22]，韓王按劍作色而怒，雖兵折地割，猶不為悔，人之情也。仁君[23]年壯氣盛，緒[24]信所嬖[25]，既懼患至，兼懷忿恨，不能復遠度孤心，近慮事勢，遂齎[26]見薄[27]之決計，秉翻然[28]之成議[29]，加劉備相扇揚[30]，事結疊連，推而行之。想暢本心，不願於此也。

孤之[31]薄德，位高任重，幸蒙國朝將泰[32]之運，蕩平天下，懷集異類[33]，喜得全功，長享其福。而姻親坐[34]離，厚援生隙，常恐海內多以相責，以為老夫包藏禍心，陰有鄭武取胡[35]之詐，乃使仁君翻然自絕，以是忿忿，懷慚反側[36]。常思除棄小事，更申前好，二族俱榮，流祚後嗣，以明雅素[37]中誠之效[38]，抱懷數年，未得散意。昔赤壁之役，遭離疫氣，燒舡[39]自還，以避惡地，非周瑜水軍所能抑挫也。江陵[40]之守，物盡穀殫[41]，無所復據，徙民還師[42]，又非瑜之所能敗也。荊土本非己分，我盡與君，冀取其餘，非相侵肌膚，有所割損也。思計此變，無傷於孤，何必自遂[43]於此，不復還之？高帝設爵以延田橫[44]，光武指河而誓朱鮪[45]，君之負累[46]，豈如二子？是以至情，願聞德音[47]。

往年在譙[48]，新造舟舡，取足自載，以至九江[49]，貴欲觀湖漅[50]之形，定江濱之民[51]耳，非有深入攻戰之計。將恐議者大為己榮，自謂策得，長無西患，重以此故，未肯迴情。然智者之慮，慮於未形；達者所規，規於未兆。故子胥知姑蘇之有麋鹿[52]，輔果識智伯之為趙禽[53]；穆生謝病，以免楚難[54]；鄒陽北遊，不同吳禍[55]。此四士者，豈聖人哉？徒通變思深，以微知著耳。以君之明，觀孤術數[56]，量君所據，相計土地，豈勢少力乏，不能遠舉，割江之表[57]，宴安[58]而已哉？甚未然也！若恃水戰，臨江塞要，欲令王師終不得渡，亦未必也。夫水戰千里，情巧萬端，越為三軍，吳曾不禦[59]；漢潛夏陽，魏豹不意[60]。江河雖廣，其長難衛也。

凡事有宜，不得盡言。將[61]修舊好而張形勢，更無以威脅重[62]敵人。然有所恐，恐書無益。何則？往者軍逼而自引還，今日在遠而與慰納，辭遜意狹，謂其力盡，適以增驕，不足相動。但明效[63]古，當自圖之耳。昔淮南信左吳之策[64]，漢隗囂納王元之言[65]，彭寵受親吏之計[66]，三夫不寤，終為世笑；梁王不受詭、勝[67]，竇融斥逐張玄[68]，二賢既覺，福亦隨之，願君少留意焉。若能內取子布[69]，外擊劉備，以效赤心，用復前好，則江表之任，長以相付，高任重爵，坦然可觀。上令聖朝無東顧之勞，下令百姓保安全之福，君享其榮，孤受其利，豈不快哉？若忽至誠，以處僥倖，婉[70]彼二人，不忍加罪，所謂「小人之仁，大仁之賊」，大雅[71]之人不肯為此也。若憐子布，願言俱存，亦能傾心去恨，順君之情，更與從事，取其後善，但禽劉備，亦足為效。開設二者，審處一焉。

聞荊、揚(72)諸將並得降者，皆言交州為君所執(73)，豫章距命(74)，不承執事(75)，疫旱並行，人兵減損，各求進軍，其言云云。孤聞此言，未以為悅。然道路既遠，降者難信，幸人之災，君子不為。且又百姓國家之有(76)，加懷區區(77)，樂欲(78)崇和，庶幾明德。來見(79)昭副(80)，不勞而定，於孤益貴，是故按兵(81)守次(82)，遣書致意。古者兵交，使在其中。願仁君及孤，虛心回意，以應詩人補袞(83)之歎，而慎《周易》牽復(84)之義。濯(85)鱗清流，飛翼天衢(86)，良時在茲，勗(87)之而已。

《文選》四十二

【注釋】❶離絕　指建安十三年冬赤壁之戰以後曹孫關係的怨惡隔絕。❷前好　指交惡之前曹孫之間的友好關係。曹操曾表孫策為討逆將軍，封為吳侯；禮辟孫策弟孫權、孫翊，命揚州刺史嚴象舉孫權茂才；表孫權為討虜將軍，領會稽太守。❸猶　通「由」。❹姻媾　指互為婚姻，親上結親。曹操曾把侄女許配給孫策的幼弟孫匡，又為曹彰娶孫賁（孫堅兄子）之女。❺趣　志趣。❻瑕釁　玉石上的斑點和裂縫，此喻缺點和嫌隙。❼韓信　漢高祖劉邦名將。據《史記・淮陰侯列傳》，高祖六年，劉邦廢除韓信的楚王名號，改任為淮陰侯。信為此而傷心。高祖十年，信欲謀反，被呂后捕殺。❽彭寵積望於無異　彭寵因劉秀不能對自己另眼看待，又未封己為王，而怏怏不樂，遂舉兵反叛。事見《後漢書・彭寵傳》。彭寵，光武帝劉秀的名將，多有殊勳。望，怨恨。❾盧綰嫌畏於已隙　據《史記·韓信盧綰列傳》，盧綰與反臣陳豨交通使節，互為照應，劉邦知覺，派人多次徵召，盧綰不敢前往，率眾逃入匈奴。盧綰，劉邦的重臣，以功封為燕王。隙，裂縫，此指盧綰交結陳豨而不忠劉邦事。❿英布憂迫於情漏　據《史記·黥布列傳》，劉邦烹殺彭越，將肉醬分送諸王，英布心疑，暗地調兵自備。英布的中大夫賁赫上告英布謀反，劉邦派人核查，英布以為事已洩漏，遂起兵反叛。英布，劉邦的名將，封為淮南王。⓫將軍　指孫權。⓬本州　指揚州。江南舊屬揚州，曹操把揚州治所遷到壽春（今安徽壽縣），承認孫權佔有的江南不再受揚州所轄。⓭捐　除去。⓮劉馥　時為曹操任命的揚州刺史。⓯朱浮　劉秀時任大將軍，幽州牧，封舞陽侯，曾向劉秀告發彭寵謀反。⓰無匿張勝貸故之變　張勝受盧綰之命出使匈奴，任務是勸阻匈奴援助當時反叛劉邦的陳豨，張勝認為陳豨失敗對盧綰不利，反而勸匈奴助陳豨。盧綰隱瞞了張勝之行，逐漸加深了與劉邦的裂痕。張勝，燕王盧綰的部將。貸故，此謂盧綰寬恕了張勝。貸，寬恕；赦免。⓱陰構　暗地裡構陷他人。⓲碩交　謂金石般的情誼。碩，通「石」。⓳佞人　口齒伶利而奸詐邪巧之人。⓴構會　挑撥離間。㉑蘇秦說韓　此謂蘇秦以合縱抗秦事遊說韓王。蘇秦，戰國時著名說客。㉒牛後　牛屁股。《戰國策·韓策一》：「臣（按：指蘇秦）聞鄙語曰：『寧為雞口，無為牛後。』今大王西面交臂而臣事秦，何以異于牛後乎？夫以大王之賢，挾強韓之兵，而有牛後之名，臣竊為大王羞之。」鮑彪注：「正義云：『雞口雖小乃進食，牛後雖大乃出糞。』」㉓仁君　指孫權。㉔緒　順。㉕嬖　寵愛的人。㉖齎　懷著。㉗見薄　猶謂疏遠。㉘翻然　迅速而徹底地改變。㉙成議　已經確立的決定、主張。㉚扇揚　煽動。㉛之　猶以。張溥本、楊德周本之作以。㉜泰　《易》卦名，有通暢安寧的意思。㉝異類　對少數民族的蔑稱。㉞坐　漸；將。㉟鄭武取胡　春秋時鄭武公襲取胡國。據《韓非子·說難》，鄭武公欲取胡國，先把女兒嫁給胡君，然後詢問群臣何處可以攻取，大夫關其思說胡國可取，武公怒而殺之。從此胡君不戒備鄭國，武公乘機襲取胡國。㊱反側　不安貌。㊲雅素　平素。㊳效　驗。㊴舡　船。《文選》五臣注本作船。㊵江陵　縣名，即今湖北江陵。㊶殫　盡。㊷徙民還師　曹仁遷移江陵百姓一同北歸。赤壁之戰，曹操敗走，留曹仁守江陵。曹仁和周瑜相持一年多，曹軍物盡糧絕，棄城，遷移百姓一同北歸。㊸遂　止，此指佔據。㊹高帝設爵以延田橫　據《史記・田儋列傳》，劉邦建國之初，田橫因烹漢使酈生而逃亡海島。劉邦為免隱患，派人招引田橫，稱田橫如果來歸，大可以封王，小可以封侯。田橫於是往詣洛陽。高帝，指漢高祖劉邦。延，招引。田橫，秦末齊王田榮的弟弟。㊺光武指河而誓朱鮪　據《後漢書・岑彭傳》，朱鮪初為劉玄的大司徒，勸劉玄殺死劉秀的哥哥。後來劉秀圍攻洛陽，派人說降朱鮪。朱鮪認為自己有罪而不敢投降。劉秀說建大業不計較小的仇怨，如果朱鮪投降，可保官爵。並對黃河發誓，表示言之可信。於是，朱鮪降秀。光武，光武帝劉秀。朱鮪，東漢時淮陽（今河南淮陽西）人。㊻累　罪過。㊼德音　善言，此為對對方言辭的敬稱。㊽譙　縣名，在今安徽亳州。《三國志・魏書・武帝紀》建安十四年：「三月，軍至譙，作輕舟，治水軍。」㊾九江　郡名，時屬揚州，在今安徽淮河以南，瓦埠湖流域以東，巢湖以北地區。㊿灤　灤湖，即今安徽巢湖。(51)江濱之民　指揚州沿江郡縣之民。據《三國志・吳書・吳主傳》，曹操擔心江濱郡縣被孫權略取，令百姓遷往內地，百姓恐慌，致使廬江等地十餘萬戶逃往江東。(52)子胥知姑蘇之有麋鹿　據《史記・淮南衡山列傳》引伍被語，吳王不用子胥之諫，子胥稱「臣今見麋鹿游姑蘇之臺也」。即伍子胥已預見到吳國將要滅亡。子胥，即伍子胥，春秋時吳國大夫。姑蘇，臺名，吳王夫差所造。麋鹿，獸名，俗稱四不像。(53)輔果識智伯之為趙禽　據《戰國策・趙策一》，智伯瑤帶領韓、魏兩家共攻趙，趙君派人遊說韓、魏二君，稱趙亡則韓、魏繼之，韓、魏二君與趙使相約共擊智伯。恰被智果逢遇，智果據二君臉色知其有變，勸智伯早採取措施，智伯不聽，結果被趙軍擒殺。輔果，又名智果，春秋時晉國的貴族。智伯，名瑤，春秋時晉國智氏家族之長。禽，同「擒」。(54)穆生謝病二句　據《漢書・楚元王傳》，劉交禮待穆生，為其專設甜酒於宴中。後來劉交的孫子劉戊繼位，逐漸疏簡穆生，且免去甜酒。穆生知劉戊不可輔佐，稱病辭官。其後劉戊與吳王謀反失敗，多人遭殃，穆生沒有受害。穆生，西漢楚元王劉交的中大夫。楚難，楚王劉戊謀反之禍患。(55)鄒陽北游二句　據《漢書・鄒陽傳》，鄒陽初從吳王劉濞，劉濞謀反，鄒陽上書勸諫，不聽，鄒陽遂北投梁孝王。劉濞失敗，鄒陽免於禍。鄒陽，西漢時臨淄（今山東淄博）人，以文辯知名。吳禍，吳王劉濞謀反之禍患。56術數　權術謀略。57江之表　指長江以南地區。從中原看，地在長江之外，故稱。58宴安　安逸。59越為三軍二句　據《左傳·哀公十七年》，越王伐吳，吳在太湖傍水設防，越王派兵迷惑吳左右二軍，集中三軍暗中涉水，突然攻擊吳中軍，吳軍大敗。三軍，上、中、下三軍，為春秋時諸侯軍隊的常用建制。吳曾不禦，吳軍未能抵禦越軍。60漢潛夏陽二句　據《史記·淮陰侯列傳》，韓信進攻魏王豹，豹置重兵扼守蒲阪津（在今山西永濟西的黃河東岸），斷絕了臨晉（今陝西大荔）入山西的交通。韓信做出欲從臨晉強渡黃河的假象，卻從夏陽偷渡，襲取安邑（今山西夏縣西北），抄了魏軍後路，結果魏王豹兵敗被俘。漢，指韓信率領的漢軍。夏陽，古縣名，故治在今陝西韓城南。魏豹，指秦末魏王豹。不意，沒有想到。61將　欲。62重　以威重脅迫對方。63效　呈獻。64淮南信左吳之策　據《史記·淮南衡山列傳》，劉安信任左吳，同他共計謀反策略，結果失敗。淮南，指西漢時淮南王劉安。左吳之策，劉安謀士左吳所謀之策。65漢隗囂納王元之言　據《後漢書·隗囂傳》，王莽末年，隗囂據隴西起兵，初從劉玄，繼而歸屬劉秀，後從王元計割據天水一帶，自稱西州上將軍，最終被劉秀派兵打敗。漢，胡克家《文選考異》認為漢字為衍文。隗囂，字季孟，西漢末年天水成紀（今陝西隴城）人。王元之言，隗囂大將王元割據天水之言。66彭寵受親吏之計　據《後漢書·彭寵傳》，彭寵不滿於劉秀對自己的待遇，劉秀徵召彭寵，彭寵聽從妻子及親信官吏的話，不應召，起兵反叛，後被手下人所殺。彭寵，參見注8。67梁王不受詭勝　據《漢書·梁王傳》，袁盎反對立劉武為太子，劉武派公孫詭和羊勝刺殺袁盎。景帝派人追查，並要逮捕二人，二人藏劉武宮中。劉武接受韓安國的勸諫，逼公孫詭和羊勝自殺，自己入朝謝罪，結果沒有因同罪受罰。梁王，指梁孝王劉武，漢文帝之子。詭勝，指公孫詭和羊勝，公孫詭任梁孝王的中尉，羊勝為梁孝王的謀臣。68竇融斥逐張玄　據《後漢書·竇融傳》，竇融據有河西，自稱河西將軍。劉秀即位，竇融決定歸順。隗囂派張玄前往勸阻，竇融趕走了張玄。後竇融隨劉秀破隗囂，封安豐侯，任涼州牧，又升為大司馬。竇融，字周公，西漢末年扶風（今陝西興平東南）人。張玄，隗囂的說客。69子布　張昭的字，為孫權的重要謀臣，是東吳抗曹派的核心人物之一。70婉　猶親愛。71大

雅　對有德而卓識者的美稱。72揚　原作楊，據張溥本、楊德周本改。73交州為君所執　據《三國志・吳書・孫輔傳》，當時的交州刺史孫輔認為孫權保不住江南，派使臣與曹操通好，被孫權發覺，即派兵囚禁了孫輔。交州，當時轄廣東、廣西及越南西部地區，治所在番禺（今廣州）。此指交州刺史孫輔。74豫章距命　李善注謂此指揚州刺史劉繇抗拒孫策而退保豫章事，考劉繇卒於孫策之前，怎能此時與孫權抗衡？疑指當時豫章郡反叛孫權事。《三國志・吳書・張昭傳》注引《吳書》稱張昭「攻破豫章賊率周鳳等於南城」，〈賀齊傳〉稱「（建安）十八年，豫章東部民彭材、李玉、王海等起為賊亂，眾萬餘人」，知豫章郡時有叛事發生。豫章，郡名，屬揚州。疑指豫章郡反叛孫權之民。距命，抗命。距，同「拒」。抗拒。75執事　從事勞役。76有　富。77區區　親愛之意。78欲　愛。79見　表示他人行為及於己。80副　輔助。81按兵　駐軍。82次　泛指留止的處所。83補袞　帝王穿繪有袞龍紋飾的禮服，故稱補救規諫帝王的過失為補袞，其語本《詩・大雅・烝民》「袞職有闕，惟仲甫補之。」毛傳：「仲山甫補之，善補過也。」84牽復　用《易・小畜・九二》「牽復，吉」之意。牽復謂牽連反復，指受人的牽引指點而返歸正道，故本卦〈象〉稱：「牽復在中，亦不自失也。」（謂牽引回轉產生在事情的中間階段，也不至使自己有重大的損失。）此暗喻曹操此信是對孫權的「牽復」。85濯　洗。86天衢　謂天空。87勖　勉。

【語　譯】自從我們的情誼斷絕以來，到現在已經三年了，我沒有一天忘記過去的友好關係。這也是由於婚姻親緣的情義，恩愛友情已經很深，而違棄離異的怨恨，在我們之間還很淺淡的緣故。我懷有這樣的心情，你難道不是這樣的嗎？常常觀覽古今典籍，見眾人所以改變自己的志向，或是由於受到侵凌和恥辱，或是由於有了過錯與嫌隙。心中忿恨且自慮身危，因而形成大的變故。例如韓信對於失去楚王地位的傷心失意，彭寵對於沒受特殊恩遇的積蓄怨恨，盧綰對於已有怨隙的疑忌畏懼，英布對於陰謀洩漏的憂慮窘迫，這些都是產生事變的因由。

我與你的恩愛猶如骨肉同胞，割賜江南之地與你，使之不再受屬揚州，你難道會有像淮陰侯韓信那樣的為失去楚王故地而產生的怨恨？我限制劉馥的職權，以使我們相互間的厚情更加豐隆，且寧可擱置像朱浮顯露彭寵陰謀那樣的奏告。你既沒有像盧綰隱匿張勝而寬恕故臣的變故，也沒有人像賁赫密告英布謀反那樣地陷害於你，本來就沒有像燕王盧綰、淮南王英布那樣的嫌隙。而你卻忍心拒絕帝王命令，公然擯棄曹孫兩家金石般的牢固情誼，這實在是讒佞小人挑弄是非的結果。大凡貌似正確的語言，無不悅耳動聽；依據形跡而製造的假象，容易攪亂人們的視聽。用災禍危難明示對方，用奇恥大辱激勵對方，大丈夫雄心豪氣，怎能不憤然勃發？從前蘇秦（為合縱抗秦事）遊說韓王，即用做牛屁股來羞辱韓王，使得韓王按著寶劍臉色驟變怒氣衝天，即便是兵敗地損，也毫不後悔，這是人之常情。你正值年輕力壯血氣旺盛，聽從寵愛的小人，既懼怕禍患的到來，又懷有（被挑撥起來的）忿怒怨恨的情緒，不能再思忖遠方的我的心意，考慮近處的事態形勢，於是懷著和我疏遠的決心，堅持改變我們前好的定議，加上劉備的煽動挑撥，（使得我們之間）事端並起而嫌隙不斷，且仍在繼續推行這種作法。我很想暢敘自己的本心，實在不願把關係搞成這樣。

我以淺薄之德，居於高位而肩負重任，幸賴國家恰值將要轉安的好運，掃蕩平治天下，懷遠集附異族，且喜獲得全功，可以長享幸福。然而（我們兩家）婚姻親戚逐漸離異，親厚的互助情誼產生嫌隙，時常擔心海內人士多要用這件事來責備我，以為我包藏有禍害他人之心，暗中有鄭武公襲取胡國那樣的陰謀，因而使你斷然立意與我絕交，為此，我忿忿不樂，心懷慚愧而反側不安。我常常思尋消除你我之間那些小的隔閡，重新申揚先前的友好，使曹孫二族共同顯榮，流傳福祚給子孫後世，以表明我平素內心誠意的可信，我抱有這種想法已有多年，一直沒能盡抒己意。先前的赤壁之戰，我軍遭受瘟疫，於是燒毀戰船自行回師，以便避離惡劣之地，並不是周瑜水軍所能抑遏挫敗的。江陵的守備之役，亦因物資耗竭糧食已盡，不便再繼續據守，才遷徙民眾一道回師，這又不是周瑜所能打敗的。荊州原本不是我的屬地，我全部讓給你，希望取得荊州以外的地方，並不希望相互侵削肌膚，而共同受到損傷。認真考慮一下這一事變，對我無所損害，何必硬佔荊州，而不返還於你呢？漢高祖曾設置官爵招引田橫，光武帝曾指點黃河對朱鮪發誓，你所承擔的罪過，哪裡能同田橫、朱鮪相比呢？因此報書致以衷情，希望能聽到美好的回音。

前年我在譙縣，新造一些舟船，只求足以自我乘載，以便到達九江郡縣，主要是想觀覽巢湖風光的形勝，安定長江沿岸的民眾罷了，沒有深入貴地攻伐征戰的打算。但我擔心你的謀士們將要盡情地誇耀自己，自以為謀略得當，可以永無西面危患，更因為這個緣故，使你不肯回返舊情。然而高智者的思謀，謀在事情尚未顯形之時；通達者的規劃，規劃在未得事情徵兆之時。所以伍子胥能預知姑蘇之墟將有麋鹿巡遊，輔果能預見智伯被趙軍擒殺；穆生稱病辭職，因而免於楚王之難；鄒陽棄官北遊，因而沒有同遭吳王之禍。這四位人士，難道都是聖人嗎？僅僅是能夠通權達變精思深慮，從微小的徵兆預見大的事變罷了。憑著你的明智，審視我的謀略，量一量你所據有之地，比一比算一算我所據有之地，難道是我權勢不足力量不夠，不能遠征舉兵，而把長江以南割讓給你，自求安閒逸樂嗎？絕不是那樣的呀！你如果依仗著水戰的優勢，沿著長江堅守險要，指望使聖朝的軍隊最終不能渡江，這也未必能夠如願。水軍交戰千里之地，軍情巧詐變化萬端，從前越國組建三軍，曾使吳國無法抗禦；漢軍暗渡夏陽，出乎魏王豹的意料。長江河道雖然寬廣，因其太長而難以防衛呀。

任何事情都有與其相宜的措施，這裡不能一一詳述。我希望重修先前的友好而強盛各自的形勢，而不想通過武力威脅來逼迫於你。然而我又有些擔心，擔心寫這封信不會產生什麼好處。為什麼呢？先前我舉兵進逼而主動引退還師，現在我居處遠方反而嘉善慰勉並致，且辭語謙遜意願輕薄，若據此認為我實力盡竭，則恰好助長你的驕傲，不足以感動你的悔心。我只是在此清晰地呈獻前人事例，你應當獨自認真思考一下啦。先前淮南王劉安輕信左吳的計策，隗囂採納王元的妄言，彭寵接受親吏的謀劃，這三個人不悟大理，最終被世人恥笑；梁孝王劉武沒有容納公孫詭、羊勝，竇融斥退隗囂的說客張玄，這二位賢人既能覺悟，福祿亦即隨之而來，希望你對此稍加留意。如果能在內部收取張昭，對外進擊劉備，以此來表明你的赤誠之心，用以恢復先前的友好，那麼江南的重任，可以長久託付與你，高官顯爵，顯著可觀。這樣上可使朝廷免除顧慮江東的辛勞，下可使萬民保持安寧穩定的幸福，你享受其榮華，我亦得到利益，難道不是很愉快的事情嗎？如果忽視我的至誠之意，懷有僥倖之心，親愛張昭、劉備二人，不能忍心施加罪罰，這正是所說的「小人的仁慈，是對大仁的殘害」呀，遠見卓識的賢人是不肯做這類事的。如果憐憫張昭，願意同他共同存亡，我也能夠真心去除（對張昭的）舊恨，依從你的心意，繼續讓他為你經辦政事，希望獲取他今後的善功，只須擒獲劉備，也足以作為你誠意的徵驗。開列這兩條出路，你認真審思居處其一吧。

聽聞荊州、揚州諸將均收容許多投降的人，都說交州刺史孫輔被你拘執囚禁，豫章之地又拒絕服從你的命令，不肯承擔勞役，瘟疫旱災同時發生，人口和士卒都減少折損，他們紛紛要求我進兵南下，所談大致如此。我聽到這些話，並不對此感到高興。然而道路相距遙遠，來降諸人的話難以全信，慶幸他人的災禍，（這樣的事）君子不做。況且百姓是國家的財富，若對他們加意關懷愛惜照顧，他們會樂於仁愛崇尚和睦，進而養成近於完美的德性。希望你能前來成為我的得力佐臣，（使我）不費大力而安定江南，這樣對我更加有利，所以我屯兵駐守原地，發此書信向你致意。古時兩軍交戰，亦派使臣在其間往來。但願你能和我一道，謙虛己心回轉情意，以應和詩人對仲山甫善於彌補帝王過失的讚歎，而慎重地審思《易》中所言「牽復」的深刻含義。在清潔流水中洗濯鱗甲，在廣闊天空中飛展雙翅，良時佳期正在此刻，你要自勉而行呀。

【研　析】赤壁之戰以後，三足鼎立的形勢基本形成。曹操為了破壞孫劉聯盟，命阮瑀寫此信以拉攏孫權。信中圍繞勸孫權「虛心回意」這一中心，詳述曹孫二族的前好，剖析雙方所處的形勢，並將曹孫交惡的原因歸於「佞人所構會」。信中有讓步——承認孫權在江南的統治權，也有堅持——必須進擊劉備，這反映了當時曹操對待孫權政策上的兩個基本點。文章筆意輕捷論證翔實，談古說今反覆勸誘，情感誠懇且不卑不亢，文勢緊逼而恩威並施，顯示出作者對曹操政策的深刻理解，以及其自身高超的寫作能力，亦足見前人對阮瑀文筆讚譽之不誣。

弔伯夷文

【題　解】伯夷，古代著名隱士，詳見孔融〈雜詩二首·其一〉注⑰。本文為作者出行未抵洛陽時作，其出行路線為自東向西。考王粲〈弔夷齊文〉，所述與本文相近，則本文當作於建安十六年隨曹操西征馬超的途中。

余以王事，適彼洛師❶。瞻望首山❷，敬弔伯夷。〔東海❸讓國，西山❹食薇❺。重德輕身，隱景❻潛暉。〕求仁得仁，見歎❼仲尼❽。沒而不朽，身沉名飛。稽首❾憑弔❿，嚮往深之。

《北堂書鈔》一百零二

【注釋】❶洛師　洛陽。❷首山　即首陽山，在河南偃師西北，與北邙山相鄰。山上有夷齊祠，相傳伯夷和叔齊餓死於此。《藝文類聚》三十七首山作首陽。❸東海　古以渤海為東海。古孤竹國在今河北盧龍至遼寧朝陽一帶，瀕臨渤海，故此以東海代指孤竹國。以下四句據《藝文類聚》三十七補。❹西山　即首陽山。❺薇　即巢菜，野生，可生食或作羹。《史記・伯夷列傳》引《詩》有「登彼西山兮，采其薇矣」句。❻景　日光，此喻伯夷的美德高節。❼見歎　《藝文類聚》三十七作報之。❽仲尼　指孔子。《論語・述而》：「（子貢）曰：『伯夷、叔齊何人也？』（孔子）曰：『古之賢人也。』曰：『怨乎？』曰：『求仁而得仁，又何怨？』」❾稽首　舊時磕頭至地的跪拜禮。❿憑弔　對著遺跡而懷念古人。

【語譯】我因奉行王事，去那洛陽京師。仰眺首陽山嶺，敬弔伯夷之靈。〔在東海之濱遜讓國位，在西山之上採食野薇。崇貴德義輕賤己身，隱藏亮節潛收明暉。〕追求仁德而獲得仁德，受到孔子的由衷讚歎。人雖已死而英靈不朽，身體沉亡而美名飛揚。拜身行禮而深切懷念，志向神往而意濃情深。

【研　析】擯棄不義之得，追求廉正之行，這在當時屬於較高的道德情操與行為規範。因此，伯夷受到周代及以後的正直之士的推崇。本文表達了作者對伯夷的欽佩與敬仰，從中可以略窺阮瑀為人行事的基本格調。《文心雕龍・哀弔》曰：「胡、阮〈弔夷齊〉，褒而無間；仲宣所制，譏呵實工。然則胡、阮嘉其清，王子傷其隘，各其志也。」所言甚是。

文質論

【題　解】文質，指外在的文采與內在的質樸。東漢末年，多有學者從文質這一對範疇入手探討一系列的社會問題。應瑒亦有〈文質論〉，主旨與本文有異，可供參閱。

蓋聞日月麗天❶，可瞻而難附；羣物著地，可見而易制。夫遠不可識，文之觀也；近而得察，質之用也。文虛質實，遠疏近密。援❷之斯❸至，動之應疾❹，兩儀❺通數❻，固無攸❼失。若乃陽春敷華❽，遇衝風❾而隕落；素葉❿變秋⓫，既究物⓬而定體⓭。麗物苦偽，醜器多牢；

華璧易碎，金鐵難陶。故言多方者，中難處也；術饒津⓮者，要⓯難求也；意弘博者，情難足也；性明察者，下難事也。通士以四奇高人，必有四難之忌。且少言辭者，政不煩也；寡知見者，物不擾也；專一道者，思不散也；混⓰濛蔑⓱者，民不備也。質士以四短違人，必有四安之報。故曹參相齊，寄託獄市，欲令奸人有所容立，及為宰相，飲酒而已⓲。故夫安劉氏者周勃⓳，正嫡位⓴者周勃。大臣木強㉑，不至華言。孝文上林苑欲拜嗇夫，釋之前諫，意崇敦樸㉒。自是以降，其為宰相，皆取堅強一學之士，安用奇才，使變典法？

《藝文類聚》二十二

【注釋】❶麗天　附著於天。《易・離・彖》：「日月麗乎天，百穀草木麗乎土。」❷援　引。❸斯　皆。❹疾　急。❺兩儀　指天地。❻數　理。❼攸　所。❽敷華　開花。❾衝風　猛烈的風。❿素葉　枯黃的葉子。⓫變秋　秋季植物葉子枯黃而果實成熟，故把秋季稱作變秋。⓬究物　細察各種植物。⓭定體　長成果實。定，成。體，指果實。⓮津　猶謂津津，滿溢貌。⓯要　精義要旨。⓰混　混然；無所知貌。⓱濛蔑　同「蒙昧」。指愚昧無知。⓲故曹參相齊五句　據《史記・曹相國世家》，曹參任齊王的相，他聽從蓋公清靜治民的建議，對訴訟和集市這兩個善惡人並存的場合倍加小心，不去過分嚴究，使邪惡之人在一定的條件下能夠生存，所以相齊九年而齊國安治。後來繼蕭何任漢朝宰相，他諸事遵從蕭何舊章，自樂於清靜無事，整日飲酒，在位三年而百姓稱讚，卒諡懿侯。曹參，西漢沛（今江蘇沛縣）人，從劉邦征戰而多有功勳，被封為平陽侯。其任齊相事在漢孝惠帝元年（西元前一九四年）。獄市，訴訟和貿易集市。⑲周勃　西漢沛人，從劉邦起兵，以軍功封為絳侯。⑳正嫡位　扶正嫡親帝位。劉邦因周勃厚重少文，曾說「安劉氏者必勃」。劉邦死後，呂后專政，諸呂擅握朝綱。周勃等人力克諸呂，扶持劉邦的兒子劉恆即帝位。事見《史記・絳侯周勃世家》。㉑木強　質樸而強正。《漢書・周勃傳》：「勃為人木強敦厚，高帝以為可屬大事。」㉒孝文上林苑欲拜嗇夫三句　據《史記・張釋之馮唐列傳》，漢文帝遊上林苑虎圈，詢問上林尉禽獸情況，尉不能對答，虎圈嗇夫代作詳細回答，且欲藉此顯示自己的口才。漢文帝很高興，命張釋之任嗇夫為上林令。張釋之舉周勃、張相如等人不善言辭而興國，秦任刀筆苛察之吏而亡國的例證，認為不能鼓勵利口善辯之吏，勸阻了漢文帝。孝文，指漢文帝劉恆。上林苑，漢代名苑，在陝西西安西。嗇夫，此指虎圈嗇夫，官名，掌管虎圈。釋之，指張釋之，西漢堵陽（今河南方城東）人，曾任謁者僕射、公車令、中大夫、廷尉等職。敦樸，敦厚質樸。

【語譯】我們知道太陽月亮懸於天空，人們可以遠瞻而難以追附；各種品物附著大地，人們能夠詳視且容易裁制。像日月這樣的遙遠而不能認識，就好似文采的可供觀賞；像萬物這樣的臨近而容易察看，就猶如質樸的可供使用。文采虛華而質樸實在，遠物粗疏而近物縝密。（文質相輔，便可以）援取眾物而眾物全能達至，動用眾物而眾物隨應急需，天地互通其道，所以無所缺失。至於那陽春時節百卉開花榮耀豔麗，遇到疾風則隕墜零落；清秋時節草木枯黃一片素色，審視諸物則果定實成。美麗的物品苦於其華偽，醜陋的器皿卻多很牢固；華瑩的璧玉很容易破碎，銅鐵金屬卻難以熔陶。所以言談涉獵廣泛的人，其談話的中心很難把握；法術豐饒繁富的人，其法術的精要很難尋求；意願寬弘廣博的人，其願望很難滿足；天性明於審視的人，下屬很難侍奉。可見通達之人憑著四種奇才超出世人，一定會有四種困難為其大忌。又有少言寡語的人，治政不會煩亂；見識不多的人，萬物不相困擾；專研一種技法的人，思慮不會分散；混然昏昧無知的人，他人不加戒備。可見質樸的人憑著四種不足而背離世人，一定會有四種安適作為回報。所以曹參任齊王之相，（把治政的成功與否）寄託在保持訴訟和集市貿易的穩定，使奸邪之人有容身立足之地，到後來他當了宰相，（盡從舊制不抓細政）只是整日飲酒。所以（劉邦說）安定劉氏漢朝的人是周勃，結果扶正嫡親帝位的人正是周勃。朝廷大臣如果質樸強正，便不會進獻華辭浮言。先前孝文帝遊上林苑，想要升遷虎圈嗇夫的官職，張釋之上前勸諫，其意是要崇尚敦厚質樸。從那以後，所任命的幾任宰相，都是任用堅貞強正專於一技的人，哪有使用奇異之才的人，而使其變更典章規法的？

【研　析】文中提到的「堅強一學之士」，指的是堅貞強正而專一於儒學精髓的人，亦即所謂質士。在阮瑀看來，質士雖然在才華方面不如通士，但卻更有利於社稷的長治久安。在當前社會動盪的年代，更應當重用質士。實際上，儒家先哲雖然將「文質彬彬」視為一種完美準則，但在面對社會現實，需要從文質二者中擇取其一時，往往傾向於質。《說苑．反質》談到的孔子是這樣，提出「但不能備而偏行之，寧有質而無文」（《春秋繁露．玉杯》）的董仲舒是這樣，提出「聖人抑其文而抗其質，則天下返矣」（《說苑．反質》）的劉向也是這樣。阮瑀「文虛質實」抑文揚質的觀點，繼承了儒家哲人的上述主張，在宣揚以德為重，申張儒家以德化人的「無為」而治的同時，抨擊了任用奇才的重文輕質傾向。文中的崇尚質樸的主張，亦可視為作者自身行事的基本原則。本文注意詞句的對稱齊整，講究論證的邏輯排列，使得文章雖短卻很有分量。

附：琴歌

奕奕天門開，大魏應期運。青蓋巡九州，在東西人怨。士為知己死，女為悅者玩。恩義苟敷暢，他人焉能亂？

《三國志．魏書．王粲傳》注引《文士傳》

韓按：《文士傳》稱「太祖雅聞瑀名，辟之，不應，連見逼促，乃逃入山中。太祖使人焚山，得瑀，送至，召入。太祖時征長安，大延賓客，怒瑀，不與語，使就技人列。瑀善解音，遂撫弦而歌，因造歌曲曰：『奕奕天門開……』為曲既捷，音節殊妙，當時冠坐，太祖大悅。」裴松之按：「魚氏《典略》、摯虞《文章志》並云瑀建安初辭疾避役，不為曹洪屈。得太祖召，即投杖而起。不得有逃入山中，焚之乃出之事也。又《典略》載太祖初征荊州，使瑀作書與劉備，及征馬超，又使瑀作書與韓遂，此二書今具存。至長安之前，遂等破走，太祖始以十六年得入關耳。而張騭云初得瑀時太祖在長安，此又乖戾。瑀以十七年卒，太祖十八年策為魏公，而云瑀歌舞辭稱『大魏應期運』，愈知其妄。又其辭云『他人焉能亂』，了不成語。瑀之吐屬，必不如此。」裴說是。這篇〈琴歌〉，蓋為後人因阮瑀精通琴箏樂理而假託臆造之文。暫置於此。

應場集

靈河賦

【題解】靈河，指黃河。古人認為黃河源出崑崙山，上與天漢通，故名靈河。

咨①靈川②之遐源兮，于③崑崙④之神邱⑤。凌⑥增城⑦之陰隅⑧兮，賴后土⑨之潛流。衝⑩積石⑪之重險⑫兮，披⑬山麓之⑭溢浮⑮。蹶⑯龍黃⑰而南邁⑱兮，紆⑲鴻⑳體而因㉑流。涉㉒津洛㉓之阪泉㉔兮㉕，播㉖九道㉗乎㉘中州㉙。汾㉚澒湧㉛而騰鶩㉜兮，恆亹亹㉝而徂征㉞。肇乘高而迅逝兮，陽侯㉟怖㊱而震驚。有漢中葉兮，金堤㊲隤㊳而瓠子㊴傾㊵。興萬乘㊶而親務兮，董㊷羣后㊸而來營㊹。下淇園㊺之豐篠㊻兮，投玉璧而沉星㊼。若夫長杉峻檟㊽，茂栝㊾芬橿㊿，扶疏(51)灌列(52)，映(53)水蔭防(54)。隆(55)條動而暢(56)清風，白日顯而曜殊光。

《古文苑》二十一

龍艘(57)白鯉(58)，越艇蜀舲(59)，泝游(60)覆水，帆舵如林。

《北堂書鈔》一百三十八

【注釋】❶咨　讚歎聲。❷靈川　同「靈河」。❸于　《水經・河水》五注作出。❹崑崙　山名，在新疆西藏之間，西接帕米爾高原，東延入青海境內，峰巒高峻，地域廣大。❺邱　山。❻淩　乘；越。❼增城　古代神話中的地名。《淮南子・墬形訓》：「掘崑崙虛以下地，中有增城九重，其高萬一千里百一十四步二尺六寸。」❽隅　通「嵎」。指山曲。❾后土　對崑崙聖地的尊稱。❿衝　突撞而出貌。⓫積石　山名，有大積石、小積石二山。《漢書・西域傳》：「河源出于闐，北流與蔥嶺河合，東注蒲昌海，潛行地下，南出於積石，為中國河。」此指大積石山，在青海西寧西南。《史記・夏本紀》：「浮于積石。」集解：「積石山在金城西南，河所經也。」此指小積石山，在甘肅蘭州西。⓬重險　二積石山均為黃河所經，且均峽岸險峻，故曰「重險」。⓭披　分開。⓮之　猶而。⓯溢浮　水滿盈貌。⓰蹶　水浪翻滾急行貌。⓱龍黃　謂黃河曲動似龍而色黃，古時西北人稱水為龍。⓲邁　行。⓳紆　屈曲迂迴。⓴鴻　大。㉑因　順。㉒涉　歷。㉓津洛　指河津與洛陽。河津，地名，又稱龍門，禹門口，在山西河津西北，黃河從中間通過。㉔阪泉　地名，位於河津與洛陽之間的山西運城南，相傳黃帝與赤帝曾戰於阪泉之野。㉕兮　原無兮字，據《初學記》六補。㉖播　分布。㉗九道　又稱九河。古時黃河自孟津而下，分為九道，其名稱分別為：徒駭，太史，馬頰，覆鬴，胡蘇，簡，絜，鉤盤，鬲津（據《爾雅・釋水》），九河古道已久湮廢。㉘乎　原作之，據《初學記》六改。㉙中州　泛指黃河中游地區。㉚汾　通「湓」（見《集韻》）。形容水的溢湧。㉛湏湧　水深廣而湧動貌。《初學記》六湏作傾，《藝文類聚》八湏作鴻。㉜騖　通「鶩」。指急馳。㉝亹亹　勤奮不倦。㉞徂征　謂奔流遠逝。徂，行。㉟陽侯　傳說中的波神，能為大波。㊱怖　原作沛，據《初學記》六改。㊲金堤　黃河堤壩名，在今河南滑縣東。38隤　同「潰」。漢文帝十二年，黃河潰決於金堤。39瓠子　地名，在今河南濮陽南，亦稱瓠子口。40傾倒塌。漢武帝元光三年，黃河決口於瓠子。41萬乘　天子的代稱，此指漢武帝。42董　督察。43羣后　指群臣。44營　治理。45淇園　地名，在今河南淇縣附近，古時以產竹著名。46篠　竹名，其枝幹較小，投於河椿之間，便於填土石以堵塞決口。47沉星　指漢武帝沉白馬事。疑星當作牲，星的異體字作狌，與牲形近而訛。《史記・河渠書》：「(漢武帝)自臨決河，沉白馬玉璧於河，令羣臣從官自將軍已下皆負薪填決河。是時東郡燒草，以故薪柴少，而下淇園之竹以為楗。」其事在漢武帝元封二年四月。48櫝　木名，又稱榎、小楸，其幹粗壯。49栝　木名，又稱檜，葉似柏而幹似松。50櫨　木名，又稱櫖，木質堅韌。51扶疏　繁茂分披貌。52列　同「栵」。指叢生的小樹。《詩・大雅・皇矣》：「修之平之，其灌其栵。」53映　蔽。54防　河堤。55隆　長大。56暢　舒展。57龍艘　飾以黑白相間之色的船隻。龍，通「尨」。指黑白相雜之色。艘，船的統稱。58白鯉　未經彩飾的船隻。白，指未經彩飾的本色。鯉，疑為艃字之訛，亦為船的統稱。《廣雅・釋水》：「艃，舟也。」59舲　小船。60泝游　順流而下。

【語　譯】壯美的黃河源遠流長啊，發源於崑崙之山的神聖山丘。凌越增城的陰深山曲啊，依賴於崑崙貴地的暗潛水流。衝出積石的重重山險啊，分披山麓而溢蕩浮游。騰滾著似龍黃軀而向南急行啊，屈曲著巨大身體而順勢奔流。歷經河津與洛陽間的阪泉之地啊，廣布九條河道於中原諸州。狂濤洶湧而奔騰馳騖啊，長年不倦而向前征行。一開始便乘借高勢而疾迅流逝啊，波神陽侯也為之惶怖而膽顫心驚。在那漢朝的中興之世啊，金堤潰敗而瓠子崩傾。(漢武帝)興動萬乘之尊而親臨河務啊，督理眾臣以營治險情。填下淇園的豐茂篠竹啊，投放璧玉而沉沒佳牲。至於那長大的杉木高峻的櫝樹，茂盛的栝樹芬芳的櫨樹，以及繁密的灌木和小樹，遮映著河水蔭護著堤防。

長枝擺動而暢舒清風，太陽顯耀而閃爍奇光。

有飾、無飾的航舟，越地、蜀地的小船，順流而下覆蓋河面，高帆尾舵密布如林。

【研　析】這是一篇已知最早的以賦的文體頌讚黃河的作品。在賦的前半部分，作者以飽滿的熱情描述了黃河的雄姿與風貌。其筆觸順著黃河奔馳的大勢一氣而下，「凌、賴、衝、披、蹶、紆」等動詞的運用，把黃河起伏騰越的形象寫得十分壯觀，十分逼真。在賦的後半部分，作者著意描述了漢武帝親率群臣治理黃河的往事，和治理後黃河的秀美風光。言辭之中，隱含著對大漢帝國鼎盛時期的深切懷念，以及在明主帶領下重整祖國河山的美好追求。全賦氣勢磅礴，場面壯闊，讀來頗有雄渾壯麗之美。本賦有佚缺，實在可惜。

愍驥賦

【題　解】愍，同憫，指哀憐。驥，千里馬。

愍良驥之不遇❶兮，何屯否❷之弘多？抱天飛之神號兮，悲當世之莫知。赴玄谷❸之漸塗❹兮，陟❺高岡之峻崖。懼僕夫❻之嚴策兮，載悚慄❼而奔馳。懷殊姿而困逼兮，願遠跡而自舒。思奮行而驤首❽兮，叩❾

繮緤❿之紛拏⓫。牽繁轡⓬而增制⓭兮，心慉結⓮而盤紆⓯。涉通逵⓰而方舉兮，迫輿僕之我拘。抱精誠而不暢兮，鬱⓱神足而不攄⓲。思薛翁⓳於西土兮，望伯氏⓴於東偶㉑。願浮軒㉒於千里兮，曜華軛㉓乎天衢㉔。瞻前軌而促節㉕兮，顧後乘㉖而踟躕㉗。展心力於知己兮，甘邁㉘遠而忘劬㉙。哀二哲㉚之殊世㉛兮，時不遘㉜乎良、造㉝。制銜轡㉞於常御㉟兮，安獲騁于遐道？

《藝文類聚》九十三

【注釋】❶不遇　謂沒有遇到賞識、器重自己的人。❷屯否　《易》二卦名。屯指艱難，否指隔塞，後以喻時世、命運的艱難。❸玄谷　深谷。❹漸塗　低溼的道路。漸，淹沒；浸泡。塗，同「途」。❺陟　登。❻僕夫　駕車的馭手。❼悚慄　恐慌畏懼。❽驤首　昂頭。❾叩　勒。❿繮緤　馬繮繩。⓫紛拏　同「紛挐」。指雜亂牽持。⓬轡　韁繩。⓭制　勞作。⓮慉結　鬱結。⓯紆　彎曲。⓰逵　四通八達的大路。⓱鬱　滯。⓲攄　騰越。⓳薛翁　其名不詳，以善相馬著稱。桓譚《新論》：「薛翁者，長安善相馬者也。于邊郡求得駿馬，騎以入市，去來人不見也。」⓴伯氏　指伯樂，春秋秦穆公時人，以善相馬著稱。㉑偶　通「隅」。指邊遠之地。㉒軒　高官達貴所乘的曲輈且有幡的車。㉓軛　車的部件之一，其上端繫在車轅前的衡木上，其下端架在馬頭上。㉔天衢　天上的通達大路。㉕促節　加快行進的節奏。㉖後乘　指身後平庸的馭手。㉗踟躕徘徊不進貌。㉘邁　行。㉙劬　勤苦辛勞。㉚二哲　指薛翁和伯樂。㉛殊世　指逝世。㉜遘　遇。㉝良造　指春秋時晉國的善御馬者王良和周穆王時代的善御馬者造父。㉞銜轡　馬嚼子和馬韁繩。㉟常御　尋常的駕馭車馬者。

【語　譯】哀憐千里馬的不被器重啊，為何世間艱難如此眾多？享有上天騰飛的神異名號啊，悲傷當今世上無人曉知。奔赴在幽深山谷的低溼路途啊，登上那高高山岡的危聳山崖。懼怕車夫馭手的嚴切鞭策啊，心懷悚慄恐懼而奔跑飛馳。具有殊異形姿卻受困被逼啊，情願遠遁蹤跡而自求心舒。思謀奮力遠行而高高昂首啊，（車夫）勒緊的韁繩便雜牽亂拏。牽引著繁多韁轡而增重服御啊，內心中（怨氣）慉聚鬱結而盤繞紆曲。涉歷通達大道而方欲遠舉啊，受迫於駕車僕夫對我牽拘。懷抱精忠赤誠而不能暢達啊，阻滯神異四足而不能騰抒。思念薛翁於西方遠地啊，盼望伯樂於東部邊隅。心欲駕起輕軒馳於千里征途啊，顯耀華麗衡軛於上天街衢。瞻望前車軌跡而加快節奏啊，顧視後坐凡僕而緩步踟躕。願展身心氣力於知己之人啊，情願馳行遠方而忘卻勞苦。哀歎二位賢哲長別人世啊，今又不曾逢遇王良和造父。受制這口銜韁轡於尋常的僕馭啊，怎能得以馳騁於遐遠道途？

【研　析】作者以千里馬自喻，用自傷自歎的口吻，敘述了自己身懷殊姿異質卻受制於凡僕俗馭的困苦境遇，傾吐了盼望賢主而馳騁天衢的強烈願望。全文含情直敘，辭切意濃，哀憐之中充滿了抱怨，感事之中寓含著傷時，是一篇很有特色的抒情小賦。就本文的情調看，似作於應瑒入仕之前。

撰征賦

【題解】撰，述。此賦記述的是建安十二年曹操對三郡烏桓的征伐，則應瑒在擔任丞相掾屬之前已歸曹操，只是其時為隨父從行，還是已任官職，不詳。

奮皇佐❶之豐烈，將親戎乎幽❷鄴。飛龍旗以雲曜，披廣路而北巡。崇殿❸鬱其嵯峨❹，華宇爛而舒光。摛❺雲藻之雕飾，流輝采之渾❻黃。

辭曰：

烈烈❼征師，尋❽遐庭❾兮。悠悠萬里，臨長城兮。周覽郡邑，思既盈兮。嘉想前哲，遺風聲兮。

《藝文類聚》五十九

【注釋】❶皇佐　指其時執掌朝政的曹操。❷幽　謂幽州，轄今北京市、河北北部、山西一部、遼寧大部，以及朝鮮大同江流域，時分別由烏桓及公孫康等佔據。❸殿　似指出發地鄴城。❹嵯峨　高峻貌。❺摛　舒展。❻渾　盛。❼烈烈　威武貌。❽尋　討伐。❾庭　引申為境域。

【語　譯】奮揚皇家首臣的豐盛威烈，將要率兵親征於幽州北鄰。飛舞龍虎旌旗以明曜雲空，分披寬廣大路而向北巡行。宮殿崇立鬱盛而高峻嵯峨，屋宇華麗明燦而舒放榮光。舒展著雲狀華藻的雕刻紋飾，流映著光輝豔麗的明盛金黃。其辭曰：

烈烈威武的遠征大軍，討伐在廣遠天庭啊。悠悠漫長綿延萬里，來到這雄偉長城啊。周觀遍覽這郡縣邊邑，情思上已覺充盈啊。嘉譽遙想著前代賢哲，今又留佳風美聲啊。

【研　析】本文概括地敘述了曹操北征烏桓的軍事行動。言辭之中，洋溢著對這次征戰的讚頌，和對主帥與將士的稱譽。在簡短的賦文之中，寫有臨長城，覽郡邑，想前哲數語，使得全文既有強盛的聲勢，又有著較充實的內容。

神女賦

【題　解】陳琳、王粲均有〈神女賦〉，疑此賦為同時奉和之作。殘句極言神女之美豔，文旨不詳。

騰玄眸❶而俄❷青陽❸，離朱脣而耀雙輔❹。紅顏曄而和妍，時調聲以笑語。

夏姬❺曾不足以供妾御，況秦娥❻與吳娃❼。

《太平御覽》三百八十一

《文選·陸機·擬古詩》注

【注釋】❶玄眸　黑色眼珠。❷俄　傾側貌。❸青陽　指青春容貌。❹輔　臉頰。❺夏姬　春秋時鄭穆公女，曾數次嫁人且與數人私通，為當時有名的妖冶女子。❻秦娥　秦國的美女。李周翰云：「古善歌者。」❼吳娃　吳地美女。《方言》二：「娃……豔美也。吳楚衡淮之間曰娃……故吳有館娃之宮，秦有㮚娥之臺。秦晉之間美貌謂之娥。」

【語譯】馳揚青睛而傾側春容，微張紅脣而美耀雙頰。紅顏明曄而和悅美好，時而和聲以笑言相語。

夏姬尚且不足以作為妾女而侍御，更何況秦娥與吳娃。

西征賦

【題解】曹操在建安十六年和二十年曾兩次西征。考應瑒在建安二十年任曹丕的五官中郎將文學，而曹丕未參加建安二十年的西征，則本賦描述的當為建安十六年曹操西征馬超事。本賦僅存一句。

鑾衡❶東指❷，弭節❸逄澤❹。

《水經・渠水》注

【注釋】❶鑾衡　安裝有馬車車鈴的車衡。衡，車轅前端的橫木。❷東指　謂車輛向東行進，似為西征歸來之事。❸弭節　駐節；停車。弭，止。節，車行的節度。❹逄澤　同「逢澤」。又作蓬澤，在今河南開封南，已乾涸。

【語譯】鑾鈴車衡指向東方，止息三軍傍居逄澤。

正情賦

【題解】正情，正定自己的情思。本文主旨與曹植〈靜思賦〉、陳琳〈止欲賦〉、王粲〈閑邪賦〉、阮瑀〈止欲賦〉相近，可相互參閱。

夫何媛女❶之殊麗兮，姿❷溫惠而明哲❸。應❹靈和❺以挺質，體蘭茂而瓊❻潔。方❼往載其鮮雙，曜來今❽而無列❾。發朝陽之鴻暉❿，流精睇⓫而傾泄。既榮麗而冠⓬時，援⓭申女⓮而比⓯節。余心嘉夫淑美，願結歡而靡因。承窈窕⓰之芳美，情踴躍乎若人。魂翩翩而夕遊，甘同夢而交神。晝彷徨⓱于路側，宵耿耿⓲而達晨。清風厲⓳於玄序⓴，涼㉑飆逝於中唐㉒。聽雲雁之翰鳴㉓，察列宿之華輝。南星㉔晃㉕而電隕，偏雄㉖肅㉗而特飛㉘。冀騰言以俯音，嗟激迅而難追。傷往㉙禽之無隅㉚，悼流光之不歸。惘伏辰㉛之方逝，哀吾願之多違。步便旋㉜以永思，情憀慄㉝而傷悲。還幽室以假寐㉞，固㉟輾轉㊱而不安。神妙妙㊲以潛翔，恆存遊㊳乎所觀㊴。仰崇夏㊵而長息，動哀響而餘㊶歎。氣浮踴而雲館㊷，腸一夕而九㊸煩。

《藝文類聚》十八

思在前為明鏡，哀既往㊹於替□㊺。

《北堂書鈔》一百三十六

【注釋】❶媛女　美女。❷姿　指資質和才性。❸明哲　通達事理。❹應　受。❺靈和　聰穎和順的氣質。郭璞〈江賦〉：「稟元氣於靈和。」❻瓊　美玉。❼方　比。❽來今　今後。❾無列　猶謂無人可與之同列。❿鴻暉　明盛的日光。⓫精睇　猶謂美妙的顧視。⓬冠　超出眾人而稱首。⓭援　引，謂引彼以證此。⓮申

女　相傳周時召南申人之女，因夫家迎娶不合禮制而寧死不嫁，古人以為持義守節的典範，事見《列女傳・貞順》。⑮比　同。⑯窈窕　形容女子的容姿美好。⑰彷徨　徘徊。⑱耿耿　煩躁不安。⑲厲　起。⑳玄序　黑暗的東西兩廂。㉑涼　原作因，據張溥本改。㉒中唐　大門至廳堂的路。㉓翰鳴　高飛鳴叫。㉔南星　即南箕星，於夏秋之間見於南方。㉕晃　明亮。㉖偏雄　旁邊的一隻雄鳥。㉗肅　肅肅，鳥飛聲。㉘特飛　獨飛。㉙往　原作住，據張溥本、嚴本改。㉚隅　通「偶」。張溥本、嚴本作偶。㉛伏辰　指上句隕逝的南箕星。㉜便旋　回轉徘徊。㉝憀慄　悽愴悲哀。㉞假寐　不脫衣而睡。㉟固　副詞，指長久。㊱輾轉　形容臥不安席。㊲妙妙　同「眇眇」。飄忽而無所歸附貌。張溥本妙妙作渺渺。㊳存遊　省視巡遊。存，觀察；省視。㊴所觀　指平時觀看到的天地諸處。㊵夏　同「廈」。指高屋大殿。㊶餘　久。㊷館　房舍，此喻胸腔。㊸九　多次。㊹往　原作餙，據嚴本改。㊺替□　惰。替下原缺一字，據文意，似有一個與替字相近的字，擬補懈字。

【語　譯】這一美貌淑女是何等的殊異佳麗啊，資質溫柔賢慧而明達事理。稟受聰敏和氣以挺立麗質，體若蘭花盛開而似瓊純潔。比於往昔前代而少有匹雙，明曜從今往後而無人同列。煥發著早晨太陽般的明盛光暉，流盼著美妙目光而傾射抒泄。既已榮美豔麗而首居當時，又可援引申女而同稱操節。我心中嘉美她的賢美，願與其共結歡好而沒有緣因。承望著窈窕身姿的芳豔秀美，情思欣喜踴躍啊亦如他人。神魂翩翩飄動而夜中巡遊，但願一同入夢而交結精神。白天漫步徘徊在小路旁側，夜晚煩躁不安而直至清晨。清柔的細風興起於黑暗的廂房，涼爽的急風消逝在寂靜的中唐。聽那雲中飛雁高翔鳴叫，察看眾多星宿華美光輝。南方箕星明亮閃爍而迅速降落，旁側雄鳥肅肅振翅而獨自高飛。希望能騰空相語而就告心音，嗟歎牠急飛迅逝而難以後追。感傷飛去禽鳥孤獨無偶，痛惜流逝時光一去不歸。憐憫沉伏星辰剛剛消逝，悲哀我心意願多遭背違。步履迴旋往復而綿綿長思，心情悽愴悵惘而更覺悲傷。返回幽靜寢室而和衣睡臥，卻久久輾轉反側而不能心安。神魂眇眇飄忽而暗中飛翔，長久省視巡遊於平時所觀。仰望高崇廣廈而長長慨息，暢動哀音悲響而久久傷歎。胸氣浮蕩翻踴如雲聚館舍，心腸鬱結一夜中多次懣煩。

情願在她身前作為明鏡，又哀傷時機錯過於自己的惰懈。

【研析】本文傾訴了作者對一位美麗淑女的仰慕與追求，以及因「願結歡而靡因」而產生的濃重的苦惱和哀愁。在作者起伏的情思之中，隱寓著對美志不遂而時光迅逝的憂傷。這一點，超出了諸人的同類作品，亦使得本文有著較深刻的內含。作品愛得真切，愁得悽愴，顯得情意濃重，具有較強的感染力。

鸚鵡賦

【題解】鸚鵡，鳥名。曹植、陳琳、王粲、阮瑀皆有同題之作，可互相參閱。

何翩翩❶之麗鳥，表❷眾豔之殊色。被光耀之鮮羽，流玄黃之華飾。

苞明哲之弘慮，從陰陽之消息❸。秋風厲而潛形，蒼神❹發而動翼。

《藝文類聚》九十一

【注釋】❶翩翩 形容鳥的美好風采。❷表 謂外在的形貌。❸消息 謂或消或長。❹蒼神 指傳說中主東方及春時的青帝神。

【語譯】多麼翩翩美好的佳麗靈鳥，外覆各種美豔的殊異嘉色。身披光彩明耀的鮮麗毛羽，流布青黃相間的華美紋飾。包有賢明聖哲的弘大謀慮，依從陰陽二氣的消損長息。秋風驟起而潛藏身形，蒼神興發而展動雙翼。

【研析】本文頌讚了鸚鵡的毛羽華美和聰敏靈異。文中對鸚鵡應時而動的稱頌，似又隱寓著對士人識時擇主的讚歎。

愁霖賦

【題解】霖，久雨。《左傳・隱公九年》：「凡雨三日以往為霖。」曹丕、曹植均有〈愁霖賦〉，應瑒本賦當為同時之作。

聽屯雷❶之恆音兮，聞左右之歎聲。情慘憒❷而含欷❸兮，起披衣而遊庭。三辰❹幽而重關，蒼曜❺隱而無形。雲曖曖❻而周馳，雨濛濛❼而霧零❽。排❾房帳而北入，振蓋服❿之沾⓫衣。還空床而寢息，夢白日之餘⑫暉。惕⑬中寤而不效⑭兮，意悽悷⑮而增悲。

《藝文類聚》二

【注釋】❶屯雷　猶謂滿天沉悶的震雷。屯為《易》的卦名。《易・屯・彖》：「屯……雷雨之動滿盈。」❷慘憒　形容心情極度煩亂。❸欷　歎息。❹三辰　日、月、眾星。❺曜　七曜，指日、月及水、火、木、金、土五星。❻曖曖　昏暗不明貌。❼濛濛　雨霧迷濛貌。❽零　落。❾排　推開。❿蓋服　指頭戴身穿的雨具，如草笠、蓑衣等。⓫沾　濡溼。⓬餘　豐饒而眾多。⓭惕　猛然醒來。⓮效　徵驗。⓯悽悷　悽愴悲傷。

【語　譯】聽那滿天震雷的長長隆響啊，聽那左右眾人的歎息之聲。心中鬱結煩亂而含情憂歎啊，起身披戴衣帽而步遊院庭。日月星辰幽藏而層層閉掩，蒼天七曜深隱而無影無形。濃雲暗暗而周天運馳，細雨濛濛而似霧飄零。推開房屋門帳而北進入室，振抖所戴蓑笠沾溼我衣。還臥空床而寢睡休息，夢見太陽的饒盛光輝。猛然間醒寤而不能如夢啊，心中悽愴戚戚而更增傷悲。

【研　析】本賦抒發了久雨之夜，作者心中的極度憂愁。至於愁的根源是什麼呢？賦中沒有提及。考曹丕〈愁霖賦〉有「脂余車而秣馬，將言旋乎鄴都……豈在余之憚勞，哀行旅之艱難」句，曹植〈愁霖賦〉有「迎朔風而爰邁兮，雨微微而逮行」句，則應瑒此賦當作於隨曹操、曹丕、曹植南征返鄴途中。又考三曹共同南征只有建安十七年十月征孫權一次。這次征伐，曹操與孫權相拒一個多月，無力攻取，於次年四月返鄴。據此，知應瑒賦作於建安十八年春返鄴途中。作者遠想數年征戰大功未成，近看春雨綿綿，道路泥濘，將士勞苦，於是，無限的愁思借助陰沉的雨天湧上心頭，遂成此賦。

西狩賦

【題解】本文為從曹操、曹丕等狩獵時作，詳見王粲〈羽獵賦〉題解。文中稱曹操為魏公，則事當在建安十八年五月之後。

伊❶炎漢❷之建安，飛龍❸躍❹乎天衢❺。皇宰❻弈❼而陶運❽，樹匡翼❾而大摹❿。蕩⓫無妄⓬之⓭氛穢⓮，揚威靈乎八區⓯。開九土⓰之舊跡，暨⓱聲教於海隅。時霜淒⓲而淹野，寒風肅⓳而川逝。草木紛而搖盪，鷙鳥⓴別而高厲㉑。既乃揀吉日，練㉒嘉辰。清風矢㉓戒，屏翳㉔收塵。於是魏公㉕乃乘彫輅㉖，駟㉗飛黃㉘，擁㉙簫鉦㉚，建㉛九斿㉜。按轡㉝清途，颯遝㉞風翔。〔屬車轇轕㉟，羽騎㊱騰驤㊲。〕於是圍網周合，雷鼓天震。千乘㊳長羅，萬表㊴星陳。雙翼㊵伉旌㊶，八校㊷祖分㊸。長燧㊹電舉㊺，高煙蔽雲。爾乃徒輿㊻並興，方軌㊼連質㊽。驚飆四駭，衝禽驚溢。騁獸塞野，飛鳥蔽日。爾乃赴玄谷，陵崇巒，俯擊奔猴，仰捷㊾飛猿。雲㊿幕被於廣野，京燎51照乎平原。醴炰52充給，洪施53普宣54。

《藝文類聚》六十六

【注　釋】❶伊　發語詞。❷炎漢　指漢朝。劉氏王朝自稱以火德為王，故名。❸飛龍　飛行之龍，喻處在王位的聖賢之人。《易・乾・九五》：「飛龍在天，利見大人。」❹躍　原作耀，據嚴本改。❺天衢　猶言天空。❻皇宰　皇朝的宰相，此指曹操。❼弈　通「奕」。指高大美好且有精神。❽陶運　猶陶鈞，謂治理國家。❾匡翼　糾正輔助。❿摹　謀劃。⓫蕩　震動。⓬無妄　《易》卦名，此指沒有虛妄的社會。《易・无妄・象》：「天下雷行，物與无妄（韓按：與訓為皆）。」孔疏：「今天下雷行，震動萬物，物皆驚肅，無敢虛妄。」⓭之　猶於。⓮氛穢　災禍凶氣與汙穢濁時事。氛，預示災禍的凶氣。穢，汙濁。⓯八區　猶謂八方。⓰九土　九州。⓱暨　至。⓲淒　淒淒，寒涼之意。⓳肅　肅肅，形容風聲勁烈。⓴鷙鳥　猛禽，又名隼。《汲冢周書》：「大寒之日，雞始乳。又五日，鷙鳥厲疾。」㉑厲　起。㉒練　選。㉓矢　施。㉔屏翳　神名，能降服風雨諸神。㉕魏公　指曹操，曹操於建安十八年五月被封為魏公。㉖彫輅　君王所乘飾以文采之車。㉗駟　指駕有四匹馬的車。㉘飛黃　神馬名。㉙擁　謂眾人護從左右。㉚簫鉦　泛指古代的軍樂。㉛建　立。㉜九斿　同「九旒」。指帶有九條下垂飾物的旌旗。《禮記・樂記》：「龍旂九旒，天子之旌也。」原無斿字，汪紹楹於九字下有校語「句有脫文」，今據張溥本、楊德周本補。嚴本斿作幢。㉝按轡　扣緊馬韁，使馬慢步徐行。㉞颯遝　同「馺䮩」。馬行貌。㉟轇轕　縱橫交雜貌。以下二句據《北堂書鈔》十四補。㊱羽騎近衛騎兵。37騰驤　騰越奔馳貌。38乘　古以一車四馬為一乘，並配以甲士三人，步卒七十二人。39表　各種旌旗表識，與王粲〈七釋〉「植旌樹表」的表字義同。40雙翼　指主帥兩側的部伍。41伉旌　舉旌。《漢書．終軍傳》：「票騎抗旌。」曹植〈應詔〉：「前驅舉燧，後乘抗旌。」伉，通「抗」。楊德周本作抗。42八校　本指漢武帝所置八種校尉之職，此借指諸方將校。43祖分　遠遠地布列。44燧　烽火。燃放烽火為各路將士合圍進擊的信號。45雷舉　謂急速燃放。46徒輿　步卒與戰車。47方軌　並駕齊驅。方，並。軌，車軸頭。48質　身體。49捷　獵取。50雲　喻盛多。51京燎　大火炬。52醴炰　美酒與燒烤的肉食品。53洪施　重大恩惠。曹操〈領兗州牧表〉：「臣以累葉受恩，膺荷洪施，不敢顧命。」54宣　揚。

【語　譯】在這火德漢朝的建安時代，翻飛的靈龍騰躍在上天高空。皇朝宰相俊奕而執掌朝政，挺身匡正輔翼而盡心籌謀。震發無妄治世於凶氛穢時，張揚神威皇靈於四面八方。開拓九州沃土的漢家舊跡，傳播聲威教化於天涯海隅。時逢霜雪淒淒而淹蔽廣野，寒風肅肅在平川飛逝。草木紛披隨風搖盪，鷹隼離別高高飛起。於是擇取吉祥之日，挑選嘉好之時。清風為之陳施警戒，屏翳為之收束沙塵。於是魏公乘坐著雕飾的華車，駕馭著飛黃般的駿馬，護擁著簫鉦等軍樂，張展著垂有九旒的旌旗。時而收轡徐行在清平的廣途，時而策馬奔馳如疾風急翔。〔從屬的車輛眾多縱橫，侍衛的騎隊騰躍兩旁。〕於是圍獵的巨網四周圍合，如雷的鼓聲沖天響震。成千戰車組成長長羅網，上萬表識猶如群星布陳。兩側的軍士高舉旌旗，八方的將校遠處列分。長長的烽燧迅速升起，高高的濃煙蔽天遮雲。於是步卒戰車同時興發，車輛並行而將士並肩。揚起的疾風四處亂擾，衝撞的禽獸受驚四起。狂奔的野獸充塞原野，亂飛的禽鳥蔽掩白日。於是奔赴幽深的山谷，越上高崇的山巒，俯身擊取奔跑的群猴，仰首獵獲飛蕩的靈猿。眾多的篷帳覆蓋著廣闊田野，高大的火炬照耀著千里平原。美酒和烤肉充足豐給，殷厚的施惠普遍布宣。

【研　析】曹操當政後期，三足鼎立大勢已成。曹操在鄴城西部組織的盛大狩獵，主要目的是演習軍隊。本文以廣闊的筆觸，描述了千軍萬馬齊踴躍的宏大場面，其中著意介紹了曹軍的布陣與調度，意在烘托曹操的雄才武略。作者在場面描寫中大量地運用了誇張的手法，使得作品壯闊而有聲勢。文中偶有過簡與不連貫之處，大概與詞句的佚缺有關。

校獵賦

【題　解】校獵，用木欄遮止禽獸而獵取。《漢書・司馬相如傳》：「天子校獵。」據「北彌大陸，南厲黃涔」句，本文似作於鄴下。疑本文為〈西狩賦〉的佚句。

乃命有司❶巡士❷周尋。二虞❸萊野❹，三扈❺表禽❻。北彌❼大陸❽，南厲❾黃涔❿。

《初學記》二十二

【注　釋】❶有司　此指掌管苑囿的官吏。❷巡士　負責巡邏察視的騎士。❸二虞　指負責山川的山虞和負責湖澤的澤虞，其職見《周禮・地官》。❹萊野　芟除山川澤野的有礙圍獵的茅草。❺三扈　眾多的隨從官員。

司馬相如〈上林賦〉：「扈從橫行，出乎四校之中。」❻表禽 指古人行獵前在立表之處用獸進行師祭的儀式，猶言表貉。《周禮・夏官・大司馬》：「田之日……有司表貉于陳前。」《周禮・春官・肆師》：「凡四時之大甸獵，祭表貉，則為位。」表，此指行獵前軍隊為整列所立的表識。《周禮・夏官・大司馬》：「虞人萊所田之野為表，百步則一，為三表。又五十步為一表。田之日，司馬建旗於後表之中。」禽，走獸的總名。❼彌 終。❽大陸 指大陸澤，在今河北任縣、隆堯、巨鹿之間，太行山區的河流匯聚於此，下流泄入漳水，古時其地甚廣，清代以後漸淤為平地。❾厲 近。❿黃滂 黃河湍急浩大的波濤。滂，湍急浩大之水。

【語譯】於是命令苑囿官吏和巡察騎士周行探尋。山虞和澤虞芟除澤野，眾人共在表前用獸師祭。（獵場）北邊止於大陸巨澤，南邊近於黃河洪波。

馳射賦

【題解】馳射，騎馬射箭。作者以侍從文人的身分，描述了鄴城郊外的一次馳射活動。

於是陽春嘉日，講肄❶餘暇。將逍遙於郊野，聊娛遊於騁射。延賓鞠旅❷，星言夙駕❸。〔百兩❹彌塗❺，方軌❻連衡❼，朱騎風馳，雕落❽層城❾。〕樹應鞞❿於路左，建丹旗於表路⓫。羣駿籠茸⓬於衡首，咸皆騕褭與飛菟[13]。〔攡修勒[14]而容與[15]，並軒翥[16]而厲怒。〕爾乃結翻仵[17]，齊倫匹[18]，良、樂[19]授馬，孫臏[20]調駟。籌算克明，班次均壹。左攬繁弱[21]，右接湛衛[22]。控[23]滿流睇[24]，應弦飛碎。膾[25]動鼓震，噪聲雷潰。重破累礫[26]，流景[27]倏忽[28]。紛紜絡驛[29]，次授二八[30]。驊騮激[31]騁，神足奔越。終節[32]三驅，矢不虛發。進截飛鳥，顧摧月支[33]。須紆六鈞，口彎七規[34]。觀者并氣[35]而傾竦[36]，咸側企[37]而騰移[38]。爾乃縈回[39]盤厲[40]，按節和旋[41]。翩翩[42]神厲，體若飛仙。弈弈[43]騂牡[44]，既佶[45]且閑[46]。揚驪[47]沛艾[48]，蠖略[49]相連。

《藝文類聚》六十六

藻飾[50]齊明。

《文選・顏延年・赭白馬賦》注

窮百氏[51]之玄奧。

《文選・成公綏・嘯賦》注

【注 釋】❶講肆 同「講肄」。指講授演習。《詩・小雅・甫田》鄭箋：「閒暇則於廬舍及所止息之處，以道藝相講肄。」❷鞠旅 告訴衛隊，此借用《詩・小雅・采芑》「陳師鞠旅」句。❸星言夙駕 謂星夜駕車盡快奔馳而來，語本《詩・鄘風・定之方中》。❹兩 同「輛」。以下四句據《北堂書鈔》一百一十七補。❺彌塗 充滿路途。彌，滿。塗，同「途」。❻方軌 兩車並行。❼衡 車轅前端的橫木。❽雕落 同「牢落」。奔走蹦騰狀。❾層城 古代神話謂崑崙山有城九重，分三級，最上的一級叫層城，又叫天庭，為太帝所據，此喻繁華的城市，且似指鄴城。❿應鞞 猶應鼓，指小鼓。⓫表路 道路兩邊。表，外。古人馳射的目標多在前進方向的右側，故立應鼓於路左以助聲勢；為防止流箭傷人，故於周邊立紅旗以預警閒人。⓬籠茸 同「蘢茸」。叢聚密集貌。原無茸字，據《太平御覽》三百五十八補。⓭騕褭與飛菟 皆為良馬名。菟，通「兔」。菟原作葂，據嚴本改。《呂氏春秋・離俗》：「飛兔、騕褭，古之駿馬也。」⓮勒 馬絡頭。以下二句據《太平御覽》三百五十八補。⓯容與 行遊戲樂。⓰軒翥 飛舉貌，此喻駿馬欲馳。⓱翻忤 謂競賽的對手。⓲倫匹 同類。⓳良樂 指春秋時晉國的善御馬者王良和春秋時秦國的善相馬者伯樂。⓴孫臏 戰國時齊人，曾助齊將田忌安排馳逐之賽，而賭勝千金。事見《史記・孫子吳起列傳》。㉑繁弱 古良弓名，此泛指良弓。㉒湛衛 迅疾的羽箭。㉓控 開弓。㉔睇 斜視。㉕旝 旌旗的一種。《左傳・桓公五年》：「旝動而鼓。」㉖礮 同「爆」。釋為落（據《玉篇》）。㉗流景 同「流影」。指飛馳的羽箭。㉘倏忽 疾速。㉙絡驛 同「絡繹」。接連不斷貌。㉚二八 指八元和八愷，為古代傳說中的十六位才子。《左傳・文公十八年》：「昔高陽氏有才子八人，蒼舒、隤敳、檮戭、大臨、尨降、庭堅、仲容、叔達……天下之民謂之八愷。高辛氏有才子八人，伯奮、仲堪、叔獻、季仲、伯虎、仲熊、叔豹、季貍……天下之民謂之八元。」此喻各自一方的同伴都很傑出。㉛驊騮激 《太平御覽》三百五十八作放鞚長。驊騮，赤色駿馬。《荀子・性惡》：「驊騮……此皆古之良馬也。」㉜終節 猶謂最後的一輪。㉝月支 此謂箭靶（從曹立波、戚津虹說）。《文選・曹植・白馬篇》：「控弦破左的，右發催月支。」李善注引邯鄲淳曰：「馬射，左邊為月支三枚，馬蹄二枚。」劉良注：「月氏，射帖也。」

㉞須紆六鈞二句　此二句似在說一位鬚、口均有奇特技藝的人。須紆，用鬍鬚拉拽彎曲某物。須，鬍鬚。紆，彎曲。鈞，古代重量單位，合三十斤。七規，即《周禮・考工記・弓人》「為諸侯之弓，合七而成規」之意，指唐弓一類的強弓。古人以圓周度與弓弧度的倍數作為弓的強度標準，其倍數越大，弧度越小，弓力則較強。古制，諸侯之弓的弧度為圓周度的七分之一，即五十一度強，故合七而成圓。規，圓規。《周禮・夏官・司弓矢》：「天子之弓，合九而成規；諸侯合七而成規。」《周禮・考工記・弓人》：「往體來體若一（韓按：謂弓體外橈與內向相等），謂之唐弓之屬，利射深。」鄭玄注：「唐弓合七而成規。」㉟并氣　猶謂屏氣，指抑制呼吸不敢出聲。張溥本並作屏。㊱竦　引領舉足貌。㊲企　踮起腳跟。企原作公，據張溥本改。㊳騰移　騰挪移動。㊴縈回　指駕車迴旋折轉。㊵盤厲　回轉起行。厲，起。㊶旋　還。㊷翩翩　謂人的美好風采。以下二句是在說乘車而歸的賓主。㊸弈弈　同「奕奕」。神采煥發貌。㊹騂牡　紅色公馬。㊺佶　壯健貌。㊻閑　指馬馴養有素。㊼揚驪　昂揚欲躍的深黑色馬。㊽沛艾　馬疾行時馬首前後屈伸貌。㊾蠖略　指馬奔馳時如尺蠖屈伸向前。㊿藻飾　指各種裝飾物。(51)百氏　本指諸子百家，此喻各種技藝。

【語譯】在這陽春時節的嘉好之日，講道習藝的空餘閒暇。將要逍遙自得於郊外原野，聊且娛悅遊樂於馳騁競射。延請賓客並告知衛隊，全都很快奔馳而來。〔百輛華車塞滿路途，並車而進連轅接衡。赤色駿騎風行電馳，飛奔騰越在繁華都城。〕懸立應鼓於道路左側，建樹紅旗於周邊大路。眾多駿馬集合會聚立在各自的衡首，全都類似於騕褭與飛兔。〔收攏華美的馬勒而容與行遊，（駿馬）全都躍躍欲奔而奮揚壯怒。〕於是結下競賽的對手，配齊己方的同伴，王良、伯樂親授良馬，孫臏親自調撥驅車。籌謀計算全能明允，（各方的）位置次序均勻同一。左手攬握良弓之弦，右手接持疾迅之箭。拉滿強弓轉眼側視，應和弦聲（靶子）飛揚破碎。旌旛舞動鞞鼓齊震，喧譟之聲如雷響潰。（靶子）多次被穿破而累累墜落，箭如流影倏忽飛逝。（騎射之人）紛紜眾多往來不斷，並且依次傳接於己方的夥伴。驊騮駿馬激昂奮騁，神異四足奔馳騰越。最後一輪的三位騎手，所射利箭均不空發。（強勁的利箭）前射可以截取飛鳥（之靶），回射可以摧殺月支（之的）。（有一奇人）用鬍鬚可以拉開六鈞力的大弓，用口可以拽彎弧度僅為圓周度七分之一的強弓。旁觀的人屏止氣息而傾身竦望，全都側體踮腳而挪動前移。於是回轉駟車調頭行駛，按照節度和樂而還。翩翩自喜神情高厲，體輕意悅猶如飛仙。神采奕奕的紅色雄馬，既很壯健又經嚴格馴養。昂揚的黑馬挺首疾騁，身體屈伸步伐相連。

各種飾物齊備鮮明。

窮盡諸方各家的玄奧精妙。

【研　析】本文敘述了一次愉快而熱烈的騎馬競射活動。作者著意描繪了駿馬的神足奔越，射手的嫻熟技藝，觀眾的鼓噪助威，異士的臨場獻技，使得整個馳射場面充實而激奮，真實地展示了馳射者的歡欣喜悅，以及曹營主僕們的尚武豪情。文中既有著對主人的頌揚讚譽，又有著親身參加馳射的興奮激情，文思流暢，語詞明快。

車渠椀賦

【題　解】車渠椀，用車渠石雕製的碗，詳見陳琳〈車渠椀賦〉題解。

惟茲椀之珍瑋❶，誕❷靈岳而奇生。扇❸不周❹之芳烈❺，浸瓊露❻以潤形。蔭碧條❼以納曜❽，噏❾朝霞而發榮❿。紛玄黃⓫以彤裔⓬，曄⓭豹變⓮而龍華⓯。象蜿虹之輔體，中含曜乎雲波。若其眾色鱗聚⓰，卓度詭常⓱。絪縕⓲雜錯，乍⓳圓乍方。蔚術⓴繁輿，散列成章㉑。揚㉒丹流縹㉓，碧玉飛黃。華氣承朗㉔，內外齊光。

《藝文類聚》七十三

【注釋】❶瑋 美好。❷誕 育。❸扇 助（據《方言》十二）。❹不周 山名，在崑崙山西北。❺烈 美。❻瓊露 玉露。❼碧條 碧樹的枝條。據《淮南子・墬形訓》，崑崙山北有碧樹，高誘注謂碧為青玉。❽曜 光輝。❾噏 同「吸」。❿榮 美麗的光華。⓫玄黃 黑色與黃色。《易・坤・文言》：「夫玄黃者，天地之雜也，天玄而地黃。」⓬彤裔 此謂車渠本身深曲遠回的紋理。彤，相連不絕貌。裔，遠。⓭曄 光輝明燦。⓮豹變 猶謂像豹皮花紋的蔚縟美麗，語本《易・革・象》：「君子豹變，其文蔚也。」⓯華 光輝。⓰鱗聚 謂似魚鱗般密集排列。⓱詭常 異於常俗。《後漢書・向栩傳》：「性卓詭不倫。」⓲絪縕 同「氤氳」。指天地間陰陽二氣交互作用的狀態。《易・繫辭下》：「天地絪縕，萬物化醇。」孔疏：「絪縕，相附之義。言天地無心，自然得一，唯二氣絪縕，共相和會，萬物感之，變化而精醇也。」⓳乍 猶言忽爾。⓴蔚術 此指車渠碗繁密的紋路。蔚，繁密。《廣雅・釋詁三》：「蔚，數也。」術，邑中的道路。㉑章 條理；規則。㉒揚 原作楊，據張溥本改。㉓縹 淡青色。㉔朗 明而清澈。

【語譯】讚歎這只寶碗的珍貴美好啊，發育在靈山仙岳而神奇誕生。借助於不周之山的芳香美氣，沉浸於瓊玉潔露以潤飾身形。蔭蔽著碧樹枝條以收納明曜，吸吮著朝陽霞光而煥發秀榮。紛紜的黑黃二色綿連遠曲，明燦的體貌如豹子的美紋、如金龍的光華。外表好似蜿曲長虹輔助其體，內中含有來自雲海霞波的明輝異彩。像是那眾多美色鱗列會聚，超出凡度絕異尋常。陰陽二氣交互雜錯，忽爾成圓忽爾為方。細密的紋路繁美盛興，散亂布列卻又自成規章。揚播著朱赤流布著縹青，既有碧玉的淡綠又飛染著金黃。華美的神氣承受於明徹的豔體，碗內碗外齊放異光。

【研析】車渠是一種天然生成的物質。本文著意頌讚了車渠碗的不凡的生成條件與美好的形體容貌。其文辭華豔，其情意欽敬，寓含著作者對世間一切美好事物的讚歎與珍重。本文雖為奉和之作，卻不含阿諛之氣，與其他人的作品相比，顯得略高一籌。

迷迭賦

【題解】迷迭，植物名，可製香料，詳見陳琳〈迷迭賦〉題解。

列中堂❶之嚴宇❷，跨❸階序❹而駢羅❺。建茂莖以竦立❻，擢❼修幹而承阿❽。燭❾白日之炎陽，承翠碧之繁柯❿。朝敷條⓫以誕節⓬，夕結秀⑬而垂華⑭。振纖枝之翠粲，動綵葉⑮之莓莓⑯。舒芳香之酷烈⑰，乘清風以徘徊。

《藝文類聚》八十一

【注釋】❶中堂　庭院。❷嚴宇　高大威嚴的屋宇。❸跨　謂植於階序兩側。❹階序　院中登堂的正路與東西廂房前的空地。階，院中登堂的正路。序，東西廂房。❺駢羅　謂成對地羅列而生。❻竦立　聳立秀出貌。❼擢　聳起。❽承阿　伸舉長枝。承，舉。阿，枝條長美貌。❾燭　照。❿柯　枝。⓫敷條　布展枝條。⓬誕節　草木生長枝幹。誕，育。節，草木枝幹的交結處。⓭秀　植物的果實。⓮華　同「花」。⓯綵葉　彩葉。⓰莓莓　花草美盛貌。⓱酷烈　謂香氣濃厚。

【語譯】列植在庭院的威嚴廣廈之下，跨種在道路兩側而相對並生。挺起豐茂的根莖以俊秀竦立，高聳修長的主幹而伸展長枝。照耀著太陽的燦爛陽光，承舉那翠綠的繁盛枝條。早晨敷施枝葉而生長枝節，傍晚便結出果實而垂下殘花。振揚那纖美秀枝的翠碧明粲，暢動那光彩綠葉的美盛莓莓。舒放著芬郁芳香的濃氛厚味，乘借著清涼微風以潛蕩徘徊。

【研析】本文旨在頌讚迷迭的秀美與芬芳。作者善於對靜態的植物作動態的描繪，選用的動詞既形象，又富於動作感。文章的語言秀美，氣氛清新，使人彷彿親身感受到迷迭的動人芳姿和醉人香氣。

楊柳賦

【題　解】楊柳，泛指柳樹，本賦特指一株種植於「中唐」的柳樹。本賦主旨與陳琳、王粲〈柳賦〉相近，可參閱。

赴❶陽春之和節，植纖柳以承涼。攄❷豐節而廣布，紛鬱勃❸以敷陽❹。三春❺倏其奄過❻，景日赫❼其垂光。振鴻條而遠壽❽，迴雲蓋❾於中唐❿。

《藝文類聚》八十九

【注　釋】❶赴　趕，指恰值一定的時期。❷攄　舒展廣布。❸鬱勃　盛貌。❹敷陽　同「敷揚」。謂鋪展張揚。❺三春　指春季的三個月。❻奄過　疾迅流逝。❼赫　明耀。❽壽　疑為幬字之訛，訓為覆蓋。❾雲蓋　指柳樹密布如雲的傘蓋形的繁茂枝葉。❿中唐　庭院。

【語　譯】在那陽春煦日的溫和時節，種植這纖美嘉柳以承受蔭涼。舒展那豐茂枝節而廣散周布，紛葉繁盛而鋪展張揚。春天迅速地疾馳而過，（夏天的）太陽赫曦而垂放光芒。振揚長長的枝條而遠遮廣覆，回轉濃密的翠蓋於庭院中唐。

【研　析】本文頌讚了纖柔繁茂的院柳。言辭之中，含有著置身於柳蔭之下的愉快，似在暗述對曹氏父子的欽敬與感激。

贊德賦

【題　解】本賦僅存一句，寫作背景、主旨均不詳。

抗❶六典❷之崇奧，辨九籍❸之至言。

《北堂書鈔》九十七

【注　釋】❶抗　舉。❷六典　指治理國家的六種法規。《周禮・天官・大宰》：「掌建邦之六典，以佐王治邦國。一曰治典，以經邦國，以治官府，以紀萬民。二曰教典，以安邦國，以教官政，以擾萬民。三曰禮典，以和邦國，以統百官，以諧萬民。四曰政典，以平邦國，以正百官，以均萬民。五曰刑典，以詰邦國，以刑百官，以糾萬民。六曰事典，以富邦國，以任百官，以生萬民。」❸九籍　泛指各種典籍。九，表示多數。

【語　譯】揚舉六類法典的深崇精奧，明辨諸多書籍的至理明言。

別詩二首

【題解】本詩與誰作別，文中沒有明言。考曹植〈送應氏二首〉，述曹植在黃河邊置酒為遠遊北方的應瑒、應璩兄弟送行，其情其景與本詩相近。知本詩為告別曹植諸友而作。又考曹植詩有「我友之朔方」語，朱緒曾《曹集考異》稱「朔方者，冀州，指鄴而言」。查曹植〈與楊德祖書〉，稱「德璉發跡于此魏」，知應瑒入仕之前已在鄴；《後漢書・應劭傳》稱劭「後卒於鄴」，知應瑒兄弟是投奔在鄴的伯父；《三國志・魏書・武帝紀》注引《世語》：「太祖定冀州，劭時已死。」曹操平定冀州事在建安九年（西元二〇四年）。若此，本詩當作於建安九年之前。

其一

朝雲浮四海，日暮歸故山。行役❶懷舊土，悲思不能言。悠悠涉千里，未知何時旋。

《藝文類聚》二十九

【注釋】❶行役　客行在外。

【語譯】朝雲漂浮飛四海，白日西下歸故山。遠行客遊念舊鄉，悲切情思不能言。悠悠跋涉千萬里，不知何時能回還。

其二

浩浩長河❶水，九❷折東北流。晨夜赴滄海，海流亦何抽❸？遠適萬里道，歸來未有由。臨河累❹太息❺，五內❻懷傷憂。

《藝文類聚》二十九

【注釋】❶長河　指黃河。❷九　表示多數。❸抽　去。❹累　連續而多次。❺太息　同「歎息」。❻五內　五臟。

【語譯】浩浩奔騰黃河水，彎曲折轉東北流。晨夜不息奔滄海，海流亦往何處就？茫茫遠行萬里路，歸來尚未有因由。臨望黃河長歎息，五臟之中懼懷憂。

【研析】這二首詩描寫了作者與曹植話別時的濃郁愁情。愁自何來？來自遠離故土而客遊他鄉，前程難測而歸來無由。其中的重要原因是，其時曹操袁紹二家的仇隙頗深，且袁紹實力已明顯弱於曹操，所以，應瑒兄弟此行吉凶未卜，這也正是應瑒與曹植詩中悲情的根源所在，也是應詩沒有明說與誰告別、將去何方的原因所在。立足於此重讀應曹之詩，有些問題就容易理解了：洛陽距離鄴城並不遙遠，而應曹之詩均強調「悠悠涉千里」、「遠適萬里道」、「山川阻且長」，實際上，是在用誇張的藝術手法說明此行之「艱」；曹植詩中「愛至望苦深，豈不愧中腸」諸語的愧疚情感，亦是其年紀尚幼，無力解決應氏兄弟生活出路的內心無奈的真實陳述。本詩詩句質樸無華，詩情真切感人，亦足見作者與曹植的誠摯情誼。

報趙淑麗詩

【題　解】趙淑麗，其人不詳。《詩紀》二十七引此詩標題下有小注：「一作報趙叔巖。」

朝雲不歸，夕結成陰。離羣獨❶宿，永思長吟。有鳥孤棲，哀鳴北林。嗟我懷矣❷，感物傷心。

《藝文類聚》三十一

【注　釋】❶獨　原作猶，據楊德周本改。❷嗟我懷矣　此句用《詩・周南・卷耳》「嗟我懷人」之意。懷，懷念。

【語　譯】朝雲浮蕩不回歸，傍晚集結成濃陰。離開眾人獨自宿，整夜愁思長歌吟。有那佳鳥孤寂棲，哀厲高鳴翔北林。嗟歎我那心中人，感觸舊物傷人心。

【研　析】詩中抒發了作者孤寂獨居而感懷友人的愁思哀情。作者採取景物與情感交替敘述的句法，使得作品情景映襯，生動感人。

侍五官中郎將建章臺集詩

【題　解】五官中郎將，指曹丕。曹丕於建安十六年正月任五官中郎將、副丞相。此詩似作於應瑒任五官中郎將文學之時。建章臺，樓臺名，其制其址均不詳。繁欽有〈建章鳳闕賦〉，似與建章臺有關。疑臺在鄴城。

朝雁❶鳴雲中，音響一何❷哀。問子❸遊何方，戢翼❹正徘徊？言我寒門❺來，將就衡陽❻棲。往春翔北土，今冬客南淮❼。遠行蒙霜雪，毛羽日摧頹❽。常恐傷肌骨，身隕沉黃泥。簡珠❾墮❿沙石，何能中自諧⓫？欲因雲雨會⓬，濯翼陵⓭高梯⓮。良遇不可值⓯，伸眉⓰路何階？公子⓱敬愛客，樂飲不知疲。和顏既以⓲暢⓳，乃肯顧細微⓴。贈詩見㉑存慰㉒，小子㉓非所宜。為且㉔極歡情，不醉其無歸㉕。凡百㉖敬爾位，以副㉗飢渴懷㉘。

《文選》二十

【注　釋】❶朝雁　為作者自喻。❷一何　多麼。❸子　指朝雁。❹戢翼　斂翅。❺寒門　傳說中北方極冷的地方。《淮南子・墬形訓》：「北方曰北極之山，曰寒門。」高誘注：「積寒所在，故曰寒門。」《文選》五臣注本、張溥本寒作塞。❻衡陽　衡山的南麓，衡山在湖南。衡山有回雁峰，傳說雁飛至此則不再南飛。❼往春翔北土二句　曹植〈送應氏詩二首・其二〉有「我友之朔方」語，則應瑒曾飄泊客遊北方（實為赴鄴城投應劭，詳見應瑒〈別詩二首〉）。曹操於建安十七年冬十月率軍南征孫權，應瑒隨軍到過淮南。考曹操於次年四月率軍返鄴，則「今冬」不當指建安十七年冬。故詩中「往春」、「今冬」均為泛指。北土，北方之地。南淮，淮河以南。❽摧頹　摧傷頹敗。❾簡珠　大珠。李善注：「簡珠，喻賢人也；沙石，喻羣小也。《淮南子》曰：『簡珪產於垢土。』」❿墜　《文選》五臣注本作隨。⓫諧　和。⓬雲雨會　謂好的際遇，亦猶王粲〈雜詩四首・其四〉的「風雲會」。⓭陵　升登。⓮高梯　喻尊位。⓯值　逢遇。⓰伸眉　指揚眉吐氣、得志如意的樣子。⓱公子　指曹丕。⓲以　同「已」。⓳暢　舒展貌。⓴細微　謂低賤之人，此指作者自己。㉑見　表示他人行為及於己。㉒存慰　關懷照顧。㉓小子　作者自稱。㉔為且　猶且為。㉕不醉其無歸　語本《詩・小雅・湛露》：「厭厭夜飲，不醉無歸。」㉖凡百　指諸位士人，語本《詩・小雅・雨無正》：「凡百君子，各敬爾身。」㉗副　應合。㉘饑渴懷　謂曹丕求賢若渴的情懷。

【語　譯】朝雁高鳴在雲中，音響清切多悲哀。借問朝雁遊何方，斂持雙翅正徘徊？說我從那寒門來，將要飛往衡陽息。去春高翔赴北土，今冬客遊去南淮。遙飛遭受霜和雪，毛羽日日受摧頹。時常懼怕傷肌骨，身體墜降入黃泥。大珠落入沙石間，怎能心中自歡諧？盼望借助好機會，洗翅升登高階梯。美好機遇實難逢，揚眉之路怎尋階？公子敬賢愛賓客，歡暢共飲不知疲。和悅容貌已舒暢，且肯顧念諸賤微。親贈詩文受惠愛，小子無德不適宜。聊且盡其歡娛情，不飲大醉不回歸。謹願諸人敬己位，以應公子殷切懷。

【研　析】應瑒曾遭亂離而客遊他鄉，此時已頗受曹丕敬待，故作詩訴情，以盡感激之意。詩中以朝雁自喻，訴說南北遷徙之苦與伸眉無路之愁，是對作者隨奉曹氏之前生活的概括；結尾所述的敬位盡職相報的決心，顯示了作者對曹氏的忠誠。全詩委婉流暢，直陳胸臆，是一篇較有特色的奉侍之作。

公宴詩

【題解】公宴，公卿高官的宴會。王粲、劉楨亦有同題之作，可參閱。

巍巍主人❶德，佳會被四方。開館延❷羣士，置酒于斯❸堂。辨❹論釋鬱結❺，援筆興文章。穆穆❻眾君子，好合❼同歡康。促坐❽褰❾重帷❿，傳⓫滿騰羽觴⓬。

《詩紀》二十七

【注釋】❶主人　指曹操。❷延　接待。❸斯　《初學記》十四作新。❹辨　通「辯」。楊德周本作辯。❺鬱結　指疑難問題。《藝文類聚》三十九鬱作常。❻穆穆　端莊盛美貌。❼好合　相親相合。❽促坐　促膝而坐。❾褰　撩起。古時男子服裝為上衣下裙，此時促膝而坐，所以要撩起。❿帷　帷裳，用整幅布做的裙服，因其寬大而多有褶疊，故又稱重帷。⓫傳　驛舍客館。⓬羽觴　飾作鳥雀狀的酒器。

【語譯】巍巍崇盛主人德，美宴遍及眾賢良。設館盛待眾俊士，陳置美酒在高堂。辯論明釋諸疑難，執筆興思寫文章。穆穆端莊眾君子，相親相合共歡康。並坐輕撩百重袙，滿堂騰遞金羽觴。

【研析】這首詩描述了主賓歡宴的愉悅場面。作者把筆觸集中在士人們身上，寫了他們的雅行與歡情，從中可以看出作者心情舒暢，以及對主人的滿意與欽敬。

鬥雞

【題解】曹植、劉楨亦有〈鬥雞〉詩，文旨相近，似為同時奉和之作。

戚戚❶懷不樂，無以釋勞勤❷。兄弟❸遊戲場，命駕迎眾賓。二部分曹伍❹，羣雞煥❺以陳。雙距❻解長緤❼，飛踴超❽敵倫❾。芥羽❿張金距⓫，連戰何繽紛⓬。從朝至日夕，勝負尚未分。專場驅眾敵，剛捷逸⓭等羣。四坐同休贊，賓主懷悅欣。博弈⓮非不樂，此戲世所珍。

《藝文類聚》九十一

【注釋】❶戚戚　憂悶不樂貌。❷勞勤　謂憂愁。三足鼎立之時，曹操無力進剿孫權、劉備，閒居鄴城，無所創獲，故曹植〈鬥雞〉詩亦有「主人寂無為」語。❸兄弟　指曹氏兄弟。❹曹伍　指相對的兩群。❺煥　神采鮮明貌。❻距　雞爪。❼緤　繩索。❽超　跳躍。❾倫　類。❿芥羽　鬥雞者把芥末撒在雞翅上以刺激對方之目。⓫金距　用金屬包套雞距以刺傷對方。⓬繽紛　形容雞爭鬥時豔羽的飛騰轉動。⓭逸　超出。以上二句是在描繪一隻稱雄得勝的鬥雞。⓮博弈　六博和圍棋。

【語　譯】情懷戚戚不歡樂，無以消除心憂勤。兄弟遊戲鬥雞場，派車迎接眾客賓。平分二部成兩陣，眾雞煥然並列陳。雙距解脫長繩索，飛騰踴越衝敵群。芥撒雙翅張金距，連連爭鬥色繽紛。從早鬥到日西下，勝負尚未得明分。獨專鬥場驅眾敵，這隻強健超同群。四周坐客同賀讚，賓主舒懷共歡欣。六博圍棋非不樂，鬥雞遊戲世同珍。

【研　析】這首詩敘述了曹丕兄弟鬥雞取樂的熱烈場面，真實地記錄了曹氏兄弟當時空虛無聊，整日鬥雞的閒逸生活。詩文敘述平允得當，雖為奉和應制之作，卻未阿諛過譽。

失題詩

【題　解】本詩殘句為俞紹初先生所輯。應場涉及軍隊戰事的詩文僅此一句。

戰士志敢決。

《九家集注杜詩》十三〈王兵馬使二角鷹〉注

【語譯】戰士立志奮勇拼決。

報龐惠恭書

【題解】報，回答。龐惠恭，其人不詳。《藝文類聚》二十一載有應璩〈與龐惠恭書〉殘句「頻見所上利民之術，植濟南之榆，栽漢中之漆」，知應瑒、應璩兄弟與龐惠恭皆有交往，其時龐惠恭在朝為官。

夫蕭艾之歌，發於信宿❶；〈子衿〉❷之思，起不嗣音❸。況實三載，能不有懷？雖萱草❹樹背❺，皋蘇❻在側，悒憤❼不逞❽，秖❾以增毒❿。朝隱之官⓫，賓不往來。喬木⓬之下，曠無休息，抱勞而已⓭。足下⓮剖符⓯南面⓰，振威千里，行人子羽⓱，朝夕相繼。曾不枉⓲咫尺之路，問蓬室⓳之舊。過意⓴賜書，辭不半紙。慰藉輕於緡縞㉑，識望重於丘山，是〈角弓〉㉒之詩所以為刺㉓也。值鷺羽於宛丘㉔，騁駿足於株林㉕。發明月之輝光，照妖人㉖之窈窕㉗。斯亦所以眩耳目之視聽，亡聲命㉘於知友者也。

《藝文類聚》二十一

【注釋】❶夫蕭艾之歌二句　本句是就屈原〈離騷〉「何昔日之芳草兮，今直為此蕭艾也」而言。蕭艾，野蒿，古人以為臭草。信宿，連宿兩夜，此指兩日。❷子衿　《詩・鄭風》篇名。❸嗣音　傳寄音訊。〈子衿〉詩有「縱我不往，子寧不嗣音」語。❹萱草　又名諼草、忘憂草。❺樹背　種植在北堂。《詩・衛風・伯兮》：「焉得諼草，言樹之背。」毛傳：「諼草令人忘憂。背，北堂也。」❻皋蘇　木名，相傳木汁味甜，食之不飢，可以解除憂思辛勞。王朗〈與魏太子書〉：「雖復萱草忘憂，皋蘇釋勞，無以加也。」❼悒憤　憂鬱不安。❽逞　申舒解消。❾秖　僅僅。❿毒　痛苦。⓫朝隱之官　指在朝任職卻又淡泊恬靜似隱居鄉里的官吏，此指作者本人。⓬喬木　泛指枝幹長大的樹木。《詩・周南・漢廣》：「南有喬木，不可休息。」鄭箋：「木以高其枝葉之故，故人不得就而止息也。」此以喬木喻權貴之人。⓭抱勞而已　本句謂作者入朝為官，並不想依附權貴以求私利，僅僅空持辛勞而已。抱，持守。⓮足下　對對方的尊稱，此指龐惠恭。⓯剖符　謂入仕為官。古時帝王授予諸侯和功臣的竹製符信，一物而剖分為二，帝王與受者各持其一。⓰南面　此指朝廷。⓱行人子羽　此喻使者。《論語・憲問》：「行人子羽修飾之。」行人，古時外交使臣的通稱。子羽，春秋時鄭國大夫公孫揮的字，在鄭國負責外交。⓲枉　屈就。⓳蓬室　編結蓬草建造的居室，謂窮人的住處。⓴過意　過分的盛意，此含貶義。㉑縉縞　泛指輕薄的絲織物。㉒角弓　《詩・小雅》篇名，詩序稱「父兄刺幽王也。不親九族而好讒佞，骨肉相怨，故作是詩也。」㉓刺　譏諷；刺怨。作者引〈角弓〉詩，意在對龐惠恭表示不滿。㉔值鷺羽於宛丘　本句用《詩・陳風・宛丘》「坎其擊鼓，宛丘之下。無冬無夏，值其鷺羽」意，謂龐惠恭明好禮樂，實為荒淫昏亂，歌舞無度。值，持舉。鷺羽，用鷺的羽毛製作的舞具，亦可用作指揮歌舞。宛丘，古地名，在今河南淮陽，春秋時為陳國國都。㉕騁駿足於株林　本句謂龐惠恭明好馳騁，實求淫蕩。株林，古地名，在今河南西華夏亭鎮北，春秋時為陳國夏姬之子徵舒的封地。《詩・陳風・株林》：「胡為乎株林，從夏南兮？」（韓按：夏南指夏姬）詩序稱：「〈株林〉，刺靈公也。淫乎夏姬，驅馳而往，朝夕不休息焉。」㉖妖人　同「佼人」。豔麗嫵媚的美女。以上二句化用《詩・陳風・月出》「明月皎兮，佼人僚兮，舒窈糾兮」語。詩序稱：「〈月出〉，刺好色也。在位不好德而說美色也。」（從熊清元先生說）㉗窈窕　同「窈糾」。美好妖冶貌。㉘命　名。

【語　譯】屈原對於蕭艾的怨歌，是感發於兩日之間芳草的變化；〈子衿〉詩篇的憂思，是產生於不能通達音訊。更何況已有三年之久，怎能不有所懷念？即便是忘憂的萱草種植在北堂，釋勞的皋蘇就在身側，悒憤憂鬱的心情仍不能舒緩消解，只使我心中更增痛苦。（我是）空掛官名而無心理事的閒官，賓客不常往來。身在大樹之下，空曠而不能休息，只是空持辛勞而已。您親受朝廷命符，振揚聲威千里之外，來往交通的信臣使者，早早晚晚接連不斷。卻不能屈尊行走近在咫尺的路途，前來探問蓬室陋屋的舊友。承蒙厚意惠賜一書，文辭卻不足半頁紙張。存問撫慰的情意輕於繒縞，譏呵責怪的語句卻重於丘山，這正是〈角弓〉之詩所以要譏諷了。（你）持舉（指揮歌舞的）鷺羽於宛丘之上，馳騁良足駿馬在株林之途；播揚明月的瑩輝殘皎光，映照美麗佳人的窈窕姿容。這些都是眩迷（眾人）耳目的視察聽聞，喪亡美聲佳名於知心朋友的行為呀。

【研　析】本文傾訴了作者對龐惠恭顯貴之後驕奢貪享而輕待舊友的卑劣行徑的強烈不滿，並用「亡聲命于知友」語以示絕交。文中作者的篤誠舊情、心靜身清，與龐惠恭的行為形成了鮮明的對照，顯示了作者自甘卑賤，不攀附權貴的高潔心志與剛正不阿的性格。文章語言犀利，辭句精練，正氣濃郁，仗義果敢，是一篇較為出色的作品。

釋賓

【題解】本文是對賓客疑難的答覆。文章殘缺過甚，不詳其旨。

聖人不違時而遁跡，賢者不背俗而遺功。

《文選·張協·七命》注

九有❶威夷❷，始失其政。

《文選·袁宏·三國名臣序贊》注

子猶不能騰雲閣，攀天衢❸。

《文選·劉峻·廣絕交論》注

【注釋】❶九有　九州，指全國的地域。❷威夷　艱難險阻。❸天衢　天上通達之路，多喻高位。

【語譯】聖人不違離時人而隱遁身跡，賢人不背棄世俗而遺失功業。

九州遭受險難，從此失其政權。

你尚且不能騰越雲閣之中，高攀天衢之上。

文質論

【題解】文質，參見阮瑀〈文質論〉題解。本文係針對阮瑀文所作，且與阮瑀文觀點不同，可參閱。

蓋皇穹❶肇載❷，陰陽❸初分，日月運其光，列宿曜其文，百穀麗❹於土，芳華❺茂於春。是以聖人合德天地，禀氣❻淳靈，仰觀象於玄表，俯察式❼於羣形，窮神知化❽，萬國是經❾。故否泰❿易趍⓫，道無攸一，二政⓬代序，有文有質。若乃陶唐⓭建國，成周⓮革命⓯，九官⓰咸乂⓱，濟濟⓲休令⓳。火、龍、黼、黻⓴，暐韡㉑於廊廟㉒；袞、冕、旂、旒㉓，舄弈㉔乎朝廷。冠㉕德百王㉖，莫參㉗其政。是以仲尼歎煥㉘乎之文㉙，從㉚郁郁之盛㉛也。

夫質者端一，玄靜[32]儉嗇[33]，潛化[34]利用[35]，承清泰，御平業，循軌量[36]，守成法。至乎應天順民，撥亂夷世；摛[37]藻奮權，赫弈[38]丕烈[39]；紀禪[40]協律[41]，禮儀煥別；覽《墳》《丘》[42]於皇代[43]，建不刊之洪制；顯宣尼[44]之典教，探微言[45]之所弊[46]。若夫[47]和氏[48]之明璧[49]，輕縠[50]之袿裳[51]，必將遊[52]玩於左右，振飾於宮房。豈爭牢偽之勢[53]，金布[54]之剛乎！且少言辭者，孟僖[55]所以不能答郊勞[56]也；寡智見者，慶氏[57]所以困〈相鼠〉[58]也。今子[59]棄〈五典〉[60]之文，闇禮智之大，信管、望[61]之小，尋老氏[62]之蔽[63]。所謂循軌常趍，未能釋連環之結[64]也。

且高帝[65]龍飛[66]豐沛[67]，虎據[68]秦楚[69]，唯德是建，唯賢是與[70]。陸、酈[71]摛[72]其文辯，良、平[73]奮其權諝[74]，蕭何[75]創其章律，叔孫[76]定其庠序[77]，周、樊[78]展其忠毅[79]，韓、彭[80]列其威武。明建天下者，非一士之術；營宮廟者，非一匠之矩也。逮[81]至高后[82]亂德，損我宗劉。朱虛[83]軫[84]其慮，辟彊[85]釋其憂，曲逆[86]規其模[87]，酈友[88]詐其遊，襲據[89]北軍⑨⓪，實賴其疇⑨①。冢嗣⑨②之不替，誠四老⑨③之由也。夫諫則無義以陳，問則服汗沾濡，豈若陳平敏對，叔孫據書？言辨國典，辭定皇居，然後知質者之不足，文者之有餘。

《藝文類聚》二十二

【注釋】❶皇穹　指宇宙蒼天。❷肇載　初始。❸陰陽　此指陰濁之氣和陽清之氣，古人認為天地即二氣演化而成。❹麗　附。❺華　同「花」。❻稟氣　天賦的氣質。稟，承受。氣，指人的氣質。❼仰觀象於玄表二句　語本《易・繫辭下》：「古者庖犧氏之王天下也，仰則觀象於天，俯則觀法於地。」象，天空及宇宙的種種表象。式，法度。❽窮神知化　謂窮極微妙的神機，曉知萬物變化的道理。《易・繫辭下》：「窮神知化，德之盛也。」❾經　治理。❿否泰　《易》的二個卦名。否謂大往小來，天地不交而萬物不通；泰謂小往大來，天地交而萬物通，後人多以否泰指事物發展的順逆好壞。⓫趍　同「趨」。⓬二政　指日月，亦隱有陰陽之意。⓭陶唐　指古帝堯。⓮成周　指商朝的開國之君成湯和滅商而建立周朝的周武王。⓯革命　變革現實而承受天命，此指改朝換代。《易・革・彖》：「湯武革命，順乎天而應乎人。」⓰九官　舜設置的九種官職，此代指百官。⓱乂　才能出眾。⓲濟濟　眾多貌。⓳休令　美好。⓴火龍黼黻　為古時官員禮服上的四種花紋。火為半環，龍則畫龍形，黼為用黑白兩色組成的一對斧頭形，黻為用黑青兩色組成的兩弓相背形。《左傳・桓公二年》：「火、龍、黼、黻，昭其文也。」㉑暐韡　同「暐曄」。光彩明盛貌。㉒廊廟　大殿四周的廊與太廟，二者都是古代帝王和大臣議論政事的地方。㉓袞冕旂旒　為古時帝王及高官特有的禮服或儀仗。袞，古時帝王及高官所穿的畫有卷龍的禮服。冕，古時帝王及高官的禮帽。旂，飾有龍形，竿頭繫鈴的旗。旒，古時旗幟下邊懸垂的飾物。㉔舄弈　連綿不斷貌。㉕冠　超絕眾人。㉖百王　指歷代諸王。㉗參　高。㉘煥　光輝。㉙文　指禮儀典章制度。《論語・泰伯》：「子曰：『大哉堯之為君也……煥乎其有文章！』」㉚從　贊成。㉛郁郁之盛　豐富而繁盛。《論語・八佾》：「子曰：『周監於二代，郁郁乎文哉！吾從周。』」㉜玄靜　深奧恬靜。㉝儉嗇　儉樸愛物。㉞潛化　在人們並無直接的感受之中施以教化。㉟利用　使各種事物均得盡其所用。㊱軌量　本指車兩輪間的距離與斗斛一類的量器，此喻法規制度。㊲摛　舒展。㊳赫弈　同「赫奕」。光顯盛大貌。㊴丕烈　顯赫的功業。㊵紀禪　治理封禪（祈祭山川）事宜。㊶律　律管，用金屬或竹子製成，可校定樂器的音高或確定節氣。㊷墳丘　指《三墳》和《九丘》，為古代典籍名，此泛指古籍。㊸皇代　盛美的時代。㊹宣尼　指孔子。漢平帝元始元年追謚孔子為褒成宣尼公，故名。㊺微言　精微之言。劉歆〈移書讓太常博士〉：「及夫子沒而微言絕。」㊻弊　通「蔽」。㊼若夫　猶若乃，義同「至於」。㊽和氏　指春秋時楚人卞和。㊾璧　平圓形，中心有孔的玉器。卞和曾獻寶玉，治為一塊璧，因以和氏名之。㊿縠　縐紗。(51)袿裳　婦女的上等服裝，其下垂的部分上廣下狹，其制詳見王先謙《釋名疏證補・釋衣服》。此用袿裳代指美女。(52)遊　觀。(53)勢　情形；姿態。(54)布　本句是就阮瑀〈文質論〉「麗物苦偽，醜器多牢；華璧易碎，金鐵難陶」而言，故句中的「布」字疑當改為「璧」。(55)孟僖　春秋時魯國上卿孟僖子，其人不善禮儀言辭，晚年方注重學禮，而受到孔子稱讚。(56)郊勞　到郊外的迎接、慰勞。據《左傳・昭公七年》，孟僖子陪同魯昭公去楚國，不能對楚國於郊外施予的慰勞之儀作以相應的酬答。(57)慶氏　春秋時齊國的慶封。(58)相鼠　《詩・鄘風》篇名。據《左傳・襄公二十七年》，慶封來魯國聘問，魯國的叔孫豹招待慶封吃飯，慶封表現得不恭敬。叔孫豹賦〈相鼠〉詩嘲諷慶封（詩中有「人而無禮，胡不遄死？」語），慶封不解其義。(59)子　您，所指不詳。考阮瑀〈文質論〉主旨與應瑒文不同，不知本文是否針對阮文而言。(60)五典　指儒家《詩》、《書》、《易》、《禮》、《春秋》五經。(61)管望　指管仲與呂望。管仲，春秋時齊人，曾佐助齊桓公稱霸天下。呂望，又稱姜太公，周初人，曾佐周武王滅殷。(62)老氏　指老聃，又稱李耳，春秋戰國時楚國人，相傳著《老子》一書，其說主張自然無為。63蔽　壅塞而不通。64連環之結　連環成串的結扣。《戰國策・齊策六》：「秦始皇嘗使使者遺君王后玉連環，曰：『齊多知，而解此環不？』君王后以示羣臣，羣臣不知解。君王后弄椎椎破之，謝秦使曰：『謹以解矣。』」本句用這個典故，稱對方缺少權變機智。65高帝　漢高祖劉邦。66龍飛　喻帝王的興起。《易・乾・九五》：「飛龍在天，利見大人。」67豐沛　指沛縣豐邑（今江蘇沛縣東），為劉邦的故鄉。68虎據　猶言雄據。69秦楚　指秦王與楚王項羽所佔有的地域。70與　親善。71陸酈　指陸賈與酈食其。陸賈，西漢楚人，劉邦時任太中大夫，善於辭令，著有《新語》，劉邦稱善。酈食其，西漢陳留高陽（今河南杞縣西南）人，亦善辭令，曾助劉邦取陳留，被封為廣野君。72摛　舒展；鋪陳。73良平　指張良與陳平。張良，西漢韓人，為劉邦謀士，多建奇謀。陳平，西漢陽武（今河南原陽東南）人，多有謀略，因功封曲逆侯。74諝　才智計謀。75蕭何　西漢沛（今江蘇沛縣）人，佐劉邦建漢朝，曾收取秦代律令圖籍而改創漢制。76叔孫　指叔孫通，西漢魯國薛縣（治所在今山東滕州東南）人，劉邦任為博士，號稷嗣君，漢朝典禮多為其所定。77庠序　指學校，古時作為學習禮法與文化的場所。78周樊　指周勃與樊噲。周勃，西漢沛人，性厚重少文，隨劉邦起事，以軍功封絳侯。樊噲，西漢沛人，勇武忠直，在鴻門宴中助劉邦得脫，以軍功封舞陽侯。79毅　堅強果敢。80韓彭　指韓信與彭越。韓信，西漢淮陰（今江蘇淮陰東南）人，為劉邦名將，與眾將共滅項羽，被封為楚王。彭越，西漢昌邑（今山東巨野東南）人，為劉邦名將，多有大功，被封為梁王。81逮　及。82高后　劉邦妻呂后，她在劉邦死後臨朝稱制，主政柄八年，排斥劉邦舊臣，立諸呂為王。83朱虛　指朱虛侯劉章。其妻為呂祿女，因而首先知道諸呂作亂的陰謀，於是劉章派人告知其兄齊王起兵誅逆，首開反抗諸呂之舉，其後又殺呂產。84軫　運轉。85辟彊　張良之子張辟彊。據《史記・呂太后本紀》，漢惠帝喪葬之時，呂后哭而無淚，丞相等不解其故。獨辟彊知呂后畏眾舊臣而內心不安。丞相等從辟彊計，任諸呂為將，呂后方悲哀痛哭。86曲逆　指曲逆侯陳平，時為右丞相，與周勃共定誅滅諸呂的謀略。87模　法。88酈友　指酈寄，因其與呂祿為友，故名。酈寄受周勃、陳平之命，誘騙呂祿交出兵權，呂祿信寄之言，交出兵權，而常與酈寄出遊行樂。

(89)襲據　乘其不備而突然奪取。(90)北軍　駐守在長安北部的軍隊。周勃騙取呂祿兵權印信後，迅速地控制了北軍。(91)疇　通「儔」。指夥伴、同類。(92)冢嗣　太子，此指漢惠帝劉盈。(93)四老　即商山四皓，詳見阮瑀〈隱士詩〉注❶。據《史記・留侯世家》，劉邦後期愛幸戚夫人，曾打算廢太子劉盈，立戚夫人子如意。張良設計召不肯稱臣劉邦的四老侍奉劉盈，劉邦誤以為劉盈羽翼已成，故未更替太子。

【語譯】從那宇宙蒼穹開始形成，陰陽二氣分為天地時起，日月運轉其光輝，眾星閃耀其文彩，各種穀物附麗於大地，芳香花卉繁茂於春天。因此，聖人使自己的品德合於天地自然，承受浩氣於淳美神靈，仰觀上天物象於玄青天表，俯察大地法式於眾多物形，窮盡神妙曉知變化，眾國因此而得到治理。所以事物的否泰逆順易於趨轉，治世之術不拘一種，日月陰陽順次更替，既有（外現的）文彩又有（內含的）佳質。就像那唐堯始建國家，成湯、周武革舊承命，百官全都俊乂賢能，濟濟一堂修美善良。（眾官們）禮服上的火、龍、黼、黻諸類紋飾，暐曄明耀在殿廊太廟；衮衣、冠冕、旂旗、旒飾諸類佳儀，舄弈連綿於朝中廣廷。（唐堯、成湯、周武王的）恩德超過歷代眾王，沒有誰能高於他們的政績。所以孔子嘉歎（堯的）光輝美好的典章禮制，讚譽（周朝的）豐富多彩的美盛法度。

質樸的人端正專一，玄深沉靜儉約博愛，潛行教化物盡其用，承繼清明安泰之世，治理平和安定之業，遵循軌量舊制，恪守前人成法。進而（有人在此基礎之上運智馳才）承應天命順和萬民，撥治動亂平正時世；鋪張辭藻奮展職權，光顯赫奕功業盛大；治辦封禪協和節度，禮儀明晰煥然有別；熟讀《墳》、《丘》各種典籍於盛美之世，擬訂永世不滅的朝綱大制；顯揚先師孔子的恆常教誨，探求精微至言的深隱大義。以至於卞和的明瑩玉璧，輕柔縐紗的婦人袿裳，一定會觀賞品玩於左右兩側，振揚美飾於宮廷后房。哪裡是要競爭（麗物與醜器的）牢固與虛弱的形態，（強辯）堅金與璧玉的或剛或脆啊！又有那不善言辭的人，例如孟僖子的不能酬答楚國的郊外慰勞；缺乏智慧見識的人，例如慶封的困惑於〈相鼠〉之詩。今天您棄絕〈五典〉諸書的佳文，不明禮義仁智的宏大，偏信管仲、呂望的小術，追尋老子無為的謬說。這正是所說的只知遵循常軌而行，不能運智解開連環的瑣結。

（當年）漢高祖興起於沛縣豐邑，雄據秦楚之地，盡心建樹德政，盡心親善賢良。於是陸賈、酈食其舒展其文辭雄辯，張良、陳平奮揚其權謀才智，蕭何創制典章制度，叔孫通正定禮法綱常，周勃、樊噲伸張其忠勇果毅，韓信、彭越陳列其軍威武功。說明創建天下大業，並不是單憑一位賢人的技能；營造宮室廟宇，並不是單憑一位工匠的矩尺。及至呂后亂德敗政，損我劉氏宗族。朱虛侯劉章轉述諸呂的陰謀，張辟彊明釋呂后的憂愁，曲逆侯陳平規劃誅滅諸呂的辦法，酈寄以朋友關係誘騙呂祿而與其出遊，周勃得以迅速據有北軍，實在是依賴於這些同心之人。（此外）太子劉盈的不被更替，完全是由於（張良設計召來）四位賢老侍奉於後的原因。那些勸諫時不能以大義相陳，應對時（辭窮心虛而）汗溼衣服的人，哪裡比得上陳平的機敏應對，叔孫通的據書博論？（知道了陳、叔孫二人的）切言明辯國家典法，厲辭安定帝王尊位，然後才能懂得質樸少文之人的應事不足，以及質佳文茂之人的務政有餘。

【研析】文章分三個層次，首先通過對聖賢美政的敘述，充分肯定了文質並重相輔相成這一基本原則。繼而對「質者」進行了剖析，認為其有「玄靜儉嗇」等諸種美德，一部分人據其佳質運智馳才而成就大功，也有一部分人（如孟僖子等）囿於「端一」之質而流於壅蔽無知。最後，引述了劉邦創業、誅滅諸呂、太子不替三個事例，說明「質者之不足，文者之有餘」的道理，具有明顯的重文輕質的傾向。文中「建天下者，非一士之術」的提法，有利於在漢末動亂的年代中，招致有才之士共濟一堂，且與曹操「唯才是舉」的觀點相適合。全文引古說今，層次明晰，論證恢宏卻又有理有據，言辭精當而富於文采，顯示出作者具有較強的論辯能力。

弈勢

【題解】弈，圍棋。勢，文體名，主要用於描述某一事物的態勢與特性。文中引有官渡之戰一事，則本文當作於建安五年之後。

蓋棋弈之制，所由來❶尚矣！有像軍戎戰陣之紀❷，旌旗既列，權慮蜂起，絡繹❸雨集，魚鱗雁峙❹，奮維❺闡❻翼，固衛邊鄙❼。或飾遁偽旋，卓轢❽軿列❾，羸師❿延敵⓫，一乘虛絕，歸不得合，兩見⓬擒滅，淮陰⓭之謨⓮，拔旗之勢也⓯。或匡設⓰無常，尋變應危，寇動北壘，備在南麾⑰，中棋既捷，四表自虧，亞夫⑱之智，耿弇⑲之奇也。或假⑳道四布，周爰㉑繁昌，雲合星羅，侵逼郊場，師弱眾寡，臨據孤亡㉒，披掃強禦㉓，廣略土疆，昆陽㉔之威，官渡㉕之方也。挑誘既戰，見欺敵對，紛拏㉖相救，不量進退，羣聚俱隕，力行唐突㉗，瞋目㉘恚憤㉙，覆局崩潰，項將㉚之咎㉛，楚懷㉜之悖㉝也。時或失謬，收奔攝北㉞，還自保固，完聚㉟補塞，見可而進，先負後克，燕昭㊱之賢，齊頃㊲之德也。長驅馳逐，見利忘害，輕敵寡備，所喪彌大，臨疑猶豫，算慮不詳㊳，苟貪少獲，不知所亡，當斷㊴不斷，還㊵為所謀，項羽㊶之失，吳王㊷之尤㊸也。持棋相守，莫敢先動，由㊹楚漢之兵相拒索鞏㊺也。

《藝文類聚》七十四

【注釋】❶由來　原無由來二字，據《太平御覽》七百五十三補。❷紀　法度；法則。❸絡繹　往來不絕貌。❹雁峙　指排列整齊猶如大雁飛行的佇列軍陣。❺維　四角。❻闡　開拓。❼邊鄙　靠近邊界的地方。❽卓轢　同「卓爍」、「卓鑠」、「卓礫」。鮮明顯著貌。❾軿列　並列，此謂軍陣布列。軿，有遮罩的兵車。❿羸師　疲勞的軍隊，此謂使自己的軍隊偽作疲弱之狀以誘敵。⓫延敵　引誘敵軍。⓬見　被。⓭淮陰　指淮陰侯韓信。⑭謨　謀。⑮拔旗之勢也　本句用韓信井陘破趙軍的戰例。據《史記・淮陰侯列傳》，趙兵二十萬堅守井陘壁壘，韓信背水列陣，引誘趙軍出戰。然後派兵乘虛入趙壁壘拔去趙旗，換上漢旗。趙兵進退兩難，遂大亂。韓信揮軍夾擊，大破趙軍，擒趙王歇。⑯匡設　猶安設。⑰麾　將帥之旗。⑱亞夫　指西漢時的周亞夫，周勃之子，曾任將軍、太尉、丞相等職。此用周亞夫破吳之役以應「寇動北壘」句。據《漢書・周亞夫傳》，吳楚反叛，亞夫率兵東北入昌邑，堅壁而守，並派兵斷吳楚軍糧道。吳楚兵北攻壁壘不下，引退。亞夫出兵追擊，遂大勝。⑲耿弇　東漢茂陵（今陝西興平）人，光武帝劉秀的名將，此用耿弇在南陽為劉秀謀劃北定山西、河北、山東事以應「備在南麾」句。據《後漢書・耿弇傳》，耿弇在南陽自請北定諸方割據，結果以奇計共平定四十六郡，攻屠三百餘城，沒有一次受挫。⑳假　借。㉑爰　及。㉒亡　無。㉓強禦　強盛之敵的抵禦。㉔昆陽　古地名，在今河南葉縣。更始元年（西元二四年），劉秀親率敢死者三千人大破王莽百萬大軍於昆陽。㉕官渡　古地名，在今河南中牟東北。建安五年，曹操在官渡以不足萬人之師，破袁紹數十萬之眾。㉖紛拏　同「紛挐」。指牽持雜亂。㉗唐突　橫衝直撞。㉘瞋目　怒目。㉙恚憤　憤怒。㉚項將　指戰國時楚將項燕。㉛咎　過錯。據《史記・白起王翦列傳》，王翦率秦兵伐楚，侵入楚地，項燕率楚兵應戰。王翦堅壁不出，楚兵攻壘不克而引兵東行。秦兵借機追擊，殺將軍項燕。㉜楚懷　指戰國時楚懷王。㉝悖　謬誤。懷王多次受欺於秦，後乘怒發兵擊秦，卻連續損兵失地。㉞攝北　收兵敗退。攝，收攏聚集。北，敗退。㉟完聚　指修繕城廓和積聚糧食。㊱燕昭　指戰國時燕昭王。據《史記・燕召公世家》，齊師破燕，昭王招賢納士以重整燕國，後揮師伐齊，除莒與即墨，盡佔齊地。㊲齊頃　指春秋時齊頃公。據《史記・齊太公世家》，齊晉鞌之戰，齊頃公大敗。之後，頃公「弛苑囿，薄賦斂，振孤問疾，虛積聚以救民，民亦大悅。厚禮諸侯。竟頃公卒，百姓附，諸侯不犯。」㊳詳　審慎周備。㊴斷　決斷，亦兼指圍棋的切斷戰術。㊵還　反而。㊶項羽　秦末下相（今江蘇宿遷西南）人，勇猛善戰卻貪財少智，鴻門宴上猶豫不決未殺劉邦，結果反被劉邦擊敗，自殺身亡。㊷吳王　指春秋時的吳王夫差。㊸尤　過錯。吳王夫差亦善用兵，曾攻伐越、齊、魯、晉諸國，但貪圖小賂，沒有滅越國，結果反被越王句踐擊敗，自刎身亡。㊹由 同「猶」。楊德周本由作猶。㊺楚漢之兵相拒索鞏 指楚王項羽與漢王劉邦各自率領的軍隊在索、鞏二地相互對峙。索，地名，故地在今河南滎陽。劉邦在彭城戰敗後，曾在索與楚軍對峙。鞏，地名，即今河南鞏義。劉邦在成皋失守後，曾在鞏與楚軍對峙。

【語譯】圍棋對弈的形制，其由來已很久遠啦！它有著類似軍隊布列戰陣的法則，雙方旌旗既已排列，權謀奇計便紛紛興起，絡繹往來密如雨集，列如魚鱗排如雁行，奮爭四角開拓兩翼，固守護衛邊界重地。有的假作逃避偽裝迴旋，彰顯軍容排兵布陣，示以疲弱之師以引誘敵方，另派一軍乘虛而入斷其後路，使其欲歸而不得合聚，則兩部全被擒獲消滅，這是淮陰侯韓信的謀略，拔旗全勝的陣勢。有的安兵設卒沒有常法，尋求多變以應危機，敵寇蠢動在北面營壘之前，良謀預設在南面帥旗之下，中部棋局既已告捷，四邊外表自然稍虧，這是周亞夫的智慧，耿弇的奇功。有的借取要道四方布列，周遍廣泛地繁衍增長，如雲合聚如星散布，侵犯進逼近郊戰場，儘管我師勢弱將士寡少，臨危據守孤軍無援，卻能分披橫掃強盛之敵，廣泛奪取土地封疆，這是（劉秀）昆陽之役的雄威，（曹操）官渡之役的妙方。有的被人挑誘既已應戰，卻被欺侮於敵對一方，於是雜亂牽強上前救助，卻不思量進退之路，群卒會聚同遭隕毀，儘管拼力爭行唐突衝撞，怒瞪雙目盡其激憤，結果傾覆全局全軍崩潰，這是楚將項燕的罪過，楚懷王的失誤。有的當時或有失誤，及時收兵奔轉合眾敗退，還師力保己方的重地，修城積食增補要塞，見勢許可而後進兵，先有小負而後大勝，這是燕昭王的賢行，齊頃公的德政。有的長驅直入馳兵追逐，只見小利而忘大害，輕視敵人不作戒備，結果損失十分巨大，又臨陣遲疑猶豫不決，籌算謀慮不審不慎，苟且貪求小的收穫，不知為此所付的代價，當下決斷卻不能立斷，結果反遭對方的謀算，這是項羽的失策，吳王夫差的過錯。手持棋子相對拒守，誰也不敢先輕舉妄動，猶如楚漢雙方的軍隊相互對峙在索、鞏二地。

【研　析】本文強調從軍事學、戰爭學的角度，考慮圍棋的布陣與戰術的運用。文章中列舉了六類戰例，分別說明對弈的全勝，奇勝，以少勝多，先負後勝，以及輕舉妄動，貪小失大等情形，最後告誡棋手要審慎而行。這些，對於今人研究圍棋的戰略構想與戰術運用仍有一定的借鑑意義。

失題文

【題　解】《北堂書鈔》引此文僅題曰「《應瑒集》」，今從。

汝南❶召陵❷王申❸為郡五官掾❹。太守有私財，悉❺以委付之，夫人郎君❻皆莫之知。太守卒，申以金銀悉還之，引人貴其節行❼。

《北堂書鈔》七十七

【注　釋】❶汝南　郡名，治所在今河南汝南東南。❷召陵　古縣名，故城在今河南郾城東。❸王申　人名，其他事蹟不詳。❹五官掾　官名，為郡守的屬官。❺悉　原作百事二字，據陳禹謨本《北堂書鈔》改。❻夫人郎君　陳禹謨本作家人。郎君，指子弟。❼引人貴其節行　原無引人貴其節行六字，據陳禹謨本補。

【語譯】汝南郡召陵縣王申任郡的五官掾之職。太守有私財，全都託付王申保存，太守的夫人和子弟都無人知曉。太守亡故，王申把太守的金銀財物全都還給太守的家屬，稱引此事的人們都欽佩王申的操節德行。

【研析】動亂年代，王申輕財重義之舉頗為難得。應瑒褒譽王申節行，亦為伸張社會正氣，清淳世風。

附：表

長戟百萬，胡騎千羣。

《北堂書鈔》一百一十七

韓按：本句又見於陳琳〈為袁紹檄豫州〉，疑為陳琳文，暫置於此。

劉楨集

魯都賦

【題解】魯都，指魯國的國都曲阜。古時魯國轄有今山東泰山以南的汶、泗、沭、沂四水流域，劉楨的故鄉寧陽縣屬魯地，且距曲阜很近。

昔大廷氏❶肇❷建厥居。少昊❸受命❹，亦都茲❺焉。山則連岡屬嶺，嶧䰨❻峽北。紫金❼揚暉於鴻崖❽，水精❾潛光乎雲穴❿。岱宗⓫邈⓬其層秀⓭，干⓮氣霧以高越⓯。其木則赤棟⓰、青松，文莖、蕙棠⓱。洪幹百圍⓲，高徑穹皇⓳。竹則填彼山垠⓴，陔㉑彌阪域㉒。夏簜㉓攢包㉔，勁條並殖。〔蒙雪含霜，不渝㉕其色。〕翠實離離，鳳凰攸食㉖。〔芳果萬名，攢羅廣庭。霜滋露潤㉗，時至則零㉘。〕〔黍稷㉙油油，秔族㉚垂芒。殘穟㉛滿握㉜，一穎㉝盈筐㉞。〕〔綠鷁㉟蔥鶖㊱。〕〔巨海㊲分焉，傾瀉百川。〕水產眾多，各有彝倫㊳。頒㊴首莘㊵尾，豐顱重齗㊶。戴兵挾刃，盤甲曲鱗。〔其臨則高岔[42]連冉[43]，波酌[44]海臻[45]。素鹺[46]凝結，皓若雪氛[47]。〕〔內有湯鹽池[48]，東西長七十里，南北七里，鹽生水內，暮取朝復生。〕〔又有鹹池[49]漭沆[50]，煎炙[51]賜春[52]，焦暴[53]濆沫[54]，疏鹽[55]自殷[56]。挹[57]之不損，取之不動。〕〔四域來求[58]。〕〔其女工則絳□[59]綺縠[60]。〕〔纖纖[61]絲履，燦爛鮮新。靈草[62]尋夢[63]，華榮[64]奏口[65]。表[66]以文組[67]，綴以珠蠙[68]。步蹈[69]安審[70]，接趾[71]承身。〕且觀其時謝節移，和族綏[72]宗。招歡合好，肅戒[73]友朋。〔龍燭九枝[74]，逸稻[75]壽陽[76]。賦〈湛露〉[77]以留客，召麗妙之新倡[78]。〕〔眾媛[79]侍側，鱗附盈房。〕蛾眉青眸[80]，顏若雪霜。〔玄髮曜粉，芳澤[81]不□[82]。〕〔含丹[83]吮素[84]，巧笑妍祥[85]。〕插曜日之珍笄[86]，珥[87]明月之珠璫[88]。〔圭衣[89]紛緋[90]，振佩[91]鳴璜[92]。〕舞人就列，整飾容華[93]。〔妖服[94]初工[95]，刻畫綺紗[96]。〕和顏揚眸，眄風[97]長歌。飄乎焱[98]發，身如轉波[99]。尋虛[100]騁跡[101]，顧與節和。縱脩[102]袖以終曲，若奔星[103]之赴河[104]。及其素秋[105]二七[106]，天漢[107]

指隅[108]。〔工祝[109]掩渚[110]，揚莂[111]陳詞。〕民胥[112]祓禊[113]，國子水嬉[114]。〔旁厲[115]四邑，延于休溷[116]。冠蓋交錯，隱隱轔轔[117]。〕緹帷[118]彌津[119]，丹帳覆洲[120]。〔日暮宴罷，車騎就衢[121]。〕蓋[122]如飛鶴，馬如遊魚。應門[123]巖巖[124]，朱扉[125]含光。〔金陛[126]玉砌[127]，玄栢[128]雲阿[129]。〕〔陽窗含輝，陰牖[130]納光。〕路殿[131]巋其[132]隆崇[133]，文陛巘其[134]高驤[135]。聽迅雷於長除[136]，若有聞而覆亡。其園囿[137]苑沼[138]，駢田[139]接連。淥池[140]分浪，以帶[141]石垠[142]。文隅[143]瓊岸[144]，華玉依津[145]。〔蘋藻[146]漂於陽侯[147]，芙蕖[148]出乎渚際。奮紅葩[149]之焜焜[150]，逸景[151]燭於崖水[152]。〕〔龜螭[153]潛滑於黃泥，文魚[154]游躍於清瀨[155]。凌迅波以遠騰，正[156]泌瀄[157]乎湄濆[158]。〕〔伊歲之冬，雲氣清晞[159]。水沍[160]露凝，冰雪皚皚[161]。〕邦乃大狩[162]，振揚炎威。教民即戎[163]，講習輿師。落幕[164]包括，連結營圍。〔建燕尾之飛旌[165]。〕〔巖[166]險迴隔，峻巘[167]隱曲。猛獸深潛，介禽[168]竄匿。〕〔長畢[169]掩壑[170]，大羅[171]被睪[172]。〕〔猰貐[173]猛容[174]，舉父[175]猴玃[176]，戰鬥陵岡，瞋怒奮赫[177]。〕〔晝藏霄行，俯仰哮咆。禽獸布竄，失偶喪疇[178]。」毛羣[179]隕殪[180]，羽族[181]殲剝[182]。填崎[183]塞畎[184]，不可勝錄。

《藝文類聚》六十一

戢[185]武器於有炎[186]之庫，放戎馬於巨野[187]之坰[188]。

彼齊[189]諸儒，皆繪弁[190]端衣[191]，散佩[192]垂紳[193]。金聲玉色[194]，溫故知新[195]。

《水經・泗水》注

訪魯都之區域，弔先王[196]之遺真[197]。

《太平御覽》一百五十六

若乃[198]考王道[199]之去就[200]，覽萬代之興衰。發《龍圖》於金縢，啟《洛典》乎石扉[201]。崇七經[202]之旨義，刪百氏[203]之乖違。采逸《禮》於殘竹[204]，聽遺《詩》乎達路。覽國俗之盛衰，求羣士之德素。

《北堂書鈔》一百零一

覃思[205]圖籍，闡迪[206]德謨[207]。蘊包古今，撰集《丘》《素》[208]。

《韻補》四謨字注

舉成均209之舊志，建學校乎泗濱210。表泮宮211之憲肆212，有唐虞之《三墳》213。

《韻補》一墳字注

至于日昃214，體勞怠倦。一張一弛，文武之訓215。

《韻補》四倦字注

曳髮216編芒217，蔚218若霧煙。九采灼爍219，菁藻220紛繽。

《韻補》一煙字注

奉彝221執冪222，納觶223授觴224。引滿輒釂225，滴瀝受觥226。

《韻補》二觥字注

貴交尚信，輕命重氣。義激毫毛，怨成梗槩227。

《韻補》四槩字注

【注釋】❶大廷氏　同「大庭氏」。即炎帝神農氏，傳說上古帝王名，姜姓。《史記·周本紀》正義：「（曲阜）又為大庭氏之故國。」❷肇　始。❸少昊　傳說上古帝王名，也作少皞，為黃帝子，號金天氏。❹受命　指承命登帝位。❺茲　此指曲阜。《史記·周本紀》正義引《帝王世紀》：「少昊邑于窮桑，以登帝位，都曲阜。」❻曀𩲡　同「曀魅」。陰間的物神。《周禮·春官·神仕》：「以夏日至，致地示物魅。」鄭注：「百物之神曰魅。」❼紫金　又稱紫磨金，一種精美的金子。孔融〈聖人優劣論〉：「金之優者名曰紫磨。」❽鴻崖　高山懸崖。❾水精　水晶。❿雲穴　高山巖洞。⓫岱宗　泰山的別名。古以泰山為四嶽之首，故又稱泰山為岱宗。⓬邈　遠。⓭層秀　一層層秀美的景色。⓮干　犯。⓯高越　謂高揚挺拔。⓰赤楝　木名，即赤楝，其質堅韌，古人多以之作車轂。⓱文莖蕙棠　皆珍木名。《山海經・西山經》：「符禺之山……其上有木焉，名曰文莖，其實如棗，可以已聾。」「中皇之山，其上多黃金，其下多蕙棠。」⓲圍　計度圓周的量詞，其長度說法不一，或說合手為圍，或說一抱為圍。⓳穹皇　天空。⓴垠　邊際。《初學記》二十八垠作陔。㉑陔　階次，此用為狀語。《初學記》二十八陔作根。㉒阪域　山坡。㉓篠　大竹。㉔攢包　聚集叢生。攢，聚集。包，通「苞」。指叢聚而生。㉕渝　改變。蒙雪以下二句據《初學記》二十八補。㉖翠實離離二句　傳說鳳凰以竹實為食。《詩・大雅・卷阿》鄭箋：「鳳凰之性，非梧桐不棲，非竹實不食。」翠實，指竹子所結的果實，狀如麥粒，又稱竹米。離離，竹實多而下垂貌。攸，助詞，用於動詞之前，相當於「所」。㉗潤　原作熟，據嚴本改。芳果以下四句據《太平御覽》九百六十四補。㉘零　落。㉙黍稷　兩種穀物名。黍，性黏，去皮後北方稱黃米子。稷，似黍而不黏。本文黍稷泛指穀類。以下四句據《初學記》二十七補。㉚秔族　指稻屬。秔，同「粳」。不黏的稻。㉛殘穟　指收穫時節，穀物葉子枯落，留下的豐滿穀穗。穟，同「穗」。㉜握　一把之量。㉝穎　帶芒的穀穗。㉞筐　頃筐之屬。《詩・周南・卷耳》：「采采卷耳，不盈頃筐。」毛傳：「頃筐，畚屬，易盈之器也。」筐原作箱，箱為有底有蓋的藏物之器，於此文意不通。箱當為筐之訛，今據日本內藤氏藏舊鈔本《秘府略》八百六十四引劉楨〈魯都賦〉改箱為筐。㉟鷁　水鳥名，形似鷺而大，多為白色。本句據《太平御覽》九百二十五補。㊱鶖　水鳥名，又叫扶老、禿鶖，多為蒼青色。鶖原作鶩，據嚴本改。㊲巨海　猶謂巨壑。《莊子・天道》：「諄芒將東之大壑。」成玄英疏：「大壑，海也。」以下二句據《初學記》六補。㊳彝倫　謂天生的種類。㊴頒　頭大貌。㊵莘　長貌。《詩・小雅・魚藻》：「魚在在藻，有頒其首……有莘其尾。」即為本句所本。莘原作華，據《四庫全書》載《山東通志》三十五引劉楨〈魯都賦〉及嚴本改。㊶重

斷　指魚的厚而有褶的吻部。㊷盆　銅質煮鹽具。《史記・平準書》：「募民自給費，因官器煮鹽，官與牢盆。」集解引如淳語：「盆者，煮鹽之盆也。」以下四句據《北堂書鈔》一百四十六補。㊸連冉　猶連延，指一個接一個地排列。㊹酌　猶斟，此指汲取。㊺臻　至。㊻鹺　指鹽。鹺原作醝，據《四庫全書》載《北堂書鈔》及嚴本改。㊼氛　指霜。《釋名・釋天》：「氛，粉也。潤氣著草木，因寒凍凝，色白若粉之形也。」㊽內有湯鹽池　內有，原無「內有」二字，據陳禹謨本《書鈔》補。湯鹽池，鹽池名，其地不詳。以下五句據《北堂書鈔》一百四十六補。查《水經・涑水》注所述河東鹽池事與以下五句相近，不知以下五句是否為後人擅入之語，有待進一步查證。㊾鹹池　鹽池名，其地不詳。《左傳・文公十一年》：「叔孫得臣敗狄於鹹。」杜注：「鹹，魯地。」沈欽韓《春秋地名補注》謂鹹即《春秋・桓公七年》的鹹丘，在今山東巨野南，疑鹹池亦在鹹地一帶。以下六句據《北堂書鈔》一百四十六補。㊿漭沆　水廣大貌。(51)煎炙　烹飪方法，這裡借指曬鹽。(52)賜春　春末。賜，盡。陳禹謨本《書鈔》賜作陽。(53)焦暴　猶曬乾。焦原作燋，據陳禹謨本《書鈔》改。(54)漬沫　指鹽汁經過一段日曬，鹽的比重變濃，而泛起的泡沫。(55)疏鹽　粗鹽，曬鹽較煮鹽為粗。(56)殷　多。(57)挹　舀取。(58)四域來求　據《北堂書鈔》一百四十六補。(59)絳□　絳，深紅色。原無缺字符號□，據嚴本補。本句據《太平御覽》八百一十六補。(60)縠　薄紗。(61)纖纖　精巧柔美貌。以下八句據《北堂書鈔》一百三十六補。(62)靈草　仙草，此指鞋上的花飾。(63)尋夢　猶言（仙草）相繼萌生，是就鞋幫上連綴的花邊而言。尋，相繼。夢，當作蕄，二字音形皆近而致誤。蕄，訓為萌。(64)華榮　美麗的花飾。(65)奏口　此謂美麗的花朵繡在緊靠鞋口之處。奏，通「湊」。口，指鞋口。(66)表　綴飾。(67)文組　色彩交錯的絲帶。(68)珠蠙　同「蠙珠」。古時富者多有以珠綴履。蠙，蚌的別名。(69)步蹈　行步。(70)安審　猶安穩。(71)跐　蹈。(72)綏　安。(73)肅戒　恭敬。肅，恭謹。戒，通「悈」。訓為敬。(74)龍燭九枝　插有九枝燭，且以龍為飾的大燭。以下四句據《初學記》十五補。(75)逸稻　同「泆稻」。謂煮稻以造酒。逸，通「泆」。指沸溢。(76)陽　通「觴」。指以酒飲人或自飲。古人有煮稻為酒以祝壽之習。《詩・豳風・七月》：「十月穫稻，為此春酒，以介眉壽。」(77)湛露

《詩・小雅》篇名，詩序稱其為天子宴諸侯之詩。78倡　歌女。79媛　美女。以下二句據《太平御覽》三百八十一補。80青眸　黑眼珠。青原作清，據《太平御覽》三百八十一改。81芳澤　古時婦女用以潤髮的香油。玄髮以下二句據《北堂書鈔》一百三十五補。82不□　不字下原缺一字，據文意，似可補施字。《楚辭・大招》：「粉白黛黑，施芳澤只。」《列子・周穆王》：「施芳澤，正娥眉。」83丹　指朱脣。以下二句據《北堂書鈔》一百三十五補。84素　指皓齒。85妍祥　美好和善。祥，通「詳」。訓為善。《太平御覽》七百八十一祥作詳。86笄　簪，用以插定髮髻，古時女子十五歲始插笄。87珥　耳飾。88璫　耳珠。89圭衣　同「袿衣」。婦人的上等服裝。《釋名・釋衣服》：「婦人上服曰袿，其下垂者上廣下狹，如刀圭也。」畢沅疏證：「上服，上等之服也。」以下二句據《太平御覽》三百八十一補。90紛袢　衣長貌。91佩　指金玉珠寶等飾物，亦包括由珩、琚、瑀、璜、衝牙等組成的雜佩。92璜　雜佩部件之一，形如半璧，人行走時，璜與衝牙相撞擊，能發出悅耳的聲音。93容華　猶謂容貌。94妖服　豔麗的服裝。以下二句據《韻補》二紗字注補。95工　古以巧心勞手以成器物曰工。96綺紗　泛指質地精美細柔的絲織品。97眄風　此謂歌者應隨音樂而歌的神態。眄，目側視而歌的神態。風，樂曲的通名。98猋　迅疾貌。99轉波　陳禹謨本《書鈔》作回雪。100尋虛　探尋在虛無之中，指在舞場上所作的一些有模擬性的舞蹈動作。101騁跡　此謂舞者恣任行步的舞蹈動作。騁，恣任。跡，訓為蹈（據《小爾雅・廣言》），此指舞步。102脩　通「修」。指長。103奔星　流星。104河　銀河。105素秋　秋季。古代五行說以金配秋，其色白，故稱素秋。106二七　或謂七月十四日，然《北堂書鈔》一百五十五和《初學記》四引此語均在七月七日之下，則素秋二七當指農曆七月七日。107天漢　銀河。108指隅　此謂銀河列於天際。指，向著；對著。隅，角落；邊際。109工祝　古代掌管卜筮的官，此指巫人。以下二句據《韻補》一詞字注補。110掩渚　遍及水中的小塊陸地。111莿　苕帚，古時巫祝多用苕帚掃除不祥。112胥　皆。113祓禊　古代民間於水濱洗濯去垢、除凶祈福的習俗，其舉行的時間，或為陽春三月的上巳日（三國魏以後一般為三月三日），如徐幹〈齊都賦〉所言；或為初秋的七月七日，如本文所言。114國子水嬉　原作國于水遊，據《北堂書鈔》一百五十五改。國子，公卿大夫的子弟，這裡亦包括參加祓禊活動的士民之子。(115)旁厲　廣合。以下四句據《韻補》一溷字注補。(116)休溷　古戎狄地名。《史記・趙世家》：「奄有河宗，至於休溷諸貉。」正義：「自河宗、休溷諸貉，乃戎狄之地也。」(117)隱隱轔轔　眾車行進時車輪滾動的聲音。(118)緹帷　橘紅色的帳篷。(119)津　渡口。(120)洲　水中可居之地。(121)衢　四通八達的道路。日暮以下二句據《初學記》四補。(122)蓋　車的傘狀車蓋。(123)應門　宮中南面的正門。(124)巖巖　高峻貌。(125)扉　門扇。(126)陛　臺階。以下二句據《文選・王融・三月三日曲水詩序》注補。(127)砌　同「切」。指門檻。《文選・班固・西都賦》：「玄墀釦砌。」李善注：「釦砌，以玉飾砌也。」(128)梐　也稱行馬，古時官府及宮門前所設的障礙物，用木交插製成，以阻擋行人。(129)阿　門阿，指門屋之棟。《周禮・考工記・匠人》：「王宮門阿之制，五雉。」鄭注：「阿，棟也。」孔疏：「五雉，謂高五丈。」(130)牖　窗戶。細分之，在牆曰牖，在屋曰窗。陽窗以下二句據《編珠》二補。(131)路殿　大殿。(132)巋其　猶巋然，高大貌。(133)隆崇　豐大而高崇。(134)巘其　小山貌。(135)驤　高舉。(136)除　殿臺樓閣之間由石砌成的高出地面的過道。(137)囿　有圍牆的苑林。(138)沼　水池。(139)駢田　同「駢填」。指連屬、布集。(140)淥池　清澈的池塘。(141)帶　環繞。(142)垠　岸。(143)隅　指池岸的折轉處。(144)瓊岸　秀麗的堤岸。瓊，美玉，此喻美好。(145)津　上下船之所。(146)蘋藻　二種水草名。蘋生淺水中，葉有長柄，葉成田字形；藻生水底，莖長數尺，有針狀葉。古人認為蘋藻為潔淨之物，故取供祭祀之用。以下四句據《韻補》四水字注補。(147)陽侯　傳說中的波神。(148)芙蕖　荷花的別名。(149)葩　草木的花。(150)煸煸　光彩明豔貌。(151)景　影。(152)崖水　岸邊水畔。崖，岸。(153)螭　傳說中無角的龍。以下四句據《韻補》四瀨字注補。(154)文魚　有斑彩的魚。(155)瀨　水激石間的急流。(156)正　止。(157)泌瀄　水波衝擊貌。(158)湄濇　岸際水中。湄，岸邊。濇，水波動盪貌。(159)清晞　同「清晰」。伊歲以下四句據《初學記》三補。(160)沍　凍結。(161)皚皚　霜雪潔白之貌。(162)狩　冬季的圍獵。(163)即戎　參加軍事訓練。古時多借冬季圍獵之時組織軍事訓練。《周禮・夏官・大司馬》：「中冬，教大閱……遂以狩田。」(164)幕　篷帳。(165)旌　此泛指旗幟。本句據《編珠》二補。(166)巖　高峻的山崖。以下四句據《韻補》五曲字注補。(167)巘　山峰。(168)介禽　羽禽。(169)畢　長柄網，用以扣捕鳥、兔。以下二句據《太平御覽》八百三十二補。(170)掩壑　此謂（長柄畢羅）覆捕於溝壑。掩，同「揜」。指覆取。(171)羅　張掛之網，主要用以捕鳥。《爾雅・釋器》：「鳥罟謂之羅。」(172)睪　通「澤」。(173)猰貐　食人怪獸名。以下四句據《韻補》五獲字注補。(174)猛容　其義不詳。據上下文，當為獸名。疑為猛氏之誤，為狀如小熊的野獸。(175)舉父　獸名，似猴而大，善投。(176)玃　大猴。(177)赫　赫怒；盛怒。(178)疇　通「儔」。同類。以上四句據《韻補》二咆字注補。(179)毛羣　獸類。(180)隕殪　傷損與死亡。(181)羽族　禽類。(182)殲剝　殘殺與割裂。(183)崎　山的斜坡。(184)畎　山谷。(185)戢　收藏。(186)有炎　指炎帝神農氏，亦即大庭氏。魯國在大庭氏故址建有府庫。《左傳・昭公十八年》：「梓慎登大庭氏之庫以望之。」杜注：「大庭氏，古國名，在魯城內，魯於其處作庫。」(187)巨野　同「鉅野」。指山東巨野北的鉅野澤（又稱大野澤），為古時有名的大澤，元末因黃河徙流而乾涸。(188)坰　遠野。《詩・魯頌・駉》：「駉駉牡馬，在坰之野。」毛傳：「坰，遠野也，邑外曰郊，郊外曰野，野外曰林，林外曰坰。」鄭箋：「必牧馬於坰野者，辟民居與良田也。」(189)齊　齊國，與魯國相鄰，治所在臨淄（今山東淄博）。《北堂書鈔》九十六齊字後有魯字。(190)繪弁　同「會弁」。用白鹿皮作的尖頂帽子，形似後來的瓜皮帽。《詩・衛風・淇奧》：「會弁如星。」鄭箋：「會謂弁之縫中飾之以玉，皪皪而處，狀似星也。」(191)端衣　即玄端，黑赤色的禮服。(192)佩　佩玉。(193)紳　束腰的特製大帶，其束餘部分垂下為飾，稱為紳。(194)金聲玉色　此用容貌華美喻人的操行優異。(195)溫故知新　語出《論語・為政》：「溫故而知新，可以為師矣。」本句指諸儒勤於求學，可為人師。《北堂書鈔》九十六新字後有「者也」二字。(196)先王　曾在魯都居住過的歷代賢王。嚴本先王作先生。(197)遺真　畫像。(198)若乃　於是。(199)王道　先王所行之正道。(200)去就　去留；取捨。(201)發龍圖于金縢二句　金縢和石室，為古人收藏珍籍之處。《河圖》和《洛書》，與《周易》中的八卦關係至密，古人重之。《易・繫辭上》：「河出圖，洛出書，聖人則之。」發，展開。龍圖，即《河圖》，傳說有龍馬從黃河中負出，故名。金縢，猶金櫃。洛典，即《洛書》，又稱《龜書》，傳說有神龜從洛河中負出，故名。石扉，石室的門。(202)七經　七種儒學經典，其名目不一，東漢《一字石經》以《易》、《詩》、《書》、《儀禮》、《春秋》、《公羊傳》、《論語》為七經。203百氏　指諸子百家。204竹　竹簡，為古人重要的書寫材料。205覃思　深思。206闡迪　闡發引導。207德謨　品德智慧。208丘素　同「丘索」。古佚書《九丘》、《八索》的省稱。《釋名・釋典藝》：「《八索》。索，素也。」《左傳・昭公十二年》：「《八索》。」《釋文》：「本或作素。」索、素均蘇故切，故可通。本句《丘》、《素》亦代指前代散佚的典籍。209成均　古時的大學。《周禮・春官・大司樂》：「掌成均之法，以治建國之學政。」注：「成均，五帝之學。」210泗濱　泗水之濱，古時泗水經曲阜、徐州等地入淮。211泮宮　春秋時魯僖公所造宮殿，故址在今山東曲阜東，為當時魯國禮事、文化活動的重要場所。漢文帝之後，多以泮宮作為諸侯所辦學校的名稱。212憲肆　法規制度。213三墳　相傳中國最古的典籍，王肅認為是三皇之書，偽孔安國〈尚書序〉稱「伏羲、神農、黃帝之書，謂之《三墳》」，其說與劉楨不同。214日昃　太陽西傾。215文武之訓　文王、武王的訓誥。《禮記・雜記下》：「一張一弛，文武之道也。」216曳髮　束引頭髮。曳，引。217編芒　謂編成髮辮。218蔚　盛貌。219灼鑠　同「灼爍」。光彩貌。220菁藻　二種水草名，此指婦女服裝上的裝飾。221彝　青銅祭器的通稱，此就其中食器而言。222冪　覆蓋食物的巾。223觶　酒器，圓腹，侈口，圈足，合三升（一說合四升）。224觴　盛有酒的飲酒具。225釂　飲盡杯中酒。《說文》：「釂，飲酒盡也。」226觥　酒器，腹橢圓，圈足，有把手，合五升（一說合七升）。227梗槩　剛直的氣概。槩，同「概」。

【語譯】從前大庭氏始建這一古居。少昊接受天命為王，也建都於此。魯國的群山岡連著岡啊嶺連著嶺，陰間的百物之神魅就居於山峽之北。紫金在高峻的山崖上閃耀著光輝，水晶在高山的巖穴中潛藏著瑩光。泰山廣遠地展示其層層秀色，直插雲霄而昂首高揚。魯國的珍木有赤楨、青松，文莖、蕙棠。粗壯的樹幹周長可達百圍，高高地逕直插向雲天。翠竹遍及山邊，一層層長滿山坡。夏季粗大的竹子攢集叢聚，強勁的枝條競相生長。〔即便是蒙受霜雪，也不改變本色。〕翠綠的竹實掛滿竹枝，這是鳳凰最喜歡的食品。〔芳美的水果有上萬種，彙聚布列在寬闊的庭院。果實經過霜雪雨露的滋潤，節氣一到便成熟落地。〕〔穀物綠油油，稻芒垂連連。成熟的穀物有一把來粗，一枝就可以裝滿一小筐。〕〔綠色的鷁鳥、鶩鳥。〕〔大壑分流，沛波傾瀉於眾多的河川。〕水產豐富，各為其類。或者是大大的腦袋長長的尾巴，豐滿的頭顱厚厚的吻部。或者是戴有兵鋒挾持利刃，背盤著甲殼捲曲著厚鱗。〔鹽產方面，煮鹽的鹽盆一個接一個高高地架起，汲取翻波的海水注入其中。待到潔淨的海鹽凝結，白白地就像霜雪一樣。〕〔國內有一處湯鹽池，東西長七十里，南北長七里，鹽生在水中，晚上汲取，早上又會復生。〕〔還有一個名叫鹹池的鹽池，水面寬廣，曬鹽的工作春末便可進行，曬乾鹽汁泛起泡沫，豐富的粗鹽便自然呈現。舀取而不見其減損，挖取亦不見其有多大變動。〕〔四面八方都來購鹽。〕〔魯國的婦女工藝製品，有深紅色的□和綺麗的薄紗。〕〔精巧美麗的絲履，是那樣的明燦新鮮。仙草形狀的花邊連綴在鞋幫，美麗的花朵繡在緊靠鞋口之處。裝飾上色彩交錯的絲帶，再點綴上美麗的□珠。穿上它行步舒適安穩，容受雙腳承受全身。〕聊且觀看時節的代謝和推移，和合家族安綏親宗。招聚親密至交，敬待好友佳朋。〔點燃有著九枝燭火的巨大龍燭，煮稻為酒，為祝長壽而舉杯暢飲。賦誦〈湛露〉之詩以挽留貴客，召來年輕美妙新選歌女（歌舞侍宴）。〕〔眾多的美女陪侍兩側，層層布列充滿殿房。〕蠶蛾般的秀眉，青青的眼珠，潔白的面容就像雪霜。〔烏黑的秀髮映耀著香粉，不必施著潤髮的芳澤。〕〔略含丹唇，輕吮素齒，輕巧的微笑美麗而和善。〕頭上插有閃耀著日光的珍貴髮笄，耳上戴著明如月光的耳珠。〔華貴的袿衣長長拖垂，行走時振盪著金佩，鳴響著玉璜。〕舞蹈者已經列隊，正在整理自己的容貌。〔妖豔的服裝剛剛完工，再在其上細心描繪那精美的綺紗。〕和悅的面容，微揚的青眸，略顧樂曲而放聲長歌。舞姿飄逸而輕迅，身體旋動如流轉的水波。探虛舞動，恣任行步，顧盼巧視亦與音節相合。急縱長袖以完結曲舞，就像流星奔向銀河迅逝消止。還有那秋季的七月七日，銀河列於天際。〔許多巫人遍及小渚，手揮苕帚口中念念有詞。〕萬民都去洗濯祈福，國子們亦到水邊戲樂遊玩。〔廣泛地聚合來自四方城邑的民眾，甚至延及到戎狄的休溷。（來者的）貴冠車蓋相互交錯，車輪滾動隱隱轔轔。〕橘紅色的帷幕布滿了津口，紅色的篷帳覆蓋了水中的小洲。〔傍晚歡宴結束，坐車的騎馬的都彙集在縱橫相交的大道上。〕車蓋像張翅的飛鶴，駿馬像擺動的游魚。宮殿的正門高大而莊嚴，朱漆的門扇發出紅色的亮光。〔黃金的臺階，白玉的門檻，黑色的行馬，入雲的門阿。〕〔朝陽的窗戶充滿了光輝，北牆的窗戶也映入了日光。〕高大的宮殿巋然聳立，經過裝飾的階臺亦像山丘一樣高高築起。在那長除之上聽遠方的迅雷，似若聽聞又迅速消失。這裡的園苑池沼，到處都有並且接連不絕。清澈的池水翻動著波浪，（池邊）環繞著石砌的池堤。精飾的池角，秀麗的堤岸，潔白的玉石依傍著精美的船臺。〔蘋藻漂自於波神陽侯，荷花生長在小渚的邊際。奮揚著紅花的明豔光彩，逸蕩的美影燭映在岸邊的水中。〕〔龜蠵潛身滑行在黃泥之上，文魚嬉游歡踴在清瀨之中。（牠們）升乘於急流之上向遠騰越，繼而停息在激流餘波的岸邊水滸。〕〔每年的冬天，天空晴朗清晰。水流凍結霜露凝固，大地一片白雪皚皚。〕於是，國家舉行大規模的圍獵，以激勵勇武精神那火一般的威烈。組織百姓練兵習武，講授演習行軍布陣。安設篷帳環包獵場，連接起由眾多軍營組成的包圍。〔樹起尾端製成燕尾之形的迎風飛舞的旌旗。〕〔山崖險峻迂迴阻隔，峭峰之下多有幽隱僻處。猛獸深潛藏身，羽禽竄飛隱匿。〕〔長柄的罼羅覆捕於溝壑，巨大的羅網覆蓋著澤野。〕〔猰貐、猛容，舉父、猴玃，（與將士們）拼戰相鬥在丘陵山崗，紛紛瞋目發憤奮聲盛怒。」〔或是白晝藏身或是向上天飛竄，俯仰所見一片咆哮狂吼。飛禽野獸四散逃命，喪失匹偶喪失朋儔。〕獸類無不受創而死，禽類亦被殲殺割剝。獵獲的禽獸布滿了山坡和山谷，繁多密集不可勝數。

把武器收藏於炎帝故墟的武器庫，把戰馬牧養在巨野那廣遠的郊野。那些齊國的群儒，都頭戴繪弁，身穿端衣，散掛著佩玉，飄垂著帶紳。個個都操行優異，重溫舊訓總有新知。他們走訪魯都的各處名勝，憑弔先王的遺貌真容。

於是考查聖王之道的進退去留，察看歷代王朝的盛敗興衰。打開金縢取出《龍圖》，打開石室取出《洛典》。推崇七種經典的精旨大義，刪滅百氏雜家的乖違謬誤。在殘篇斷簡中搜求散失的《禮》書之文，在通達大路上聽取遺落的《詩》篇之句。觀察國民習俗的興盛衰敗，慕求群賢眾士的品德純素。

深思精研圖書典籍，開發和誘導賢者們的智謀。含蓄包容古今（的精華宏論），編撰搜集《九丘》、《八索》等散佚文獻。

發揚成均古學的往昔宏旨，建立學校在那泗水之濱。表顯泮宮官學的法規舊制，亦有唐堯虞舜的《三墳》要典。

及至於太陽西斜，身體勞累心神怠倦。生活要有張有弛，這是文王、武王的訓誥。手引玄髮編成長辮，美女們鬢髻盛聚就像那滿天的霧煙。各種色彩的服飾灼爍明豔，再配以菁藻的裝點更顯得燦爛繽紛。

捧持彝器手執絲巾，進納酒觶遞授酒觴。注滿酒杯一飲而盡，溢酒下滴承有大觥。

貴視交誼崇尚誠信，輕於己命重於義氣。勇赴正義渾身的毫毛都為之激動，疾惡如仇猶如那梗概在胸。

【研　析】本文雖有佚缺，但從殘言片語之中，仍能明顯地感受到作者熱情謳歌魯國自然人文景觀的基本立意：魯都始建於古帝炎帝與少昊，具有其他都城難以比擬的獨特的悠久歷史與神聖來歷；魯國的群山雄偉挺拔蘊藏各種珍寶，山間的奇木勁竹與田野的豐收穀物將魯國大地妝點得秀麗喜人；魯國的河川水量充沛水產豐富，又有那優質的池鹽、海鹽是取用不竭的寶貴資源；魯國的婦女心靈手巧能織善繡，魯國的家庭和睦融洽熱情好客；舞女的美貌麗姿，表現出魯國音樂方面高超的藝術水準；秋祓的歡快場面，展示著魯國民眾康樂祥和的愉悅心態；魯都宮殿宏偉壯觀園苑華麗，體現著強大魯國雄踞於世的氣魄威嚴；冬狩圍獵萬馬奔騰群情激奮，洋溢著勇往直前無堅不摧的英武強健；齊國的儒生紛紛來此遊歷走訪，魯國的文士學業精深堪為師表……一切是那麼美好。劉楨的家鄉寧陽縣屬魯國故地，所以，在本文的謳歌與頌讚之中，充滿著作者對故鄉絢麗風光和美好生活的熱愛之情。不過，作者生活時代的曲阜，僅僅是一諸侯國的治所，已經沒有往日的輝煌。作者借助想像與誇張，精心勾畫出一派欣欣向榮的美好景象，顯然，其中寓含著作者結束連年戰亂、重建太平盛世的政治理想。以此重建輝煌的理想為底蘊，劉楨借鑑前代大賦鋪陳揚厲的寫作手法，構思宏闊，文辭壯美，在一個廣闊空間中暢抒豪情，很有一股催人振奮的藝術感染力。本文與徐幹〈齊都賦〉在結構和內容上頗有相近之處，可參閱。

遂志賦

【題　解】遂志，實現自己的志願。據文中「梢吳夷於東隅，掣畔臣乎南荊」語，其時曹孫已經交惡，叛臣劉備已經據有荊州，則本文約作於天下三分之勢初定的建安十四年（西元二〇九年）。

幸遇明后[1]，因志東傾[2]。披[3]此豐草[4]，乃命小生[5]。生之小矣，何茲云當[6]。牧馬于路，役車低昂。愴恨惻切[7]，我獨西行。去峻溪[8]之鴻洞[9]，觀日日[10]於朝陽[11]。釋[12]蘩棘[13]之餘刺，踐檟林[14]之柔芳[15]。皦玉[16]粲[17]以曜目，榮日[18]華[19]以舒光。信此山之多靈，何神分[20]之煌煌[21]。聊且遊觀，周歷高岑[22]。仰攀高枝，側身遺陰。磷磷礷礷[23]，以廣其心。伊[24]天皇[25]之樹葉[26]，必結根於仁方[27]。梢[28]吳夷[29]於東隅，掣[30]畔臣[31]乎南荊。戢[32]干戈於內庫，我馬縶[33]而不行。揚洪恩於無涯，聽頌聲之洋洋[34]。四寓[35]莫[36]以無為[37]，玄道[38]穆[39]以普將[40]。翼[41]儁乂[42]於上列[43]，退仄陋於下場㊹。襲初服㊺之蕪薉㊻，托蓬廬㊼以遊翔。豈放言㊽而云爾，乃㊾旦夕之可忘？

《藝文類聚》二十六

【注釋】❶明后　指曹操，古時君主諸侯也稱后。❷東傾　謂劉楨自東平歸附曹操（從張乃鑒說）。傾，歸服。❸披　割；折。❹豐草　繁茂的野草，此喻小人。❺小生　文人的自稱，此指劉楨本人。❻何茲云當　猶何云當茲，此為劉楨的謙詞。❼愴恨惻切　形容作者此時鬱悶愁悵的心境。❽峻溪　高峭險峻之處的溪流。❾鴻洞　連屬貌。❿日日　嚴本作日月。考之全文，並無月夜之事，且作日月與句中朝陽不合。據句中觀字，疑日日為日昇之誤。⓫朝陽　山的東面。《爾雅·釋山》：「山西曰夕陽，山東曰朝陽。」⓬釋　摘除。⓭藂棘　同「叢棘」。叢生荊棘。⓮檟林　茶林。⓯柔芳　指茶樹的枝葉。⓰皦玉　白玉。⓱粲　明亮。⓲榮日　猶謂彤日。⓳華　光輝，此用為動詞。⓴神分　猶謂神氣。古人認為地載神氣，且有五彩之色。㉑煌煌　明盛貌。㉒岑　小而高的山。㉓磷磷礀礀　色彩鮮明貌。㉔伊　猶言「此乃」。㉕天皇　天帝。㉖樹葉　疑為樹藝之誤，葉藝音形皆近而致誤。樹藝，種植。㉗仁方　仁德之方，此指曹操所轄地區。㉘梢　通「箾」。打擊。㉙吳夷　對東吳孫權的蔑稱。㉚掣　牽取。㉛畔臣　同「叛臣」。此指劉備。劉備曾聽命曹操，後反，故稱叛臣，時依荊州牧劉表，暫居荊州。㉜戢　收藏兵器。㉝縶　拴住馬足。㉞洋洋　本形容水勢浩大，此借喻讚頌之聲的盛大。㉟四寓　同「四隅」。指四方。㊱莫　定。楊德周本、嚴本莫作奠。㊲無為　指儒家以德政感化人民，不施行刑治的治國主張。《論語·衛靈公》：「無為而治者，其舜也與？夫何為？恭己正南面而已矣。」㊳玄道　天道。㊴穆　美。㊵將　句尾助詞。㊶翼　輔助。㊷儁乂　同「俊乂」。指德才出眾的人。《書·皋陶謨》：「俊乂在官。」孔疏：「才德過千人為俊，百人為乂。」㊸上列　指高官。㊹退仄陋於下場　仄陋，指才智偏狹粗鄙的人。下場，下位。㊺襲初服　謂辭去官職，重新穿上入仕前的庶人衣服。襲，穿著。屈原〈離騷〉：「退將復修吾初服。」㊻蕪薉　雜亂不整。㊼蓬蘆　蓬蒿和蘆葦，古時貧者多編蓬為戶，以蘆花裝成床褥。㊽放言　信口胡說。㊾乃　猶何。

【語　譯】有幸遇上明主曹公，於是立志東歸盡忠。曹公擯棄鄙薄小人，重用我這小小書生。我的才德實在淺薄，怎敢稱言擔此重任。散牧轅馬放於路旁，役車前低後高置於路上。心情鬱悶愴恨愁悵，獨自一人走向西方。離開峻峭之處的連綿溪流，在山的東面觀看初升的太陽。摘去身上叢生荊棘的芒刺，走在鋪滿茶樹枝葉的路上。白玉潔瑩映曜雙眼，紅日生輝舒展華光。相信此山多有神靈護祐，不然怎麼會有神氣輝煌。暫且周遊博觀，遍踏這高峭的小山。抬頭攀援高枝，側身隱於樹蔭。山上絢麗多彩的景色，使我的心情開闊舒暢。這是天帝栽種的豐樹，必然會紮根於仁德之方。進擊東方的吳夷孫權，牽取荊州的叛臣劉備。然後收斂干戈藏於府庫，束繫我的駿馬不再征行。揚播洪恩給各處的臣民，聆聽頌讚之聲洪洪洋洋。四方安定而不必刑戮征伐，天道美善而降福普天之下。以俊乂賢良為輔翼而委以高官，斥逐仄陋小人而任以低職。（大功告成）我便重穿雜蕪的平民衣服，借助於蓬蒿蘆花而放跡四方。這些話哪裡是隨口說說，（這是我的志願）怎能在每時每刻中有所遺忘？

【研　析】這是一篇登山詠懷的述志之作。作者首先把自己效命曹操，且頗得信任的背景作一簡單的交代，然後寫登山。作者是在行路途中登山的。他把馬散放在路邊吃草，把車擱置在路上，獨自登上西邊的小山。起初，作者的心情是鬱悶愁悵的，行經峭崖溪流，觀望旭日東升，穿過蒺棘茶林，明媚陽光照耀下的自然風光使作者的心情頓覺開朗，發出了「信此山之多靈，何神分之煌煌」的讚歎。繼而作者進一步登高，「周歷高岑」、「仰攀高枝」，高處的體驗使作者的心情更為開闊舒暢，思緒超越眼前景觀，發出了「伊天皇之樹葉，必結根于仁方」的自然造化惠澤四方的由衷感歎。在這情感高潮，作者盡吐心言，暢抒自己統一河山，結束戰亂，造福萬民，重用群賢的宏偉志向，以及功成身退的終極追求。全賦隨景動情，任情而寫，折轉自然，一氣呵成。其中貫穿於全賦的，是作者為任重才薄而憂，為前途有望而喜的濟世濃情。其情感的誠摯，其心志的高潔，值得稱道。本賦亦可略見作者入仕之初的心境。

大暑賦

【題　解】曹植、陳琳、王粲亦有〈大暑賦〉。觀曹植「織女絕綜，農夫釋耘」、王粲「獸狼望以倚喘，鳥垂翼而弗翔」語，本文當為與眾人同題奉和之作，其時為六月。參見陳琳〈大暑賦〉題解。

其為暑也，羲和❶總駕❷發扶木❸，太陽為輿❹達❺炎燭❻，靈威❼參垂❽步朱轂❾。赫赫炎炎❿，烈烈暉暉⓫。若熾燎⓬之附體，又溫泉而沉⓭

肌。獸喘氣於玄景⑭，鳥戢翼⑮於高危⑯。農畯⑰捉鎛⑱而去疇⑲，織女釋杼⑳而下機。溫風至而增熱，歊㉑悒慴㉒而無依。披㉓襟領而長嘯㉔，冀微風之來思㉕。

實冰漿㉖於玉盞。

《藝文類聚》五

《玉燭寶典》六

【注釋】①羲和　神話中日之御者。②總駕　馳驅車馬。③扶木　即扶桑，神木名，傳說日出其下。④為輿　乘車。輿，車箱，代指車。⑤達　訓為出（據《史記・樂書》「區萌達」正義）。⑥炎燭　指熾熱之地。傳說日居湯谷，扶桑生其上，而其地至熱。⑦靈威　指靈威仰，傳說中東方蒼帝之神。⑧參垂　謂名為第三而排為最後。⑨朱轂　同「朱輪」。君侯顯貴所乘的朱漆飾輪之車，此指日車。轂，輪轂，代指車。⑩赫赫炎炎　熱盛貌。《詩・大雅・雲漢》：「赫赫炎炎。」毛傳：「赫赫，旱氣也。炎炎，熱氣也。」孔疏：「赫赫，燥熱之狀，故為旱氣。」⑪烈烈暉暉　日光熾盛明燦貌。以上兩組形容詞在形容羲和、太陽、靈威仰一行。⑫熾燎　燃燒著的火炬、大燭。⑬沉　浸泡。⑭玄景　陰影。⑮戢翼　斂翅。⑯高危　此指高枝、高簷等高而險的地方。⑰農畯　農夫。⑱鎛　本指戈矛一類長兵器柄根銳形的可以插入地下的銅器，這裡代指農具。⑲疇　農田。⑳杼　織布梭。㉑歊　熾熱。㉒悒慴　憂悶；不舒暢。㉓披　敞開。㉔長嘯　撮口發出悠長清越的聲音。㉕思　句尾語氣詞。㉖冰漿　水內加冰的飲料。

【語譯】這場酷暑呀，是由於羲和親自駕車從扶桑駛出，太陽乘羲和之車從湯谷出發，東方蒼帝靈威仰在二者之後跟隨著日車。（這一行神人不斷地發出火一樣的熱焰和氣浪，）使得大地燥暑赫赫，熱氣炎炎，日焰烈烈，陽光暉暉。（人們的感覺，）像是燃燒的火燭附在身上，又像是溫熱的泉水浸泡膚肌。群獸在陰影下張口長喘，群鳥在高危處斂翅停息。農夫提著農具離開農田，織女放下織梭走下織機。溫風吹來反而更增悶熱，酷暑中心情憂悶而無憑無依。敞開衣襟領口放聲長嘯，但願陣陣清風吹入心懷啊。

斟滿冰漿於玉質小杯。

【研析】本文筆觸開闊靈活，真實地描繪了人們忍受酷暑煎熬的痛苦。作者用遠近交替的寫作手法，先寫天上的三神，然後寫自己對暑熱的感受；再寫獸、鳥、農夫、織女，然後又寫自己對暑熱的感受。這樣的幾個變換鏡頭式的描寫，增強了作品的表現力和感染力，使讀者更容易理解當時的暑熱和作者的心情。

瓜賦并序

【題解】本文作於劉楨任曹植屬官之時。據文中所言，此賦所讚之瓜似為西瓜。

楨❶在曹植坐❷，廚人進瓜。植命為賦，促立成。其辭曰：

《初學記》十

〔含金精❸之芳流，冠❹眾瓜而作珍。〕三星❺在隅，溫風❻節暮❼。枕翹❽放藤❾，流美遠布。黃花炳曄❿，潛實獨著。豐⓫細異形，圓方殊務⓬。揚暉發藻⓭，九采雜糅。厥初作苦，終然允甘⓮。應時湫⓯熟，含蘭吐芳。藍⓰皮密理，素肌⓱丹瓤。乃命圃師⓲，貢其最良。投諸清流⓳，一浮一藏。〔更⓴布象牙之席，薰㉑玳瑁㉒之筵㉓，憑彤玉㉔之几，酌㉕縹碧㉖之樽㉗。〕析㉘以金刀，四剖三離㉙。承之以雕盤，羃㉚之以纖絺㉛。甘逾蜜房㉜，冷亞冰圭㉝。

《藝文類聚》八十七

【注釋】❶楨　原無楨字，據《太平御覽》九百七十八及嚴本補。❷坐　原作座，據《太平御覽》九百七十八改。《太平御覽》引《文士傳》亦載此序。❸金精　西方之神。古時以西方敦煌產瓜為美。《漢書・地理志下》：「敦煌、杜林以為古瓜州地，生美瓜。」顏注：「其地今猶出大瓜。」以下二句據《太平御覽》九百七十八補。❹冠　謂超出眾者而為首。❺三星　指心宿三星。《詩・唐風・綢繆》：「三星在隅。」毛傳：「隅，東南隅也。」鄭箋：「心星在隅，謂四月之末，五月之中。」三星原作三心，據《初學記》二十八改。❻溫風　暖風。《禮記・月令》：季夏之月「溫風始至。」❼節暮　季節之末，此指夏末。據《大戴禮記・夏小正》

等書，古時五月開始吃瓜，七月最佳，八月則盡收瓜矣。❽枕翹　瓜株上方生長著瓜花。枕原作杭，據《初學記》二十八改。翹，指瓜頂的花。陸機〈瓜賦〉「發金榮於秀翹」，其翹字用法同此。❾放藤　瓜藤舒展生長。《初學記》二十八放作於。❿炳曄　形容瓜花的燦爛秀麗。⓫豐　粗大。⓬殊務　指不同的種類。⓭藻　光彩。⓮允甘　確實甘甜。允，誠信。張纘〈瓜賦〉：「始懷徵而苦發，終感宮而甘通。」⓯湫　盡。⓰藍　淺青色。⓱肌　指瓜皮與瓜瓤之間的部分。⓲圃師　管理瓜菜果木園地的官員。⓳投諸清流　謂將瓜投諸清流使其降溫，則食之更佳。⓴更　原無更字，據《文選・顏延年・皇太子釋奠會作詩》注補。以下四句據《初學記》十補。㉑薰　以香草薰染。㉒玳瑁　似龜而大，甲殼可作裝飾品。㉓筵　古時鋪於地上的坐具。分言之，先布者為筵，後加者為席。㉔彤玉　赤玉。㉕酌　斟酒。㉖縹碧　淡青色的玉石。㉗樽　盛酒器。㉘析　原作折，據《初學記》二十八改。㉙離　指切割，與剖義同。㉚羃　同「冪」。指用巾覆蓋食物。㉛纖絺　泛指纖細的絲帛。纖，絲細紋帛。絺，細葛布。㉜蜜房　蜜蜂的巢，此指蜂蜜。㉝圭　玉作的禮器。

【語　譯】劉楨在曹植處侍坐，廚人端來鮮新的美瓜。曹植命為瓜作賦，並要求即刻完成。這篇賦是這樣的：

〔（這瓜）飽含著西方之神賦予的芳香氣息，居於眾瓜之首而被稱作美珍。〕三星運行到天空的東南角，暖風的夏季已近末月。瓜株上方的花朵舒展著藤蔓，散發的芳香向遠方流布。金黃色的花朵鮮豔美麗，葉子下的瓜兒悄然附著。粗大的、細長的，有不同的外形；近於圓的、近於方的，有各自的種類。張揚著明暉映耀著文彩，各種顏色相互雜揉。瓜在生長初期帶有苦味，待到後期則味道甘甜。隨應時節全部成熟，含著蘭香吐著芬芳。淺青色的表皮細密的紋理，白色的瓜肌紅色的瓜瓤。於是讓那管理園圃的官員，進獻其中的精良。把瓜投入清潔的水流，有的飄浮有的潛藏。〔再鋪上飾有象牙的美席，薰染裝有玳瑁的華筵，憑倚著嵌有赤玉的小几，傾斟那用縹碧製作的酒尊。〕用那精美的金刀，切上三刀、四刀。用精雕的食盤承托，蒙蓋上纖絺的餐巾。甘甜之味超過蜂蜜，清涼之感僅次於冰冷的玉圭。

【研析】這是一篇應制之作。作者借助其豐富的想像和生動的詞彙，描繪了瓜在生長階段的豔態秀姿和果實的甜美芳香，以及主人品瓜行樂的高雅生活。全篇行文流暢，語言華美，顯示出作者宏闊敏捷的文思和遣詞狀物的才華。然而，這一命題本身，使得文章具有很大的局限性，儘管作者濃筆重書，仍不能遮掩住為他人作文章的意味，這是歷代應制之作的通病。

黎陽山賦

【題解】黎陽山，又稱黎山、大伾山，在今河南浚縣東南，黃河流經其東南。據文中所言，此賦作於由鄴城南行的途中，時為深秋。

自魏都❶而南邁❷，迄洪川❸以揭休❹。想王旅❺之旌旄❻，望南路之遐修❼。御輕駕而西徂❽，過舊塢❾之高區。爾乃踰峻嶺，超連罡❿，一登九息⓫，遂臻⓬其陽⓭。南蔭⓮黃河，左覆⓯金城⓰。青壇⓱承祀，高碑頌靈。珍木鬱羅⑱，奮華揚榮⑲。雲興風起，蕭瑟⑳清泠。延首南望，顧瞻舊鄉㉑。桑梓㉒增敬，慘切㉓懷傷。河源汩㉔其東遊，陽烏㉕飄而南翔。睹眾物之集華㉖，退欣欣㉗而樂康。

《藝文類聚》七

良遊未厭㉘，白日潛暉。

《文選・謝混・游西池詩》注

【注釋】❶魏都　指鄴城，故址在今河北臨漳西南的鄴鎮。曹操在建安十八年五月被封為魏公，治所在鄴。❷邁　行。❸洪川　指黃河。❹朅休　謂隊伍安營止息。朅，武壯貌。❺王旅　指曹軍。據本句看，劉楨此行不是隨曹操大軍征行。❻旌旄　用旄牛尾為飾的軍旗。❼遐修　遠長。❽西徂　黎陽山在黃河西北，故云西徂。徂，往。❾舊塢　似指曹操所造營壘。《元和郡縣圖志》十六：「曹公故城，在（黎陽）縣西一里，是曹公攻（袁）譚時所築。」曹操攻袁譚事在建安十年春正月。塢，山堡；小城。❿罡　同「岡」。⓫一登九息　走一段山路就要歇息幾次，一、九均為虛指。⓬臻　至。⓭其陽　此指黎陽山的南側。⓮蔭　遮覆。⓯左覆　謂從東面覆蓋。古人地理上坐北南視，以東為左。黎陽山東南為黃河，東為黎陽縣城，故有南蔭、左覆之稱。⓰金城　喻堅固的城池，此指黎陽縣城。《水經・河水》注：「（黎陽）山在城西，城憑山為基，東岨為河，故劉楨〈黎陽山賦〉曰『南蔭黃河，左覆金城……』。」黎陽城相當堅固，是東漢時期重要的屯兵之處。官渡戰敗之後，袁紹長子袁譚居黎陽，與曹操相拒。城東南黎陽津對岸為白馬津，是由鄴城南下的交通要道。⓱青壇光武帝劉秀所建祭壇。臧勵和《中國古今地名大辭典》大伾山條：「山上有青壇。漢光武平王郎，還至黎陽，築壇祭告天地百神，劉楨所謂『青壇承祀』是也。」⑱駢羅　駢比羅列，此指珍木之多。⑲榮　指植物的花。細分之，則草本植物的花稱榮，木本植物的花稱華。⑳蕭瑟　秋風聲。㉑舊鄉　似指劉楨的故鄉寧陽，但寧陽位於黎陽山的東方。㉒桑梓　桑樹和梓樹。《詩・小雅・小弁》：「惟桑與梓，必恭敬止。」桑和梓為古代住宅旁常栽之木，故多以喻故鄉。㉓慘切　形容心情悲傷。㉔汩　水疾流貌。㉕陽鳥　鴻雁一類的候鳥，農曆九月而南飛。㉖眾物之集華　喻人才彙集於曹氏。㉗欣欣　喜樂自得貌。㉘厭　滿足。

【語　譯】從那魏都鄴城向南征行，來到黃河岸邊安營止休。想像著王者之師的軍旗飄揚，遙望那南行之途遠而漫長。駕御著輕便小車向西馳去，經過築有舊城堡的一片高地。於是翻過峻嶺，越過群山，中間作了幾次停息，終於登上了頂峰的南端。（黎陽山）南面蔭蔽著濤濤黃河，左面遮覆著秀美的黎陽城。山上有青青的祭壇承受多方的祭祀，有高大的石碑記載著頌讚神靈的銘文。山上的珍草異木繁昌茂盛，奮吐芳花張揚豔榮。一陣陣雲興風起，秋風蕭瑟略感清冷。抬頭向南眺望，眺望那遠方的故鄉。故鄉的桑梓樹木使我頓生敬慕之情，也使我感到一陣陣的淒涼悲傷。黃河源遠流長向東逝去，各類候鳥翩翩展翅向南飛翔。看著萬物彙集於聖明之地，我心中私下裡感到欣慰而愉快安康。

舒心的遊覽尚未盡興，太陽已經潛收光暉。

【研　析】這篇賦，是作者將敘事、寫景、抒情巧妙地融為一體的一篇佳作。作者在南行途中，暫駐黃河邊。休息之中，自然要有一些懸想（「想王旅之旌旄」），要盤算行程，因而有「望南路之遐修」。進而，產生了登高極目遠望的要求，便有了登山的行為。登上山顛，作者首先飽覽了山上的美景，瞻仰了光武帝的青壇與高碑，然後瞻望遠方的故鄉，再遙想遠方向南征行的曹軍。這一觀賞順序符合常情。同時，作者的心情，也由出發前的淡淡的憂愁，到望故鄉時的陣陣悲傷，再到聯想曹營人才濟濟勝券在握的欣慰和愉快，不斷地產生著變化。即全賦從「想王旅」到「退樂康」，圍繞著對南行曹軍的惦念與祝願，形成了一個完整的情感曲線。這一過程，與敘事、寫景非常自然地融為一體，十分細膩，也十分感人。文中的「雲興風起，蕭瑟清冷」，是很巧妙的過渡之筆。篇末的「睹眾物之集華」，既含有作者對自己行為的肯定，也含有作者對其事業和前途的樂觀態度。本賦格調清逸，語句淳真，注重行進間的場景切換，講究光線色彩與景物的搭配和諧，意境清雅，用字考究，確實具有「情高以會采」的藝術美感。

清慮賦

【題解】清慮，清除憂慮。本文廣敘珍物異境，其意即在清慮。

結❶東阿❷之扶桑❸，接西雷乎燭龍❹。〔入鐐碧❺之間，出水精❻之都。〕上青臒❼之山，蹈琳珉❽之塗❾。玉樹❿翠葉，上棲金烏⓫。

《初學記》二十七

錯⑫華玉以茨屋⑬，駢⑭雄黃⑮以為墀⑯。紛⑰以瑤蕊⑱，糅⑲以玉夷⑳。

《初學記》二十七

後㉑布玳瑁㉒之席，前㉓設觜蠵㉔之牀㉕，馮㉖玟瑤㉗之几，對精金㉘之盤。

《北堂書鈔》一百三十三

□火珠之爨，加虞氏之甑㉙，炊嘉禾㉚之米，和蓂莢㉛之飯。

《北堂書鈔》一百四十四

仰秤㉜木韮㉝，俯拔廉薑㉞。

《太平御覽》九百七十四

乃生氣電㉟之班輿㊱。

《北堂書鈔》一百四十

瀹㊲鳳卵。

《玉燭寶典》二

【注釋】❶結　止。❷阿　山隅。相傳扶桑生於東方嵎夷的湯谷。❸扶桑　傳說中日居之神木。❹燭龍　西方鍾山之神，相傳能請致風雨，則似與雷有關。❺鐐碧　純銀與碧玉。鐐，銀之美者。《爾雅．釋器》：「白金謂之銀，其美者謂之鐐。」碧，玉石之青美者。《山海經．西山經》：「又西北五十里曰高山，其上多銀，其下多青碧。」以下二句據《太平御覽》八百零八補。❻水精　水晶，又名水玉。《魏略》：「大秦國一名黎雛，宮室皆水精為柱，食器亦然。」❼青臒　同「青臒」、「青䨼」。青色土，可以染物。《山海經．南山經》：「又東三百里曰青丘之山，其陽多玉，其蔭多青䨼。」❽琳珉　玉石名。班固〈西都賦〉：「琳珉青熒。」❾塗路。❿玉樹　仙木名。《駢雅．釋木》：「玉樹似槐而細葉。」⓫金烏　赤烏，古時以赤烏至為祥瑞之兆。⓬錯　錯金，此指裝飾。⓭茨屋　猶謂覆蓋房屋。《廣雅．釋詁》：「茨，覆也。」⓮駢　合併。⓯雄黃　礦物質，可入藥，或作染料。⓰墀　階，古人多以丹、玄等色飾之。⓱紛　用為動詞，指點綴、布施。⓲瑤蕊　瓊玉樹的花蕊。⓳糅　同「揉」。⓴玉夷　即夷玉，指東夷之美玉。㉑後　原無後字，據《太平御覽》八百零八補。㉒玳瑁　似龜而大，甲殼可作裝飾品。㉓前　原無前字，據《太平御覽》八百零八補。㉔觜蠵　龜屬，似玳瑁而甲稍薄。㉕牀　《北堂書鈔》一百三十三席部引牀字作筵，《太平御覽》八百零八亦作筵，孔廣陶校曰：「《書鈔》既入牀篇，則牀字斷非誤可知。」㉖馮　通「憑」。㉗玟瑤　二者均為美玉名。㉘精金　精煉之金。㉙□火珠之爨二句　原作「□虞氏之爨，加火珠之甑」，據文意，將虞氏、火珠互換。首句句首原缺一字，據文意，當有一個與燃字相近的字。火珠，指能聚陽光引燃火種之珠。《新唐書．南蠻傳》：「婆利者……多火珠，大者如雞卵，圓白，照數尺，日中以艾藉珠，輒火出。」爨，爐灶。虞氏，虞舜。《韓詩外傳》：「舜甑無羶。」甑，瓦製煮器。㉚嘉禾　長得特別茁壯的禾稻，古人認為是吉祥的象徵。㉛蓂莢　菜名，古人認為是吉祥的徵兆之一。《漢書．王莽傳》：「甘露降，神芝生，蓂莢、朱草、嘉禾，休徵同時並至。」《風俗通》：「蓂莢生階，其味酸，王者取以調味。」㉜秤　稱的俗字，指掂一掂。㉝木韮　不詳何物。㉞廉薑　薑屬，有香味。㉟氣雹　指雲氣閃電。本句原題作〈清虛賦〉，考其內容與本文相近，疑虛為慮字之誤，暫繫於此。㊱班

輿　黼麗車箱。班，通「斑」。指色彩斑斕。輿，車箱。㊲瀟　煮。

【語　譯】止息在東方（湯谷）山曲的神木扶桑，接聞那西方沉雷於巨神燭龍。〔行進於白銀青玉之間，進出於水晶輝映之城。〕登上布滿青雘的山岡，腳踏鋪滿琳珉的小路。玉樹張揚著翠葉，上面棲息著金烏。

雜施美玉以覆蓋房屋，摻合雄黃以建造臺階。點綴上瑤蕊，雜揉上夷玉。

鋪上飾有玳瑁的坐席，陳設飾有觜蠵的臥床，憑依著嵌有美玉的秀几，面對著精金打製的珍盤。

燒旺那用火珠引燃的爐灶，架上那虞舜製作的甑器，煮上那吉祥的嘉禾良米，調製那用蓂莢合味的美餐。

抬頭掂掂木韮，俯身拔取廉薑。

於是製成彩雲疾電般明爍的黼麗車箱。

煮食鳳凰之卵。

【研　析】作者把自己置身於充滿珍寶異物的優美環境之中，藉以陶冶其高潔的情操，清除其心中的憂慮。這種用構想與現實相抗衡的作法，是對屈原、賈誼等人的借鑑，也是中國傳統社會正直的知識份子所共有的思想方法。惜本文殘缺過甚。

贈從弟三首

【題解】從弟，叔伯兄弟。其人其事不詳。此詩似作於劉楨出仕之前。

其一

泛泛❶東流水，磷磷❷水中石。蘋藻❸生其涯❹，華紛何❺擾弱❻。采之薦宗廟，可以羞嘉客❼。豈無園中葵❽，懿❾此出深澤。

《文選》二十三

【注釋】❶泛泛　河水流動貌。❷磷磷　水石明淨貌。❸蘋藻　兩種可食的水中植物。蘋，水草名，生淺水中，葉有長柄，柄端為四片成田字形的小葉，又叫四葉菜。藻，水中隱花植物，種類很多。❹涯　水邊。❺紛何　《文選》五臣注本作葉紛。❻擾弱　形容蘋藻在水流中擺動的柔美姿態。❼采之薦宗廟二句　此二句用《左傳・隱公三年》「君子曰……苟有明信，澗溪沼沚之毛，蘋蘩薀藻之菜……可薦於鬼神，可羞于王公」之意，謂蘋藻雖為薄菜，也可用於祭祀祖先或宴會嘉客，其理由，即下句所說的，在於蘋藻本身的清潔。薦與羞均有進獻的意義，其差別，薦較羞更為敬重。《周禮・天官・庖人》鄭玄注：「備品物曰薦，致滋味曰羞。」羞，進獻。❽葵　冬葵，中國古代重要蔬菜之一。《詩・豳風・七月》：「七月亨葵及菽。」《齊民要術》以「種葵」列為蔬類第一篇，王禎《農書》稱葵為「百菜之主」，現江西、湖南、四川等省仍有栽培。❾懿　美。

【語譯】泛泛清暢的東流之水，磷磷閃亮的水中之石。蘋藻生長在水的邊涯，華豔紛繁，柔美輕蕩。採來奉獻祖先的宗廟，亦可招待那親朋嘉客。哪裡是沒有園中青葵，只美其出自清深之澤。

其二

亭亭❶山上松，瑟瑟❷谷中風。風聲一何盛，松枝一何勁。冰霜正慘淒❸，終歲常端正。豈不罹❹凝寒❺，松柏有本性。

《文選》二十三

【注釋】❶亭亭　聳立貌。❷瑟瑟　風聲。❸慘淒　猶憯淒，形容氣候的凜冽酷寒。慘淒原作慘愴，據《藝文類聚》八十八及胡克家《文選考異》改。❹罹　遭受。罹原作羅，據《詩紀》二十六及胡克家《文選考異》改。以下二句語本《論語・子罕》：「子曰：歲寒然後知松柏之後彫也。」❺凝寒　嚴寒。

【語譯】亭亭聳立的山上青松，瑟瑟吹蕩的山谷疾風。風聲啊是何等的強盛，松枝啊是何等的堅勁。冰霜時節正凜冽酷冷，松柏卻常年端莊挺正。哪裡是不曾遭受嚴寒，只因為松柏有其本性。

其三

鳳凰集南嶽❶，徘徊孤竹❷根。於心有不厭❸，奮翅凌❹紫氛❺。豈不常勤苦❻，羞與黃雀❼羣。何時當來儀❽，將須❾聖明君。

《文選》二十三

【注釋】❶南嶽　南方的大山，此指丹穴山。《山海經・南山經》：「丹穴之山……有鳥焉，其狀如雞，五采而文，名曰鳳凰。」❷孤竹　大竹。《周禮・春官・大司樂》鄭注：「孤竹，竹特大者。」❸厭　倦。❹凌升騰。❺紫氛　指天空。雲霞映日，天空呈紫色，故名。❻常勤苦　即《詩・大雅・卷阿》鄭箋「鳳凰之性，非梧桐不棲，非竹實不食」之意，指鳳凰為保其高潔的所作所為。❼黃雀　鳥名，鳴聲清脆，可飼養為觀賞鳥。李善注稱「黃雀，喻俗士也」。❽來儀　猶來翔。以下二句語本《論語・子罕》集解引孔安國語：「聖人受命則鳳鳥至。」❾須　待。

【語　譯】鳳凰棲集在南方大山，徘徊漫步在孤竹之根。生性勤敏，不知疲倦，奮翅升騰，直上九天。哪裡是不覺常年勤苦，只是不願與黃雀同群。何時方能來此地翱翔，將要等待聖明的人君。

【研　析】這三首詩是作者借物抒情的佳作。詩中分別以卑賤而清潔的蘋藻，傲寒而挺拔的青松，志大而勤奮的鳳凰，謳歌了有理想有才華的士人守志不阿的節操，也表現了詩人「真骨凌霜，高飛跨俗」的品格。全詩既是對其從弟的讚美和期望，也是作者對自己的肯定和自勉。全詩巧妙地運用了比興的手法，在結構安排上也別具特色。三首詩均以詠歎的對象的生長環境起筆，然後敘述其美好，再通過「豈不」一句，把詠歎對象的優秀品質在和其他事物的對比中更加鮮明生動地展現出來，因而收到了語言簡煉，筆力渾厚，又富有波瀾的藝術效果。《文心雕龍・隱秀》稱「陳思之黃雀，公幹之青松，格剛才勁，而並長於諷喻」，亦為一說。

公宴詩

【題　解】公宴，公卿高官的宴會。儲皖峰《漢魏六朝詩選注》稱「此題與曹植同，亦和曹丕詩。」查曹植〈公宴詩〉有「公子敬愛客，終宴不知疲。清夜遊西園，飛蓋相追隨」語，其時其景與本詩一致，則儲氏之說可信。若此，設宴的主人是曹丕，所遊之園為鄴城的西園。王粲、應瑒亦有同題之作，可參閱。

永日❶行遊戲，歡樂猶未央❷。遺思❸在玄夜，相與復翱翔❹。輦車❺飛素蓋❻，從者盈路傍。月出照園中，珍木鬱蒼蒼。清川過石渠，流波為❼魚防❽。芙蓉❾散其華，菡萏❿溢金塘⓫。靈鳥⓬宿水裔⓭，仁獸⓮遊飛梁⓯。華館寄流波，豁達⓰來風涼。生平未始聞，歌之安能詳。投翰長歎息，綺麗⓱不可忘。

《文選》二十

【注釋】❶永日　盡日。《詩・唐風・山有樞》：「且以喜樂，且以永日。」❷未央　未盡興。❸遺思　致以思念之意。❹翱翔　本指飛鳥逍遙天空，此喻悠閒遊樂。❺輦車　人拉的車，多為宮中所用。❻素蓋　白色的車蓋。❼為　敷，此指水流輕輕漫過魚防。❽魚防　為防止魚游出而設置的竹木欄柵或堤埂。❾芙蓉　荷花的別名。❿菡萏　指荷花的花。《爾雅・釋草》：「荷……其華菡萏。」⓫金塘　月光、燭光映照下的閃著金色光芒的池塘。⓬靈鳥　泛指神鳥、麗鳥，多指鳳凰。古人以鳳凰的出現為祥瑞之兆。⓭水裔　水邊。⓮仁獸　古代傳說中麒麟一類的動物。古人以麒麟的出現為祥瑞之兆。⓯飛梁　凌空架設的橋。⓰豁達　開闊通達，此指水面。⑰綺麗　華麗美盛的景色。

【語　譯】白天盡情地遊玩戲樂，歡娛之情尚未盡享。主人發念在幽深之夜，希望大家再來遊翔。乘坐輦車，飛動素蓋，侍從之人充盈路旁。明月初露，高照園中，珍木異樹鬱鬱蒼蒼。清洌的小河流過石渠，碧波蕩動輕撫魚防。池中的芙蓉散發華彩，菡萏盛開溢滿金塘。神靈的鳳凰棲息水邊，仁獸麒麟遨遊飛樑。華美的亭館依傍流波，豁達之處來風清涼。良辰美景為平生未聞，屬辭稱頌怎能審詳。丟下毛筆而長長歎息，綺麗美景不可遺忘。

【研　析】全詩淡雅清新，平穩流暢，沒有誇張奢靡之詞，沒有阿諛取榮之語，在歷代公宴詩中是很少見的。詩中「靈鳥」、「仁獸」二句，為「假美名以言之」（《文選》李善注語），其意在點綴環境的高潔，使作者的心情與月夜的美景相和諧。詩末的「長歎息」、「不可忘」二句，蘊含著作者的多層含意，有對景美辭窮的惋惜，更多的，是對主人遊心亭樓、貪享娛樂的感歎。寫出如此侍宴之作，是與作者特有的質樸而耿直的性格分不開的。

鬥雞詩

【題　解】曹植〈鬥雞詩〉云：「主人寂無為，眾賓進樂方。」應瑒〈鬥雞〉云：「戚戚懷不樂，無以釋勞勤。兄弟遊戲場，命駕迎眾賓。」則本詩為曹丕兄弟鬥雞取樂時的侍坐奉和之作。

丹雞❶被華采，雙距❷如鋒芒。願一揚炎威❸，會戰此中唐❹。利爪探玉除❺，瞋目❻含火光。長翹❼驚風起，勁翮❽正敷張。輕舉奮勾喙❾，電擊復還翔。

《藝文類聚》九十一

【注釋】❶丹雞　指雄雞。雄雞雞冠大而鮮明，並且好鬥，故多用以爭鬥取樂。❷距　雞距，指雄雞足後凸出如趾的尖骨，相鬥時用以刺對方。❸炎威　形容雄雞逼人的盛氣。❹中唐　同「中堂」。指庭院。❺探玉除　指雞相鬥前躍躍欲試時雞爪對階石的踏擊。玉除，玉階。❻瞋目　瞪眼。❼翹　雞尾。❽翮　雞翅。❾勾喙　雞嘴。

【語　譯】赤冠雄雞身披五彩，雙距尖利銳如鋒芒。希望得以奮揚炎威，與彼會戰在此中堂。利爪勁勁踏擊玉階，兩眼圓瞪放射火花。長尾驚動盪起風塵，雙翅強勁正在鋪展。輕捷騰起奮動利嘴，疾如電擊復還旋翔。

【研　析】詩中精心刻劃了雄雞的強健與勇猛。作者把雞的距、眼、尾、翅的描寫，同其立、踏、撲、跳的動作結合起來，既寫出了雞的雄風，又暗示了爭鬥場面的激烈，在寫作手法上別具一格。

本詩前後似有脫文。

射鳶詩

【題　解】鳶，猛禽，俗稱鷂鷹。

鳴鳶弄雙翼，飄飄❶薄❷青雲。我后❸橫怒❹起，意氣❺陵❻神仙。
發機❼如驚焱❽，三發兩鳶連❾。流血灑牆屋，飛毛從風旋。庶士❿同聲
贊，君射一何妍⓫。

《藝文類聚》九十二

【注　釋】❶飄飄　飄飛貌。❷薄　迫近。❸我后　指曹操。❹橫怒　猛然產生的怒氣。古人以鳶為貪惡之鳥，祭祀及軍旅多射取之，故曹操見鳴鳶弄翼則發怒。❺意氣　意志與氣概。❻陵　通「淩」。指超越。❼機　控制弩弓發箭的裝置。❽驚焱　同「驚飆」。指疾風。❾連　指被射中的鳶隨著箭繩連綴而下。❿庶士　指眾隨從。⓫妍　美好，此指射技的高超。

【語　譯】飛鳴鳶鳥舞弄雙翅，翩翻飄翔迫近青雲。我后曹公奮起橫怒，英雄氣概超過神仙。扣發弩機箭如疾風，三發射出兩鳶綴連。滴血灑在牆頭屋上，羽毛飄飛隨風轉旋。眾多隨人齊聲稱讚，曹公射技何等熟嫻。

【研　析】本詩頌讚了曹操奮射鳶鳥的雄姿，是一篇典型的侍從奉贊之作。全詩詞語宏大而文氣不足，且有阿諛過譽之嫌，在劉楨全部作品中屬於下品。

贈徐幹

【題解】徐幹，劉楨至友，詳見導讀「徐幹」段。本詩沒有交代寫作的背景，結合本詩的格調和徐幹的答詩看，劉、徐二人在精神上均有一種苦悶、壓抑的感傷，則此詩似作於劉楨復官之後。徐幹有答詩，可以參閱。

誰謂相去遠，隔此西掖垣❶。拘限清切禁❷，中情無由宣。思子沉心曲❸，長歎不能言。起坐失次第，一日三四遷。步出北寺門❹，遙望西苑園❺。細柳夾道生，方塘❻含清源。輕葉隨風轉，飛鳥何翻翻。乖人❼易感動，涕下與衿連。仰視白日❽光，皦皦❾高且懸。兼燭八紘❿內，物類⓫無頗偏。我獨抱深感，不得與比⓬焉。

《文選》二十三

【注釋】❶西掖垣　指曹丕官署西側的圍牆。曹丕以世子身分，其官署當位於曹操官署的東面，而以西掖垣與之相隔。時徐幹任曹丕的五官中郎將文學，在曹丕官署就職。❷清切禁　謂清厲而嚴格的禁令。從建安十六年初封諸侯時起，曹操「重諸侯賓客交通之禁」（《三國志・魏書・武文世王公傳・曹幹傳》載魏明帝〈誡曹幹書〉），屬臣之間不能隨意往來。❸沉心曲　猶謂埋藏於心靈深處。從徐幹答詩看，二人分別時間並不長，且均有精神上的苦悶與愁思。❹北寺門　曹操官署的北門。劉楨「刑竟署吏」，暫在曹操府中做些文墨瑣事。《後漢書・元帝紀》李賢注：「凡府庭所在皆謂之寺。」❺西苑園　指鄴城的西園，即曹植〈公宴詩〉「清夜遊西園」的西園。❻方塘　猶謂大塘。《廣雅・釋詁》：「方，大也。」❼乖人　乖違之人，為劉楨自稱。這裡有兩層含義，一指與徐幹的分離，二指自己有過失誤而受罰。❽白日　喻曹操。❾皦皦　潔白而明亮貌。❿八紘　猶言大地的八極，形容地域的廣闊。以下二句寓含著對曹操功業的讚揚。⓫物類　萬物諸類。⓬比　緊靠；親近，此處有兩層意思，既指不能與太陽（實指曹操）相親近，又指不能與徐幹相親近。

【語　譯】誰說相離得十分遙遠，僅僅阻隔這西掖牆垣。拘限於這清切的禁令，心中的思情無法吐宣。把想您之情沉於心底，深深長歎卻不能稱言。起居失去往日的次序，一天之中幾次地變遷。慢步走出官署的北門，遙遙眺望西苑的林園。嫩細的柳枝夾道而生，巨大的池塘飽含清源。輕輕的綠葉隨風飄轉，飛翔的鳥兒翩翩翻翻。乖違之人易觸景動情，淚珠滴下與衣衿相連。仰望天空驕驪的日光，潔白明亮在空中高懸。光芒廣照於八極之內，萬物諸類皆無頗無偏。我獨抱有深深的遺憾，不能與之親近、比攀。

【研　析】詩中貫穿著作者感情的幾次起伏。前四句寫由於被無形的禁約所拘限，思友不得而坐立不安。情調是低沉的。接下的四句寫為消除憂悶而漫步西園的所見所感。園中的細柳、方塘使作者略感寬慰。然而，飄轉的綠葉和翻飛的鳥兒，喚起了作者對精神自由的嚮往，對馳騁才華的渴望。這些嚮往渴望與作者的「乖人」處境極不相稱，因而加重了作者的感傷，不禁淚灑衣衿，作品的情調降到最低點。繼而描寫白日，寫出了作者心中的期望。最後一句的感歎，又把情調降了下來。通讀全詩不難看出，作者孤寂苦悶的根源，在於有志難施有才難為的現實處境。儘管如此，作者並沒有因此而動搖其人生追求，全詩憂傷而不頹廢（竟能寫出「細柳夾道生，方塘含清源」這樣令後代詩人屢屢稱道的佳句），哀怨之中亦有追求，語言坦率，誠摯感人，故為後世所稱譽。鍾嶸《詩品》稱「白馬與陳思答贈，偉長與公幹往復，雖曰『以莛扣鐘』，亦能閑雅矣。」

又贈徐幹詩

【題　解】本詩是對徐幹答詩的回贈。標題原無又字，為與前詩有別而補。

猥❶蒙惠咳唾❷，既❸以雅頌❹聲。高義厲青雲，灼灼❺有表經❻。

《北堂書鈔》一百

【注　釋】❶猥　書面語常用的謙詞。❷咳唾　對對方言語的敬稱。《莊子・漁父》：「幸聞咳唾之音。」❸既　賜與。❹雅頌　本指《詩經》中的雅與頌，此喻徐幹答詩之美。《禮記・樂記》：「故聽其雅頌之聲，志意得廣焉。」孔廣陶校語曰：「陳俞本雅頌作大雅。」❺灼灼　鮮豔明燦貌。❻有表經　孔廣陶校語曰：「陳俞本有表經作粲華星。」表經，表率、模範之意。

【語譯】承蒙您惠贈高言美語，賜與我雅頌般佳音。高深的情義淩厲青雲，灼灼明燦堪為表經。

【研析】本詩語句開朗明快，一掃前詩的抑鬱，當由閱讀徐幹答詩所致。

雜詩

【題解】李善曰：「雜者，不拘流例，遇物即言，故云雜也。」李周翰曰：「興致不一，故云雜詩。」王粲亦作有〈雜詩〉，可參閱。

職事❶相❷填委❸，文墨❹紛消散❺。馳翰❻未暇食，日昃❼不知晏❽。
沉迷簿領書❾，回回❿自昏亂。釋此出西城，登高且遊觀。方塘⓫含白
水，中有鳧⓬與鴈。安得肅肅⓭羽，從爾浮波瀾。

《文選》二十九

【注釋】❶職事　指身任之職所應擔負的事務。❷相　交互。《文選》五臣注本及陳禹謨本《書鈔》三十六相作煩。❸填委　紛集；堆積。❹文墨　文書寫作之事。❺紛消散　此謂不斷地完成各種文書寫作之事。消散，消除。張銑注：「消散，謂疏理也。」❻馳翰　揮筆疾速書寫。❼日昃　太陽傾西。❽晏　晚。❾簿領書　指官府登記承轉的公文簿書。李善注：「簿領，謂文簿而記錄之。」《北堂書鈔》三十六書作簿。❿回回

心亂貌。劉良注：「回回，心亂貌。」⑪方塘　猶大塘，即劉楨〈贈徐幹〉中所言西苑園中的方塘。⑫鳧　野鴨。⑬肅肅　鳥飛聲。《詩・小雅・鴻雁》：「鴻雁于飛，肅肅其羽。」

【語　譯】公務眾多聚於身，文牘紛紜不停辦。揮筆疾書無暇食，太陽偏西不知晚。沉溺迷離諸官文，心緒繁雜又昏亂。放下公務出西城，登上高處且遊觀。巨池飽含清瑩水，中有野鴨和大雁。願得肅肅飛禽羽，隨從鳧雁游波瀾。

【研　析】本詩情調低沉，反映了作者為文墨瑣事所困擾的苦悶，對當時的處境的不滿，以及對自由、清逸生活的渴望。明呂陽《漢魏詩選》稱「此公幹輸作時所賦」，然考之詩文，其事其情皆與劉楨除刑之後，身為屬吏之事相符。與〈贈徐幹〉一詩相參照，其中的「一日三四遷」、「乖人」等詩句所指，亦昭然而現，則呂說不可從。全詩怨而不恨，哀而不傷，寫得婉轉自然，具有很強的感染力。

贈五官中郎將四首

【題　解】五官中郎將，指曹操次子曹丕。劉楨被刑後任五官中郎將文學之職，與曹丕關係很密切。張濟注曰：「魏文帝初為五官中郎將、副丞相。文帝來視楨疾，去後，楨賦詩以贈之。」

其　一

昔我從元后，整駕至南鄉❶。過彼豐沛都❷，與君❸共翱翔❹。四節❺相推斥❻，季冬❼風且涼。眾賓會廣坐❽，明鐙❾熺❿炎光。清歌製妙聲，萬舞⓫在中堂⓬。金罍⓭含甘醴⓮，羽觴⓯行無方⓰。長夜忘歸來，聊且為大康⓱。四牡⓲向路馳，歡⓳悅誠未央⓴。

《文選》二十三

【注釋】❶昔我從元后二句　本句是說作者在建安十三年七月隨曹操南征劉表事。元后，指曹操。南鄉，指荊楚之地。李善注：「至南鄉，謂征劉表也。」劉良注稱「南鄉，譙國，帝之舊鄉」，可作一說。❷豐沛都　指漢高祖劉邦的故鄉沛縣豐邑，此喻曹操的故鄉譙縣。都，建有宗廟的城邑。曹操在建安十四年三月率軍至譙，曹丕〈感物賦序〉有「南征荊州，還過鄉里」句。❸君　指曹丕。❹翱翔　此指周遊馳騁。❺四節　春夏秋冬四種季節。❻推斥　推移。❼季冬　冬季的第三個月，即農曆十二月。曹操建安十四年三月至譙東征，自渦入淮，出肥水，軍合肥，十二月返譙。❽廣坐　眾人聚會的場所。❾鐙　同「燈」。❿熺　同「熹」。火光明亮貌。⓫萬舞　古代的大型舞蹈之一，舞者以羽籥干戚等為舞具，多用於朝廷或宗廟。此用萬舞代指各種盛舞。⓬中堂　庭院。⓭金罍　盛酒器，尊形，飾以金，刻有雲雷之象。《詩・周南・卷耳》：「我姑酌彼金罍。」毛傳：「人君黃金罍。」⓮甘醴　甜酒。⓯羽觴　飲酒器，作雀鳥狀，一說插有鳥羽以促人速飲。⓰無方　沒有固定的法度。⓱大康　猶言大樂。⓲四牡　四匹雄馬，古時一駕車由四匹馬來拉。四牡又暗喻辭別。李善注：「四牡，驪駒也。」驪駒為逸《詩》篇名（詳見《漢書・王式傳》），是告別之歌。其中有「驪駒在路，僕夫整駕」語。本句寫歸途。⓳歡　原作歎，據《文選》六臣注本改。⓴未央　謂未盡興。

【語譯】當年我曾跟隨曹公出征，整備車駕直至南鄉。又曾經過帝王之地譙縣，與您一道馳騁遊翔。四時節氣相互推斥遷移，季冬之風緊而寒涼。眾多佳賓會聚高庭廣坐，明燈爍爍閃耀炎光。歡娛悅耳清歌產生美妙佳音，萬舞英姿演在中堂。玉尊金罍盛滿佳醇甘醴，羽觴疾行無度無方。歡娛在這長夜忘卻歸還，姑且更為大樂大康。四馬之乘已向歸路奔馳，仍感歡情尚未盡享。

其二

余嬰❶沉痼疾❷，竄身❸清漳濱❹。自夏涉❺玄冬❻，彌曠❼十餘旬❽。常恐遊岱宗❾，不復見故人❿。所親一何篤，步趾⓫慰我身。清談同日夕，情眄⓬敘憂勤⓭。便復為別辭，遊車歸西鄰⓮。素葉隨風起，廣路揚埃塵。逝者如流水⓯，哀此遂離分。追問何時會，要⓰我以陽春⓱。望慕⓲結不解⓳，貽⓴爾新詩文。勉哉修令德㉑，北面㉒自寵珍㉓。

《文選》二十三

【注釋】❶嬰　本指環繞、羈絆，此喻疾病纏身。❷沉痼疾　積久難治的病。❸竄身　隱身。竄，遷匿；隱藏。❹清漳濱　清漳河之濱，此指鄴城。❺涉　至。❻玄冬　冬季。❼彌曠　久隔。❽十餘旬　孫志祖《文選考異》云：「『自夏涉玄冬，彌曠十餘旬』，《說文繫傳》疒部痁字引作『自夏及徂秋，曠爾十餘旬』。按若自夏涉冬，則不止十餘旬矣。」逯欽立案：「孫氏此說甚是，應從《說文繫傳》正之。」韓按：似不必改字。十餘旬在一百天以上，恰容秋季。❾游岱宗　猶今語稱死亡為回老家，且劉楨故鄉距泰山不遠。岱宗，指泰山（也作太山）。李善注引《援神契》曰：「太山，天帝孫也，主召人魂。」❿故人　舊友。⓫步趾　親步玉趾，指曹丕的登門探問。⓬眄　眷顧。⓭憂勤　因憂愁而至勤苦。⓮西鄰　鄴都。李善注：「西鄰，鄴都。」⓯逝者如流水　過去的一切就像長流的河水一樣。語本《論語・子罕》：「子在川上曰：逝者如斯夫，不舍晝夜。」⓰要　同「邀」。⓱陽春　溫暖的春天。⓲望慕　期望；思慕。⓳結不解　指多年結下的友誼永不解除。⓴貽　贈。㉑令德　美德。㉒北面　臣位。李善注：「北面，臣位也。」㉓自寵珍　猶謂自我珍重。

【語譯】我因患這久不痊癒之病，匿身滯居清漳水濱。從那夏天直到此刻玄冬，遠離時世十有餘旬。常常擔心魂遊泰山仙境，不能再見舊友故人。您的惠愛之情多麼淳篤，親自登門存慰我身。清談雅敘直到夕陽西下，深情共述愁思憂勤。臨別之時反覆囑咐安慰，便要乘車回歸西鄰。樹葉枯落又隨淒風飄起，寬廣大路揚起埃塵。過去的一切如川水流逝，哀傷此刻即要離分。上前追問何時方能再會，與我相約在那陽春。期望如此情誼永不分解，送您這篇新作詩文。努力豐厚您那美好品德，北面為臣好自寵珍。

其　三

秋日多悲懷，感慨以長歎。終夜不遑❶寐，敘意於濡翰❷。明鐙曜閨中❸，清風淒已寒。白露塗前庭，應門❹重其關❺。四節相推斥，歲月❻忽欲殫❼。壯士遠出征❽，戎事將獨難❾。涕泣灑衣裳，能不懷所歡？

【注釋】❶遑　暇。《詩・小雅・小弁》：「心之憂矣，不遑假寐。」❷濡翰　浸飽墨汁的毛筆。❸闈中　謂房中。❹應門　正門。❺重其關　重重地落下門關。❻歲月　此就一年而言。❼殫　盡。❽壯士遠出征　李善注：「壯士，謂五官也……出征，謂在孟津也。〈魏志〉曰：『建安十六年，文帝立為五官中郎將。』《典略》曰：『建安二十二年，魏郡大疫，徐幹劉楨等俱逝。』然其間唯有鎮孟津及黎陽，而無所征伐，故疑出征謂在孟津也。以在鄴，故曰出征。以有兵衛，故曰戎事也。」韓按：建安二十年年初曹丕駐守孟津，年底還鄴。孟津在洛陽附近，屬曹操勢力範圍的中心，曹丕僅為駐守，與本詩「出征」、「戎事」及時令不合。建安二十一年十月，曹操東征孫權，曹丕從征，其時與本詩相符，疑為作於是年。❾獨難　獨自承擔險難。

【語譯】深秋之日更覺悲情滿懷，感慨人世仰天長歎。整夜憂思忡忡不能入睡，陳述胸臆於此濡翰。明亮燈燭照耀房門之中，清風淒厲已感微寒。潔白霜露布滿屋前階庭，正門已經重落門關。四時節氣相互推斥遷移，歲月匆匆就要盡殫。壯勇之士將要遠行征戰，兵戎大事亦將獨擔。不覺淚如雨下沾溼衣裳，能不懷念故友親歡？

其四

涼風❶吹沙礫❷，霜氣何皚皚❸。明月照緹幕❹，華燈散炎輝。賦詩連篇章，極夜不知歸。君侯❺多壯思，文雅縱橫飛。小臣❻信❼頑鹵❽，

僶俛❾安能追？　《文選》二十三

【注　釋】❶涼風　北風（據《爾雅・釋天》）。❷沙礫　小石。❸皚皚　霜雪潔白貌。❹緹幕　紅色的帷幕。❺君侯　對曹丕的尊稱。李善注引《漢儀注》曰：「列侯為丞相，稱君侯。」時曹丕任副丞相之職。❻小臣　劉楨自稱。❼信　的確。❽頑鹵　同「頑魯」（《文選》五臣注本、《四庫全書》載《北堂書鈔》一百作頑魯）。形容思維不敏捷。❾僶俛　努力；奮勉。

【語　譯】寒冷北風吹捲細沙礫石，霜霧雪氣何等皚皚。一輪皓月映照紅色帷幕，華豔明燈散發光輝。即興賦詩屬辭連篇累章，直到深夜不知回歸。君侯您啊多有壯烈宏思，文情雅意縱溢橫飛。小臣自覺情思愚昧魯鈍，奮勉努力怎能攀追？

【研　析】本詩作於劉楨久病未癒之時。為了答謝曹丕的探望及知遇之情，詩中敘述了作者與曹操、曹丕等人行旅生活的往事，敘述了賓主一同聽樂觀舞、飲酒行樂的歡欣，抒發了對曹丕才華出眾且體恤下臣的讚歎，表達了對曹丕的深切關心和美好期望，也表達了對自己病魔纏身而無所作為的無限感傷。詩人既是久病的下臣，又是善良的長者，這雙重身分在詩中很和諧地融為一體。全詩感情真摯濃烈，語言質樸誠懇。作者似乎力圖把與曹丕多年的情誼全部傾注筆端，然而，就四首詩詩文的層次及各首詩文的關係看，遠不如〈贈從弟三首〉那樣齊整清晰，顯然不是一氣呵成，當與其時身體不佳，情緒憂鬱有關。

失題詩十五段

【題解】楊德周本前二段題作〈雜詩〉。

（一）青青女蘿草❶，上依高松枝。幸蒙庇養恩，分惠不可貲❷。風雨雖急疾，根株❸不傾移。

《藝文類聚》八十一

（二）昔君❹錯❺畦疇❻，東土❼有素木❽。條柯❾不盈尋❿，一尺再三曲。隱生⓫置翳林，控傯⓬自迫速⓭。得托芳蘭⓮苑，列植高山⓯足。

《藝文類聚》八十八

（三）天地無期竟⓰，民生甚局促⓱。為稱百年壽，誰能應⓲此錄？低昂⓳倏忽⓴去，炯㉑若風中燭。

《太平御覽》八百七十

（四）翩翩野青雀，棲竄茨棘㉒蕃㉓。朝拾平田㉔粒，夕飲曲池㉕

泉。猥㉖出蔚萊㉗中，乃至丹丘㉘邊。《太平御覽》九百二十二

（五）旦發鄴城東，暮次㉙溟水㉚旁。三軍㉛如鄧林㉜，武士攻蕭莊㉝。《北堂書鈔》一百一十七

（六）初春含寒氣，陽氣匿其暉。灰風㉞從天起，砂石縱橫飛。《北堂書鈔》一百五十四

（七）和風㉟從東來，玄雲㊱起西山。夜中發此氣㊲，明旦飛甘泉㊳。《太平御覽》十一

（八）朝發白馬㊴，暮宿韓陵㊵。《太平寰宇記》五十五

（九）大廈雲構。《文選・王融・三月三日曲水詩序》注

（十）玄雲起高岳，終朝㊶彌㊷八方。

《北堂書鈔》一百五十

（十一）皦月垂素光，玄雲為仿佛㊸。

《文選・傅玄・雜詩》注

（十二）攬衣出巷去，素蓋㊹何翩翩㊺。

《北堂書鈔》一百三十四

（十三）散禮風雨起。

《北堂書鈔》一百

（十四）雲師灑路㊻，雷公㊼驚蹕㊽。

《北堂書鈔》十六

（十五）供膳敕㊾中廚㊿。

《九家集注杜詩》十三〈鄭典設自施州歸〉師尹注

【注釋】❶女蘿草　又稱松蘿，地衣類植物，多依松柏類生。❷貲　計量。❸株　露出地面的根。❹昔君　前代的君主，此指秦獻公。❺錯　修治。❻畦疇　秦獻公修建的祭祀場所，故址在今甘肅天水市西南人先祠山下，形如韭畦。❼東土　謂東國，指齊魯之地。❽素木　質樸而純潔之木，為劉楨自喻。❾條柯　樹木的枝條。⑩尋　長度單位，約八尺。⑪隱生　猶言潛植，謂栽種之地不顯著。⑫控傯　同「倥傯」。指困苦。⑬迫速　同「迫束」。指緊迫束縛。司馬彪〈贈山濤詩〉：「今者絕世用，倥傯見迫束。」⑭芳蘭　喻賢友。⑮高山　喻賢君。⑯竟　終極。⑰局促　指時間的短暫。⑱應　受。⑲低昂　或高或低貌。⑳倏忽　火苗閃動貌。㉑炯　火明貌。㉒茨棘　泛指有刺的灌木。茨，蒺藜。棘，酸棗樹。㉓蕃　通「藩」。指籬笆。㉔平田　良田。㉕曲池　古地名，故址在今山東寧陽東北。㉖猥　自謙之詞。㉗蔚萊　泛指雜草。蔚，草名，又叫牡蒿。萊，草名，又叫藜草。㉘丹丘　傳說中神仙之地，晝夜長明。屈原〈遠遊〉：「仍羽人於丹丘兮，留不死之舊鄉。」㉙次　停留；止息。《左傳・莊公三年》：「凡師一宿為舍，再宿為信，過信為次。」㉚溟水　水名，其地不詳。㉛三軍　軍隊的通稱。㉜鄧林　神話中的樹林，此在形容軍隊陣容的莊嚴齊整。㉝武士攻蕭莊　陳禹謨本《北堂書鈔》作劍戟凜秋霜，語句雖通而文意迥別，暫不從。攻蕭莊，三字文意不明，逯欽立案語云：「蕭乃肅之訛也，言軍士肅莊也。」其說甚是，為慎重，暫不改字。攻，整治。肅莊，肅敬莊嚴。㉞灰風　特大的狂風。因狂風飛捲，天昏地暗，一切都呈灰色，故名。㉟和風　溫和的微風。㊱玄雲　烏雲。㊲氣　指雲氣。㊳飛甘泉　謂下雨。㊴白馬　古縣名，故城在今河南滑縣東。㊵韓陵　韓陵山，在河南安陽東北十七里，南距白馬縣約一百五十里。㊶終朝　指整個早晨。《詩・小雅・采綠》毛傳：「自旦及食時為終朝。」㊷彌　遍及；滿。㊸仿佛　看不真切。㊹素蓋　白色的車蓋。㊺翩翩　往來眾多貌。㊻雲師灑路　《文選・張衡・思玄賦》：「雲師黮以交集兮，涷雨沛其灑塗。」即本句之意。雲師，司雲之神。灑路，灑水清路以行，為尊者外出的禮節。㊼雷公　司雷之神。㊽驚蹕　同「警蹕」。指王者出行時的肅戒道路、禁止行人。崔豹《古今注》上〈輿服〉：「警蹕，所以戒行徒也。」㊾敕　詔命。㊿中廚　宮廷之廚。

【語　譯】（一）青青翠翠的女蘿之草，上攀依附著高松之枝。有幸蒙受庇養的大恩，給予的恩惠不可量計。風風雨雨雖急緊疾劇，根株堅定絕不會傾移。

（二）從前秦獻公修治畦疇，栽有東土移來的素木。素木的枝條不足一尋，柔美多姿，彎彎曲曲。而今隱蔽地長在幽林，局促困苦，緊迫受束。但願託付於芳蘭之苑，同列共植在高山之下。

（三）天地沒有時間的期限，人的生命卻非常短暫。雖說人有百年的長壽，誰又能承應這一記錄？即便生命之火一閃即逝，也要做風中閃亮的紅燭。

（四）翩翩飛翔的野田青雀，棲息竄躍在茨棘籬藩。早晨拾取平田的穀粒，晚上飲那曲池的甘泉。成群出沒在蔚萊之中，乃至飛到丹丘的邊緣。

（五）早晨從鄴城東邊出發，傍晚止息在溟水之旁。三軍陣容齊整如鄧林，武士整治且肅敬嚴莊。

（六）初春時節寒氣尚濃，陽氣潛匿暗無光輝。狂飆颸風從天刮起，砂石翻捲縱舞橫飛。

（七）和暖微風從東方吹來，烏黑濃雲卻布滿西山。深夜之中興起這雲氣，明早定會大雨如飛泉。

（八）早晨從白馬出發，傍晚在韓陵止息。

（九）大廈如層雲疊構。

（十）烏雲興起於高山，早晨遍及到八方。

（十一）明月灑下潔白的瑩光，烏雲飄動使之迷茫茫。

（十二）提衣走出街巷，素蓋往來翩翩。

（十三）典禮結束風雨驟起。

（十四）雲師為之清途灑路，雷公為之戒行警蹕。

（十五）為供膳食而敕命中廚。

【研　析】（一）作者自比為依附松柏而生的女蘿草，訴說了對松柏庇養的感激之情，和在急風驟雨之中絕不傾移的赤誠之心。語氣懇切誠摯，用詞樸素無華，反映了作者生活後期的思想情趣。

（二）作者自比為柔美多姿的素木，對前世受重用而今生見棄的境遇感到十分悲哀，因而盼望能與芳蘭同列，共集於高山之下。全詩語氣哀婉，愁思連連，似為被刑之後的作品。詩中自恃高潔，力求進取的抒情形象，亦是詩人自我性格的真實寫照。

（三）歷代文人多有感歎人生短暫之作。劉楨與之不同的是，明知生命之火「低昂倏忽去」，卻要「炯若風中燭」，用其微弱之火去抗禦疾風，使有限的生命放射出應有的光和熱，這是一種進取者的情懷。

（四）詩中細緻生動地描繪了野田青雀自由而愉快的生活，抒發了作者自甘卑賤、追求大自然中自由和諧生活的思想感情，反映出作者不願與時俗相爭，退居鄉舍自享其樂的生活情趣。本詩平淡而樂觀，沉穩又活潑。本詩的情感及風格與〈贈從弟三首〉相近，可參閱。

（五）本詩為作者從軍生活的一段描述。

（六）詩中描繪的寒氣逼人，陽氣隱匿，狂風漫捲，砂石横飛的場面，給人一種緊迫壓抑的感覺，不知作者有感於何事何物而發。

（七）本詩寫得輕鬆、流暢、樂觀，與上一首顯然不同，其背景亦不詳。

（八）本詩作於返回鄴城的途中。

(九) 疑為〈魯都賦〉中的一句。

(十)、(十一)、(十二)、(十五) 四段詩文各敘一事，情感平穩，其背景不詳。

(十三) 似隱指平視甄夫人而被刑一事。

(十四) 疑為〈清慮賦〉中的一句。

答曹丕借廓落帶書

【題解】原無標題，張溥本作〈答魏太子借廓落帶書〉。考本文作於曹丕為太子之前，故改魏太子為曹丕。《典略》曰：「文帝嘗賜楨廓落帶，其後師死，欲借取以為像，因書嘲楨云：『夫物因人為貴。故在賤者之手，不御至尊之側。今雖取之，勿嫌其不反也。』楨答曰：『……』楨辭旨巧妙皆如是，由是特為諸公子所親愛。」廓落帶，又稱鉤絡帶、郭落帶。《三國志・蜀書・諸葛恪傳》：「鉤絡者，校飾革帶，世謂之鉤絡帶。」《史記・匈奴列傳》索隱引魏張晏語：「鮮卑郭落帶，瑞獸名也，東胡好服之。」

楨聞荊山之璞❶，曜❷元后❸之寶；隨侯之珠❹，燭❺眾士❻之好❼；南垠之金❽，登窈窕❾之首；鼲貂❿之尾，綴⓫侍臣⓬之幘⓭。此四寶者，伏朽石之下，潛汙泥之中，而揚光千載之上，發彩疇昔之外⑭，亦皆未能初自接於至尊⑮也。夫尊者所服⑯，卑者所修也；貴者所御，賤者所先也。故夏屋⑰初成而大匠先立其下，嘉禾⑱始熟而農夫先嘗其粒。恨楨所帶，無他妙飾。若實殊異，尚⑲可納⑳也。

《三國志・魏書・王粲傳》注引《典略》

【注釋】①荊山之璞　指春秋時楚人卞和於荊山所得的美玉。②曜　照耀，此有一物呈現而萬物無光之意，下句燭字亦然。③元后　天子。④隨侯之珠　傳說中的寶珠。《搜神記》：「隨侯行，見大蛇傷，救而治之，其後，蛇銜珠以報之。徑盈寸，純白而夜光，可以燭堂，故歷世稱焉。」⑤燭　照。⑥士　諸侯大夫對天子的自稱，本文代指眾官。⑦好　各種玩好。⑧南垠之金　古時南方多產美金。《詩・魯頌・泮水》：「大賂南金。」毛傳：「南謂荊揚也。」鄭箋：「荊揚之州，貢金三品。」垠，邊際。⑨窈窕　女子美好貌，此指美女。⑩鼲貂　兩種動物名。鼲，又稱黃鼠、拱鼠。貂，又稱貂鼠。鼲和貂的毛皮都很珍貴。⑪綴　綴掛。⑫侍臣　謂中常侍一類的近臣。《後漢書・輿服志下》：「侍中、中常侍……貂尾為飾，謂之趙惠文冠。」⑬幘　包頭巾，常在冠下。⑭此四寶者五句　本文所稱四寶，珠蚌生於泥中，鼲貂居於土穴，與玉、金相類，且四者皆有光澤。疇昔，往昔。⑮至尊　極其尊貴的人，多指帝王。⑯服　泛指所穿著所佩戴的各種服裝與飾物。⑰夏屋　大屋。⑱嘉禾　生長得特別茁壯的穀物，古時認為是吉祥的象徵。⑲尚　通「上」。指曹丕。《太平御覽》六百九十六尚作上。⑳納　取。

【語　譯】楨聽說荊山的璞玉，明耀著天子的諸多珍寶；隨侯的寶珠，燭照著眾官的珍奇玩好；南方的黃金，高戴於窈窕美女的頭上；鼲貂的長尾，綴掛在近侍要臣的幘下。這四種珍寶，伏匿於朽石之下，潛藏在汙泥之中，而能揚播光輝在千載之上，奮發豐彩於往昔之外，也都是沒能一開始便到至尊之人的手中。大凡尊者所佩戴的，都是卑者修製的；貴者使用的，都是賤者事先試過的。所以，大屋落成而施工的主匠先立其下，嘉禾新熟而耕種的農夫先嘗其米。很遺憾，楨的腰帶，沒有什麼美妙的裝飾。如果確實有獨特之處，您可以取回去。

【研　析】本文婉轉地表達了作者對曹丕索取廓落帶時的倨傲態度的不滿。作者借助曹丕「賤者」、「至尊」這一話題，闡述了「尊者所服，卑者所修也；貴者所御，賤者所先也」的哲理。行文絢麗灑脫，不卑不亢，反映了作者身為侍從微臣，而不阿附求榮的情操。

諫平原侯植書

【題　解】原無標題，據張溥本補。曹植在建安十六年被封為平原侯。

家丞❶邢顒❷，北土之彥❸。少秉高節，玄靜澹泊❹，言少理多，真雅士❺也。楨誠不足同貫❻斯人，並列左右。而楨禮遇殊特，顒反疏簡。

私懼觀者將謂君侯習近❼不肖，禮賢不足，采庶子❽之春華❾，忘家丞之秋實❿。為上⓫招謗，其罪不小，以此反側⓬。

《三國志・魏書・邢顒傳》

【注　釋】❶家丞　官名，漢時列侯食邑千戶以上者置家丞，品秩無考。❷邢顒　字子昂，河間鄚（今河北任丘南）人，時為曹植家丞，不受曹植賞識，後為曹丕所重用，官至太常。事見《三國志》本傳。❸彥　美士，指才德出眾的人。❹玄靜澹泊　其時以玄靜澹泊為高尚的品德。揚雄〈長楊賦〉：「人君以玄默為神，澹泊為德。」諸葛亮〈誡子書〉：「非澹泊無以明志，非寧靜無以致遠。」玄靜，猶玄默，指沉靜無為。澹泊，恬淡寡欲。❺雅士　品格高雅的人。❻同貫　同條共貫，此謂同等的對待。❼習近　親近寵倖。❽庶子　列侯屬官，品秩無考。時劉楨任平原侯庶子之職。❾春華　喻文采。❿秋實　喻德行。⓫上　指曹植。⓬反側　不安貌。

【語　譯】家丞邢顒，是北方的德才美士。他自幼即有高尚的操行，為人沉靜無為而恬淡寡欲，言辭雖少而蘊理頗多，真是高雅之士呀。我的品行實在不足以同邢顒相比，以同等的地位並列在您的左右。然而，您給予我以優厚的禮節待遇，對邢顒反而粗疏簡約。我私下裡擔心旁觀者將要議論您親幸不肖之人，以禮賢的方式對待德行不足之人，擇採庶子劉楨外現的春華，忘卻家丞邢顒內在的秋實。為此而使您招致誹議，其罪不小，因而深感不安。

【研　析】曹操深重邢顒，曾說「侯家吏，宜得深淵法度如邢顒輩」（見《三國志・魏書・邢顒傳》，並以邢顒為曹植家丞。曹植輕待邢顒，將對其本人有諸多不利，這是劉楨所擔心的，故盛譽邢顒加以勸諫。結果並未奏效。在後來曹操問邢顒立何人為太子合適時，邢顒偏於曹丕。本文言辭懇切，飽含著對曹植政治上的關心，亦可略見劉楨坦誠大度的情懷。

與臨淄侯曹植書

【題解】《太平御覽》標題原無臨淄侯三字，據文意，似與《文選》注所引為同一篇，故列為一處。曹植在建安十九年被封為臨淄侯。此文似作於劉楨去世前不久。

明使君❶始垂憐哀❷，意眷❸日崇。譬❹之疾病❺，乃使炎農❻分藥，岐伯❼下鍼❽。疾雖未除，就沒無恨。何者？以其天醫至神，而榮魄❾自盡也。

《太平御覽》七百三十九

肅以素秋則落也❿。

《文選‧潘尼‧贈陸機出為吳王郎中令》注

【注　釋】❶使君　對州郡長官的尊稱。時曹植已為侯食邑，形同州郡之長，故有此稱。❷憐哀　憐愛。❸眷　顧念；器重。❹譬　猶曉。❺疾病　古時稱生病，輕者為疾，重者為病。病，原無病字，據嚴本補。❻炎農　炎帝神農氏，相傳其曾嘗百草以擇藥材治療百病，此喻藥師。❼岐伯　相傳為黃帝時代的名醫，此喻醫師。❽鍼　指針灸之術。❾榮魄　榮衛與魂魄，指人的氣血與人的精神。❿肅以素秋則落也　本句明為描寫草木枝葉的凋謝，暗喻自己因病將不久人世。肅，草木的衰落、枯萎。素秋，秋季。

【語　譯】賢明的使君起始便對我憐愛同情，繼而顧念、器重之意一天天地加深。聽說我患有重病，便命藥師送藥，醫師治療。病症雖然未除，即便死去也不感遺憾了。為什麼呢？因為診病的名醫醫道精妙，而我的氣血和精力已經自覺竭盡了。衰敗在這素秋之時則要零落了。

【研　析】曹植任臨淄侯後，大多留守鄴城。劉楨〈贈五官中郎將四首〉稱「余嬰沉痼疾，竄身清漳濱」，「常恐游岱宗，不復見故人」，其情其事與本文相近。文中深深感謝曹植多年的器重以及病中的關照，並以「就沒無恨」之語寬慰曹植。全文語氣坦然，哀而不傷，情感動人。

答曹操問石

【題　解】原無標題，據文意補。劉楨任五官中郎將文學時，因平視甄氏，被判「減死，輸作部」罰作苦役，在洛陽聽訟觀西北華林隸簿處打磨石料。一日，曹操過此，問楨石性如何，楨以此相答。曹操聽後大笑，遂赦免劉楨，復為文學之職。

石出荊山❶懸崖之巔，外有五色之章❷，內含卞氏❸之珍。磨之不加瑩，雕之不增文。稟氣堅貞，受之自然。顧其理❹，枉屈❺紆繞❻而不得申❼。

《世說新語‧言語》注引《文士傳》

【注釋】❶荊山　山名，在湖北南漳西，相傳卞和在此得璞玉。❷章　彩色。❸卞氏　春秋時楚人卞和，曾於荊山得玉璞。❹理　器物的紋理，又暗喻自己的有理而受屈。❺枉屈　彎回屈曲。❻紆繞　回環縈繞。❼申　既有伸舒之義，又有申述之義。

【語譯】石出產於荊山的懸崖之上，外表有五色的光彩，內中有卞和所獲得的珍寶。雖經打磨而不會增加瑩澤，雖經雕飾也不會增添文彩。秉持正氣又堅強貞正，這些都是受之於天地自然。細審石的紋理，彎曲回繞而不得伸舒。

【研析】作者借石自喻，述說了被刑而作苦役的委屈。辭句正氣凜然，格調高潔挺拔，正是作者人格的自我寫照。「顧其理」句，「理」、「申」二字均一語雙關，亦見作者的文思機敏與用詞之巧。

論孔融

【題　解】原無標題，據文意補。孔融事見本書導讀。

孔氏卓卓❶，信含異氣❷，筆墨之性❸，殆不可勝。

《文心雕龍·風骨》

【注　釋】❶卓卓　特立貌。❷異氣　奇特的氣質，在作文方面，則指建立在一定氣質基礎之上的寫作風格。曹丕《典論·論文》：「孔融體氣高妙，有過人者。」❸筆墨之性　指各種書寫工具所具有的功能。

【語　譯】孔融特立超群，確實含有特異的氣韻，筆墨一類書寫工具的功能，幾乎不能勝任於表現他那特異的風範。

【研　析】劉楨和孔融在作人和作文兩方面都很注重保持個人質樸而高潔的氣質。劉楨在文中盛譽了孔融的「異氣」，亦有自勉之意。

論文章

【題　解】原無標題，據文意補。

文之體指❶，虛實強弱❷，使其辭已盡而勢❸有餘。天下一人耳，不可得也。

《文心雕龍‧定勢》

【注釋】❶體指　周振甫《文心雕龍注釋》改體指為體勢。指，通「旨」。❷虛實強弱　周振甫《文心雕龍注釋》作「實有強弱」。虛，原無虛字，據王利器《文心雕龍校證》補。❸勢　文勢。

【語譯】文章的體貌旨趣，有虛實強弱的不同，均能使文章的言辭已盡而餘味無窮。但天下的每一個人，不能盡得其要。

【研析】劉楨為文，渾厚灑脫而餘味無窮，當與其「辭已盡而勢有餘」的寫作主張有關。劉勰稱「公幹所談，頗亦兼氣」，信矣。

處士國文甫碑

【題解】處士，未仕或不仕的士人。國文甫，人名，事蹟不詳。

先生執乾靈❶之貞資❷，稟❸神祇❹之正性。咳笑❺則孝悌❻之端著，匍匐[7]則清節[8]之兆見[9]。齠齓[10]以及成人[11]，體無懈容[12]，口無愆[13]辭。兢兢業業[14]，小心畏忌[15]，勤讓同儔[16]，敬事長老[17]。雖周之樂正子春[18]，漢之江都董相[19]，其飭躬[20]力行[21]，無以尚[22]之。是以長安[23]師其仁，朋友欽其義，閨門[24]推其慈，宗屬[25]懷其惠[26]。既乃潛身窮巖[27]，遊心載籍[28]，薄世名也。初海內之亂[29]，不視膳羞[30]，十有餘年。憂思泣血[31]，不勝其哀。形銷氣竭，以建安十七年[32]四月卒。于時龍德[33]逸民[34]，黃髮[35]實[36]叟[37]，綴文通儒，有方[38]彥士[39]，莫不拊心[40]長號，如喪同生[41]。咸以為誄[42]所以昭行也，銘[43]所以旌德[44]也，古之君子既沒[45]而令問[46]不亡者，由斯二者也。銘曰：

懿[47]矣先生，天授德度。外清內白，如玉之素。逍遙九皋[48]，方回[49]是慕。不計治萃[50]，名與殊路。知我者希，韞櫝未酤[51]。喪過乎哀，遘疾[52]不悟。早世[53]永頹[54]，違[55]此榮祚[56]。咨[57]爾末徒，聿[58]修歎故[59]。

《藝文類聚》三十七

【注釋】❶乾靈　指上天的精氣，多用來形容人的稟性和天資。曹植〈漢二祖優劣論〉：「世祖體乾靈之休德，稟貞和之純精。」❷貞資　貞正的天資。嚴本資作潔。❸稟　承受。❹神祇　天神與地神。❺咳笑　小兒笑。❻孝悌　善父母為孝，順兄弟為悌。❼匍匐　手足並用的爬行。❽清節　清正的節操。❾見　讀為現。呈現。❿齠齔　兒童更生新齒。《韓詩外傳》一：「男八月生齒，八歲而齠齒。」古時八歲入小學，則此亦有入學從師的含義。⓫成人　成年之人。古時男子二十歲行冠禮，是為成人。⓬容　儀表容貌，指人的外部表現。⓭愆　過錯。⓮兢兢業業　謂小心戒慎。《詩・大雅・雲漢》：「兢兢業業。」毛傳：「兢兢，恐也；業業，危也。」⓯小心畏忌　謂恭敬謹慎。《儀禮・士虞禮》：「夙興夜處，小心畏忌，不惰其身。」畏原作思，據張溥本改。⓰同儔　同輩之人。⓱長老　對年高者的通稱。⓲樂正子春　春秋時魯國人，曾子的弟子，以至孝著稱。⓳江都董相　指曾任江都相的董仲舒。《史記・儒林列傳》稱其「進退容止，非禮不行。」⓴飭躬　整治己身。㉑力行　勉力而行。《禮記・中庸》：「力行近乎仁。」㉒尚　超過。㉓長安　地名，故城在今陝西西安西北，蓋為國文甫的故里。㉔閨門　城門之小者，這裡指鄰里街閭。㉕宗屬　宗族。㉖惠　仁愛；寬厚。㉗窮巖　遠離城市村鎮的窮谷巖石之處。㉘載籍　泛指前代的典籍。㉙海內之亂　指東漢末年的政局大動亂。㉚膳羞　美食。㉛泣血　指極度悲痛而無聲地哭泣。《禮記・檀弓上》：「泣血三年。」鄭注：「言泣無聲，如血出。」㉜建安十七年　為西元二一二年。㉝龍德　龍所具有的潛藏蟄伏的品德。㉞逸民　避世隱居的人。㉟黃髮　老人髮白，白久則黃，因以黃髮為壽高之象。㊱實　訓為之（據《古書虛字集釋》）。張溥本實作賓。㊲叟　老人。㊳有方　四方。㊴彥士　德行傑出的人。㊵拊心　拍打胸膛。㊶同生　指親人。㊷誄　累述死者功德以示哀悼之文，猶今之悼辭。㊸銘　刻於器物之文，碑銘為其中的一類，主要稱述死者生平功德，使之傳揚於後世。㊹旌德　表彰德行。㊺沒　通「歿」。指死亡。㊻令問　同「令聞」。指好名聲。㊼懿　美。㊽九皋　深遠的水澤淤地。《詩・小雅・鶴鳴》：「鶴鳴於九皋，聲聞於野。」毛傳：「皋，澤也。言身隱而名著也。」鄭箋：「皋，澤中水溢出所為坎，自外數至九，喻深遠也。」㊾方回　古仙人名，相傳為堯時人，隱居而煉食雲母粉，為人治病。(50)萃　通「悴」。(51)韞櫝未酤　本句暗喻國文甫潔身未仕。韞櫝，藏於櫃中。櫝，同「匵」。指櫃子。《論語・子罕》：「有美玉於斯，韞匵而藏諸？」酤，賣。(52)遘疾　患病。(53)早世　過早地死去。(54)永頹　指死亡。(55)違　離開。(56)榮祚　榮祿幸福。(57)咨　嗟歎聲。(58)聿　發語詞。《詩・大雅・文王》：「聿脩厥德。」(59)故　故行。

【語　譯】 先生持有著上天精氣所造就的貞資，承受著天地之神所賦予的正性。孩提始笑之時，便有孝悌的端倪顯露；匍匐爬行之刻，便有清節的徵兆呈現。從換齒之年直到長大成人，身體行止沒有懈怠的儀容，談說議論沒有違禮的言辭。兢兢業業，小心謹慎。勤勉謙讓同輩，恭敬侍奉長老。即便是周朝的樂正子春，漢朝的江都相董仲舒，他們的正己修身而勉力行善，也不能超過先生。因此，長安地區都師法先生的仁德，朋友之間都欽佩先生的高義，閨門街閭都推崇先生的慈愛，宗族親屬都懷慕先生的仁惠。既而先生避身於窮谷巖石之處，樂心於群書典籍之中，實為輕視世上的浮名。當初，舉國動亂，先生無心顧視膳食佳肴，至今已有十多年了。憂傷思國而悲泣傷懷，其身體無法承受這種哀慟。形體銷損氣血枯竭，在建安十七年四月去世。其時避俗隱世的逸民，黃髮德高的老人，著述博識的儒者，四方傑美的士人，無不拍胸放聲號哭，猶如失去了親人。大家都認為誄文能夠光顯人的善行，銘文可以彰明人的美德，古時的君子逝世而美名不泯滅，就在於有這兩者。故作銘文曰：

美好啊先生，上天賦予您如此賢美的品德和器度。外行清潔而內心瑩淨，就像美玉那樣的內外純素。安適自得於荒遠之地，只有仙人方回為先生傾慕。無心整治自己憔悴的身容，獲有高名是因走著特殊之路。了解先生的人很少，先生就像藏於櫃中未付諸社會的寶物。先生的喪身是因為過於悲哀，身患重病又不覺悟。過早地長離人世，離開這榮祿和福祚。啊！你們這些後來的學子士徒，要修習先生讚歎和遵循的故舊原則。

【研　析】漢末社會動亂，文人學士多避世待時。本文高度讚揚了身懷美德，潛身窮巖而憂國傷身的國文甫，並對其早亡表示惋惜和哀傷。文中對國文甫的評介，反映了作者對於人的品德操行的看法。其中的「逍遙九皋，方回是慕」一語，與〈遂志賦〉中「襲初服之蕪薉，托蓬蘆以遊翔」的志向是一致的。全文悲痛而不過哀，盛譽又不浮華，感情深摯，用詞灑脫，且有勉人向上之意，在歷代碑文之中頗有特色。

附：毛詩義問

【題　解】《隋書．經籍志》、《唐書．藝文志》並著錄有劉楨《毛詩義問》十卷，該書已佚。馬國翰輯有殘句十二段（在《玉函山房輯佚書》中），並稱本書乃「訓釋名物，與陸璣《毛詩草木鳥獸蟲魚疏》相似，蓋當時儒者究心考據，猶不失漢人家法」，知《毛詩義問》乃訓釋《詩經》的專著，不在《劉楨集》之內。為了有助於讀者了解劉楨，今將該書殘句附於集末。馬國翰標明了《義問》殘句所釋的詩句及所屬的風、雅、頌。今據馬氏輯本，補充了各詩句的篇名，個別文字據原出處有所改正。僅作簡要注釋，未予語譯及研析。

《詩・鄘風・蝃蝀》：「蝃蝀在東。」

夫婦失禮則虹氣盛。有赤氣在上者，陰乘陽氣也❶。

《北堂書鈔》一百五十一

《詩・鄭風・大叔于田》：「抑釋掤忌。」

掤❷所以覆矢也，謂箭筒蓋也。

《北堂書鈔》一百二十六

《詩・魏風・伐檀》：「胡瞻爾庭有懸貆兮。」

貉❸子曰貆❹，貆形狀與貉類異，世人皆名貆。

《初學記》二十九

《詩・唐風・蟋蟀》：「蟋蟀在堂。」

蟋蟀食蠅而化成也。

《太平御覽》九百四十九

《詩・秦風・晨風》：「鴥彼晨風。」

晨風，今之鷂。

《詩・陳風・衡門》：「衡門之下。」
《藝文類聚》九十一

橫一木作門，而上無屋，謂之衡門。
《藝文類聚》六十三

《詩・檜風》

鄶❺在豫州❻外方❼之北，北鄰於虢❽，鄶滎之南，左濟❾右洛❿，居陽⓫、鄭⓬兩水⓭之間，食溱⓮、洧⓯焉。
《水經・洧水》注

《詩・豳風・七月》：「一之日于貉。」

狐之類，貉、貒、貍也。貉子似貍。
《初學記》二十九

《詩・豳風・七月》：「六月食鬱⓰及薁⓱。」

鬱，其樹高五六尺，其實大如李，正赤，食之甜。《本草》云：「鬱，一名雀李，一名車下李，一名棣。生高山川谷或平田中，五月時實。」言一名棣，則與棣相類，故云棣屬。薁，蘡者，亦是鬱類，而小別耳。

《詩・豳風・七月》孔穎達正義

《詩・豳風・東山》：「蠨蛸在戶。」蠨蛸⑱，長足蜘蛛也。

《太平御覽》九百四十八

《詩・小雅・小弁》：「弁彼鸒⑲斯。」有⑳鵯烏、雅烏、楚烏也。

《初學記》三十

《詩・商頌・烈祖》：「亦有和羹。」鉶羹㉑有菜、鹽、豉㉒，其中菜為其形象，可食，因以鉶㉓為名。

《初學記》三十六

【注釋】❶夫婦失禮則虹氣盛三句　此三句在釋蝃蝀，蝃蝀為虹的別名。乘，侵陵。❷掤　箭筒蓋。❸貉　哺乳動物，似貍，銳頭尖鼻，晝伏夜出，皮毛很珍貴。❹貆　又稱豪豬。❺鄶　同「檜」。西周侯國名，傳說為祝融之後，後被鄭武公所滅，故地在今河南鄭州南。❻豫州　古九州之一。《爾雅・釋地》：「河南曰豫州。」❼外方　山名，即嵩山，在河南登封北。❽虢　此指東虢，西周侯國之一，為周文王弟虢叔的封地，後被鄭所滅，故地在今河南滎陽。❾濟　水名，在滎陽北分黃河東出。❿洛　水名，即河南洛河。⓫陽　古城名，在河南臨汝西。⓬鄭　古國名，初封於今陝西華州東，周幽王時遷於東虢與鄶之間。⓭兩水　似為「兩邑」之誤。⓮溱　水名，源出河南密縣東北。⓯洧　水名，即今雙洎河，源於河南登封。⓰鬱　果木名，李的一種。《本草》以下實為孔穎達釋《毛傳》「鬱，棣屬」語，暫存。⓱薁　植物名，即蘡薁。《本草》以下實為孔穎達釋《毛傳》「薁，蘡薁也」語，暫存。⓲蠨蛸　小蜘蛛而長腳者，俗稱喜子。⓳鷽　鴉屬，又名鵯居。⓴有　義同猶。本句在釋鷽。㉑鉶羹　和以五味並盛於鉶鼎的羹。《周禮・天官・亨人》：「祭祀，共大羹、羹鉶。」鄭玄注引鄭眾語：「大羹，不致五味也。鉶羹，加鹽、菜矣。」孔穎達疏：「調以五味，盛之於鉶器，即謂之鉶羹。」以下四句在釋和羹。㉒豉　用豆類發酵製成的調味佐料。㉓鉶　盛菜羹的器皿，古常用於祭祀。宋聶崇義《三禮圖・鉶鼎》：「鉶受一斗，兩耳三足，高二寸，有蓋。士以鐵為之，大夫以上以銅為之，諸侯飾以白金，天子飾以黃金。」

附錄

建安七子年表

漢桓帝永興元年（西元一五三年）

孔融生。

《後漢書・孔融傳》：「孔融字文舉，魯國人，孔子二十世孫也。七世祖霸，為元帝師，位至侍中。父宙，太山都尉。」〈孔宙碑〉稱宙「字季將，孔子十九世之孫也。」《融家傳》：「兄弟七人，融第六，幼有自然之性。」

《後漢書・孔融傳》集解引惠棟語：「宙七子，融之外，惟孔謙字德讓，歷仕郡諸曹吏，見〈孔謙碣〉；孔褒字文禮，見〈史晨碑〉。」陸侃如《中古文學繫年》：「謙卒於永興二年七月，年二十，仕歷郡諸曹吏，見歐陽修《六一題跋》卷二。《隸釋》卷六作年廿四。」

漢桓帝永壽二年（西元一五六年）

孔融四歲，能讓梨。

《融家傳》：「年四歲時，每與諸兄共食梨，融輒引小者。大人問其故，答曰：『我小兒，法當取小者。』由是宗族奇之。」

是年，曹操二歲。

漢桓帝延熹五年（西元一六二年）

孔融十歲，隨父入京師，見李膺。

《後漢書・孔融傳》：「融幼有異才，年十歲，隨父詣京師。時河南尹李膺以簡重自居，不妄接士賓客，勑外自非當世名人及與通家，皆不得白。融欲觀其人，故造膺門。語門者曰：『我是李君通家子弟。』門者言之。膺請融，問曰：『高明祖父嘗與僕有恩舊乎？』融曰：『然。先君孔子與君先人李老君同德比義而相師友，則融與君累世通家。』眾坐莫不歎息。太中大夫陳煒後至，坐中以告煒。煒曰：『夫人小而聰了，大未必奇。』融應聲曰：『觀君所言，將不早惠乎？』膺大笑曰：『高明必為偉器。』」《三國志集解》引惠棟語：「《御覽》引《□漢書》云：膺大悅，引坐，謂曰：『卿欲食乎？』融曰：『須食。』膺曰：『教卿為客之禮，主人問食，但讓不須。』融曰：『不然。教君為主之禮，但置酒食，不須問客。』膺歎曰：『吾將老死，不見卿富貴也。』後與膺談論百家經史，應答如流，膺不能下之。」又《太平御覽》四百零九載虞豫《會稽典錄》曰：「盛憲字孝章，初為臺郎，常出遊，逢一童子，容貌非常。憲怪而問之，是魯國孔融，年十餘歲。憲下車，執融手，載以歸舍，與融談宴，結為兄弟。」

繆荃孫《孔北海年譜》稱年十歲「當作七歲」，「〈膺傳〉延熹二年為河南尹，坐輸左校，是時融七歲。本傳十字誤。至延熹五年，已更楊秉、劉祐二任。八年，膺再任河南尹時，融父歿二年矣，均不合。」查《世說新語・言語》，稱「孔文舉年十歲，隨父到洛。時李元禮有盛名，為司隸校尉」，《太平御覽》三百八十五引《孔融別傳》稱「融十歲，隨父詣京師」，則本傳十字不誤。又查《後漢書・李膺傳》，稱膺延熹二年任河南尹，欲懲治羊元羣，元羣行賂宦豎，使膺反坐輸作左校，經應奉上書乃免刑。「再遷，復拜司隸校尉……獨持風裁，以聲名自高。士有被其容接者，名為登龍門。」孔融求見李膺，蓋有登龍門之意，則《世說新語》所言不誣，而本傳「河南尹」一職似誤。

漢桓帝延熹六年（西元一六三年）

孔融十一歲，喪父。

《後漢書・孔融傳》：「年十三，喪父，哀悴過毀，扶而後起，州里歸其孝。性好學，博涉多該覽。」〈孔宙碑〉稱宙「年六十一，延熹六年正月乙未卒。」考孔融卒於建安十三年八月壬子，年五十六，本年為十一歲，則《後漢書》「年十三」記載有誤。

漢靈帝建寧二年（西元一六九年）

孔融十七歲，因救張儉而顯名。

《後漢書・孔融傳》：「山陽張儉為中常侍侯覽所怨，覽為刊章下州郡，以名捕儉。儉與融兄褒有舊，亡抵於褒，不遇。時融年十六，儉少之而不告。融見其有窘色，謂曰：『兄雖在外，吾獨不能為君主邪？』因留舍之。後事泄，國相以下密就掩捕，儉得脫走，遂並收褒、融，送獄。二人未知所坐。融曰：『保納舍藏者，融也，當坐之。』褒曰：『彼來求我，非弟之過，請甘其罪。』吏問其母，母曰：『家事任長，妾當其辜。』一門爭死，郡縣疑不能決，乃上讞之，詔書竟坐褒焉。融由是顯名，與平原陶丘洪、陳留邊讓齊聲稱。州郡禮命，皆不就。」

查《後漢書・靈帝紀》和〈黨錮傳〉，侯覽捕張儉事在本年，則〈孔融傳〉「年十六」有誤。

漢靈帝建寧四年（西元一七一年）

徐幹生。

《中論・序》：「世有雅達君子者，姓徐名幹，字偉長，北海劇人也。其先業以清亮藏否為家，世濟其美，不隕其德，至君之身十世矣。」

徐幹享年四十八，其生年是據其卒年推算的。關於徐幹的卒年，詳見建安二十三年的考釋。

漢靈帝熹平六年（西元一七七年）

孔融二十五歲，辟司徒楊賜府。

《後漢書・孔融傳》：「辟司徒楊賜府。時隱覈官僚之貪濁者，將加貶黜。融多舉中官親族。尚書畏迫內寵，召掾屬詰責之。融陳對罪惡，言無阿撓。」

查《後漢書・靈帝紀》，楊賜於熹平五年十一月至熹平六年十二月、光和二年十二月至光和四年閏九月兩次擔任司徒，孔融被辟時間不詳，暫置於此。

王粲生。

《三國志・魏書・王粲傳》：「王粲字仲宣，山陽高平人也。曾祖父龔，祖父暢，皆為漢三公。父謙，為大將軍何進長史。」注引張璠《漢紀》曰：「龔字伯宗，有高名於天下。順帝時為太尉……暢字叔茂，名在八俊。靈帝時為司空，以水災免，而李膺亦免歸故郡，二人以直道不容當時。」粲生年係據其卒年推知。

徐幹七歲。

《中論・序》：「君含元休清明之氣，持造化英哲之性。放口而言，則樂誦九德之文；通耳而識，則教不再告。未志乎學，蓋已誦文數十萬言矣。」

漢靈帝光和四年（西元一八一年）

孔融二十九歲。

《後漢書・孔融傳》：「河南尹何進當遷為大將軍，楊賜遣融奉謁賀進，不時通，融即奪謁還府，投劾而去。河南官屬恥之，私遣劍客欲追殺融。客有言於進曰：『孔文舉有重名，將軍若造怨此人，則四方之士引領而去矣。不如因而禮之，可以示廣於天下。』進然之。」

按：孔融奪謁事時間不詳。考何進在光和三年起歷任侍中、將作大匠、河南尹，楊賜再次任司徒止於光和四年閏九月，故暫置於本年。

漢靈帝中平元年（西元一八四年）

孔融三十二歲，舉高第，為侍御史，因與趙舍不合託病還家，再遷豫州從事。

《後漢書・孔融傳》：「（何進）既拜（大將軍）而辟融，舉高第，為侍御史。與中丞趙舍不合，託病歸家。」《後漢書・何進傳》：「中平元年，黃巾賊張角等起，以進為大將軍。」又《後漢書・王允傳》：「中平元年，黃巾賊起，特選拜（王允為）豫州刺史。辟荀爽、孔融等為從事。」

徐幹十四歲，始讀五經。

《中論・序》：「年十四，始讀五經。發憤忘食，下帷專思，以夜繼日。父恐其得疾，常禁止之。」

本年二月，張角兄弟發動黃巾起事，天下回應，京師震動。十月，張角病死。十一月，張角弟張寶戰死，黃巾軍潰敗。

漢靈帝中平二年（西元一八五年）

孔融三十三歲，辟司空掾。

《後漢書・孔融傳》：「後辟司空掾。」

孔融辟司空掾時間不詳。陸侃如《中古文學繫年》稱「楊賜以本年九月為司空，旋卒。融被辟當在此時。」今從。

漢靈帝中平四年（西元一八七年）

孔融三十五歲，任大將軍何進府掾。

《後漢書·文苑傳·邊讓》：「大將軍何進聞讓才名，欲辟命之。恐不至，詭以軍事徵召。既到，署令史，進以禮見之。讓善占射，能辭對，時賓客滿堂，莫不羨其風。府掾孔融、王朗並修刺候焉。」陸侃如《中古文學繫年》稱：「融為進掾，本傳未載。從〈讓傳〉知融在讓應召前已入進幕，故假定在本年。」邊讓入何進府時間亦無考。疑孔融在楊賜死後不久即轉入大將軍何進府，暫從陸說繫於本年。孔融明年拜任武官北軍中候，似應出於何進府。

本年，曹丕生。

漢靈帝中平六年（西元一八九年）

孔融三十七歲，歷任北軍中候、虎賁中郎將、議郎。

《後漢書·孔融傳》：「拜中軍候。在職三日，遷虎賁中郎將。會董卓廢立，融每因對答，輒有匡正之言。以忤卓旨，轉為議郎。」考漢官無中軍候之職，《三國志·魏書·崔琰傳》注引《續漢書》稱融為北軍中候，今從。

陳琳為何進主簿，諫何進召外兵。進敗，琳投奔袁紹。

《後漢書·何進傳》：「紹等又為畫策，多召四方猛將及諸豪傑，使並引兵向京城，以脅太后。進然之。主簿陳琳入諫曰：『……功必不成，祇為亂階。』進不聽。」《三國志·魏書·王粲傳》：「廣陵陳琳字孔璋……前為何進主簿。進欲誅諸宦官，太后不聽。進乃召四方猛將，並使引兵向京城，欲以劫恐太后，琳諫進……進不納其言，竟以取禍。琳避難冀州，袁紹使典文章。」

陳琳的家世及生年無考，其年齡似略長於徐幹。

徐幹十九歲，專心學業且大有長進。

《中論・序》：「未至弱冠，學五經，悉載於口，博覽傳記，言則成章，操翰成文矣。此時靈帝之末年也，國典隳廢。冠族子弟結黨權門，交援求名，競相尚爵號。君病俗迷昏，遂閉戶自守，不與之羣，以六籍娛心而已。」

本年四月，漢靈帝卒。皇子劉辯即位，何太后臨朝，改元為光熹。何進秉朝政，謀誅宦官。八月，中常侍張讓、段珪殺何進，袁紹率兵盡誅宦官。董卓引兵迎帝還宮，改元昭寧。九月，董卓廢劉辯，立劉協為帝（即漢獻帝），自任太尉，獨專朝政。

漢獻帝初平元年（西元一九〇年）

孔融三十八歲，拜北海相。

《後漢書・孔融傳》：「時黃巾寇數州，而北海最為賊衝，卓乃諷三府同舉融為北海相。融到郡，收合士民，起兵講武，馳檄飛翰，引謀州郡。賊張饒等羣輩二十萬眾從冀州還，融逆擊，為饒所敗，乃收散兵保朱虛縣。稍復鳩集吏民為黃巾所誤者男女四萬餘人，更置城邑，立學校，表顯儒術，薦舉賢良鄭玄、彭璆、邴原等。郡人甄子然、臨孝存知名早卒，融恨不及之，乃命配食縣社。其餘雖一介之善，莫不加禮焉。郡人無後及四方遊士有死亡者，皆為棺具而斂葬之。」

《三國志・魏書・崔琰傳》注引《續漢書》：「（融）時年三十八。承黃巾殘破之後，修復城邑，崇學校，設庠序，舉賢才，顯儒士。以彭璆為方正，邴原為有道，王修為孝廉。告高密縣為鄭玄特立一鄉，名為鄭公鄉。」引《九州春秋》：「融在北海，自以智慧優贍，溢才命世，當時豪俊皆不能及。亦自許大志，且欲舉軍曜甲，與羣賢要功，自於海岱結殖根本，不肯碌碌如平居郡守……租賦少稽，一朝殺五部督郵……幽州精兵亂，至徐州，卒至城下，舉國皆恐。融直出說之，令無異志……黃巾將至，融大飲醇酒，躬自上馬，禦之淶水之上。寇令上部與融相拒，兩翼徑涉水，直到所治城。城潰，融不得入，轉至南縣，左右稍叛。」

孔融在北海相任上作有〈喻邴原書〉、〈又與邴原書〉、〈告高密縣立鄭公鄉教〉、〈告高密令〉、〈繕治鄭公宅教〉、〈告高密僚屬教〉、〈孔融教〉、〈教高密令〉、〈告昌安縣教〉、〈答王脩教〉、〈又答王脩教〉等文，考其內容，多為孔融在任初期所作，似在本年或其後不久。

王粲十四歲，徙長安，受到蔡邕賞識。

《三國志・魏書・王粲傳》：「獻帝西遷，粲徙長安，左中郎將蔡邕見而奇之。時邕才學顯著，貴重朝廷，常車騎填巷，賓客盈坐。聞粲在門，倒屣迎之。粲至，年既幼弱，容狀短小，一坐盡驚。邕曰：『此王公孫也，有異才，吾不如也。吾家書籍文章，盡當與之。』」

阮瑀受學於蔡邕。

《三國志・魏書・王粲傳》：「陳留阮瑀字元瑜……少受學于蔡邕。」《太平御覽》三百八十五引《文士傳》：「阮瑀少有俊才，應機捷麗，就蔡邕學，歎曰：『童子奇才，朗朗無雙。』」阮瑀的生年及家世均無考。陸侃如《中古文學繫年》假定阮瑀就學蔡邕事在本年，暫從。

本年二月，董卓脅獻帝遷都長安。

漢獻帝初平二年（西元一九一年）

徐幹二十一歲，隱居讀書。

《中論・序》稱：「于時董卓作亂，劫主西遷，奸雄滿野，天下無主……君避地海表，自歸舊都。州郡牧守禮命，踧踖連武欲致之。君以為縱橫之世，乃先聖之所以厄困也，豈況吾徒哉……故絕跡山谷，幽居研幾。」徐幹隱居事在獻帝西遷之後，故繫於本年。

漢獻帝初平三年（西元一九二年）

孔融四十歲，與陶謙等共同上書推朱儁為太尉，求救劉備以解圍，舉鄭玄子為孝廉。

《後漢書・朱儁傳》：「及董卓被誅……陶謙以儁名臣，數有戰功，可委以大事，乃與諸豪桀共推儁為太師……曰：『徐州刺史陶謙……北海相孔融……謹同心腹，委之元帥。』會李傕用太尉周忠、尚書賈詡策，征儁入朝……謙等遂罷。」

《後漢書・孔融傳》：「時黃巾復來侵暴，融乃出屯都昌，為賊管亥所圍。融逼急，乃遣東萊太史慈求救于平原相劉備。備驚曰：『孔北海乃復知天下有劉備邪？』即遣兵三千救之，賊乃散走。」《三國志・吳書・太史慈傳》：「融欲告急平原相劉備，城中人無由得出，慈自請求行……融既得濟，益奇賞慈，曰：『卿，吾之少友也。』」考劉備在初平二年至四年任平原相，暫繫此事於本年。

《鄭玄別傳》：「玄一子名益恩，年二十三，國相孔府君舉孝廉。」考益恩卒於建安元年的袁譚之亂，時年二十七，其舉孝廉當在本年。

本年，曹植生。四月，王允等誅董卓。

漢獻帝初平四年（西元一九三年）

王粲十七歲，離長安赴荊州。

《三國志・魏書・王粲傳》：「年十七，司徒辟，詔除黃門侍郎，以西京擾亂，皆不就，乃之荊州依劉表。表以粲貌寢而體弱通悅，不甚重也。」《三國志・魏書・鍾會傳》注引《博物記》：「初，王粲與族兄凱俱避地荊州，劉表欲以女妻粲，而嫌其形陋而用率。」按：劉表與王粲為同鄉，且曾受學於王暢，加之荊州未遭戰亂，故王粲往依之。

《太平御覽》一百八十引《襄沔記》：「繁欽宅、王粲宅並在襄陽，井臺猶存。」《文選・曹植・王仲宣誄》注引盛弘之《荊州記》：「襄陽城西南有徐元直宅，宅西北八里方山，山北際河水，山下有王仲宣宅。」

王粲〈七哀詩三首・其一〉詳述離長安時的所見所感，似作於本年。

俞紹初《王粲年譜》據王粲〈贈士孫文始〉詩「我暨我友，自彼京師」語，認為王粲與士孫萌同時離長安，事在初平三年的王允被殺之前，而〈王粲傳〉「年十七」似為十六之誤。可作一說。

又《太平御覽》七百二十二引《何顒別傳》：「王仲宣年十七，嘗遇（張）仲景。仲景曰：『君有病，宜服五石湯，不治且成門後，年三十當眉落。』仲宣以其貰長也，遠不治也。後至三十，疾果成，竟眉落。」

漢獻帝興平元年（西元一九四年）

孔融四十二歲，謀迎天子。

袁宏《後漢紀》二十七：「興平元年……夏四月……徐州牧陶謙、北海相孔融謀迎天子還洛陽，會曹操襲曹州而止。」

漢獻帝興平二年（西元一九五年）

孔融四十三歲，棄郡徙徐州，劉備領徐州牧，劉備表孔融領青州刺史。

《後漢書・孔融傳》：「時袁、曹方盛，而融無所協附。左丞祖者，稱有意謀，勸融有所結納。融知紹、操終圖漢室，不欲與同，故怒而殺之。融負其高氣，志在靖難，而才疏意廣，迄無成功。在郡六年，劉備表領青州刺史。」

《三國志・魏書・崔琰傳》注引《九州春秋》：「連年傾覆，事無所濟，（融）遂不能保障四境，棄郡而去。後徙徐州，以北海相自還領青州刺史，治郡北陲。欲附山東，外接遼東，得戎馬之利，建樹根本，孤立一隅，不與共也。于時曹、袁、公孫共相首尾，戰士不滿數百，穀不至萬斛。王子法、劉孔慈凶辯小才，信為腹心；左丞祖、劉義遜清雋之士，備在坐席而已……丞祖勸融自托強國，融不聽而殺之，義遜棄去。」

《三國志・蜀書・先主傳》：「(徐州牧陶)謙死，(麋)竺率州人迎先主，先主未敢當……曰：『袁公路近在壽春，此君四世五公，海內所歸，君可以州與之。』……北海相孔融謂先主曰：『袁公路豈憂國忘家者邪？塚中枯骨，何足介意。今日之事，百姓與能，天與不取，悔不可追。』先主遂領徐州。」

考當時袁紹任其子袁譚為青州刺史，公孫瓚任田楷為青州刺史，加上孔融，三人以同職各據一方，故融僅得「治郡北陲」。

又《三國志・吳書・吳主傳》注引《吳錄》：「(孫)邵字長緒，北海人，長八尺，為孔融功曹，融稱曰『廊廟才也。』」《三國志・吳書・是儀傳》：「是儀字子羽，北海營陵人也，本姓氏。初為縣吏，後仕郡，郡相孔融嘲儀，言『氏』字『民』無上，可改為『是』，乃遂改焉。」《三國志・魏書・邴原傳》注引《原別傳》：「時魯國孔融在郡……有所愛一人，常盛嗟歎之。後恚望，欲殺之，朝吏皆請。時其人亦在坐，叩頭流血，而融意不解。原獨不為請。融謂原曰：『眾皆請而君何獨不？』原對曰：『明府於某，本不薄也，常言歲終當舉之，此所謂吾一子也。如是，朝吏受恩未有在某前者矣，而今乃欲殺之。明府愛之，則引而方之於子；憎之，則推之欲危其身。原愚，不知明府以何愛之？以何惡之？』融曰：『某生於微門，吾成就其兄弟，拔擢而用之。某今孤負恩施。夫善則進之，惡則誅之，固君道也。往者應仲遠為泰山太守，舉一孝廉，旬月之間而殺之。夫君人者，厚薄何常之有！』原對曰：『仲遠舉孝廉，殺之，其義焉在？夫孝廉，國之俊選也。舉之若是，則殺之非也；若殺之是，則舉之非也……仲遠之惑甚矣，明府奚取焉？』融乃大笑曰：『吾直戲耳！』原又曰：『君子于其言，出乎身，加乎民。言行，君子之樞機也。安有欲殺人而可以為戲者哉？』融無以答。」

以上三事均在孔融任北海相時，具體時間不詳，姑置於此。

陳琳作〈應譏〉。

細考〈應譏〉，似作於袁紹割據河北，而獻帝尚未東歸之時，暫置本年。

漢獻帝建安元年（西元一九六年）

孔融四十四歲，被袁譚擊敗，朝廷徵為將作大匠，上書薦禰衡。

《後漢書・孔融傳》：「建安元年，為袁譚所攻，自春至夏，戰士所餘裁數百人，流矢雨集，戈矛內接。融隱几讀書，談笑自若。城夜陷，乃奔東山，妻子為譚所虜。及獻帝都許，徵融為將作大匠。」

《後漢書・文苑傳・禰衡》稱衡「建安初，來游許下……唯善魯國孔融及弘農楊修……衡始弱冠，而融年四十，遂與交友。（融）上疏薦之曰：『……竊見處士平原禰衡，年二十四……』」繆荃孫《孔北海年譜》稱「融年四十猶在北海，薦衡當在征入朝時，年已四十有四，〈衡傳〉云『衡年弱冠，融年四十』，皆舉成數，衡亦二十有四矣。」今從。

又《三國志・魏書・陳羣傳》：「魯國孔融高才倨傲，年在（陳）紀、羣之間，先與紀友，後與羣交，更為紀拜，由是顯名。」所言似為孔融初入朝廷事，暫置於此。

陳琳為袁紹作書喻臧洪。

袁宏《後漢紀》二十八：「（興平）二年……八月……曹操圍張超於雍丘，超曰：『救我者唯臧洪乎？』……遽洪聞之，果徒跣號泣，並勒所令，又從袁紹請兵，欲救超而紹終不聽。超遂族滅，洪由是怒紹，絕不與通。紹興兵圍之，不能下。紹使洪邑人陳琳以書喻洪。」陳琳所作之書已佚。《後漢書・臧洪傳》李賢注引《獻帝春秋》：「紹使琳為書八條，責以恩義，告喻使降也。」考興平二年十二月張超自殺，其後臧、袁交惡，袁紹兵圍臧洪歷年不下。故繫此事於本年。

王粲二十歲，作〈贈士孫文始〉詩。

《文選・王粲・贈士孫文始》李善注引《三輔決錄》趙岐注：「士孫孺子名萌，字文始……獻帝都許昌，追論誅董卓之功，封萌為澹津亭侯。與山陽王粲善，萌當就國，粲等各作詩以贈萌。」

漢獻帝建安二年（西元一九七年）

孔融四十五歲，持節赴鄴拜袁紹為大將軍。遷少府，議馬日磾不宜加禮，議肉刑不宜恢復，上疏論劉表。

《後漢書・袁紹傳上》：「二年，使將作大匠孔融持節拜紹大將軍。」李賢注引《獻帝春秋》：「使將作大匠孔融持節之鄴，拜太尉紹為大將軍，改封鄴侯。」

《後漢書・孔融傳》：「遷少府。每朝會訪對，融輒引正定議，公卿大夫皆隸名而已。初，太傅馬日磾奉使山東，及至淮南，數有意於袁術。術輕侮之，遂奪取其節。求去，又不聽，因欲逼為軍師。日磾深自恨，遂嘔血而斃。及喪還，朝廷議欲加禮。融乃獨議曰……朝廷從之。」《後漢紀》二十九：「二年……秋七月，即拜太尉袁紹為大將軍。於是，馬日磾喪京師，將欲加禮，少府孔融議曰：『……不宜加禮。』《後漢書・孔融傳》：「時論者多欲復肉刑。融乃建議曰……朝廷善之，卒不改焉。是時荊州牧劉表不供職貢，多行僭偽，遂乃郊祀天地，擬斥乘輿。詔書班下其事。融上疏曰……」按：劉表僭偽事時間不詳，《後漢紀》二十九：「四年……六月……（張）昭為（孫）策諫（袁）術曰：『……劉表僭亂于南……』」則其事在建安四年六月之前，暫置於此。

漢獻帝建安三年（西元一九八年）

孔融四十六歲，力救楊彪，作〈與王朗書〉。

《後漢書・楊彪傳》：「時袁術僭亂，操托彪與術婚姻，誣以欲圖廢置，奏收下獄，劾以大逆。將作大匠孔融（韓按：據下文引《三國志・魏書・滿寵傳》，孔融時任少府，范曄所言有誤）聞之，不及朝服，往見操曰：『楊公四世清德，海內所瞻。《周書》父子兄弟罪不相及，況以袁氏歸罪楊公？《易》稱積善餘慶，徒欺人耳？』操曰：『此國家之意。』融曰：『假使成王殺邵公，周公可得言不知邪？今天下纓緌縉紳所以瞻仰明公者，以公聰明仁智，輔相漢朝，舉直措枉，致之雍熙也。今橫殺無辜，則海內觀聽，誰不解體？孔融魯國男子，明日便當拂衣而去，不復朝矣。』」又《三國志・魏書・滿寵傳》：「故太尉楊彪收付縣獄，尚書令荀彧、少府孔融等並屬寵：『但當受辭，勿加考掠。』寵一無所報，考訊如法。數日，求見太祖，言之曰：『楊彪考訊無他辭語。當殺者宜先彰其罪。此人有名海內，若罪不明，必大失民望，竊為明公惜之。』太祖即日赦出彪。初，彧、融聞考掠彪，皆怒。及因此得了，更善寵。」按：袁術建安二年二月稱帝，建安四年六月卒。《後漢紀》二十九置此事於建安三年九月之後。

又《三國志・魏書・武帝紀》注引《魏書》：「袁紹宿與故太尉楊彪、大長秋梁紹、少府孔融有隙，欲使公以他過誅之。公曰：『當今天下土崩瓦解……如有所除，則誰不自危？……』紹以為公外托公義，內實離異，深懷怨之。」按：楊彪在建安四年拜為太常，此事似在本年孔融勸曹操之後。

《三國志・魏書・王朗傳》：「太祖表徵之。」注：「朗被徵未至，孔融與朗書曰……」注引《漢晉春秋》：「建安三年，太祖表徵朗。」

王粲二十二歲，作〈三輔論〉。

〈三輔論〉有「長沙不軌，敢作亂違」語，係指本年長沙太守張羨叛劉表事，故繫本年。

漢獻帝建安四年（西元一九九年）

孔融四十七歲，上書薦趙岐。

《後漢書・趙岐傳》：「曹操時為司空，舉以自代。光祿勳桓典、少府孔融上書薦之，於是就拜岐為太常。」《後漢紀》二十九：「四年……二月，司空曹操讓位于太僕趙岐，不聽。」

又《後漢書・儒林傳・謝該》：「謝該……仕為公車司馬令，以父母老，托疾去官，欲歸鄉里。會荊州道斷，不得去。少府孔融上書薦之曰……書奏，詔即徵還，拜議郎。」《後漢書・荀悅傳》：「獻帝頗好文學，悅與（荀）或及少府孔融侍講禁中，旦夕談論。」以上二事時間不詳，暫繫本年。

陳琳替袁紹更改公孫瓚與子公孫續書，作〈武軍賦〉、〈為袁紹檄豫州〉。

《後漢書・公孫瓚傳》：「四年春，黑山賊帥張燕與續率兵十萬，三道來救瓚。未及至，瓚乃密使行人齎書告續曰……紹候得其書，如期舉火。瓚以為救至，遂使出戰。紹設伏，瓚遂大敗。」注引《獻帝春秋》：「候者得書，紹使陳琳易其詞。」

陳琳〈武軍賦〉敘述袁軍大敗公孫瓚的激戰，亦當作於本年春。

〈為袁紹檄豫州〉文中有「與建忠將軍協同聲勢」語，為聯合建忠將軍張繡一道進擊曹操之意，則此文當作於建安四年十一月張繡再次投降曹操之前。

漢獻帝建安五年（西元二〇〇年）

孔融四十八歲，對漢獻帝南陽王馮、東海王祇祭禮問，與荀彧談抗袁紹事，生一子。

《後漢書・孔融傳》：「五年，南陽王馮、東海王祗薨，帝傷其早歿，欲為修四時之祭，以訪於融。融對曰……」

《後漢書・荀彧傳》：「五年，袁紹率大眾以攻許，操與相拒。紹甲兵甚盛，議者咸懷惶懼。少府孔融謂彧曰：『袁紹地廣兵強，田豐、許攸智計之士為其謀，審配、逢紀盡忠之臣任其事，顏良、文醜勇冠三軍統其兵，殆難克乎？』彧曰：『紹兵雖多而法不整，田豐剛而犯上，許攸貪而不正，審配專而無謀，逢紀果而自用，顏良、文醜匹夫之勇，可一戰而擒也。』後皆如彧之籌。」

據《後漢書・孔融傳》，融死時其男九歲，當生於本年。

阮瑀辭曹洪徵辟。

《三國志・魏書・王粲傳》：「建安中，都護曹洪欲使掌書記，瑀終不為屈。」注：「臣松之案：魚氏《典略》、摯虞《文章志》並云瑀建安初辭疾避役，不為曹洪屈。」其事具體時間無考，今從陸侃如《中古文學繫年》暫繫本年。

應瑒歸曹操，參加官渡之戰。

謝靈運〈擬魏太子鄴中集詩・應瑒〉：「天下昔未定，托身早得所。官度廁一卒，烏林預艱阻。」則應瑒參加了曹袁的官渡之戰。不過，應瑒當時似未任官職，所以才有其後的北遊。

應瑒的生年無考。《三國志・魏書・王粲傳》：「汝南應瑒字德璉。」注引華嶠《漢書》曰：「瑒祖奉，字世叔……為世儒者，延熹中至司隸校尉。子劭字仲遠，亦博學多識。」又引《續漢書》：「劭弟珣，字季瑜，司空掾，即瑒之父。」

本年十月，曹操在官渡大敗袁紹。

漢獻帝建安七年（西元二〇二年）

孔融五十歲，生一女，作〈與韋林甫書〉。

《後漢書・孔融傳》：「下獄棄市。時年五十六，妻子皆被誅。初，女年七歲，男年九歲，以其幼弱得全，寄它舍……或言於曹操，遂盡殺之。」孔融被殺於建安十三年，則其女當生於本年。

查《晉書・羊祜傳》，稱「祜前母孔融女，生兄發」，則融女未被曹操殺害。《世說新語・言語》載有「孔文舉有二子，大者六歲，小者五歲。晝日父眠，小者床頭盜酒飲之……」，「孔融被收，中外惶怖。時融兒大者九歲，小者八歲」二事，注引《魏氏春秋》稱「二子方八歲、九歲，融見收，奕棋端坐不起。」疑孔融還有一個八歲的兒子。

〈與韋林甫書〉作於韋端任涼州刺史時，萬斯同《三國漢季方鎮年表》稱韋端任涼州刺史至建安七年，故繫本年。

陳琳救崔琰。

《三國志・魏書・崔琰傳》：「及紹卒，二子交爭，爭欲得琰。琰稱疾固辭，由是獲罪，幽于囹圄，賴陰夔、陳琳營救得免。」袁紹卒於本年五月。

應瑒北遊鄴下，與曹植等告別，作〈別詩二首〉。

應瑒〈別詩二首〉有「行役懷舊土，悲思不能言」語，全詩述說自己即將開始前途並不樂觀的遠行前的心情。出發前，曹植等送行於洛陽附近的黃河岸邊，作有〈送應氏〉詩。詩中有「我友之朔方」語，朱緒曾《曹集考異》稱「朔方者，冀州，指鄴而言。」考《後漢書・應劭傳》，稱「(建安)二年，詔拜劭為袁紹軍謀校尉……後卒於鄴」，則應瑒兄弟的北遊似投奔居於鄴下的伯父。其北遊的時間不見史書，似應在曹操攻佔鄴城之前，故繫於本年。

漢獻帝建安八年（西元二〇三年）

孔融五十一歲，作〈遺張紘書〉、〈與虞翻書〉。

《三國志・吳書・張紘傳》注引《吳書》：「及(孫權)討江夏，以東部少事，命紘居守，遙領所職。孔融遺紘書曰……」則此書作於本年孫權率軍西征江夏太守黃祖之後。

《三國志・吳書・虞翻傳》：「翻與少府孔融書，並示以所著《易注》，融答書曰……會稽東部都尉張紘又與融書曰：『虞仲翔前頗為論者所侵，美寶為質，雕摩益光，不足以損。』」似孔融〈與虞翻書〉同〈遺張紘書〉時間相近，故置於此。

王粲二十七歲，作〈荊州文學記官志〉，為劉表作書勸諫袁譚、袁尚。

〈荊州文學記官志〉所作時間各書不載，其文中稱「有漢荊州牧劉君……用建雍泮焉……五載之間，道化大行」。查《後漢書・劉表傳》：「萬里肅清……遂起立學校，博求儒術。」《三國志・魏書・劉表傳》注引王粲《英雄記》：「州界羣寇既盡，表乃開立學官，博求儒士。」〈劉鎮南碑〉：「武功既亢，廣開雍泮。」則其文當作於劉表完成肅清荊州的大規模征戰的五年之後。劉表最終據有荊州全境的戰役是建安三年的平定長沙太守張羡的叛亂，其後「開土遂廣，南接五嶺，北據漢川，地方數千里，帶甲十餘萬」（《後漢書・劉表傳》），成為雄據荊州的一霸。故繫其文於本年。

《後漢書・袁紹傳下》：「尚復自將攻譚，譚戰大敗，嬰城固守。尚圍之急，譚奔平原，而遣潁川辛毗詣曹操請救。劉表以書諫譚曰……又與尚書諫之，並不從。」注：「表二書並見《王粲集》。」查《三國志・魏書・武帝紀》：「（建安八年）八月，公征劉表，軍西平。公之去鄴而南也，譚、尚爭冀州，譚為尚所敗，走保平原。尚攻之急，譚遣辛毗乞降請救。」則事在本年八月之後。

漢獻帝建安九年（西元二〇四年）

孔融五十二歲，與曹操書嘲曹丕納甄氏，上書請准古王畿制，薦盛孝章。融

《後漢書・孔融傳》：「初，曹操攻屠鄴城，袁氏婦子多見侵略，而操子丕私納袁熙妻甄氏。融乃與操書，稱『武王伐紂，以妲己賜周公』。操不悟，後問出何經典。對曰：『以今度之，想當然耳。』」曹操攻克鄴城事在本年八月。

《後漢紀》二十九：「(建安)九年……九月，太中大夫孔融上書曰：『臣聞先王分九圻……』」

《後漢書・孔融傳》：「又嘗奏宜准古王畿之制，千里寰內，不以封建諸侯。」疑本年孔融已轉任太中大夫之職。《三國志・魏書・崔琰傳》注引張璠《漢紀》述此事在「帝初都許」之時，蓋另有所本。

《三國志・吳書・孫韶傳》注引《會稽典錄》：「初，(盛)憲與少府孔融善。融憂其不免禍，乃與曹公書曰：『歲月不居，時節如流，五十之年，忽焉已至。公為始滿。融又過二……』」

陳琳為袁尚乞降，後歸曹操，為司空軍謀祭酒，徙門下督。

《三國志・魏書・武帝紀》：「(袁)尚懼，遣故豫州刺史陰夔及陳琳乞降，公不許。」〈王粲傳〉：「袁氏敗，琳歸太祖。太祖謂曰：『卿昔為本初移書，但可罪狀孤而已，惡惡止其身，何乃上及父祖邪？』琳謝罪，太祖愛其才而不咎……太祖並以琳、(阮)瑀為司空軍謀祭酒，管記室，軍國書檄，多琳、瑀所作也。琳徙門下督，瑀為倉曹掾屬。」注引《典略》：「琳作諸書及檄，草成呈太祖。太祖先苦頭風，是日疾發，臥讀琳所作，翕然而起曰：『此愈我病。』數加厚賜。」

徐幹三十四歲，不應曹操徵召。

《三國志・魏書・王粲傳》注引《先賢行狀》：「幹清玄體道，六行修備，聰識洽聞，操翰成章，輕官忽祿，不耽世榮。建安中，太祖特加旌命，以疾休息。後除上艾長，又以疾不行。」考徐幹於明年入仕為官，故置本年。

阮瑀歸曹操，任司空軍謀祭酒，管記室，轉倉曹掾屬。

阮瑀事見上文陳琳條引〈王粲傳〉語。阮瑀歸曹操的時間史書不載，似與陳琳歸曹操的時間相近，暫置本年。

應瑒歸曹操，並擔任官職。

曹植〈與楊德祖書〉稱「德璉發跡于此魏」，細品曹植所言「此魏」當指鄴城，且「發跡」一詞隱有為官顯揚之意。楊修〈答臨淄侯箋〉「應生之發魏國」，與曹植所言意同。考曹操本年八月攻佔鄴城之後，對當地的人才多有收羅，應瑒似在其中，故暫置本年。

漢獻帝建安十年（西元二〇五年）

陳琳作〈答張紘書〉。

陳琳文中有「今與景興（王朗的字）在此」語，似作於琳歸曹之初，暫繫本年。

徐幹三十五歲，任曹操的司空軍謀祭酒掾屬。

《三國志・魏書・王粲傳》：「幹為司空軍謀祭酒掾屬。」《中論・序》：「會上公撥亂，王路始辟。遂力疾應命，從戍征行，歷載五六。」知徐幹共有十一年的仕宦生活，還已知徐幹建安二十年尚未返鄉（詳後），則其返鄉在建安二十一年或稍後。前推十一年，故繫徐幹入仕於本年。

漢獻帝建安十二年(西元二〇七年)

孔融五十五歲,作書嘲曹操征烏桓,作書與曹操論禁酒,免官,又作書答曹操。

《後漢書·孔融傳》:「後操討烏桓,又嘲之曰……時年饑兵興,操表制酒禁,融頻書爭之,多侮慢之辭……山陽郗慮承望風旨,以微法奏免融官。因顯明仇怨,操故書激厲融曰:『蓋聞唐虞之朝……』融報曰:『猥惠書教……』」李賢注:「《融集》與操書曰:『酒之為德久矣……』又書曰:『昨承訓答……』」注又引虞溥《江表傳》:「獻帝嘗時見慮及少府孔融。問融曰:『鴻豫何所優長?』融曰:『可與適道,未可與權。』慮舉笏曰:『融昔宰北海,政散人流,其權安在?』遂與融互相長短,以至不穆。曹操以書和解之。」按:曹操征烏桓事在本年五月。

陳琳作〈神武賦〉。

賦文有「建安十有二年,大司空武平侯曹公東征烏丸」,知其文作於本年。

王粲三十一歲,作〈登樓賦〉。

〈登樓賦〉有「華實蔽野,黍稷盈疇」、「遭紛濁而遷逝兮,漫逾紀以迄今」、「懼匏瓜之徒懸兮,畏井渫之莫食」等語,知作賦時粲客居荊州已超過十二年,時為初秋。又據粲對個人前途的憂歎,似對劉表深感失望,且尚未歸曹,故繫於歸曹的前一年。

又〈七哀詩三首·其二〉有「荊蠻非我鄉,何為久滯淫」語,亦當作於久居荊州之時。王粲在荊州時還作有〈贈蔡子篤〉、〈贈文叔良〉等詩,其具體時間無考。

又《三國志·吳書·潘濬傳》注引《吳書》:「濬為人聰察,對問有機理,山陽王粲見而貴異之，由是知名，為郡功曹。」其事在劉表辟潘濬為江夏從事之前，姑置於此。

應瑒作〈撰征賦〉。

賦文有「將親戎乎幽鄰」，「悠悠萬里，臨長城兮」等語，是在頌讚曹操北征烏桓的壯舉，故繫本年。

漢獻帝建安十三年（西元二〇八年）

孔融五十六歲，復為太中大夫，不久被曹操殺害。

《後漢書・孔融傳》：「歲餘，復拜太中大夫。性寬容少忌，好士，喜誘益後進。及退閒職，賓客日盈其門……融聞人之善，若出諸己，言有可采，必演而成之，面告其短，而退稱所長，薦達賢士多所獎進，知而未言，以為己過，故海內英俊皆信服之。曹操既積嫌忌，而郗慮復構成其罪，遂令丞相軍謀祭酒路粹枉狀奏融曰：『少府孔融，昔在北海，見王室不靜，而招合徒眾，欲規不軌，云我大聖之後，而見滅于宋，有天下者，何必卯金刀。及與孫權使語，謗訕朝廷。又融為九列，不遵朝儀，禿巾微行，唐突宮掖。又前與白衣禰衡跌盪放言，云父之于子，當有何親？論其本意，實為情欲發耳；子之於母，亦復奚為？譬如寄物缻中，出則離矣。既而與衡更相讚揚，衡謂融曰仲尼不死，融答曰顏回復生。大逆不道，宜極重誅。』書奏，下獄棄市。時年五十六，妻子皆被誅……及被害，許下莫敢收者，(脂)習往撫屍曰：『文舉舍我死，吾何用生為？』操聞大怒，將收習殺之，後得赦出。魏文帝深好融文辭，每歎曰：『楊、班儔也。』募天下有上融文章者，輒賞以金帛。所著詩、頌、碑文、論議、六言、策文、表、檄、教令、書記凡二十五篇。」

又《三國志・吳書・潘濬傳》注引《吳書》：「中郎將豫章徐宗，有名士也，嘗到京師，與孔融交結。」其事不詳何年，姑置於此。

陳琳隨曹操南征，作〈神女賦〉。

賦文有「漢三七之建安，荊野蠢而作仇。贊皇師以南假，濟漢川之清流」語，知陳琳參加了本年的南征。

王粲三十二歲，歸曹操，任丞相掾。

《三國志・魏書・王粲傳》：「表卒。粲勸表子琮，令歸太祖。太祖辟為丞相掾，賜爵關內侯。太祖置酒漢濱，粲舉觴賀曰：『方今袁紹起河北，仗大眾，志兼天下，然好賢而不能用，故奇士去之。劉表雍容荊楚，坐觀時變，自以為西伯可規。士之避亂荊州者，皆海內之儁傑也，表不知所任，故國危而無輔。明公定冀州之日，下車即繕其甲卒，收其豪傑而用之，以橫行天下。及平江、漢，引其賢儁而置之列位，使海內回心，望風而願治，文武並用，英雄畢力，此三王之舉也。』後遷軍謀祭酒。」

又，王粲〈神女賦〉與陳琳〈神女賦〉內容相近，疑為奉和之作，暫置於此。

徐幹三十八歲，從曹操南征，作〈序征賦〉。

〈序征賦〉有「沿江浦以左轉，涉雲夢之無陂……行兼時而易節，迄玄氣之消微」語，其路線、時令均與曹操南征相合，知徐幹參加了本年的南征。

又，徐幹〈嘉夢賦〉所言與陳琳〈神女賦〉相近，疑為同時之作，暫置於此。

阮瑀隨曹操南征，為曹操作書與劉備，作〈紀征賦〉。

《三國志・魏書・王粲傳》注：「又《典略》載太祖初征荊州，使瑀作書與劉備。」〈紀征賦〉有「惟鑾荊之作仇」、「距江澤以潛流，經昆侖之高岡」語，所記即曹操南征事。

又，阮瑀〈苦雨詩〉有「苦雨滋玄冬」、「登臺望江沔」語，考本年冬季阮瑀隨曹軍至長江，疑本詩作於其時，暫置於此。

應瑒任丞相掾屬，從曹操南征。

《三國志・魏書・王粲傳》：「瑒……被太祖辟為丞相掾屬。」謝靈運〈擬魏太子鄴中集詩・應瑒〉：「烏林預艱阻。」李善注引盛弘之《荊州記》：「（周瑜、黃蓋）破魏武兵于烏林。烏林、赤壁，其東西一百六十里。」知應瑒參加了本年的南征。

又，應瑒〈神女賦〉旨意與陳琳〈神女賦〉相近，疑為同時奉和之作。

劉楨被曹操辟為丞相掾屬，從曹操南征。

《三國志・魏書・王粲傳》：「楨……被太祖辟為丞相掾屬。」謝靈運〈擬魏太子鄴中集詩・劉楨〉稱「河充當衝要，淪飄薄許京。廣川無逆流，招納廁羣英」，似在本年之前劉楨已經入仕，故《後漢書・劉梁傳》李賢注引〈魏志〉稱楨「為司空軍謀祭酒」。考曹操本年六月罷三公官，自為丞相，故暫繫劉楨入仕於本年。

劉楨生年無考。《三國志・魏書・王粲傳》：「東平劉楨字公幹。」注引《文士傳》：「楨父名梁，字曼山，一名恭。少有清才，以文學見貴，終於野王令。」《後漢書・劉梁傳》：「梁，宗室子孫。」《太平御覽》三百八十五引《文士傳》：「劉楨字公幹，少以才學知名。年八九歲，能誦《論語》、詩、論及篇賦數萬言，警悟辯捷，所問應聲而答，當其辭氣鋒烈，莫有折者。」又，謝靈運詩中還有「南登紀郢城」語，紀郢城即湖北江陵北的紀南城，知劉楨本年曾隨曹操南征。劉楨〈贈五官中郎將四首〉詩有「昔我從元后，整駕至南鄉」語，可作旁證。

本年七月，曹操南征荊州牧劉表。十二月，曹操與周瑜、劉備戰於赤壁，大敗。

漢獻帝建安十四年（西元二〇九年）

王粲三十九歲，隨曹操征孫權，作〈浮淮賦〉。

粲賦文有「從王師以南征兮，浮淮水而遐逝。背渦浦之曲流兮，望馬丘之高澨」語，與曹丕〈浮淮賦〉：「建安十四年，王師自譙東征……始入淮口，行泊東山」語一致，故繫此年。

劉楨隨曹操征孫權。

劉楨〈贈五官中郎將四首〉詩有「過彼豐沛都，與君共翱翔」語，李善注：「豐沛，漢高祖所居，以喻譙也。君謂五官也。」知劉楨本年從征。

漢獻帝建安十六年（西元二一一年）

王粲三十五歲，從曹操西征馬超，作〈弔夷齊文〉、〈思征賦〉〈詠史詩〉。

〈弔夷齊文〉有「歲旻秋之仲月，從王師以南征。濟河津而長驅，逾芒阜之崢嶸。覽首陽於東隅，見孤竹之遺靈。」考曹操本年七月由鄴出發，始南渡黃河、再向西以征馬超，與粲文的時間、路線相合。

〈思征賦〉有「在建安之二八」語，知其文亦作於本年。

〈詠史詩〉詠歎秦穆公以三良從殉事，與曹植〈三良詩〉內容一致，似為西征中經過三良塚時相和而作。

徐幹四十一歲，隨曹操西征，作〈西征賦〉、〈從西戎征賦〉。

〈西征賦〉有「奉明辟之渥德，與遊軫而西伐。過京邑以釋駕，觀帝居之舊制」語，似在述說遊歷古都長安。又徐幹存有〈從西戎征賦〉殘句。考徐幹沒有參加建安二十年的西征張魯，故繫其事於本年。又曹丕沒有參加本年的西征，則徐幹仍為曹操的屬臣。

阮瑀隨曹操西征，為曹操作書與韓遂，作〈為曹公作書與孫權〉，作〈弔伯夷文〉，作〈詠史詩二首〉。

《三國志·魏書·王粲傳》注：「又《典略》載……及征馬超，又使瑀作書與韓遂。」「太祖嘗使瑀作書與韓遂，時太祖適近出，瑀隨從，因于馬上具草，書成呈之。太祖擥筆欲有所定，而竟不能增損。」阮瑀〈為曹公作書與孫權〉文中有「離絕以來，於今三年」語，知其文作於建安十三年冬曹操與周瑜、劉備赤壁之戰後的第三年，故繫於本年。

又〈弔伯夷文〉與王粲〈弔夷齊文〉內容相近，似為同時之作；〈詠史詩二首〉的內容與王粲〈詠史詩〉、曹植〈三良詩〉一致，當為同時的唱和之作。

應瑒為曹植的平原侯庶子，參加了本年的西征，作〈西征賦〉。

《三國志·魏書·王粲傳》：「瑒轉為平原侯庶子。」曹植於本年正月被封為平原侯，故繫於本年。又，應瑒〈西征賦〉僅存八字，考應瑒亦未參加建安二十年的西征張魯，知應瑒參加了本年的西征，且本賦的寫作時間與徐幹〈西征賦〉相近，故置於此。

劉楨為曹丕的五官中郎將文學，作〈答曹丕借廓落帶書〉，因平視甄氏而受刑，不久復官。《三國志・魏書・王粲傳》注引《典略》：「文帝嘗賜楨廓落帶。其後師死，欲借取以為像，因書嘲楨云：『夫物因人為貴……』楨答曰：『楨聞荊山之璞……』楨辭旨巧妙皆如是，由是特為諸公子所親愛。」此事在劉楨受刑之前，暫置於此。《世說新語・言語》：「劉公幹以失敬罹罪。」注引《典略》：「建安十六年，世子為五官中郎將，妙選文學，使楨隨侍太子。酒酣，坐歡，乃使夫人甄氏出拜。坐上客多伏，而楨獨平視。他日，公聞，乃收楨，減死，輸作部。」注又引《文士傳》：「楨性辯捷，所問應聲而答。坐平視甄夫人，配輸作部使磨石。武帝至尚方觀作者，見楨匡坐正色磨石。武帝問曰：『石何如？』楨因得喻己自理，跪而對曰：『石出荊山懸岩之巔……』帝顧左右大笑，即日赦出。」《水經》注十六：「〈洛陽聽訟〉觀西北接華林隸簿，昔劉楨磨石處也。」考劉楨在建安十八年隨曹操遊獵，作有〈大閱賦〉，此前史書所載曹操至洛陽事只有本年的西征，故繫其事於本年。

漢獻帝建安十七年（西元二一二年）

陳琳作〈鸚鵡賦〉、〈止欲賦〉。

陳琳這二篇賦的內容與阮瑀〈鸚鵡賦〉、〈止欲賦〉的內容相近，當作於瑀卒之前，暫置此年。

王粲三十六歲，作〈鸚鵡賦〉、〈閑邪賦〉，作〈阮元瑜誄〉以弔阮瑀，作〈寡婦賦〉以慰阮瑀妻，從曹操征孫權，作〈為荀彧與孫權檄〉。

王粲〈鸚鵡賦〉、〈閑邪賦〉與阮瑀〈鸚鵡賦〉、〈止欲賦〉內容相近，似為同時之作，暫置於此。

曹丕〈寡婦賦〉：「陳留阮元瑜與余有舊，薄命早亡。每感存其遺孤，未嘗不愴然傷心，故作斯賦，以敘其妻子悲苦之情。命王粲並作之。」知王粲〈寡婦賦〉為奉命之作。

曹操本年十月率軍征孫權，命荀彧前往犒軍而留其於軍中，王粲代荀彧所作檄文即作於其時。

徐幹四十二歲，任曹丕的五官中郎將文學。

《三國志・魏書・王粲傳》：「幹為……五官將文學。」徐幹任曹丕屬臣當在本年正月西征凱旋之後，故繫此年。

阮瑀卒。

《三國志・魏書・王粲傳》：「瑀以十七年卒。」又據曹丕〈寡婦賦〉「去秋兮既冬，改節兮時寒。水凝兮成冰，雪落兮翻翻」語，阮瑀似卒於本年初冬。

阮瑀有子阮熙（阮咸之父，曾任武都太守）、阮籍及一女（阮咸之姑）。

阮瑀所作〈鸚鵡賦〉、〈止欲賦〉，似為與曹植、陳琳、王粲、應瑒等人的唱和之作，時間不詳，暫置本年。

應瑒作〈鸚鵡賦〉、〈正情賦〉，隨曹操南征。

應瑒〈鸚鵡賦〉、〈正情賦〉與阮瑀〈鸚鵡賦〉、〈止欲賦〉內容相近，似為同時之作，暫置本年。

應瑒本年十月隨曹操、曹植等南征，詳見下年〈愁霖賦〉的考證。

劉楨轉為曹植的平原侯庶子，勸曹植禮待邢顒，作〈處士國文甫碑〉。

《後漢書・劉梁傳》李賢注引〈魏志〉：「楨字公幹，為司空軍謀祭酒，五官郎將文學，與徐幹、陳琳、阮瑀、應瑒俱以文章知名，轉為平原侯庶子。」劉楨轉為平原侯庶子的時間史書不載，似應在其復官後不久，暫置本年。《三國志・魏書・邢顒傳》：「是時，太祖諸子高選官屬，令曰：『侯家吏宜得淵深法度如邢顒輩。』遂以為平原侯植家丞。顒防閑以禮，無所屈撓，由是不合。庶子劉楨書諫植曰：『家丞邢顒，北士之彥……』」

又〈處士國文甫碑〉有「以建安十七年四月卒」語，知其事在本年。

漢獻帝建安十八年（西元二一三年）

陳琳作〈武獵賦〉。

陳琳賦文已佚，詳見下文應瑒條。

王粲三十七歲，與荀攸等共上書勸曹操進魏公，作〈太廟頌〉、〈俞兒舞歌四首〉、〈登歌〉及〈安世詩〉，拜侍中，與衛覬並典制度，作〈羽獵賦〉。

《三國志・魏書・武帝紀》注引《魏書》載有荀攸與關內侯王粲等人共同上書勸曹操進魏公、加九錫事。

《古文苑》十二王粲〈太廟頌〉章樵注：「《粲集》作『顯廟』，魏公曹操之祖廟也。」知其文當作於本年七月魏建宗廟之後。

《宋書・樂志》：「唯魏國初建，使王粲改作〈登哥〉及〈安世〉、〈巴渝〉詩而已。」《晉書・樂志上》：「〈巴渝舞〉其辭既古，莫能曉其句度。魏初，乃使軍謀祭酒王粲改創其詞。」

《三國志・魏書・武帝紀》：「（建安十八年）十一月，初置尚書、侍中、六卿。」注引《魏氏春秋》：「王粲、杜襲、衛覬、和洽為侍中。」《三國志・魏書・王粲傳》：「魏國既建，拜侍中。博物多識，問無不對。時舊儀廢弛，興造制度，粲恆典之。」《三國志・魏書・衛覬傳》：「魏國既建，拜侍中，與王粲並典制度。」《三國志・魏書・杜襲傳》：「魏國既建，(襲)為侍中，與王粲、和洽並用。粲強識博聞，故太祖游觀出入，多得驂乘，至其見敬不及洽、襲。襲嘗獨見至於夜半，粲性躁競，起坐曰：『不知公對杜襲道何等也？』洽笑答曰：『天下事豈有盡邪？卿晝侍可矣。悒悒於此，欲兼之乎？』」

王粲〈羽獵賦〉與應瑒〈西狩賦〉作於同時，詳見下文應瑒條。

應瑒隨曹操於四月返鄴，途中作〈愁霖賦〉，轉為曹丕的五官中郎將文學，作〈西狩賦〉。

曹丕〈愁霖賦〉稱「脂余車而秣馬，將言旋乎鄴都……豈在余之憚勞，哀行旅之艱難。仰皇天而歎息，悲白日之不暘。」曹植〈愁霖賦〉稱「迎朔風而爰邁兮，雨微微而逮行。悼朝陽之隱曜兮，怨北辰之潛精。」所言與應瑒〈愁霖賦〉相近，則應瑒賦作於隨曹操、曹丕、曹植征行北歸返鄴途中。考三曹共同征行事只有建安十七年十月征孫權的一次。這次征伐，曹操與孫權相拒一個多月，無力取勝，於本年四月返鄴。若此，則應瑒賦作於本年初返鄴途中。

《三國志・魏書・王粲傳》：「瑒……後為五官將文學。」應瑒為五官中郎將文學的時間史書不載，似在劉楨轉為平原侯庶子之後，暫置此年。

《古文苑》七章樵注引摯虞《文章流別論》曰：「建安中，魏文帝從武帝出獵，賦，命陳琳、王粲、應瑒、劉楨並作。琳為〈武獵〉、粲為〈羽獵〉、瑒為〈西狩〉、楨為〈大閱〉。凡此各有所長，粲其最也。」考應瑒〈西狩賦〉中稱曹操為「魏公」，又有「寒風肅而川逝。草木紛而搖盪」

句，知其事在曹操為魏公後的某年秋末冬初。考曹操明年七月征孫權，十月自合肥還；後年三月至大後年正月西征張魯，五月進爵為魏王，則圍獵事很有可能在本年。

劉楨作〈大閱賦〉。

賦文已佚，事見上文應瑒條。

漢獻帝建安十九年（西元二一四年）

徐幹四十四歲，為曹植的臨淄侯文學。

《晉書・鄭袤傳》：「魏武帝初封諸子為侯，精選賓友，袤與徐幹俱為臨淄侯文學。」曹植徙封臨淄侯事在本年，徐幹為此職時間不詳，暫置於此。

漢獻帝建安二十年（西元二一五年）

陳琳隨曹操西征張魯，作〈為曹洪與魏文帝書〉。

陳琳文中詳述曹軍奪關斬將擊敗張魯軍隊的雄威，知陳琳參加了本年的西征。

又，陳琳作有〈柳賦〉，文已不全，疑為與曹丕、王粲〈柳賦〉的唱和之作，參見下文王粲條。

王粲三十九歲，隨曹丕經官渡，作〈柳賦〉，繼而隨曹操西征張魯。

曹丕〈柳賦〉：「昔建安五年，上與袁紹戰於官渡，是時余始植斯柳。自彼迄今，十有五載矣。」王粲〈柳賦〉稱「元子從而撫軍，植佳木於茲庭。歷春秋以逾紀，行復出於斯鄉」。知粲文與丕文實為同時之作，其「行復出於斯鄉」句，又隱示王粲係為遠行途經曹丕的植柳處。本年曹丕駐守孟津，〈柳賦〉蓋二人途經官渡時作，故有「苟遠跡而退之，豈駑遲而不屢」語。

據王粲〈從軍詩五首‧其一〉，可知王粲曾隨曹軍西征張魯。

徐幹四十五歲，作〈行女哀辭〉。

《太平御覽》五百九十六引摯虞《文章流別論》稱：「建安中，文帝與臨淄侯各失稚子，命徐幹、劉楨等為之哀辭。」考曹植〈行女哀辭〉有「家王征蜀漢」語，係指本年曹操西征張魯，故置於本年。《文心雕龍‧哀弔》：「建安哀辭，惟偉長差善，〈行女〉一篇，時有惻怛。」幹文已佚。

劉楨作哀辭。

事見上文徐幹條，其文已佚。

漢獻帝建安二十一年（西元二一六年）

陳琳作〈大暑賦〉。

陳琳〈大暑賦〉似與王粲〈大暑賦〉作於同時，暫置本年，參見下文王粲條。

王粲四十歲，作〈槐樹賦〉、〈鶡賦〉、〈大暑賦〉、〈蕤賓鐘銘〉、〈無射鐘銘〉，隨曹操南征孫權，作〈從軍詩五首〉。

曹丕〈槐賦序〉云：「文昌殿中槐樹，盛暑之時，余數遊其下，美而賦之。王粲直登賢門，小閣外亦有槐樹，乃就使賦焉。」曹植〈槐賦〉有「憑文昌之華殿，森列峙乎端門」語，則亦作於同時。考王粲為侍中後而丕、植、粲三人夏季均在鄴城者，只有本年，故繫於此。

《文選・楊修・答臨淄侯箋》：「是以對鶡而辭，作〈暑賦〉彌日而不獻。」李善注：「植為〈鶡鳥賦〉，亦命修為之，而修辭讓；植又作〈大暑賦〉，而修亦作之，竟日不敢獻。」考楊修箋是對曹植來信的回覆，植文作於本年。曹植作有〈鶡賦〉、〈大暑賦〉，其內容與王粲〈鶡賦〉、〈大暑賦〉內容相近，當為同時之作，故繫此年。

〈蕤賓鐘銘〉稱「建安二十一年九月十七日作」，〈無射鐘銘〉亦然，故知銘文作於本年。

《三國志・魏書・王粲傳》：「建安二十一年，從征吳。」粲作有〈從軍詩五首〉，其第一首作於本年二月曹軍西征凱旋「歌舞入鄴城」之後。後四首作於本年十月隨曹操南征孫權的途中。

徐幹四十六歲，告病還鄉。

徐幹返鄉事不見史書。《中論・序》稱：「疾稍沉篤，不堪王事，潛身窮巷，頤志保真，淡泊無為，惟存正道。環堵之牆以庇妻子，並日而食不以為戚。養浩然之氣，習羨門之術。」知徐幹返鄉後尚經歷了一段平民的生活，且已知上年徐幹仍在官中（因其作有〈行女哀辭〉），故暫繫徐幹返鄉於本年。又，徐幹〈哀別賦〉為其本人離別親友時作，其情感悲愴，似為返鄉臨行時作。又，曹植有〈贈徐幹〉詩，其中的「顧念蓬室士，貧賤誠足憐。薇藿弗充虛，皮褐猶不全」一語，與《中論・序》對徐幹返鄉後生活的描述一致；「寶棄怨何人？和氏有其愆」一語，與徐幹〈哀別賦〉的情調一致，似作於徐幹返鄉後不久。

劉楨作〈大暑賦〉、〈贈五官中郎將四首〉詩、〈與臨淄侯曹植書〉。

劉楨〈大暑賦〉似與王粲〈大暑賦〉作於同時，暫置本年，參見上文王粲條。

〈贈五官中郎將四首〉詩中有「壯士遠出征」語，似指本年十月曹丕隨父對孫權的征伐，故繫於本年。

〈與臨淄侯曹植書〉作於劉楨久病之後，與〈贈五官中郎將四首〉詩「余嬰沉痼疾」情形相符，暫置本年。

漢獻帝建安二十二年（西元二一七年）

陳琳病卒，享年不詳。

《三國志・魏書・王粲傳》：「幹、琳、瑒、楨二十二年卒。文帝書與元城令吳質曰：『昔年疾疫，親故多離其災。徐、陳、應、劉，一時俱逝。』」《文選・曹丕・與吳質書》李善注引《典略》：「二十二年，魏大疫，諸人多死，故太子與質書。」考大疫流行於本年的冬季，詳見明年的徐幹條。

王粲四十一歲，病卒，曹丕臨其喪，曹植作〈王仲宣誄〉。

《三國志・魏書・王粲傳》：「二十二年春，道病卒，時年四十一。粲二子，為魏諷所引，誅，後絕。」「初，粲與人共行，讀道邊碑，人問曰：『卿能暗誦乎？』曰：『能。』因使背而誦之，不失一字。觀人圍棋，局壞，粲為覆之。棋者不信，以帊蓋局，使更以他局為之。用相比較，不誤一道。其強記默識如此。性善算，作算術，略盡其理。善屬文，舉筆便成，無所改定，時人常以為宿構。然正復精意覃思，亦不能加也。著詩、賦、論、議垂六十篇。」

《後漢書・王暢傳》李賢注稱粲「年四十卒」，與《三國志・魏書・王粲傳》不同。

《世說新語・傷逝》：「王仲宣好驢鳴，既葬，文帝臨其喪，顧語同遊曰：『王好驢鳴，可各作一聲以送之。』赴客皆一作驢鳴。」

曹植〈王仲宣誄〉：「建安二十二年正月二十四日戊申，魏故侍中關內侯王君卒，嗚呼哀哉……」又，《元和郡縣圖志》十兗州任城縣條下有「魏王粲墓，在縣南五十二里」語，任城縣即今山東濟寧。

應瑒病卒，享年不詳。

事見上文陳琳條。《三國志・魏書・王粲傳》稱瑒「著文賦數十篇」。

劉楨病卒，享年不詳。

事見上文陳琳條。《三國志・魏書・王粲傳》稱楨「著文賦數十篇」。

漢獻帝建安二十三年（西元二一八年）

徐幹四十八歲，病卒。

《中論・序》稱徐幹「年四十八，建安二十三年春二月，遭厲疾，大命隕頽，豈不痛哉！余數侍坐，觀君之言……故追述其事……」序的作者顯為徐幹同時之人。《三國志・魏書・王粲傳》以為徐幹卒於建安二十二年（詳見上年陳琳條），其根據為曹丕〈與吳質書〉的「一時俱逝」語。考《三國志・魏書・武帝紀》建安二十三年注引《魏書》載王令曰：「去冬天降疫癘，民有凋傷……」《後漢書・獻帝紀》：「二十二年……冬，有星孛于東北。是歲大疫。」《後漢紀》三十：「二十二年……冬十月，命魏王……是歲大疫。」知大疫流行於建安二十二年的冬季，其時徐幹在家鄉亦或染病，略經拖延，至次年二月病卒，是很合乎情理的，且與曹丕的「一時俱逝」

並不矛盾。陳壽生活在其事的數十年之後，認定徐幹卒於建安二十二年，實為對曹丕之語的誤解，遠不如《中論・序》所言可靠，故錢培名稱《中論・序》「可訂陳壽之誤」（見《小萬卷樓叢書》載《中論》的後識）。

又，《太平寰宇記》十八濰州條下有「徐幹墳在州東五十一里，俗呼為博士塚。」濰州即今山東濰縣。

漢獻帝建安二十四年（西元二一九年）

曹丕整理諸子文集。

《文選・曹丕・與吳質書》：「二月三日，丕白……昔年疾疫，親故多離其災……何圖數年之間，零落略盡，言之傷心。頃撰其遺文，都為一集……觀古今文人，類不獲細行，鮮能以名節自立。而偉長獨懷文抱質，恬淡寡欲，有箕山之志，可謂彬彬君子者矣。著《中論》二十餘篇，成一家之言，辭義典雅，足傳於後，此子為不朽矣。德璉常斐然有述作之意，其才學足以著書，美志不遂，良可痛惜……孔璋章表殊健，微為繁富。公幹有逸氣，但未遒耳。其五言詩之善者，妙絕時人。元瑜書記翩翩，致足樂也。仲宣續自善於辭賦，惜其體弱，不足起其文。至於所善，古人無以遠過……諸子但為未及古人，自一時之雋也……」

《文選・吳質・答魏太子箋》：「二月八日庚寅，臣質言：奉讀手命……陳、徐、劉、應，才學所著，誠如來命。惜其不遂，可為痛切……」查陳垣《二十史朔閏表》，建安二十四年的二月八日為庚寅，故繫曹丕事於本年。

主要參考書目

張溥《漢魏六朝百三名家集》（江蘇廣陵刻書社一九九〇年影印清光緒五年信述堂刊本，簡稱張溥本）

楊德周《彙刻建安七子集》（國家圖書館藏明崇禎十一年刻本，簡稱楊德周本）

楊逢辰《建安七子集》（上海圖書館藏清光緒十六年刻本）

張燮《七十二家集》（國家圖書館藏明天啟崇禎年刻本）

嚴可均《全上古三代秦漢三國六朝文》（中華書局一九六五年重印本，簡稱嚴本）

丁福保《漢魏六朝名家集初刻》（清宣統三年無錫丁氏排印本）

逯欽立《先秦漢魏晉南北朝詩》（中華書局一九八三年版，簡稱逯本）

《四庫全書・孔北海集》（臺灣商務印書館影印文淵閣本）

姚瑩等《乾坤正氣集選鈔・孔北海集》（吉林省圖書館藏清刻本）

李賓《八代文鈔・王粲文》（北京大學圖書館藏明刻本）

俞紹初《建安七子集》（中華書局一九八九年版）

吳雲等《建安七子集校注》（天津古籍出版社一九九一年版）
郁賢皓《建安七子詩箋注》（巴蜀書社一九九〇年版）
趙幼文《曹植集校注》（人民文學出版社一九八四年版）
虞世南《北堂書鈔》（用中國書店一九八九年影印孔廣陶校刊本，參校陳禹謨刊本及臺灣商務印書館影印文淵閣《四庫全書》本）
徐堅《初學記》（用中華書局一九六二年鉛印本，參校陳大科校刊古香齋本）
歐陽詢《藝文類聚》（用上海古籍出版社一九六五年鉛印本，參校中華書局影宋本）
李昉等《太平御覽》（用中華書局一九六〇年影宋本，參校鮑崇城刻本）
蕭統《文選》（用中華書局一九七七年影印胡克家刻本，參校中華書局一九八七年影宋刊六臣注本）
范曄《後漢書》（用中華書局一九八二年鉛印本，參閱王先謙《後漢書集解》）
陳壽《三國志》（用中華書局一九八二年鉛印本，參閱盧弼《三國志集解》）
袁宏《後漢紀》（《四部叢刊》載影明本）
徐陵《玉臺新詠》（吳兆宜注，中華書局一九八五年鉛印本）
郭茂倩《樂府詩集》（中華書局一九七九年鉛印本）
《古文苑》（《四部叢刊》載影宋本）
劉義慶《世說新語》（中華書局一九八四年排印徐震堮校箋本）

酈道元《水經注》（清光緒六年八月會稽章氏重刊趙一清注釋本）
劉勰《文心雕龍》（周振甫注釋本，人民文學出版社一九八三年版）
鍾嶸《詩品》（曹旭集注本，上海古籍出版社二〇一一年版）
許敬宗《文館詞林》（羅國威整理本，中華書局二〇〇一年版）
真德秀《文章正宗》（《四庫全書》本）
陳仁子《文選補遺》（《四庫全書》本）
馮惟訥《古詩紀》（《四庫全書》本）
鍾惺等《古詩歸》（國家圖書館藏明刻本）
李攀龍《古今詩刪》（《四庫全書》本）
陸時雍《古詩鏡》（《四庫全書》本）
呂陽選注《漢魏詩選》（國家圖書館藏明刻本）
梅鼎祚輯《漢魏詩乘》（國家圖書館藏明刻本）
麻三衡輯《古逸詩載》（國家圖書館藏明刻本）
劉成德輯《漢魏詩集》（國家圖書館藏明刻本）
黃節《漢魏樂府風箋》（北平國立北京大學一九三六年排印本）
陸侃如《中古文學繫年》（人民文學出版社一九八五年版）

◎新譯昭明文選

崔富章、張金泉等／注譯　劉正浩、黃志民等／校閱

《昭明文選》選錄先秦至南朝梁的各體文學作品七百多篇，是現存最早的詩文總集，它長期被視為學習文學的教科書，而有「文選爛，秀才半」之諺。本書力邀兩岸十數位學者，全面將《文選》加以校訂、解題、注解、翻譯，以深入淺出的闡釋、簡明清晰的面貌呈現給讀者，是有心一窺古典文學風範的最佳讀本。

三民網路書店 會員

獨享好康大放送

通關密碼：A1688

憑通關密碼

登入就送100元e-coupon。

（使用方式請參閱三民網路書店之公告）

生日快樂

生日當月送購書禮金200元。

（使用方式請參閱三民網路書店之公告）

好康多多

購書享3%～6%紅利積點。

消費滿350元超商取書免運費。

電子報通知優惠及新書訊息。

三民網路書店

www.sanmin.com.tw

超過百萬種繁、簡體書、原文書5折起